VERLORENE OMEGA

USA Today Bestsellerautorin

LEXI C. FOSS

Verlorene Omega

Übersetzt von Vanessa Gautschi

Coverfoto: CJC Photography

Cover-Models: Lauren Skeoch & Keith Manecke

Zusätzliche Fotobearbeitung (Models/Stock) & Umschlagdesign: Covers by Sanja

Titelblattgestaltung: Sanja Gombar

Kapitelhintergrundgestaltung: Alan Rex & Ricky Gunawan

Skull Art: Susan Gerardi

Rosen- & Mond-Icon: Anna Spies

Herausgegeben von: Ninja Newt Publishing, LLC

Digitale Ausgabe ISBN: 978-1-68530-378-5

Print-Edition ISBN: 978-1-68530-379-2

AI Disclaimer: Dieses Buch enthält keine KI-Inhalte. Alle künstlerischen Elemente in diesem Buch wurden von echten Künstlern entworfen, und alle Texte wurden vom Autor geschrieben.

Du kannst weglaufen und dich verstecken, soviel du willst, Kleine.
Aber wir sind Monster der Nacht.
Und du bist unsere auserkorene Braut.
Also sein ein gutes Mädchen und blättere um.
Dann werde ich dich mit meinem Knoten belohnen.
Flame wird dich seinen Widerhaken beanspruchen lassen.
Und Reaper ... tja, Reaper wird deine Grenzen in allerlei Hinsichten
auf die Probe stellen.
Aber wir werden dafür sorgen, dass es sich gut anfühlt, Baby.
Ich verspreche es ...

VERLORENE OMEGA

EIN ROMAN ÜBER DIE
NACHT DER MONSTER

VERLORENE OMEGA

Fliehe. Versteck dich. *Kämpfe.*

Die Nacht der Monster steht an – ein alljährliches Ereignis, an dem sich Portale zu anderen Reichen und Realitäten öffnen und Monster die Straßen fluten, um nach ihren potenziellen Gefährten zu suchen.

Und ich bin eine der Kandidatinnen.

Warum?

Weil ich alle Regeln gebrochen und mich gegen ein elitäres System aufgelehnt habe, das ganz versessen darauf ist, die Menschheit zu versklaven. Ich werde mich ganz sicher nicht von einem dieser Monster entführen lassen – und von *drei* von ihnen schon gar nicht!

Orcus.
Flame.
Reaper.

Sie haben mich aus einer verfänglichen Situation gerettet, weil sie mich für eine seltene Omega halten. Eine Göttin.

Ihre auserwählte Gefährtin.

Du kannst weglaufen und dich verstecken, so viel du willst, Kleines.
Aber wir sind Monster der Nacht.
Und du bist unsere auserwählte Braut.
Also sein ein gutes Mädchen und lass dich von uns verehren.

WILLKOMMEN AN DER NACHT DER MONSTER

Alles begann mit einem Fluch. Einem Gerücht. Einem Aberglauben.

Aber dann wurde alles ungeheuer *echt*.

Monster strömten aus den Portalen. Woher sie kamen? Keine Ahnung, aber ihre Absichten waren klar. Eine Nacht im Jahr trieben sie ihr Unwesen auf der Erde und suchten sich unwillige Bräute, um sie in ihre Reiche zu verschleppen.

Aber nicht alle Monster kehrten zurück in ihre eigenen Welten.

Einige blieben.

Die Kräfte begannen, umzuschlagen.

Städte wurden zerstört.

Die Menschen kehrten zurück.

Es wurden Dörfer und Siedlungen geschaffen, in denen sich die Sterblichen vor den tödlichen Wesen versteckten, die unser Reich ihr *Zuhause* nennen.

Und trotzdem öffnen sich diese Portale noch immer.

Jedes. Einzelne. Jahr.

Und erlauben noch mehr Monstern, unser Reich zu

fluten, ihre sterblichen Gefährten zu finden und sie gegen ihren Willen zu beanspruchen.

Oder zumindest lautet so die Legende, die man uns erzählt hat.

Sei brav oder trage die Konsequenzen für dein Handeln.

Befolge die Regeln oder riskiere, dass deine Einträge im Kandidaten-Pool sich mehren.

Jedes Jahr werden Opfer auserwählt. *Opfer*, die dann direkt vor Beginn der Nacht der Monster in verlassene Städte verfrachtet werden.

Gaben nennt man diese Opfer. *Gaben*, die dazu gedacht sind, die Kreaturen der Nacht zu bezirzen. *Gaben*, die dargebracht werden, um sicherzustellen, dass die Menschheit diese Hölle übersteht.

Das ist jetzt unser Lebensinhalt.

Eine Welt voller tödlicher Kreaturen und sterblicher Überlebenden.

Und morgen steht der Tag der Auswahl an …

Werden wir ein weiteres Jahr überleben?

Oder werden wir zu einer der Gaben der diesjährigen Nacht der Monster?

Nur das Schicksal kann uns jetzt noch helfen …

PROLOG: ORCUS

„WAS ZUM TEUFEL ist die Nacht der Monster?" In allen Reichen und allen Realitäten, die ich in meinem langen Leben schon besucht habe, ist mir ein Konzept wie dieses noch nie begegnet.

„Es ist wie Halloween", murmelt mein Bruder. „Mit dem Unterschied, dass sich niemand verkleidet und auch keine Süßigkeiten verteilt werden."

„Also handelt es sich dabei um einen Feiertag?", überliefere ich, kann seinem Gedankengang nicht ganz folgen.

Er verzieht das Gesicht. „Das kommt darauf an, wen du fragst."

Ich starre ihn an. „Du wirst dich etwas klarer ausdrücken müssen, Hades."

Mein Bruder stößt einen Seufzer aus, bevor er mich mit seinen schwarzen Augen endlich ansieht. „Im Grunde genommen öffnen sich diese Portale und spucken Kreaturen aus verschiedenen Reichen und Realitäten in die Welt der Sterblichen aus. Aber das geschieht nur einmal pro Jahr."

Ich schnaube. „Das hört sich nicht mal im Entferntesten nach Halloween an."

Er zuckt mit den Achseln. „Monster, die durch die Nacht streifen, erinnern mich an Halloween." Er streicht sich über die frischen Bartstoppeln, die seine kantige Kieferpartie zieren. „Aber ich schätze, man könnte es auch ein Paarungsspiel nennen, da die Kreaturen das Reich der Sterblichen infiltrieren, um nach passenden Bräuten und Bräutigamen zu suchen."

Ich ziehe meine Augenbrauen hoch. „Und du glaubst, dass unsere Mutter sich in diesem *Reich der Nacht der Monster* befindet?" So hat dieses Gespräch seinen Anfang genommen – weil mein Bruder gesagt hat, dass er glaubt, etwas gefunden zu haben, das mit unserer verschollenen Omega-Mutter in Verbindung steht.

Hades presst seine Lippen aufeinander und kneift seine Augen leicht zusammen. „Ich bin mir nicht sicher, aber ich spüre eine Energiespur dort. Eine, die zu ihr gehören könnte."

„Hm." Ich trommle mit den Fingern gegen den Arm des Ledersessels und das rhythmische Echo hallt durch das Büro meines Bruders. Er zieht diesen ganzen Jenseits-Vibe manchmal etwas in die Extreme. Die dunkle Einrichtung und die schattigen Ecken erinnern mich eher an eine Gruft als ein Büro.

„Wir müssen der Sache auf den Grund gehen", fährt er fort. „Aber ich habe zu viele Verpflichtungen und es stellen sich mir zu viele Hindernisse in den Weg, um der Angelegenheit selbst nachzugehen. Und deshalb ..." Er deutet mit der Hand auf mich.

„Deshalb hast du mir von der Fährte erzählt."

„Ganz genau."

Ich zucke mit der Schulter und stehe auf. „In Ordnung. Wenn du mir mehr darüber erzählst, werde ich es mir ansehen." Ein paar Stunden in einer alternativen Realität werden mir verraten, ob die Instinkte meines Bruders richtig liegen oder irregeleitet sind.

Er schüttelt seinen Kopf. „So einfach ist das nicht."

Ich runzle die Stirn. „Wenn du mich fragst, hört sich das ziemlich einfach an."

„Ihre Realität wird nicht von Sterblichen regiert, sondern von übernatürlichen Wesen. Es ist völlig anders als das Reich der Sterblichen, das wir kennen." Er funkelt mich mit seinen obsidianschwarzen Augen an. „Sie haben das Fensterportal gespürt, das ich verwendet habe, um einen Blick in ihre Welt zu werfen, Orcus. Wenn sie das spüren, wird ihnen auch nicht entgehen, wenn du durch ein Portal in ihr Reich reist."

„Okay, also sollte ich mich auf einen Kampf gefasst machen?", hake ich nach und frage mich, mit was für *Übernatürlichen* ich es in diesem alternativen Universum zu tun bekommen werde.

Er schüttelt seinen Kopf. „Ich will, dass du ihre Welt während der Nacht der Monster betrittst. Dein Portal wird eines von Hunderten sein, die sich wegen des Paarungsspiels öffnen werden. Das sollte es dir ermöglichen, unbemerkt ins Reich einzudringen und auch wieder zu verschwinden."

Ich mustere ihn einen Augenblick lang. Sein kräftiger Körper ist zur Hälfte von der hölzernen Monstrosität verborgen, die er einen Schreibtisch nennt. „Geht klar. Und wann findet diese Nacht der Monster statt?"

„In zwei Wochen", antwortet er. „Aber da ist noch mehr."

War ja klar.

Ich knurre leise und lasse mich zurück in den übergroßen Ledersessel plumpsen, bevor ich ihm bedeute, weiterzufahren. „Lass hören, Bruder. Erzähl mir alles."

„Wenn du nicht so impulsiv wärst, kleiner Bruder, wüsstest du, dass ich das ohnehin tun wollte."

Ich werfe ihm einen finsteren Blick zu. *Kleiner Bruder.* Verdammt. Ich bin gleich groß und genauso breit gebaut wie er. Sogar unsere Flügelspannweite ist identisch. „Nichts an mir ist *klein.*"

Er lässt den Blick in seinen dunklen Augen amüsiert an mir hinabwandern. „Du bist keine Konkurrenz für mich, Brüderchen."

Ich rolle meine Augen. Er lässt es sich anhören, als wäre ich ein kleines Kind und kein viertausend Jahre alter Übernatürlicher. „Hör auf, mich dazu zu verführen, dir in den Hintern zu treten, und erklär mir endlich, was los ist, *alter Knabe.*"

Anstatt eingeschnappt zu sein, grinst er mich bloß an.

Dann räuspert er sich, ernüchtert und wendet sich wieder dem vorherigen Thema zu. „Die Nacht der Monster wird es dir ermöglichen, unbemerkt in ihre Realität einzudringen und nach getaner Arbeit ungesehen zu verduften. Und sie bietet auch die ideale Ablenkung, um alle Spuren zu verwischen."

„Alle Spuren zu verwischen?", wiederhole ich.

„Das Letzte, was ich will, ist, dass Typhos Luzifer mir die Hölle heiß macht und unangenehme Fragen stellt", meint Hades zähneknirschend. „Es wäre mir lieber, wenn er nicht erfährt, was wir vorhaben. Andernfalls ..." Er verstummt und sieht mir in die Augen.

Andernfalls könnte er herausfinden, was mit den Mythenfeen-Omegas geschehen ist, beende ich den Satz in Gedanken. Ich weiß, was Hades anzudeuten versucht.

Bisher ist es unserer Rasse gelungen, das Verschwinden unserer Omega-Götter und -Göttinnen unter Verschluss zu halten.

4

Aber wenn diese Information ans Licht käme, wäre die Existenz unserer Art bedroht.

„Habe verstanden", sage ich, jetzt mit ernster Miene. Nichts schafft einen Moment der Klarheit, wie das potenzielle Aussterben der Mythenfeen. „Wie lautet dein Plan, Bruder?"

Er nickt und unser Gespräch wird mit jeder Sekunde ernster.

Nachdem er mir die Nuancen des Portals erklärt hat und wie er vorhat, unsere Spuren zu beseitigen, bin ich beeindruckt und misstrauisch zugleich. „Du verlangst eine ganze Menge von Maliki", sage ich mit leiser Stimme.

Hades schluckt hart. „Das ist mir bewusst. Aber er hat bereits zugestimmt."

„Natürlich hat er das", erwidere ich. „Er verehrt dich."

„Das tun sie alle", bemerkt Hades und bezieht sich dabei auf die Feen des Jenseits, die ihn als ihren Gott ansehen.

Alle Feen mit todesähnlichen Fähigkeiten wie Leichen- und Todesfeen weilen im Königreich des Jenseits und sind daher als Feen des Jenseits bekannt.

Und sie hatten meinen werten älteren Bruder als ihre Gottheit auserkoren.

Vermutlich, weil seine Seele gestorben ist, als er seine Omega verloren hat …

„Wie dem auch sei", fährt Hades fort, ist sich meiner düsteren Gedanken nicht bewusst. „Maliki ist der perfekte Kandidat dafür. Luzifer wird ihn nicht umbringen."

„Zumindest theoretisch", lege ich nach.

„Er wird ihn nicht umbringen", bekräftigt Hades, wohl mehr für sich selbst als für mich.

Denn auch wenn mein Bruder es nicht offen zugeben will, liegt ihm Maliki sehr am Herzen. Mehr als die meisten seiner *Spielzeuge.*

„Alles klar. Maliki wird also als deine Verschleierungsgeschichte herhalten", sage ich und lenke unser Gespräch zurück auf den Plan. „Er wird Luzifer sagen, dass er den anderen Feen nur dabei geholfen hat, sich zu laben oder Gefährten zu finden. Und in der Zwischenzeit werde ich mir die Ablenkung zunutze machen und diese mysteriöse Energiespur jagen, die du gefunden hast."

Er nickt. „Ganz genau."

„Hervorragend." Ich wische mir meine Hände an der schwarzen Jeans ab und stehe auf. „Dann bleiben mir zwei Wochen, um mich mental darauf vorzubereiten." Nicht, dass das nötig ist. Durch Reiche und Realitäten zu reisen, ist nichts Neues für mich. „Wenn das dann alles ist …" Ich verstumme und deute auf die große hölzerne Tür, an der silberne Ketten hängen.

Mein Bruder nickt erneut und lässt mich gehen.

Doch als ich einen Schritt von ihm weg mache, fügt er an: „Oh, und noch etwas."

Ich halte inne und blicke mit hochgezogener Augenbraue über die Schulter zu ihm zurück. *Ja?*, frage ich mit diesem Blick.

„Flame und Reaper werden dich begleiten."

Ich starre ihn an. „Wozu?"

„Zu deinem Schutz."

Ich lache schnaubend. „Machst du dir etwa Sorgen, dass ich mir während dieser berühmt-berüchtigten *Nacht der Monster* eine Gefährtin nehmen und meine Konkurrenz abschlachten könnte?", sinniere ich. „Und du glaubst, zwei Feen des Jenseits könnten mich in der Spur halten?"

Wenn das stimmt, dann habe ich Neuigkeiten für meinen älteren Bruder. Flame und Reaper sind aus einem guten Grund meine besten Freunde. Keiner von beiden wird versuchen, mich davon abzubringen, zu tun, was ich will. Verdammt, wenn überhaupt, werden sie mich *ermutigen*, mich zu vergnügen.

„Nein, ich glaube, dass zwei Feen des Jenseits dafür sorgen werden, dass du unversehrt aus dieser unbekannten Realität zurückkehrst. Eine Realität, in der unsere Mutter vielleicht − vielleicht aber auch nicht − weilen könnte." Als ich ihn fassungslos anstarre, ergänzt er: „Der Schutz gilt *dir*, Orcus. Nicht den Sterblichen oder den Kreaturen der Nacht der Monster. *Dir*."

Ich knurre. „Mir wird schon nichts passieren. Aber danke für deine Anteilnahme."

„Reaper und Flame werden dich begleiten", entgegnet er. „Keine Widerrede."

Normalerweise würde eigenmächtiger Mist wie dieser meine streitlustige Seite hervortreten lassen und mich dazu anhalten, meinen Gegner zu dominieren.

Aber das hier ist die Debatte nicht wert.

Reaper und Flame in eine Welt voller menschlicher Spielzeuge mitzunehmen − die allesamt dazu herangezogen wurden, potenzielle Gefährten von Monstern mehrerer Arten zu sein − hört sich eher nach einem Urlaub als nach einer schwierigen Aufgabe an.

Nacht der Monster, denke ich. *Hört sich nach einer guten Sause an.*

Ich kann keine Gefährtin haben. Dazu würde ich eine Omega benötigen. Aber mich vergnügen? Ja, mich vergnügen kann ich. Kosten. Zubeißen. *Ficken*.

Vorausgesetzt, ich finde eine Sterbliche, die mit meinem Knoten zurechtkommt.

Unwahrscheinlich, aber eine alternative Realität verspricht jede Menge Spaß und Möglichkeiten.

„Verliere das Ziel nicht aus den Augen, Brüderchen", sagt Hades, dem mein aufgeregter Blick bereits aufgefallen sein muss. „Suche nach der potenziellen Aura. Wenn die

Suche keine Ergebnisse liefert, tu, was immer du tun willst. Wenn die Suche vielversprechend verläuft, erinnere dich daran, was wichtig ist."

Ich stoße ein abschätziges Lachen aus. „Ich mag ein Jahrtausend jünger sein als du, Hades, aber ich bin kein Kind. Ich weiß, was auf dem Spiel steht."

In seinen dunklen Augen flackert ein verständnisvoller Blick, bevor er ein weiteres Mal nickt und ein fahles Lächeln an seinen Mundwinkeln zupft. „Dann wünsche ich dir viel Spaß auf der Jagd, Brüderchen."

Ich lächle. „Den werde ich haben."

KAPITEL EINS
ALINA

DER TAG DER AUSWAHL

EIN WEIßES KLEID.

Flache Sandalen.

Frisch gekämmte Haare.

Ich blicke mich im Spiegel an und erkenne die Frau, die zurückstarrt, kaum wieder. Sie sieht unschuldig aus. Rein. *Ehelich.*

Das Einzige, was noch fehlt, ist der Schleier. Das kleine durchsichtige Stück Stoff, das mein Gesicht verbergen soll.

Vielleicht sollte ich ihn zu Boden werfen und etwas auf ihm herumtreten, geht mir durch den Kopf. Was ist schon eine weitere gebrochene Regel?

Allein in diesem Quartal habe ich schon über vierzig Regelverstöße angehäuft, was hoffentlich dafür sorgen wird, dass ich für die diesjährige Nacht der Monster auserwählt werde.

Alle halten mich für verrückt. Niemand will einem solchen Schicksal entgegenblicken. Niemand will in diesen verhängnisvollen Zug einsteigen, der Funken sprühend in die Monsterstadt fährt.

Aber ich weiß etwas, das sie nicht wissen.

Ein Geheimnis, das mir meine Schwester mittels einer Notiz eröffnet hat.

Einer Notiz, die sie während der letztjährigen Auswahlzeremonie irgendwie unter meiner Tür hat durchschieben können.

Es gibt eine Elitestadt, entnahm ich ihrem Gekritzel. *Finde eine alte Karte, Lina. Such nach Chicago. Ich werde auf dich warten.*

Das könnte alles nur ein Trick sein. Eine Lüge. Vielleicht will sie mich nur dazu bringen, mich freiwillig für die Nacht der Monster zu melden. Aber was für eine andere Wahl habe ich? Serapina ist meine Schwester. Sie ist alles, was ich noch habe. Und sie ist irgendwo da draußen und wartet auf mich.

Ich bin fälschlicherweise davon ausgegangen, dass sie gefangen genommen wurde. Beansprucht. Dass sie nicht mehr in diesem Reich weilt.

Ich habe mich im Elend gesuhlt. Habe geweint. Habe den Verlust meiner jüngeren Schwester – meines letzten Familienmitgliedes – betrauert.

Dann traf ihre Notiz ein und hat neue Hoffnung geschürt. Und ein Gefühl der Reue in mir erweckt. Ich hatte sie aufgegeben. Wie konnte ich nur? Ich hätte es besser wissen sollen. Wenn jemand in dieser grausamen Welt bestehen konnte, dann Serapina.

Ich muss sie finden.

Und wenn das alles nur ein Trick ist, werde ich bis zu meinem letzten Atemzug kämpfen. Jedes Biest erlegen, das sich mir in den Weg stellt. Mich *weigern,* mich zu ergeben.

Dieses Kleid wird in Monsterblut getränkt unverschämt gut aussehen, geht mir durch den Kopf, während ich mich erneut im Spiegel mustere. *Schwarze und rote Striemen, die den viel zu weißen Stoff verschandeln werden. Hm.*

Jedes Jahr gibt es neue Kleider für die Frauen. Sie sind immer weiß und sehen aus, als würde man vor den Altar treten. Den Männern stellt man Smokings zur Verfügung. Es ist wie an einem verdammten Hochzeitsfest, mit dem Unterschied, dass keiner von uns aus freiem Willen vermählt wird.

Na ja. Fast keiner von uns.

Ich melde mich freiwillig, sinniere ich mit düsterem Blick. *Bringt mich in die Monsterstadt. Sollen diese Kreaturen doch versuchen, mich zu ihrer Gefährtin zu machen. Sie werden schon sehr bald lernen, dass ich die Mühe nicht wert bin.*

Oder zumindest lautet so der Plan.

Kämpfen. Rennen. Mich verstecken. *Nach einer alten Karte suchen.*

Ich *werde* überleben. Und ich werde meine Schwester finden. Eine andere Option gibt es nicht.

Denn ich kann nicht länger hierbleiben.

Die Männer fangen langsam an, mir etwas zu interessierte Blicke zuzuwerfen. Ich bin jetzt zwanzig und zwei – im perfekten Alter, um mich *fortzupflanzen.*

Ich habe keine Eltern, die meine Würde schützen könnten.

Keinen älteren Bruder, der sicherstellt, dass ich nicht gegen meinen Willen entführt werde.

Die Dorfschützer – ein irreführender Titel für die Menschen, die für die Aufrechterhaltung der Ordnung in unserer Bergsiedlung zuständig sind – werden ganz bestimmt nicht eingreifen.

Ich bin auf mich allein gestellt.

Verletzlich.

Und leider scheint mein rebellisches Verhalten im vergangenen Jahr die Blicke aller nur noch mehr auf mich gezogen zu haben. Den Männern über dreißig und fünf ist es erlaubt, eine Familie zu gründen, und die meisten dieser Männer wählen eine Frau in meinem Alter aus.

Es ist ein spezifischer Prozesses vonnöten, der die Frau aus dem Kandidaten-Pool für den Tag der Auswahl entfernt, wenn der Antrag angenommen wird.

Und da alle im Alter zwischen zehn und acht bis dreißig und fünf mitmachen müssen, bevorzugen es einige, eine Heirat mit einem Dorfbewohner einzugehen.

Ich aber nicht.

Denn ich will keinen Ehemann.

Und das scheint mich für einige der älteren Männer interessant zu machen.

Ganz wie Sage, denke ich und zucke zusammen. Sie ist dem Ganzen genauso hilflos ausgesetzt wie ich, vielleicht sogar noch etwas mehr.

Ich schließe meine Augen und erschaudere, als ich an meine Nachbarin denke. *Wie sie ihre Mutter umsorgt. Sich auf die heutige Zeremonie vorbereitet. Wie sie hofft, dass sie den diesjährigen Tag der Auswahl übersteht.*

Sie ist alles, was ihre Mutter noch hat. Wenn sie auserwählt wird …

Ich presse meine Lippen aufeinander und der Drang, sie beschützen zu wollen, lässt mein Herz schneller schlagen. Sage ist wie eine Schwester für mich. Wir sind Tür an Tür aufgewachsen und sie ist gleich alt wie Serapina, weshalb die beiden gute Freundinnen gewesen sind.

Aber jetzt, wo Serapina weg ist, sind Sage und ich zusammengewachsen.

Ein erheblicher Teil meiner zusätzlichen Einträge in den letzten vier Quartalen ist darauf zurückzuführen, dass ich ihr und ihrer ‚verstoßenen' Mutter Mittel gespendet habe.

Und ein paar meiner anderen Einträge rührten daher, dass ich nach Zapfenstreich draußen erwischt worden bin.

Wenn die Dorfschützer doch nur den wahren Grund kennen würden, aus dem ich mich in all diesen Nächten draußen herumgetrieben habe …

Wenn ich weg bin, wird Sage diese Aufgabe übernehmen müssen. Ich habe versucht, sie darauf vorzubereiten, aber die Dorfschützer wechseln wöchentlich. Leider bedeutet das, dass die Wahrscheinlichkeit, erwischt zu werden, sich um ein Vielfaches erhöht. Wie bei mir.

Hoffentlich werden ein paar zusätzliche Einträge nicht dazu führen, dass sie zu einer Gabe für die Nacht der Monster wird, denn die junge, silberhaarige Frau ist für dieses Schicksal nicht gemacht. Sie ist zu schwach. Zu *unschuldig.*

Obwohl man dasselbe von Serapina behaupten könnte.

Und von mir, wird mir jetzt bewusst, als ich mich im Spiegel betrachte.

Als Glocken zu läuten beginnen, weiche ich kopfschüttelnd vom Spiegel zurück.

„Scheiße", murmle ich. *Ich werde zu spät kommen.*

Ein Schauer läuft mir über den Rücken. Ich drehe mich, den Schleier in der Hand, ruckartig zur Tür um. Zwei Jahrzehnte des Trainings haben mir diese Reaktion eingeimpft. Ganz egal, wie viele Male ich in den vergangenen zwölf Monaten rebelliert habe, kann ich das Verlangen, mich zu *unterwerfen*, nicht vollends abschütteln.

Vor allem nicht heute.

Obwohl die Bräute und Bräutigame die entscheidende Komponente für die Zeremonie sind, müssen alle Familien sich zum Marktplatz begeben und das Spektakel mitverfolgen. Oder, wie unser Dorf-Viscount immer zu sagen pflegt: um zu *feiern.*

Mir gefriert das Blut in den Adern, als ich an den berüchtigten Anführer unseres Dorfes, Nightingale, denke. Er hat sich im vergangenen Jahrzehnt drei Bräute genommen, weil er sich fortpflanzen und sicherstellen wollte, dass das Volk überlebt. Weil er sich so selbstlos aufgeopfert hat, wurden ihm mehr Ressourcen zugesprochen, damit er sich angemessen um seine wachsende Brut kümmern kann.

Drei weitere Männer sind seinem Beispiel gefolgt, und mehrere andere erwägen, den gleichen Weg einzuschlagen.

Ich würde mich nicht so sehr daran stören, wenn sie Frauen in ihrem eigenen Alter wählen würden. Aber alle drei Ehefrauen unseres Dorf-Viscounts sind so jung, dass sie seine Töchter sein könnten. Zum Teufel, seine jüngste Ehefrau könnte sogar seine Enkelin sein.

Nicht mein Problem, sage ich mir, während ich den Feldweg hinuntergehe, der zur einzigen Straße führt, die sich durch unser Dorf zieht.

Hinter mir vernehme ich leise Schritte, was mich innehalten und einen Blick über meine Schulter werfen lässt, woraufhin ich Sages gesenktes Haupt erblicke.

Ich zucke beim Gedanken daran, dass sie bei diesen Männern in eine Falle tappen könnte, zusammen. Ihr einzigartiges silberfarbenes Haar, ihre strahlend blauen Augen und ihre zierlichen Züge haben in den letzten sechs Monaten viele Augenpaare auf sich gezogen.

Sie ist neulich zwanzig geworden.

Was sie in den Augen dieser Männer zu einer geeigneten Partnerin macht.

„Wir werden zu spät kommen", flüstert sie mir zu, als sie mich einholt und antreibt, weiterzugehen.

„Das habe ich auch gerade gedacht", antworte ich und schürze die Lippen. „Was denkst du, was sie tun werden? Mich ins Gefängnis stecken? Einen weiteren Eintrag in diesen gruseligen Kessel werfen?" Der *Kelch*, wie unser Viscount ihn nennt, gilt als ein heiliges Symbol in unserem Dorf. In seinem unheimlichen, obsidianschwarzen Inneren befinden sich sämtliche Einträge der Kandidatinnen und Kandidaten.

„*Lina*", mahnt Sage und benutzt dabei meinen Spitznamen.

Mein Lächeln wird breiter. „Was, kleine S? Hast du Angst, dass sie aus den Büschen springen und mich ergreifen werden?"

Kleine S ist mein Spitzname für sie, auch wenn ich nur zwei Jahre älter bin und wir fast die gleiche Größe haben. Etwas an ihr fühlt sich einfach so viel jünger an. Vielleicht liegt es daran, dass ich in ihr immer noch das kleine Mädchen sehe, das sich vor all diesen Jahren mit meiner Schwester angefreundet hat.

„Ja." Sie sieht mich mit ernstem Ausdruck in ihren strahlenden Augen an, bevor sie auf meine sarkastische Frage antwortet. „Ich mache mir Sorgen ..., dass du ..." Sie schluckt hart. „Was, wenn ...? Was, wenn es wieder ein Dutzend wird? Wie damals ...?" Sie verstummt, doch ich weiß, was sie sagen wollte.

Wie damals, als Serapina ausgewählt wurde.

Die Anzahl der Opfer ändert sich jedes Jahr und bleibt bis zum Beginn der Zeremonie ein Geheimnis.

In jenem Jahr, in dem Serapina auserwählt wurde, sind zwölf Opfer gefordert worden. Ihr Name war als letzter aus diesem ominösen Kelch gezogen worden.

In den meisten Jahren werden nur fünf oder sechs Gaben fällig, aber nicht an jenem schicksalshaften Tag der Auswahl.

Ich räuspere mich. „Du hast nichts zu befürchten, Sage. Mir wird schon nichts passieren."

„Was, wenn sie dich auserwählen?", fragt sie ängstlich,

während sie barfuß neben mir geht und meine Sandalen ein unangenehmes Klatschen von sich geben. „Du hast uns so viele Mahlzeiten und Wasser gespendet. Und das alles aus eigener Tasche. Wenn sie dich auserwählen …"

„Dann nur, weil ich auserwählt werden wollte", falle ich ihr ins Wort. „Wage es ja nicht, dir Vorwürfe zu machen, Sage. Ich habe dich und deine Mutter für meine eigenen Pläne benutzt." Das habe ich ihr schon zuvor gesagt. Dass ich eine Gabe sein *will*. Aber sie glaubt immer noch, dass ich lüge. Dass ich das nur sage, um ihr das schlechte Gewissen zu nehmen.

„Lina", sagt sie keuchend und legt eine Hand auf meinen Arm, um mich zum Anhalten zu bewegen. „Ich weiß, was du für uns getan hast. Ich weiß es wirklich zu schätzen, aber du musst mich nicht anlügen."

„Ich lüge dich nicht an", versichere ich ihr.

Sie schüttelt ihren Kopf. „Doch, tust du. Niemand will auserwählt werden. Niemand will die Nacht der Monster durchleiden."

„Ich schon", entgegne ich.

Ein scharfer Ausdruck zieht in ihren blauen Augen auf und die für sie typische Sanftheit gibt den Weg frei für die unerschütterliche Frau hinter der Porzellanhaut. „Hör auf, zu versuchen, mir meine Schuldgefühle zu nehmen, Lina. Ich bin nicht annähernd so naiv, wie du denkst."

Mit einem Seufzer ziehe ich meine Hand aus ihrer und schlinge einen Arm um ihre Schulter. „Ich versuche nicht, dir deine *Schuldgefühle zu nehmen*, Sage. Das ist die Wahrheit."

Sie schnaubt und würde mich wohl am liebsten von sich schubsen.

In diesem Augenblick wird mir klar, dass ich sie heute möglicherweise zum letzten Mal sehe. Denn wenn ich heute auserwählt werde, werde ich direkt zum Lichtflitzer eskortiert – noch so ein doofer Name, der sich unser Viscount ausgedacht hat.

Es ist ein Zug, habe ich ihn schon mehrere Male korrigieren wollen. *Ein Zug, verdammt noch mal.*

Er bewegt sich nur zufällig mit Lichtgeschwindigkeit.

Egal, wie das Ding heißt oder wohin es fährt: Tatsache ist, dass ich das Dorf verlassen werde. Zumindest hoffe ich das. Was bedeutet, dass das hier meine Chance ist, mich von Sage zu verabschieden. Und ich will sie nicht mit diesen Worten zurücklassen.

„Sage", sage ich mit sanfter Stimme und halte sie fest, als sie versucht, sich aus meinem Griff zu winden. Es ähnelt der Reaktion einer Schwester, was mich augenblicklich an Serapina denken lässt und wie sie das immer getan hat, wenn wir uns über etwas Belangloses gestritten haben. Weil ich zwei Jahre älter bin, hatte ich immer etwas mehr Kraft als sie.

Oder zumindest habe ich ihr das immer im Spaß gesagt.

Aber wie Sage gerade unter Beweis stellt, ist Alter nur eine Zahl.

„Lass uns einfach gehen", keift sie. Jetzt beginnt ihre leidenschaftliche Seite sich zu zeigen. Sie offenbart sie in der Öffentlichkeit nur selten – vorwiegend, weil es *nicht erlaubt* ist.

Frauen sollen sich unterordnen. Die perfekten Bräute sein. Oder zumindest wird uns das in der Schule so beigebracht. Weil wir entweder mit einem Monster oder einem Mann im Dorf vermählt werden. So oder so ist es uns also bestimmt, jemandem zu *gehören*.

Es sei denn, wir flüchten, geht mir zähneknirschend durch den Kopf. „Es gibt eine Elitestadt", murmle ich, was Sage erstarren lässt.

„Was?" Sie blinzelt mich an.

19

„Serapina …" Ich sehe mich um, um sicherzustellen, dass wir weit weg von Gebäuden sind, an denen Aufnahmegeräte angebracht sein und unser Gespräch aufzeichnen könnten. Dabei handelt es sich um fiese kleine Dinger, die von den Dorfschützern verwendet werden, um uns auszuspionieren. Ich bin nicht sicher, wie sie funktionieren oder wie sie aussehen, doch man munkelt, dass sie existieren.

Aber wir sind jetzt fast schon bei der Straße angelangt und die wenigen Stände um uns herum sind mit leeren Gemüse- und Obstkisten gefüllt.

„Serapina hat mir letztes Jahr eine Notiz dagelassen."

Sage reißt ihre Augen auf. „Eine Notiz?"

Ich nicke. „Während der Zeremonie."

„Aber … wie?"

„Ich weiß es nicht", gebe ich zu. „Aber der Zettel barg ihre Handschrift." Also habe ich allen Grund zur Annahme, dass er von ihr ist. Ich weigere mich, etwas anderes zu glauben. *Sie lebt. Ich werde sie finden. Wir werden alle wiedervereint sein. Irgendwie. Irgendwo. Irgendwann.*

„Warum sagst du mir das alles erst jetzt?"

„Weil ich auserwählt werden *will*", betone ich. „Ich … ich muss Sera finden." Das ist ein Spitzname, den ich sonst nur hinter geschlossenen Türen verwende, aber Sage gehört praktisch zur Familie.

Was es mir schwergemacht hat, diese Information für mich zu behalten. Aber ich wollte sie beschützen.

Und wenn ich offen und ehrlich sein soll, wollte ich mein Geheimnis bewahren.

Zu vertrauen, ist mir immer schon schwergefallen.

Aber wenn ich jemandem in diesem Dorf vertrauen kann, dann Sage. Vielleicht wäre es in einem anderen Leben oder in einer anderen Realität anders gewesen.

Trotzdem muss Sage verstehen, dass sie keine Schuld an meinen Entscheidungen trifft.

„Sera ist irgendwo da draußen und wartet auf mich. Alles, was ich weiß, ist, dass ich nach der Elitestadt suchen muss, die sie in der Notiz erwähnt hat. *Chicago*, so hat sie sie genannt. Darum habe ich all die zusätzlichen Einträge hingenommen. Du und Paulina schuldet mir gar nichts."

Paulina ist Sages Mutter. Sie verlässt ihr Haus nur selten und als Ausgestoßene muss sie den heutigen Feierlichkeiten fernbleiben. Darum ist ihre Tochter auch allein hier.

„Mach dir keine Vorwürfe, falls ich auserwählt werde", fahre ich fort. „Du musst mir glauben, wenn ich dir sage, dass ich das *will*."

Sie gafft mich mit weit aufgerissenen Augen an und das Glockenspiel wird mit jedem Augenblick lauter. „Sie hat die Nacht der Monster überlebt."

„Sie hat die Nacht der Monster überlebt", wiederhole ich nickend. „Und ich werde das auch."

„Indem du die Elitestadt findest?"

„Ganz genau."

„Chicago", wiederholt sie, woraufhin ich abermals nicke.

„Mir wird nichts passieren", sage ich zu ihr. „Und dir auch nicht. Verhalte dich einfach unauffällig und geh dem Viscount und seinen Baronen aus dem Weg." So lautet der Titel der anderen Männer in seinem inneren Zirkel. Aufgrund ihres Rangs werden sie von den anderen Dorfbewohnern respektiert.

„Ich weiß nicht, wie ich das bewerkstelligen soll", sagt Sage. „Sie … sie tauchen immer wieder in den Gärten auf, Alina."

„Tu einfach nichts, was Aufmerksamkeit auf dich zieht." Ich ziehe sie in eine Umarmung, und führe meinen

Mund nahe an ihr Ohr. „Tausche Einträge nur gegen Ressourcen, die du wirklich brauchst. Und verstoße nicht gegen die Regeln. Wenn ich dieses Jahr etwas gelernt habe, dann dass man als Rebellin viel eher zur Zielscheibe wird."

Für unangebrachte Angebote.

Falsche Schutzversprechen.

Und etwas zu offenkundiges Interesse.

Ich erzähle ihr diese Dinge nicht, lasse alles ungesagt. Denn sie weiß besser als jeder andere, was passiert, wenn eine Frau als schwach oder leichte Beute gilt. Ihre Mutter ist der lebende Beweis dafür, dass Frauen hier für die Sünden der Männer bestraft werden.

„Denk daran, was ich dir gesagt habe", fahre ich leise fort. „Immer mittwochs um zweiundzwanzig Uhr. South Street beim Maisfeld. Er wird eine Taschenlampe in der linken Hand halten, nicht in der rechten. Und er nimmt nur Rauchfleisch an."

Ich habe ihr das jetzt schon hunderte Male gesagt, aber ich kann es mir nicht verkneifen, es ein weiteres Mal zu tun.

„Pass auf dich auf", ergänze ich mit Tränen in den Augen. „Und wenn du jemals auserwählt wirst, such nach einer alten Karte und finde Chicago."

Ich lasse von ihr ab, ehe sie etwas darauf erwidern kann. Das Klingeln in meinen Ohren ist markerschütternd laut.

Es ist mir egal, dass ich Aufmerksamkeit auf mich ziehe, weil ich zu spät bin. Sage muss sich verstecken. So gut wie sie es mit diesem silberfarbenen Haar kann, jedenfalls.

Ich schlucke hart und gehe mit Sage im Schlepptau erneut auf die Straße zu.

Sie sagt nichts, greift nur nach meiner Hand und drückt sie.

Ich lasse von ihr ab, als wir uns den Feierlichkeiten nähern. Den Schleier umklammere ich noch immer fest mit meiner anderen Hand.

Ich hole tief Luft und stecke ihn in meine dunklen Haare.

Und bete zum ersten Mal in meinem kurzen Leben aufrichtig.

Bitte ruf meinen Namen auf…

Bitte ruf meinen Namen auf…

Bitte ruf meinen Namen auf…

KAPITEL ZWEI

ALINA

Es HERRSCHT eine tödliche Stille auf dem Marktplatz.

Niemand sagt etwas. Ich bin überzeugt, dass einige von uns es nicht einmal wagen, einen Atemzug zu nehmen.

Jetzt heißt es warten. Eine von Angst durchzogene Spannung liegt in der Luft, während der Dorf-Viscount sich darauf vorbereitet, seinen jährlichen Sermon zu halten.

Wir werden zu den Monstern beten, weil sie uns gestatten, unter ihnen zu leben, das Opfer segnen und die Schicksale bitten, die richtigen Gaben auszuerwählen.

Die falschen Gaben anzubieten, könnte in der Auslöschung der Menschheit enden. Oder zumindest sagt das unser Dorf-Viscount immer.

Ich schlucke hart. Mein weißes Kleid klebt aufgrund der sengenden Hitze an meiner schweißbedeckten Haut. Der Sommer steht bevor, wie die gleißende Sonne über unseren Köpfen verrät. Aber das hält unseren Viscount nicht davon ab, die Zeremonie in die Länge zu ziehen.

Er steht da oben im Schatten des Überhangs der

Bühne, sein Podium ein paar Meter weit entfernt von seinem großen Körper, der in einen Anzug gehüllt ist.

In der Nähe von ihm bewegt sich ein Ventilator von links nach rechts, den ich zwar sehen, aber nicht hören kann. Und er lässt sich nur erahnen, weil die langen blonden Haare des Viscounts um seine breiten Schultern wehen.

Er ist einer der ältesten Männer hier, und die Barone sind die Einzigen, die ihm altersmäßig nahekommen. In unserem Dorf werden Männer nur selten über fünfzig Jahre alt. Es gibt zu viele landwirtschaftliche Unfälle. Die Arbeitszeiten sind zu hart. Und wir haben nicht genug Geld, um unsere Grundbedürfnisse zu befriedigen.

Inmitten von mehreren Leuten, die nervös auf der Stelle treten, balle ich meine Hände zu Fäusten. Wir haben Hunger und Durst. Es ist zu heiß. Und wir haben *Angst*.

Aber dieses Jahr hat meine Angst einen anderen Ursprung. Ich fürchte mich nicht länger davor, auserwählt zu werden, sondern davor, *nicht* auserwählt zu werden.

Ich beiße die Zähne zusammen und starre zu unserem Anführer hoch. *Scheiß auf das hier.*

Ich habe diese Zurschaustellung von Macht satt. Alle um mich herum haben ihre Köpfe respektvoll gesenkt, doch ich kann mich nicht dazu durchringen, mein Kinn zu neigen. Ich will ihn anstarren, ihn *sehen*. Und ich will, dass er mich auch sieht.

Es ist ein seltsames Bedürfnis. Ein verbotenes Verlangen. Eine *wütende* Gefühlsregung.

Dieser Mann wagt es, da oben mit seinen *Ventilatoren* zu stehen, während der Rest von uns vor Hitze fast umkommt.

Der Stoff, der um mein Gesicht hängt, fühlt sich schwer an und das durchsichtige Material bleibt an meinem heißen Gesicht kleben.

Ich kneife meine Augen zusammen. *Jetzt reicht's.*

Bald wird mein Name aufgerufen, und dann bin ich frei. Ich muss einfach daran glauben, denn sonst werde ich schreien. *Es gibt keine andere Option. Das Schicksal muss auf meiner Seite stehen.*

Und wenn es das nicht tut, dann kann ich vielleicht dafür sorgen, dass alles so kommen wird, wie ich mir wünsche. Wenn ich diesen Viscount noch etwas mehr herausfordere und ihm keine andere Wahl lasse. Indem ich ihn zwinge, mich *auszuwählen*. Denn eine trotzige Dorfbewohnerin ist die perfekte Gabe. Führen Regelbrüche nicht genau deshalb zu mehr Einträgen?

Ich stelle diese Theorie auf die Probe und schiebe den Schleier beiseite, sodass er meine Haare bedeckt, mein Gesicht jedoch freigelegt ist. Die Männer müssen sich nicht hinter einem weißen Vorhang verstecken, warum sollte ich es dann tun?

„*Lina*", zischt Sage leise. „Was machst du da?"

„Mich gegen die Ordnung auflehnen", erwidere ich, ohne meine Lippen zu sehr zu bewegen.

Ein paar Leute um uns herum regen sich, weil sie unser Gespräch mitbekommen haben. Sie mögen die Worte nicht vernommen haben, aber auf einem so stillen Platz konnte man das Flüstern bestimmt gut hören.

Der Blick des Viscounts fällt augenblicklich auf mich. Vermutlich nicht, weil ich etwas gesagt, sondern, weil ich mich bewegt habe.

Er ist zu weit weg, um seine älteren Gesichtszüge lesen zu können, aber seine Aufmerksamkeit weilt jetzt zweifelsohne auf mir.

Was wirst du jetzt tun?, frage ich mit meinem Blick, obwohl sich das Verlangen in mir breitmacht, mich unterzuordnen. Ich war noch nie so unverfroren. Das fühlt sich unbesonnen, befreiend, furchterregend an.

Er ist von Dorfschützern umgeben, die allesamt gesichtslos daherkommen. Ihre Kapuzen sind ihre Identitäten. Einige von ihnen könnten sogar aus dem Zug sein, der hinter der Bühne steht.

Der Lichtflitzer.

Es handelt sich dabei um einen riesigen Zug, dessen Metallwände in einem grellen weiß lackiert sind. Die Farbe erinnert mich an mein Kleid.

Wie schaffen sie es, den Zug so sauber zu halten?, frage ich mich.

Ich stecke erst drei Stunden in diesem Kleid und es fühlt sich bereits schmutzig an. Und dieser Zug strahlt immer noch, obwohl er schon Abertausende von Meilen zurückgelegt hat.

Ich schlucke hart und beim Gedanken daran, in den Lichtflitzer zu steigen, macht sich ein ungutes Gefühl in mir breit. Das ist mein Ziel. Das, was ich will. Aber das heißt noch lange nicht, dass ich keine Angst habe.

Mein Blick wandert zurück zum Viscount, der mich nach wie vor anstarrt. Oder zumindest sieht es von hier so aus. Es sind weit über tausend Leute auf diesem Platz versammelt und uns umgeben mehrere tausend weitere.

Unser Volk ist so weit im Land verteilt, dass sich das Dorf immer klein anfühlt, bis wir alle an einem Ort zusammenkommen. Einige von uns leben näher am Dorfzentrum – wie ich und Sage –, andere irgendwo in den Bergen und Tälern. Mehrere Leute hier haben sechs bis acht Kilometer Fußmarsch zurückgelegt, um der heutigen Zeremonie beizuwohnen.

Alles ohne Wasser oder Nahrung.

Und doch stehst du da oben und trägst deine Macht zur Schau, denke ich, und funkle den Viscount an. *Komm schon, bring es endlich hinter dich.*

Ich könnte schwören, dass er daraufhin seine Augen

zusammenkneift. Vielleicht bilde ich mir das nur ein. Vielleicht bin ich benommen von der Hitze und weil ich gezwungen bin, in der prallen Sonne zu stehen. Oder vielleicht sehe ich ihn zum ersten Mal in klarem Licht.

Dieser Mann verdient meinen Respekt nicht.

Es ist eine Einsicht, die mir einen eiskalten Schauer über den Rücken jagt.

Zwanzig und zwei Jahre lang habe ich diesen Mann gefürchtet und verehrt. Aber jetzt ... jetzt wünsche ich mir, dass er meinen Namen sagt und mir erlaubt, in den Zug zu steigen.

Was, wenn er nicht meinen Namen aus dem Kelch holt? Was, wenn ich weitere zwei und zehn Monate hier feststecke?

Was, wenn es dieses Jahr keine Gaben gibt?

Scheiße.

Wenn ich heute nicht in diesen Zug steige ...

Der Viscount macht einen Schritt nach vorn, woraufhin mein Kopf von einem ohrenbetäubenden Geräusch heimgesucht wird, der meine Gedanken urplötzlich zu einem Stillstand kommen lässt.

Der ohrenbetäubende Laut stammt nicht aus meinem Kopf ..., sondern vom Mikrofon auf der Bühne.

Alle Zuschauer scheinen zusammenzuzucken, ich inbegriffen. Aber es ist weniger das Geräusch, das mich dazu bringt, sondern eher die Tatsache, dass der Viscount mich immer noch unentwegt ansieht.

Er presst seine Hand auf sein Ohr, dann wandert sein Blick zum Bahnhof, der sich mehrere Meter hinter ihm befindet, und beginnt seinen Mund zu bewegen. Seine tiefe Stimme dringt kaum hörbar aus den Lautsprechern, und ich kann nicht recht ausmachen, was er sagt. Er steht geradeso außer Reichweite des Mikrofons, aber es genügt, um mich erschaudern zu lassen.

Habe ich einen Fehler gemacht?, frage ich mich. *Ich war*

dreist. Vielleicht zu dreist. Was, wenn er mir etwas Schlimmeres antun kann?

Ich bin kein Schaf mehr. Ich habe mich von der Herde entfernt. Es ist mir egal, ob sie meinen Namen in den Kelch geworfen haben. Zur Hölle, ich *will*, dass sie noch mehr Einträge hineinwerfen.

Macht mich das zu einer Zielscheibe für schlimmere Strafen?

Der Viscount sieht mich eindringlich an und seine Aufmerksamkeit liegt jetzt voll und ganz auf mir. *Ja*, meldet sich eine Stimme in meinem Kopf. *Ja, Lina, es gibt schlimmere Strafen. Viel schlimmere.* So viel ist mir jetzt, wo der Viscount uns alle fast schon mit einem beinahe finsteren Ausdruck mustert, klar.

Wie konnte mir das bisher entgehen?, staune ich und sehe blinzelnd zu ihm hoch, wie ein Reh, das von Wölfen umzingelt ist. *Weil ich ihn nie zuvor recht angesehen habe.*

Uns wurde von klein auf beigebracht, unsere Köpfe zu neigen.

Uns zu unterwerfen.

Unsere *Ältesten* mit Respekt zu behandeln.

„Es gibt einen guten Grund, warum sie schon so lange leben", hat meine Mutter immer mit sanfter Stimme gesagt. „Vergiss das nicht. Respektiere sie."

Leider habe ich den Respekt für den Viscount und seine Barone verloren, als ich diesen Zettel von meiner Schwester erhalten habe. Oder sollte ich sagen, dass ich mir nichts mehr aus Respekt mache?

Ich war vollends darauf konzentriert gewesen, als Gabe auserwählt zu werden. Mein Name liegt vermutlich fast dreihundertmal in diesem Kelch.

Aber es gibt tausende andere Männer und Frauen auf diesem Marktplatz, die sich qualifiziert haben. Jeder von ihnen hat ihren Namen mindestens einmal in den Kelch der Auswahl gelegt. Und viele von ihnen haben bestimmt mehr als nur einen Eintrag. Nur so kann man hier überleben – indem man Einträge gegen Ressourcen tauscht.

„Willkommen beim Tag der Auswahl", sagt der Viscount und breitet seine Arme aus, obwohl alle zu Boden blicken. „Heute feiern wir die Monster und würdigen sie, indem wir unsere Gaben auserwählen."

Er sagt das, als sollten wir applaudieren.

Niemand tut es.

Keiner bewegt sich.

Es ist, als würde er gegen eine Wand reden.

Aber er lächelt dennoch, genießt ganz offensichtlich sein Podium und seine Bühne. Ich habe diesen Teil der Zeremonie noch nie *mitangesehen*. Habe ihm nie wirklich Aufmerksamkeit gezollt. Die Barone hinter ihm grinsen ebenfalls.

„Schon über drei Jahrhunderte erlauben uns die Monster, friedlich mit ihnen auf dieser großartigen Erde zusammenzuleben. Sie haben uns mit den vielen Ressourcen ausgestattet, die wir zum Überleben brauchen, haben dafür gesorgt, dass wir bei guter Gesundheit sind, und uns Langlebigkeit geschenkt. Um ihnen zu danken, schenken wir ihnen Gaben. Genau das macht diese Zeremonie so wichtig. Denn wir müssen sicherstellen, dass wir die *richtigen* Gaben darbringen."

Er sieht in meine Richtung, als er das sagt.

Oder vielleicht fühlt es sich nur so an, weil ich die Einzige bin, die zu ihm hochblickt. Aber irgendwie will es mir jetzt nicht mehr gelingen, meinen Kopf zu senken, obwohl ein nervöses Kribbeln in meine Gliedmaße und an meinem Rücken hinabwandert. Wir scheinen uns einen Kampf der Willen zu liefern, und ich kann es mir nicht leisten, zu verlieren. Gleichzeitig weiß ich nicht, ob ich mir es leisten kann, zu gewinnen.

„Bevor wir anfangen, würde ich den Monstern gern mit einem Gebet danken. Wenn ihr bitte alle eure Augen schließen und mit mir beten würdet …" Er verstummt, sein Blick noch immer auf mir.

Ich schließe meine Augen nicht.

Ich bewege mich keinen Zentimeter.

Und ich könnte schwören, dass ich selbst aus der Ferne hören kann, wie er mit seinen Zähnen knirscht.

Was machst du da?, frage ich mich. *Das ist ein ganz neues Level an Trotz.*

Im vergangenen Jahr bin ich immer rebellischer geworden, aber das alles habe ich nur getan, um als Gabe auserwählt zu werden.

Das hier fühlt sich irgendwie anders an. Notig. Und vollkommen verrückt.

Der Viscount beginnt sein alljährliches Gebet.

Aber jetzt ist alles anders. Weil er die Worte von sich gibt, während er mich anstarrt. Seine Stimme hört sich … tiefer an. Wütender. Intensiver.

Bilde ich mir das bloß ein?

Trotz der schwülen Hitze rinnt mir ein Schauer an meinem Rücken hinab und ich bekomme Gänsehaut. Mein Magen verkrampft sich und obwohl Schweiß an meiner Stirn klebt, ist mir kalt.

Die gegenteiligen Empfindungen bringen mich durcheinander und ich wende meinen Blick um ein Haar vom Viscount ab. Aber dann erden mich seine letzten Worte.

„Wir beten zu den Schicksalen, dass unsere Gaben von der höchsten Qualität sein mögen. Dass die Monster erfreut über unser Opfer sein werden und dass keine unserer Bräute uns enttäuscht."

Mit diesen Worten beendet er seinen Sermon immer.

Doch dieses Mal ergänzt er: „Und falls die Monster aus irgendeinem Grund nicht zufrieden sein sollten, werden wir ein Beispiel aus der betreffenden Gabe machen und sicherstellen, dass die Monster nie wieder unzufrieden sein werden."

Diese Worte veranlassen ein paar Zuschauer dazu, unangenehm berührt auf der Stelle zu treten und ihrer Überraschung mit einem hörbaren, scharfen Einatmen Ausdruck zu verleihen.

Was zum Teufel soll das denn heißen?, frage ich mich und starre den Viscount nach wie vor an.

Aber er lächelt bloß und klatscht in die Hände. „Lasst uns anfangen!" Er strahlt bis über beide Ohren, was Alarmglocken in meinem Kopf losgehen lässt.

Und das nicht nur, weil er seinen Blick endlich von mir abgewandt hat.

Sondern weil seine Aussage sich wie eine Drohung angehört hat.

Eine, die an mich gerichtet war.

Mein Herz hämmert wie verrückt und das unablässige Wummern füllt meine Ohren aus.

Es ist laut.

Mächtig.

Überwältigend.

So kann ich nicht klar denken. Das Einzige, was ich tun kann, ist, zuzusehen. Zu beobachten. *Zusehen*, wie der Kelch auf seiner Zeremonien-Plattform hervorgeholt wird.

Er ist so schwer, dass drei Dorfschützer ihn auf die Bühne rollen müssen.

Bum. Bum.

Der Mund des Viscounts bewegt sich jetzt wieder, aber seine Stimme scheint weit entfernt. Als befände ich mich mehrere Meter unter Wasser.

Bum. Bum.

Ich bin immer noch die Einzige, die zu ihm hochsieht. Niemand sonst ist ihm gegenüber derart respektlos.

Niemand, außer mir.

Bum, bum.

Er greift mit angespannter Kiefermuskulatur in den Kelch und holt von tief drinnen den Namen der ersten Gabe heraus.

Hat er gesagt, wie viele Gaben es dieses Jahr gibt?, frage ich mich und mein Rachen fühlt sich plötzlich staubtrocken an. *Habe ich eine Chance? Teufel,* will *ich überhaupt eine Chance haben?*

Seine Worte verweilen in meinen Gedanken.

„Wir werden ein Beispiel aus der betreffenden Gabe machen." Ein Beispiel. Ein Beispiel. Ein Beispiel.

Was hat das zu bedeuten?

Bin ich das Beispiel?

Weil ich ihn anstarre? Oder weil ich zu viel Aufmerksamkeit auf mich gezogen habe?

Ich zwinge mich, meine Augen zu schließen. Der Drang, einen tiefen Atemzug zu nehmen, überwältigt meine rebellischen Instinkte, die mich vollends eingenommen haben. *Konzentrier dich,* sage ich mir. *Konzentrier dich auf die Zeremonie.*

Wenn es so weitergeht, wird mir noch mein Name entgehen, weil mein Herz so laut pocht.

Wenn er meinen Namen überhaupt aufruft, denke ich und schlucke hart. Mein Herz pocht bei diesem Gedanken wie verrückt und plötzlich zweifle ich daran, ob ich mich im vergangenen Jahr derart hätte auflehnen sollen. *Ich muss der Nacht der Monster beiwohnen. Ich muss Serapina finden.*

Aber etwas fühlt sich fürchterlich falsch an. Als wäre ich in eine Falle getappt.

Unmöglich. Das war Serapinas Handschrift auf dem Zettel. Ich bin mir ganz sicher.

Aber ...

„Unsere erste Gabe ...", verkündet der Dorf-Viscount, und seine Stimme übertönt endlich das Pochen meines Herzens und lässt mich meine Augen aufreißen. „Bartholomew Monroe."

Alle sind für einen kurzen Augenblick still, bevor die Menge sich teilt und ein groß gewachsener Mann mit weißblondem Haar auf die Bühne zuzulaufen beginnt. Ich kenne ihn nicht, was nicht überraschend ist. Ich kenne nur die Menschen, die in meinem Gartenabteil arbeiten.

Es gibt hier so viele Landwirtschaftsbetriebe mit Hütten, die sich über fast zehn Meilen über die Berge und Täler erstrecken, dass wir uns nicht regelmäßig treffen können. Der Tag der Auswahl ist der einzige Anlass, der uns alle zusammenbringt.

Jemand lässt seine Fingerspitzen über meine wandern, was mich zusammenzucken lässt. Erst dann erinnere ich mich daran, dass Sage neben mir steht. Sie war die ganze Zeit über neben mir. Ich habe vergessen, dass sie da ist, nachdem ich meinen Schleier beiseitegeschoben habe. Ich war zu fokussiert auf den Viscount.

Seine Hand verschwindet abermals im Kelch, während Bartholomew sich ihm auf der Bühne anschließt. Ich kann den Ausdruck des Mannes mit dem blonden Haarschopf nicht lesen, aber ich ahne, dass er sich gelangweilt gibt. Nach außen hin Gefühle zu zeigen, ist verpönt. Dasselbe gilt für Trotz.

Der Dorf-Viscount verliest einen zweiten Namen, dieses Mal jener einer Frau, die näher an der Bühne steht. Alles, was ich sehen kann, ist ihr dunkles Haar, da ihr Schleier und ihr Kleid den Rest von ihr verbergen.

Ich versenkte meine Fingernägel in meiner

Handfläche, als ein dritter Name verkündet wird. Es ist nicht meiner.

Wenn ich mich freiwillig melden könnte, würde ich das tun. Aber so läuft das hier nicht.

Als ein fünfter Name verlesen wird, komme ich aus ganz anderen Gründen als der Sonne über unseren Köpfen ins Schwitzen.

Wie viele wird er ausrufen?

Scheiße, warum habe ich nicht aufgepasst?

Was passiert, wenn mein Name nicht fällt?

Ein sechster Name wird gezogen.

Dann ein siebter.

Und ein achter.

Mir rutscht das Herz in die Hose und meine Knie werden weich.

Er wird meinen Namen nicht sagen.

Ist das gut oder schlecht?

Schlecht. Ich muss Serapina finden, denke ich, während ein anderer Teil von mir sagt: *Gut. Ich will nicht zu einem Beispiel werden.*

„Und unsere letzte Gabe …", sagt der Viscount.

Sage greift nach meiner Hand, als er einen letzten Namen aus dem Kelch holt. Ich weiß, dass sie hofft, dass ich verschont werde. Ich aber nicht. Oder? Vielleicht ein kleines bisschen. Ich … ich bin hin- und hergerissen.

Der Viscount macht es mir schwer, meine Prioritäten in Fokus zu behalten. Ich …

„Alina Everheart."

Mein Name hallt über den Platz und der Viscount sieht mich an. Und dieses Mal weiß ich, dass es nicht daran liegt, dass ich ihn anstarre, sondern weil er meinen Namen kennt.

Scheiße. Ich hätte meinen Schleier nicht abnehmen sollen …

KAPITEL DREI

FLAME

„Nur, damit ich das richtig verstehe", flöte ich und lege meine Füße auf Orcus' Wohnzimmertisch, während ich mich auf dem Ledersofa sitzend zurücklehne. „Du willst, dass wir in eine alternative Realität reisen, wo man etwas namens *Nacht der Monster* in einem Reich der Sterblichen feiert?"

„Wie unhöflich", murmelt Reaper. „*Gefährtennacht* wäre eine nettere Bezeichnung gewesen."

„Oder Fickfest", sage ich mit lässigem Tonfall.

Reaper rutscht nach vorn. „*Diesem* Anlass würde ich definitiv beiwohnen. Wann gehen wir?"

Orcus knurrt merklich irritiert. „Wir reisen durch ein Portal in ein unbekanntes Reich, um nach meiner Mutter zu suchen, und nicht, um uns mit zerbrechlichen Menschen zu vergnügen."

„Wer sagt, dass alle davon zerbrechlich sind?", fragt Reaper und legt seinen Kopf schief. „Es gibt einen Grund, warum diese andersartigen, majestätischen Kreaturen beschlossen haben, dieses Reich zu besuchen, um dort ihre Gefährten zu finden, oder etwa nicht?"

„Majestätische Kreaturen", wiederholt Orcus mit einem sarkastischen Schnauben. „Kann sein, dass sie echte Monster sind, weißt du."

Reaper presst eine Hand auf seine Brust und sieht uns mit empörtem Ausdruck an, während er sich aufrichtet. „Nennst du Todesfeen jetzt etwa schon Zombies?"

Orcus seufzt und rollt die Augen. „Könnt ihr beiden die Angelegenheit eine winzige Sekunde lang ernst nehmen?"

„Nein", antworten Reaper und ich im Chor.

Reaper lacht und breitet sich in Orcus' Bürostuhl aus, als würde ihm der Ort gehören. Ich schlage die Beine übereinander und bringe die Hände hinter meinen Kopf, während ich Orcus, der herumstreift, lächelnd ansehe. Er geht wie eine große Katze in seinem Büro auf und ab. Was witzig ist, weil er sich nicht verwandeln kann.

Mein inneres Biest schnurrt zufrieden in mir und fühlt sich in Anwesenheit meiner beiden besten Freunde pudelwohl.

Wir sind nur Freunde. Wirklich.

Ohne sie würde ich zufrieden allein leben.

Leider ist mein Jaguar Orcus und Reaper zugeneigt. Vielleicht liegt es daran, dass sie hilfreich sind.

Orcus ist gewissermaßen ein Gott. Und Reaper hat all diese glänzenden Spielzeuge.

So viel Potenzial.

So viel *Tod*.

„Wir werden eine unbekannte Welt mittels eines illegalen Portals betreten. Ihr müsst euch konzentrieren und darauf gefasst sein, dass etwas schiefgehen wird." Er hält mitten im Schritt inne und sieht mich an. „Maliki wird mehrere Ghule durch das Portal lassen, um die Sache zu verschleiern. Ihr werdet zu beschäftigt damit sein, sie zu beschützen, um eure Schwänze rauszuholen."

Ich ziehe eine Augenbraue hoch. „Du unterschätzt meine Multitasking-Fähigkeiten um ein Vielfaches, mein Freund."

„Und überschätze deine Fähigkeit, zuzuhören", entgegnet er postwendend, was ein Lächeln auf meinen Lippen aufziehen lässt.

„Ja, tust du", stimme ich zu und strecke meine Arme über den Kopf.

Wir scherzen bloß.

Mir entgeht kein Detail, und das weiß er auch. Und das erfordert einen gewissen Grad an Konzentration und Aufmerksamkeit. Fähigkeiten, die ich schon vor langer Zeit perfektioniert habe.

„Flame wird nicht zulassen, dass den Ghulen etwas zustößt. Und ich werde dafür sorgen, dass dir niemand etwas anhat", flötet Reaper, während sich ein Dolch in seiner Hand materialisiert. Ein Dolch, den er mit seinen langen Fingern umschließt, um damit zu spielen. „Jetzt, wo wir das geklärt haben, möchte ich darüber sprechen, was du weißt. *Nacht der Monster* mal beiseite, diese Realität, in die wir reisen … ist sie … dystopischer? Soweit menschliche Reiche betroffen sind, meine ich."

Orcus streicht sich mit den Fingern durch seinen schwarzen Haarschopf und lässt sich neben mir auf das Sofa sinken. „Ja, dystopisch trifft es gut. Ich habe in der vergangenen Woche das kleine Fensterportal, das Hades kreiert hat, mehrmals benutzt, um mir verschiedene Teile des Reiches anzusehen. Und soweit ich gesehen habe, sind Menschen komplette Arschlöcher."

Ich schnaube belustigt. „Erzähl mir was Neues."

„Sie haben dieses elitäre System aufgebaut, in dem gewisse Familien Dörfer besitzen und sämtliche Sterbliche in diesen Dörfern wie Vieh behandeln", fährt er, unbeirrt von meinem Kommentar, fort. „Sie züchten sie, um perfekte Bräute und Bräutigame für die Monster zu schaffen. Das ist doch total krank."

Reaper hält inne, mit seinem Dolch zu spielen. „Sie züchten sie?"

„Natürlich hast du nur das gehört", murmelt Orcus.

„Ich habe alles gehört, was du gesagt hast, aber interessiert hat mich nur dieses Wort", erwidert Reaper und legt seinen Dolch auf den Schreibtisch. „Wie genau *züchten* sie diese Menschen?"

Orcus wirft ihm einen schiefen Blick zu. „Willst du, dass ich ein Portalfenster öffne, damit du zusehen kannst?"

Ein neugieriges Lächeln zupft an Reapers Mundwinkeln. „Tatsächlich tue ich das." Er legt seinen Kopf schief. „Aber ich wollte eigentlich fragen, wie sie Menschen erschaffen, die den Monstern würdiger sind. Versehen sie sie mit speziellen Genen? Zum Beispiel Genen, die ... es einem Sterblichen erlauben würden, einen Knoten anzunehmen?"

„Oder einen Widerhaken?", unterbreche ich, weil mein inneres Raubtier plötzlich ungemein interessiert an diesem Gespräch ist.

„Ich weiß es nicht." Orcus wird still. Vielleicht, weil er unserem Gedankengang folgt und darüber nachdenkt, dass genetisch modifizierte Menschen kompatibler mit uns sind. Jedenfalls war das Reapers Absicht gewesen, als er *einen Knoten* erwähnt hat. Denn Reaper selbst hat keinen. Nur Orcus. Und dieser Umstand erschwert ihm die Gefährtensuche.

Kurz darauf schüttelt Orcus seinen Kopf. „Das spielt keine Rolle. Was ich damit sagen will, ist, dass die Elite-Menschen diejenigen, die nicht zur Elite gehören, wie Waren behandeln. Es ist widerwärtig."

„Hört sich für mich eher altertümlich an", sage ich und denke an Sterblichen-Geschichte und Zeiten zurück, in denen Adelige das Reich der Sterblichen regiert haben. Obwohl ... Damals war es eher so, dass der Reichtum und die Ressourcen ungerecht verteilt waren. Man hat andere Menschen nicht direkt wie Vieh behandelt.

„Ich habe mich auf eine der Elitestädte konzentriert", fährt Orcus fort. „Vorwiegend, weil dort Übernatürliche unter den Elite-Menschen leben. Ich versuche, ihre Sicherheitsmaßnahmen besser zu verstehen. Aber sie spüren das Portal immer wieder – ganz so, wie Hades prophezeit hat."

Ich stelle meine Füße auf den Boden und lege meine Unterarme auf meine Oberschenkel. „Sind sie uns gegenüber feindlich gesinnt?"

Orcus schüttelt seinen Kopf. „Nein, sie sind bloß neugierig."

„Haben sie versucht, mit uns zu kommunizieren?"

Ein weiteres Kopfschütteln. „Noch nicht. Aber ich bin nicht lange genug geblieben, damit es jemand versuchen konnte."

„Dann orten sie deine Portalbewegungen also nicht erfolgreich", überliefere ich.

„Genau. Das könnte daran liegen, dass ich immer wieder an verschiedenen Stellen und nur für kurze Zeit auftauche. Oder aber sie sind es ganz einfach gewohnt, dass sich wahllos Portale auftun und wieder verschließen. Es ist schwierig zu sagen."

„Na, wenn das stimmt, könnten wir sofort ins Reich reisen, anstatt Maliki dazu zu drängen, seinen Hals zu riskieren, indem er gegen Luzifers Regeln verstößt", bemerkt Reaper, nachdem er das Hin und Her zwischen mir und Orcus beobachtet hat.

„Wenn wir jetzt eine Portaltür schaffen, können sie uns mit Leichtigkeit orten, und es wäre mir lieber, wenn ich mich nicht mit der Politik einer weiteren Welt befassen müsste", erwidert Orcus.

„Du meinst wohl eher, dass es Hades lieber wäre, wenn er sich nicht mit der Politik einer anderen Welt befassen müsste. Aber er hat kein Problem damit, Maliki Luzifers Zorn auszusetzen." Das Lächeln auf Reapers Lippen ist verschwunden und sein Zorn darüber, dass Maliki sich opfern wird, deutlich spürbar. Die beiden sind gut befreundet, was bedeutet, dass Reaper tun wird, was immer nötig ist, um Maliki zu beschützen.

Ganz so, wie Reaper alles tun würde, was nötig ist, um mich und Orcus zu beschützen.

Mag sein, dass er sadistisch und grenzdebil ist, aber er ist allemal ein wertvoller Verbündeter.

Orcus seufzt. „Maliki hat sich freiwillig gemeldet."

„Natürlich hat er das", entgegnet Reaper. „Maliki würde alles tun, was Hades von ihm verlangt."

„Dasselbe könnte man von uns behaupten, wenn es um Orcus geht", murmle ich achselzuckend. „Maliki ist nicht der Einzige, der ein Risiko eingeht, Reap. Das tun wir alle."

„Nein." Reaper zeigt mit dem Finger auf mich, was meinen Mundwinkel zucken lässt. „Darauf lasse ich mich nicht ein."

„Warum nicht?", frage ich mit gespielter Unschuld. „Ist dir das zu intim?"

„Ich weiß auch nicht, *Miezekätzchen*. Was glaubst du?"

Ich kneife meine Augen zusammen. „Das ist ein belämmerter Spitzname."

„Dasselbe könnte man von *Reap* behaupten."

„Das ist buchstäblich dein Name."

„Und du bist buchstäblich eine Katze", schießt er zurück.

„Ich bin ein verdammter Jaguar, *Todesfee*, kein *Miezekätzchen*."

Er zuckt mit der Schulter, als hätte er mich und meine Wurzeln nicht gerade zutiefst beleidigt. „Ist doch ein und dasselbe."

Ich stehe auf. „Willst du mit meinem *Miezekätzchen* spielen?"

Orcus, der auf dem Sofa sitzt, seufzt hörbar. „Ihr werdet uns noch vor der Nacht der Monster umbringen." Er sagt das, als wäre er aufgebracht, aber mir entgeht der amüsierte Tonfall in seiner Stimme nicht. Er weiß ganz genau, was gerade geschehen ist. Ich habe Reaper absichtlich abgelenkt.

Maliki lässt sich nicht umstimmen.

Ganz so, wie man Reaper oder mich nicht davon abbringen könnte, uns mit Orcus auf diese Mission zu begeben.

Wir beide wissen, wie wichtig es ist, Orcus' Mutter zu finden. Und wir beide wissen auch, was auf dem Spiel steht, wenn jemand herausfindet, was wir in diesem anderen Reich wirklich aufspüren wollen.

Wir drei haben schon vor über tausend Jahren zusammengefunden. Mag sein, dass wir nicht blutsverwandt sind, aber wir sehen einander dennoch als Brüder an.

Reaper blendet meinen Kommentar aus und holt stattdessen eine weitere seiner berüchtigten Waffen hervor. Dieses Mal ist es ein langer Wurfdolch.

Er macht nicht Gebrauch von ihm, neckt mich bloß damit, indem er das silberne Metall zwischen seinen Fingern hindurchwandern lässt und ihn auf eine Art zwischen den Fingern balanciert, wie die meisten es nie könnten.

Alle Todesfeen haben gewisse Fähigkeiten.

Reaper hat ein Faible für Waffen. Er kann mit seiner Magie erschaffen, was immer er will, und es dann präzise einsetzen. Er ist der geborene Mörder.

„Ich will einen Blick in dieses andere Reich werfen", sagt er und blickt mich mit seinen silberblauen Augen an. Ganz so wie seine silberfarbenen Haare glitzern sie im fahlen Licht des Büros. Er trägt die langen, dichten Locken heute offen, und sie umspielen seine breiten Schultern und lassen ihn ganz wild aussehen.

Normalerweise bindet er sein Haar zurück.

Aber im Augenblick scheint er etwas verstört. Das wirft die Frage auf, ob er kurz vor einer psychotischen Episode steht – etwas, das durch die Seelen ausgelöst wird, die er essen muss, um zu überleben.

Leider hat diese Ernährung ihre Schattenseiten.

Eine, die, na ja … ihn des Öfteren in den Wahnsinn treibt.

„Wir werden nicht lange hindurchschauen können", informiert Orcus Reaper, was meine Aufmerksamkeit zurück auf die Diskussion über das andere Reich zieht. „Aber ich kann ein kleines Fensterportal heraufbeschwören. Ich wollte mir heute sowieso etwas ansehen."

Das erhascht meine Aufmerksamkeit. „Was wolltest du dir ansehen?"

„Einen gewissen Tag der Auswahl", murmelt er. „Grundsätzlich ist es nichts anderes als der Auswahlprozess für die Opfer der Nacht der Monster. Ich habe einen der elitären Arschlöcher darüber sprechen gehört und will herausfinden, was er beinhaltet."

„Du wirst in dieses Reich reisen und ein paar Sterbliche umlegen, habe ich recht?", meint Reaper, während ich mich wieder neben Orcus setze.

„Vermutlich", räumt unser gottesähnlicher Freund ein.

„Hm", summt Reaper und steht auf, ehe er auf uns zukommt. Anstatt sich neben uns auf das Sofa zu setzen, positioniert er sich hinter uns und bewacht uns. „Hört sich köstlich an."

„Das kannst auch nur du sagen", sagt Orcus zu ihm.

Ich steuere nichts bei. Vorwiegend, weil ich keinen Ansporn brauche, um die Welt um ein paar dunkle Seelen zu erleichtern. Wenn Reaper an ihnen knabbern will, während ich es tue, werde ich sie ihm aufschlitzen und in Stücke schneiden, damit er sie sich schmecken lassen kann.

Als Reapers chaotische Energie aus seinen Poren strömt, beginnen dunkle Stränge um uns herum zu wirbeln. Die langen Schleifen sehen aus wie Asche, aber die obsidianschwarzen Stränge lassen keine Essenz zurück. Die Kraft gehört ganz allein Reaper. Jeden Tag scheint er die Kontrolle über seine tiefschwarzen Stränge etwas mehr zu verlieren.

Ich bin mir nicht sicher, was sie heraufbeschwört.

Vielleicht liegt es am Alter. Aber vermutlich hat es eher etwas damit auf sich, dass er keine Gefährtin hat. Er braucht eine Seele, die ihn ausgleicht, ihm einen *Anker* in der Gegenwart bietet, damit er nicht immerzu in der Vergangenheit weilen muss.

Leider hält er nichts von diesem Konzept.

Reaper hat seine psychotische Seite akzeptiert.

Bald werden wir ihn nicht mehr in die Realität zurückziehen können.

Die Brise trägt uralte Worte zu uns, als sich Orcus' einzigartige Kraft entfaltet. *Mythenfeenmagie*, denke ich staunend, immer wieder aufs Neue beeindruckt von all der Lebenskraft, über die Orcus verfügt. Er ist mehr Gott als Fee. Ein Wesen, das über enorme Kraft und Fähigkeiten verfügt. Eines, das Reiche und Realitäten mit nur einem einzigen Zauber durchqueren kann.

Das ist echt bewundernswert, geht mir durch den Kopf und ich beneide ihn darum, dass er sich so mühelos durch Zeit und Raum bewegen kann.

Ich bin zu einem Teil eine Formwandlerfee, zum anderen eine Leichenfee. Obwohl ich meine ganz eigenen Talente besitze, Teleportation ist keine von ihnen.

Eine tiefe Stimme breitet sich im Raum aus und lässt mich die Stirn kraus ziehen.

„Everheart", ist alles, was sie von sich gibt.

„Was zum Teufel ist ein Everheart?", wundere ich mich.

Orcus zuckt mit den Schultern und schwenkt das Bild herum, um es von einem blauen Himmel hinunter auf eine Menschenmenge auf einem Feld zu richten.

Nein, das ist kein Feld. Es sieht eher aus wie ein Marktplatz. Ein paar kaputte Straßen und enge Gehwege führen auf ihn zu, und die umliegende Gegend wird von Schubkarren und altmodischen Marktständen eingerahmt.

„Ich habe das Gefühl, in der Zeit zurückgereist zu sein", sagt Reaper leise. „Befinden wir uns im achtzehnten Jahrhundert oder so?"

„Nein, aber die Leute, die diese Welt bewohnen, scheinen diesen Lebensstil zu mögen", knurrt Orcus.

Hinter mir höre ich das Quietschen von Reapers Lederjacke, was mir verrät, dass er seine Arme verschränkt hat. „Wie seltsam."

Ich will gerade meinen Kommentar zum Bild abgeben, das sich uns bietet, doch dann erhascht eine Bewegung in der Mitte des Bildschirms meine Aufmerksamkeit. Eine Frau, deren dunkles Haar von einem durchsichtigen Schleier verborgen ist, beginnt durch die Menge zu waten. Die Menschentraube teilt sich, als würde die Frau vor den Altar treten.

Mal abgesehen davon, dass alle vor Ort ein Brautkleid oder einen Smoking tragen.

Und anders als die anderen Frauen hat sie ihren Schleier zurückgezogen, sodass man ihr Gesicht erkennen kann.

„Kannst du heranzoomen?", frage ich, ohne darüber nachzudenken. Der Jaguar in mir regt sich. Etwas an dieser Frau scheint ihn zu bezirzen. Ist es ihr entschlossener Gesichtsausdruck? Der wilde Ausdruck in ihren Augen?

Augen, die schwarz wie die Nacht sind.

Sie schimmern.

Wunderschön.

Und jetzt, wo Orcus das Portal auf sie gerichtet hat, scheinen sie noch ausdrucksstärker.

Sie scheint uns nicht zu bemerken. Vermutlich wegen der Magie, die Orcus benutzt, um in dieses Reich zu spähen. Es ist eine Fähigkeit, die vielerlei Verwendungszwecke hat. Aber für den Augenblick bin ich zufrieden damit, dieser Frau ganz einfach … durch die Menge zu folgen.

„Verdammt, sieht die gut aus", flüstert Reaper, der hinter mir steht.

„Ja", stimme ich zu und schlucke hart. „Ein geschmeidiger Panther im Schafspelz."

„Ich glaube, so sagt man das nicht", meint Reaper abgelenkt, als wollte er nur meinen falschen Satz kommentieren, während sein Blick die ganze Zeit über auf dem Bildschirm verweilt. „Aber jetzt verstehe ich langsam den Reiz an diesem Gefährtennacht-Ding."

Als sie die Bühne erreicht, bewegt sich das Portal und ich schürze meine Lippen, als mir bewusst wird, dass die Gesichter der anderen Bräute auf der Bühne nach wie vor von ihren Schleiern verborgen sind.

Warum zeigt die hier ihr Gesicht, während alle anderen ihre verbergen?

„Das macht dann neun Gaben für den diesjährigen Tag der Auswahl", verkündet ein älterer Mann, der auf einem Podium steht.

Niemand applaudiert.

Niemand scheint sich zu trauen, auch nur einen Atemzug zu nehmen.

„Das ist doch total krank", sagt Reaper. „Ich nehme an, dass es sich bei diesen *Gaben* um die Menschen handelt, die … an der Gefährtennacht teilnehmen?"

„Zur Nacht der Monster", korrigiert Orcus ihn. „Ja, so habe ich das auch verstanden."

„Scheiße", keuche ich, mein Blick noch immer auf die Frau mit dem Namen *Everheart* gerichtet. Oder jedenfalls gehe ich davon aus, dass das ihr Name ist. Sie hat sich bewegt, gleich nachdem dieser ältere Kerl nach ihr gerufen hat. Es ist ein guter Rateversuch, und ein passender.

Denn sie hat ein herzförmiges Gesicht.

Everheart.

Der Kerl, der das sprichwörtliche Zepter dieser Welt in der Hand zu halten scheint, sagt noch etwas, das mir entgeht, doch daraufhin weitet sie ihre Augen leicht, was aber nichts an ihrem eisernen Ausdruck ändert. Er sieht ihr direkt ins Gesicht, und sie starrt unerschrocken zurück.

Alle anderen neigen ihre Köpfe, selbst diejenigen, die auf der Bühne stehen.

Sie aber nicht.

Sie bleibt wacker und mit einem selbstbewussten Ausdruck im Gesicht und mutiger Haltung stehen.

Ein Panther, der ein Raubtier herausfordert, wird mir bewusst. *Wie heiß.*

Aber bevor ich mir ansehen kann, wie die Sache ausgeht, verschwimmt das Bild.

„Hey, ich wollte mir das ansehen", wende ich ein.

„Ich auch", mault Reaper.

Orcus schnaubt verächtlich. „Ich kann es nur wenige Minuten offen behalten, ohne bemerkt zu werden, aber ich bin froh, dass ich euer Interesse wecken konnte. Sollen wir uns einen Plan für die Nacht der Monster überlegen?"

„Plan?", wiederhole ich und mein Herz pocht etwas zu wild.

Die Neugier meines inneren Biestes ist geweckt. Er will raus. Er will frei sein. Er will herumstolzieren. Er will *jagen*.

Diese süße kleine Brünette erfüllt all unsere Bedingungen.

Vielleicht kann diese Mission zwei Zwecke erfüllen. Zum einen werden wir Orcus' Mutter finden und zum anderen dieses dunkelhaarige Kätzchen aufspüren.

Everheart.

Diesen Namen werde ich nicht so schnell vergessen.

Bis bald, kleiner Panther.

KAPITEL VIER
ALINA

Meine Haut brennt noch immer an der Stelle, an der Sage ihre Fingernägel versenkt hatte. Es war eine abrupte, emotionale Verabschiedung, die ich nicht erwidern konnte, weil der Viscount mich mit funkelndem Blick angesehen hatte. Ich wollte nicht riskieren, dass er mich mit Sage sprechen oder sie umarmen sieht.

Also hatte ich einfach ihre Hand losgelassen.

War an den Dorfschützern, die gewartet hatten, vorbei und auf die Bühne zugegangen.

Aber die Zeremonie hatte an dieser Stelle nicht aufgehört. Oder zumindest nicht so, wie sie es hätte sollen.

Stattdessen hat der Viscount gesagt: „Wie ich schon erwähnt habe, beträgt unser Gaben-Kontingent für dieses Jahr neun, aber ich fürchte, dass eine unserer Gaben keine angemessene Wahl ist. Aus diesem Grund werde ich eine zehnte auserwählen – nur für den Fall."

Sein Blick verweilte die ganze Zeit über auf mir, obwohl ich auf der Seite der Bühne gestanden habe.

Dann hat er einen zehnten Namen ausgerufen.

„Amberly Honeycutt."

Ihr Name geht mir unablässig durch den Kopf, während sie sich ihren Weg zur Bühne bahnt. Ihr schwarzes Haar glitzert im Sonnenlicht und ihr Blick geht pflichtbewusst zu Boden.

Ich schlucke hart, als der Viscount sie angrinst. Es ist kein gütiges Grinsen, sondern ein wissendes. Ein *lüsternes*.

„Ja, du bist ein angemessener Ersatz", murmelt er, etwas vom Mikrofon abgewendet.

Dann richtet er seine Aufmerksamkeit wieder auf die Menge und spricht ein letztes Gebet, ehe er die Gaben der Nightingale-Siedlung segnet.

Mein leerer Magen verkrampft sich. Sein Versprechen, die Monster zu befriedigen, hört sich für mich eher wie eine Drohung an.

Ich frage mich, ob außer mir auch noch jemand die unbarmherzige Note in seiner Stimme vernimmt, oder ob ich mir das alles bloß einbilde.

Ich suche in der Menge nach Sages silberfarbenen Haaren, die nicht zu übersehen sind. Es hilft, dass ich weiß, wo sie steht. Aber ... ihren Haaren scheint im Sonnenlicht irgendwie ein violetter Hauch innezuwohnen.

Ein silberfarbenes Violett. Ich blinzle. *Das ist ... seltsam.*

Ist das eine optische Täuschung? Hat meine Erschöpfung mich endlich eingeholt? Verliere ich meinen Verstand?

Alles davon ist möglich.

Das Räuspern eines Mannes lässt mich aufschrecken, ehe ich mir bewusst werde, dass der Viscount vor mir steht. Offenbar hat er seinen Sermon beendet. Jetzt, wo er mich mit hochgezogener weißblonder Augenbraue ansieht, bereue ich es, meinen Schleier nicht aufzuhaben. Vorwiegend, weil ich es mir nicht verkneifen kann, seinen Blick mit derselben Geste zu erwidern.

Er beißt die Zähne zusammen.

Mein Blick weilt unablässig auf ihm.

Und in Gedanken frage ich mich, ob das Dorf sich überhaupt die Mühe machen wird, ein Begräbnis für mich abzuhalten.

Obwohl … jetzt bin ich eine Gabe, ermahne ich mich. *Das muss etwas zu bedeuten haben, oder etwa nicht?*

Aber er hat gedroht, ein Beispiel aus der *betreffenden Gabe* zu machen.

Ich habe keinen Zweifel daran, dass er damit mich gemeint hat.

Und sein Gesichtsausdruck bestätigt mir das.

„*Beweg dich*", verlangt er und deutet mit seinem Kinn auf die anderen, die bereits die Bühne verlassen.

Mir müssen die Anweisungen entgangen sein. Oder vielleicht haben die Dorfschützer die anderen wortlos angewiesen, ihnen zu folgen.

Was es auch war, ich hadere damit, zu gehorchen. Wenn ich mich *bewege*, wende ich dem Viscount meinen Rücken zu. Etwas, das ich nur sehr ungern tun will.

Aber vielleicht wäre es besser, wenn ich mich jetzt benehme. Wenn ich die *perfekte* Gabe bin und keine *betreffende*. Vielleicht kann er mich dann nicht so leicht bestrafen.

Es sei denn, es ist bereits zu spät.

In dem Fall bin ich geliefert.

„*Miss Everheart*", sagt der Viscount mit autoritärem Tonfall.

Jepp. Er kennt meinen Namen.

Ich habe noch nie ein Wort mit ihm gewechselt. Und obwohl ich im vergangenen Jahr rebellisch war, hat es sich bei meinen Verstößen nur um leichte Vergehen gehandelt. Zum Beispiel bin ich ein paarmal zu spät zu meiner Schicht in den Gärten erschienen oder habe einem Dorfschützer eine verrottete Tomate angeschmissen, weil er sich geweigert hat, mir aus dem Weg zu gehen, damit ich mit der Schubkarre an ihm vorbeikam.

Nichts, was die Aufmerksamkeit unseres Viscounts auf sich gezogen hat.

Bis heute. Bis *jetzt*.

Ich räume ihm keine Gelegenheit ein, seinen Befehl zu wiederholen. Stattdessen drehe ich mich um. Mein Schleier flattert nach hinten, als wollte er ihn necken.

Oder vielleicht sieht er das als weiße Flagge an. Technisch gesehen, habe ich seinen Befehl befolgt. *Endlich.*

Aber es fühlt sich nicht so an, als würde ich gehorchen. Mein Blick ist nach vorn gerichtet, nicht auf den Boden. Ich habe die Schultern zurückgezogen, stehe aufrecht und gehe sicheren Schrittes.

Alles, während mein Herz droht, meine Ohren wieder mit dem unablässigen Pochen auszufüllen.

Tief einatmen, rede ich mir gut zu, als der Zug vor mir ein Zischen ausstößt. *Steig einfach ein und fahr zur Monsterstadt. Und dann suchst du nach Sera.*

Mehr als ein Dutzend Dorfschützer stehen am Bahnsteig. Ihre Gesichter sind von Kapuzen verhüllt und sie sehen aus wie stumme, imposante Statuen, aber ich weiß, dass sie mich beobachten und abwarten, ob ich davonrennen werde. Dazu sind sie schließlich da.

Es ist schon einmal vorgekommen, als ich noch ein kleines Mädchen war. Die Gabe hatte es ans Ende der Gasse geschafft, bevor man sie an ihren Haaren gepackt und zurück zum Zug geschleppt hatte.

Serapina war danach völlig aufgelöst gewesen. Als Siebenjährige hat sie nicht verstehen können, warum man so gewaltsam mit der Frau umgegangen war.

Unsere Eltern sind nicht in der Nähe gewesen, um sie zu trösten, sodass ich sie beruhigen musste.

Wenn ich damals doch nur gewusst hätte, dass das zur

Normalität werden würde – dass ich wie eine Mutter für Serapina werden würde.

Denn ein Jahr später haben wir unsere Eltern verloren. Wir wurden zu Waisen. Zum Glück hatten unsere Eltern genug Ressourcen beiseitegelegt, damit wir auch ohne sie genug zu essen hatten.

Ich weiß immer noch nicht so recht, wie das möglich war – vor allem, jetzt, wo ich verstehe, wie grundlegende Dinge in unserem Dorf gehandhabt werden. Aber es war ja nicht so, als hätte ich jemanden um Rat fragen können. Ich nahm schlicht und ergreifend an, was wir brauchten, um zu überleben, und hatte meine Schwester so gut wie möglich beschützt und … *bin jetzt auf diesem Bahnsteig gelandet*, geht mir durch den Kopf, während ich die breite Tür vor mir beäuge.

Hinter mir stehen der Viscount und links und rechts von ihm je ein Dorfschützer. Mir bleibt also nichts anderes übrig, als einen Schritt nach vorn zu machen. Nicht, dass ich jetzt noch einen Rückzieher machen will.

Ich muss das hier tun.

Auch wenn der Viscount vorhat, ein Beispiel aus mir zu machen.

Ich richte mich angesichts der drohenden Gefahr auf. *Ich werde dem Drang, mich zu unterwerfen, nicht nachgeben.* Und außerdem ist es jetzt sowieso zu spät.

Also tue ich es nicht.

Stattdessen steige ich in den Zug.

Drinnen wartet ein weiterer Dorfschützer, der seinen Arm hebt und nach links zeigt.

Er sagt nichts, erteilt mir den Befehl wortlos.

An meinen Armen breitet sich Gänsehaut aus – nicht nur wegen der ominösen Präsenz, sondern auch, weil mir eine eiskalte Brise entgegen stiebt, als ich mich in Bewegung setze.

Es ist *eiskalt* hier drinnen.

Mir rinnt ein Schauer über den Rücken und meine klamme Haut fühlt sich von jetzt auf gleich an, als wäre ich komplett durchgefroren.

Wo sind wir denn hier gelandet?, staune ich. *In einem Tiefkühler?*

Es gibt einige davon im Dorf. Die meisten werden zur Aufbewahrung von Fleisch benutzt. Aber nie habe ich einen Tiefkühler gesehen, der so groß war, dass man ihn betreten konnte.

Ist das ... eine Klimaanlage?, frage ich mich, während ich mich im viel zu sauberen Inneren umsehe. Alles ist silberfarben und weiß und der Flur scheint endlos.

Ich habe schon von Klimaanlagen gelesen, hatte aber noch nie das Vergnügen, eine auszuprobieren. Vermutlich ist es deswegen so kalt hier drinnen. Es ist ... *überwältigend.* Zu kalt. Zu unbekannt.

Das Kribbeln auf meiner Haut bleibt bestehen, weil mein Körper diese eiskalte Empfindung nicht gewohnt ist. Doch als ich den mit Gold- und samtigen Rottönen opulent geschmückten Raum betrete, ist die Klimaanlage das kleinste meiner Probleme.

Alle Gaben stehen in einer Reihe und mit gesenkten Häuptern still wie Statuen da, während ein elegant gekleideter Mann sie eingehend mustert. Anders als die Dorfschützer, die hinter ihm stehen, trägt er keine Kapuze, sodass man seine tiefschwarzen Haare und sein gealtertes Gesicht erkennen kann.

Er sieht mich mit seinen braunschwarzen Augen an, als ich den Raum betrete, und die Runzeln an seiner Stirn scheinen sich zu vertiefen, ehe er eine reich verzierte Taschenuhr hervorholt und auf das Ziffernblatt blickt.

„Wir hinken mit dem Zeitplan hinterher", sagt er dem Raum mit einzigartigem Akzent. „Das ist unerhört."

Der Viscount, der in meinem Rücken steht, knurrt: „Es mussten dieses Jahr viele Namen ausgerufen werden. Das dauert, *Euer Gnaden.*"

Er sagt die letzten beiden Worte mit unüberhörbarem Sarkasmus, was *Euer Gnaden* dazu bewegt, seine Augen zuzukneifen.

„Ja, zehn, wie ich höre." Der Mann lässt seine Taschenuhr in seine bestickte Weste verschwinden, dann legt er seine Hand darauf, als könnte er nicht vollständig vom Zeitmesser ablassen. Merkwürdig, wenn man bedenkt, dass er bereits mit einer Kette an einem seiner mit Gold verzierten Knöpfen angebracht ist. „Ihr seid beachtlich vom Skript abgewichen."

„Und ich bin mir sicher, dass Ihr seht, warum ich das getan habe", erwidert der Viscount und schubst mich nach vorn. „Euer Algorithmus ist ungenau. Diese hier ist ganz offensichtlich nicht geeignet."

Der gut angezogene Mann zieht seine Augenbraue arrogant hoch. „Haltet Ihr es für angemessen, *meinen* Algorithmus anzuzweifeln?"

„Ja, weil er ganz offensichtlich zu einem Fehler geführt hat." Der Viscount stellt sich neben mich. „Ist schon gut, Greg. Als Dorf-Viscount habe ich einen angemessenen Ersatz gefunden. Immerhin kenne ich diese Leute weitaus besser als du."

Greg kneift seine Augen noch fester zusammen.

Aber der Viscount ist noch nicht fertig.

„Es ist nur richtig, dass ich dir zum Dank Miss Everheart abnehme. Obwohl dir das viel gelegener kommen wird als mir, wenn wir ehrlich sind."

„Inwiefern?", will Euer Gnaden wissen. Sein Tonfall und Gesichtsausdruck verraten mir, dass er über dieses Gespräch überhaupt nicht erfreut ist.

Aber der Viscount scheint sich der wachsenden

Anspannung im Zimmer nicht bewusst. Oder vielleicht ist es ihm auch ganz einfach egal.

Ich weiß nicht, wer *Greg* ist, aber seine kostspielige Aufmachung und Haltung deuten darauf hin, dass er eine wichtige Rolle einnimmt. Komisch ... Der Dorf-Viscount ist doch der höchstrangige Offizier in unserer Siedlung, oder nicht? *Vielleicht ist dieser Kerl der Anführer eines anderen Dorfes?*

„Ihr Verhalten muss vor den Augen der Dorfbewohner gerügt werden, um ihnen zu zeigen, dass eine derart trotzige Haltung nicht akzeptabel ist und nicht toleriert werden wird. Angst ist immer ein guter Ansporn, findest du nicht?"

„Ich verstehe immer noch nicht, wie mir das von Nutzen sein soll", sagt Euer Gnaden, während er mit dem Daumen über die Tasche an seiner strukturierten Weste streicht, in der die Uhr sich befindet.

„Angst weist die Dorfbewohner in die Schranken, Greg." Der Viscount sagt die Worte mit einem Tonfall, der darauf hindeutet, dass er wütend auf den anderen Mann ist. „Dein Vater würde es zu schätzen wissen und es als Gefallen erachten."

„Ich bin nicht wie mein Vater."

„Oh, dessen bin ich mir bewusst" speit der Viscount. „Als dein Ältester empfehle ich ..."

„Du bist *nicht* mein Ältester", fällt Euer Gnaden ihm ins Wort. „*Du* bist ein Viscount. *Ich* bin ein Herzog. Und mir scheint, du hast eine Lektion darin, was das bedeutet, bitter nötig." Endlich lässt er von seiner Weste ab und zieht seine Schultern arrogant zurück.

Ein Herzog?, wiederhole ich in Gedanken und sehe die beiden abwechselnd an. *Was hat das zu bedeuten?*

„Greg ..."

„*Herzog* von Nightingale", korrigiert der Mann ihn.

Sein kultivierter Tonfall hallt mit einem autoritären Hauch durch den Zugwagen. „Dorfschützer Jeffries, ich will, dass du Gaben Nummer eins, drei und *neun* zu ihren Pflege-Terminen bringst. Sie werden für die Nacht der Monster in die Monsterstadt fahren."

Der Viscount öffnet seinen Mund, doch der Herzog lässt ihn verstummen, indem er eine Hand erhebt. Seine ernste Miene lässt mich erschaudern und der Blick gilt nicht einmal mir.

„Dorfschützer Jordan. Bring Gaben zwei, vier bis acht *und* zehn in den Frachtraum. Ich werde mich dort mit euch treffen und euch weitere Anweisungen geben." Er sagt das alles, ohne seinen Blick vom Viscount abzuwenden. „Was dich anbelangt … du kannst jetzt gehen. Dieses Jahr gibt es kein Geschenk. Keine zusätzlichen Rationen. *Nichts*. Geh."

„Das kannst du nicht tun", zischt der Viscount und schlingt seine Hand um meinen Bizeps, bevor er mich fest durchschüttelt. „Nicht *deswegen*. Sie ist keine ideale Kandidatin. Du hast gesehen, was sie da draußen getan hat."

„Was ich *sehe*, David, ist ein alter Mann, der sich zur Ruhe setzen sollte, bevor er seine Kompetenzen überschreitet und alles verliert, was ihm in seinem Leben *geschenkt* wurde", sagt Herzog von Nightingale zu ihm. „Ich schlage vor, du ziehst deines Weges, bevor ich Dorfschützer Xavier den Befehl erteile, dich aus dem Zug zu geleiten."

Der Viscount spricht hastig, während Herzog von Nightingale sich den Dorfschützern hinter sich zuwendet.

„Ich habe euch Befehle erteilt", sagt er mit tiefer Stimme und merklicher Gereiztheit. „Warum steht ihr nur so herum?"

„Entschuldigt, Euer Gnaden", sagt einer von ihnen, bevor er sich tief verbeugt und sich dann in Bewegung setzt. „Gaben eins, drei und neun, folgt mir."

Der Mann mit dem Namen Bartholomew macht einen Schritt nach vorn, gefolgt von einer zierlichen blonden Frau. *Der erste Kandidat und die dritte Kandidatin, die der Viscount aufgerufen hat.*

Was heißt, dass ich die *neunte* Gabe bin.

Ich versuche, mich zu bewegen, werde aber vom Viscount zurückgerissen, der noch immer meinen Arm umklammert.

„*Viscount O'Michaels*", zischt der Herzog.

Aber der Mann neben mir hört nicht auf ihn. Sein eiserner Griff wird nur noch fester, was mir ein Wimmern entlockt.

Das wird zweifelsohne Spuren hinterlassen, denke ich benommen, verwirrt und erschrocken über die Vehemenz, die er an den Tag legt.

„Das letzte Wort ist noch nicht gesprochen", knurrt der Viscount mir ins Ohr.

Ich bin nicht sicher, ob seine Worte an mich oder den Herzog gerichtet sind, aber ich ahne, dass es Ersteres ist.

Als wollte er meine Vermutung bestätigen, drückt er ein letztes Mal zu, ehe er von meinem Arm ablässt und mich nach vorn schubst. Ich verkneife es mir, aufzuschreien, und stolpere auf den wartenden Dorfschützer und die anderen Gaben zu. Meine Beine verfangen sich in meinem grässlichen Brautkleid.

Bartholomew fängt mich auf, bevor ich der Länge nach zu Boden falle. Sein Griff ist weitaus sanfter, als ich von einem so großen Mann erwartet hätte. Aus nächster Nähe betrachtet, sehe ich ihm an, dass er auf den Höfen in unserem Dorf gearbeitet hat. Vermutlich hat er Vieh getrieben oder schwere Maschinen bedient.

Er sieht mich nicht an, hilft mir bloß, mich aufzurichten, bevor er von mir ablässt.

Als ich mich wieder gefangen habe und zum Viscount sehe, ist er verschwunden.

Stattdessen blicke ich einem wütenden Herzog ins Gesicht.

„Macht sie sauber und nehmt die Tests vor", verlangt er. „Uns bleibt nur eine Woche."

„Sehr wohl, Euer Gnaden", erwidert der Dorfschützer pflichtbewusst und geht mit einem knappen „Folgt mir" über seine Schulter auf die Tür zu.

„Oh, und Jeffries?", ruft der Herzog ihm hinterher. „Blaue Flecken sind nicht hübsch anzusehen. Stelle sicher, dass man sich angemessen um sie kümmert."

„Selbstverständlich, Eure Hoheit", sagt der Dorfschützer und neigt seinen Kopf. „Sie wird die perfekte Monsterbraut sein."

„Das weiß ich", sagt der Herzog und sieht mir in die Augen. „Das ist die bisher Beste."

KAPITEL FÜNF
ORCUS

TU ES NICHT, rede ich mir ein. *Sie ist nur ein Mädchen. Sie bedeutet dir nichts. Sie ist nur eine der Gaben.*

Es stehen weitaus wichtigere Dinge auf dem Spiel. Aufgaben, um die ich mich kümmern muss. Andere Angelegenheiten, die meiner Aufmerksamkeit bedürfen.

Und doch ... bekomme ich diese dunkelhaarige Schönheit nicht aus meinem Kopf. Diese bezaubernden, fast schwarzen Augen haben sich in mein Gedächtnis eingebrannt.

Verdammt.

Ich schließe meine Augen, entschlossen, sie zu vergessen. Aber das macht das Verlangen nach ihr nur noch größer. Es ist, als suchte sie mich heim. Ihre Züge sahen der einer Göttin so ähnlich, dass ich meinen eigenen Verstand anzweifle.

Sie ist eine Sterbliche. Keine Omega.

Vielleicht war es ihr zierlicher Körper, der meinen Knoten mit diesem unbekannten Verlangen hat pulsieren lassen. Diese viel zu blasse Haut, die nicht der heißen

Sonne ausgesetzt sein sollte, deren Strahlen ihren Körper jetzt erhellen.

Ich massiere meine Schläfe und wünschte mir, dass ich die Frau irgendwie aus meinem Gedächtnis löschen könnte. Aber es ist unmöglich. Sie geistert schon die ganze verdammte Woche über in meinen Gedanken herum. Taucht immer wieder in meinen Träumen auf. Sucht meinen Kopf heim, wenn ich wach bin.

Es ist, als wäre ich besessen.

Ein *Fluch*.

Ich zucke zusammen und balle meine Hände zu Fäusten.

Was hat diese Frau?, frage ich mich. Es ist, als könnte ich ihre zierlichen Finger bereits über meinen Schwanz gleiten spüren. Wie sie ihre Lippen an meinen Hals presst und ihre Zähne in meiner Haut versenkt.

Es ist vollkommen verrückt.

„Sie gehört mir nicht", sage ich zu meinem Spiegelbild. „Auf keinen Fall. Das ist unmöglich."

Daraufhin werden meine Augen von einem roten Hauch heimgesucht, der den schwarzen Ton überdeckt und meinen Alpha-Eigenschaften erlauben, hervorzutreten. Ich kann fast schon hören, wie sich ein Schnurren in meiner Brust ausbreitet.

Jagen. Besteigen. Beanspruchen. Brunft.

Ich knirsche mit den Zähnen und kämpfe gegen den Drang an, ermahne mich, dass sie *sterblich* ist.

Ich habe sie noch nicht einmal gerochen.

Ich habe sie nur ein einziges Mal gesehen.

Aber allem Anschein nach genügt das, um meine Instinkte verrücktspielen zu lassen, und mich in ein Begattungsfieber zu stürzen.

„Das ist doch lächerlich", murmle ich kopfschüttelnd und entferne mich vom Badezimmerspiegel.

Ich bin nackt.

Natürlich bin ich nackt, verdammt.

Es ist viel zu heiß für Klamotten, und alles, was ich tun will, ist, mir einen runterzuholen. *Während ich an diese Frau denke und mir vorstelle, dass sie mit diesen dunklen Augen, denen diese Tiefe innewohnt, zu mir hochsieht. Während sie meinen Schwanz zwischen ihre vollen Lippen nimmt. Wie sie meine ganze Länge bis zu meinem Knoten in den Mund nimmt.*

Mir kommt ein Ächzen über die Lippen, während ich meine Handflächen gegen die marmorne Wand presse. *„Das reicht."*

Ich muss mich vergewissern, dass dieses Mädchen nur eine Sterbliche ist. *Und nicht mir gehört.*

Diese Stimme in meinem Kopf – diejenige, die vor wenigen Minuten noch verlangt hat, dass ich das hier nicht tun würde – wird augenblicklich von meinem Flüstern überschattet, das einen Portalbann heraufbeschwört. Ich ergänze den Befehl mit einem subtilen Flackern. Einem, das meine Magie dazu anhält, nach der Frau zu suchen, die jeden einzelnen meiner Gedanken belagert.

Dass es mir gelingt, sie so mühelos aufzuspüren, ist … beunruhigend. Denn ich sollte nicht in der Lage dazu sein. Ich hätte das ganze Dorf nach ihr absuchen und ihrer Essenz an ihren Aufenthaltsort folgen sollen, um sie aufspüren zu können.

Aber meine uralte Macht hat sie mühelos gefunden.

Und jetzt bebt diese Lebenskraft voller Wut.

Denn sie ist *nackt* und *entblößt* und *umringt* von einer Handvoll Männer in weißen Kitteln.

Ihre volle Unterlippe ist zwischen ihren Zähnen eingeklemmt und in ihrem Blick weilt eine Mischung aus Verärgerung und Unbehagen, während die Männer über sie reden, als wäre sie ein Tier im Zoo und kein Mensch.

Zum Glück können mich diese Arschlöcher nicht

sehen, andernfalls würden sie schreiend aus dem Zimmer rennen.

Hm, vielleicht wäre es besser, wenn sie mich sehen würden, denke ich düster. *Vielleicht sollte ich den Schleier lichten und ihnen einen Vorgeschmack darauf geben, was sie erwartet.*

Denn sie werfen meiner Omega etwas zu interessierte Blicke zu.

Nicht meine *Omega,* flüstert eine leise Stimme in meinem Hinterkopf.

Aber ich blende sie aus, weil meine besitzergreifenden Instinkte viel zu stark sind, um diese unbedeutende Erinnerung Fuß fassen zu lassen. Denn alles, was ich tun will, ist, durch dieses kleine Fenster zu greifen und einem von ihnen den Kittel auszuziehen, um ihn ihr zu geben.

„Sie ist ohne jeden Zweifel fruchtbar", sagt einer der Ärzte, was mich schnauben lässt. „Es ist eine Schande, dass sie nicht zum Areal fährt. Sie wäre bestens geeignet für die Zucht."

„Herzog von Nightingale hat sich klar ausgedrückt. Sie ist eine Gabe", erwidert einer der anderen, während er mit seinen langen Fingern seine Brille hochschiebt.

Der andere Mann stößt einen tiefen Seufzer aus. „Es ist wirklich eine Schande. Der Herzog ist so eingenommen von den Gedanken an den Unsterblichen-Sektor, dass er das längerfristige Ziel aus den Augen verloren hat."

„Und wie sieht *dieses Ziel* aus?", will eine tiefe Stimme wissen. Der englische Akzent erinnert mich an meinen eigenen. Der Mann hört sich königlich an. Schroff. Fast schon arrogant.

Das Gesicht der Stimme kommt im nächsten Augenblick durch die Tür. Der Mann trägt eine merkwürdig modernisierte Version von Kleidungsstücken, die man in der Regency-Epoche getragen hat. Oder zumindest vermute ich, dass er das mit dieser gebügelten

Hose, dem wallenden Hemd und der maßgeschneiderten Weste zu bezwecken versucht hat.

Er holt eine Taschenuhr hervor und verzieht das Gesicht. „Nicht so wichtig. Ich will keine Zeit an irrelevante Unterhaltungen verschwenden. Die Laborwerte dieser Gabe sind hervorragend. Die Monster werden erfreut sein."

„Ja, Euer Gnaden", erwidern die beiden Männer und verbeugen sich leicht.

Das muss der Herzog von Nightingale sein, schließe ich.

Er blendet alle im Raum aus und fährt fort, als hätten die anderen nichts gesagt. „Miss Everheart muss sich ausgiebig ausruhen, gepflegt und angezogen werden, und uns bleiben nur noch zwei Tage bis zur Nacht der Monster. Also gebt ihr etwas, das ihr dabei helfen wird, zu schlafen, und geht zur nächsten Phase über."

Der Herzog wartet nicht darauf, dass seine Untertanen sich in Bewegung setzen, und verlässt den Raum.

Einige der Männer in den Laborkitteln tauschen einen Blick aus, während ein weiterer etwas zu lange auf die entblößten Brüste der Frau starrt. „Ich werde mich um ihre Untersuchung im Schlaflabor kümmern", sagt er mit sich weitenden Pupillen. „Der Rest von euch kann sich auf die anderen Gaben konzentrieren."

Keiner wendet etwas ein. Alle nicken und lassen diesen Widerling mit meiner Omega allein.

Sie sieht ihn mit zusammengekniffenen Augen an und presst ihre Lippen aufeinander. Aber sie sagt nichts, beobachtet ihn nur mit misstrauischem Ausdruck, als er sich zu ihr beugt und seine Lippen an ihr Ohr führt.

„Du weißt wirklich nicht, wo dein Platz in dieser Welt ist, nicht wahr, Alina?", flüstert er. Meine raubtierähnlichen Ohren nehmen das leise Flüstern laut und deutlich auf. „Macht dir keine Sorgen. Bald schon wirst du es wissen."

Sie erschaudert.

„Der Viscount freut sich schon darauf, dich wiederzusehen", ergänzt er, bevor er sich aufrichtet.

Die Frau reißt ihre Augen auf. „Wie bitte?"

Doch der Mann sagt nichts weiter und richtet seinen Blick auf die Werkzeuge, die vor ihm liegen.

Als er nach einer Nadel greift, richtet sich meine Omega auf. „Was hast du da gerade über den Viscount gesagt?"

Er erwidert nichts, greift nur nach einem Röhrchen, das mit ihrem Arm verbunden ist, und steckt eine Nadel an eine Verbindung der Schläuche.

Sie versucht, ihn aufzuhalten, aber er packt sie mühelos am Handgelenk und lässt den Inhalt der Spritze in den Leiter fließen. Er macht ein tadelndes Geräusch, bevor er ihre Hand an ihre Seite bringt. Es sieht aus, als würde ihm das leichtfallen, doch ich sehe, wie fest er sie im Griff hat.

Ich balle meine Fäuste und das Verlangen, eine Portaltür zu schaffen, meldet sich.

Dieser Kerl muss sterben.

Dieser Gedanke gewinnt an Stärke, als er die zitternde Frau hinlegt und seine Brust viel zu fest an ihre presst.

„Süße Träume, Alina", sagt er und streicht mit seinen Lippen über ihr Ohr. „Ich bezweifle, dass du noch einmal so tief schlafen wirst, sobald der Viscount dich findet."

Wer zum Teufel ist dieser Viscount?, frage ich mich. *Dieses Arschloch von gestern? Der Typ, der auf der Bühne stand und ihren Namen ausgerufen hat?*

Doch bevor ich mir überhaupt überlegen kann, was ich tun soll, beginnt das Portal sich zu schließen.

Und das Letzte, was ich sehe, ist, wie Alina die Augen

zufallen und ihr süßes Gesicht umgehend in den Schlaf fällt.

„Verdammt", knurre ich und will das Portal fieberhaft erneut heraufbeschwören. Aber das kann ich nicht. Nicht, ohne Aufmerksamkeit auf unser Reich zu ziehen und meine Identität offenzulegen.

Ich habe mein Ziel völlig aus den Augen verloren.

Wollte ich mich vergewissern, dass sie keine Omega ist? Dass sie nicht mir gehört?

Na ja, in dieser Hinsicht bin ich gescheitert. Mein Drang, sie zu beschützen, war stärker.

Das ist doch völlig idiotisch. Sie ist eine Sterbliche.

Dessen bin ich mir sicher.

Alle meine Instinkte melden sich, wie ich es noch nie erlebt habe. Aber ich bin Alpha genug, um zu wissen, was es bedeutet.

Jagen. Beißen. Brunft.

Ich atme scharf aus, verlasse das Badezimmer und gehe direkt auf die Kommunikationskonsole zu, die in die Wand eingelassen ist. „Ruf Reaper an", verlange ich.

„Rufe Reaper an", bestätigt das System.

Der Mann taucht einen kurzen Augenblick später auf dem Bildschirm auf. Er mustert mich mit seinen silberblauen Augen und interessiertem Blick. „Hast du mich für einen Fick eingeladen?"

Ich knurre ihn an. „Sieht es so aus, als hätte ich eine Frau hier, die ich mit dir teilen kann?"

Er zuckt mit den Achseln. „Könnte sein, dass sie bereits in deinem Bett auf uns wartet." Er setzt sich auf, was sein Bett hinter ihm zum Vorschein kommen lässt. „Ist sie vielleicht eine Brünette? Ich habe mich schon die ganze Woche lang nach einer Brünette gesehnt. Genauer gesagt, nach einer mit hypnotisierenden dunklen Augen und einem Schmollmund."

Ein verträumter Blick zieht in seinen Augen auf, der die chaotischen Schatten, die in seinen hypnotischen Iriden schwirren, fast schon verjagt.

„Ich will kämpfen", unterbreche ich seine Fantasie. „Ich muss etwas umbringen."

„Du meinst wohl eher *jemanden*", murmelt er. „Mich, vielleicht?"

„Du siehst gut aus, wenn du tot bist."

Er grinst. „Ach, wie lieb von dir, Orcus. Das finde ich auch. Aber weißt du, Flame ist zu einem Teil eine Leichenfee. Er gibt einen ziemlich heißen Zombie ab."

Ich schnaube. „Lass mich ihn kurz dazuholen, damit du ihm das ins Gesicht sagen kannst."

„Wenn du das tust, wird er mich an deiner Stelle umbringen. Das dürfte deinem eigentlichen Plan in die Quere kommen, oder nicht?"

Er hat nicht unrecht, aber ... „Jemandem beim Sterben zuzusehen, werde ich fast so sehr genießen, wie jemanden eigenhändig umzulegen."

Er zieht seine Augenbrauen hoch. „Jemand hat dich wahrhaftig aufgebracht. Willst du mir mehr verraten? Für dich verschlinge ich nur zu gern eine Seele, Bruder."

Reaper benutzt den Begriff *Bruder* als liebevollen Spitznamen. Für gewöhnlich gefällt es mir, aber im Moment will ich, dass er die Klappe hält und seinen tätowierten Arsch hierher bewegt. „Komm her. Dann reden wir. Ich glaube, unsere Mission im Reich der Sterblichen ist gerade um einiges komplizierter geworden."

Denn jetzt müssen wir nicht bloß meine Mutter finden, sondern vielleicht auch meine Omega-Gefährtin.

KAPITEL SECHS

ALINA

NACHT DER MONSTER

MEINE WIMPERN SIND mit schwarzer Farbe bemalt.

Meine Lippen sind knallrot.

Und meine Haare … ich … ich weiß auch nicht …

Nein. Mir kommen keine passenden Worte in den Sinn, mit denen ich die gefiederte Monstrosität beschreiben könnte, die auf meinem Kopf sitzt. Ich hasse es fast so sehr wie das Ding an meinem Oberkörper, das meine Rippen zusammenpresst.

Ein Korsett, hat die Frau es genannt. *Es ist zurzeit sehr in Mode.*

Als würde ich ein Häufchen Waschbärendreck auf Mode geben.

Aber offenbar gefällt es den Monstern. Sie wollen, dass all ihre potenziellen Bräute und Bräutigame für die Feier herausgeputzt sind. Als würde man uns ausführen und nicht etwa jagen.

Ich lasse meine Finger über meinen weichen Rock

streifen. Der seidige blaue Stoff ist anders als alles, was ich jemals zuvor berührt habe.

„Was ist das?", fragte ich eine der Frauen, die dabei geholfen hatten, mich anzuziehen.

„Seide", sagte sie mit einem Stirnrunzeln und ihr Ausdruck deutete darauf hin, dass ich das hätte wissen sollen.

Aber wenn all meine Klamotten aus dem Dorf aus Baumwolle gemacht waren, woher sollte ich wissen, dass es solchen Stoff überhaupt gibt?

Er fühlt sich viel weicher an als die gazeartigen Brautkleider, die wir am Tag der Auswahl tragen müssen. Moment, jetzt kenne ich den Namen für diesen Stoff auch: *Musselin*.

Unnützes Wissen, denke ich mir und mein Blick wandert zur Frau, die hinter mir steht. Sie verpasst dem Vogelnest, das sie auf meinem Kopf kreiert hat, den letzten Schliff. Das Band, das sie durch all die Federn webt, passt farblich zu meinem Rock. Aber das Endprodukt sieht … schrecklich aus.

Wenn ich das im Dorf anziehen müsste, würde ich vor Scham im Erdboden versinken. Ich würde allein schon vor Hitze umkommen.

Hoffentlich ist es in der Monsterstadt etwas kühler.

Wo auch immer die sich befindet.

Alles, was ich weiß, ist, dass wir schon mindestens eine Woche mit diesem Zug reisen. Er hält regelmäßig einige Stunden an, dann setzt er seine Reise durch – wie das Fenster in meinen Gemächern und mein einziger Blick nach draußen mir verraten haben – die Nacht fort. Die flache Landschaft weicht drastisch von der Berglandschaft ab, von der wir gekommen sind.

Oder den industriell entwickelten Dörfern, deren

Gebäude mit Ruß bedeckt und mit merkwürdigen Backsteingebäuden versehen waren.

Oder dem Dorf am Meer, das mir besonders gut gefallen hatte, bis die berüchtigten *Laborkittelträger* kamen, um mich weiteren Tests zu unterziehen.

Zum Glück schien das mein letzter medizinischer Termin zu sein, denn danach habe ich mehrere Stunden lang geschlafen – dank dem, was *Mister Terror im Laborkittel*, abgekürzt *Terror*, mir verabreicht hatte.

Nicht direkt der einfallsreichste Spitzname, aber er passt zum ominösen Mann, der den Viscount erwähnt hat. Terror hat mir von Anfang an einen Schrecken eingejagt, als er das Zimmer betreten hat. In seinen Augen ruhte ein für meinen Geschmack zu lasziver Blick. Aber zunächst kümmerte er sich um seinen Kram und beobachtete mich und machte Bemerkungen über mich, als wäre ich ein Versuchstier – wie es alle anderen auch taten.

Bis zum letzten Treffen.

Als er mich endlich für sich allein hatte.

Und mir gesagt hat, dass der Viscount sich freuen würde, *mich bald wiederzusehen*.

Etwas an dieser Aussage war ominös. Vielleicht lag es an seinem Tonfall oder wie der Viscount letzte Woche abgezogen war. Aber es hörte sich zweifelsfrei nach einer Drohung an.

Eine, die mir leider in meine *Träume* folgte.

Als ich in diesem Zimmer aufgewacht bin, war ich so desorientiert, dass ich mich übergeben musste. Dann wurde mir von einer Gruppe Frauen Frühstück gebracht. Die Frau, die das Tablett in der Hand hielt, sagte mir, dass ich viel Wasser trinken sollte, weil es ‚ein langer Tag' werden würde.

Sie hatte nicht gelogen.

Drei der Frauen badeten mich.

Schnitten mir die Nägel und lackierten sie.

Haben komische Haarprodukte in meine Haare geschmiert, mir die Haare geschnitten und es geföhnt.

Haben mich wortwörtlich in diesem … Kleid verpackt.

Haben mein Gesicht *geschminkt* – was eine extrem bizarre Erfahrung war.

Und jetzt scheinen sie zum Glück fast fertig zu sein.

Was gut ist, denn sie scheinen immer nervöser zu werden.

Der Zug hat vor etwa einer Stunde angehalten und auf der anderen Seite des Fensters war nichts weiter als eine Wand zu sehen. Die Wand sah ähnlich aus wie jene, die ich heute Morgen gesehen hatte, weshalb ich keine Ahnung habe, wie viel Uhr es ist.

Ich zuckte zusammen, als einer der Federkiele an meiner empfindlichen Kopfhaut kratzte. Bis zum heutigen Tag hatte ich nicht die leiseste Ahnung, wie empfindlich meine Kopfhaut ist. *Bis diese Frauen mich wie eine verdammte Puppe angezogen und zurechtgemacht haben.*

Die Frau entschuldigt sich nicht. Stattdessen zupft sie weiter an der Feder herum, bis sie da ist, wo sie sie haben möchte.

Ich beiße die Zähne zusammen.

Ich habe es gehörig satt, mich zu verkleiden.

Ich sehe lächerlich aus. Nichts an diesem Outfit ergibt irgendeinen Sinn. Ich habe Glück, wenn ich in diesem Aufzug noch ein Bein vor das andere setzen kann.

Wenigstens haben sie dieses hässliche Kleid mit flachen Schuhen kombiniert, denke ich und bin zumindest dafür dankbar.

Als die Tür geöffnet wird, sticht die Frau so fest in meine Kopfhaut, dass ich mir ein Zischen nicht verkneifen kann.

„Warum ist Gabe neun noch nicht fertig?", will eine

tiefe Stimme wissen. Sie kommt mir bekannt vor und lässt mich hart schlucken.

Herzog von Nightingale.

Ich habe ihn schon mehrere Male gesehen, seit ich in diesen Zug gestiegen bin, aber er spricht nie mit mir, nur *über* mich. Doch dieses Mal sieht er mir im Spiegel in die Augen und erstarrt. Allem Anschein nach ist er genauso schockiert über mein Aussehen wie ich.

„Tut uns leid, Euer Gnaden", sagt die Frau hinter mir sittsam. „Ihr Haar ist … wirr."

Mir kommt um ein Haar ein Schnauben über die Lippen. *Es ist nicht wirr, es soll nur nicht so aussehen, was auch immer du zu bezwecken versuchst.*

Der Herzog blinzelt und sein beunruhigter Ausdruck wird umgehend von einer ungerührten Miene abgelöst. „Wir haben keine Zeit mehr", informiert er sie. „Und den Monstern wird es egal sein, ob ihr ein paar Federn fehlen."

„Gewiss, Euer Gnaden", sagt sie und entfernt sich mit einem Knicks von mir. Aber sein Blick weilt nicht länger auf ihr, sondern wandert jetzt zurück zu mir.

Sie versteht, was er damit sagen will, und entfernt sich. Die anderen Frauen folgen ihr eiligen Schrittes.

Ihre Nervosität lässt ein ungutes Gefühl in mir zurück und meine Armhärchen sträuben sich. *Heute ist die Nacht der Monster.*

Ich wusste, dass der Tag kommen würde, aber irgendwie fühlt es sich jetzt noch echter an. Denn es ist Zeit.

Ich schlucke nervös und stehe auf. Der Herzog hält mir seine Hand hin. „Hier", sagt er, jetzt mit weitaus sanfterer Stimme als noch gerade eben. „Ich werde Euch begleiten."

Ich sehe seine Hand blinzelnd an, verwirrt über die Geste. Aber es ist ja nicht so, dass ich ihn abweisen kann. Und er hat nicht dieselbe Ausstrahlung wie Terror. Wenn überhaupt kommt mir der Herzog eher *väterlich* vor. Was eine völlig abwegige Beschreibung ist, aber wie die Faust aufs Auge passt.

Seine Handfläche an meiner zu spüren, fühlt sich merkwürdig an. Nicht merkwürdig im Sinne von *unheimlich*, nur *anders*. Aber sein fester Griff schenkt mir die Kraft und die Standhaftigkeit, die ich brauche, und sorgt dafür, dass ich nicht über die vielen Röcke falle, die sich um meine Beine herum zu verfangen drohen.

„Das Kleid ist …" Ich verstumme, weil mir bewusst wird, dass ihn meine Beschwerden wohl nicht interessieren.

Aber anscheinend weiß er, was ich sagen wollte, denn er lacht. Der Laut hört sich fast schon heiser an. „Erdrückend?", rät er. „Unpraktisch? Schnürt einem die Luft ab?"

Ich sehe ihn mit offen stehendem Mund an, schockiert darüber, dass er all diese Beschreibungen aus meinem Kopf gezogen zu haben scheint. Aber wenn er ehrlich ist, dann werde ich es auch sein. „Es ist schrecklich."

Er lacht mir ins Gesicht, legt dann den Kopf leicht in den Nacken und strahlt so sehr, dass er jetzt, wo die ernste Miene gewichen ist, wie ein viel jüngerer Mann wirkt. „Ihr hört euch an wie meine Tochter."

Jetzt sehe ich ihn in einem ganz anderen Licht. „Eure … Tochter?"

Seine Belustigung erstirbt in der nächsten Sekunde und er ernüchtert, bevor er mich mit seinen fast schwarzen Augen ansieht. „Ja. Ich glaube, sie würde Euch mögen, wenn sie Euch treffen könnte. Aber leider …"

Er räuspert sich und beginnt auf die Tür zuzulaufen, nur um dann mitten im Schritt innezuhalten und mich erneut anzusehen.

„Ich weiß, dass sich das alles … ziemlich intensiv anfühlt. Vielleicht sogar beängstigend. Aber vertraut mir, wenn ich Euch sage, dass Euer Schicksal in den Händen der Monster weitaus besser ist als im Dorf. Sie werden Euch verehren, Miss Everheart. Sie werden Euch zu ihrer Königin machen."

Ich ziehe meine Augenbrauen hoch. „Bin ich deshalb in dieses hässliche Kleid gesteckt worden?"

Jetzt findet dieser belustigte Ausdruck zurück in sein Gesicht und um seine Augen herum treten kleine Lachfältchen hervor. „Ihr tragt eines der teuersten Materialien, die sich mit Geld kaufen lassen, Miss Everheart. Die Mode mag Euch merkwürdig erscheinen, aber die Monster lieben sie. Und wenn ich richtig liege, was Sie angeht, dann werdet Ihr sie alle beeindrucken."

Ich räuspere mich. „Was, wenn ich sie nicht beeindrucken will?"

Er lächelt bloß, doch es ist nicht dasselbe Lächeln wie noch gerade eben. Dieses hier scheint mir beinahe bemitleidend. „Ihr habt sie bereits beeindruckt, Miss Everheart. Indem Ihr Ihr selbst wart."

Ich runzle die Stirn, kann seinem Gedankengang nicht folgen. „Das kann nicht sein. Ich bin keinem von ihnen begegnet."

„Ihr braucht ihnen nicht zu begegnen, um sie zu beeindrucken", sagt er und legt seinen Arm um meinen, um unseren Weg zur Tür fortzusetzen. „Aber Ihr seid der Hauptgewinn des heutigen Abends. Also, danke, Miss Everheart. Ihr habt nicht die geringste Ahnung, was Euer Opfer für mich bedeutet. Ich hoffe, dass Euer zukünftiger Gefährte oder Eure zukünftigen Gefährten Euch alles geben, was Ihr jemals begehrt habt und noch viel mehr."

Mit dieser merkwürdigen Aussage öffnet er die Tür, hinter der zwei Dorfschützer mit ihren üblichen Kapuzen in die Stirn gezogen stehen.

Das Lächeln und die Belustigung sind jetzt

verschwunden und die ernste Miene des Herzogs sagt mir, dass jegliche weitere Bemerkungen mit einer barschen Antwort erwidert werden.

Es fühlt sich fast so an, als hätte er zwei Gesichter.

Ein Vater und ein Herzog, geht mir durch den Kopf, während ich ihn stirnrunzelnd ansehe. *Und was hat er mit Gefährten gemeint? Mehr als ein Monster?*

Obwohl seine Beschreibung von ihnen geradezu, ähm … verlockend war, schätze ich. Ich … ich will keinen Gefährten, geschweige denn *mehrere*.

„Euer Gnaden", sagt einer der Dorfschützer. Seine Stimme jagt mir einen eiskalten Schauer über den Rücken. „Sollen wir sie zur Landeplattform bringen?"

Das ist Terror. Nachdem ich seine Stimme immer und immer wieder in meinen Träumen gehört habe, würde ich sie überall wiedererkennen.

Aber … er war doch einer der Laborkittel und nicht einer der Dorfschützer?

Warum ist er dann jetzt einer?

Waren alle Männer in den Laborkitteln in Wirklichkeit Dorfschützer?

Es ist schwer abzuschätzen, weil sie ihre Gesichter immer verhüllen, wenn sie ihre Uniform tragen. Aber dieser Kerl hier ist zweifelsohne *Terror*.

„Nein, ich werde sie hinbringen, Timothy", erwidert der Herzog. „Und dann könnt ihr und Dorfschützer Edvard übernehmen."

Timothy, denke ich und zolle seiner beschwichtigenden Antwort keine Beachtung. *Wenigstens habe ich mit dem T richtig gelegen.*

Herzog von Nightingale begleitet mich in Stille den langen Zugkorridor hinunter, vorbei an mehreren Türen und Sitznischen, bis wir endlich im Zimmer ankommen, in dem ich ihm zum ersten Mal begegnet bin.

Aber er hält nicht an.

Nein, er läuft auf die Tür zu, durch die ich vor einer Woche gekommen bin. Sie steht offen und bietet Ausblick auf einen marmornen Bahnsteig und einen weiteren Zug, der auf der gegenüberliegenden Plattform steht.

Alles ist weiß. Zu weiß. Zu unbefleckt. Zu sauber. Darin inbegriffen die Wände und die Decke.

Es ist, als wären wir in eine andere Dimension teleportiert worden. Eine, in der es allem Anschein nach nur eine einzige Farbe gibt.

Die anderen beiden Gaben aus meinem Dorf warten in ähnlicher Aufmachung bereits auf mich. Na ja, eigentlich sieht Bartholomews Outfit eher aus wie die Kombination von Weste und Hose des Herzogs, mit dem Unterschied, dass Bartholomew über eine Jacke verfügt.

Miranda – so lautet der Name der Gabe drei, wie ich am ersten Tag herausgefunden habe – hat dasselbe Kleid an wie ich, mit dem Unterschied, dass es bordeauxrot ist.

Ich sehe die beiden heute zum ersten Mal seit dem schicksalshaften Tag der Auswahl. Ich kann mir gut vorstellen, dass sie in der vergangenen Woche Ähnliches durchlebt haben wie ich.

Bartholomew sieht mich mit seinen hellblauen Augen an, als ich mich ihnen auf dem marmornen Bahnsteig anschließe, der direkt vor dem Zug beginnt. Er sieht gelangweilt aus, aber mir entgeht das leichte Zucken in seinem Kiefer nicht, als er auf meinen Arm blickt, der um jenen des Herzogs geschlungen ist.

Ich weiß nicht, warum. Vielleicht glaubt er, dass ich bevorzugt behandelt werde?

„Ihr drei repräsentiert jetzt die Nightingale-Familie", sagt der Herzog und sein merkwürdiger Akzent kommt jetzt etwas mehr durch. „Es liegt an Euch, die

Anforderungen an die Gaben zu erfüllen, so gut Ihr könnt."

Er lässt von meinem Arm ab und blickt mit leicht schief gelegtem Kopf in unsere Richtung.

„Danke für Euer Opfer", fährt er fort, bevor er sich aufrichtet. „Mögt Ihr Gefährten des höchsten Kalibers finden und unsere Familie stolz machen."

Er dreht sich zu ein paar Dorfschützern um, die gerade aus dem Zug gestiegen sind.

„Bringt sie an die Startpositionen", instruiert er sie, bevor er einen Blick auf seine Taschenuhr wirft. „Die Portale werden sich in dreißig und sechs Minuten öffnen." Sein Blick wandert abermals zu mir. „Oder, wie die Monster zu sagen pflegen: in sechsunddreißig Minuten. Viel Glück."

Mit diesen Worten kehrt er zurück zu den Zugtüren und lässt uns, ohne uns eines weiteren Blickes zu würdigen, zurück.

Das ist es.

Die Nacht der Monster.

Das Rennen beginnt.

KAPITEL SIEBEN

ALINA

Oh, gut. Noch mehr Weiß.

Wozu auch andere Farben verwenden?

Wenn ich an Monster denke, denke ich an Dunkelheit. An Blut. An grausame Schicksale. Nicht an *weiß*. Aber diese Box, in der wir uns derzeit befinden – ich glaube, man nennt es einen *Aufzug* – ist genauso weiß wie der Bahnsteig, den wir hinter uns gelassen haben.

Einer der Dorfschützer presst seine Hand gegen die Wand, woraufhin ein Kontrollpanel erscheint. „Erdgeschoss", sagt er mit tiefer Stimme.

Das ist nicht Timothy, denke ich. Aber dieser Gedanke erleichtert mich keineswegs, denn es stehen noch drei weitere Dorfschützer in dieser Vorrichtung mit uns, und einer von ihnen ist Timothy.

Zumindest hat es sich vorhin nach ihm angehört.

Okay, aber wenn er es ist, was kann er mir anhaben?, frage ich mich. *Bald schon werden sich die Portale öffnen und dann werde ich den Monstern zum Fraß vorgeworfen.*

Vielleicht versucht er ganz einfach, mir Angst

einzujagen? Eine letzte Bestrafung des Viscounts, bevor ich in die Monsterstadt gebracht werde?

Ich drücke die Knie durch, als der Raum – *Aufzug* – sich zu bewegen beginnt. Es fühlt sich merkwürdig und beängstigend an. Ich greife um ein Haar nach Bartholomew, um mich an ihm festzuhalten, doch stattdessen balle ich meine Hände zu Fäusten und finde mein Gleichgewicht.

Ein unangenehmes Rauschen füllt mein Ohr aus, was darauf hindeutet, dass wir in schnellem Tempo in die Höhe rasen.

Das erklärt auch die weißen Wände, denke ich benommen. Irgendwann hatte sich alles um mich herum in Zement verwandelt, während ich geschlafen habe, was darauf hindeutete, dass wir uns unter der Erde fortbewegt hatten. Aber der Druck, der jetzt auf meinen Ohren lastet, sagt mir, dass wir viel tiefer unter dem Erdboden waren, als mir bisher bewusst gewesen ist.

Nur ein einziges Mal habe ich etwas Vergleichbares gespürt: als ich für das Begräbnis meiner Eltern in die Berge gefahren wurde. Mehrere Familien waren darin involviert gewesen, weil alle von uns Angehörige im selben Unfall verloren hatten.

Rauch steigt mir in die Nase. Er rüttelt eine sensorische Erinnerung wach, die – so viel ist mir klar – nicht echt ist. Aber ich schwöre, der beißende Gestank von brennendem Fleisch ist für immer in mein Gedächtnis – und meine Nebenhöhlen – eingebrannt.

Das ist jetzt kein besonders guter Zeitpunkt, um in Erinnerungen zu schwelgen, Lina, sage ich mir und der Aufzug bimmelt, woraufhin die Welt zu einem Halt kommt. *Konzentrier dich auf deine Flucht.*

Denn wenn ich von einem Monster geschnappt werde, werde ich nicht nach meiner Schwester suchen können.

Mir ist egal, was der Herzog mir über potenzielle Gefährten erzählt und mir weisgemacht hat, dass Monster gütiger sind als die Bewohner meiner Siedlung. Mein einziges Ziel ist, Serapina zu finden.

Ich kann sie mir bildlich vorstellen. Ihre goldblonden Haare und kristallblauen Augen bilden einen so starken Kontrast zu meinen dunkleren Merkmalen. Wir sehen uns überhaupt nicht ähnlich, mal abgesehen von unserer zierlichen Statur und der blassen Haut. Aber der Schein trügt. Unsere Seelen kennen die Wahrheit. Sie war schon immer meine bessere Hälfte. Dass sie auserwählt wurde, hat mich am Boden zerstört.

Aber ihre Notiz hat alles verändert.

Ich bin hier, will ich ihr sagen. *Ich bin bald bei dir.*

Allein der Gedanke an meine Mission lässt mich etwas aufrechter stehen, mich mein Kinn heben und mich auf meine Umgebung konzentrieren, sobald wir den Aufzug verlassen und ein riesiges Zimmer betreten, das ringsum von Glas umgeben ist.

Glaswände.

Decken aus Glas, sodass man mehrere Stockwerke nach oben blicken kann.

Glastüren.

Alles ist aus Glas.

Und hinter dem Glas verbirgt sich … etwas, das ich kaum in Worte fassen kann.

Bäume und Metall fließen zusammen und kreieren damit eine architektonische Perle, die so einzigartig ist, dass ich nicht einmal weiß, wo ich damit anfangen soll, die Gebäude auf der anderen Seite des Glases zu beschreiben.

Es ist Nacht. Glaube ich, zumindest. Denn die Straßen und außergewöhnlichen Gebäude sind von Lichtern erhellt.

Bartholomew und Miranda scheinen genauso fasziniert

wie ich, während wir durch die Türen geleitet werden. Unsere Blicke folgen den gewundenen Türmen, die sich nach oben in den Himmel ziehen. Ich habe schon von *Wolkenkratzern* gelesen. Aber das hier ... das hier ist etwas vollkommen anderes.

Sie erinnern mich an riesige Bäume, verfügen aber über metallene Stümpfe, aus denen mit grünen Blättern besetzte Äste ragen. Das Gebilde ist nicht von dieser Welt.

Monsterhaft, korrigiere ich, als ich mich daran erinnere, wo wir sind. In der *Monsterstadt*.

Es ist nicht weiter verwunderlich, dass die Architektur vor Ort von der meines Dorfes stark abweicht.

Diese Einsicht trübt meine Faszination etwas, sodass ich meinen Blick zurück auf die Straße richte. Es sind ungefähr ein Dutzend Menschen hier, die alle ähnliche Outfits tragen wie ich.

In der Zwischenzeit haben die Dorfschützer sich vor dem Glashaus, das ich soeben verlassen habe, in einer Reihe aufgestellt. Ihrer bedrohlichen Haltung ist klar zu entnehmen, was sie sagen wollen: *Kein Durchgang.*

Das ist in Ordnung.

Ich habe nicht vor, mit dem Zug zu fahren. Ich will eine Karte finden.

„Fünfundzwanzig Minuten" verkündet eine Frauenstimme. Ich sehe mich um, kann aber niemandem mit einem Mikrofon in der Hand sehen. Obwohl ... die Stimme hat sich angehört, als wäre sie aus dem Himmel gekommen. Und außerdem hat sie *fünfundzwanzig* gesagt, und nicht *zwanzig und fünf*.

Weil die Monster es vorziehen, die Zeit verkehrt zu lesen, geht mir durch den Kopf und ich rufe mir in Erinnerung, was der Herzog gesagt hat, ehe er gegangen ist.

Mein Blick wandert abermals nach oben und ich frage mich, ob das Monster vielleicht von einem Gebäude hängt.

Oder vielleicht sogar über unseren Köpfen schwebt. Doch dann erhascht enthusiastisches Geschnatter meine Aufmerksamkeit. Drei Mädchen treten durch die Glastür und kommen auf uns zu. Sie kichern und sehen sich neugierig um.

Ganz wie ich, tragen sie Korsetts und Kleider. Aber ihre Haare sind zu geschmackvollen Zöpfen geflochten worden, die über ihre Schultern hängen, anstatt wie ein wildes Bienennest auf ihrem Kopf zu sitzen.

Viel praktischer.

Was nicht praktisch ist, ist ihr Gekicher. Sie scheinen … aufgeregt zu sein.

Alle anderen im Raum sehen etwas verloren aus.

„Sind das die anderen Gaben?", flüstert Miranda Bartholomew zu.

Er nickt ihr steif zu. „Aus den anderen Siedlungen."

„Oh." Sie schluckt hart und ihr Blick wandert die Straße hoch und runter. „Sind wir …?" Sie verstummt, beißt sich sanft auf die Unterlippe und blickt zu den Dorfschützern.

Es scheint ihnen egal zu sein, dass sie sich zu Wort meldet. Und sie bemühen sich auch nicht, die drei aufgeweckten Mädchen aufzuhalten, die in unsere Richtung schlendern.

„Zwei Blöcke weiter", sagt eines der Mädchen, während ihre Gruppe an uns vorbei stolziert. „Dort öffnet sich das Ozamique-Portal."

„Ich weiß, Gretch", erwidert die andere. „Wir haben uns dieselbe Karte angesehen wie du."

Karte?, geht mir durch den Kopf. Ihr Gespräch ist gerade um ein Vielfaches interessanter geworden.

„Ja, ja", sagt Gretch. „Aber ihr hofft darauf, eine Schattenkreatur zu verführen und nach Blight zu reisen."

Die schlanke Frau erschaudert, als sie den Namen des Reiches erwähnt. „Viel Glück beim Atmen unter Wasser."

„Sie haben Schiffe", murmelt eine von ihnen und wirft den langen schwarzen Haarzopf über ihre Schulter. „Oder so ähnlich."

Gretch schnalzt mit der Zunge. „Du hoffst nur darauf, dass du in einem glorifizierten Wasserpalast leben kannst."

„Ich bezweifle, dass die Monster uns nach unseren Präferenzen auswählen", informiert die Dritte im Bunde die anderen beiden. „Wir sollen ihren Wünschen entsprechen, nicht umgekehrt."

„Ach, fang nicht schon wieder damit an", ächzt Gretch. Mit jedem Schritt, den die drei nehmen, sind sie schlechter zu vernehmen. „Ich habe es so satt, von dir belehrt zu werden, Playa. Es handelt sich dabei um eine gegenseitig bereichernde …"

Ich versuche, mehr von ihrem Gespräch zu erhaschen, aber das Trio ist auf eine andere Straße abgebogen.

Stirnrunzelnd sehe ich zu den Dorfschützern und frage mich, ob sie ihnen nachgehen werden.

Sie tun es nicht.

Und dann läuft eine weitere Gruppe in die entgegengesetzte Richtung eine andere Straße hinab, und die Dorfschützer zucken nicht einmal mit der Wimper.

Bartholomew und Miranda führen ein leises Gespräch über ihre Erwartungen und sind sich der Bewegungen der anderen nicht bewusst.

Sie scheinen es nicht einmal zu bemerken, als ein weiteres Trio das Glasgebäude verlässt. Diese Gruppe besteht aus zwei Männern und einer Frau. Sie sehen sich alle an, nicken einander zu und gehen dann getrennte Wege.

Ich schürze meine Lippen, als sie entschlossenen

Blickes davonlaufen und sie niemand aufhält oder etwas sagt.

Hast du das auch gesehen?, frage ich meine Schwester in Gedanken. *Bist du einem von ihnen gefolgt? Hast du eine Karte gefunden? Bist du in die Elitestadt geflohen?*

Möglich ist es.

Und irgendwie hört sich das nach einem guten Plan an.

Ich mache einen Schritt weg von Bartholomew und Miranda, dann sehe ich erneut zu den Dorfschützern.

Keiner bemerkt mich. Oder wenn sie es tun, scheinen sie sich nicht um mich zu scheren.

Ich mache ein paar Schritte zurück.

Kein Kommentar. Keine Bestrafung. Keine Reaktion.

Okay …

Ich drehe mich um und laufe auf die Straße zu, auf die die drei Mädchen abgebogen sind. *Vielleicht kann ich sie einholen und sie über die Karte ausfragen.*

Erhobenen Hauptes gehe ich davon, tue so, als wüsste ich, was ich da mache, und gehe dem seltsam begierigen Trio hinterher.

Erst, als ich auf die Straße abbiege und die kichernden Mädchen nirgendwo sehen kann, bemerke ich, dass Bartholomew und Miranda mir folgen.

Aber es sind keine Dorfschützer zu sehen, die mir nachgehen. *Gut.*

Bartholomew zieht eine Augenbraue hoch, als wollte er fragen: „Und jetzt?"

Ich laufe achselzuckend weiter und beschließe, die Grenzen des Erlaubten zu testen.

Als nichts geschieht …, gehe ich einfach weiter.

Und weiter.

Und weiter.

Die Gebäude sehen sich aufgrund ihrer metallenen

Fassade, die sich mit dem Grün vermischen, ähnlich, mit dem Unterschied, dass die hier über ein paar Fenster verfügen. Jede Menge Fenster.

Ich halte inne und spähe neugierig in eines.

Aber es ist zu dunkel, um etwas erkennen zu können.

„Wonach suchen wir?", will Bartholomew, der nahe bei mir steht, mit tiefer Stimme wissen.

Mir war nicht klar, dass er auch versucht hat, durch das Glas zu blicken. Für einen Mann seiner Größe bewegt er sich erstaunlich leise. Ich bin davon ausgegangen, dass der Boden beben würde, wenn er einen Schritt macht. Aber nein, seine starken Muskeln sind alle in einem schlanken und kräftigen Körper verpackt.

„Alina?", fragt er und sieht mich mit seinen hellen Augen an. „Suchen wir nach einem Versteck? Oder nach etwas anderem?"

„Ein Versteck hört sich gut an", meint Miranda leise.

Er blendet sie aus und starrt mich unablässig an.

Ich räuspere mich. „Ich …" Ich halte inne.

Ich wollte gerade zugeben, dass ich nicht die geringste Ahnung habe, was ich hier mache, aber dann fällt mir etwas ein.

„Ähm, diese Mädchen haben etwas von einer Karte erwähnt …" Ich verstumme und warte darauf, ob sich in Bartholomews oder Mirandas Gesicht ein wissender Ausdruck abzeichnet. Vielleicht wissen sie auch etwas über diese Karte.

Leider starren sie mich nur an und warten darauf, dass ich weiterspreche.

Hm. „Ich glaube, eine Karte wäre hilfreich", schließe ich achselzuckend. „Diese Mädchen scheinen zu wissen, wohin wir gehen müssen, und offensichtlich werden die Dorfschützer uns nicht helfen. Also …"

Bartholomew und Miranda sehen mich einen kurzen

Augenblick länger an, dann nickt der Mann leicht. „Das ist eine gute Idee."

„Ja", stimmt Miranda zu.

Ich atme erleichtert aus, vermutlich, weil es schön ist, Hilfe zu haben. Und ich bin froh, dass ich ihnen den wahren Grund für meine Suche nach einer Karte nicht offenbaren muss.

„Na, da drinnen ist keine", ergänzt Bartholomew. „Das Einzige, was ich sehen kann, sind ein paar grünhäutige Männer mit riesigen Hörnern, die an einer Bar sitzen und trinken."

Ich blinzle ihn an. „Wie bitte?" Er hat auf das Fenster gezeigt, während er gesprochen hat, weshalb ich ein weiteres Mal hineinspähe. „Ich sehe nichts."

Miranda tut es mir gleich und runzelt die Stirn. „Ich auch nicht."

Bartholomew sieht uns beide abwechselnd an, dann richtet er seinen Blick auf das Gebäude neben uns. „Ihr seht die Monster nicht?"

Miranda und ich tauschen einen Blick aus, dann schütteln wir die Köpfe.

„Was ist mit denen, die da drüben im Diner sitzen?", fragt er und zeigt dabei auf ein weiteres Gebäude, in das ich nicht spähen kann.

„Diner?", wiederholt Miranda verwirrt.

„Ja. Mit dem Neonschild", erwidert er.

„Was für ein Neonschild?", fragen ich und Miranda im Chor.

Er zieht die Stirn kraus. „Das riesige Neonschild mit der Aufschrift *Diner* auf der anderen …"

„Fünfzehn Minuten", unterbricht die weibliche Stimme von oben, was mir einen kalten Schauer über den Rücken jagt.

„Scheiße", murmelt Bartholomew. „Wir müssen uns in Bewegung setzen."

Er hält nicht an, um weiter darüber zu sprechen, was wir sehen oder nicht sehen können, und geht stattdessen auf eine dunkle Gasse zu, die er dann hinabläuft.

Das ist definitiv nicht die Richtung, die ich eingeschlagen hätte, aber allem Anschein nach sieht er besser als ich, also übergebe ich ihm die Führung.

Hier und da hält er inne, um in ein Fenster zu starren und zuckt dabei jedes Mal zusammen. Wenn ich hineinsehe, sehe ich nichts.

Mein Magen verkrampft sich mit jeder Minute und die Härchen an meinem Nacken sträuben sich, wann immer die Frauenstimme aus dem Himmel sich meldet. „Zehn Minuten."

„Fünf Minuten.

„Eine Minute."

„Fünfundfünfzig Sekunden."

„Fünfzig Sekunden."

Bartholomew reißt eine Tür zu seiner Linken auf und tritt ins Haus. Miranda zögert, ich aber nicht. Ein Dach über dem Kopf zu haben, hört sich besser an, als unter freiem Himmel in dieser Gasse zu stehen.

Obwohl das Innere des Hauses zu wünschen übrig lässt. Es ist … leer. Und viel zu sauber. Wie alles andere in dieser Stadt auch.

Kein einziges Staubkorn. Keine Spinnweben. Kein bisschen Dreck. Die Böden und Wände sind blitzblank.

Wenigstens ist es nicht weiß gestrichen.

„Fünfundvierzig Sekunden", spricht die Stimme von oben ins Zimmer, was mich zusammenzucken lässt.

Bartholomew sieht sich mit wildem Blick um, als würde er nach der Quelle der Stimme suchen.

„Vierzig Sekunden."

Miranda steigen Tränen in die Augen und sie steht unsicher in der Tür. „Sie kommen. Sie kommen. Sie …"

„Fünfunddreißig Sekunden."

Miranda fällt auf die Knie und Bartholomew rennt an ihre Seite.

Ich mache ein paar Schritte zurück, als er sie in die Arme hebt, ihr etwas ins Ohr flüstert und sie nach drinnen trägt. Die beiden müssen sich bereits vor dem Tag der Auswahl gekannt haben. Ich kann es ihrer Körpersprache und daran, wie er sie jetzt beruhigen kann, ablesen.

In einem anderen Leben hätte ich vielleicht Fragen gestellt.

Aber nicht in diesem.

Nicht, wo die Stimme über unseren Köpfen herunterzählt.

Sie meldet sich jetzt jede Sekunde zu Wort und ihre Stimme verunmöglicht es mir, einen klaren Gedanken zu fassen und hüllt mich in diese ominöse Energie ein.

„Zwanzig."

„Neunzehn."

„Achtzehn."

Ich schüttle meinen Kopf und wünschte mir, dass sie *aufhören* würde. In diesem riesigen Zimmer kann man sich nirgendwo verstecken und ich bin nicht überzeugt davon, dass das Haus so verlassen ist, wie es scheint. Aber Bartholomew ist zu beschäftigt mit Miranda, um mir zu helfen. Er streicht mit den Lippen über ihre Wange. Seine Liebkosung in dieser brenzligen Situation berührt mich irgendwie.

„Zehn", sagt die Stimme. „Neun. Acht …"

Bartholomew schlingt seine Arme um Miranda und drückt sie fest an sich. Die beiden verlieren sich in einer

Umarmung, die mir das Gefühl gibt, gehörig fehl am Platz zu sein.

Dieser Augenblick gehört ganz allein ihnen, nicht mir.

Ich … ich muss

„Fünf."

Wegrennen, denke ich. *Mich verstecken. Ich darf nicht zulassen, dass eines von ihnen mich fängt.*

„Drei."

Scheiße.

Ich renne in den Flur und hoffe, dort ein kleineres Zimmer mit Möbeln oder etwas anderes zu finden, was ich als Versteck benutzen kann.

„Zwei."

Nichts.

„*Eins.*"

Ein statisches Surren, das mich erschaudern lässt, wandert an meinen Armen hoch und breitet sich in meinen Sinnesorganen aus.

Und dann …

Stille.

Ich traue mich kaum, einen Atemzug zu nehmen und horche gebannt.

Knurrgeräusche.

Schreie.

Wütende Schreie.

Ich ahne, dass ich gleich mit allem davon konfrontiert werde, aber … nichts geschieht.

Ich ziehe meine Stirn kraus und blicke über meine Schulter – in der festen Annahme, ein sabberndes Monster zu meiner Rechten direkt hinter mir zu sehen.

Aber ich bin allein.

Keine Spur von Bartholomew und Miranda. Keine Geräusche.

Habe ich mein Gehör verloren?, frage ich mich benommen. *Was ist hier los?*

Vorsichtig gehe ich den Flur hinab und stelle fest, dass der große Raum komplett leer ist.

Sind sie weggerannt?, denke ich staunend und sehe mich jetzt fieberhafter um. *Haben sie ein Versteck gefunden?*

Ich öffne meinen Mund, um ihre Namen zu rufen, doch dann verkneife ich mir die instinktive Reaktion. *Sie kämpfen für sich selbst. Ich sollte dasselbe tun.*

Ich drehe mich um, gehe vorsichtig den Flur hinab und versuche angestrengt, keinen Laut von mir zu geben. Es ist etwas zu leise hier drinnen. Gespenstisch ruhig. Als gäbe es einen Countdown, den ich nicht hören kann.

Eine Energie, die sich seltsam bekannt anfühlt, schwirrt um mich herum.

Etwas ist im Anflug.

Nein. Nicht etwas. Jemand.

Ich bin nicht sicher, woher ich das weiß, aber der Gedanke lässt mich abermals erstarren.

Ein männlicher Geruch steigt mir in die Nase und will, dass ich einatme.

Tannenbäume in einer warmen Sommernacht. Wonne.

Ooooh … das gefällt mir.

Ich schließe meine Augen, was einen Teil von mir umgehend beruhigt. Der Geruch ist angenehm. *Ich fühle mich beflügelt.*

Ich will, geht mir durch den Kopf. Nein. *Ich brauche.*

Ich *brauche* mehr.

Ich muss die Quelle finden.

Muss mich verlieren in …

Jemand schlingt eine Hand um meinen Hals und reißt mich aus meinem deliriösen Zustand. Der Schrei, der sich meiner Kehle entringen will, bleibt mir im Hals stecken, und der ausbleibende Sauerstoff verunmöglicht es mir, den Laut von mir zu geben.

Ich starre in zwei bekannte braune Augen.

Terror.

„Danke, dass du es mir so leichtgemacht hast, Alina", flötet er und schleudert mich mit dem Rücken gegen die Wand.

Ich schaffe es nicht einmal, darauf zu antworten. Meine Ohren klingeln wegen des heftigen Aufpralls und in meiner Lunge breitet sich ein Brennen aus, weil mir die Luft wegbleibt.

Alles ist so schnell gegangen.

Zu schnell.

Und jetzt tanzen schwarze Punkte vor meinen Augen.

Was ist gerade passiert?

Im einen Augenblick habe ich mich in einem seltsamen Geruch verloren und jetzt … jetzt bin ich …

„Lass sie leben", verlangt eine tiefe Stimme. „Der Viscount hat gesagt, dass wir sie unversehrt zu ihm bringen sollen."

„Das macht ihr nichts", keift Terror – *Timothy* – zurück.

„Sie läuft schon blau an, T", knurrt der andere. „*Lass sie los.*"

Timothy murmelt etwas Unverständliches und dann fängt sich alles zu bewegen an. Ich knalle gegen etwas Hartes, woraufhin ein Schmerz, ausgehend von meinen Knien, hoch in meinen Rücken schießt.

Liege ich am Boden?, denke ich und rolle mich röchelnd auf die Seite, während ich meine Hand an meinen schmerzenden Hals führe. Ich rolle mich zu einer Kugel ein, doch dann reißt mich wieder jemand hoch.

Ich jaule auf, als sich an meiner Kopfhaut ein Brennen ausbreitet, weil eine Hand an meinen Haaren zieht.

„Alter, was läuft denn mit dir falsch?", brüllt der eine

Kerl. „Welchen Teil von *unversehrt* hast du nicht verstanden?"

„Er will ihre Unschuld, Mark. Er macht sich nichts aus ihrem körperlichen Wohl", erwidert Timothy, während er mich mit schroffer Hand in seinen Armen positioniert. „Hör auf, dir meinetwegen den Kopf zu zerbrechen, und überleg dir lieber, wie du uns unter den Erdboden bringst. Wir müssen sie zum Zug bringen."

Zum Zug?, denke ich benommen. *Nein. Nein, danke. Ich werde ganz bestimmt* nicht *zum Zug zurückgehen.*

Ein Teil von diesem Gedanken scheint meine Reflexe zu wecken, denn plötzlich winde ich mich und kämpfe gegen diesen Typen an, damit er mich loslässt.

Er zischt mir Worte zu, die ich kaum verstehe. Mein Fluchtinstinkt übersteigt jegliche Gedanken und allen Verstand. Das Einzige, woran ich denken kann, ist meine Freiheit. Ich muss zu meiner Schwester. Muss eine Karte finden. Muss *fliehen.*

Der Mann – *Timothy* – knurrt, als mein Knie mit seinem Gemächt kollidiert. Irgendwann scheint er mich wieder abgestellt zu haben.

Ich schubse ihn von mir und stelle mich hin, dann renne ich weg.

Doch jemand reißt wiederholt an meinem Haar.

Ich schreie, *ärgere* mich über dieses dämliche Outfit und darüber, wie unpraktisch es ist. *Ärgere* mich über den Mann, der mich angepackt hat. *Ärgere* mich über diese Welt und das dunkle Schicksal, das mir droht.

„Lass mich los!", verlange ich mit heiserer Stimme und schlage ziellos mit meinen Armen um mich. *Gnadenlos.* Ich bin ein wütendes, wildes, um sich schlagendes Gewirr aus Armen und Beinen.

Aber allem Anschein nach führt das nur dazu, dass ich mir meine eigenen Haare ausreiße.

An meiner Kopfhaut breitet sich ein Brennen aus, das im nächsten Augenblick auch an meiner Wange erblüht, als mich jemand wiederholt gegen die Wand drückt.

Jemand krallt seine Finger in meine Hüfte und schlingt eine Hand um meinen wunden Hals. Tränen laufen über meine Wangen.

„Schlag sie einfach bewusstlos!", schreit ein Mann. Ich bin nicht sicher, welcher es ist, weil ich zu beschäftigt mit dem Versuch bin, mich aus seinem eisernen Griff zu befreien.

Ich werde mich nicht so leicht geschlagen geben.

Ich werde nicht zulassen, dass das geschieht.

Ich werde nicht …

Ich blinzle und mein letzter … letzter Gedanke verblasst.

Gib auf, denke ich und beende damit den Satz.

Aber … aber es hört sich an, als ob die Worte von einer Männerstimme gekommen sind. Eine Stimme, die in mein Ohr haucht. Meine Gedanken beschmutzt. Meinen Kampfwillen dezimiert. Meinen Widerstand … überwältigt.

„Das wirst du bereuen, du *Hure*", sagt er ominös.

Auf diese Aussage folgt ein bedrohliches Knurren. Ein Knurren, das ich tief in mir widerhallen spüre.

Aber der Laut stammt nicht von mir.

Sondern von etwas anderem.

Von jemand anderem.

Er ist hier, geht mir durch den Kopf, der sich aufgrund einer Einsicht, die ich nicht ganz verstehe, ganz neblig anfühlt. Aber irgendwo in mir … weiß ich es einfach. Weil ich ihn *spüren* kann.

Nein.

Nicht nur ihn. *Sie.*

Was …?

Ich blinzle.

Und plötzlich wird meine zusehends dunkler werdende Umgebung in Rot getaucht.

Blut.

Knurrgeräusche.

Tod.

KAPITEL ACHT

REAPER

Vor einigen Minuten

„Echt unglaublich", sage ich und bestaune die Gebäude um mich herum. „Ich hasse New York City, aber das hier …"

„Ist die Monsterstadt?", fällt Flame mir ins Wort.

„Ja, ist es."

Überall öffnen sich Portale, doch ich zolle den Kreaturen, die durch die magischen Spiralen kommen und gehen, keine Beachtung. Ich bin zu eingenommen von der diesreichigen Version des Times Squares. Er hat mich umgehend in seinen Bann gezogen. Obwohl das erst wenige Minuten her ist, fühlt es sich an, als wären seither bereits mehrere Stunden vergangen.

In diesem Reich existieren keine der Wolkenkratzer, an die ich gewöhnt bin. Alles besteht aus Metall und Grün, hier und da abgelöst von ein paar Fenstern. Weit und breit sind keine Werbetafeln zu sehen. Keine nervigen sterblichen Fußgänger. Keine Taxis. Keine Autos. Nur ganz viel Platz, große, umweltfreundliche Gebäude und zwischen jedem Block blitzt ein Park hervor.

„Ich kann den Ozean riechen", sage ich und ignoriere, was Orcus und Flame besprechen. „Kein überwältigender Müllgestank oder menschlicher Ruin. Einfach nur … Leben." Wie bizarr. „Das bringt mich dazu, etwas kaputtmachen zu wollen."

Denn an *Leben* kann ich mich nicht laben.

Hm.

Ich sehe mich um, halte Ausschau nach einer potenziellen Mahlzeit.

Menschen rennen kreuz und quer durch die Stadt. Ihre Angst ist ein Aphrodisiakum, das meinen Magen ein gieriges Knurren ausstoßen lässt. Wo Angst ist, gibt es auch Terror. Und die Quelle dieses Terrors gibt für gewöhnlich eine leckere Mahlzeit ab.

Aber alles, was ich sehe, sind übernatürliche Kreaturen, die herumstolzieren und deren guten Absichten ihren Geruch verderben. *Zu süß. Zu* gutartig.

Ich runzle die Stirn. „Hier draußen gibt es keine einzige dunkle Seele", sage ich zu Orcus. Dieser Umstand schockiert mich mehr als die unglaubliche Architektur. „Kein Wesen, das es verdient hat, getötet zu werden."

Aber Orcus scheint mir nicht zuzuhören.

Seine Augen sind rubinrot, die dunklen Iriden komplett eingenommen vom Alpha in ihm, während er die Umgebung mit geblähten Nasenflügeln mustert.

„Was riechst du?", fragt Flame leise.

„*Omega*", erwidert Orcus. Das Wort wird von einem Knurren begleitet, das ich noch nie von ihm gehört habe.

Flame und ich tauschen einen Blick aus.

Orcus' Mutter ist eine Omega. Aber sein Gesichtsausdruck und seine Haltung deuten darauf hin, dass er nicht seine Mutter riecht, sondern eine andere Frau.

Er macht einen Schritt nach vorn, hält dann inne und dreht sich dann abrupt nach rechts ab, bevor sein Knurren noch tiefer wird.

Flame und ich stellen uns hinter ihn und begeben uns umgehend in Position. Weil wir schon jahrhundertelang miteinander befreundet sind, verfügen wir über einen ausgeprägten Beschützerinstinkt für den anderen, der sich jetzt zeigt.

Orcus' Schritte werden mit jeder Sekunde schneller, weil sein innerer Alpha jetzt die Kontrolle übernommen hat. Ich habe ihn noch nie so gesehen. Aber er hat sich in den vergangenen paar Tagen merkwürdig benommen. Ich habe es der Mission zugeschrieben, aber jetzt frage ich mich, ob hinter der Sache mehr steckt. Etwas, das mit dieser *Omega* zu tun hat, die er derzeit zu jagen scheint.

Eine potenzielle Gefährtin, vielleicht?, frage ich mich und beginne zu rennen, während Orcus eine Seitenstraße hinab rast.

„Und er dachte, *wir* würden uns von unserem Ziel abbringen lassen", sagt Flame in beiläufigem Tonfall zu mir.

Ich lache schnaubend. „Das werden wir ihn nie vergessen lassen."

„Niemals", stimmt Flame zu.

Wenn Orcus uns hört, lässt er es sich nicht anmerken. Er ist zu beschäftigt damit, die Gassen zwischen den Gebäuden hinabzurennen.

Flame und ich legen einen Zahn zu und suchen die Umgebung ab, während Orcus der Omega hinterherjagt, die seine Alpha-Seele gespürt hat.

Merkwürdig getönte Scheiben, denke ich, als ich die verschiedenen Kreaturen mustere, die dahinter stehen. Sie scheinen unsere Jagd interessiert mitzuverfolgen. *Warum hängt ihr alle da drinnen rum?*, will ich sie fragen.

Aber dafür bleibt keine Zeit.

Orcus hebt schon fast ab. Seine Flügel stehen kurz davor, sich an seinem Rücken zu entfalten. Ich kann es spüren, wie er sich nach vorn stößt und seine himmlische Natur tritt immer wieder in Erscheinung.

„Verdammt", murmle ich und mir wird klar, dass ich kurz davorstehe, meine besten Freunde zu verlieren. Denn wenn Orcus sich in seine Engelsgestalt verwandelt, wird Flame seinen Panther freilassen, und dann bin ich der Einzige, der noch auf zwei Beinen rennt.

Ich bin zu vielem imstande, aber fliegen und mich verwandeln gehören leider nicht zu meinen Gaben.

Ich öffne meinen Mund, um Orcus' Namen zu rufen, doch bevor ich das tun kann, steigt mir dieser köstliche Geruch in die Nase, der mich fast um den Verstand bringt. *Dunkle Seelen. Drei an der Zahl. Sündhaft. Dekadent. Wie Erdbeeren im Schokoladenmantel.*

Ich blinzle. *Das* ist neu.

Dunkle Seelen riechen normalerweise nach Rauch, nicht nach Nachtisch.

Meine Nase zuckt und meine Instinkte melden sich, Flame knurrt neben mir. Ich bin zu verloren in meinen Gedanken an eine leckere Mahlzeit, um mich darauf konzentrieren zu können, was ihn so aufbringt.

Konzentrier dich, sage ich zu mir selbst. *Du kannst essen, wenn du Orcus geholfen hast.*

Aber jeder Schritt bringt mich dem süßen Geruch von bevorstehendem Tod näher, was mir das Wasser im Mund zusammenlaufen lässt.

Energie breitet sich an meinen Armen aus. Meine Tätowierungen entfalten sich langsam, um die Luft, die mich umgibt, zu kosten. Schwaden und Stränge dringen aus meinem Innern, drehen und winden sich und berühren alles und jeden in nächster Nähe.

Orcus tritt durch eine Tür und hält abrupt inne.

Ich knurre, als ich ihn in hineinlaufe. Mein Hunger hat ganz neue Höhen erreicht. *Aufspüren. Zerstören. Verschlingen.*

Flame packt mich am Kragen und wirft mich gegen eine Wand. Ich sehe seinen Jaguar in seinen Augen hervorblitzen, mache einen Sprung nach vorn und packe ihn am Kragen seiner Lederjacke. „*Was …?*"

„Lass mich los!"

Ich schließe meine Augen und drehe langsam meinen Kopf, während ich mittels meines geschärften Gehörs die Quelle auszumachen versuche, die die drei Worte von sich gegeben hat. Trotz der heiseren Beschaffenheit der Stimme weiß ich, dass sie einer Frau gehört. Einer Frau, die sich offenbar in unmittelbarer Nähe befindet und in einen Kampf verwickelt ist.

Eine, die Orcus dazu bringt, ein tiefes Knurren auszustoßen. Seine Wut ist spürbar und lässt mich und Flame einen Schritt zurück machen.

Meine tiefschwarzen Stränge finden langsam zu mir zurück und meine Gedanken an eine Mahlzeit werden umgehend abgelöst von einem Verlangen danach, die Frau zu finden, die die Forderung von sich gegeben hat.

„Schlag sie einfach bewusstlos!", schreit jemand, was meinen Blick auf einen langen, dunklen Flur zieht.

Einen Flur, den Orcus hinab geht.

Flame sieht mich an. In seinen Iriden kann ich seinen Jaguar erkennen. Er ist fuchsteufelswild und ich bezweifle, dass es daran liegt, dass ich ihn geschubst habe.

Nein. Es hat mit dem *Wimmern* zu tun, das der Forderung gefolgt hat.

„Gib auf", sagt eine andere Stimme in einem boshaften Tonfall, der mich meine Augen zusammenkneifen lässt.

Es folgt ein weiteres Wimmern.

Orcus' Flügel entfalten sich hinter seinem Rücken und sein Knurren lässt die Wände erzittern.

Aber die bald tote Seele vor uns scheint ihn nicht zu hören, weil er sagt: „Das wirst du bereuen, du *Hure*."

Ich knurre, als sich uns ein Mann offenbart, dessen Hand um den Hals einer wunderschönen Frau geschlungen ist.

Einer Frau, die ich umgehend wiedererkenne.

Denn sie hat die ganze vergangene Woche meine Träume heimgesucht.

Die dunkelhaarige Frau aus dem Dorf.

Ich könnte den entschlossenen und starken Ausdruck in ihren wunderschönen Augen *nie* vergessen.

An seine Stelle sind jetzt *Schmerz* und *Angst* gerückt. Und *das* kann ich nicht akzeptieren.

Flame rennt um Orcus herum, um sich auf den Kerl zu werfen, dessen Hand um den Hals unserer Frau geschlungen ist. Es folgt ein Knacken, als der menschliche Mann gegen die Wand klatscht und umgehend erschlafft.

Es stehen noch zwei weitere Männer im Zimmer.

Zwei dunkle Seelen.

Zwei Menschen, die es nicht verdienen, zu leben.

Ich gehe auf die beiden zu, während Orcus in die Hocke geht, um die Frau in seine Arme zu heben. Sein Schnurren ist ein mir komplett unbekannter Laut, der mich beinahe von meiner Mission abbringt. *Beinahe.*

Die Männer, die ich jage, strotzen nur so vor *Angst*.

Und diese Feiglinge drehen sich um und versuchen, zu fliehen.

Aber meine tödlichen Stränge warten bereits auf sie. Meine Tätowierungen breiten sich im nächsten Augenblick aus, um die geballte Ladung meiner tödlichen Kraft zu verströmen.

Ich hülle sie in meine Stränge ein und *drücke zu.*

Es folgen Schreie.

Köstliche Schreie.

Und ich nehme jedes letzte bisschen Lebenskraft auf, die diese Arschlöcher mir zu geben haben. Ich genieße ihren süßen Tod und schlucke die Seelen runter … runter … *runter …*

Als ich fertig bin, ist bis auf ihre sterblichen Hüllen nichts mehr von ihnen übrig. Diese Welt muss ihre Dunkelheit nicht länger ertragen. Dieses Privileg kommt jetzt mir zu.

Ich spüre sie in mir.

Sehe jede Sünde, die sie begangen haben.

Und schließe sie in eine Box, in der sie bis zu meinem letzten Atemzug ruhen werden.

Viel Spaß im Fegefeuer, denke ich in ihre Richtung, erfreut darüber, ihr Scharfrichter gewesen zu sein. *Mögt ihr in der Hölle schmoren.*

Dann drehe ich mich um, entschlossen, auch das Leben des dritten Mannes auszulöschen. Derjenige, der es *gewagt* hat, Hand an *unsere* Frau anzulegen.

Obwohl sie gar nicht uns gehört, oder?, denke ich, jetzt, wo mein Kopf etwas klarer ist, nachdem ich mich gelabt habe.

Ich sehe die Frau blinzelnd an und mir fällt auf, wie Orcus sie in seinem Schoß hält und ihr ins Ohr summt. Seine Flügel sind verschwunden und der einzige Hinweis darauf, dass er sie überhaupt ausgebreitet hat, ist sein zerrissenes Oberteil.

Ist sie seine *Gefährtin?*, frage ich mich und beobachte, wie er mit untypisch ehrfürchtigem Blick auf sie hinabblickt. *Seine Omega?*

Ich beiße die Zähne zusammen. *Warum bekommt er sie und nicht ich?*

Wow, Moment mal. Nein. Was war das denn, verdammt? Seit wann will ich überhaupt eine Gefährtin?

Sex? Ja. Immer.

Eine Gefährtin? Nein. Meine Seele ist zu kaputt, um überhaupt daran zu denken, eine *Gefährtin* zu haben.

Und doch …

Ich lege meinen Kopf schief. *Sie ist wirklich ausgesprochen hübsch.* Ich schnüffle in der Luft. *Und sie riecht nach Erdbeeren.*

Ich reiße meine Augen auf. *Moment mal …*

Ich sehe zum Mann, den Flame mit eisernem Griff gegen die Wand im Flur presst und ihn anknurrt.

Er wartet darauf, dass ich zu ihm gehe und mich labe. Dass ich das Leben dieses Mannes beende und seine Seele verschlinge.

Doch der Geschmack … der *Duft* … Er kommt von dem Mädchen.

Aber ihre Seele ist nicht dunkel. Sie ist rein. *Wunderschön.*

Und ich will sie mit einer Berührung besudeln. Sie *ablecken.*

Sie *beißen.*

Ich schüttle meinen Kopf, um zur Vernunft zu kommen. So bin ich sonst nie. Bondage während des Sexes? Ja, bitte! Beißen? Nein. Beißen würde zu einem Gefährtenband führen.

Lecken ist okay.

Knabbern geht klar.

Aber beißen … Nein. Auf keinen Fall.

Und doch fließt mir das Wasser im Mund zusammen, weil ich meine Zähne so gern in ihrer süßen Haut versenken und von ihrem vorzüglichen Blut kosten möchte. Unsere Seelen aneinanderbinden möchte. Uns für die Ewigkeit miteinander *vermählen* möchte.

Ich mache einen Schritt zurück und greife mir an den Kragen. *Dieses Reich stellt verrückte Dinge mit meinem Kopf an.*

„Reaper?", knurrt Flame. „Du hast fünf Sekunden, bevor ich dieses Arschloch eigenhändig töte."

„Nein", unterbricht Orcus mit sanftem Tonfall, obwohl das schroffe Schnurren noch immer durch seine Brust geht. „Alina hat Vorrecht darauf, ihn zu töten. Er hat ihr wehgetan. Sie darf über seinen Tod verfügen."

Ich höre Orcus' Worte und verstehe, was er damit sagen will. Zur Hölle, ich *stimme* ihm sogar zu.

Aber das Einzige, worauf ich mich konzentrieren kann, ist die Tatsache, dass er ihren Namen kennt.

Alina.

Der Name ist wunderschön, ganz wie sie. Sanft, aber stark. Kurz und prägnant.

Die Kratzwunden, die sie im Gesicht ihres Angreifers hinterlassen hat, zeugen von einem erbitterten Kampf.

„Du hast recht", sagt Flame, ohne vom Sterblichen abzulassen, den er gegen die Wand drückt. „Wie soll er sterben, kleiner Panther?"

Ich sehe ihn blinzelnd an.

Orcus kennt ihren Namen.

Flame hat sich bereits einen Spitznamen für dieses Mädchen überlegt.

Und ich … ich habe nichts.

Nein. Das stimmt so nicht. Ich habe Waffen. *Tausende* Waffen.

Ich grinse und lasse meine Tätowierungen in Erscheinung treten, während ich auf Orcus zuzugehen beginne. Er wendet seinen Blick keine Sekunde von der Frau ab. Ich kann es ihm nicht verübeln. Sie ist hypnotisierend.

Und außerdem starrt sie zu ihm zurück.

Und jetzt zu mir.

Ich spüre keine Angst aus ihr strömen, nur Verwirrung.

„Wer seid ihr?", will sie wissen, während sie uns abwechselnd ansieht und ihren Blick dann auf meine schwarzen Stränge richtet. „*Was* seid ihr?" Sie richtet ihre Aufmerksamkeit auf Flame. „Und was …? Was meinst du mit …? Wie er *sterben* soll?"

„Er hat dir wehgetan, kleiner Panther. Er verdient es nicht, zu leben", erklärt Flame schulterzuckend.

„Nein, er verdient es, zu leiden", ergänze ich.

„Sehr, sogar", stimmt Orcus schroff zu. „Aber die Entscheidung liegt bei dir, Alina. Willst du ihn umbringen?"

„Und wenn du ihn umbringen willst, darf ich dir eine Waffe anbieten?", frage ich sie und beschwöre bereits mehrere mit meinen Strängen herauf, in der Hoffnung, sie damit beeindrucken zu können. „Ein Handmesser, um ihm den Hals aufzuschlitzen, vielleicht? Oder ein Schwert, um ihm den Kopf komplett abzutrennen?"

Sie reißt ihre Augen auf.

„Ich kann auch eine Pistole kreieren", sage ich zu ihr. „Wenn du eine größere Reichweite bevorzugst."

„Zu früh", murmelt Flame.

„Da stimme ich dir zu, aber die Entscheidung liegt bei ihr", erwidere ich und werfe ihr ein Lächeln zu. „Also, Kleine … was darf es sein? Für welche Waffe entscheidest du dich?"

KAPITEL NEUN

ALINA

I…ICH muss tot sein.

Das ist die einzige Erklärung.

Dieser Mann – dieser unglaublich *schöne* Mann – ist blutüberströmt und bietet mir *Waffen* an.

Nein. Das stimmt so nicht.

Ich dachte, das wäre Blut, aber es ist … dafür ist es zu dunkel.

Ist das Rauch? Schwarze Bänder? Schwaden? Ich weiß nicht recht, wie ich sie definieren soll. Aber ganz offensichtlich sind sie an diesem Mann befestigt, auch wenn ich nicht ganz verstehe, wie das möglich ist. Und noch weniger verstehe ich, wie diese andersweltlichen Gliedmaße auf magische Art und Weise das Messer und das Schwert kreiert haben.

Beide glitzern im fahlen Licht, während der wunderschöne Mann auf meine Antwort wartet.

Tatsächlich warten alle drei von ihnen auf eine Antwort.

Und alle drei sehen unverschämt gut aus, denke ich mir und schlucke hart. *Warum spielt das plötzlich eine Rolle? Seit wann ist mir das Aussehen anderer wichtig? Und warum liege ich im Schoß dieses großen Typen? Und warum … vibriert er?*

So viele Fragen.

So viele Gedanken.

Ich führe meine Hand an den Hals und zucke zusammen, als ich spüre, wie wund er ist, und versuche zu schlucken. Irgendwie habe ich es vorhin geschafft, meine Fragen zu stellen, aber jetzt … jetzt bin ich plötzlich unheimlich müde. Verwirrt. *Aber seltsamerweise fürchte ich mich nicht.*

Wenn ich ehrlich bin, fühle ich mich geborgen bei diesen Männern.

Es ist lächerlich. Aber etwas daran, wie der Kerl mich in den Armen hält, gibt mir das Gefühl, auf eine Art beschützt zu werden, die ich nicht erklären kann. Vielleicht liegt es an seiner Größe? Er ist riesig. Um die zwei Meter groß. Und ich bin mir ziemlich sicher, dass er Flügel hat. Zumindest hatte er vorhin welche. Jetzt aber nicht mehr. Sie sind verschwunden.

Ist er ein Todesengel?, frage ich mich. *Fühle ich mich bei ihm sicher, weil ich tot bin und er mein Begleiter ins Jenseits ist?*

Wenn das stimmt, warum befinde ich mich dann noch immer in diesem merkwürdigen Haus?

Und warum würden die Fantasiegebilde des Todes meinen Mörder gegen eine Wand pressen?

Ich blinzle Timothy an. Er sieht verängstigt aus.

Der Kerl, der Timothy gegen die Wand drückt, hingegen, sieht mich mit gelangweiltem Ausdruck an und wartet auf mein Urteil.

Wie ich Timothy sterben lassen will.

Will ich, dass Timothy stirbt?

Ich werfe einen Blick zu den anderen toten Männern, deren Augen vor Schreck weit aufgerissen sind.

Aus Schreck darüber, was der umwerfend schöne Mann mit den rauchigen Schwaden ihnen angetan hat.

Ich schlucke abermals hart. *Warum bin ich so gelassen?*, frage ich mich. *Sollte ich mich nicht fürchten? Schreien? Angst davor haben, was diese Männer – allen voran vor derjenige, mit den* Waffen *– mir antun könnten?*

Vielleicht habe ich mir den Kopf etwas zu fest gestoßen, als Timothy mich vorhin gegen die Wand geworfen hat.

Das würde meine ausbleibende Reaktion auf diese drei ganz offensichtlich gefährlichen Männer, auf die Tatsache, dass einer von ihnen meinen Namen kennt, und auch auf die merkwürdigen Empfindungen, die ich im Hinblick auf das *Vibrieren* dieses großen Kerls verspüre, erklären.

Der umwerfend Schöne legt seinen Kopf schief und sieht mich mit seinen silberblauen Augen an. „Ich kann dir noch ein paar weitere Optionen zeigen, wenn du willst?", bietet er an, was mich meine Stirn runzeln lässt.

Dann wird mir bewusst, was er damit gemeint hat. *Waffenoptionen.*

Weil er mir angeboten hat, mir etwas zu geben, womit ich Timothy *töten* kann.

Womit ich wieder bei der Frage wäre, ob ich will, dass er stirbt. Ich streiche mir geistesabwesend über den Hals, während ich den Mann ansehe, der mich bedroht hat.

Mir geht durch den Kopf, was er über den Viscount gesagt hat. Es ist ziemlich klar, was er vorhatte.

Aber er hat nicht versucht, mich zu töten.

Er wollte mich bloß zum Viscount bringen.

Obwohl er erwähnt hat, dass mein körperliches Befinden nicht von Belang wäre …, dass der Viscount meine … Ich erschaudere, will nicht an den Begriff denken. Weil ich das weder *ihm* noch sonst jemandem geben will.

Na ja … Ich sehe zu den wunderschönen Männern, die mich umgeben. *Na ja, vielleicht nicht* niemandem *sonst. Aber* …

Ich schüttle meinen Kopf, um den dummen Gedanken abzuschütteln, bereue es aber umgehend, mich bewegt zu haben. Mir kommt ein Ächzen über die Lippen und ich verliere mein Gleichgewicht.

Ich habe mir ohne jeden Zweifel den Kopf gestoßen … Bäh.

Ich lege meine Hände auf meine Augen. Mein Magen gibt urplötzlich ein Knurren von sich und will verschlingen, was immer er kann.

Aber ich habe schon … Ich weiß nicht, wie lange meine letzte Mahlzeit zurückliegt. Und nach all den Vorbereitungen und dem Herumgeirre … bin ich *fix und fertig.*

Ich bin müde.

Ich fühle mich verloren.

Ich bin verwirrt.

Und ich würde mich am liebsten zu einer Kugel zusammenrollen, mich an die Wärme dieses vibrierenden Mannes kuscheln und alles vergessen.

Den Viscount.

Den Zug.

Den Tag der Auswahl.

Die Nacht der Monster.

Einfach al …

Ich schlage meine Augen auf. *Die Nacht der Monster.*

Offenbar hatte ich die schon völlig vergessen, weil ich zu beschäftigt mit der vorliegenden Situation war, um daran zu denken. Aber jetzt … *jetzt* verstehe ich.

„Monster", keuche ich und mein Blick schwenkt vom schönen rüber zum vibrierenden und dann zum gelangweilten Mann. „Ihr seid Monster."

Ich blinzle.

Ach du Scheiße.

Was zum Teufel läuft mit mir falsch? Ich wusste, dass sie keine Menschen sind. Ich meine, einer hat Tätowierungen, die ihm praktisch vom Körper schmelzen und sich in rauchige Bänder verwandeln. Der andere hat Federn und *vibriert*. Und der Dritte ... na ja, um ehrlich zu sein, sieht er ziemlich normal aus. Aber er hält Timothy in die Luft, als wäre er federleicht.

„Weißt du, irgendwie finde ich diese Bezeichnung ziemlich beleidigend", informiert der Schöne mich und lässt seine Waffen verschwinden. „Wenn hier jemand ein *Monster* ist, dann die dunkle Seele da drüben." Er zeigt auf Timothy. „Ich kann seine Sünden fast schon auf der Zunge schmecken. Und eines kannst du mir glauben, er ist ein Monster. Im wahrsten Sinne des Wortes."

„Die Menschen in diesem Reich nennen andersartige Kreaturen Monster, Reaper. Ich bin mir sicher, dass sie dich nicht beleidigen wollte", meint der Vibrierende mit sanfter Stimme. „Habe ich recht, Alina?"

Mein Blick wandert zu ihm. Seine schwarzen Augen sind von einem roten Hauch umgeben, der entschieden unmenschlich wirkt.

„Woher kennst du meinen Namen?", frage ich, obwohl ich mir im Klaren darüber bin, dass die Frage ziemlich überflüssig ist und ich viele andere stellen könnte. Aber das ist jetzt schon das zweite Mal, dass er meinen Namen gesagt hat, und ich würde gern wissen, woher er ihn kennt.

Er mustert mich mit seinen schwarz-roten Augen eine lange Zeit, bevor er sagt: „Ich habe dich durch ein Portalfenster gesehen und habe jemand anderen deinen Namen sagen hören."

„Ein Portalfenster?", wiederhole ich blinzelnd.

„Es ist genau das, wonach es sich anhört", sagt der umwerfend Schöne – *Reaper*. „Orcus hat es benutzt, um diese Realität zu inspizieren, bevor wir hierhergereist sind. Aber wie es scheint, hat er nicht nur einen Blick auf diese Welt geworfen." Er wirft dem Mann, der mich in seinen Armen hält, einen wissenden Blick zu.

Orcus, ich präge mir seinen und Reapers Namen ein.

„Sie ist eine Omega", sagt Orcus, was mich die Stirn runzeln lässt.

Eine was?

„Ja, das habe ich deinem Schnurren entnommen", flötet Reaper und seine tiefschwarzen Stränge scheinen um ihn herumzuwirbeln, als würden sie zum Rhythmus seiner Worte tanzen. Doch dann scheint der Rauch langsam in seine Haut zu dringen und hinterlässt dunkle Spiralen an seinen Armen.

Wow, denke ich, vollends eingenommen von diesem Phänomen. *Das ist … echt schön.* Ich verspüre dieses seltsame Verlangen, meine Hand auszustrecken und die Tätowierungen zu berühren. *Fühlen sie sich glatt an? Warm? Werden sie sich unter meinen Fingern winden?*

Aber die Quelle meiner Faszination entfernt sich von mir und geht auf die zwei toten Männer zu, was mich wieder fest in der Realität ankert.

Er hat sie getötet.

Er ist ein Monster.

Sie sind alle Monster.

„Lass mal sehen", sinniert Reaper und geht vor den Leichen in die Hocke. „Ihr wolltet ihre Hand- und Fußgelenke mit Kabelbindern fesseln und einen Ballknebel in ihren Mund stecken. Wie unoriginell."

„Und was hatten sie dann mit ihr vor?", will Orcus wissen und sein Schnurren mausert sich zu einem Knurren, das mich erschaudern lässt.

Und zwar nicht, weil ich mich fürchte, sondern aus einem ganz anderen Grund.

Was geschieht mit mir?, geht mir durch den Kopf. Plötzlich fühle ich mich wieder ganz benommen. *Warum gefällt mir dieser Laut? Anstatt mich anzuheizen, sollte er mich in Angst und Schrecken versetzen.*

„Sie zum Zug bringen und sie jemandem übergeben …" Reaper verstummt, als er etwas aus dem Haufen der Leichen holt und den Kopf zur Seite legt. „Dem Viscount?"

Orcus stößt ein weiteres, tiefes Knurren aus, was mich dazu bringt, mich zu winden. Er beruhigt sich umgehend und schnurrt wieder, während er sagt: „Tut mir leid, Kleine. Ich versuche nicht, dich anzuheizen, ich will dich nur beruhigen."

Mich anheizen? Ich gaffe ihn an. *Was zur Hölle soll das denn heißen?*

Und was meint er mit *Kleine*? Ja, ich bin kurz gewachsen, und na ja, einiges zierlicher als er. Aber ich bin *nicht* klein.

Genau diese Worte will ich ihm ins Gesicht pfeffern, doch dann wirft Reaper etwas über meinen Kopf.

„Fang", sagt er, was den Mann, der an der Wand steht, nach dem Gegenstand greifen lässt, der auf ihn zufliegt. „Du kannst ihm genauso gut antun, was er ihr antun wollte."

„Ich habe deine Strafen schon immer gemocht", sagt der Dunkelhaarige mit amüsiertem Tonfall. Sein Akzent hört sich ähnlich an wie Reapers und ich kann die beiden problemlos verstehen.

Aber Orcus … sein Akzent erinnert mich an den des Herzogs. Aber das ist auch schon alles, was die beiden gemeinsam haben. Orcus ist einiges größer und breiter gebaut. Anstatt einer bestickten Weste und Anzughosen trägt er eine Jeans und eine Lederjacke.

Weil er ein Monster ist, kein Mann, ermahne ich mich abermals.

Aber er sieht aus wie ein Mann, wendet ein anderer Teil von mir ein. *Und gut riechen tut er auch.* Wie frische, reine Luft. Ich nehme einen tiefen Atemzug und habe das Gefühl, zum ersten Mal in meinem Leben richtig durchatmen zu können.

Es ist ... seltsam. Alarmierend. Seltsam beruhigend. Und unglaublich *verwirrend*.

Ich will mich an seine breite Brust kuscheln und ihn anflehen, noch lauter zu schnurren, während ich seinen Duft einatme und mich in seiner Umarmung verliere.

Vermutlich hypnotisiert er mich, wird mir bewusst. *Vielleicht verführt er mich mit seinem monsterhaften ... etwas. Mit seiner Tapferkeit?*

Ich versuche mich von ihm zu lösen, doch mein Körper weigert sich. Zum ersten Mal in meinem Leben fühle ich mich sicher und offenbar klammere ich mich an diese Empfindung.

Das ist nur ein Trick, rede ich mir ein, während Reaper durch das Zimmer läuft. Sein ärmelloses schwarzes Oberteil gewährt mir einen Blick auf all die schönen Tätowierungen, die sich auf seinen muskulösen Armen ranken. *Nur ... ein Trick. Ich muss fliehen. Ich muss ...*

„Vergiss die Kabelbinder nicht", sagt er und unterbricht damit meinen Gedankengang, während er seinem Freund ein fadenähnliches Stück aus Plastik überreicht. „Und zieh sie fest an. Denn das hatten sie bei Alina auch vor."

Der dunkelhaarige Kerl schnaubt abschätzig und zieht Timothys Arme hinter seinen Rücken, wo er seine Hände fesselt. Timothy zuckt zusammen und sein Jaulen wird von dem Ball in seinem Mund gedämpft.

„Die Fußknöchel auch", sagt Reaper mit zusammengekniffenen Augen.

„Ist das alles, was sie mit ihr vorhatten?", fragt sein Freund. „Sie fesseln und sie zum Viscount bringen?"

„Nein, sie hatten vor, sich mit ihr zu vergnügen, sobald der Viscount mit ihr fertig gewesen wäre." Die Worte kommen Reaper mit einem Knurren über die Lippen und sein Blick wandert zurück zu den toten Männern. „Ich hätte sie leiden lassen sollen, aber ihre dunklen Seelen haben zu gut gerochen, um länger auf meine Mahlzeit zu warten." Sein Blick wandert zurück zu Timothy. „Dieser Fehler wird mir kein zweites Mal unterlaufen. Sobald Alina sich entschieden hat, wie sie dich töten möchte, werde ich ihr zeigen, wie sie dein Leiden in die Länge ziehen kann."

Ich erschrecke, als ich das höre. Daran erinnert zu werden, dass diese Männer wollen, dass ich Timothy *töte*, erdet mich in der Gegenwart. „Ich will ihn n…" Ich schlucke hart. „Ich will ihn n…"

Ich will ihn nicht töten, sage ich in Gedanken. Aber aus irgendeinem Grund bringe ich die Worte nicht über die Lippen. Vielleicht liegt es daran, dass mein Rachen wund ist.

Oder vielleicht will ein Teil von mir – ein winziger, dunkler Teil von mir – ihm dieselben Schmerzen zufügen, die er mir zugefügt hat. Ich will ihn zwar nicht *töten*, aber etwas Angst einjagen schon.

Was verkommen und falsch ist.

Und mir überhaupt nicht ähnlichsieht.

Vielleicht hat mich im vergangenen Jahr derart aufzulehnen, meine Wahrnehmung der Wirklichkeit verändert.

Oder – was viel wahrscheinlicher ist – diese Monster haben mich geistig verwirrt.

Warum sitze ich immer noch hier? Ich richte mich auf und

realisiere zu spät, dass ich meine Hand gegen einen muskulösen Männerkörper gepresst habe, um mich abzustützen. *Wow, ist der muskulös. Und heiß. Sooo heiß.*

Hör auf, sage ich zu mir selbst. *Steh auf. Renn weg.*

Der Gedanke bringt mich dazu, mich aufzurichten, aber meine Beine wollen sich keinen Zentimeter bewegen. Indessen bleibt meine Hand gegen die Wand von einem Mann gepresst.

Ich schließe meine Augen und atme tief ein.

Und bereue es augenblicklich, weil mir dieser frische Duft in die Nase steigt, der meine Gliedmaßen umgehend dazu bringt, sich zu entspannen. Das, vermischt mit seinem beruhigenden Schnurren, lässt mich ganz benommen werden und ich würde mich am liebsten zu einer Kugel einrollen und schlafen.

Sicher.

Warm.

Beansprucht.

Ich reiße meine Augen auf, als mir Letzteres durch den Kopf geht. *Ich muss hier weg. Diese Monster …*

Na ja.

Sie …

Ich habe keine Ahnung, was sie mit mir anstellen, aber was auch immer es ist, es ist zweifelsohne gefährlich.

„Ich muss hier weg", platze ich heraus. Endlich ist es mir gelungen, einen Gedanken laut auszusprechen.

Meine Hände und Beine kommen auch endlich in Bewegung, sodass ich mich von der pulsierenden Muskelwand loslösen und mehrere Meter weit weg krabbeln kann.

Doch dann werde ich von zwei leuchtenden Augen aufgehalten, die im Schein des Lichts violett glitzern. Ich schlucke hart, als der Mann seinen Kopf zur Seite neigt, was sein dunkles Haar zu einer Seite und in seine Stirn fallen lässt.

Ich konnte bisher nicht viel von seinem Gesicht ausmachen, weil er mit dem Rücken zu mir gestanden hat, während er Timothy gegen die Wand drückte.

Aber jetzt hält er den Mann nicht mehr fest.

Nein, jetzt ist er vor mir in die Hocke gegangen, sodass ich freie Sicht auf sein wunderschönes Gesicht habe.

Er ist genauso gut aussehend wie die anderen beiden, aber etwas an ihm ist angsteinflößender. *Ungezähmter.*

Er ist zu perfekt. Zu gut aussehend. Zu symmetrisch.

Seine Wangenknochen sind kantig, sein Kiefer stark, und doch sind seine Augen von dichten, schwarzen Wimpern umrahmt. Sie erinnern mich daran, wie meine ausgesehen hatten, als ich im Spiegel die schwarze Farbe daran kleben sah. Seine scheinen von Natur aus so auszusehen.

Ich habe Reaper für gut aussehend gehalten, aber dieser Mann ... dieser Mann ist die Schönheit in Person. Orcus hingegen ist der Inbegriff von Männlichkeit – mit all seinen harten Muskeln und seiner rohen Stärke. Und Reaper ... Reaper ist auf eine unbestreitbare Art und Weise heimsuchend schön.

Krieg dich wieder ein, Lina, sage ich zu mir selbst. *Du musst hier weg.*

„Wo willst du hin?", fragt der wunderschöne Mann vor mir – entweder hat er meinen Gedankengang gehört oder aber er antwortet auf etwas, das ich gesagt habe. *Habe ich das laut ausgesprochen? Oder habe ich ...? Habe ich ihnen bereits gesagt, dass ich gehen will?*

Ich kann mich nicht erinnern.

Wie es scheint, will mein Gehirn nicht recht funktionieren.

Und doch höre ich mich flüstern: „Chicago." Was für

eine merkwürdige Antwort. Ich verstehe nicht, warum ich das gesagt habe, bis es mich wie ein Schlag trifft. „*Chicago.*" Um Sera zu finden. „Ich brauche eine Karte."

Das sollte ich tun. Nicht diese Monster angaffen. Nicht Timothy bekämpfen. Sondern mich verstecken, bis die Nacht der Monster vorbei ist, und dann nach einer Karte suchen.

Na, besonders gut habe ich mich nicht versteckt, geht mir durch den Kopf und ich zucke zusammen.

„Chicago?", wiederholt Reaper. „Sehnst du dich nach Pizza, Haustier? Denn ich wäre für eine Deep-Dish-Pizza in Chicago zu haben."

Ich sehe ihn blinzelnd an. Er steht hinter seinem dunkelhaarigen Freund. „Was?" Nichts von dem, was er gerade gesagt hat, ergab irgendeinen Sinn.

Er starrt mich an und verzieht das Gesicht, bevor er ein Ächzen ausstößt und sein Blick zu Orcus wandert, der hinter mir sitzt. „Verdammt. Bitte sag mir, dass es Pizza in diesem Reich gibt. Ich mag die Pizza in New York City zwar lieber, aber ohne Pizza wird diese Reise ein kompletter Reinfall."

„Du hast eben erst gegessen", merkt der Dunkelhaarige an und blickt über seine Schulter. „Es ist physisch gesehen unmöglich, dass du schon wieder Hunger hast."

Reaper wirft ihm einen beleidigten Blick zu. „Für Pizza habe ich *immer* Platz."

„Du weißt, wo Chicago ist?", unterbreche ich und überrascht darüber, dass er den Namen wiederholt hat, als würde er den Ort kennen, und ignoriere seine Bemerkungen über … *Pizza.*

„Natürlich weiß ich, wo Chicago ist", erwidert er und legt seinen Kopf abermals schief. Irgendwie scheint ihm die Geste zu gefallen. „Aber wenn es nicht wegen der Pizza wegen ist, warum interessierst du dich dann für Chicago?"

Ich öffne meine Lippen und antworte ihm um ein Haar ehrlich. Aber anstelle der Worte kommt mir ein Kreischen über die Lippen, weil sich urplötzlich alles zu drehen beginnt.

Plötzlich finde ich mich in den Armen des Dunkelhaarigen wieder, während Reaper und Orcus vor mir stehen und mir ihre Rücken zuwenden.

„Chicago ist die Elitestadt", spricht eine kultivierte Stimme irgendwo im Zimmer. „Ich kann mir gut vorstellen, dass Eure Sterbliche danach sucht – oder vielleicht nach jemandem, der sich dort aufhält."

Orcus und Reaper erstarren, als jemand aus den Schatten tritt. Ihre Körper versperren mir die Sicht auf die Person, sodass ich keine äußerlichen Merkmale ausmachen kann. Aber die Stimme hört sich männlich an.

„Was interessant ist", fährt der Neuankömmling fort. „Dorfbewohner wissen eigentlich nichts von der Elitestadt, und noch weniger kennen sie ihren vormaligen Namen."

Orcus verschränkt seine Arme, was seine Lederjacke, die um seine breiten Schultern geschlungen ist, dehnt. Was auch immer für Vibrationen er von sich gegeben hat, sind jetzt verhallt. Der Mann, der mich in den Armen hält, scheint jetzt für ihn übernommen zu haben. Aber sein Schnurren ist … anders. Irgendwie sanfter. Leiser.

Ich sehe ihn neugierig an, doch sein Blick ruht auf seinen Freunden – oder vielleicht auf dem anderen Kerl. Außer muskulösen Rücken und dem schönen Gesicht des Mannes, der mich in den Armen hält, sehe ich nichts.

Wie bin ich hier gelandet?

„Wer bist du?", will Orcus wissen. Sein Tonfall lässt mich erschaudern. Etwas an seiner Stimme ist so mächtig. Tödlich. Aber innen drin zittere ich nur.

Ein kranker Teil von mir *mag* diese Stimme.

„Ein Botschafter der Monsterstadt", erwidert der Kultivierte. „Ihr könnt mich Jones nennen."

„Mir ist nicht danach, dich irgendwie zu nennen", flötet Reaper.

„Und das ist Euer gutes Recht, Sir", murmelt Jones. „Wie dem auch sei ... ich bin hier, um Euch eine Nachricht von unserer Königin zu überbringen."

„Königin?", wiederholt Orcus. „Von was?"

„Die Königin der Monsterstadt, Sir." Jones hält kurz inne, bevor er ergänzt: „Sie hat mich hierher entsandt, um Euch alle persönlich in der Monsterstadt willkommen zu heißen."

KAPITEL ZEHN
FLAME

MEIN BIEST KNURRT TIEF DRINNEN, weil er diesen *Botschafter* kein bisschen leiden kann. Er ist ein Außenseiter. Ein Eindringling. Eine Kreatur unbekannter Herkunft. Und alles an ihm riecht *falsch*.

Alina bewegt sich leicht in meinen Armen und in ihren dunklen Augen brodeln unzählige Emotionen.

Sie hat keine Angst, aber wohl fühlt sie sich allemal nicht.

Die verfärbte Stelle an ihrem Hals wird dunkler, als sie ihren Hals streckt, um um Orcus und Reaper herumzusehen. Ich stoße um ein Haar ein Knurren aus und bin drauf und dran, ihrem Angreifer den Kopf abzureißen.

Aber das würde bedingen, dass ich meinen kleinen Panther absetze und sie kurz unbewacht liegen lassen müsste.

Das ist keine Option.

Nicht, wo sich nur wenige Meter entfernt eine potenzielle Bedrohung befindet.

Er blinzelt. Seine grünen Augen werden von zwei übereinanderlappenden Augenlidern verhüllt, die entschieden unmenschlich aussehen. Obwohl der Rest von ihm einem Sterblichen ähnlichsieht. Zwei Beine. Zwei Arme. Ein Oberkörper wie jeder andere. Aber die grünen Augen und die dunkle Haut sind eine einzigartige und umwerfende Kombination. Und die weißen Haare auf seinem Kopf auch.

„Unsere Königin möchte Euch treffen", fährt Botschafter Jones fort und sein merkwürdiger Blick wandert zu mir, dann zurück zu Orcus. „Sie hat eine Suite in ihrem Turm für Euch vorbereiten lassen, falls Ihr für längere Zeit in unserem Reich verweilen möchtet."

Ich beiße auf die Zähne, als er das sagt. Vorwiegend, weil es sich überhaupt nicht so anhört, als würde die Königin um ein Treffen *bitten*. Das Angebot ist viel eher eine Aufforderung, sich mit der örtlichen Politik zu arrangieren. *Eine Art, zu sagen: Ja, wir wissen, dass ihr hier seid. Wir wissen auch, dass ihr nicht hierhin gehört. Aber ihr dürft bleiben – zu unseren Bedingungen.*

„Und was, wenn wir uns dagegen entscheiden, länger zu verweilen?", will Orcus mit gelangweiltem Tonfall wissen. Aber ich kann spüren, wie seine Kraft um ihn herumschwirrt und er sich darauf vorbereitet, zuzuschlagen, wenn es die Umstände erfordern.

Jones antwortet nicht sofort. Stattdessen mustert er den Korridor – darunter auch die beiden Leichen und den gefesselten Sterblichen, der ein paar Meter entfernt zu meiner Rechten weint.

„Es verstößt gegen das Gesetz, in der Monsterstadt Sterbliche zu töten", sagt Jones beiläufig und richtet seinen Blick auf Reaper.

Die Todesfee zuckt unberührt mit den Achseln. „Dunkle Seelen gelten in unserem Reich als Freiwild."

Jones nickt knapp. „Ja, aber Ihr zu Gast in unserem Reich. Hier gelten andere Regeln."

„Also möchte die Königin über uns richten?", unterbricht Orcus. Sein Tonfall verrät mir, dass er eine Augenbraue hochgezogen hat und den unbekannten Übernatürlichen anblickt. Er fordert ihn heraus. *Na und? Glaubst du etwa, dass wir einfach so mitspielen werden?*, will er in Wirklichkeit damit sagen.

Jones erwidert die Aussage mit einem Lachen. „Bei den sieben Meeren, nein. Angesichts der Umstände ist Eure Reaktion absolut verständlich."

Bei den sieben Meeren? Der ist neu. Vielleicht ist der Kerl eine Wasserkreatur.

„Abgesehen davon, kann man das Gegenüber nur verstehen, wenn man ein Gespräch mit ihm führt", fährt er fort. Alle Belustigung ist seinem Tonfall jetzt gewichen. „Sollte Euer Reich also weiterhin gutes Ansehen für zukünftige Besuche haben wollen, empfehle ich Euch, das Angebot der Königin anzunehmen."

Da ist er … der politische Beweggrund für diese ‚Bitte'.

Mittlerweile beißt Orcus sicherlich schon die Zähne zusammen. Ich kann es zwar von hier aus nicht sehen, aber ich weiß einfach, dass er es tut. Denn er *hasst* Politik. Darum lässt er Hades die Unterwelt regieren. Sein Bruder hat ein Händchen für Gespräche wie dieses.

Orcus ist eher der Vollstrecker. Ganz wie ich und Reaper.

Wir halten uns nicht mit Floskeln und unnötigen Gesprächen auf. Wir schreiten zur Tat. Wir kämpfen. Wir töten. Darum hat Reaper diesen Arschlöchern auch angetan, was sie verdient haben, ohne mit der Wimper zu zucken. Und ich hätte dasselbe mit diesem Mistkerl am Boden getan, wenn Orcus nicht darauf hingewiesen hätte, dass Alina das Recht zusteht, zu wählen, wie ihr Angreifer den Tod findet.

„Wo befindet sich der Turm der Königin?", will Orcus mit ebener Stimme wissen.

„In Richtung Stadtzentrum", erwidert Jones mit einem Lächeln. „Es wäre mir eine Freude, Euch dorthin zu begleiten."

Noch eine Forderung, die als Angebot verpackt ist, denke ich. Ich kann diesen Typen nicht leiden.

Aber wenn unser Reich *einen guten Status behalten* will, werden wir sein Angebot annehmen müssen. Und angesichts dessen, dass unsere Arbeit hier noch nicht einmal angefangen hat, müssen wir mitspielen.

Außerdem müssen wir jetzt auch an Alina denken. Obwohl sie derzeit zufrieden in meinen Armen liegt, weiß ich, dass es nur an den Pheromonen liegt, dass ihre Reaktionen gedämpft sind. Sie war praktisch trunken von Orcus' Alphageruch und jetzt atmet sie begierig meinen ein.

Die arme Kleine hat nicht die geringste Ahnung, was mit ihr geschieht.

Ich kann meine animalische Reaktion genauso wenig kontrollieren wie sie ihre, aber wenigstens verstehe ich, woher diese Anziehung zwischen uns stammt.

Es ist eine natürliche Reaktion auf einen kompatiblen Partner. Etwas, das ich noch nie erlebt habe. Aber ich habe es zwischen anderen gesehen, als ich noch klein war, und habe über ein Jahrtausend darauf verwendet, nach jemandem zu suchen, der mein Biest bezirzt, wie Alina es gerade tut.

Orcus ist anders als ich, aber in gewissen Dingen sind wir uns ähnlich. Seine Alpha-Seele braucht eine Omega, und offenbar hat er sie in dieser kleinen Sterblichen gefunden.

Wie das möglich ist, entzieht sich meinem Verständnis.

Die Omegas seiner Art sind alle spurlos verschwunden. Eine in diesem Reich gefunden zu haben, macht es nur noch wichtiger, den Regeln dieser Welt Folge zu leisten.

„Es wäre uns eine Ehre, die Gäste der Königin zu sein", sagt Orcus, als wäre er gerade zum selben Schluss gekommen.

Jones grinst, als hätte er gerade einen Preis gewonnen. „Ich dachte mir schon, dass Ihr das sagen würdet."

Reaper schnaubt, gibt sich keine Mühe, sein Misstrauen oder seine Abneigung gegenüber diesem Wesen zu verbergen. Wenn es den anderen Mann beleidigt, so zeigt er es nicht.

Stattdessen ergänzt er: „Wenn Ihr den Mensch dort lasst, werde ich dafür sorgen, dass er sicher verwahrt wird. Ihr könnt mit Königin Helia besprechen, was Ihr mit ihm tun wollt. Angesichts der Umstände bin ich mir sicher, dass sie Euren Wunsch nachvollziehen kann, unsere Welt um seine *dunkle Seele* zu erleichtern." Die Worte *dunkle Seele* scheinen an Reaper gerichtet zu sein.

Die Todesfee schnaubt abermals, gibt sich unbeeindruckt.

„Na gut", stimmt Orcus zu. „Nach Euch, Botschafter Jones."

Ich positioniere Alina in meinen Armen um und bereite mich darauf vor, sie an unseren Bestimmungsort zu tragen. Ihr Korsett scheint mir etwas eng geschnürt, weshalb ich mir Sorgen um ihren Komfort mache. Ihre Röcke sind auch ziemlich buschig, aber sie scheint zu verloren in ihren Gedanken zu sein, um sich um ihren physischen Zustand zu scheren.

Wenn ich raten müsste, würde ich sagen, dass sie versucht, ihren Kopf zu klären. Ein Teil von ihr scheint zu wissen, dass sie dem Ganzen etwas zu bereitwillig zustimmt. Das sieht der Frau nicht ähnlich, die ich durch das Portalfenster beobachtet habe. Die Frau, die erhobenen Hauptes auf die Bühne zugelaufen ist.

Sie hatte das Schicksal geradezu herausgefordert, sich mit ihr anzulegen.

Aber jetzt ergibt sie sich ihrer Zukunft kampflos.

Leider werden die Pheromone nicht weniger werden. Wenn überhaupt, werden sie zunehmen.

Aber es gibt Wege, um Kontrolle über ihre Gedanken zu nehmen. Sobald wir allein sind, werden wir ihr helfen, ihre Gedanken in Worte zu fassen. Zustimmung ist wichtig in der Paarung. Und obwohl ihr Körper sich geradezu auf den Rücken rollen will und zuzustimmen scheint, bin ich mir sicher, dass die Frau in ihr sich dagegen auflehnt.

Das hier geht zu schnell.

Ist zu fremd.

Zu überwältigend.

Sie ist nicht wie ich und Orcus. Sie hat nicht ihr ganzes Leben damit verbracht, nach einer kompatiblen Seele zu suchen. Wir werden sehr geduldig mit ihr umgehen müssen.

Geduldig und verständnisvoll. Mit einem Hauch Verführung. Und vielleicht ein paar Streicheleinheiten.

Mein innerer Jaguar schnurrt erfreut, als mir Letzteres durch den Kopf geht. Sein Verlangen danach, sie zu streicheln und abzulecken ist ein einnehmendes Verlangen, das mich meine Arme fester um Alina schlingen lässt. Daraufhin sieht sie mir in die Augen. In ihren dunklen Tiefen liegt ein verwirrter Ausdruck.

„Ich weiß, dass das keinen Sinn für dich ergibt", sage ich mit sanfter Stimme zu ihr, während wir den Flur hinunterlaufen, „aber ich werde dir helfen, es zu verstehen."

Sie schluckt hart und ihr Blick streift zu meinem

Mund, ehe sie mir wieder in die Augen sieht. „W...wie? Wie willst du mir helfen?"

„Indem ich dir alle Fragen beantworte, die du hast", sage ich. „Und dir Zeit gebe, dich an die neuen Gegebenheiten zu gewöhnen."

Denn jetzt, wo wir sie haben, werden wir sie nicht mehr gehen lassen wollen.

Sie ist zu einzigartig. Zu perfekt. Zu passend für *uns*.

Wir werden tun, was immer in unserer Macht steht, um sicherzugehen, dass sie uns nicht abweisen wird. Ich brauche mich nicht einmal mit Orcus abzusprechen, um zu wissen, dass es ihm genauso geht wie mir.

Aber Reaper könnte es anders sehen. Er würde sich Alina nie aufdrängen. Aber seine Paarungsinstinkte weichen von meinen und Orcus' ab. Ich bin nicht einmal sicher, ob er sich von Alina angezogen fühlt. Es könnte sein, dass sie ihm völlig egal ist.

Obwohl ich mich schon wundere ... So wie er diese dunklen Seelen angegriffen hat ... Normalerweise genießt er es, zu töten, indem er die Mahlzeit hinauszögert und die Folter in die Länge zieht. Aber diese Mistkerle hat er ohne Umschweife getötet und sich dann voll und ganz auf *sie* konzentriert.

Alina.

Die wunderschöne Rebellin in meinen Armen.

Sie sieht sich benommen um und ein paar bezaubernde Runzeln formen sich zwischen ihren Brauen. Wir sind umgeben von Übernatürlichen und die meisten lächeln und sprechen angeregt mit Menschen. Es gibt ein paar Sterbliche, die verängstigt scheinen und deren Blicke abwechselnd zwischen Kreaturen der Nacht hin und her flitzen, während diese in sanftem Tonfall mit ihnen sprechen.

Das ist ganz bestimmt nicht das *Fickfest*, das ich mir

vorgestellt habe, als Orcus mir und Reaper von der Nacht der Monster erzählt hat. Das hier erinnert mich an die Brautproben, die Luzifer für qualifizierte Höllenfeen organisiert hat. Alle sind höflich und drängen sich nicht auf. Sie reden ganz einfach miteinander, wie man es auf einem Date auch tun würde.

Aber das hier ist kein gewöhnliches Dating-Spiel. Diese Kreaturen werden ihre potenziellen Gefährten bis zum Ende der Nacht beanspruchen und sie dann in ihre Reiche verschleppen. Zum Glück sehen die meisten Menschen so aus, als hätten sie sich mit ihrem Schicksal abgefunden.

Es sei denn, sie sind auch trunken von Pheromonen, denke ich und sehe auf Alina hinab. Vermutlich würde sie in diesem Zustand nichts dagegen einwenden, wenn ich sie ins Jenseits mitnehmen würde.

Aber ich ahne, dass sie uns vermutlich dafür hassen würde, sobald sie wieder bei klarem Verstand wäre.

Aus dieser Sicht betrachtet, ist unser verlängerter Aufenthalt hier also ein Segen.

Denn ich will eine Gefährtin, die mich auch will, und keine, die mich verabscheut.

Der Blick in ihren schönen Augen geht herum und sie mustert die einzigartige Umgebung, während wir uns zurück ins Stadtzentrum begeben. *Times Square*, geht mir durch den Kopf. Doch das Gebäude sieht überhaupt nicht so aus wie der Times Square in unserem Reich der Sterblichen. Keine Schilder. Keine grellen Lichter. Nur riesige, baumähnliche Gebäude mit Glasfenstern.

Saubere Energie.

Saubere Straßen.

Alles an diesem Ort ist sauber.

Der Turm, zu dem Jones uns bringt, ist nicht anders. Er bildet die Spitze unserer Gruppe und führt Reaper und Orcus herum. Auf unserem Weg hierhin hat er den beiden erklärt, wie die Stadt aufgebaut ist. Ich habe keine einzige Sekunde zugehört, aber jetzt, wo wir durch eine Sicherheitskontrolle laufen, beginne ich aufzupassen.

„Das ist nur eine Vorsichtsmaßnahme", erklärt er. „Königin Helia will ihren Gästen ihre Privatsphäre lassen, sodass nur geladene Gäste den Turm der Königin betreten dürfen."

„Und ist es jenen, die eintreten, auch gestattet, den Turm zu verlassen?", flötet Reaper und seine Tätowierungen züngeln sichtlich verärgert an seinem Arm.

Mein Panther geht auf und ab, verspürt dieses Unbehagen und zwingt mich, jeden einzelnen Zentimeter der Lobby zu mustern. *Kameras. Überall. Und Wachen auch.*

Kraft rauscht durch den dreistöckigen Raum, was meine Nackenhärchen sich aufstellen lässt. Langsam beginne ich zu verstehen, warum Hades darauf bestanden hat, dass sein Bruder mich und Reaper in dieses Reich mitnimmt.

Aber Orcus bleibt gelassen. Seine Schultern sind entspannt, seine Hände hängen lose an seiner Seite.

Na ja, er verfügt ja auch über die Fähigkeit, Portale nach Belieben zu erschaffen und uns im Handumdrehen nach Hause zu bringen. Wenn ich über diese Gabe verfügte, würde ich der Situation auch gelassen entgegenblicken.

„Es ist Euch erlaubt, zu kommen und zu gehen, wie Euch beliebt", antwortet Jones Reaper und sein Grinsen lässt zwei Grübchen hervortreten, während seine doppelten Augenlider merkwürdig flattern. „Aber Ihr werdet gebeten, Eure Augen zu scannen, bevor Ihr das Anwesen verlässt, damit die Sicherheitskontrolle Euch bei Eurer Rückkehr wiedererkennt."

„Hm", meint Reaper und mustert die Männer neben den Scannern.

Ich kann ihn schon fast sagen hören: *Auf keinen Fall.*
Und mir geht es genauso.

Aber wir werden uns zu gegebener Zeit damit befassen.

Jones scheint unser Widerstand nicht aufzufallen. Stattdessen setzt er seine Führung fort, indem er uns von den verschiedenen Orten und Ausstattungen im Turm erzählt.

„Es gibt fünf Restaurants im Erdgeschoss", informiert er uns und deutet auf einen einladenden Torbogen aus Metall, der mit Konfetti verziert ist. „Die Speisekarten sind breit gefächert und von traditioneller Küche bis hin zu dehydriertem Knochen und Orkeintopf ist alles dabei."

„Was ist mit dunklen Seelen?", fragt Reaper mit dem für ihn typischen sarkastischen Tonfall. „Stehen die auch auf der Speisekarte? Oder muss ich mir die eine holen, die wir gefesselt zurückgelassen haben?"

Jones blinzelt ihn an. „Ich werde ... mit dem Koch über Eure Bedürfnisse sprechen und eine Lösung finden."

Ich lache leise, was Alina dazu bringt, mir einen fragenden Blick zuzuwerfen. „Dunkle Seelen kann man nicht erschaffen", flüstere ich ihr zu. „Man kann sie nur konsumieren, wenn jemand stirbt."

Sie rümpft ihre Nase. „Oh."

„Hör auf, ihr Angst einzujagen, Flame", sagt Orcus zu mir.

„Ich jage ihr keine Angst ein. Ich erkläre ihr nur, was hier los ist und warum ich es witzig finde, dass Jones glaubt, sein Koch könnte auf Reapers Bedürfnisse eingehen." Ich sehe zurück auf Alina hinab. „Das ist unmöglich. Er ist unersättlich und kann nicht befriedigt werden."

„Also das stimmt so nicht", fällt Reaper mir ins Wort und legt eine Hand auf seine Brust. „Ich bin mir sicher, dass Alina mich befriedigen könnte."

„Hör auf", sagt Orcus, bevor ich darauf antworten kann. „Bringt uns auf unser Zimmer. Wir werden uns später über die Vorzüge der Anlage schlaumachen."

Sein autoritärer Tonfall lässt Jones hart schlucken und er sieht uns drei abwechselnd mit seinen leuchtenden Augen an, ehe sein Blick auf Alina fällt. „Zustimmung ist uns hier in der Monsterstadt sehr wichtig."

„Noch eine Regel?", flötet Reaper. „Und was passiert, wenn jemand ohne ihre Zustimmung entführt wird?"

„Reaper", keift Orcus warnend.

„Was?", fragt er mit gespielter Unschuld. „Diese dunklen Seelen haben versucht, Alina ohne ihre Zustimmung zu entführen. Aber der Kerl hier sagt, dass es illegal ist, Menschen zu töten. Also, was für eine Strafe hätten sie bekommen sollen?"

Den Tod, denke ich. *Eine andere Option gibt es nicht.*

„Das ist ein Gespräch, das Ihr mit Königin Helia führen müsst", sagt Jones. Sein Tonfall lässt auf sein Unbehagen schließen. Aber einen Augenblick später räuspert er sich und lächelt. „Ich werde Euch zu Eurem Zimmer geleiten. Sie kann Euch alles über unsere Einrichtungen erzählen. Zum Beispiel vom Freizeitbereich auf der Dachterrasse, dem untertägigen Pool und unseren anderen Restaurants."

Er läuft hinüber zum Aufzug und Reaper grinst hinter seinem Rücken. „Noch mehr dehydrierte Knochen und Orkeintopf?"

Jones drückt auf den Knopf, bevor er erwidert: „Ja, tatsächlich. Sowie Lava-Getränke, Catermines und Bulbas Fruitas."

Ich habe nicht den leisesten Schimmer, worum es sich dabei handelt, und ich weiß, dass es Reaper genauso geht. Trotzdem ruht ein breites Grinsen auf seinem Gesicht, als er Jones enthusiastisch zunickt. „Ich kann es kaum erwarten, alles zu probieren, alter Knabe."

Dieses Mal steigt mir mein Lachen bis in den Hals und entwischt mir. Reapers Versuch, den englischen Akzent von Jones zu imitieren, ist zum Wegschmeißen.

Aber dem *alten Knaben* scheint es nicht aufzufallen, oder vielleicht macht er sich auch ganz einfach nichts daraus. Stattdessen eskortiert er uns in den Aufzug und sieht erneut zu Alina.

Doch ihr Blick verweilt auf meinen Lippen, was mir nichts ausmacht. Ich lächle sie an. „Hast du es gemütlich, kleiner Panther?"

Sie zieht ihre Nase kraus. „Warum nennst du mich immer wieder so?" Ihre Stimme ist Musik in meinen Ohren. Ihre Heiserkeit von vorhin scheint etwas abgeklungen zu sein. Doch dass sie kurz darauf zusammenzuckt, sagt mir, dass sie wohl noch immer Schmerzen hat.

Sie haben den Tod definitiv verdient, geht mir durch den Kopf und ich denke dabei an die beiden Mistkerle zurück, die versucht haben, ihr wehzutun. Wenn Helia dagegen ist, den Hauptangreifer zu töten, könnten wir anlässlich dieses bevorstehenden Gesprächs ein Problem haben.

Aber mit diesem Problem werden wir uns später befassen.

Im Moment bin ich einem süßen kleinen Panther eine Antwort schuldig. „Weil du mich an einen Panther erinnerst."

„Eine große Katze?"

„Eine tödliche Katze", korrigiere ich sie. „Schlau. Schön. Elegant. *Stark.*"

Sie zieht ihre Stirn kraus, sodass sich abermals diese niedlichen Runzeln darauf ausbreiten „Aber du kennst mich nicht."

„Mag schon sein", stimme ich zu. „Aber mein Jaguar sieht dich als Gleichgestellte an."

„Jaguar?"

„Ja. Mein inneres Biest. Meine andere Hälfte." Ich senke meinen Kopf so fest, dass unsere Nasenspitzen sich fast berühren, ehe die Aufzugtüren sich öffnen und Sicht auf einen unbekannten Flur freigeben. „Ich bin zu einem Teil eine Formwandlerfee."

„Formwandlerfee", wiederholt sie. „Ich weiß nicht, was das bedeutet."

„Es bedeutet, dass ich mich in ein Tier verwandeln kann", erkläre ich. „Spezifisch gesagt, in einen schwarzen Jaguar."

Ich gebe ihr einen Moment Zeit, um die Information zu verdauen, und trete in den Flur.

Orcus wirft mir einen unzufriedenen Blick zu, weil er glaubt, dass ich gegen seinen Befehl verstoßen habe, ihr *keine Angst einzujagen*. Aber Alina muss diese Dinge über uns wissen, um uns verstehen zu können. Und ich sehe nicht ein, warum ich ihr keine Details über mich preisgeben sollte. Das ist meine Entscheidung, nicht seine.

„Formwandlerfeen", sagt sie abermals und blickt zu Orcus und Reaper.

„Nein, ich bin die einzige Formwandlerfee hier", sage ich zu ihr, weil ich nicht will, dass sie denkt, dass Orcus und Reaper von derselben Art abstammen. „Sie sind andere Feen."

„Feen." Sie scheint sich das Wort genüsslich auf der Zunge zergehen zu lassen.

„Ja. Feen", bestätigt Reaper. „*Keine* Monster."

Jones sieht ihn interessiert an, doch dann stellt Orcus sich vor ihn. „Welches Zimmer ist unseres?"

Der Botschafter räuspert sich, sichtlich unangenehm

berührt von Orcus' dominanter Haltung. „Hier entlang, Sir."

Ich schwöre, der Kerl hüpft fast schon den Flur hinunter, als würde er sich zwingen, zu gehen, obwohl er viel lieber rennen würde. Orcus hat diese Wirkung auf andere Lebewesen.

Alina mustert die metallenen Wände, während wir den Flur hinabgehen. Ihr Blick wandert hier und da nach oben und ich folge ihm. Sie ist gefesselt von den rebenartigen Lichtern, die von der Decke hängen. Irgendwie ist das wirklich ziemlich schön.

Dieses Muster zieht sich bis ans Ende des Flurs und hört vor einer Doppeltür auf, an dem ein Schild mit der Aufschrift „Gästesuite 4747" hängt.

Jones gibt uns den Code und tritt dann beiseite, damit Orcus die Zahl eintippen kann.

Der Alpha zögert keine Sekunde, und ich umarme Alina fester, bereit, wegzurennen, sollte sich uns eine Bedrohung entgegenstellen.

Aber das Einzige, was uns erwartet, ist eine wunderschöne Aussicht auf die Monsterstadt.

Vor der Glaswand befindet sich ein Wohnbereich mit unzähligen Kissen und Ziermöbeln, die in den Plüschteppich zu sinken scheinen.

„Zur Eurer Linken befindet sich eine Küche und ein Esszimmer", sagt Jones. „Das Hauptschlafzimmer befindet sich zu unserer Rechten. Ich glaube, die Unterkunft dürfte Eurer Gruppe ausreichend Platz bieten."

„Aha?" Reaper tritt ein. Seine Tätowierungen wirbeln bedrohlich auf seiner Haut herum, bevor er sich in Luft auflöst. Jones räuspert sich ein weiteres Mal. „Drinnen findet Ihr Anweisungen, wie man den Zimmerservice ruft. Ich bin mir sicher, dass Eure Sterbliche Hunger hat."

„Alina", sagt Orcus. „*Unsere Sterbliche* heißt *Alina*."

„Genau. Natürlich, Sir." Jones macht einen seltsamen Knicks. „Ich werde Euch allein lassen, damit Ihr Euch einleben könnt. Königin Helia wird sich morgen bei Euch melden. Oh, und wenn Ihr in der Zwischenzeit etwas brauchen solltet, wählt die Null."

Mit diesen Worten entfernt er sich von uns.

Und eilt den Gang hinab.

„Er hat am Anfang so selbstbewusst gewirkt", sinniere ich und blicke zu Orcus. „Ich frage mich, was ihm eine solche Angst eingejagt hat." Ich sage die Worte mit gespielter Unschuld und klimpere mit den Wimpern.

Orcus knurrt. „Bring Alina nach drinnen und leg sie hin. Du musst alle Wanzen im Zimmer aufspüren."

Er wartet nicht darauf, dass ich zustimme, sondern folgt Reaper und lässt mich allein mit Alina in der Tür zurück.

„Mir ist klar, dass das alles ganz schön überwältigend ist, aber du bist bei uns in Sicherheit", verspreche ich ihr. „Und wenn du eine Auszeit brauchst, ganz egal, wann, sag es einfach. Wir werden dir geben, was immer du brauchst, okay?"

Sie schluckt hart.

Dann nickt sie.

Aber der misstrauische Blick in ihren Augen sagt mir, dass sie mir nicht glaubt.

Ich kann es ihr nicht verübeln. An ihrer Stelle würde ich mir auch nicht glauben.

Man braucht Zeit, um Vertrauen aufzubauen.

Und es bedarf für gewöhnlich Taten, nicht Worten.

Orcus' Befehl wird warten müssen. Sobald Alina sich beruhigt hat, werden wir das Zimmer nach Abhörgeräten absuchen.

Zuerst werde ich dafür sorgen, dass Alina sich wohlfühlt.

Angefangen damit, ihr Essen zu besorgen.

Danach werde ich ihr helfen, dieses altertümliche Kleid auszuziehen.

Und dann werde ich ihre schönen Haare kämmen. Denn das Vogelnest auf ihrem Kopf sieht ziemlich unangenehm aus.

„Lass uns die Speisekarten suchen", sage ich zu ihr. „Ich bin am Verhungern."

KAPITEL ELF

ALINA

EINE FORMWANDLERFEE.

Das Wort spukt in meinen Kopf herum, während ich Flames Profil mustere. Seine langen Wimpern bewegen sich auf und ab, auf und ab.

Flame, Orcus und Reaper.

Sie haben mir ihre Namen noch nicht bestätigt oder sich in irgendeiner Weise vorgestellt, aber ich konnte sie ihren Gesprächen entnehmen.

Flame spricht derzeit mit Orcus über das Zimmer und sagt, dass es sauber ist.

Ich bin nicht sicher, warum das so wichtig ist. Ganz wie der Rest der Stadt ist das Zimmer *lupenrein*. Aber offenbar hat Orcus hohe Sauberkeitsstandards.

Bei den Feen, denke ich, als ich ihn mustere. Seine kantige Kieferpartie. Langes, dunkles Haar, das zurückgebunden ist. Starke Schultern. Hohe Wangenknochen. Muskulöse Unterarme.

Irgendwann hat er seine Jacke abgelegt und trägt jetzt nur noch ein T-Shirt, Jeans und Stiefel.

Flames Outfit ähnelt Reapers, mal abgesehen davon, dass er ein Langarmshirt trägt.

Und Reaper hat noch immer ein ärmelloses Oberteil an, das seine Tätowierungen offenlegt, die sich auf seinen Armen winden. Er scheint besonders aufgebracht. Mit seinen langen Beinen durchquert er die Küche mit Marmorboden und geht in der Nähe des Essbereichs auf und ab.

„Es ist möglich, dass das Zimmer verwanzt ist, man sie aber nicht finden kann", sagt Flame und zieht meine Aufmerksamkeit zurück auf sein Gespräch mit Orcus. „Aber mittels des Scanners habe ich keine aufspüren können." Er reicht Orcus einen kleinen Chip, als er das sagt, und ich folge seinen Händen mit meinem Blick.

„Euch Jungs ist Sauberkeit wirklich sehr wichtig, was? Ihr würdet mein Dorf hassen."

Orcus runzelt die Stirn. „Wie bitte?"

Ich zucke mit den Achseln. „Mein Dorf ist voller Wanzen und Dreck."

Er starrt mich lange an, als könnte er mir nicht folgen.

„Sie sprechen von Abhörgeräten", sagt eine Stimme nahe an meinem Ohr, was mich aufschrecken lässt. Ich sehe zurück in ein paar hypnotische, silberblaue Augen.

Reaper.

Vor wenigen Sekunden ist er noch neben dem Esszimmertisch auf und ab gegangen.

Jetzt steht er mit einem Grinsen auf den Lippen direkt hinter mir.

Ach du meine Fee, denke ich mir erneut. *Eine* sehr *schnelle Fee.* Aber keine Formwandlerfee wie Flame. „Was bist du für eine Fee?", platze ich, alarmiert und beeindruckt über seine Schnelligkeit, heraus.

„Eine Todesfee", sagt er. „Oder wie ihr Menschen sagt: der Sensenmann."

Ich ziehe die Stirn kraus. „Der Sensenmann?" Diesen Begriff habe ich noch nie zuvor gehört.

„Der Begriff ist den Menschen in diesem Reich vermutlich nicht geläufig", meint Flame, der es sich im Sessel neben mir bequem gemacht hat. „Der Sensenmann ist wie der Engel des Todes in unserem Reich der Sterblichen."

„Ich begleite Seelen ins Jenseits", ergänzt Reaper. „Aus diesem Grund wird meinesgleichen oft mit dem Sensenmann in Verbindung gebracht. Aber Todesfeen fokussieren sich eigentlich nur auf dunkle Seelen und verschlingen ihre Essenz, anstatt sie dorthin zu bringen, wo auch immer Seelen sonst hingehen würden."

„Oh." Ich ziehe die Nase kraus und denke über das Gesagte nach. „Was sind dunkle Seelen?" Er hat dieses Wort jetzt schon einige Male verwendet – einmal in Zusammenhang mit Timothy und dann noch einmal, als er mit diesem Botschafter über Essen gesprochen hat.

„Das sind die, die abscheuliche Taten begangen haben", erwidert er und sein Blick schweift in die Ferne, bevor er wieder auf und ab geht.

„Alle Seelen kommen rein und unschuldig auf die Welt, aber jede sündhafte Tat verfärbt ihre Aura", sagt Orcus mit sanftem Tonfall. „Je dunkler die Seele, desto schlimmer die Verfärbungen."

„Also isst eure Art die Seelen von bösen Menschen?", frage ich bedächtig und bringe alles zusammen.

Orcus lächelt. „Meine Art? Nein. Aber ja, das ist im Großen und Ganzen das, was Todesfeen tun. Aber Reaper jagt auch gern höchstpersönlich dunkle Seelen und zeigt ihnen dann ihr Schicksal etwas verfrüht."

„Bevor sie noch mehr schlimme Dinge tun und Unschuldigen mehr Leid zufügen können", ergänzt Reaper knurrend.

Orcus und Flame sehen ihn beide mit einem verständnisvollen Ausdruck an, den ich nicht verstehe.

Dahinter muss mehr stecken, realisiere ich. *Es muss einen Grund geben, aus dem Reaper dunkle Seelen jagt, wenn sie noch am Leben sind.*

Ich erschaudere.

Ich glaube, ich bin noch nicht bereit, den Grund zu erfahren.

„Ich bin eine Mythenfee", sagt Orcus und zieht damit meine Aufmerksamkeit zurück auf sich. „Keine Todesfee."

„Verstehe." Ich sehe Flame und den noch immer auf und ab gehenden Reaper abwechselnd an. „Und was ist eine Mythenfee?"

„Ein Gott", säuselt Flame. „Oder eine Göttin. Zumindest, wo die menschliche Vorstellungskraft betroffen ist."

„Und jene der meisten anderen Feen", murmelt Reaper und bleibt mitten im Schritt stehen. Sein Blick wandert in Richtung Eingangsbereich. Ein tiefes Knurren dringt aus seiner Brust und hallt durch die Luft.

Dann folgt ein Klingeln, woraufhin er verschwindet und wieder bei der Tür auftaucht.

Ich reiße meine Augen auf. *Das* war definitiv nicht menschlich.

Aber es war auch nicht besonders monsterhaft.

Feen, erinnere ich mich. *Sie sind … Feen.*

Und nicht sonderlich furchteinflößend.

Na ja, vielleicht ein bisschen tödlich. Vor allem Reaper. Der jetzt die Tür mit einem breiten Grinsen auf dem Gesicht öffnet und fröhlich brüllt: „Pizza!"

Flame verdreht die Augen.

Orcus schüttelt seinen Kopf.

Und der Kerl in der Tür räuspert sich. „Ähm, ja. Sie wurde von einem gewissen Mister Flame bestellt?"

„Mister Flame?", wiederholt Reaper, ehe er zur Formwandlerfee blickt. „Ist das dein neuer Superheldenname?"

Flame schnaubt belustigt. „Nur, wenn wir dich von nun an Sensenmann nennen."

Reaper vergeht das Lachen. „Auf keinen Fall."

„Wie schade", flötet Flame.

Orcus seufzt laut und steht auf. „Hier. Ich übernehme das." Er geht auf den Mann zu, der ein riesiges Tablett in der Hand hält, und nimmt es ihm mit einem gemurmelten „Danke" ab.

Jetzt, wo Orcus das Tablett in den Händen hält, sieht es gar nicht mehr so groß aus. Es scheint geradezu winzig, und doch füllen die Gaben, die darauf stehen, den gesamten Tisch, als er die vier verschiedenen Speisen verteilt.

Flame greift nach meinem leeren Glas – er hatte mir Wasser eingeschenkt, als wir den Küchen- und Essbereich betreten hatten und gesagt, dass es meinem Rachen helfen würde. Und er hatte recht.

Er füllt das Glas auf und bringt es zu mir zurück, dann greift er nach dem Stuhl mir gegenüber und Orcus setzt sich neben ihn.

Reaper lässt sich auf dem Stuhl neben mir nieder und sieht meinen Teller lachend an. „Hühnchen und Brokkoli?"

„Und Kartoffelpüree", sagt Flame.

„Warum?", fragt Reaper beleidigt. „Wir sind in *New York City*. Eigentlich sollte jeder von euch die Pizza probieren, aber nein …" Er sieht auf den Fleischbrocken vor Orcus. „Filet Mignon und", sein Blick wandert zu Flame, „ist das *Lachs*?"

Flame lächelt ihn bloß an. „Nicht alle von uns verfügen über deinen raffinierten Geschmackssinn, Reaper."

„Offensichtlich", knurrt die Todesfee, bevor er eine Schachtel aufmacht, in der eine Art dünner, käsebeladener Kuchen liegt.

Pizza, denke ich neugierig.

Er greift nach einem Stück und faltet es, bevor er sich die Ecke in den Mund steckt.

Ich sehe ihm mit hochgezogener Augenbraue zu. Vorwiegend, weil ich noch nie einen Erwachsenen mit den Händen essen sehen habe. Normalerweise tun das nur Kinder.

Reaper sieht mich mit seinen silberblauen Augen an, während er die Speise kaut, runterschluckt und meine stille Beobachtung mit hochgezogener silberfarbener Augenbraue erwidert. „Magst du was abhaben?", fragt er.

Ich blinzle ihn an. „Ich, ähm … nein. Ich … ich habe nur noch nie Essen wie das da gesehen."

„Du hast noch nie Pizza gesehen?" Er sieht schockiert aus. Dann zieht er meinen unangerührten Teller in die Mitte des Tisches, bevor er seinen Stuhl zu mir hin ausrichtet. „Öffne deinen Mund."

„Wie bitte?"

„Du hast richtig gehört. *Öffne deinen Mund.*"

„Reaper", sagt Orcus mit warnendem Tonfall.

„Halt dich aus der Sache raus, Alpha. Das hier ist eine Angelegenheit zwischen mir und unserem Haustier." Sein intensiver Blick fällt auf meinem Mund. „Öffne diese schönen Lippen für mich. Ich verspreche dir, dass ich dich dafür belohnen werde."

Ich habe nicht die geringste Ahnung, was ich tun soll. Niemand hat jemals zuvor so mit mir gesprochen.

Was hat er vor?, frage ich mich, als mein Mund wie aus eigenem Antrieb tut, was der Mann mir aufgetragen hat. *Warum lasse ich das hier zu?*

Weil ich neugierig bin.

Weil … es mir irgendwie gefällt.

Es ist eine erschütternde Einsicht, die mich meinen Mund noch weiter öffnen lässt.

„Was für ein gutes Mädchen", flüstert Reaper, bevor er ein kleines Stück von der Pizza abreißt und es auf meine Zunge legt.

„Genieß deine Belohnung und vergiss nicht, zu schlucken."

Irgendwie hört sich sein Tonfall sinnlich an. Vielleicht liegt es auch an den Worten. Ich kann den Grund nicht ganz ermitteln, aber meine Haut erhitzt sich ein kleines bisschen.

Dann folgt eine Geschmacksexplosion in meinem Mund, woraufhin alle Gedanken an seine Worte verblassen.

Oh, bei den Monstern …

Ich habe noch nie zuvor etwas Vergleichbares gegessen. So salzig. So reichhaltig. So *fettig*.

Ich … ich bin nicht sicher, ob ich es mag, liebe oder hasse. Es ist so anders. Köstlich und doch irgendwie Übelkeit erregend. Aromatisch und zu reichhaltig zugleich.

Es ist nur ein winzig kleiner Bissen, aber ich genieße ihn und weiß nicht, was ich von dieser Kreation halten soll.

Doch dann ist es auch schon wieder vorbei, und ich schlucke.

Reaper starrt mich mit erwartungsvollem Blick an. „Und, was sagst du?"

Ich schlucke abermals. Der Käse ist etwas dicker, als ich zunächst angenommen hatte. „Ich …" Ich räuspere mich. „Ich weiß es nicht."

Er zieht seine Augenbrauen hoch. „Du weißt es nicht?"

Ich verziehe das Gesicht. „Es ist … aromatisch?"

Er schnaubt. „*Aromatisch*, sagt sie." Er wirft Orcus und Flame einen Blick zu, den ich nicht ganz verstehe. Er ist zu schnell wieder verschwunden, um erraten zu können, was er damit sagen will. „Das ist in Ordnung. Wenn wir nach Chicago reisen, werden wir Pizza noch einmal probieren und du kannst mir dann sagen, was du davon hältst."

Ich gaffe ihn an. „Chicago?"

„Ja. Du hast erwähnt, dass du nach Chicago suchst … Ich nehme an, du willst dorthin?" Er nimmt einen weiteren Bissen von seiner Pizza und wartet auf meine Antwort.

Doch Orcus meldet sich zu Wort, bevor ich überhaupt damit anfangen kann, mir eine Antwort einfallen zu lassen. *„Reaper."* Es ist nur ein Wort – der Name der Todesfee –, aber es genügt, um mir eine Gänsehaut zu bereiten.

Denn er hat es mit einem Knurren gesagt.

Etwas in mir windet sich daraufhin. Seine Dominanz ist eine spürbare Präsenz, die mich beunruhigt.

„Was?", will Reaper wissen und sieht dem anderen Mann in die Augen. „Sie hat gesagt, dass sie Chicago finden muss. Ich nehme an, um dorthin zu gehen. Wir werden sie offensichtlich dorthin bringen, oder etwa nicht?"

„Das Einzige, was derzeit auf dem Plan steht, ist, uns mit dieser Königin der Monsterstadt zu treffen und uns an die politischen Vorgaben dieses Reiches zu halten", erwidert Orcus, seine Worte noch immer mit diesem Knurren unterlegt.

Reaper scheint sich davon nicht beeindrucken zu lassen, denn er schnaubt bloß. „Genau. Politischer Mist mal beiseite: Alina ist eine Omega."

Orcus erwidert nichts darauf und kneift seine Augen leicht zusammen.

Was ist eine Omega?, frage ich mich. Orcus hat es vorhin auch schon erwähnt, aber ich habe nicht die geringste Ahnung, was das zu bedeuten hat.

„Hör zu, ich will damit nur sagen, dass, wenn unser

Haustier Chicago besuchen möchte, wir nach Chicago reisen werden. Darum ist es nur fair, das Thema anzuschneiden." Er greift nach seinem Stück Pizza, um einen weiteren Bissen davon zu nehmen und macht sich nichts aus dem zuckenden Muskel in Orcus' Kiefer.

Flame räuspert sich. „Wie wäre es, wenn wir uns fürs Erste auf die Mahlzeit konzentrieren? Alina muss etwas essen. Und ich bin sicher, dass sie gern all das Haarspray und das Make-up loswerden würde. Wir können die weiteren Pläne besprechen, wenn wir uns um sie gekümmert haben."

Vorsichtig schiebt er den Teller wieder in meine Richtung und lächelt mich sanft an, bevor er sich wieder seiner Mahlzeit widmet.

Reaper und Orcus sagen nichts.

In der Zwischenzeit knurrt mein Magen und mir wird klar, dass ich keine Wahl habe. Wie Flame bereits gesagt hat, muss ich etwas essen.

Also tue ich das.

Doch mit jedem Bissen denke ich über Reapers Bemerkungen in Bezug auf Chicago nach.

Er will mir helfen, Chicago zu finden? Warum würde er so etwas tun? Will ich seine Hilfe?

Bis vor ein paar wenigen Stunden hat mich der Gedanke an Monster verängstigt.

Aber diese Jungs hier waren bisher nicht besonders monsterhaft.

Na ja, Orcus vielleicht, denke ich und mustere seinen großen Körper abermals. *Aber er jagt mir keine Angst ein.*

Nein, seine Knurrgeräusche stellen etwas völlig anderes mit mir an.

Ich erschaudere und schiebe mir mehr Essen in den Mund. Die Geschmacksnoten fallen mir kaum auf, weil ich wie betäubt dasitze und meine Mahlzeit zu mir nehme.

Das ist doch verrückt.

Sie sind Feen.

Was mache ich hier überhaupt?

Was, wenn sie mir dabei helfen können, Chicago zu finden? Kann ich ihnen trauen?

Ich kenne sie kaum.

Aber bisher waren sie nett.

Ich greife nach meinem Wasserglas und nehme mehrere Schlucke davon. Meine Gedanken bringen mich völlig durcheinander. *Eins nach dem anderen*, sage ich mir. *Iss fertig und dann ... dann ...* „Duschen hört sich gut an", platze ich beim Gedanken an Flames Worte heraus. „Macht es euch etwas aus, wenn ich das umgehend erledige?"

Denn ich will nichts lieber tun, als mich von diesem Kleid befreien. Weil es extrem eng sitzt, kann ich sowieso nicht mehr viel essen.

Und meine Haare ... *Bäh.*

Ganz zu schweigen von der Farbe, die an meiner Haut klebt.

Ja, eine Dusche hört sich sehr gut an. Auch wenn sie zu heiß oder zu kalt sein wird. Ich will einfach das Gefühl haben, wieder ich selbst zu sein.

Das wird mir dabei helfen, meinen Kopf zu klären, damit ich mich wieder konzentrieren kann. Damit ich meine Ziele neu setzen und meine Bedürfnisse ermitteln kann.

Ja.

Duschen.

Sofort, bitte.

KAPITEL ZWÖLF

FLAME

„SIE IST ÜBERFORDERT", sage ich zu Orcus und Reaper, als ich den Essbereich betrete. „Und das im Hinblick auf die Situation mit gutem Recht."

Aber Alina hat ihre Überforderung gut überspielt.

Sobald sie gesagt hatte, dass sie duschen will, habe ich meine Gabel auf den Tisch gelegt und sie ins Zimmer geleitet, um ihr dabei zu helfen, sich darauf vorzubereiten.

Zuerst war sie scheu und hatte auf ihrer Unterlippe herumgekaut. Aber nachdem ich ihr klargemacht habe, dass ich nur bei ihr war, um sicherzustellen, dass sie alles hat, was sie braucht, entspannte sie sich.

„Ich werde dir etwas zum Anziehen suchen", lauteten meine letzten Worte an sie. „Wenn du noch etwas brauchst oder ich dir mit dem Kleid helfen soll, lass es mich wissen."

Sie atmete hörbar aus, als ich mich entfernte.

Ich habe ein paar Minuten im Schlafzimmer gestanden und mit dem Empfang über mögliche Kleidung gesprochen. Als Alina mich auch danach nicht um Hilfe gebeten hat, habe ich das Zimmer verlassen.

Ich ziehe den Stuhl neben Orcus zurück und lasse mich darauf sinken.

Weder er noch Reaper erwidert etwas auf meine Aussage in Bezug auf Alinas Gemütszustand, also richte ich meine Aufmerksamkeit auf andere Neuigkeiten. „Sie bringen uns allen ein paar Outfits, da wir nicht direkt für einen längeren Aufenthalt ausgestattet sind."

„Bringen sie uns jetzt irgendwelchen Plunder aus der Regency-Ära?", will Reaper wissen.

Ich zucke mit den Schultern. „Ich weiß es nicht. Und es ist mir auch egal. Ich werde mein Fell tragen, wenn ich muss."

Reaper knurrt.

Orcus lehnt sich nach vorn. Seine Hände ruhen auf dem mehrheitlich leeren Tisch und er presst seine Fingerspitzen aneinander. Offenbar haben sie aufgeräumt, während ich Alina geholfen habe.

„Sie ist eine Omega", sagt er mit staunendem Tonfall, obwohl er in Worte fasst, was offensichtlich ist. „Aber sie ist sterblich."

Letzteres erklärt, warum er so fasziniert von ihr ist.

Weil Mythenfeen unsterblich sind. Sie sind Götter, keine Menschen.

„Bist du dir ganz sicher, dass sie eine Omega ist?", frage ich ihn.

„Ich spüre es in ihrer Seele", sagt er zu mir. „Aber ich schätze, ich kann mir erst sicher sein, wenn ich mich mit ihr fortpflanze."

„Oh, das sollten wir auf den Plan packen", sagt Reaper eifrig. „Chicago-Pizza und uns mit unserem Haustier fortpflanzen. Ein erstklassiger Urlaub."

Orcus wirft ihm einen Blick zu, der die meisten Feen dahinwelken lassen würde.

Aber Reaper lächelt bloß. „Erzähl mir jetzt nicht, dass

du alles, was ich gerade aufgezählt habe, nicht genießen würdest."

Der Alpha spannt seine Kiefermuskeln an und presst seine Lippen aufeinander. Aber er dementiert Reapers Aussage nicht. Weil er das nicht kann. Er würde alles, was Reaper gerade aufgezählt hat, genießen.

Und ich auch, geht mir mit einem Blick auf die geschlossene Schlafzimmertür durch den Kopf.

Wir drei sind es uns gewohnt, Frauen untereinander zu teilen. Aber so wie jetzt war es noch nie. Und bisher bestand immer ein Zwei-zu-Eins-Verhältnis, kein Drei-zu-Eins.

Wird Alina das überhaupt gefallen?, frage ich mich. *Wird sie uns überhaupt wollen?*

Orcus könnte sich auf seinen Alpha-Status berufen und sagen, dass sie eine seiner Art und darum auch seine Gefährtin ist. Aber er hat keine Anstalten gemacht, dass er vorhat, das zu tun.

Mein inneres Biest könnte dasselbe versuchen. Es würde nur eines kleinen Bisses bedürfen, um sie für mich zu beanspruchen.

Aber ich verspüre dieses besitzergreifende Verlangen nicht, sie für mich allein zu haben. Wenn überhaupt gefällt mir, dass sie vielleicht alle drei von uns haben möchte. Ich würde ihren Schutz für alle Ewigkeit gewährleisten.

Vorausgesetzt, dass sie über die Fähigkeit verfügt, unsterblich zu werden, geht mir mit gerunzelter Stirn durch den Kopf. „Ich verstehe nicht, wie sie als Mensch eine Omega-Seele haben kann. Dabei ist doch nicht etwa genetische Manipulation im Spiel, oder?"

„Willst du damit sagen, dass ihr Geruch verändert worden ist?", will Orcus mit interessiertem Tonfall wissen.

„Vielleicht", gebe ich zu. „Ich weiß es nicht. Es

erscheint mir nur merkwürdig, dass sie die Seele einer Fee in sich trägt, obwohl sie keine ist."

„Und nicht nur irgendeine, sondern die Seele einer göttlichen Fee", ergänzt Reaper. Seine sonst so verspielte Art wird jetzt von einer ernsten Miene abgelöst. Für andere sind seine Stimmungsschwankungen der reinste Horror, aber ich bin mir Reapers sprunghafte Natur gewohnt.

„Ich werde es erst wissen, wenn ich mich mit ihr verknote", sagt Orcus.

„Was uns zurück zu unseren Plänen bringt", murmelt Reaper und seine Augen leuchten erfreut auf. „Zuerst werden wir uns mit dem politischen Mist befassen. Dann werden wir nach Chicago reisen, Pizza essen und die Wünsche unseres Haustiers erfüllen. Und dann … ficken wir."

„Sie ist kein Haustier, Reaper", sagt Orcus zu ihm. „Sie ist eine potenzielle Gefährtin."

Die Todesfee sieht ihn blinzelnd an. „Ja, das habe ich doch gesagt."

„Nein, du nennst sie immer wieder ein *Haustier*."

Reaper zieht eine Augenbraue hoch. „Ja, und …?"

„Ich sage, dass sie mehr als das ist."

Reaper blinzelt abermals. „Nichts ist wichtiger als ein Haustier." Er sieht mich an. „Sag es ihm, Flame. Haustiere werden geliebt."

Ich stoße einen Seufzer aus und schüttle meinen Kopf. „Ich glaube, das ist sein Spitzname für sie."

„Ganz genau", bestätigt Reaper.

„Er ist herabsetzend", sagt Orcus.

„Nein, ist er nicht", wendet Reaper ein. „Er ist süß. *Und* er gefällt ihr."

„Woher weißt du schon, was sie mag?", fragt Orcus.

„Woher weißt du, was sie nicht mag?", kontert Reaper

und verschränkt seine Arme vor der Brust. „Nur weil sie *deine Kleine* und Flames *kleiner Panther* ist, heißt das noch lange nicht, dass ihr diese Namen gefallen. Also versuche ich es mit *Haustier*. Und zufällig gefällt mir das. Und sie mir auch."

Orcus sieht aus, als würde er Reaper am liebsten erwürgen – was faszinierend ist, weil Orcus sonst der Geduldige von uns dreien ist. Aber wir alle werden von einem seltsamen Brüllen abgelenkt, das aus dem Schlafzimmer kommt.

Reaper steht wie von der Tarantel gestochen auf.

Orcus und ich folgen dicht hinter ihm.

Und dann erstarren wir alle, als dieses Brüllen von einem niedlichen Knurren abgelöst wird. Einem *femininen* Knurren. *Die Art von Knurren, das ein kleiner Panther ausstoßen würde*, geht mir durch den Kopf.

„Oh, Scheiße. Hat sie gerade … *geknurrt?*", fragt Reaper und sieht zu uns zurück.

„Ja", keucht Orcus. „Ja, hat sie."

„*Verdammt*", ächzt Reaper. „Zum Teufel, ich hoffe, dass sie das bald einmal um meinen Schwanz geschlungen tut."

Reapers roher Kommentar zeigt umgehend Wirkung. Mein Schwanz wird umgehend hart, bevor eine zerzaust aussehende Alina hinter der Tür hervorkommt. Ihre schönen, dunklen Augen sehen in meine und sie seufzt entnervt.

„Könnt ihr mir bitte helfen?" Sie verstummt und deutet auf das Stoffgewirr um ihren Oberkörper. „Ich … schaffe es nicht …" Mit einer herzzerreißenden Mischung aus Verärgerung und Verzweiflung knirscht sie mit den Zähnen.

Ich gehe auf sie zu, bevor sie noch etwas sagen kann, und habe bereits verstanden, was sie braucht. Reaper, kannst du uns ein Messer besorgen?"

Er räuspert sich, vermutlich, um sich aus seiner Fantasie einer knurrenden Alina, deren Mund um sein Glied geschlungen ist, zu reißen. „Ähm, ja. Was für eines? Ein Wurfmesser? Ein Gemüsemesser? Ein Schnitzeisen? Ein Beil? Etwas Dickeres, wie ein Metzgermesser?"

Ich sehe ihn entnervt an. „Etwas, womit wir durch Stoff wie durch Butter schneiden können."

Er nickt und die Tätowierungen wandern von seinem Unterarm an sein Handgelenk, bis am Ende etwas Metallenes glänzt. Binnen weniger Sekunden hält er eine scharfe Klinge in der Hand. „Wie wäre es damit?"

„Die verwendest du nicht an Alinas Kleid", unterbricht Orcus. „Mach ihm eine Schere."

Reaper verzieht das Gesicht, kreiert den Gegenstand dann aber in seiner anderen Hand und hält mir dann beide hin. Doch dann greift Orcus nach dem Gegenstand, der ihm lieber ist, und reicht mir die Schere mit einem bewussten Blick. „Wenn du ihr auch nur ein Haar krümmst, werde ich dir wehtun."

Ich rolle mit den Augen. „Meine Klauen sind schärfer als diese beiden Dinger."

„Du hast mich gehört", sagt der Alpha zu mir.

„Ich werde ihr nur auf Arten wehtun, die ihr gefallen werden", kontere ich und drehe mich zur Frau mit weit aufgerissenen Augen um, die im Türrahmen steht. „Komm schon, kleiner Panther. Wir holen dich aus dieser Monstrosität raus."

Ich benutze den Namen absichtlich und sie bläht ihre Nasenflügel. „Ich habe es mir nicht ausgesucht."

„Daran habe ich keinen Zweifel", sage ich zu ihr und schließe die Tür hinter uns, bevor ich sie durchs Schlafzimmer ins Badezimmer führe. „Okay, geh und stell dich vor den Spiegel." Technisch gesehen könne ich das hier auch neben dem Bett machen, aber ich will, dass sie dabei zusehen kann, was ich mache. Wir müssen Vertrauen aufbauen und das hier scheint mir ein guter Weg zu sein.

Sie schluckt hart und tut, was ich ihr aufgetragen habe. Unsere Blicke treffen sich im Spiegel.

„Ich werde deine Korsettschnürung durchschneiden. Vielleicht musst du das Oberteil an deine Brust pressen, während ich das tue, damit es nicht runterfällt." Nicht, dass es mir etwas ausmachen würde, einen Blick auf ihre Titten zu erhaschen – ganz im Gegenteil –, aber ich ahne, dass sie noch nicht bereit dafür ist.

Sie ist noch immer ganz durcheinander von allem, was passiert ist, und zudem ist sie anders als wir. Mein Jaguar weiß, dass sie kompatibel mit uns ist, und er ist bereit, sie ohne Umschweife zu seiner Gefährtin zu machen. Ihm ist egal, dass wir uns gerade erst begegnet sind. Er weiß, was er will und nimmt es sich mit Freuden.

Orcus' Alpha-Instinkte sagen ihm vermutlich dasselbe.

Und Reaper … Na ja, er folgt oft dem Verlangen seines Schwanzes und macht sich nichts aus den potenziellen Folgen seiner impulsiven Taten.

Aber Alina braucht Zeit. Vertrauen. Mitgefühl. Und Geborgenheit.

Also zeige ich ihr, dass ich mich auf all diese Dinge verstehe, indem ich vorsichtig durch die Schnüre schneide, die ihr Korsett zusammenhalten.

Sie legt ihre Handflächen an ihre Brust und presst den Stoff an ihren Körper, während ich ihn von hinten auftrenne. Ihre Röcke scheinen mit Knöpfen befestigt, die sich an ihrem Arsch befinden, aber ich werde mich darum kümmern, wenn ich dort angekommen bin.

Als ich durch die letzte Schnur schneide, springt das Korsett auf und legt Alinas Rücken frei. *Nicht ganz so wie in der Regency-Ära*, denke ich und bewundere ihre blasse Haut.

„Deinen Rock loszuwerden, wird sich etwas schwieriger

gestalten", informiere ich sie, jetzt mit etwas tieferer Stimme als beabsichtigt. Aber ich kann mich nicht gegen die physische Reaktion meines Körpers wehren. Sie sieht unglaublich aus und mein inneres Tier ist ganz begierig darauf, sie zu kosten.

„O…okay", sagt sie und erschaudert.

„Wenn du willst, kannst du es noch einmal allein versuchen", schlage ich vor. „Jetzt, wo dein Oberkörper frei ist, meine ich."

Sie schluckt hart und sieht mich mit diesen tiefschwarzen Augen erneut im Spiegel an. „M…mir wäre es lieber, wenn du mir hilfst."

Die Worte kommen ihr im Flüsterton über die Lippen und an meinen Armen macht sich eine Gänsehaut breit.

Meine Zunge fühlt sich an, als wäre sie geschwollen, also nicke ich, anstatt etwas zu sagen, und öffne den obersten Knopf ihres Rocks. Der Stoff teilt sich und legt weiße Spitzenunterwäsche frei.

Heiliger Strohsack, denke ich. *Wenn das ist, wofür ich es halte…*

Ich öffne einen weiteren Knopf.

Ja, es ist genau das, wofür ich es halte.

Definitiv *kein* Gegenstand aus der Regency-Ära, sondern aus der Moderne. *Und verflucht, es ist durchsichtig.*

Ich muss mir ein tiefes Knurren verkneifen, während ich mit jedem Knopf, den ich öffne, etwas mehr von ihrer weichen Haut freilege, die mit Spitzendessous verhüllt ist. Es passt perfekt zu ihrem wunderschönen Rücken. Das unbefleckte Weiß macht mich mehr an, als ich für möglich gehalten hätte.

Bisher habe ich im Schlafzimmer immer Schwarz und Rot vorgezogen.

Aber Alina … *Verdammt*, sie sieht gut aus in Weiß. Zu gut.

Ich spanne meine Finger an. Meine Klauen lauern dicht unter der Oberfläche. Mein Biest wütet in mir, weil es einen Blick auf die Spitze erhascht hat.

Beruhige dich, verlange ich.

Er knurrt zurück und seine wilde Natur droht, hervorzubrechen.

Ich schließe meine Augen und atme ein, während ich mit meinen Fingern weiterarbeite. Nachdem ich mehrere Sekunden darauf verwendet habe, mich zusammenzureißen, öffne ich meine Augen und stelle fest, dass Alina mich noch immer im Spiegel anstarrt. „Geht es dir gut?", fragt sie und ihr Unbehagen bereitet meiner wachsenden Erregung ein jähes Ende.

„Ja", sage ich zu ihr. „Mein Jaguar ..." Ich verstumme, weiß nicht, wie ich das sagen soll, ohne sie zu verängstigen. „Er hat großes Interesse an dir." Es hat keinen Sinn, die Anziehung zu verleugnen. Sie verdient es, die Wahrheit zu erfahren. „Ich versuche bloß, ihn im Zaum zu behalten."

Sie schluckt abermals. „Oh. Und, ähm, mit ‚Interesse' meinst du ...?"

„Er will, dass ich dich küsse", sage ich und zähme das Verlangen, das durch meine Adern kursiert. Es ist nach wie vor eine ehrliche Antwort, aber weniger beängstigend als: „Er will, dass ich dich besteige und dich beiße." Ich bin mir sicher, dass es ihm auch gefallen würde, sie zu küssen.

„Ich ... verstehe." Sie räuspert sich und scheint den Stoff etwas fester zu umklammern.

„Ich werde es nicht tun", verspreche ich ihr. „Jedenfalls noch nicht."

Sie weitet ihre Augen leicht. „Also hast du vor, mich zu küssen?"

Ich öffne den letzten Knopf, sodass der Rock an ihren Beinen hinabgleitet und zu Boden fällt. Jetzt steht sie in nichts weiter als diesem verdammten Spitzenhöschen und ihrem gelösten Korsett da. „Ich habe vor, weitaus mehr zu tun, als dich zu küssen, kleiner Panther", informiere ich sie mit noch tieferer Stimme. „Aber erst, wenn du so weit bist."

Ich zwinge mich, einen Schritt zurück zu machen. „Ich weiß, dass Jones bereits gesagt hat, dass sie in der Monsterstadt Zustimmung großschreiben, aber das tue ich auch. Und Orcus und Reaper geht es nicht anders. Keiner von uns wird dich anrühren, wenn du das nicht willst. Vergiss das nicht, okay?"

Denn ich kann den ängstlichen Ausdruck in ihren Augen sehen.

Und einen Hauch Interesse.

Sie ist neugierig, wirkt aber irgendwie auch etwas eingeschüchtert.

Ich brauche sie nicht zu kennen, um es zu wissen. Ihre Unschuld steht ihr ins Gesicht geschrieben. Ich bezweifle, dass sie jemals zuvor von einem Mann berührt worden ist. Das Wenige, was sie mir eröffnet hat, sagt mir, dass die Gesellschaft, aus der sie stammt, sexuelle Erfahrungen verabscheut und es bevorzugt, die Unschuld ihrer *Gaben* zu gewährleisten.

Was für ein fehlgeleitetes Konzept, denke ich düster. *Ich will eine willige Frau, keine verängstigte kleine Jungfrau.*

Aber ich werde Alina alles beibringen.

Langsam. Gezielt. *Gründlich.*

Und am Ende wird sie eine Wildkatze im Bett sein.

Diese rebellische Natur, die sie an den Tag legt, wird mir dabei behilflich sein.

„Genieß deine Dusche", sage ich mit sanfter Stimme. „Wenn du noch etwas brauchst, ich bin mit Orcus und Reaper im Wohnzimmer." Ich drehe mich um und halte in der Tür inne. „Oh, und man wird uns frische Sachen bringen. Ich werde dir etwas auf dem Bett zurechtlegen, wenn sie ankommen."

Ich drehe mich um.

Dann halte ich erneut inne.

„Lass mich wissen, wenn du Hilfe mit deinen Haaren brauchst." Meine Stimme hört sich wieder kiesig an, weshalb ich mich räuspere. „Es wäre mir eine Freude, es zu kämmen."

Mein Jaguar schnurrt beim Gedanken daran, ist äußerst angetan von dieser Idee.

Er ist leicht zufriedenzustellen. Ficken, sich sonnen und Fellpflege sind drei seiner Lieblingsbeschäftigungen.

Ich nicke, dann gehe ich.

Und präge mir ein, wie sie in ihrem Spitzenhöschen aussieht.

KAPITEL DREIZEHN
REAPER

AM BODEN SCHLAFEN IST ECHT ÄTZEND.

Aber Orcus hat sich das Sofa geschnappt und Flame hat angeboten, sich in seinen Jaguar zu verwandeln und das Zimmer zu bewachen.

Unser Haustier hat das riesige Bett im anderen Zimmer für sich beansprucht.

Es macht mir nichts aus, dass sie dort schläft. Teufel, ich will, dass sie dort ist. Sie verdient allen Komfort, den sie bekommen kann. Aber die Matratze würde genug Platz für fünf Männer von Orcus' Größe bieten. Somit ist es höchst unpraktisch, dass eine so zierliche Frau das Bett für sich allein hat.

„So etwas tut man als Gentleman", hatte Orcus gestern Abend gesagt.

Welcher Teil von mir gibt dir das Gefühl, dass ich ein Gentleman bin?, habe ich um ein Haar gefragt. Aber ich konnte seinem Tonfall entnehmen, dass er nicht pragmatisch denken würde. Die Omega hat ihn am Knoten, und jetzt kann er nicht mehr klar denken.

Ich strecke die Arme über den Kopf und wimmere, als

mein Rücken knackt. *Das ist doch lächerlich.* Ich hätte in diesem Bett schlafen können, ohne dass Alina mich bemerkt hätte.

Vorausgesetzt, ich hätte meine Hände bei mir behalten können.

Was … vermutlich nicht geschehen wäre.

Ihre Kurven sind einfach unwiderstehlich. Und wie sie gestern Nacht geknurrt hat … *Verdammt.* Ich werde allein beim Gedanken daran hart.

Für gewöhnlich begehre ich keine Frauen. Ich ficke sie, stelle sicher, dass es für sie eine gute Erfahrung ist und mache dann mit meinem Leben weiter.

Aber Alina ist anders. Sie ist einzigartig. *Eine Omega.* Aber ich fühle mich nicht zu diesem Aspekt von ihr hingezogen. Ich bin interessierter am Zwiespalt, den ich ihrer Seele entnehmen kann.

Sie ist eine süße, kleine Rebellin.

Eine, die ich mit meiner Dunkelheit verderben will.

Die ich dazu verführen will, zu sündigen.

Mit der ich mich in den Schatten wälzen und die ich mit meiner brennenden Lust bekannt machen will.

Beim Gedanken daran, und an ihr vorzügliches Knurrgeräusch, wird mein Schwanz hart und will spielen.

Leider schläft sie.

Ich stoße einen Seufzer aus und rolle mich auf den Rücken, um an die hohen Decken zu starren. *Ich bin hellwach.*

Ich trommle mit den Fingern gegen meine Brust und lasse meinen Blick im Zimmer umherstreifen, sehe mich nach einer Ablenkung um. Die Suite verfügt nur über eine einzige Dusche, die aber groß genug für fünf oder sechs Personen ist – *ganz wie Alinas Bett.*

Irgendwie erkenne ich einen Zusammenhang.

Ich schätze, die Königin der Monsterstadt hat uns

absichtlich in dieses Zimmer gesteckt, um unserer Gruppe genug Platz zu bieten.

Was mich wundern lässt, wie oft unsere Dynamik in dieser Welt vorkommt. Gibt es andere Trios aus Monstern, die das Reich durchqueren und sich eine einzige Gefährtin nehmen?

Tun wir das denn?, frage ich mich und sehe zum Sofa. *Werden wir sie alle beanspruchen?*

Zu teilen, ist nicht neu für uns. Aber das hier ist eine andere Art des Teilens.

Ein Haustier, geht mir durch den Kopf. *Hm.*

Aber will sie überhaupt uns gehören?

Ich runzle die Stirn und weiß nicht, wie ich die Frage beantworten soll.

Es scheint mir kontraproduktiv, eine Wand zwischen uns zu haben. Wie soll sie uns kennenlernen, wenn sie in einem anderen Zimmer schläft – abgeschottet von ihren potenziellen Gefährten?

Ich setze mich auf, bin versucht, Orcus wachzurütteln und zu verlangen, dass er sich mir anschließt, um unser Haustier zu wecken. Aber ich bin mir nicht sicher, ob er mit mir eins gehen würde. Er ist der Einzige, der darauf bestanden hat, auf Abstand zu gehen.

Na ja, technisch gesehen, hat Flame auch danach verlangt.

Na gut. Sie haben Abstand genommen und ich … ich werde bloß … vorbeischauen und nach ihr sehen.

Mein Körper verschwindet in den Schatten. Die Fähigkeit stammt von meiner Affinität für Geister und den Tod.

Mag sein, dass ich nicht in der Lage bin, durch Dimensionen zu reisen, wie Orcus es kann, aber mich ins Schlafzimmer zu zaubern, ist ein Leichtes.

Das Bett nimmt Gestalt an, gefolgt vom Rest der modernen Einrichtung und plüschigen Ausstattung.

Ich habe nur einen kurzen Blick ins Zimmer geworfen, als ich es gestern Abend nach potenziellen Bedrohungen abgesucht habe. Es ist eine nette Suite, aber mein Fokus liegt voll und ganz auf der dunkelhaarigen Schönheit, die sich zu einer Kugel eingerollt hat und an der Kante der übergroßen Matratze schläft.

Verdammt, es wäre so leicht, mich von der anderen Seite her auf das Bett zu legen. Sie würde es definitiv nicht bemerken.

Aber jetzt bin ich plötzlich gar nicht mehr so müde.

Nein. Ich bin … *fasziniert*.

Unser süßes Haustier sieht so unschuldig aus. So zerbrechlich. Das bringt mich dazu, die beiden Seelen, die gedroht haben, ihr wehzutun, aus mir rauszuholen und sie erneut zu erledigen.

Denn … wie konnten sie ihr wehtun?

Sie ist atemberaubend. So perfekt. So *meins*.

Bei den Göttern … diese Aussage ist eine intuitive Reaktion, die von tief drinnen kommt. Meine Seele fühlt sich in ihrer Anwesenheit plötzlich seltsam ruhig an.

Ich mache einen Schritt nach vorn, fühle mich auf eine Weise von ihr angezogen, die ich nicht ganz beschreiben kann.

Sie ist so weich und korrumpierbar. Meine tiefschwarzen Stränge beginnen sich auszubreiten und das Verlangen, sie zu berühren, nimmt mich ein.

Nur einmal kurz anfassen, sage ich mir. *Meine Hand über ihre porzellanartige Wange streifen lassen.*

Meine rauchige Schwade tut behutsam genau das, was ich denke, woraufhin ein Blitz meinen Körper durchfährt.

Ich will mehr.

So. Viel. Mehr.

Aber ich will, dass sie wach ist, wenn ich sie berühre. Ich will, dass sie wach und willig ist.

Und sich mir nur zu gern hingibt.

Mir droht ein Knurren über die Lippen zu kommen, was mich dazu anhält, einen Schritt zurück zu machen.

Ich muss duschen. Und zwar kalt.

Oder vielleicht heiß …

Sie war die Letzte, die geduscht hat. Das bedeutet, dass sie nach ihr riechen wird. Nach Erdbeeren und Sahne.

Ja.

Anstatt zu laufen, teleportiere ich mich in die Dusche und atme Alinas natürlichen Geruch ein. Er erinnert mich an Erdbeeren und Sahne, eine berauschende Kombination, die vom Pfefferminz-Shampoo, das sie verwendet haben muss, etwas verdorben wird.

Ich greife nach der Flasche und denke darüber nach, sie wegzuwerfen.

Aber das Zeug wird gut an mir riechen.

Im Geiste mache ich mir eine Notiz, etwas Passenderes für die nächste Dusche unseres Haustiers zu finden, und ziehe meine Boxershorts aus. Der Rest meiner Kleidung liegt im Wohnzimmer, wo ich die Nacht verbracht habe.

Ich lasse die Dusche an und grinse, als aus den fünf Brausen über meinem Kopf umgehend warmes Wasser strömt.

„Perfekt." Ich stelle mich unter die Brause, die mir am nächsten ist, und stöhne, als die Tropfen auf meine Schultern prasseln und den perfekten Druck erzeugen. Obwohl das Wasser meine Verspannungen löst, hilft es meinem steifen Glied überhaupt nicht. Wenn überhaupt, ist es jetzt noch steifer.

Vermutlich, weil ich Alina überall riechen kann.

Sie hat gestern Abend viel Zeit hier drinnen verbracht.

Hast du dich selbst berührt, Schätzchen?, frage ich mich,

während ich meinen Kopf zurücklege, um meine Haare anzufeuchten. *Hast du an Orcus' Knoten gedacht?*

Ich bin noch nie einer Omega begegnet, aber soweit ich verstehe, verfügen sie über einen mächtigen sexuellen Appetit.

Vor allem, wenn sie läufig werden. Etwas, das – gemäß Orcus – passieren könnte, weil Alina jetzt auf einen Alpha gestoßen ist.

Wir wissen nichts Genaues über ihre Herkunft. Ihre Sterblichkeit verwirrt den Mythenfeen-Alpha zutiefst.

Aber mir macht die seltsame Situation nichts aus.

Ich will nur spielen.

Spezifisch gesagt, mit einer hübschen kleinen dunkelhaarigen Frau.

Verdammt, sie wird so gut aussehen, wenn sie vor mir kniet. Wenn sie meinen Schwanz zwischen diesen plumpen Lippen hat. Wenn sie meinen Schwanz schluckt und dabei *knurrt*, wie sie es gestern Nacht getan hat.

Ich kann es bildlich vor mir sehen. Die Fantasie fühlt sich viel zu echt an.

Bei den Göttern, sie wird unglaublich sein. Ich kann praktisch spüren, wie ihr Mund um mein Glied herum geschlungen ist. Wie sie daran saugt. Daran zieht. Wie sie meine Eichel mit ihren Zähnen neckt.

Ich ächze und lasse meine Stirn gegen die Fliesenwand sinken. *Mehr*, denke ich. *Nimm mich noch tiefer. Nimm mein ganzes Glied in dir auf. Nimm mich an. Nimm uns an. Nimm das hier an.*

Die Worte gehen mir in einem Singsang durch den Kopf und ich zwinge meine Hände, sich in Bewegung zu setzen. Ich lasse sie nicht an die Stelle wandern, an der sie spüren will. Stattdessen wasche ich mir die Haare, seife meinen Körper ein und wasche mich. Alles, während mein Schwanz mich anfleht, die Fantasie zu Ende zu führen.

Mein Glied zu umschlingen. *Meine Hand hoch- und runterzubewegen.*

Aber ich will diesen Moment noch etwas länger genießen. Will die Vision von einer nackten Alina noch ein kleines bisschen länger aufrechterhalten. Wie ihre Titten vom Sud bedeckt sind. Ihre Augen geweitet, während sie, auf den Knien, zu mir hochblickt. Wie ihre Mundwinkel sich leicht nach oben verziehen, bevor sie über meine bauchige Eichel leckt.

Ja, Haustier. Genau so, denke ich, während ich mich wieder unter den Wasserstrahl stelle. *Wenn du so weitermachst, werde ich dich beanspruchen müssen.*

Ich starre nach unten und wünschte mir, sie würde vor mir knien, bevor mein Blick auf meinen pulsierenden Schwanz fällt.

Meine Tätowierungen, die meinem Wesen durch ihre dicken und tiefschwarzen Stränge Macht zuführen, bewegen sich.

Mmmh, summe ich und befehle der Kraft, in mein Gemächt zu wandern, weil ich sehen will, wie meine beabsichtigte Gefährtin mich beansprucht.

Die Tätowierungen verwandeln sich in Kursivschrift und hinterlassen ihren Namen an der Seite meines Schafts. *Alina.*

„Verdammt, das ist perfekt", keuche ich und liebe es, den Namen meines Haustiers auf meiner Haut zu sehen. Aber ihr Name ist nicht lange genug, um mein gesamtes Glied zu bedecken. Also befehle ich der ascheähnlichen Macht, einen Totenkopf am Ende hinzuzufügen.

Ein Lächeln breitet sich auf meinen Lippen aus. *Ja, verdammt.* Dieses dunkle Mal ist ein Symbol für die Zukunft meines Haustiers, als Gefährtin einer Todesfee.

Ich lasse meine Finger über die Tätowierung wandern und bin schon ganz verliebt in sie.

Sie gehört so etwas von mir, denke ich und schlinge meine Hand um meinen Schwanz, um sie einmal schön ruppig daran hinuntergleiten zu lassen.

Die Tinte unter meiner Hand pulsiert daraufhin und sagt mir, dass sie für immer dort bleiben wird. Denn meiner Seele *gefällt* der Gedanke, diese hübsche Frau zu ihrer Gefährtin zu machen.

Als ich zugestimmt hatte, in dieses Reich zu reisen, hätte ich mir nie träumen lassen, dass das möglich wäre.

Aber ich kann mich nicht beschweren.

Stattdessen nehme ich die neue Realität an.

Und bald wird Alina das auch tun.

„Mein hübsches, kleines Haustier", stöhne ich und stelle mir dabei vor, wie sie ihre Zunge über die Inschrift an meinem Schwanz gleiten lassen würde. In meinen Gedanken lächelt sie und es gefällt ihr, mich mit ihrer Essenz markiert zu haben. Denn das hier wird von permanenter Natur sein, sobald unser Band geschmiedet wurde. Mein Schwanz wird ihr gehören.

Und ihre Muschi mir.

„Oh, ich werde dich teilen", sage ich der imaginären Version von ihr. „Ich werde sie dich auch beanspruchen lassen. Aber du wirst voll und ganz mein sein."

Ich presse meinen Unterarm gegen das Glas und keuche schwer. Ich bin so nahe dran – so angeheizt von den Bildern in meinem Kopf. Ich bin so *bereit*, diese Frau zu beanspruchen, die ich kaum kenne.

Es ist der reinste Wahnsinn.

Und ich will es.

„*Alina*", knurre ich und umschlinge meinen Schwanz dabei so fest, dass die Haut darunter blaue Flecken tragen wird, während ich meine Hand schneller und schneller hoch- und runtergleiten lasse. Und schneller. Und *schneller*.

Ich stelle mir vor, wie sie würgt. Wie sie nach Luft

ringt, aber darauf vertraut, dass ich sie einen Atemzug nehmen lassen werde.

Bei den Göttern, so wird sie mich nehmen. Wird mich auf die bestmögliche Weise zerstören. *Mich verschlingen, wie ich Seelen verschlinge.*

Es wird so niederträchtig werden. So wunderbar. „Und du wirst jeden letzten Tropfen schlucken."

Ich kann mir das Knurren, das mir über die Lippen kommt, nicht verkneifen und der wilde Laut hallt von den Duschwänden wider.

Alina wird mein sein. *Unser.*

Denn ich gehöre ihr bereits.

Ihr Name pulsiert an meinem Schwanz, als meine Eier sich anspannen und ich ein Brüllen ausstoße, bevor ich an die Glaswand gepresst komme. Da ist so viel Sperma. Bei den Göttern, ich hätte mein Haustier ertränken können. Vielleicht wäre sie erstickt. Das werde ich für unser erstes Mal im Hinterkopf behalten müssen.

Sie ist sterblich.

Zerbrechlich.

Ich muss sie beschützen.

Und das werde ich auch. Ich werde sicherstellen, dass ihre Sicherheit allzeit gewährleistet ist. Ich werde jeden töten, der versucht, ihr wehzutun. Und ich werde sie zu meiner götterverdammten Königin machen.

Ich atme zitternd aus und das Hochgefühl schwindet genug, um meinen Herzschlag zu beruhigen. Zumindest ein bisschen. Aber dieses Kribbeln ist nach wie vor da und zieht an meinem Bauch, verlangt nach einem weiteren Höhepunkt.

Diese Frau lässt mich völlig aus den Fugen geraten.

Ich schlucke hart und entferne meine Stirn von meinem Arm – ich weiß nicht einmal, wann er darauf gefallen ist – und sehe mich blinzelnd im fahl beleuchteten Badezimmer um.

Zwei weit aufgerissene Augen starren durch das Glas zu mir zurück. Alina mustert meinen nackten Körper mit schockiertem Ausdruck und offen stehendem Mund.

Ich lege meinen Kopf schief und lasse meine Hand weiterhin an meinem Schwanz hoch- und runtergleiten, während sie zusieht.

Sie sagt nichts.

Und sie macht keine Anstalten, wegzurennen.

Das lässt mich wundern, ob sie mir zugesehen hat. *Hoffentlich lange genug, um beeindruckt zu sein*, denke ich mit zuckendem Mundwinkel.

„Guten Morgen, Haustier", sage ich mit tiefer Stimme. „Hast du schön geträumt? Denn ich hatte gerade eine echt unglaubliche Fantasie."

Ihre Kinnlade klappt noch weiter runter, dieses Mal, um zu kreischen, bevor sie aus dem Badezimmer rennt.

„Habe ich etwas Falsches gesagt?", rufe ich ihr nach, als die Tür ins Schloss fällt.

Ich lache und drehe mich um, um mich abzuduschen.

Das kleine Schätzchen kann ruhig wegrennen. Sie kann sogar versuchen, sich zu verstecken.

Aber weit wird sie nicht kommen.

Jetzt gehörst du uns, Haustier. In guten wie in schlechten Zeiten. Bis dass der Tod uns scheidet.

KAPITEL VIERZEHN
ALINA

O MEINE MONSTER. O meine Monster. O meine Monster!

Ich weiß nicht, was da gerade passiert ist.

Okay. Das … das stimmt so nicht. Ich … ich habe ein Geräusch gehört und bin ins Badezimmer gegangen, um nachzusehen, was es sein könnte. Und dort habe ich *ihn* wie ein Gott unter den Brausen stehen sehen. Sein muskulöser, wie aus Stein gemeißelter Körper und … und … seinen *monströsen Schwanz.*

Ich habe noch nie das *Glied* eines Mannes gesehen. Aber ich bin mir ziemlich sicher, dass Reapers viel zu groß ist, um natürlich zu sein.

Und zudem war er von Tätowierungen übersät.

Tätowierungen, die ich nicht klar erkennen konnte.

Aber wow.

Wow.

Ich … ich weiß nicht, was ich tun oder denken soll. Oh …

„Alina?", ruft Flame und klopft an die Tür, bevor er sie öffnet. „Geht es dir gut? Ich habe dich schreien hören."

Das hat er natürlich gehört. Aber ganz offensichtlich ist ihm entgangen, was Reaper gesagt hat, direkt, bevor ich zu kreischen begonnen habe.

„Guten Morgen, Haustier. Hast du etwas Schönes geträumt? Denn ich hatte gerade eine unglaubliche Fantasie."

Ich erschaudere, als ich seine Stimme in meinem Kopf vernehme – in Kombination mit der Erinnerung an seinen wunderschönen nackten Körper.

Bei den Monstern, mir war nicht bewusst, dass Männer *so* aussehen können.

Natürlich, schon klar, er ist eine Fee. Kein Mensch. Kein normaler Mann. *Eine Fee.*

Aber wenn Feen so aussehen …

Nein. Ich schüttle meinen Kopf. *Konzentrier dich, Lina.*

„Was ist los?", will Flame wissen, der mein Kopfschütteln wohl in Zusammenhang mit seiner Frage bringt. „Was ist passiert?"

Was hat er mich gerade gefragt? Ob es mir gut geht? Geht es mir denn gut?

Nicht wirklich.

„Es geht mir gut", schaffe ich hervorzubringen. „Ich … ich bin nur erschrocken." *Wegen Reapers Monsterschwanz.*

Er hat so unglaublich schön ausgesehen, als er sich massiert hat, dass ich nicht aufhören konnte, ihn anzustarren. Sobald ich realisiert hatte, dass er in der Dusche war, hätte ich das Zimmer verlassen sollen. Aber ich … Das konnte ich nicht. Ich war von seiner Stärke gefesselt gewesen.

Und von seinen Worten, denke ich und erinnere mich daran, was ich gehört hatte.

„Mein hübsches, kleines Haustier."

„Oh, ich werde dich teilen. Ich werde sie dich auch beanspruchen lassen. Aber du wirst voll und ganz mein sein."

„Alina", hat er dann gesagt, was meinen Kiefer hatte herunterklappen lassen, weil ich dachte, er hätte mich beim Starren ertappt. Aber nein. Er *sprach* mit mir. *Dachte* an mich. Während er es sich besorgte.

„*Und du wirst jeden einzelnen Tropfen schlucken*", waren seine letzten Worte, bevor sein Gesicht von einem ekstatischen Ausdruck heimgesucht wurde. Sein Knurren ist durch den Raum gehallt und hat mich meine Schenkel aneinanderpressen lassen.

Ich kann die Folgen davon noch immer spüren. Meine Schenkel fühlen sich wegen seiner *Vorführung* heiß und feucht an. Ich bin darüber im Bilde, was da unten vor sich geht, und ich habe mir mit meinen Händen und Fingern schon auf alle erdenklichen Arten einen Höhepunkt verschafft.

Aber Reapers Orgasmus hat mich auf eine ganz andere Art mitgerissen.

„Alina?", fragt Flame und erinnert mich damit daran, dass er noch immer im Zimmer ist.

Orcus steht direkt hinter ihm in der Tür. Seine dunklen Haare liegen zerzaust um seine Schultern verteilt, was mir verrät, dass er gerade erst aufgewacht ist.

Weil sie alle im Wohnbereich geschlafen haben, denke ich und schlucke hart.

Ich habe angeboten, auf dem Sofa zu nächtigen. Es wäre viel sinnvoller gewesen, wenn ich auf dem Sofa geschlafen hätte und sie hier drinnen, aber Flame und Orcus duldeten keine Widerrede. Und ich habe mich nicht getraut, es erneut anzusprechen.

Also habe ich das Bett belegt.

Bin wegen dieses komischen Geräuschs aufgewacht.

Und habe einen nackten Reaper mit seiner Hand um seinen Schwanz geschlungen in der Dusche ertappt.

„Was hat dir so einen Schrecken eingejagt?", will Orcus wissen und zieht meinen Fokus wieder auf den großen Mann.

Der kein Hemd trägt.

Und nur in kurzen, schwarzen Shorts in der Tür steht.

Boxershorts, verrät mein Kopf mir. *Er trägt Boxershorts.*

Und zwar *nur* Boxershorts.

Ganz wie Flame.

Feen … Wunderschöne. Verdammte. Feen.

Ich bin umgeben von heißen, muskulösen Männern, die perfekt gebaut und wohlgeformt sind. *Heilige Feen.*

Ich schlucke hart und meine Beine fühlen sich plötzlich weich wie Wackelpudding an.

Das hier ist überwältigend.

Ich habe in meinem bisherigen Leben noch kaum einen Mann ohne Hemd gesehen und jetzt das? *Drei* wunderschöne Männer in Unterwäsche?

Oh, aber Moment mal, einer von ihnen war nackt. *Splitterfasernackt.* Und hart. Und hat sich …

Ich mache einen unsteten Schritt zurück. *Reiß dich zusammen*, Lina, keife ich mich selbst an.

Ich würde am liebsten ein Wimmern von mir geben.

Mein Bauch zieht sich angesichts einer Empfindung zusammen, die ich von meinen Selbsterkundungen kenne.

Erregung.

Und wer kann es mir angesichts all der Schwänze, die hier zur Schau getragen werden, verdenken?

Warum müssen sie so verdammt gut aussehen? Und wo sind ihre Klamotten?

Ich greife nach meinem Oberteil und sehe nach unten, weil mir eingefallen ist, dass ich eines der Kleidungsstücke trage, das eigentlich für einen von ihnen gedacht gewesen wäre. Aber die Nachthemden, die der Concierge mir gebracht hat, waren allesamt durchsichtig, weshalb ich nicht in ihnen schlafen wollte. Also hatte ich mich stattdessen für eines der T-Shirts der Jungs entschieden.

Jetzt wünsche ich mir irgendwie, dass ich eines dieser

Nachthemden getragen hätte, nur um es den Jungs mit gleicher Münze heimzuzahlen.

Natürlich wäre ich dann nackt und exponiert und …

„Alina." Orcus' Stimme zieht mich aus meinen Gedanken und er kommt mit intensivem Blick auf mich zu. „Hat Reaper dich angefasst?"

Ich blinzle ihn verwirrt an. „Wie bitte?"

„Hat Reaper dich angefasst?", wiederholt er, jetzt nur noch ein paar Schritte von mir entfernt.

Seiner Stimme wohnt diese merkwürdige Sanftheit inne, und doch ist sie von einem dominanten Tonfall unterlegt. Als würde er verlangen, dass ich antworte, ohne den Befehl von sich zu geben. „N…nein. Er war in der Dusche."

„Ich habe an sie gedacht, aber ich habe sie nicht angerührt", flötet Reaper, der sich uns im Schlafzimmer anschließt.

Mit knallroten Wangen lasse ich meinen Blick zu Orcus wandern, damit ich Reaper nicht ansehen muss.

Denn das Einzige, was mir dann noch durch den Kopf gehen würde, wäre, wie er seine Hand um seinen riesigen Schwanz geschlungen hatte.

Oooooh, jetzt denke ich trotzdem daran …

„Geht es dir gut, Haustier?", fragt Reaper. Ich sehe ihn zwar nicht an, aber mir entgeht der belustigte Tonfall in seiner Stimme nicht.

„Es geht mir gut", murmle ich zurück.

„Gut. Die Dusche ist frei, wenn du sie haben willst", sagt er und läuft in nichts weiter als einem Handtuch an mir vorbei.

Ich hasse, dass ich einen Blick auf ihn werfe.

Hasse, dass es mich anmacht.

Hasse, dass ich mich allem Anschein nach nicht davon abhalten kann, dem Wassertropfen, der an seinem Rücken hinabrieselt, mit meinem Blick zu folgen.

Das ist … Ich kann nicht … Ich räuspere mich und wirble zum Bett herum.

Keine gute Idee. Denn jetzt frage ich mich, wie die drei auf den Laken ausgebreitet aussehen würden.

„Könnt ihr euch alle bitte etwas überziehen?", frage ich entnervt.

Reaper lacht.

Und Flame murmelt: „Ich habe mir etwas angezogen."

Und Orcus … *vibriert* bloß.

Die Anspannung in meinen Schultern löst sich augenblicklich und meine Lider fühlen sich plötzlich schwer an, als ich das leise Rumpeln vernehme.

„Mieser Betrüger", sagt Reaper. Aber ich höre ihn kaum noch. Meine Konzentration liegt voll und ganz auf diesen sanften, sich wiederholenden *Schnurrlauten.*

Eine starke Brust trifft auf meinen Rücken. Die nackte Haut scheint sich durch den Stoff meines T-Shirts zu brennen. „Ich mache nur Gebrauch von meinen Fähigkeiten", murmelt Orcus und seine Stimme bringt mich dazu, mich an seinen warmen Körper zu schmiegen.

Was macht er mit mir?, frage ich mich, trunken von seinen Berührungen.

Und von seinem *Geruch.*

So erfrischend.

Ich atme tief ein, genieße den Moment und vergesse vollends, was wir gerade besprochen haben. Es spielt keine Rolle. Nur dieses beruhigende Rumpeln und das frische Aroma einer Morgenbrise sind noch von Wichtigkeit. Sie ist waldig. Sauber. Süchtig machend.

„Sie wird noch im Stehen einschlafen", meint Reaper, der jetzt plötzlich vor mir steht.

Ich blinzle ihn an, erschrocken über sein unerwartetes

Auftauchen. Denn er hat sich buchstäblich aus dem Nichts heraus vor mir materialisiert.

Seine silberblauen Augen blitzen und auf seinen Lippen zieht ein Lächeln auf. „Kommt sie jetzt in die berühmt-berüchtigte Omega-Läufigkeit?", fragt er mit aufgeregtem Tonfall. „Bedeutet das, dass wir vor Chicago ficken können? Ich für meinen Teil bin für einen Planwechsel zu haben."

Was? Ich starre ihn an und meine wirren Gedanken erfassen erst jetzt, was er da gesagt hat. *Ficken* ist ein Kraftwort.

Aber es ist *Chicago*, das mein Interesse erhascht.

Serapina.

Ich reiße meine Augen auf und versuche einen Schritt zurück zu machen, pralle aber gegen eine Muskelwand. Also wirble ich herum und schüttle meinen Kopf, um ihn zu klären. „Ich muss eine Karte finden", kommt mir über die Lippen.

Wie viel Zeit habe ich vergeudet?

Welcher Tag ist heute?

Können wir überhaupt von hier weg?

So viele Fragen und so wenige Antworten.

Orcus stellt sich mir in den Weg, bevor ich mich abdrehen und weglaufen kann. „Du brauchst keine Karte, Alina. Wir wissen, wo Chicago ist. Aber dorthin zu kommen, dürfte sich schwierig gestalten."

Ich runzle die Stirn. „Ihr wisst …?" Ich schüttle meinen Kopf abermals. Sie haben mir bereits gesagt, dass sie von Chicago wissen. Aber ich kann mich nicht daran erinnern, ob sie auch wissen, wie man dorthin kommt. Ob dem nun so ist oder nicht, ich bleibe an seinem letzten Satz hängen. „Warum wird sich das schwierig gestalten?"

„Weil es hunderte Meilen weit entfernt liegt und ich nicht die geringste Ahnung habe, was für

Transportmöglichkeiten uns in dieser Realität zur Verfügung stehen", erwidert er. „Aber ich kann die Königin der Monsterstadt fragen, wenn ich sie treffe."

„Du ... du wirst sie nach Chicago fragen?"

„Ja", antwortet er, ohne zu zögern.

„Warum?"

Er zieht eine seiner breiten Schultern hoch und lässt sie dann wieder sinken. „Weil du es immer wieder erwähnst. Jetzt will ich wissen, was es mit Chicago auf sich hat."

Ich gaffe ihn an. „Vielleicht ist es keine gute Idee, sie danach zu fragen."

„Der Botschafter hat Chicago bereits erwähnt", erinnert er mich. „Ich bin mir ziemlich sicher, dass die Königin mich danach fragen wird. Es hat sich so anhört, als käme es nicht oft vor, dass die Menschen dieser Welt die Städte bei ihren alten Namen kennen."

Oh. Stimmt. Der Botschafter hat etwas davon gesagt.

Ich kaue auf meiner Unterlippe herum und mein Blick wandert auf sein Schlüsselbein. *Wird das meiner Schwester Ärger einhandeln?*, frage ich mich.

Hoffentlich nicht. Ich habe sie mit keinem Wort erwähnt. Und ich habe auch nie gesagt, woher ich den Namen der Stadt kenne.

Aber wie es sich anhört, könnte diese riesige Fee vielleicht in der Lage sein, mir mehr über Chicago und wie ich dorthin kommen könnte zu erzählen.

Das ist etwas Gutes, oder?

Ich sehe ihm erneut in die dunklen Augen. „Okay. Danke, dass du sie für mich fragst."

Er nickt, legt dann seinen Kopf schief und fragt mit lachenden Augen: „Hast du Lust, zu frühstücken, Kleine?"

Das ist ein abrupter Themenwechsel.

Und wieder hat er mich *Kleine* genannt. Ich fühle mich nicht *klein*, doch in seinen Augen bin ich das wohl.

Aber er hat mich auch eine *Omega* genannt – ein Begriff, den Reaper vor wenigen Minuten ebenfalls verwendet hat.

Ich starre Orcus an und blende seine Frage aus. Vorwiegend, weil ich es satthabe, abgelenkt zu werden. In meinem Kopf tummeln sich so viele Fragen, dass ich sie immer wieder vergesse.

Weil diese Männer immer wieder Dinge tun, wie ihre Kleidung auszuziehen.

Und sich in der Dusche zu massieren.

Und zu vibrieren.

Und …

Mit zusammengebissenen Zähnen und zusammengekniffenen Augen werfe ich Orcus einen Blick zu. „Was ist eine Omega?"

So. Das ist doch eine gute Frage. Und angesichts dessen, dass er seine Nasenflügel bläht, war es die *richtige*.

„Was hältst du davon, wenn wir beim Frühstück darüber reden?", sagt er und versucht zu verhandeln.

„Ich habe keinen Hunger und hätte gern sofort eine Antwort", entgegne ich.

Flame lacht irgendwo im Zimmer. Ich weiß nicht so recht, woher ich weiß, dass er es ist, aber das tue ich.

„Da ist ja mein kleiner Panther", sagt er und bestätigt, dass ich mit meiner Vermutung richtig gelegen habe.

„Was für eine Fähigkeit wirst du jetzt benutzen?", flötet Reaper, der hinter mir steht. „Ein Knurren, damit sie sich unterordnet?"

Orcus blickt über meine Schulter zum anderen Mann. „Ich brauche nicht zu knurren, damit sie sich fügt." Er blickt zurück in meine Augen. „Und ich hege keine Absichten, sie zu etwas zu zwingen. Wenn sie Antworten will, werde ich sie ihr geben."

„Kannst du die Antworten direkt mir geben, anstatt

über mich zu reden, als wäre ich nicht hier?", schnauze ich ihn an, weil mir die Sätze in Drittperson gehörig auf die Nerven gehen.

Flame lacht abermals sichtlich erfreut.

Sogar Reaper stößt dieses Mal ein Lachen aus.

Orcus sieht überhaupt nicht belustigt, aber auch nicht wütend aus.

„Eine Omega ist eine Art von Fee", sagt er. „Viele Feenspezies haben Omegas. So zum Beispiel Schicksalsfeen, einige Arten von Formwandlerfeen und eine Handvoll andere Feenrassen auch. Aber für meine Art sind Omegas extrem selten. Tatsächlich hielt man sie für ausgestorben."

Ich sehe ihn mit krausgezogener Stirn an. „Aber du hast mich eine Omega genannt."

„Ganz recht."

Ich runzle die Stirn noch tiefer. „Ich verstehe nicht."

Er legt seine Hand auf den Nacken und nickt. „Ich auch nicht, wenn ich ehrlich bin. Aber meine Seele erkennt deine wieder."

„Als eine Omega", sage ich benommen. „Und was für eine Art von Omega?", versuche ich klarzustellen. Denn vielleicht meint er damit, dass ich eine andersartige Fee bin.

Obwohl ich keine Ahnung habe, wie das möglich ist. Ich wurde im Dorf geboren. Und ich fühle mich überhaupt nicht so, als stammte ich aus der Anderswelt.

„Eine Mythenfeen-Omega."

Okay. Ich verstehe nur Bahnhof.

Orcus muss mir die Verwirrung ansehen, denn er ergänzt: „Ich glaube, wir sollten damit anfangen, ihr zu erzählen, wie die Omegas meiner Art ausgestorben sind. Dann können wir über deine Mythenfeen-Omega-Seele sprechen und was das bedeuten könnte."

KAPITEL FÜNFZEHN

ORCUS

ALINA SITZT AUF DEM SOFA – auf dem ich mich letzte Nacht hin und her gewälzt habe – und zieht ihre Beine an. Sie trägt immer noch nichts weiter als ein übergroßes Oberteil, was meinen inneren Alpha um den Verstand bringt. Denn ich bin mir ziemlich sicher, dass sie darunter nichts anhat.

Ich lasse mich neben ihr nieder, bedacht darauf, ein paar Zentimeter zwischen uns zu lassen, damit sie es bequem hat. Dann tue ich es Reaper und Flame gleich und ziehe eine Hose und ein T-Shirt an.

Wir hätten kein Problem damit gehabt, unsere Boxershorts anzubehalten, aber anscheinend war unsere intendierte Gefährtin von all der zur Schau gestellten Haut überwältigt – und ein wenig angeheizt.

Ich würde mich mehr darüber freuen, wenn unsere Unterhaltung keine so schmerzhaften Themen beinhalten würde.

Flame reicht mir eine Tasse schwarzen Kaffee, bevor er sich auf den Sessel gegenüber dem Sofa setzt. Reaper ist immer noch in der Küche und bereitet sein eigenes Getränk sowie eines für Alina vor. Er steht auf das vornehme Zeug und sagte, er wolle etwas Besonderes für ,unser Mädchen' machen, als wir den Wohnbereich betraten.

Ich vermute, es ist einer seiner berühmten Cappuccinos. Gut, dass das Zimmer mit allem ausgestattet ist, was er dafür braucht – eine Kaffeemaschine in der Küche mit allem Drum und Dran –, sonst hätte sich Reaper vielleicht noch verrückt gemacht, um eine aufzutreiben.

Ich nehme einen Schluck von meinem Kaffee. Die brühend heiße Flüssigkeit erdet mich. Es wird kein angenehmes Gespräch werden, aber wir müssen es führen. Vor allem, wenn sie das ist, wofür ich sie halte.

Nach einem weiteren Schluck räuspere ich mich und stelle meine Tasse auf den Wohnzimmertisch vor uns. „Okay. Ich schätze, ich werde damit anfangen, die Feenart zu erklären."

„Ladys und Gentleman, Professor Orcus für Sie", unterbricht Reaper, der in der Küche steht.

Ich ignoriere den Scherzkeks und fahre fort.

„Es existieren mehr als hundert Feenreiche in unserer Welt. Jedes Reich ist einzigartig, was bedeutet, dass sie für gewöhnlich von einer spezifischen Feenrasse bewohnt wird. Und es gibt verschiedene Feen, darunter Vampire, Formwandler, Elementefeen, Drachen und so viele mehr. Lange Rede, kurzer Sinn: Es ist ein riesiges Universum voller Übernatürlicher."

„Es gibt auch ein Reich der Sterblichen", ergänzt Flame mit sanfter Stimme. „Es ist ähnlich wie deine Welt, nur etwas moderner."

„Und außerdem wissen ihre Bewohner nicht, dass es

Übernatürliche gibt", sagt Reaper, als er vor Alina erscheint.

Seine Teleportationstricks erschrecken sie nicht. Sie blinzelt ihn bloß an. Fast so, als hätte sie gewusst, dass sie ihn erwarten sollte. Und vielleicht hat sie das auch, nachdem er sie im Schlafzimmer erschreckt hat.

Reaper reicht ihr mit einem Lächeln auf den Lippen eine Tasse. „Ich habe dir etwas Besonderes gezeichnet."

Sie runzelt die Stirn, was meinen Blick auf den Milchschaum und den Totenkopf wandern lässt, der ihren Cappuccino krönt. „Ähm, danke."

Reaper strahlt daraufhin nur so vor Stolz. „Versuch ihn. Sag mir, wie gut er schmeckt. Denn ich weiß, dass dem so ist."

Alina sieht von der Tasse zu ihm hoch und dann zurück auf das Getränk. Anstatt zu antworten, nimmt sie einen Schluck. Einen Augenblick später nimmt sie einen zweiten und lässt ihren Blick abermals zu ihm zurückwandern. „Das Zeug ist wirklich gut." Sie hört sich überrascht an, was darauf schließen lässt, dass sie es auch so meint.

„Offensichtlich", flötet Reaper und verschwindet dann, woraufhin sie an die Tasse gelehnt lächelt.

Es ist ein hübsches Lächeln, das ich öfters zu sehen hoffe.

Aber ich bezweifle, dass es während dieses Gesprächs viele glückliche Momente geben wird. Dafür ist das Thema zu ernst.

„Also, wie ich schon sagte", beginne ich erneut. „Es gibt viele verschiedene Feenrassen und Feenreiche. Und in diesen Feenreichen gibt es Königreiche mit noch mehr Variationen."

Letzteres ist ein neuer Informationsschnipsel, aber sie

nickt und hört zu, während sie an ihrem Cappuccino nippt.

„Wir leben im Königreich des Jenseits", fahre ich fort.

„Und das liegt im Reich der Höllenfeen."

Sie zieht ihre Nase kraus, als würde sie darüber nachdenken, sagt aber nichts.

„Das Reich der Höllenfeen ist das Zuhause jener mischrassigen Feen. Flame, zum Beispiel, hat eine Formwandlerfeen-Mutter und einen Leichenfeen-Vater, also ist er eine Mischfee. Was ihn zu einer Höllenfee macht."

„Aber es ist mir lieber, wenn man mich als Formwandlerfee bezeichnet, weil meine tierische Hälfte dominanter ist als meine Leichenfeen-Hälfte", ergänzt Flame und stellt seine Kaffeetasse ab. „Die Geschichte der Feen ist sehr kompliziert. Eigentlich brauchst du nur zu wissen, dass es mehrere verschiedene Unterarten unserer Rasse gibt."

Alina sagt nichts, aber ich kann ihr ansehen, dass all die Begriffe sie etwas überfordern.

Also mache ich einen Schritt zurück.

„Wie ich schon sagte … wir kommen aus dem Königreich des Jenseits. Dort leben sozusagen alle Todes- und Leichenfeen."

Sie nickt kaum merklich. „Okay. Was ist mit deiner Art?"

„Mythenfeen haben ihr eigenes Reich", sage ich zu ihr. „Aber in den vergangenen tausend Jahren haben wir uns immer weiter davon entfernt. Heutzutage entscheiden sich die meisten Mythenfeen, in anderen Reichen zu leben", erkläre ich.

Sie runzelt die Stirn. „Aha. Und warum?"

„Weil unsere Omegas ausgestorben sind."

Oder zumindest glauben viele meiner Art das.

Aber darauf werde ich gleich zu sprechen kommen.

„Ohne Omegas können Alphas wie ich sich nicht fortpflanzen", fahre ich fort und versuche, ihr verständlich zu machen, was ich damit sagen will. „Wir können uns keine Gefährtin nehmen, die keine Omega ist. Eine Ewigkeit allein ist eine lange Zeit. Also haben die meisten meiner Art unser Reich für ein anderes verlassen, damit sie vor Langeweile nicht umkommen."

Sie starrt mich an und scheint jetzt jegliches Interesse an ihrem Cappuccino verloren zu haben.

Ich kann es ihr nicht verübeln. Es ist ein echt düsteres Thema.

„Aber einige meiner Art glauben, dass die Omegas nicht wirklich tot sind", informiere ich sie. „Und diese Alphas haben nicht aufgehört, nach Spuren zu suchen, die auf ihre Existenz hindeuten."

Reaper betritt, seine Hand um seine Kaffeetasse geschlungen, in diesem Augenblick das Wohnzimmer. Aber er meldet sich nicht zu Wort und zieht keine Aufmerksamkeit auf sich. Stattdessen setzt er sich uns gegenüber auf den Boden und sieht mich mit ernster Miene an.

Mag sein, dass er der Rücksichtlose unseres Trios ist, aber ihm ist bewusst, wie wichtig diese Angelegenheit ist. Und er respektiert mein Recht, Alina meine Geschichte zu offenbaren.

„Mein Bruder und ich gehören zu diesen Alphas, die daran glauben, dass unsere Omegas noch irgendwo draußen sind und leben. Wir jagen sie schon über tausend Jahre, suchen Reiche ab und versuchen, neue alternative Dimensionen zu finden. Unsere Kräfte sind fast so stark wie die Schöpfungskraft und verleihen uns die Fähigkeit,

Welten auf eine Art zu durchqueren, wie andere es nicht können."

Ich halte inne und warte ihre Reaktion ab.

Sie reagiert nicht. Vielleicht, weil sie nicht realisiert hat, dass sie diese Kraft auch besitzen könnte, wenn ich sie besitze.

Wenn sie wirklich eine echte Mythenfeen-Omega ist.

Sie riecht zumindest wie eine, geht mir beim Gedanken an ihre Erregung von vorhin durch den Kopf.

Das Verlangen, sie auf das Bett zu werfen und sie zu kosten, hat mir beinahe den Boden unter den Füßen weggezogen. Aber Jahrtausende der Disziplin erlauben es mir, mich zu fangen.

Alina ist noch nicht bereit für meinen Knoten.

Aber wenn ich in Bezug auf ihre Omega-Seele richtig liege, dann wird sie das bald schon sein. *Sehr* bald, sogar.

Ich räuspere mich zum wohl tausendsten Mal heute und zwinge mich, konzentriert zu bleiben. Das Feuer, das in meiner Seele lodert, trocknet mich von innen her aus.

Wo war ich?

Reisen durch die Dimensionen.

Portale.

Genau.

„Der, ähm, Grund dafür, dass wir in deine Welt gekommen sind, ist, dass mein Bruder etwas gefunden hat, während er die Dimensionen mittels eines Fensterportals abgesucht hat. Und dieses Etwas war eine Omega-Präsenz."

Sie reißt ihre Augen auf. „M…mich?"

Ich schüttle meinen Kopf. „Nein. Er dachte, er hätte unsere Mutter gespürt, die auch eine Omega ist. Aber ich glaube, er könnte ganz einfach die Präsenz von Omega-Seelen erhascht haben. Ich werde es erst wissen, wenn wir jede einzelne Aura gejagt haben."

Sie erschaudert bei der Erwähnung von ‚jagen' und sie bläht ihre Nasenflügel. „Noch mehr potenzielle Gefährtinnen?"

Auf meinen Lippen breitet sich um ein Haar ein Lächeln aus.

Es ist ihr vermutlich nicht aufgefallen, aber sie hat die Worte mit einem leicht verärgerten Tonfall gesagt.

Omegas sind bekannt dafür, besitzergreifend von ihren Alphas zu sein, und sie mögen keine Konkurrenz.

Vielleicht ist es nur Wunschdenken, aber ich bin mir fast sicher, dass ihre Omega-Seele sie dazu getrieben hat, diese Frage zu stellen.

Sie stellt mich auf die Probe.

Und meine Alpha-Seele weiß die Herausforderung zu schätzen.

„Potenzielle Gefährtinnen für Mythenfeen", sage ich. „Nicht für mich. Ich habe meine Intendierte bereits gefunden."

„*Unsere* Intendierte", korrigiert Reaper knurrend. „Sie ist auch meine Gefährtin."

Ich sehe zu ihm, bin etwas überrascht über seine kühne Beanspruchung. Er war sonst nie der Typ Mann, der sich häuslich niederlässt, aber ich schätze, es ergibt durchaus Sinn, dass er eine Verbindung zu meiner Omega spürt. Ich habe Reaper vor langer Zeit an mich gebunden. Unsere Freundschaft hat sich auf natürliche Weise ergeben und ist in den vergangenen tausend Jahren nur stärker geworden.

Mit Flame war es genauso.

Wir drei sind sozusagen Brüder.

Natürlich fühlen wir uns von derselben Frau angezogen.

Wir werden zusammmen einen unglaublich mächtigen Zirkel schaffen, mit Alina als unserem Mittelpunkt.

Obwohl sie derzeit erstarrt und mit weit aufgerissenen Augen dasitzt. „G…Gefährtin?"

„*Intendierte* Gefährtin", unterbricht Flame mit sanfter Stimme. „Das bedeutet, dass wir vorhaben, dich zu umwerben, Alina. Nichts mehr und nichts weniger. Wir werden dich zu nichts zwingen. Du musst nicht dasselbe für uns verspüren. Wir legen nur unsere Absichten offen, weil keiner von uns es für hilfreich erachtet, zu verbergen, was in uns vorgeht."

„Aber ihr kennt mich doch kaum", platzt sie heraus, und die Hand, in der sie den Cappuccino hält, zittert. „Ich … Aber … oh." Sie erblasst. „Nacht der Monster. Gefährten. Ich …"

Ich nehme ihr die Tasse ab, bevor sie ihr noch aus der Hand fällt, und stelle sie sanft auf den Tisch. „Alina …"

„Nein, ich verstehe schon. Bei der Nacht der Monster geht es um Bräute und Bräutigame. Aber geschieht es … so schnell? Ich habe nur … nicht …"

„Wir haben nicht an der Nacht der Monster teilgenommen, um uns eine Gefährtin zu suchen", sage ich.

Sie runzelt die Stirn. „Was?", fragt sie, als hätte sie mich nicht gehört.

Also wiederhole ich, was ich gesagt habe, und ergänze: „Wir haben die Nacht der Monster als Ablenkung benutzt, um unerkannt in dieses Reich einzufallen. Wir sind nicht hierhergekommen, um eine Gefährtin zu finden, wir sind gekommen, um die Essenz aufzuspüren, die mein Bruder in diesem Reich entdeckt hat. Aber dann hat meine Seele dich gespürt …"

„Und außerdem haben wir dich kurz gesehen, bevor wir hierhergekommen sind. Beinahe, als hätte Orcus' Dimensionenkraft dich instinktiv aufgespürt, als er das Fensterportal erschaffen hat", ergänzt Flame.

Ich nicke. „Ganz genau. Ich habe dich auch das zweite Mal mühelos aufspüren können." Ein Detail, das Reaper und Flame erst gestern Abend erfahren haben.

Zum Glück hat keiner von beiden mir deswegen die Hölle heiß gemacht.

„Meine Seele hat sich, seit sie dich zum ersten Mal erblickt hat, von dir angezogen gefühlt", fahre ich fort und will, dass sie die ganze Wahrheit kennt. „Ich ahnte damals, dass du eine Omega sein könntest, hielt es aber für unmöglich. Dann sind wir hier angekommen und ich habe deine Gegenwart sofort gespürt. Und … dein Unbehagen auch."

Es war ihr Duft gewesen. Eine leicht säuerliche Note in einem sonst wunderbaren Blumenstrauß. Mein inneres Raubtier hatte sich gemeldet und war erbost darüber, dass jemand unserer idealen Gefährtin Schaden zufügte.

„Jegliche Gedanken an unsere Mission sind gewichen, sobald ich dich gerochen habe. Ich hatte keine andere Wahl, als dich aufzuspüren. Aber keiner von uns ist hierhergekommen, um sich eine Gefährtin zu nehmen. Und wie Flame bereits sagte, legen wir nur unsere Absichten offen. Das bedeutet nicht, dass du uns umgehend annehmen musst."

„Wir legen uns gern dafür ins Zeug", ergänzt Flame mit einem Lächeln. „Vertrauen aufzubauen, braucht Zeit."

Reaper schnaubt. „Eine Nacht im Bett mit uns und sie wird uns anflehen, die Ewigkeit mit uns verbringen zu dürfen. Ich persönlich glaube, dass das die schnellere Lösung ist als die ganze Umwerbungssache, aber na gut. Verzögerte Befriedigung hat durchaus seinen Reiz."

Anstatt auf eine Antwort zu warten, verschwindet er und materialisiert sich in der Küche.

Alinas Tasse scheint auf magische Art und Weise mit ihm gegangen zu sein.

Wenn sie sich etwas daraus macht, zeigt sie es nicht. Sie scheint viel zu beschäftigt damit, zuerst mich, dann Flame anzustarren, bevor ihr Blick zu mir zurückwandert.

„Was, wenn ich nicht wirklich eine Omega bin?"', fragt sie schließlich. „Was, wenn …? Was, wenn das nur ein Zufall ist oder so? Ich bin sterblich. Ich wurde in einem Dorf geboren. Ich habe menschliche Eltern. Ich … ich kann keine … *Fee* sein."

Es freut mich, dass sie unsere Art als *Feen* und nicht als *Monster* bezeichnet.

„Es könnte sich dabei um das Produkt genetischer Manipulation handeln", sagt Flame zu ihr. „Soweit wir wissen, wurden die Menschen in deinem Reich, na ja, infolge mangelndem besseren Wortes, *verändert*, um Übernatürlichen zu entsprechen."

„Was hat das denn zu bedeuten?", will sie wissen und ihre Stimme springt eine Oktave höher. „Inwiefern verändert?"

„Das wissen wir nicht", sage ich. „Aber wenn ich mich mit der Königin dieser Stadt treffe, habe ich fest vor, sie darüber auszufragen. Und über Chicago."

Alina starrt mich wieder so an, wie vorhin, als ich ihr gesagt habe, dass ich vorhabe, mit der Königin der Monsterstadt über Chicago zu sprechen. Es ist ein Blick, der mir sagt, dass sie noch immer nicht fassen kann, dass ich beabsichtige, sie diesbezüglich auszufragen. Aber hinter der überraschten Fassade lauert auch ein bisschen Hoffnung.

Sie will mir vertrauen.

Sie weiß nur nicht, ob sie das kann.

Wenn ich richtig liege und sie eine Omega ist, vertraut ihre Seele darauf, dass ich sie beschützen werde. Denn genau das tun Alphas: Sie beschützen Omegas.

Weshalb so viele von meiner Art in andere Feenreiche

gereist sind. Wir sind *gescheitert*. Unsere Omegas sind fort und unser Lebenszweck ist mit ihnen gegangen. Jetzt sind wir gezwungen, ein Dasein ohne unsere bessere Hälfte zu fristen. In einer Welt zu leben, in der unsere Alpha-Seelen sich nach einer Verbindung sehnen, die es nicht gibt.

Aber meine Erlösung sitzt direkt neben mir.

Sieht mich an.

Mustert meine Augen.

Schluckt hart.

Meine Omega. Mein Lebenszweck. Mein Ein und Alles.

„Wenn ich, was dich anbelangt, richtigliege", und ich hoffe, dass dem so ist, „dann werden deine Omega-Instinkte sich vermutlich jetzt, wo du einen kompatiblen Alpha gefunden hast, zeigen."

Ihre Seele hat sich vermutlich versteckt, um zu überleben. Aber jetzt, wo sie bei mir ist, sollte ihre innere Omega sich sicher genug fühlen, um herauszukommen und zu spielen.

„Wir werden es in ein paar Tagen erfahren", sage ich zu ihr. „Es könnten kleine Dinge sein, wie zum Beispiel, dass du besitzergreifend von mir wirst." Etwas, das ich bereits bezeugt zu haben glaube, aber das könnte sich auch mit Wunschdenken erklären lassen. „Dem Verlangen danach, ein Nest zu bauen."

„Oder läufig zu werden!", ruft Reaper aus der Küche. „Ich persönlich freue mich auf diesen Teil."

Alina sieht ihn an, dann wandert ihr Blick zurück zu mir. „Was hat das zu bedeuten?", fragt sie flüsternd.

„Dass du unglaublich geil sein und uns anflehen wirst, dich tagelang zu befriedigen", antwortet Reaper, der sich direkt hinter dem Sofa materialisiert und ihr die Worte ins Ohr flötet.

Sie zuckt zusammen und windet sich dann auf diese

süße Art und Weise, die mir sagt, dass sie ganz durcheinander ist. „Hör auf damit", tadelt sie ihn.

„Aber ich habe dir noch etwas Leckeres mitgebracht", sagt er und hält ihr einen Cupcake hin.

„Woher hast du den?", frage ich ihn. Reaper kann Waffen aller Art heraufbeschwören, weil sein Lebenszweck darin besteht, zu *töten*. „Wehe, der ist vergiftet." Denn das dürfte die einzige Art von *Speise* sein, die er magisch kreieren könnte.

Er wirft mir einen beleidigten Blick zu. „Ich würde unserem Haustier *nie* wehtun. Für was für eine Todesfee hältst du mich?"

„Eine psychotische", erwidere ich.

Daraufhin breitet sich ein Lächeln auf seinen Lippen aus. „Das stimmt. Aber nein, er ist nicht vergiftet. Ich habe ihn aus der Küche in der unteren Etage gestohlen."

„Wann warst du …?" Flame verstummt. „Weißt du was? Vergiss die Frage. Ich will nicht einmal wissen, wie du eine *Küche* gefunden oder wann du dich hier rausgeschlichen hast."

Reaper zuckt mit den Achseln. „Unser Haustier hat Hunger, also habe ich mich auf die Jagd begeben. Cupcake?" Er streckt ihr die Speise erneut hin. „Mit Erdbeergeschmack. Erinnert mich an dich." Die Todesfee hat buchstäblich Herzchen in den Augen, was mich etwas befremdet.

„Ähm." Alina greift vorsichtig nach dem Cupcake, den er in seinen langen Fingern hält. „Danke?"

Er wirft ihr ein Lächeln zu. „Du kannst dich später angemessen bei mir bedanken."

„Reaper", knurre ich.

„Was?", fragt er. „Du hast deine Art, sie zu umwerben, ich meine. Und wenn ich das sagen darf: Meine ist weitaus direkter."

Er löst sich abermals in Luft auf und ich rolle mit den Augen.

Reaper ist jetzt weg, was mich annehmen lässt, dass er durch die Schatten gewandelt ist, um die Küche eingehender zu erforschen. Hoffentlich macht er keinen Ärger. Wir müssen uns noch immer mit der Königin treffen und es wäre mir lieber, wenn wir niemanden verärgern, bevor das geschieht.

Ich streiche mir mit der Hand übers Gesicht und atme entnervt aus. „Ich sollte versuchen, den Botschafter zu kontaktieren und ihn fragen, wann die Königin Zeit für ein Treffen hat."

„Versuch es beim Concierge", sagt Flame. „Sie waren ungewöhnlich hilfreich für ein Hotel im Reich der Sterblichen."

„Vermutlich, weil es von Übernatürlichen betrieben wird", erwidere ich, ehe ich Alina einen weiteren Blick zuwerfe. „Hast du sonst noch Fragen, die ich dir beantworten soll, bevor ich diesen Anruf tätige?" Wir haben bereits vieles besprochen, aber ich will sichergehen, dass es ihr gut geht, bevor ich mich entferne.

Sie mustert nach wie vor den Cupcake, den sie von Reaper bekommen hat, und streckt ihre Zunge raus, um über ihre Unterlippe zu lecken. „Ich … ich muss über vieles nachdenken."

„Ja", stimme ich zu. „Und du kannst uns fragen, was immer du willst, wann immer du willst. Wir werden immer ehrlich antworten."

Sie nickt und ich sehe ihr an, dass sie sich in ihre eigenen Gedanken zurückgezogen hat, ihr Blick immer noch auf den rosa Zuckerguss gerichtet.

Ich schaue Flame an und bedeute ihm mit meinem Blick, dass er sie im Auge behalten soll.

Er senkt sein Kinn wortlos und vermittelt mir damit, dass er das wird.

Es gibt noch viel zu besprechen – unter anderem die Läufigkeit und weitere Omega-Eigenschaften –, aber wir werden diese Themen später anschneiden.

Wenn Alina bereit ist.

Fürs Erste kann sie sich Reapers *Leckerbissen* schmecken lassen.

Und ich werde mich auf die Königin der Stadt Monster konzentrieren.

KAPITEL SECHZEHN
ALINA

Erdbeer-Cupcakes sind der Wahnsinn.

Es dauerte eine Weile, bis ich die Leckerei probiert habe, die Reaper mir heute Morgen gebracht hat. Aber sobald ich das getan hatte, war ich geradezu *besessen* von den Dingern.

Jetzt habe ich schon vier davon verdrückt.

Vier Cupcakes.

Die mir allesamt von einem grinsenden Reaper gebracht wurden.

Obwohl er etwas angsteinflößend sein kann, ist er irgendwie auch echt … süß.

Er sitzt jetzt im Schneidersitz auf dem Boden, seine Arme hinter seinem Kopf verschränkt, seine Augen geschlossen. Er hat etwas von wegen Schläfchen in seinem neuen Bett gesagt, bevor er sich hingelegt hat. Seither hat er kein Wort mehr von sich gegeben.

Flame sitzt im selben Sessel wie vorhin.

Und Orcus duscht.

Es ist still. Wir haben zwei Mahlzeiten zu uns genommen, etwas mehr geredet, die Aussicht genossen und darüber gesprochen, dass wir vielleicht die Stadt erkunden werden.

Denn offenbar kann die Königin der Monsterstadt sich erst *nächste Woche* mit den Feen treffen.

„Sie ist derzeit anderweitig beschäftigt, Sir", hat der Botschafter Jones in der Tür stehend gesagt, als er vor etwas über einer Stunde hier war.

„Sie ist anderweitig beschäftigt, obwohl sie um das Treffen gebeten hat?", erwiderte Flame mit nicht überhörbarer Ungläubigkeit. „Heißt das, wir dürfen gehen?"

Der Botschafter räusperte sich. „Unsere Königin bittet um etwas Geduld. Sie weiß die Gelegenheit, sich mit Euch zu treffen, sehr zu schätzen und ist willens, Euch zu geben, was immer Ihr benötigt, damit Ihr Euren Aufenthalt verlängert."

„Und wenn das, was wir wollen, Freiheit ist?", flötete Reaper.

„Es steht Euch frei, Euch im Turm umzusehen – was Ihr meines Wissens bereits mehrere Male getan habt – oder die Stadt zu besichtigen. Unsere Königin bittet nur darum, dass Ihr Euch bis zu Eurem Treffen in unserem Bezirk aufhaltet."

„Und was, wenn wir nicht hierbleiben wollen?", fragte Orcus, der seine Arme vor der Brust verschränkt hatte. Er hörte sich nicht wütend oder interessiert, sondern gelangweilt an.

„Dann fürchte ich, dass die Beziehung zwischen unseren beiden Dimensionen nicht so freundschaftlich bleiben wird, wie uns allen lieb wäre."

Die Worte hallten durch den Raum und die drei Männer starrten den Botschafter daraufhin eine lange Zeit an. Sogar Reaper machte ein ernstes Gesicht, das fast schon einschüchternd war.

Doch Botschafter Jones ließ sich nicht beirren. Er stand da und wartete ganz offensichtlich auf ein Urteil von den drei Feen.

„Bitte dankt Eurer Königin für ihre Gastfreundschaft", sagte Orcus schließlich. „Vielleicht könnte Euer Concierge uns eine Karte besorgen, auf der Aktivitäten vor Ort aufgelistet sind, mit denen wir uns während unseres Aufenthalts die Zeit vertreiben könnten?"

Botschafter Jones grinste. „Ja, das lässt sich einrichten." Dann verbeugte er sich und ging.

Die drei Männer musterten die Tür einen kurzen Moment, ehe sie einen Blick austauschten.

„Wir müssen höflich bleiben", sagte Orcus. „Es gibt noch mehr Omegas in dieser Welt. Ich kann sie spüren. Wir können erst gehen, wenn wir mehr herausgefunden haben. Und vielleicht müssen wir dann noch einmal zurückkommen."

Flame und Reaper nickten, während ich auf dem Sofa saß – ein Platz, den ich für mich beansprucht zu haben schien – und dachte darüber nach, was das zu bedeuten hatte.

Ein Teil von mir verabscheute, dass Orcus die anderen Omegas finden will. Ein Teil von mir, den ich nicht verstand.

Ein Teil von mir, der jetzt, *nach* dem Gespräch, noch immer verstimmt ist.

Will er diese anderen Omegas zur Gefährtin haben?

Nein. Er hat bereits gesagt, dass er das nicht will.

Aber was, wenn er seine Meinung doch noch ändert, wenn er sie erst einmal findet?

Wer sind sie? Was sind sie?

Bin ich wirklich auch eine?

Die Fragen gehen mir pausenlos durch den Kopf und machen mich ganz benommen.

Wenn ich noch einen Cupcake hätte, würde ich ihn essen.

Stattdessen … starre ich auf den Tisch und gehe die Abertausenden von Gedanken durch.

„Kleiner Panther", murmelt Flame. „Hast du Lust auf einen Spaziergang?"

Ich blinzle und sehe ihn an. „Wie bitte?"

Er legt seinen Kopf schief und deutet auf die Tür. „Willst du auf Erkundungstour mit mir gehen?"

„Mit uns", sagt eine benommene Stimme vom Boden. „Wenn ihr rausgeht, komme ich mit."

„Du hast sie schon den ganzen Tag mit deinen verdammten Cupcakes und diesem Cappuccino *umworben*. Jetzt bin ich dran", sagt Flame zu ihm, bevor sein Blick zu mir zurückfindet. „Wenn du Lust hast."

Reaper knurrt leise, macht aber keine Einwände.

Und plötzlich will ich wissen, was Flames Verständnis von *Umwerbung* ist.

Ich sollte vermutlich nicht einmal daran denken.

Aber was soll ich sonst tun? Hier sitzen und mich in meiner Unentschlossenheit suhlen?

Nein. Ich will nicht mehr nachdenken. Ich will etwas tun. Abgelenkt werden.

Und hey, vielleicht finden wir da draußen irgendwo eine anständige Karte.

Obwohl diese Feen sagen, dass sie wüssten, wo Chicago ist und Orcus versprochen hat, mehr über den Ort herauszufinden, wenn er mit der Königin spricht.

Kann ich ihm vertrauen? Kann ich ihnen vertrauen?

Bisher haben sie mir keinen Grund gegeben, es nicht zu tun. Aber wir sind uns erst vor Kurzem begegnet. *Aber …*

Ich verlagere mein Gewicht auf meine Fußballen, habe es satt, mich ständig selbst anzuzweifeln und mir das Hirn zu zermartern. „Ja", sage ich zu Flame. „Ich würde gern auf Erkundungstour gehen."

Er lächelt. „Hervorragend." Er steht mit einer Grazie von seinem Sessel auf, die ich nicht besitze. Aber ich erhebe mich dennoch.

Er mustert mein T-Shirt und meine Jeans mit seinen violetten Augen – ein Outfit, das ich mir vorhin übergezogen habe, nachdem ich einen zweiten Cupcake gegessen hatte – und nickt. „Jetzt brauchst du nur noch Schuhe. Ich werde dir welche holen."

Er verschwindet im Schlafzimmer, vermutlich, um den Schrank zu durchsuchen.

„Bist du sicher, dass du dich stattdessen nicht lieber mir anschließen und ein Nickerchen machen möchtest?", fragt Reaper und sieht, am Boden liegend, zu mir hoch. „Oder vielleicht etwas im Bett kuscheln?"

„Wenn du im Bett schlafen willst, nur zu", erwidere ich.

Er strahlt mich mit seinen silberblauen Iriden an. „Wirklich? Es macht dir nichts aus?"

Etwas an der Art, wie er das sagt, deutet darauf hin, dass das eine Falle ist. Aber ich sehe beim besten Willen nicht, wieso er sich nicht da drinnen ausruhen kann. „Nein, es macht mir nichts aus."

Er grinst. „Wunderbar. Danke."

Bevor ich auf seine Aufregung etwas erwidern kann, ist er weg. Mittlerweile macht es mir nichts mehr aus, dass er sich von Ort zu Ort teleportiert. Vorwiegend, weil er es alle paar Minuten tut.

Irgendwie hoffe ich, dass er mit einem Cupcake zurückkommen wird.

Aber es ist Flame, der mir als Nächster ins Auge fällt. Er kommt mit einem Paar Stiefel in der Hand auf mich zu und streckt sie mir hin. „Sag Bescheid, wenn sie dir nicht passen. Dann werde ich den Concierge anrufen."

Ich nehme ihm die Stiefel ab und sehe, dass Socken darin stecken. Das zaubert mir aus irgendeinem Grund ein Lächeln ins Gesicht. Vielleicht, weil es eine durchdachte Ergänzung ist.

Dann setze ich mich wieder hin und schlüpfe in die Stiefel, während Flame mit Blick auf meine Hände zusieht. Meine Nackenhärchen stellen sich auf, weil sein Blick etwas mit mir anstellt.

Es ist kein anzüglicher Blick, sondern einer, der mir sagt, dass er mich beschützen will. Als wollte er sicherstellen, dass die Stiefel mir keine Schmerzen bereiten werden.

Als ich fertig bin, wandern seine Augen langsam an meinem Körper hoch zu meinem Gesicht und seine violetten Iriden werden von einem schwarzen Hauch eingenommen. Er ist so schnell wieder weg, dass ich beinahe glaube, ihn mir bloß eingebildet zu haben.

„Sollen wir?", fragt er mit freudiger Stimme.

Auf meinen Lippen breitet sich ein Lächeln aus und ein aufgeregtes Gefühl macht sich in meiner Brust bemerkbar. Es wird begleitet von Erleichterung. *Ich werde nicht festgehalten. Es steht mir frei, zu gehen.*

Etwas an diesem Gedanken beruhigt mich. Die Feen haben mir nicht direkt das Gefühl vermittelt, dass ich eine Gefangene bin, und sie haben mir alles gegeben, was ich brauchte. Aber tief drinnen habe ich mich eingesperrt gefühlt.

Denn in der vergangenen Woche hat man mir gesagt, was ich tun, wohin ich gehen und was ich anziehen soll.

Und außerdem war ich in gewisser Hinsicht gezwungen worden, überhaupt hierherzukommen. Nicht von den Feen, sondern vom Botschafter.

Flame streckt eine Hand nach mir aus und ich greife danach, bevor er mich aus dem Zimmer und zum Aufzug führt.

Erst als wir unten angekommen sind und uns dem Ausgang nähern, sage ich schließlich: „Brauchen wir nicht eine Karte?" Der Botschafter sagte, er würde uns eine geben, aber wir haben noch keine erhalten.

„Nein. Das ist zwar eine andere Version der Stadt, die ich kenne, aber die Straßenführung scheint dieselbe zu sein wie jene in unserem Reich der Sterblichen." Er hält mir, mit ein paar Grübchen um die Lippen, die Tür auf. „Und außerdem könnte es Spaß machen, sich zu verlaufen."

Ich bin nicht sicher, ob ich mit seiner Definition von *Spaß* einhergehe, aber seine Freude ist ansteckend.

Also antworte ich mit einem kleinen Lächeln und gehe durch die Tür. „Verlaufen wir uns."

KAPITEL SIEBZEHN

ALINA

FLAME LEGT seine Finger in meine, während wir gehen. Seine Hand fühlt sich warm an und die Stadt ist weitaus weniger voll als letzte Nacht. Die Straßen sind fast wie leer gefegt.

Was mich daran erinnert, wie es hier ausgesehen hat, als ich angekommen bin.

Auf unserem Weg zum Turm hatte ich mehrere Menschen und, was ich für Monster gehalten habe (obwohl die meisten von ihnen menschlich ausgesehen hatten), miteinander sprechen und herumlaufen sehen. Zugegeben, ich war etwas verwirrt und meine Gedanken hatten voll und ganz den Feen gegolten.

Aber trotzdem hatte alles wie immer geschienen.

Mal abgesehen von den Outfits.

Jetzt ist es wieder wie damals, als ich mit Bartholomew und Miranda die Straßen hinabgelaufen bin und nach einem Versteck gesucht habe.

Haben die beiden überlebt?, geht mir durch den Kopf und ich fröstle trotz der warmen Luft etwas. *Wurden sie von Monstern gefangen?*

„Alina?", fragt Flame und hält hinter mir inne, sein Kopf leicht zur Seite geneigt. „Wenn es dir hier nicht wohl ist, können wir jederzeit zurück in den Turm gehen."

Ich schlucke hart und sehe ihn an. „Ich … Nein. Es geht mir gut. Ich … ich habe nur an die beiden anderen gedacht, mit denen ich hierhergekommen bin. Ich frage mich, ob es ihnen gut geht."

Er mustert mich und nickt dann. „Ich kann mir gut vorstellen, dass das alles ziemlich merkwürdig für dich ist. Alles hier." Er deutet mit seiner freien Hand um sich. „Wenn ich ehrlich bin, ist es auch für mich ziemlich ungewohnt."

„Wirklich?"

Er nickt abermals. „Ja. Diesen Anlass gibt es in unserer Welt nicht." Er hält inne und scheint einen Augenblick nachzudenken.

„Na ja, wenn ich ehrlich bin, gibt es eine ähnliche Version davon in unserem Reich. Aber sie unterscheidet sich von diesem Anlass und es sind nur Feen, keine Sterblichen, involviert."

Seine Welt hört sich interessant an. „Also braucht es in deiner Welt keine Gaben?"

Er lacht schnaubend. „Nein. Zumindest keine sterblichen Gaben. Es gibt definitiv ein paar Feenreiche, in denen spezielle Geschenkpraktiken herrschen, und ich weiß, dass einige Mythenfeen gern verschiedene Tribute erhalten, aber nichts in diesem Ausmaß. Unsere Sterblichen wissen nicht einmal, dass es Feen gibt."

Das hat Reaper vor einer Weile schon gesagt. „Aber deine Art besucht die Sterblichen?", frage ich.

„Ja, aber ohne ihr Wissen", erwidert er. „Und es gibt sogar einige Feen, die unter ihnen weilen, und die Sterblichen haben nicht den geringsten Schimmer."

„Aber du lebst im Reich des Jenseits." Das ist das

Reich, das Orcus vorhin erwähnt hat. Ich habe mir den Namen gemerkt. „Wie ist es dort?"

„Es ist ganz anders als hier", sagt er und lässt seinen Blick über die metallenen Bauten wandern, während wir unseren Weg fortsetzen. „Bei uns gibt es keine Wolkenkratzer oder so viel Grün wie in der Monsterstadt. Es ist etwas düsterer bei uns. Es gibt keine Sonne, nur drei Monde, und die kreisen in einem sechsunddreißig-Stunden-Zyklus um unsere Welt, anstatt einem vierundzwanzig-Stunden-Rhythmus zu folgen. Der Himmel ist immer wolkenlos und man sieht viele Sterne."

Ich runzle die Stirn. „Keine Sonne?"

„Keine Sonne", wiederholt er.

„Wie könnt ihr dann Nahrung anpflanzen?"

„Das tun wir nicht. Unsere Wasserspeier beschwören sie herauf." Er wackelt mit den Augenbrauen. „Sie sind einfallsreiche kleine Dinger, die zwar in unserem Königreich geboren werden, aber sie kommen und gehen, wie ihnen der Sinn steht. Dennoch huldigen sie ihrem Herkunftsort – indem sie Essen zurückbringen. Ich bin mir ziemlich sicher, dass Reaper von ihnen großgezogen wurde."

Der letzte Teil gibt er mit scherzhaftem Tonfall von sich.

Doch das Wort *Wasserspeier* hat mich derart aus dem Konzept geworfen, dass ich nicht darüber nachdenken kann, ob Reaper von ihnen großgezogen wurde. Der Begriff lässt mich erschaudern. „Sind Wasserspeier Monster?", frage ich.

Flame lacht und drückt meine Hand. „Nein, kleiner Panther. Definitiv nicht. Sie sind ungefähr sechzig Zentimeter groß und vollkommen harmlos." Er hält einen Augenblick inne. „Na ja, vielleicht nicht *harmlos*. Sie sind aus Stein gemacht. Wenn einer von ihnen dir auf die Füße träte, würde das ungeheuer wehtun."

„Und sie bringen euch Essen?"

„Jepp. Sie füllen unsere Regale auf. Das ist ihre Art, uns Geschenke zu machen." Er zuckt mit den Schultern. „Wir brauchen Nahrung nicht so, wie andere Feen sie brauchen. Für uns ist Essen eher eine Leckerei als überlebensnotwendig."

„Was ist mit den Sterblichen in eurem Königreich?", will ich wissen. „Oder anderen Gefährten?"

„Es gibt keine Sterblichen im Jenseits", sagt er zu mir. „Nur andere Feen und Kreaturen wie Wasserspeier."

„Oh." Ich ziehe die Stirn kraus. „Also, wenn ihr zurückgeht …" Ich verstumme und schlucke hart. Ich hätte um ein Haar etwas Dummes gesagt. *Also, wenn ihr zurückgeht, was passiert dann mit mir?*

Was für ein alberner Gedanke.

Ich habe nicht vor, mit ihnen zu gehen. Zum Teufel, ich *will* nicht einmal mit ihnen gehen.

Nicht, dass das eine Rolle spielt. Sie haben es nicht eilig, hier wegzukommen. Orcus hat gesagt, dass es andere Omegas in dieser Welt gibt. Er hat angedeutet, dass sie vorhaben, hierzubleiben und sie zu jagen.

Aber was passiert, wenn sie damit fertig sind?, flüstert ein winzig kleiner Teil von mir.

Spielt es eine Rolle?

Zu diesem Zeitpunkt werde ich bereits in Chicago sein, oder etwa nicht?

„Wenn *wir* zurückgehen", sagt Flame mit sanfter Stimme und drückt meine Hand erneut. „Werden wir uns etwas überlegen."

Ich blinzle ihn an, doch sein Blick ist auf etwas geradeaus, am Ende der Straße, gerichtet. Ich will gerade fragen, was er mit ‚uns etwas überlegen' meint, doch dann breitet sich ein wunderschönes Lächeln auf seinem Gesicht aus, das seine Freude zum Ausdruck bringt.

„Oh, verdammt. Das ist ja der Hammer", sagt er strahlend. „Ich habe mich gefragt, wie der Central Park in diesem Reich aussehen würde, aber das hätte ich mir nie träumen lassen." Seine Schritte werden schneller, sodass ich fast neben ihm her traben muss. „Sieht aus wie ein Dschungel."

Ich reiße meine Augen auf, als der erwähnte *Dschungel* zusehends klarer zu erkennen ist. Die Bäume ragen hoch in den Himmel. „Wow", sage ich keuchend und sehe sie mit offen stehendem Mund an. „Ich … ich wusste nicht, dass Bäume so hoch wachsen." Zu Hause waren sie auch groß, aber nichts im Vergleich zu denen hier. Ich kann nicht einmal sehen, wo sie *aufhören*.

„Im Reich der Sterblichen in unserer Dimension tun sie das auch nicht. Die Bäume hier müssen von der Magie oder etwas anderem beeinflusst werden." Er sieht sich um, als versuchte er, die Quelle der Magie zu finden. „Macht es dir etwas aus, wenn wir uns umsehen?", fragt er mit Blick zu mir.

Ich schüttle den Kopf. „Überhaupt nicht." Ich würde diese Bäume gern aus nächster Nähe sehen.

Er hat wieder dieses ansteckende Lächeln auf den Lippen, als er mich auf, was wie ein Eingang aussieht, zuzieht, der in die Mitte eines riesigen Baumstumpfs eingelassen ist.

Wow, geht mir durch den Kopf, während ich das glatte Holz im Inneren des Bogens mustere, als wir hindurchgehen. *Das ist … fast schon magisch.*

Oder vielleicht ist *unnatürlich* der bessere Begriff.

Alles um uns herum fühlt sich an, als wäre es einer Traumwelt entsprungen. Es ist umwerfend hier. Grün. *Lebendig.*

Auf der anderen Seite befinden sich auch Blumen. Sie alle zieren die kolossalen Baumriesen um sie herum und kreieren ein Farbenmeer zwischen dem Grün und dem Braun.

Farben, die ich sehen kann, weil um uns herum allerhand kleiner Lichter glitzern, wird mir bewusst, als ich sie durch die Luft tanzen sehe. *Sind das Insekten?*

Keines von ihnen kommt mir nahe genug, damit ich es mir genauer ansehen kann. Ihr Fokus ruht voll und ganz auf den Blumen.

„Dieser Ort erinnert mich an das Reich der Mitternachtsfeen, mit dem Unterschied, dass es viel farbenfroher ist", murmelt er. „Mein Tier fleht mich an, ihn freizulassen und herumzurennen."

Seine Aufregung zaubert mir ein Lächeln ins Gesicht. Das hier fühlt sich an wie eine Fantasiewelt. Unecht. Als würde ich träumen.

Vielleicht tue ich das auch.

Die wunderschöne Fee, die meine Hand hält, zieht mich in diesen bezaubernden, andersartigen Dschungel aus Bäumen und exotischen Pflanzen.

Und das mitten in der Stadt.

Aber er hat etwas von Park gesagt. „Central Park?", wiederhole ich. „Gibt es das hier auch in eurer Welt?"

Er lacht. „Nein. Na ja, irgendwie schon. Es gibt einen Central Park, aber er ist nicht mit dem hier zu vergleichen. Es handelt sich dabei um eine wunderschöne grüne Oase inmitten von New York City. Das hier sieht eher aus wie der Amazonas, nur irgendwie noch dichter." Er legt seinen Kopf in den Nacken und schließt seine Augen. „Und es riecht fantastisch hier."

Ich versuche, zu riechen, was immer ihm in die Nase gestiegen ist, aber das Einzige, was ich wahrnehme, ist der betörende Geruch der Natur – Bäume, Blumen und *frische Luft.*

Letzteres lässt mich die Stirn kraus ziehen.

Denn der Geruch erinnert mich an Orcus.

Ich werfe einen Blick über meine Schulter und erwarte halbwegs, ihn dort stehen zu sehen. Der Geruch wird ein kleines bisschen intensiver, als ich das tue, aber ich kann die Fee nirgendwo sehen. Und er scheint mir nicht der Typ Mann, der sich versteckt.

„Ist alles in Ordnung?", fragt Flame.

„Ich …" Mein Blick wandert zu ihm zurück. „Ich dachte, ich hätte Orcus gespürt."

Flames Mundwinkel zucken. „Ja, das stimmt vermutlich. Omegas und Alphas sind eng miteinander verbunden, üblicherweise durch den Geruchssinn." Er lässt von meiner Hand ab, um seine Arme über den Kopf zu strecken, was sein T-Shirt hochrutschen lässt. „Wenn wir uns erst einmal miteinander verbunden haben, wirst du mich auch riechen können. Und wir werden in Gedanken miteinander kommunizieren können."

Ich ziehe meine Augenbrauen hoch. *Wenn wir uns miteinander verbunden haben?*

Doch ihm scheint meine Reaktion nicht aufzufallen, weil er zu beschäftigt damit ist, seinen Nacken zu rollen und die geballte männliche Kraft, die in ihm steckt, zur Schau zu tragen. „Ich muss unbedingt zurückkommen und herumrennen."

Das ist ein weitaus angenehmeres Thema, beschließe ich und räuspere mich dann. „Warum drehst du nicht jetzt eine Runde?", platze ich heraus und kralle mich an das neue Gesprächsthema, damit ich mich nicht in meinen Gedanken verliere.

„Weil ich mich dann ausziehen und verwandeln

müsste", sagt er und schüttelt seine Arme aus. „Und dann würde ich dich allein lassen."

„Ich könnte versuchen, mit dir zu rennen?", biete ich an.

Flame starrt mich lange an und seine Grübchen scheinen noch doller hervorzutreten. „Wirklich? Das würdest du für mich tun?"

„Ich … ich würde es versuchen." Ich bin nicht direkt die beste Läuferin, weil es mir in der Siedlung nicht gestattet war, über längere Zeitabschnitte draußen zu sein.

Meine Haut war zu *blass* für die Arbeit auf dem Feld, weshalb sie mich stattdessen mit dem Früchtestand auf dem Markt betraut hatten.

Genau das sage ich Flame und ergänze: „Sie haben mich mit mehr Einträgen bestraft, wenn ich Sonnenbrand bekam. Sonnencreme gehört nicht zu den Grundmitteln. Es ist ein Gut, auf das nur höhere Schichten Zugriff haben." Ich räuspere mich. „Wie dem auch sei. Ja, ich werde versuchen, mit dir mitzuhalten, damit du rennen kannst."

Und außerdem will ich irgendwie seinen Jaguar sehen.

Wie funktioniert das überhaupt? Dauert es lange, um sich zu verwandeln? Brechen seine Knochen?

Dieser letzte Gedanke lässt mich meine Augen aufreißen. „Moment mal, tut es weh, dich in dein Tier zu verwandeln?"

Ich glaube, er wollte sich gerade zu Wort melden, denn sein Mund ist leicht geöffnet und er sieht etwas erstaunt über meinen plötzlichen Kommentar aus.

Doch dann gibt sein verwirrter Ausdruck den Weg frei für ein weiteres, gut aussehendes Lächeln. „Nein, Schätzchen. Es tut nicht weh. Ihn abzuweisen, ist viel schmerzhafter, als sich zu verwandeln."

„Also hast du in diesem Augenblick Schmerzen?"

Denn er hat es sich anhören lassen, als würde sein Jaguar mit seinen Krallen danach verlangen, rennen zu dürfen. Und er *weist* dieses Bedürfnis derzeit *ab*.

Flame legt seinen Kopf leicht schief. „Na ja, ein bisschen. Aber …"

„Dann solltest du dich verwandeln und deinen Jaguar freilassen. Mir macht das nichts aus. Ich werde versuchen, mitzuhalten. Das wird schon." Ich werde vermutlich der Länge nach hinfallen und mich komplett lächerlich machen, aber ich habe schon Schlimmeres erlebt.

Zum Beispiel das, was Timothy gestern mit meinem Hals getan hat, denke ich und erschaudere dabei. *Das war definitiv schlimmer.*

Die blauen Flecken an meinem Hals bestätigen das.

Warum denke ich überhaupt daran? Meine Gedanken scheinen überall, nur nicht da zu sein, wo sie sein sollten – direkt hier, in diesem magischen Dschungel mit Flame.

„Bitte verwandle dich", sage ich zu ihm. „Ich will deine, ähm, Katze sehen."

Er prustet. „Er ist einiges größer als eine hundsgemeine *Katze*, Alina."

„Dann zeig ihn mir", fordere ich ihn heraus. Obwohl ich etwas Wirres stammle, presche ich voran. „Ich will ihn sehen."

Er zieht eine seiner Brauen hoch. „Forderst du mich etwa heraus?"

Ich verschränke meine Arme vor der Brust. „Ich warte." Ich bin nicht sicher, woher dieser plötzliche Wagemut kommt, aber ich bin froh, dass er wieder da ist. Vor allem, weil ich befürchtet habe, dass dieser Teil sich in der vergangenen Woche in Luft aufgelöst hat.

Doch jetzt fordert der Teil von mir, der sich gegen den Viscount erhoben hat, die Formwandlerfee heraus.

Und wenn der belustigte Ausdruck in Flames Augen ein Hinweis ist, gefällt es ihm.

„In Ordnung, kleiner Panther", murmelt er und zeichnet mit seinem Finger einen Kreis in die Luft. „Dreh dich um."

Ich runzle die Stirn. „Wozu?"

„Weil ich mich ausziehen muss, um mich verwandeln zu können." Er bringt seine Hand an den Bund seiner Jeans. „Es sei denn, du willst zusehen?"

Wer fordert jetzt wen heraus?, frage ich und schlucke hart.

„Okay." Ich drehe mich um. Denn ich bin *nicht* bereit, diese Herausforderung anzunehmen.

Das Bild von Reapers nacktem Körper ist noch zu frisch. Ein Bild von einem nackten Flame hinzuzufügen, würde vermutlich einen Kurzschluss in meinem Gehirn herbeiführen.

Oder mich dahinschmelzen lassen.

Oder mir den Verstand rauben.

Oder alles davon.

Als ich höre, wie ein Reißverschluss geöffnet wird, stellen sich die Härchen an meinen Armen auf. *Er zieht sich aus.* Was ich natürlich gewusst habe. Aber der Gedanke, dass ich mich bloß umdrehen müsste, um ihn nackt zu sehen, ist …

Na ja, verlockend.

Sehr, sogar.

Was an diesen Feen bringt mich dazu, den Kopf in den Wolken zu verlieren? So war ich doch sonst nie. Ich war immer fokussiert. Zielorientiert. Entschlossen, zu erreichen, was immer ich mir vorgenommen hatte.

Aber wenn ich bei ihnen bin …, will ich ihrem Kommando folgen.

Ordne mich ihnen unter.

Genieße diese brennende Empfindung, die zwischen uns erblüht.

Ich kenne sie nicht.

Sie sind Mons... Ich verstumme, weil ich den Gedanken nicht zu Ende bringen kann.

Denn sie sind keine Monster. Sie sind Feen. Und bisher waren sie ziemlich fantastisch.

Sie haben sich Zeit genommen, mir Dinge zu erklären. Sie haben mir das große Bett überlassen. Sie haben mir normale Kleidung beschafft. Sie haben mir Essen bereitgestellt, haben mich mit Cupcakes bekannt gemacht und immer wieder gesagt, dass sie mich zu nichts zwingen würden.

Und doch haben sie klargemacht, dass sie mich wollen.

Ich verstehe nicht, wie oder warum, vor allem, weil sie mich kaum kennen, aber ich beginne zu realisieren, dass die Dinge bei ihnen etwas anders laufen als bei uns.

Sie sind keine Menschen. Sie ... *wissen* es einfach.

Und vielleicht weiß ich es auf gewisser Ebene auch.

Ist das der Grund, aus dem ich Orcus selbst jetzt noch riechen kann?

Warum will ich mich umdrehen und Flame zusehen?

Warum hofft ein Teil von mir darauf, dass Reaper noch immer im großen Bett sein wird, wenn ich zurückkomme?

Ich schlucke hart. *Oder vielleicht ...*

Als ich von einer Nase angestupst werde, drehe ich mich erschrocken um.

Und erblicke das schönste schwarze Tier, das ich je gesehen habe. „Oh, *wow*", sage ich und blicke in ein hellgrünes Paar Augen. Sie sind nicht violett, nicht schwarz, sondern grün wie bei einer Katze.

Ich habe im Dorf schon Katzen gesehen.

Aber sie sind nicht zu vergleichen mit diesem riesigen, maskulinen Biest.

Sein samtweiches Fell ist schwarz wie die Nacht, seine Pfoten gigantisch und an vier langen, starken Beinen befestigt.

Er stupst mich erneut mit der Nase an und stößt ein sanftes Schnurren aus.

Wie Orcus'.

Flame hat einen ähnlichen Laut ausgestoßen, als er mich gestern Nacht getragen hat.

Weil er ein schwarzer Jaguar ist.

Sein Tier hat für mich geschnurrt.

Ganz so, wie er es jetzt auch tut.

Ich gehe vor ihm in die Hocke, um ihn genauer betrachten zu können. Er reibt seine Wange augenblicklich an meiner und schließt seine Augen.

Mir kommt ein Kichern über die Lippen, weil sein sanftes Fell sich angenehm weich anfühlt. Die Empfindung an meinen Fingern ist so unerwartet, so *unglaublich*, dass ich mir ein Lachen nicht verkneifen kann.

Über zwei Jahrzehnte lang hatte ich Albträume von Monstern, die sich Bräute nehmen. Und nie, kein einziges Mal, hätte ich mir *das hier* träumen lassen: ein wunderschöner Jaguar, der sich an mich schmiegt.

Es waren immer grotesk aussehende Kreaturen mit scharfen Klauen und Fangzähnen.

Zugegeben, Flame hat beides davon, aber an ihm sehen sie majestätisch aus. Anziehend …

Langsam strecke ich meine Hand aus, um die Stelle hinter seinen Ohren zu kraulen, woraufhin er noch lauter schnurrt. Er lehnt sich an mich und schließt seine Augen, während wir beide uns im Moment verlieren.

„Du bist so hübsch", sage ich zu ihm.

Er streckt seine Brust raus und stupst mich abermals an. Dann setzt er sich wieder auf seine Fersen und beginnt sich zu strecken. Ich mustere seine massiven Pfoten und bemerke, wie er seine scharfen Krallen in die Erde gräbt. Dann steht er auf und schüttelt sein Fell aus. Mit einem leisen Knurren dreht er sich zu den Bäumen um und macht ein paar Schritte darauf zu.

Als ich ihm nicht folge, blickt er erwartungsvoll zu mir zurück.

Stimmt. Ich sagte, ich würde mit ihm rennen.

Ich schlucke hart, hebe seine Kleidung und Schuhe vom Boden auf – etwas, das mir ganz natürlich vorkommt – und laufe ihm hinterher.

KAPITEL ACHTZEHN

FLAME

MEIN JAGUAR SCHNURRT VOR *VERLANGEN*. Er will seine zukünftige Gefährtin beißen, sie zu unserer machen und sie dann zu Boden drücken und *beanspruchen*.

Die meisten Formwandlerfeen paaren sich mit anderen Formwandlerfeen.

Aber ich bin ein Halbblut.

Und meinen Jaguar scheint es nicht im Geringsten zu kümmern, dass Alina ein Mensch ist. Er ist süchtig nach ihrem süßen Duft, dieser köstlichen Mischung aus Erdbeeren und Sahne – eine Leckerei, die wir beide unbedingt kosten wollen.

Sie geht neben meinem Tier her, meine Kleider unter einen Arm geklemmt, während sie mit ihrer anderen Hand über meinen Mantel streicht. Mein Jaguar schmilzt unter ihren Fingerspitzen förmlich dahin. Jede Berührung gleicht einer hypnotischen Liebkosung, die seine aufgewühlte Energie beruhigt und mein inneres Feuer besänftigt.

Ich verspüre Frieden.

Als ob ich endlich den fehlenden Teil meiner Seele gefunden hätte.

Sie gehört zu uns, denke ich, bin mir ganz sicher. Sie mag ein Mensch sein, aber etwas in ihr ist eindeutig eine Fee. Ob es ihre Omega-Seele oder etwas ganz anderes ist, weiß ich nicht, aber es ist ganz klar da.

Es ist dieser Frau bestimmt, uns zu gehören.

Mein Jaguar möchte seine Eckzähne in ihrem weichen Fleisch versenken und sein Mal hinterlassen.

Aber ich halte ihn zurück.

Sie ist noch nicht bereit, uns zu akzeptieren.

Und das ist auch gut so.

Fürs Erste werde ich mich mit ihren sanften Streicheleinheiten und bewundernden Blicken zufriedengeben.

Wir gehen mindestens eine Stunde lang und die meiste Zeit über liegt ihre Hand auf mir.

Sie sagt nichts dazu, dass sie meine Kleidung trägt, sondern hält sie einfach, als wäre es das Natürlichste der Welt.

Als wir einen besonders großen Baum erreichen, hält mein Tier inne, und ich weiß einen Sekundenbruchteil vorher, was es vorhat.

Er springt auf einen Ast. Sein Schwanz zischt durch die Luft und dann landen wir auf allen vieren an der Stelle, auf die er abgezielt hat. Ich könnte schwören, dass ich ihn grinsen spüre, und Alina stößt ein erschrockenes und irgendwie auch ehrfürchtiges Kreischen aus.

Angeber, sage ich zu ihm.

Er streckt seine Brust voller Stolz heraus, sichtlich zufrieden damit, seine Auserwählte beeindruckt zu haben.

Alina kichert. Es ist ein Laut, der sich in mein Gedächtnis einbrennt. Es ist das zweite Mal heute Abend, dass sie dieses Geräusch macht, und jedes Mal fühle ich mich wie ein König.

Ich liebe es, sie glücklich zu sehen. Angstfrei. Stressfrei.

Einfach nur ... zufrieden mit unserem Spaziergang. Mit *mir*.

„Na, wenn du dich da oben ausruhen willst, dann werde ich es mir hier unten gemütlich machen", sagt sie und sucht sich ein Plätzchen neben dem Baumstumpf, wo sie meine Kleidung hinlegt und sich dann daneben setzt.

Sie lehnt sich an den Baumstamm, streckt ihre Beine aus und schlägt das eine Bein über das andere.

„Das ist das perfekte Fleckchen", keucht sie, sichtlich zufrieden. „Ich wünschte nur, dass ich ein Buch hätte."

Die Ohren meines Tiers zucken, als ich das höre. *Ein Buch?*, würde ich sie fragen, wenn wir mental miteinander kommunizieren könnten. *Was liest du gern?*

Ich schätze, dieses Reich hat ihr in Sachen Literatur nicht besonders viel bieten können.

Soweit Orcus gesehen hat, werden die Menschen noch immer schulisch ausgebildet – vorwiegend, um den potenziellen übernatürlichen Gefährten zu gefallen – und der Bildungsgrad variiert je nach Dorf.

Ich bin mir nicht sicher, wie viele Dörfer er bei seiner Erkundung der Welt gefunden hat, aber es waren genug, um gewisse Trends zu erkennen. Zum Beispiel die Unterrichtsgewohnheiten der Menschen.

Alina schließt die Augen. Sie sieht so friedlich aus.

Mein Tier beobachtet sie eingehend, während er seinen Schwanz träge auf dem Ast liegen lässt und seinen großen Kopf auf die Vorderpfoten legt.

Minuten vergehen, und ihre Atmung wird gleichmäßiger, was darauf hindeutet, dass sie eingeschlafen ist.

Es geht schnell. Aber es zeigt, dass sie den Schlaf braucht. Ich räume ihr noch ein paar Minuten ein, um in einen tieferen Schlaf zu fallen, dann werde ich vom Baum springen, mich anziehen und sie nach Hause tragen. Sie kann an meine Brust gelehnt ein Nickerchen machen.

Meine Katze bleibt wachsam und beobachtet unsere kleine Pantherin, während sie sich ausruht.

Das stete Heben und Senken ihrer Brust ist geradezu hypnotisierend, und wie die Brise durch ihr langes, dunkles Haar weht, verführt meinen Jaguar dazu, mit ihren seidigen Strähnen zu spielen.

Es ist perfekt.

Ein wunderschöner Moment.

Ich seufze innerlich, bin zufrieden.

Das ist …

Mein Jaguar bleibt stehen und spitzt die Ohren, als leise Schritte unsere Aufmerksamkeit erhaschen. Unsere Nase zuckt. Ein vertrauter Geruch bringt meine Bestie zum Knurren und wir stürzen uns auf den Boden.

Strigoi.

Das sollte unmöglich sein. Das Portal zum Jenseits hat sich gestern verschlossen und die Strigoi standen nicht auf der Gästeliste.

Aber ich kenne diesen Geruch. Sie miefen nach dem Reich der Träume.

An ihnen haftet ein metallischer Geruch, der ihre vampirische Natur verrät. Aber das hier sind keine normalen Vampire. Sie laben sich an *Träumen.*

Zum Beispiel an den Träumen meiner *Gefährtin.*

Meine Bestie knurrt abermals, jetzt lauter, und pirscht sich an die beiden heran. Ich verwandle mich, während wir gehen, weil ich meine Stimme brauche. Als ich den Pfad erreiche, auf dem sie jagen, befinde ich mich wieder in meiner menschlichen Gestalt.

Beide Männer erstarren, als sie mich erblicken, und ihre Augen weiten sich.

Denn ja, sie kennen mich.

Und ich *sie*. „Was zum Teufel habt ihr beiden hier zu suchen?", frage ich.

Sebastian Sanguinis und Cage Van Drakken.

Scheiße, wenn Luzifer davon Wind bekommt, wird er seinen götterverdammten Verstand verlieren. Die beiden sind rivalisierende Strigoi-Erben aus Königsfamilien, die unterschiedlicher nicht sein könnten.

Königsfamilien, die sich *hassen*. Vor allem, weil sie beide Anwärter auf denselben Thron sind – den Thron des Strigoi-Königs. Technisch gesehen ist Sabre der Nächste in der Reihe. Aber Cage könnte ihm den Thron streitig machen. Und wie ich gehört habe, drängt ihn die Van-Drakken-Familie dazu, genau das zu tun.

Wie Vampire sind auch Strigoi ihrem Familienzirkel sehr treu. Der Umgang mit Außenstehenden ist verpönt.

Und doch sind sie hier und hopsen Hand in Hand den Weg hinab.

Na ja, bis gerade eben.

Jetzt stehen sie wie angewachsen da und starren mich an.

„Flame?", sagt Sebastian – der es vorzieht, *Sabre* genannt zu werden – und blinzelt mich an, als könnte er nicht glauben, dass ich wahrhaftig vor ihm stehe. Wenn man bedenkt, dass sie von Träumen leben und sich davon ernähren, ist es gut möglich, dass er glaubt, er hätte sich in einem Traum verirrt.

Tja, dieser Traum steht kurz davor, in einen Albtraum umzuschlagen.

Denn Orcus wird diese Typen verdammt noch mal umbringen.

„Was zum Teufel habt ihr hier zu suchen?", wiederhole ich. „Und *wie* seid ihr überhaupt hierhergekommen? Maliki hätte das Portal schon längst schließen müssen."

Und die Nacht der Monster ist längst vorbei. Deshalb waren die Straßen vorhin auch so leer.

„Flame?", ruft Alina, was die beiden Männer über meine Schulter zur Frau blicken lässt, die ich jetzt hinter mir spüre. „Was ist …?" Sie verstummt. Wahrscheinlich, weil sie die beiden einschüchternden Männer auf dem Weg stehen sieht.

Sie sind beide groß gewachsen, breitschultrig und legen diese vornehme Art an den Tag. Aber der rote Hauch in ihren Augen verrät, dass Raubtiere in ihnen schlummern, vor allem jetzt, wo sie Alina eingehend inspizieren.

Weil sie gerade eben in ihrem Kopf traumgewandelt sind.

„Schaut sie euch ruhig noch etwas länger an", fordere ich sie heraus. „Und findet raus, was dann passiert."

Sabre wendet seinen Blick als Erster von ihr ab und sieht mich mit seinen dunklen Augen an. Der rote Hauch ist jetzt verschwunden, was mir sagt, dass er nicht mehr mit der Traumwelt vernetzt ist.

Gut.

Denn wenn er noch eine Minute länger dort geblieben wäre, hätte ich ihn möglicherweise umgelegt. Vor allem, weil meine Gefährtin ihn vermutlich angelockt hatte.

„Tut mir leid, Flame", sagt er. „Uns war nicht bewusst, dass sie dir gehört."

Cage räuspert sich und richtet seinen Blick ebenfalls auf mich. „Ja, tut uns leid. Wir … wir sind nur umhergewandert."

„In einem Reich, in dem ihr nichts zu suchen habt", sage ich mit dominantem Tonfall. Nicht weil ich einen königlichen Rang innehabe, auf den ich mich berufen kann, sondern weil ich eine ganz andere Ebene der Macht verkörpere. Gottesähnliche Macht.

Sabre und Cage stehen hoch genug in der

Rangordnung, um zu wissen, dass Orcus Hades'
Vollstrecker ist.

Und sie wissen auch, dass Reaper und ich Orcus'
rechte Hände sind.

„Wie seid ihr durch das Portal gekommen?" Maliki
hätte nur Ghule durchlassen sollen. Aber das Königreich
der Träume beherbergt Ghule *und* Strigoi, also gehe ich
davon aus, dass einige Strigoi Wind davon bekommen
haben, dass das Portal sich öffnen würde. Was wiederum
vermuten lässt, dass sich noch mehr von ihnen hier
herumtreiben.

Verdammt.

Was für ein Chaos.

„Maliki hat uns geholfen, zu entkommen", sagt Sabre
und richtet sich auf. „Er hat uns vom Portal erzählt und
uns einen Ausweg geboten. Und wir haben das Angebot
angenommen."

Ich ziehe meine Augenbrauen hoch. „Er hat euch vom
Portal erzählt?"

Sabre nickt. „Er wusste, dass wir einen Weg zu finden
versucht haben, um unseren Schicksalen zu entgehen und
hat uns von diesem Reich erzählt. Er sagte, dass das Portal
nur ein oder zwei Stunden lang offen sein und im
Anschluss geschlossen und nie wieder benutzt werden
würde."

„Ganz offensichtlich lag er mit dieser Annahme
falsch", flötet Cage.

„Ganz offensichtlich hat er euch nicht gesagt, was der
eigentliche Sinn und Zweck dieses Portals war", korrigiere
ich. Eigentlich hätte es eine Ablenkung für unsere Mission
schaffen sollen. Wenigstens das hatte Maliki hinbekommen,
aber er hätte den beiden Strigoi-Prinzen nicht zur *Flucht* in
diese Welt verhelfen dürfen. „Ihr könnt nicht hierbleiben."

Sabre lässt von Cages Hand ab und verschränkt die Arme vor der Brust. „Das Personal der Königin hat etwas anderes gesagt."

„Jones?", frage ich und wundere mich, welche Richtung dieses Gespräch einschlagen wird.

„Nein. Botschafter Sheila." Sabre runzelt die Stirn. „Wer ist Jones?"

„Nicht der Rede wert", murmle ich und fahre mir mit den Fingern durch die Haare. „Lasst mich raten ... Ihr kommt im Turm der Königin unter?"

Cage nickt. „Man hat uns eine Suite zur Verfügung gestellt. Sie will sich nächste Woche mit uns treffen. Bis dahin geben sie uns alles, was wir brauchen – Nahrung inbegriffen."

Großartig, denke ich. *Das ist ... echt großartig.*

Aber das ist ein Problem, das mich nichts angeht. Orcus wird Hades informieren müssen, und Hades wird mit seinem Cousin Morpheus sprechen. Und zusammen werden sie sich überlegen, was sie mit den beiden rebellischen Prinzen tun sollen.

Prinzen, die sich eigentlich hassen sollten, denke ich, während ich beobachte, wie nahe die beiden sich stehen. *Aber allem Anschein nach ist dem nicht so.*

Ich schüttle den Kopf, drehe mich zu Alina um und sage: „Ich muss dich zurück in den Turm bringen."

Nur scheint sie mich überhaupt nicht zu hören.

Denn ihr Blick liegt auf meinem Bauch.

Dann wandert er langsam hinunter zu meinem gepiercten Schwanz.

Ihre Augen werden ganz rund und ihr klappt die Kinnlade herunter.

Obwohl es dunkel ist, kann ich erkennen, dass sie knallrot wird.

Trotz der chaotischen Situation bringt mich ihr fassungsloses Gesicht zum Lächeln.

Sie ist eingeschüchtert, wahrscheinlich von der Kugel an der Wurzel. Oder vielleicht auch von den Piercings. Oder vielleicht von der Größe. Oder von allem.

Aber diese Einschüchterung ist unterlegt mit einem starken Gefühl der Neugier, und diese Neugier kann ich mir zunutze machen.

Ich schlendere auf sie zu, vergesse die Strigoi hinter mir, lege zwei meiner Finger unter ihr Kinn und hebe es, damit sie mir in die Augen sieht. „Du kannst es später anfassen", sage ich mit sanfter Stimme. „Wenn wir wieder im Turm sind."

Sie schluckt. „Ich … ich habe nicht … ich meine … ich …" Sie klappt den Mund zu und starrt mich mit großen Augen an.

„Doch, hast du", sage ich ihr. „Doch, hast du und das ist auch gut so. Ich will, dass du mich berührst. Aber nicht vor den Augen dieser beiden Arschlöcher. Die haben schon genug von dir gesehen."

Cage und Sabre schnauben beide.

Ich ignoriere sie und beuge mich hinunter, um Alina einen Kuss auf die heiße Wange zu drücken. „Ich hole nur kurz meine Sachen", sage ich zu ihr. „Wenn sich dir einer von ihnen nähert, tritt ihm in die Eier."

Ich kann sie zwar nicht sehen, aber ich spüre, dass sowohl Cage als auch Sabre mit den Augen rollen. Sie mögen sich in dieses Reich geschlichen haben, aber sie sind beide ehrenhafte Männer. Sie werden Alina nicht wehtun. Und das nicht nur, weil sie mir gehört, sondern weil sie nicht eingewilligt hat.

Trotzdem wird es für sie sehr schmerzhafte Folgen haben, wenn ihr Gott von ihrem kleinen Abenteuer erfährt.

Oder vielleicht wird es Morpheus auch völlig egal sein.

Er ist oft in seinem Land der Träume verloren, zu tief in seinen Gedanken versunken, um sich darum zu kümmern, was seine Verehrer in seinem Reich tun. Ganz wie Hades überlässt er die politische Führung den *Königen*.

Und diese Könige unterstehen Luzifer, dem König des Reiches der Höllenfeen.

Aber es sind die Götter, die die Reiche mit Gaben segnen und darum als eine Einheit fungieren, zu der jeder beten kann.

Das ist eine andere Art der Regierungsführung.

Eine, die Cage und Sabre fürchten sollten, wenn man bedenkt, dass sie sich gerade das Urteil ihres Allmächtigen eingebrockt haben.

Nicht mein Problem, sage ich mir abermals, während ich um Alina herumgehe, um meine Kleidung zusammenzusuchen, die neben dem Baum liegt.

Als ich zu ihr zurückkehre, hat sie sich immer noch nicht bewegt. Aber sie starrt die Strigoi mit interessiertem Blick an. Sie sind brav und erwidern den Blick nicht, was sowohl mich als auch meine Bestie beruhigt.

Nur gefällt es mir nicht, wie unser kleiner Panther sie bewundert. „Sie werden sich unserem Gefährtenzirkel nicht anschließen, Alina", sage ich ihr.

Sie blinzelt, wendet ihren Blick von ihnen ab und sieht mich an. „Was?"

„Ich weiß, dass sie schön sind, aber du wirst zu beschäftigt mit mir, Orcus und Reaper sein, um überhaupt an sie zu denken." Ich streichle ihr über die Wange. „Ich verspreche, dass wir drei alles in unserer Macht Stehende tun werden, um dir zu genügen. Damit du *uns* gehörst und nicht ihnen oder irgendjemand anderem."

Sie leckt sich die Lippen und ihr Blick wandert kurz an meinem Körper hinunter, ehe sie mir wieder ins Gesicht sieht. „Okay", sagt sie und macht sich nicht die Mühe, sich gegen meinen Anspruch zu wehren. Ich bin mir schmerzlich bewusst, dass ich besitzergreifend bin.

Zum Glück scheint es sie nicht zu stören.

Zufrieden drücke ich ihr einen Kuss auf die andere Wange, dann lege ich unsere Finger wieder ineinander. „Braves Mädchen", flüstere ich an ihr Ohr gelehnt. „Danke, dass du mit mir auf Entdeckungsreise gegangen bist."

Sie schenkt mir ein sanftes Lächeln. „Es hat Spaß gemacht."

„Finde ich auch", sage ich und drücke ihre Hand. Dann wende ich mich den beiden Strigoi zu. „Folgt uns." Das ist keine Bitte, sondern ein Befehl. „Orcus wird sich mit euch unterhalten wollen."

KAPITEL NEUNZEHN

ALINA

TRAUMWANDLER, denke ich und erschaudere.

So haben sie die beiden Männer genannt, die letzte Nacht in unserer Suite waren.

Strigoi lautet der offizielle Name ihrer Art.

Sie waren furchteinflößend, gut aussehend und gaben sich fast schon königlich. Völlig anders als Reaper und Flame, und irgendwie ähnlich wie Orcus. Aber ich merkte sofort, dass Orcus der Dominante im Raum war, und das nicht nur seiner Größe wegen.

Die Strigoi haben sich vor ihm verbeugt, als sie ihn in der Suite erblickt haben. Ganz offensichtlich hatten sie ihn als ihnen übergeordnetes Wesen erkannt.

Doch dann haben die drei miteinander gesprochen, als hätten sie einen ähnlich hohen Rang inne.

Es war faszinierend mitanzusehen, zumindest so lange ich blieb, um ihr Gespräch mitzuverfolgen. Als die Unterhaltung sich irgendwelchen *Brautproben der Höllenfeen* zuwandte, entschuldigte ich mich, um mich auszuruhen.

Von dem Wenigen, was ich mitbekommen habe, wurden die beiden Strigoi gezwungen, um Bräute zu wetteifern, an denen sie keinerlei Interesse hatten. Und darum schienen sie auch nicht in dieses Reich gekommen zu sein, um sich während der Nacht der Monster eine Braut zu sichern. Sie waren nur hierhergekommen, weil sie dem Schicksal, das sie in ihrem Heimatreich erwartete, entfliehen wollten.

Das kann ich irgendwie verstehen.

Sie hatten das Gefühl, keine andere Wahl zu haben.

Dasselbe verspürte ich aufgrund der Tatsache, in die Monsterstadt geschippt worden zu sein – nur aus völlig anderen Gründen.

Und nichts ist so gekommen, wie ich erwartet habe. In keiner Weise.

Ich erschaudere und meine Gedanken driften zu Flames *Körper* ab.

Gefolgt von Reapers.

Ich spanne meine Schenkel an und schmelze dahin. Denn, *heilige Feen*, sie sind atemberaubend schön. Flame war nicht einmal erregt, aber er war trotzdem … beeindruckend. Und so einzigartig.

Hatte Reaper einen Knoten an der Wurzel?, frage ich mich und versuche mir, sein langes Glied in Erinnerung zu rufen. Er hatte es immer wieder massiert, sodass ich nicht jeden Zentimeter davon inspizieren konnte. Aber ich erinnere mich nicht daran, Schmuck oder runde Beulen daran gesehen zu haben.

Flame hingegen hatte beides.

Ich hatte einen Augenblick gebraucht, um zu verstehen, was ich da an seinem Schaft gesehen hatte. Ich hatte nicht erwartet, glitzerndes Metall zu erblicken. Und dann hatte ich realisiert, dass das ein Stäbchen war. Das direkt durch seinen Schwanz führte.

Und ein Ring dazu.

Ich wollte ihn fragen, warum er diese Zierde trägt, aber

die Worte hatten mir nicht über die Lippen kommen wollen. Und außerdem hatte sich uns kein guter Zeitpunkt geboten. Sobald wir zurückgekommen sind, haben Orcus, Reaper und Flame ein angeregtes Gespräch mit den Strigoi begonnen. Ihre Diskussionen drehten sich ausschließlich um ihr Heimatreich.

Vielleicht kann ich heute fragen, denke ich.

„Du kannst es später anfassen", hatte Flame zu mir gesagt. „Wenn wir wieder im Turm sind."

Na, jetzt sind wir wieder im Turm, will ich zu ihm sagen.

Aber er ist nirgendwo zu sehen.

Ich bin wieder allein in diesem großen Bett und die Jungs schlafen im Nebenzimmer.

Ich beiße auf meine Unterlippe und denke darüber nach, was ich tun soll.

Kann ich Flame aufwecken? Ihm meine Fragen stellen?

Aber wo würde ich überhaupt anfangen?

Also, was deinen Schwanz angeht …

Ich muss beinahe laut loslachen.

Aber allein der Gedanke an seinen *Schwanz* führt dazu, dass ich mich abermals im Bett winde. Ein frustriertes Knurren kommt mir über die Lippen und ich presse meine Beine, an denen Lustsaft klebt, erregt aneinander.

Wieder trage ich kein Unterhöschen. Vorwiegend, weil diejenigen, die der Concierge uns hat bringen lassen, fast gänzlich aus Spitze bestehen und somit unpraktisch sind.

Außerdem reicht das Oberteil, das ich trage, bis zu meinen Knien.

Obwohl … es jetzt etwas hochgerutscht ist.

Vermutlich, weil ich mich endlos im Bett herumgewälzt habe.

Ich kann es einfach nicht lassen. Diese Feen bringen mich um den Verstand.

Und sie waren so *gütig* zu mir.

Ich habe nichts davon erwartet, vor allem nicht, dass ich mich zu ihnen hingezogen fühlen würde. Aber diese Anziehung wird mit jeder Minute stärker, die wir zusammen verbringen.

Liegt es an diesem Omega-Zeug, von dem Orcus gefaselt hat?

Alles fühlt sich jetzt so anders an. So *heiß*.

Ich presse mein Gesicht ins Kissen und ächze, balle meine Hand zu einer Faust, um mich davon abzuhalten, mich selbst zu berühren.

„Weißt du, als du mir angeboten hast, das Bett mit dir zu teilen, wusste ich nicht, dass du so ein Zappelphilipp bist", murmelt eine tiefe Stimme hinter mir.

Ich erstarre. „Reaper?"

Jemand legt eine Hand auf meine Hüfte und dann spüre ich urplötzlich eine heiße Brust an meinem Rücken. „Ja, Haustier?"

Oh, bei den Feen, mir war nicht bewusst gewesen, dass er auch hier drinnen ist. „Ich dachte, du wärst im Wohnzimmer."

Er knurrt leise und zieht mit seinem Daumen kleine Kreise auf meinem Oberteil. „Nachdem du mich eingeladen hast, hier drinnen mit dir zu nächtigen? Als ob."

„Ich … ich habe dich nicht …" Ich verstumme und rufe mir unser gestriges Gespräch vor meinem Spaziergang mit Flame in Erinnerung.

Ich habe Reaper gesagt, dass er hier drinnen schlafen kann.

Er hat gefragt, ob ich sicher wäre, und ich hatte damals so eine Ahnung, dass er damit etwas völlig anderes hat andeuten wollen. Etwas Verruchtes.

Dennoch hatte ich bestätigt.

Und jetzt … liegt er mit mir im Bett.

Und wenn ich das richtig spüre, ist er leicht bekleidet.

„Willst du, dass ich gehe?", fragt er leise, seine Lippen an meinem Nacken gepresst.

Ich schlucke hart, weiß nicht, was ich sagen soll.

Denn mittlerweile weiß ich nicht mehr, was ich will.

Aber es gefällt mir, seinen Atem an meinem Nacken zu spüren. Und noch besser gefällt mir, dass sein harter Körper an meinen Rücken gepresst ist.

Er lässt seine Fingerspitzen an meinem Schenkel hinab, bis zum Saum meines Oberteils wandern. „Oder vielleicht hättest du gern meine Hilfe?", bietet er an und seine Berührung bereitet mir eine Gänsehaut.

Er hält inne, als wartete er darauf, dass ich ihn aufhalten werde.

Als ich es nicht tue, beginnt er seine heißen Finger unter den Stoff zu führen und sie an meine nackte Haut zu pressen.

„Alina", keucht er und sein Mund berührt meinen Nacken um ein Haar. Er passt seine Position ein wenig an, um seine Nase an meinem Hals hinabwandern lassen zu können, und verweilt über meiner pulsierenden Halsschlagader. „Pocht dein Herz so laut, weil du Angst hast oder weil du erregt bist?"

Ich schlucke erneut und spanne meine Schenkel an. „Beides", gebe ich zu.

„Hm", summt er und drückt mir einen Kuss auf die sensible Hautstelle. „Eine berauschende Kombination, die zu deiner Erdbeer-Süße passt."

Ich bin nicht sicher, was er damit meint.

Und im nächsten Augenblick bin ich zu abgelenkt, um mir etwas daraus zu machen.

Denn er lässt seine Fingerknöchel über meine feuchte Mitte streifen.

„Kein Höschen?", sagt er mit tiefer werdender Stimme.

„Verdammt, Haustier. Das treibt mich nur dazu an, dich noch reicher zu belohnen."

Belohnen?, wiederhole ich in Gedanken, während er abermals sanft über meine sensible Mitte streichelt.

„Du bist so feucht", stöhnt er, sein Mund an meinen Hals gepresst. „Woran hast du gedacht, du kleines versautes Ding?" Er knabbert an meiner Halsschlagader und führt seine Hand dann nach oben an meinen gewachsten Hügel.

Das gehörte zu den Vorbereitungen auf die Nacht der Monster. Damals habe ich es nicht verstanden. Aber jetzt, wo alles so empfindlich ist, beginne ich zu begreifen, was für Vorteile es hat, untenrum haarlos zu sein.

„Sprich mit mir, Alina." Seine Worte sind ein heißer Kuss für meine Sinne. „Ich will deine Zustimmung, bevor ich dich berühre."

Du berührst mich doch schon, will ich sagen.

Aber das tue ich nicht.

Ich *kann* nicht.

Weil ich zu verloren in der sich anbahnenden Hitze zwischen meinen Schenkeln bin.

Seine federleichten Berührungen sind so anders als meine eigenen. Die verlockenden Liebkosungen sind irgendwie wagemutiger. Verlockender. *Intensiver.*

Obwohl er mich noch nicht einmal wirklich berührt hat. Nur hier und da hat er mich kurz angefasst, und jetzt lässt er ganz einfach seine Hand auf meinem Hügel ruhen. Bewegt sich nicht. Verführt mich. Scheiße, ist das *heiß*.

„Reaper." Ich sage seinen Namen kaum hörbar und mir scheint sich die Kehle zuzuschnüren, bevor ich noch etwas ergänzen kann.

„Mh, mein Name hört sich gut an, wenn du ihn keuchend von dir gibst", murmelt er. „Sag ihn noch einmal, Haustier. Sag ihn, und sag mir, was du willst."

Ich … ich weiß nicht, was ich will.

Nie zuvor hat mich jemand an dieser Stelle berührt.

Ich habe es mir immer nur selbst gemacht.

Was will er von mir hören? Worum soll ich ihn bitten?

„Ich …" Ich schlucke hart und meine Nervenenden kribbeln. Seine heiße Hand liegt auf meinem Hügel und seine Fingerspitzen sind der Stelle, an der ich sie haben will, so nahe. *Tiefer.* „Tiefer bitte, Reaper." Die Bitte fühlt sich ungewohnt an, aber richtig. „Mehr, bitte. Berühr mich … weiter."

Bei den Feen, ich weiß nicht einmal, was ich da sage. Aber … aber ich *brauche* das hier. Ihn. Seine Finger. Seinen …

Meiner Kehle entringt sich ein Stöhnen, als er die sensible Knospe oben an meinem Geschlecht mit seinen Fingerspitzen berührt.

Meine Klitoris, geht mir durch den Kopf. Der Begriff ist mir aus meinem Anatomiekurs bekannt. Und ich weiß auch, wie es sich anfühlt, wenn man sie anfasst.

Aber das hier ist …

Das hier ist sooo viel besser.

Elektrisch.

Wie Feuer.

Fleischgewordene Intensität.

„Ist es das, was du brauchst, Haustier?", fragt er an mein Ohr gelehnt.

„Ja", zische ich und presse meinen Unterleib an seine Hand. „*Bei den Feen*, ja …" Ich bin nicht sicher, wann ich angefangen habe, *Feen* anstelle von *Monster* zu verwenden, aber es ist mir auch egal.

Alles, was zählt, ist, Reapers Berührung. Wie er seine Finger durch meine feuchten Venuslippen gleiten lässt. Wie seine Hand an meine Klitoris gepresst ist.

Ooooh …

Die Laute, die ich ausstoße, sind mir noch nie zuvor über die Lippen gekommen. Aber ich kann nicht aufhören. Alles brennt. Ich stehe in Flammen. Meine Schenkel. Meine *Mitte*.

„Scheiße, du bist so eng", sagt Reaper, während er seinen Finger in mich gleiten lässt. „Wir werden dich vorbereiten müssen, damit du Platz für uns hast, Haustier." Er küsst meine pochende Halsschlagader. „Mach dir keine Sorgen. Ich weiß ganz genau, was zu tun ist."

Er presst seine Hand an meinen Körper, was Blitze der Lust an meinem Rücken hinabjagt. Ich winde mich und reite die Wellen der Wonne, die über mir zusammenschlagen. Die Anspannung nimmt zu. Wird stärker. Und dann bahnt sich eine Eruption an, vor der ich mich fast schon fürchte.

Meiner Kehle entringt sich ein Schrei, als ich meinen Höhepunkt erlebe. Meine Beine zittern und meine untere Körperhälfte *brennt*. Es ist so verdammt heiß. So unglaublich mächtig. So elektrisierend.

Ich fühle mich *lebendig*.

Und gleichzeitig bekomme ich kaum Luft.

Und Reaper … er berührt mich noch immer. Streichelt mich nach wie vor. Innen und außen.

Ich greife nach seinem Handgelenk.

Aber er lässt nicht von mir ab.

Es ist zum Verrücktwerden. Ich kann nicht … Ich bin zu empfindlich … Es ist …

Ich ringe nach Luft und scheine auf einen zweiten Höhepunkt zuzusteuern, weil Reaper meinen Körper so meisterhaft verwöhnt.

Und das alles mit einer Hand.

Mit zwei Fingern.

Und seinem Daumen.

Bei den Feen …

Sein Name kommt mir mit einem weiteren Schrei über die Lippen und ich drücke meinen Rücken durch, während ich mich in der dunklen Wonne verliere, die er mir verschafft. Ich keuche. Ich zittere. Ich *weine*.

Aber ich will nicht, dass er aufhört.

Ich will für immer in diesem wonnehaften Zustand verweilen. Es ist überwältigend – auf die beste aller Arten. Und es ist so viel besser, als es mir *selbst* zu machen.

Reapers Berührung reicht tiefer. Er ist bewanderter und weiß seine Finger einzusetzen. Und der Druck, den er auf meine sensible Knospe ausübt, ist *himmlisch*.

„Noch einen, Haustier", sagt er und knabbert an meinem Ohrläppchen. „Du musst mir noch einen schenken."

Ich weiß nicht, was er damit sagen will.

Ich komme noch immer.

Ich habe noch gar nicht aufgehört.

Oder vielleicht schon. Vielleicht bin ich bloß um den Verstand gekommen.

Was auch immer das hier ist, ich bin darin verloren.

Ich kralle meine Finger in seine Hüften und presse mich an ihn. Ein Schauer saust durch meinen Körper. *Er ist so hart. So groß. Und direkt vor mir.*

Ich bin versucht, meine Hand auszustrecken und ihn zu berühren – diesen Schwanz anzufassen, den ich gestern in der Dusche gesehen habe.

Aber Reaper stellt etwas mit meiner Muschi an, das mich Sterne sehen lässt.

Hat er gerade in meine Muschi gekniffen?, geht mir staunend durch den Kopf.

Es hat kurz wehgetan, aber die darauffolgende unbändige Energie hat mir den Atem geraubt.

Und jetzt … jetzt fliege ich.

Während Reaper mir Worte des Lobs ins Ohr flüstert.

„Genau so, meine Schöne."

„Du machst das so gut."

„Reite schön meine Hand weiter."

„Genau so, Haustier."

„Verdammt, du bist unglaublich."

„Ich werde dich für immer behalten."

Ich erschaudere, denn die letzte Aussage hört sich wie ein sinnliches Versprechen und eine Drohung zugleich an.

Eine Wärme flutet mich und meine Brust schmerzt angesichts der sinnlichen Folter.

Ich muss atmen.

Muss meine kribbelnden Gliedmaßen strecken.

In einen tiefen Schlaf finden.

Doch als mir die Augen zufallen, spüre ich Reapers Finger an meinen Lippen. Er streicht mir mit den feuchten Gliedmaßen über den Mund.

Ich reiße meine Augen auf. *Streicht er da …?*

„Koste", flüstert er und bestätigt meine Vermutung, indem er seine Finger in meinen Mund steckt.

Ich erzittere. Nie zuvor habe ich den sündhaften Geschmack gekostet.

„Beschreibe den Geschmack für mich", verlangt er. „Sag mir, wie deine Muschi schmeckt, Haustier."

Ich erschaudere, weil seine verruchte Bitte allerhand mit mir anstellt.

Ich will ihm gehorchen.

Nein, ich will ihn *verzaubern*.

Ich will seine sinnlichen Worte mit meinen eigenen erwidern.

Ich nehme seine Finger tiefer in meinen Mund und lasse meine Zunge um die Fingerspitzen gleiten, während ich ein sanftes Knurren ausstoße. Dann lasse ich zögerlich von ihm ab und lege meinen Kopf schief, sodass ich ihn aus meinem Augenwinkel heraus sehen kann.

Es ist so früh am Morgen, dass die Sonne noch nicht aufgegangen ist.

Aber seine silberblauen Augen glühen geradezu im Dunkeln.

„Süß", sage ich leise. „Ich schmecke süß. Wie Erdbeer-Cupcakes. Aber da ist noch diese säuerliche Note."

Er grinst. „Der perfekte Leckerbissen." Bevor ich dem etwas hinzufügen kann, greift er nach meinem Kinn und zieht mich in einen Kuss.

Mein Rücken ist noch immer an seine Brust gedrückt, aber er stemmt sich auf seinen Ellbogen und lehnt sich über mich, sodass ich meinen Nacken nicht überdehnen muss.

Was gut ist, weil das hier mein erster Kuss ist. Vielleicht weiß er das. Vielleicht auch nicht. Ob es nun so ist oder nicht, er stellt sicher, dass ich ihn genieße.

Er lässt sich Zeit und presst seine Lippen für einen langen, sinnlichen Augenblick auf meine.

Dann lässt er seine Zunge sanft in meinen Mund gleiten, den ich zögerlich öffne.

Ich erschaudere und meine Nackenhärchen stellen sich auf.

Denn ich kann spüren, dass er sich zurückhält. Es ist seinem angespannten Oberkörper und den Muskeln anzumerken, die an mich gepresst sind.

Sein Körper ist hart wie Granit.

Unbeugsam und starr.

Aber auch heiß. *Wie Vulkangestein.*

Er lässt von meinem Kinn ab und seine Finger dann in meine Haare wandern, um mich noch fester an sich zu drücken.

Sein Kuss ist jetzt begieriger und seine Zunge gleitet tiefer in meinen Mund, während er wortlos danach verlangt, dass ich mich seinem Tempo anpasse.

Ich lerne aus seinen Bewegungen und ahme sie so gut ich kann nach, lasse mich von ihm in diesem erotischen Tanz führen.

Es fühlt sich gut an. *Richtig.*

Wie die Lust zwischen meinen Beinen, will ich, dass er niemals aufhört.

Leider weicht Reaper nach gefühlten Stunden der Leidenschaft zurück, und sieht mir in die Augen. „Du hast recht, Kleine. Du schmeckst wirklich wie Erdbeer-Cupcakes."

Er lässt seine Lippen abermals über meine streifen und weckt mein Verlangen nach mehr.

„Ich kann es kaum erwarten, zwischen deinen Schenkeln zu liegen und dich zu kosten, Alina. Es wird himmlisch sein." Er drückt einen Kuss auf den Rand meines Mundes. „Aber bevor wir das tun, musst du etwas essen. Denn wenn ich erst einmal anfange, werde ich nicht aufhören, bis du das Bewusstsein verlierst. Und selbst dann werde ich wahrscheinlich weitermachen, nur damit ich dich noch einmal kommen sehen kann, sobald du wieder bei Bewusstsein bist."

Ich reiße die Augen auf.

Ich bin mir nicht sicher, ob sich das himmlisch oder beängstigend anhört.

„Bleib schön hier, Haustier. Ich hole deine Belohnung dafür, dass du so ein gutes Mädchen warst."

Ich blinzle ihn an. „Waren denn nicht die Orgasmen meine Belohnung?"

Er lacht. „Nein, Schätzchen. Diese Orgasmen waren für mich und die Törtchen für dich."

Ich bekomme keine Gelegenheit, darauf zu reagieren.

Denn im nächsten Augenblick ist er weg.

KAPITEL ZWANZIG

ORCUS

Vor mehreren Minuten

Ich sitze meinem Bruder in seinem Versteck gegenüber, mein Knöchel auf das gegenüberliegende Knie gelegt. Seine langen Finger liegen ineinander geschlungen auf seinem riesigen Schreibtisch und in seinen dunklen Augen flimmert ein hoffnungsvoller Blick. „Eine Omega."

Das ist alles, was er sagt.

Aber es ist auch alles, was er sagen muss.

„Ja", bestätige ich. „Eine Omega."

Er schluckt hart, sein sonst so ruhiger Gesichtsausdruck verblasst, als er das hört.

Ich bin hierhergekommen, um ihm von den Strigoi-Prinzen zu erzählen, die sich in der alternativen Realität herumtreiben. Unser Gesprächsthema wechselte aber rasch, als Hades Alinas Geruch vernahm.

Die Strigoi waren eine unbedeutende Ankündigung – ein lästiges kleines Ärgernis, wirklich – im Vergleich zur Entdeckung, die ich gemacht habe.

„Bist du dir absolut sicher?", will er wissen.

„Du hast sie an mir gerochen, bevor ich überhaupt Gelegenheit hatte, es zu erwähnen", sage ich. „Aber …" Ich beiße die Zähne zusammen und ein Teil von mir verabscheut es, dass ich Zweifel äußern muss.

Aber in meiner Position muss ich gründlich sein.

Und das bin ich nur, wenn ich meine Bedenken äußere.

„Sie ist sterblich", sage ich zu ihm.

Er runzelt die Stirn. „Das ist unmöglich."

„Ich weiß." Ich räuspere mich. „Aber ihr Duft und ihre Seele …" Ich brauche den Satz nicht zu beenden. Hades versteht, was ich damit sagen will.

Alina verströmt den Duft einer Omega.

„Aber in dieser Dimension gibt es einige genetische Manipulationen", fahre ich fort, weil ich ihm die ganze Wahrheit offenbaren muss. „Die Menschen haben über drei Jahrhunderte lang daran gearbeitet, perfekte Partner für ihre Nacht der Monster zu schaffen."

Ich weiß zwar nicht viel darüber, weil ich die Königin der Monsterstadt noch nicht getroffen habe, aber ich erzähle ihm, was ich anhand meiner Beobachtungen in Erfahrung gebracht und was ich in der Dimension selbst wahrgenommen habe.

Als ich fertig bin, scheint Hades weniger begeistert. „Es ist also wahrscheinlich ein künstlich hergestellter Duft", meint er in Bezug auf Alina.

„Vielleicht", gebe ich zu. „Aber meine Alpha-Seele sieht das anders."

Er mustert mich einen langen Augenblick lang. „Sei vorsichtig, Bruder. Ich kann deine Hoffnung gut nachvollziehen. Aber Hoffnung ist eine gefährliche Illusion."

Mein Bruder hat nicht unrecht.

Hoffnung macht süchtig. Allein der Hauch einer

Omega-Essenz machte mich ganz verrückt nach Alina. Es ist also kein Zufall, dass ich sie in der Monsterstadt gerochen habe.

Klar, ich wusste bereits, dass sie auf dem Weg dorthin war.

Und nachdem ich sie im Zug beobachtet habe, wusste ich einfach, dass ich sie aufspüren musste.

Aber sie hat etwas an sich. Etwas, das süchtig macht. Etwas *Besonderes*.

Ein Mensch mit einer Omega-Seele.

„Mir ist klar, wie unglaublich das klingt", gebe ich laut zu. „Ihre wahre Natur wird sich zeigen, wenn sie läufig wird."

Falls, korrigiert der Alpha. Falls *sie läufig wird*.

Mein Knoten pocht beim Gedanken daran. Mein Schwanz ist mehr als bereit, die Omega tagelang – oder *wochenlang* – zu befriedigen. Oder wie lange es auch immer dauern mag.

Ich schlucke. Meine Kehle fühlt sich plötzlich trocken an. „Ich muss zurück", sage ich zu Hades. Botschafter Jones hat mir *Erlaubnis* für diesen Besuch erteilt. Allein das Konzept, dass ich jemandes Erlaubnis einholen muss, bringt mich auf die Palme.

Götter brauchen keine Erlaubnis für irgendetwas.

Aber ich habe meine Rolle in dieser politischen Scharade akzeptiert und den Concierge mit der *Bitte* angerufen, bevor ich ein Portal nach Hause erschaffen habe.

„Flame und Reaper werden bei Alina bleiben, damit die Königin eine Versicherung hat, dass ich zurückkehren werde", habe ich Botschafter Jones gesagt.

„Unsere Königin wird das zu schätzen wissen", erwiderte er.

Ich dachte, er wäre fertig und wollte auflegen.

Aber der Botschafter sprach weiter.

„Für gewöhnlich sind Portale nur in der Nacht der Monster gestattet. Aber wir haben ein paar Wesen hier, die die Erlaubnis besitzen, zu reisen, wann immer sie wollen."

Ich wusste nicht, was ich darauf hätte antworten sollen, also habe ich bloß gesagt: „Verstehe."

„Obwohl Ihr diese Erlaubnis nicht habt", fuhr er fort, „ist es mir gestattet, es Euch als einmalige Gefälligkeit zu erlauben. Aber bitte kommt zurück, Sir. Andernfalls könnte unsere Königin Euer Verschwinden als Zeichen dafür ansehen, dass Euer Reich nicht mit unserem kooperieren möchte."

Mit diesen Worten hatte er aufgelegt.

Und ich hätte das Telefon am liebsten gegen die Wand geworfen.

Aber bei besagtem *Telefon* handelte es sich nur um einen durchsichtigen Bildschirm, der über dem Schreibtisch schwebte, und war damit unzerstörbar.

Also hatte ich einen Atemzug genommen, Reaper und Flame gesagt, dass sie Alina bewachen sollten, und war losgezogen.

„Ich werde mit Morpheus über die Sache mit den Strigoi sprechen", sagt Hades, als ich aufstehe. „Ich will einen Bericht, sobald du mit dieser *Königin* gesprochen hast." Er kneift seine Augen zusammen, als er den Titel ausspricht. „Während all meiner Beobachtungen dieses Reiches, habe ich sie kein einziges Mal gesehen und mittlerweile habe ich das Gefühl, dass das mit Absicht geschehen ist."

Ich nicke, stimme seiner Einschätzung zu. „Ihr Botschafter hat unsere Portalfenster erwähnt, was vermuten lässt, dass sie schon von Anfang an von uns wusste."

„Sieht ganz danach aus", mein Hades. „Ich freue mich darauf, mehr über sie zu erfahren."

„Ich mich auch", gebe ich zu. „Und über viele andere Dinge." Zum Beispiel über die genetischen Manipulationen, die in diesem Reich vorgenommen werden und wie das gewisse Gerüche beeinflussen könnte. Ich will sie auch über die Elitestadt in Chicago für Alina ausfragen.

Und vielleicht herausfinden, warum sie so interessiert daran ist, oder woher sie überhaupt davon weiß.

„Ich werde den Strigoi sagen, dass sie sich benehmen sollen", sage ich zu meinem Bruder. „Andernfalls melde ich mich wieder."

Hades nickt. „Ich bin mir sicher, dass Morpheus ein Wörtchen mit ihnen reden wollen wird." Er denkt einen Moment lang nach. „Oder auch nicht", meint er achselzuckend. „Wie dem auch sei, das ist nicht mein Problem. Aber ich werde in jedem Fall mit Maliki darüber sprechen."

Dass sich der Blick meines Bruders bei dieser Aussage verdüstert, verrät mir, dass er sich bereits überlegt, was er anlässlich dieses Gesprächs sagen und tun wird.

Wenn das fahle Lächeln, das seine Lippen umspielt, ein Hinweis ist, wird er es genießen.

Armer Maliki, denke ich. Meinem Bruder zufolge befindet sich die Todesfee derzeit in Luzifers Gewahrsam – was zu erwarten war, weil er ein illegales Portal in der Unterwelt geschaffen hat. Aber Hades rechnet fest damit, dass Maliki bald zur Bestrafung an ihn ausgeliefert wird.

Und genau dieser Umstand dürfte meinem Bruder gefallen.

Zum Glück mag die Todesfee Schmerzen.

„Wir sprechen uns bald", sage ich zu Hades, bevor ich

sein Büro verlasse und mich in ein altes Verlies im Reich der Mythenfeen teleportiere.

Ich bin an dieser Stelle in meine Realität zurückgekehrt, nur für den Fall, dass jemand versuchen würde, mir zu folgen. Zwar glaube ich nicht, dass das jemand könnte, aber die neue Dimension ist immer noch eine Unbekannte. Es ist besser, unerwartete Gäste in eine Falle zu locken, als sie direkt in das Versteck meines Bruders zu führen.

Außerdem liegt dieses Reich nicht in Luzifers Zuständigkeitsbereich, sodass er die Manifestationsmagie nicht spüren kann, die ich benutzt habe, um ein Portal zu schaffen, das groß genug ist, um hindurchgehen zu können. Kleine Luken benötigen nicht genug Energie, um vom Höllenfeenkönig wahrgenommen zu werden.

Leider passe ich nicht durch eine Luke.

Ich schätze, technisch gesehen, hätte ich ganz einfach von Anfang an hierherkommen können, um eine Verbindung zur anderen Dimension zu schaffen, anstatt die Nacht der Monster als Ablenkung zu nutzen. Aber in eine neue Welt zu reisen – vor allem eine, die in einem alternativen Universum liegt –, hatte eine Unmenge an potenziellen Konsequenzen nach sich gezogen.

Das Erforschen und Austesten der magischen Grenzen des Unbekannten unter Anwendung einer gängigen Praxis – wie dem Erschaffen von Portalen in der Nacht der Monster – schien am sinnvollsten.

Natürlich bin ich mit dem Testen dieser Grenzen noch nicht fertig.

Genau deshalb erschaffe ich ein Portal in einem alten Spiegel, tief unter der Erdoberfläche in dieser alten Gefängniszelle, die aussieht wie eine Gruft.

Diese heimgesuchten Katakomben bereiten mir eine Gänsehaut, vor allem, weil ich spüren kann, dass die alten

Mythenfeen-Seelen auf der Lauer liegen und nach einer Fluchtmöglichkeit suchen.

Aber sie sind für immer unter dem Erdboden eingesperrt. Sie werden für ihre Sünden bestraft und dafür verantwortlich gemacht, was mit unseren Omegas passiert ist.

Ich werde nicht zulassen, dass sie meine Kraft absorbieren oder mich als Gefäß benutzen. Nicht, dass sie an mich herankommen könnten. Sie alle werden in der Büchse der Pandora festgehalten – einem magischen Hochsicherheitsgefängnis, das von seinem Schöpfer – Ares – bewacht wird.

Ich blende die eiskalte Empfindung, die sich an meinen Armen breitmacht, aus und beschwöre den spiegelähnlichen Türdurchgang herauf. Er öffnet sich mühelos, weil meine Gedanken und meine Seele bereits mit der Manifestationskraft verbunden sind, die auf diesem Gebiet herrscht.

Ich trete durch den Spiegel, in das Wohnzimmer der Suite, und erstarre.

Nektar.

Ich reiße meine Augen auf und mein Blick wandert umgehend auf die Schlafzimmertür.

Omega-Nektar.

Das Portal zerfällt hinter mir. Die Glasscherben lösen sich in Luft auf, bevor sie den Boden berühren, und meine Beine bewegen sich wie aus eigenem Antrieb.

Doch dann stellt sich mir Flame mit ernster Miene in den Weg. „Tu es nicht. Sie hat eingewilligt. Ich habe es gehört."

„Was?" Ich verstehe nicht, was er da sagt. Warum hält er mich davon ab, zu meiner Omega zu gehen? Sie ist *feucht*. Sie ist *bereit*. Und, verdammt, ist das ein *Stöhnen*?

Ich teleportiere mich um Flame herum, bin drauf und dran, mir zu nehmen, was rechtmäßig mir gehört.

Meine Hand liegt bereits auf dem Türknauf, als etwas Hartes und Schweres mich zu Boden bringt, was ein Knurren durch meine Brust gehen lässt. „Was zum Teufel?", sage ich und frage mich, was der fast hundert Kilogramm schwere Jaguar auf mir zu suchen hat.

Er knurrt mir ins Gesicht.

Ich knurre zurück.

Wir ringen miteinander, während meine Omega abermals hinter der Tür stöhnt.

Ich werde diese verdammte Formwandlerfee töten, wenn er mich nicht zu ihr gehen lässt. Sie braucht mich. Sie *fleht*. Mein Knoten bebt, bereit, sie zu füllen. Sie zu *begatten*. Mich mit ihr *fortzupflanzen*.

Meine, schnurrt mein Alpha. *Meine, verdammt.*

Doch der Kiefer, der um meine Kehle gelegt ist, lässt mich erstarren. Flame hat mich fest im Griff. Er vergräbt seine Zähne in meiner Haut und lässt Blut fließen.

„Du hast wohl Todessehnsucht, *Halbblut*", knurre ich ihn an.

Ich könnte schwören, dass die auf mir liegende Katze lacht.

„Lass mich los, Flame."

Er tut es nicht.

Und das Stöhnen meiner Omega verhallt.

Ich horche angestrengt, mein Körper ist so verdammt scharf auf sie, dass ich mich zu ihr teleportieren würde, wenn ich damit nicht meinen Hals riskierte. Aber die Reißzähne des verdammten Jaguars würden mich wahrscheinlich aufschlitzen und mich zu einem unansehnlichen Anblick für meine Intendierte machen.

Oh, die Wunde würde verheilen.

Aber ich bezweifle, dass es meiner Omega gefallen würde, wenn mir Blut an meiner Brust hinabrinnen würde.

„Koste", höre ich Reaper flüstern, was mich das Gesicht verziehen lässt.

Was?

Zuerst glaube ich, dass er von meinem Blut spricht.

Aber dann wird mir klar …, dass er nicht im selben Raum ist.

Er ist … bei *Alina.*

Ich reiße meine Augen auf.

„Beschreib mir, wie er schmeckt", fährt Reaper fort. „Sag mir, wie deine Muschi schmeckt, Haustier."

Ooooh, verdammt.

Diese Worte. Die Bilder, die sie heraufbeschwören. Die Tatsache, dass er mit unserer Omega spielt. *Die Geräusche, die sie von sich gibt, während sie ihn annimmt …*

„Süß", sagt sie und die sanfte Beschaffenheit ihrer Stimme lässt vermuten, dass sie sich wohlfühlt. Sie ist zufrieden. *Erregt*, sogar. „Ich schmecke süß. Wie Erdbeer-Cupcakes. Aber da ist noch diese säuerliche Note."

Ich stöhne und die Worte lassen mir das Wasser im Mund zusammenlaufen.

Ich will ihren Nektar auf meiner Zunge spüren, will, dass meine Lippen damit benetzt sind – dass er meinen Rachen *hinabrieselt.*

Und dann will ich mich tief in ihrer süßen Mitte vergraben und sie beanspruchen.

Sie markieren.

Sie beißen.

Mich mit ihr fortpflanzen.

Bei Letztem handelt es sich um eine intuitive Reaktion darauf, meine Omega nach Jahrtausenden der Suche gefunden zu haben. Ich will sie mit meinem Samen vollpumpen, will, dass sie die nächste Generation von

Mythenfeen in sich trägt und sich in einem Omega-Nest voller Kinder ausruht.

Mir ist egal, dass einige von ihnen Reapers oder Flames Kinder sind, weil sie alle Mythenfeenblut in sich tragen werden.

Sie alle werden Nachkommen von *ihr* sein.

Meine Omega. *Unsere* Gefährtin.

Flame entfernt sich langsam von mir, vermutlich, weil er merkt, dass mir aller Kampfgeist gewichen ist, und verwandelt sich in seine menschliche Form zurück. „Dein Alpha ist ein Arschloch", sagt er und massiert seinen Kiefer.

Ich habe nicht einmal realisiert, dass ich auf ihn eingedroschen habe.

Aber ich entschuldige mich nicht.

Vorwiegend, weil sich seine Bissspuren noch immer an meinem Nacken entlangziehen. „Dasselbe könnte ich über deine elende Katze sagen", murmle ich.

„Nenn ihn noch einmal eine *Katze* und sieh, was passiert", fordert er mich heraus.

Ich schnaube, fordere sein Biest aber nicht heraus. Er ist eine wilde Kreatur, die mir mit Leichtigkeit den Kopf abbeißen könnte. Buchstäblich.

Zum Glück würde er nachwachsen.

Denn Mythenfeen sind unsterblich.

Darum auch das Gefängnis, das ich soeben verlassen habe. Die Büchse der Pandora ist das Einzige, was die Essenz von Mythenfeen einfangen kann.

Ich rapple mich auf, setze mich hin und lasse meinen Blick wieder in Richtung des jetzt stillen Schlafzimmers wandern. Reaper murmelt Alina etwas zu, dem ich keine Beachtung schenke. Ich will ihnen Privatsphäre einräumen.

„Sie hat ihre Zustimmung gegeben?", frage ich.

Natürlich hat sie das.

Reaper ist vieles, aber kein Vergewaltiger. Er weiß Zustimmung zu schätzen, so wie wir beide auch.

„Ganz begierig", erwidert Flame. „Sie hat ihn geradezu angefleht, sie zu berühren."

„Ja, hat sie", murmelt Reaper und erscheint, mit nichts weiter bekleidet als einer tief hängenden Loungehose, im Zimmer. „Ich bin dann mal weg, um unserem Haustier ein paar Cupcakes zu besorgen. Wollt ihr etwas aus der Küche? Etwas mit Erdbeeraroma, vielleicht?", fragt er und wackelt mit den Augenbrauen.

Flame zeigt ihm den Mittelfinger.

Ich seufze bloß. „Mir reicht Kaffee." Denn ich habe kein Auge zugetan und könnte etwas Koffein vertragen. Nicht, dass mir das in physischer Hinsicht helfen wird, aber ich würde den Kaffee zumindest genießen.

Reaper grinst bloß, als hätte er einen Preis gewonnen – was er irgendwie wohl auch hat – und löst sich in Luft auf.

Flame starrt auf die Tür. Sein Schwanz zeigt in dieselbe Richtung, als wollte er seinem Besitzer sagen, wohin er gehen will.

Ich raunze ihm um ein Haar zu, dass er sich eine Hose anziehen soll, doch dann sehe ich die zerschredderten Boxershorts nur wenige Meter entfernt von ihm auf dem Boden liegen.

Ganz offensichtlich hatte er keine Zeit gehabt, um sie sich auszuziehen, bevor er mich angefallen hat.

Ich streiche mir mit der Hand übers Gesicht und sage: „Ich werde einen Kaffee trinken und dann mit den Strigoi sprechen." Sie haben mir gestern Abend verraten, wo sich ihr Zimmer befindet. „Geh und kümmere dich um deinen Widerhaken und dann sieh nach Alina und frag sie, ob sie etwas braucht."

Flame sieht zu mir und seine violetten Iriden gleichen

zwei lodernden Flammen. „Ich kann mich nicht *darum kümmern*. Ich werde hart sein, bis ich sie besteigen kann."

Er steht mit wendigen Bewegungen auf und bückt sich dann, um seine kaputten Shorts aufzuheben.

„Aber ich werde nach ihr sehen, sobald ich eine Hose gefunden habe", ergänzt er und sieht sich im Zimmer um.

Ich sehe dabei zu, wie er sich eine Jeans überstreift und zucke zusammen, als er den Reißverschluss hochzieht. Vorwiegend, weil ich weiß, wie es ihm gerade geht. Mein Knoten pulsiert in meiner Hose und verlangt danach, freigelassen zu werden.

Und nachdem ich diese wunderbaren Laute aus dem Nebenzimmer vernommen habe, bezweifle ich, dass mein Schwanz jemals wieder schlaff sein wird.

Ganz zu schweigen vom verweilenden Duft von Nektar, denke ich und atme tief ein.

Er ist nicht mehr so penetrant wie vorhin, aber nach wie vor da. Berauschend und süß. Ein verlockender Duft, der mich verführt, mir eine Kostprobe zu holen.

Bald, verspreche ich meinem inneren Alpha. *Bald.*

KAPITEL EINUNDZWANZIG

ALINA

Iᴄʜ ꜱᴛᴀʀʀᴇ ᴀᴜꜰ ᴅᴀꜱ Bᴇᴛᴛ, verspüre dieses merkwürdige Verlangen, mich über die Matratze zu rollen, obwohl ich gerade geduscht habe. Als wollte ich die Erinnerungen an Reaper, die sich darin befinden, absorbieren und sicherstellen, dass ich sie nie vergesse.

Denn *wow*.

Er hat mir das Gefühl gegeben, am Leben zu sein. Als würde ich in Flammen stehen. Wach zu sein, auf eine Art, wie ich es nie zuvor gewesen bin.

Es war seltsam, aber auch befreiend.

Ich presse meine Hand auf die Stelle auf dem Bett, wo ich geschlafen habe – da, wo Reaper mich um den Verstand gebracht hat.

Ich kann noch immer die Überbleibsel unserer gemeinsamen Zeit riechen.

Es gefällt mir, beschließe ich lächelnd, bevor ich auf den Wandschrank zugehe, um mir etwas zum Anziehen zu suchen. Sobald ich ihn betrete, hüllen mich neue Gerüche ein. Gerüche, die zweifelsohne männlicher Natur und noch ganz frisch sind.

Orcus, geht mir nach Atem ringend durch den Kopf und ich drehe mich um, um nach ihm zu suchen. Aber er ist nicht da. Niemand ist da. Es gibt nur mich und diesen berauschenden Geruch.

Im Zimmer liegt auch ein Hauch Zedernduft. *Flame?*, denke ich, ganz betört von der Duftmischung. Die Mischung von Flames und Orcus' Essenzen erinnert mich an einen klaren Tag in den Bergen – an eine Wanderung durch die Wälder. Ich schließe meine Augen und sehe es bildlich vor mir.

Frische Luft.

Tannenbäume.

Und ein Lagerfeuer …

Dieser letzte Gedanke lässt mich die Nase kraus ziehen. Es ist die ideale Ergänzung, aber der Duft stammt nicht von Flame oder Orcus.

Sondern von Reaper, realisiere ich. *Oh, bei den Feen …*

Zusammen sind sie … *alles.*

Hier will ich leben, umgeben von diesem Duft. Es ist der Geruch eines perfekten Tages.

Ich beuge mich nach vorn, finde die Quelle der verlockenden Kombination und trage sie in mein Schlafzimmer. Es ist ein unübliches Verlangen, aber ich scheine mich nicht davon abhalten zu können. Ich muss diesen berauschenden Duft mit dem Geruch, den ich und Reaper auf dem Bett kreiert haben, vermischen.

Also tue ich das.

Ich … lasse einfach alles aufs Bett sinken.

Und dann starre ich die Sachen an.

Und runzle die Stirn.

Das stimmt überhaupt nicht.

Das Aroma ist gut, ja sogar perfekt, aber die Anordnung …

Nein. Es braucht … hm.

Ich greife nach einem Handtuch, dem Flames Geruch innewohnt, und lege es auf die Kissen. Dann greife ich nach einem Oberteil – *Orcus'* – und lege es vorsichtig über das Handtuch.

Ich nicke zufrieden und greife nach einer Robe und atme ihren Duft ein. *Rauchige Schwaden. Asche. Lagerfeuer.* Das gehört definitiv Reaper. Ich lege den Stoff auf die anderen Einzelteile und bilde an meinem Kissen und dem Kissen neben meinem entlang eine Art Wand aus ihnen.

Ich tippe mir ans Kinn und merke, dass noch etwas fehlt. Ich blicke nach unten auf den Baumwollstoff, der um meinen Oberkörper geschlungen ist.

Ich reiße das Stück kurzerhand von meinem Körper und schlinge es um die Wand, die ich geschaffen habe, sodass es zu etwas wird, das fast so aussieht wie ein Körperkissen.

Als ich mich nach vorn lehne und tief einatme, lächle ich. „Perfekt." Aber ich brauche mehr.

Ich sehe mich im Zimmer um und runzle die Stirn, weil ich realisiere, dass ich nichts mehr habe, mit dem ich mein Bett ausstatten kann. Nur meine Laken, und die … die sind da, wo sie sein sollen.

Stirnrunzelnd krabble ich aus dem Bett und drehe mich erneut zum Wandschrank um.

Und erstarre.

Denn Orcus, Flame und Reaper stehen alle in der Tür und glotzen mich an.

Ich starre blinzelnd zurück.

„Baut sie da ein Nest?", fragt Reaper und deutet auf das Bett.

„Ja", erwidert Orcus und schluckt hart.

„Cool", sagt Reaper und nickt. „Es gefällt mir, dass sie es nackt tut."

Ich reiße meine Augen auf und blicke nach unten.

Plötzlich erinnere ich mich daran, dass ich mein Handtuch abgestreift habe, um … um … zu tun, was auch immer ich gerade getan habe.

„Also, wann beginnt diese Läufigkeit noch mal?", säuselt Reaper, während ich aufs Bett springe und die Laken über meinen Körper ziehe.

Und zwar bis über den Kopf.

Und mich mit all meiner Kraft an die Steppdecke klammere.

Was zum Teufel läuft falsch bei mir? Was habe ich da überhaupt gemacht? Und warum – warum, um alles in der Welt *– riecht es hier drinnen so gut?* Ich ächze und meine Nippel werden hart, weil der Duft mich von Kopf bis Fuß einhüllt.

Denn es liegt an ihnen.

An diesen Feen.

An diesen *Männern*.

Ich bin praktisch trunken von ihrem Duft und das Bild eines perfekten Tages überkommt meine Sinne einmal mehr. *Wie ich durch die Berge wandere. Die Wärme der Sonne auf meinen Schultern. Bäume, die in der sanften Brise wiegen.*

Ich wimmere, verloren in meinem Tagtraum und entsetzt darüber zugleich.

„Alina", sagt Orcus mit sanfter Stimme und die Matratze senkt sich, als er sich zu mir setzt.

Aber er legt sich nicht hin. Er bleibt aufrecht sitzen. Und er berührt mich auch nicht.

Ich warte ab, ob die anderen sich uns anschließen, aber es ist nur Orcus' Duft, der das Zimmer vollends einnimmt. *Sind sie weg?*, frage ich mich. *Oder sehen sie noch immer in der Tür stehend zu?*

Oh, bei den Feen. Hitze bahnt sich ihren Weg an meinem Nacken hoch. *Wie lange haben sie zugesehen?*

Ich kann mich nicht einmal daran erinnern, wann ich

das Handtuch abgestreift habe oder warum ich das Gefühl hatte, es tun zu müssen.

„Ich weiß nicht, was mit mir geschieht", sage ich und hasse, wie verängstigt ich bin und ich mich anhöre. So bin ich sonst nie. Ich bin stark. Ich kämpfe. Ich *rebelliere*.

Aber das hier … das hier ist nicht normal. Das hier ist … Es liegt an *ihnen*. Es liegt an den Feen.

Und doch fühlt sich alles so richtig an.

Ich würde am liebsten laut losschreien und mir die Haare ausreißen. Mich zu einer Kugel zusammenrollen und weinen. Aus dem Bett springen und *schreien*. Die gegenteiligen Bedürfnisse drehen mir den Magen um.

„Willst du, dass ich es dir erkläre?", fragt Orcus mich und seiner Stimme wohnt ein Hauch dieses Rumpelns inne. Das *Schnurren*.

Er schnurrt.

Alles in mir hält inne und meine Sinne sind vollends auf das leise Rumpeln fixiert. Mein Körper entspannt sich angesichts der beruhigenden Vibrationen umgehend.

Oh, dieser Laut gefällt mir.

„Ja", flüstere ich, erfreut darüber, sein Schnurren und seine Stimme zu hören. Ich will mehr. Ich *brauche* mehr.

Er ist eine Erlösung, von der ich nicht wusste, dass ich sie brauchte. Ein Schutz, von dem ich nicht wusste, dass ich ihn begehrte.

Ich will mich am liebsten neben ihn legen und mich in der Ruhe seiner Umarmung sonnen.

Aber er berührt mich nicht.

Er bewegt sich keinen Zentimeter.

Und es gibt da etwas, das mich verärgert.

Warum hält er mich nicht in seinen Armen?

„Ich habe dir gesagt, dass ich eine Omega-Seele in dir vermute", sagt er, was mich blinzeln lässt.

Was? Das schon wieder? Darüber will ich jetzt nicht reden.

Ich will nur, dass er für mich schnurrt und mich in seinen Armen hält. Warum …?

„Ich glaube, mir zu begegnen, hat diese Seele befreit. Und jetzt hast du endlich das Gefühl, dass es sicher ist, du selbst zu sein. Aber du hast … Wie alt bist du?"

Ich blinzle, als ich die unerwartete Frage vernehme, aber irgendwie weiß mein Mund, wie sie zu beantworten ist. „Zwanzig und zwei."

Er sagt längere Zeit nichts, dann räuspert er sich. „Deine Omega-Seele hat sich über zwei Jahrzehnte lang im Verborgenen gehalten, weshalb du gezwungen warst, ohne diesen Teil von dir auszukommen. Aber jetzt vereinen sich die beiden Hälften deiner selbst, was eine sehr verwirrende Erfahrung sein dürfte."

Das ist wohl die Untertreibung des Jahrtausends, will ich sagen, bin aber zu beschäftigt damit, seine Worte zu verdauen, während ich gegen das instinktive Verlangen ankämpfe, ihn unter die Laken zu ziehen.

Sein Schnurren würde sich so gut hier drinnen anhören, denkt dieser Teil von mir.

Ich verliere meinen Verstand, ist ein weiterer Gedanke.

Und zu guter Letzt kann ich es mir nicht verkneifen, mich zu fragen: *Die zwei Hälften von mir vereinen sich? Was zum Teufel soll das denn heißen?*

Also, ja, zu sagen, dass es eine *verwirrende* Erfahrung ist, ist eine Untertreibung.

„Ich hatte schon Begegnungen mit Omegas", fährt er fort und mein Herz setzt einen Schlag aus.

Einem Teil von mir gefällt nicht, wie er das gesagt hat. Dieser Teil von mir bringt mich dazu, meine Augen zuzukneifen und zu fragen: „Inwiefern?"

Denn wehe, es waren intime Begegnungen, denkt dieser Teil von mir und funkelt innerlich.

Es ist … beunruhigend. Als würde ein anderes Wesen

das sagen, nicht ich. Und doch spüre ich tief in meiner Seele, dass es mir *nicht* gefallen würde, wenn er mit einer anderen Omega *intim* war.

„Damit meine ich, dass ich ihnen über den Weg gelaufen bin", sagt er mit leicht belustigtem Tonfall.

Ich kralle meine Finger in die Steppdecke und ziehe sie von meinem Gesicht, weil ich ihn ansehen muss. Denn nichts an diesem Gespräch ist lustig oder amüsant.

Aber sobald wir uns in die Augen sehen, vergeht meine steigende Wut.

Rote Iriden starren auf mich herab. Rot und leuchtend.

Sein belustigter Ausdruck ist gewichen.

Und allem Anschein nach ist außer uns sonst niemand im Zimmer. Nur wir beide. *Ich und der Mythenfeen-Alpha.*

Sein Schnurren wird lauter, oder vielleicht hört es sich jetzt auch ganz einfach lauter an, weil ich aus meinem Kokon aus Laken hervorgekommen bin. Egal, woran es liegt, ich bin dankbar für die rumpeligen Vibrationen, weil sie mich umgehend beruhigen.

Orcus streckt eine Hand aus, um meine Haare aus dem Gesicht zu streifen, und legt sie dann an meine Wange.

„Ich hatte noch nie Sex mit einer Omega", sagt er zu mir. „Du wirst die Erste und Einzige sein, Alina."

Ich schlucke hart, weil ich nicht weiß, wie ich darauf reagieren soll.

Dieser besitzergreifende Instinkt, den du verspürst … Ich verspüre ihn auch dir gegenüber. Das gehört zum Band zwischen einem Alpha und einer Omega. Unsere Seelen verflechten sich miteinander. Mit jeder Sekunde wachsen wir ein Stückchen mehr zusammen. Und je näher wir uns sind, desto mehr werden deine Omega-Eigenschaften hervortreten."

„Ich fühle mich im Moment nicht besonders stark", sage ich flüsternd und verabscheue, wie verletzlich ich in den vergangenen paar Tagen geworden bin. „Ich fühle mich schwächer, Orcus. Und ich … ich weiß nicht mehr, wer ich bin?"

Das rebellische Mädchen aus dem Dorf.

Das Mädchen, das entschlossen war, ihre Schwester zu finden.

Was ist aus ihr geworden? Wohin ist sie verschwunden?

„Ich sollte eigentlich auf dem Weg nach Chicago sein", sage ich zu ihm. „Ich wollte keinen Gefährten. Ich wollte bloß für die Nacht der Monster auserwählt werden, damit ich …" Ich verstumme und schlucke hart, bevor ich zusammenzucke.

Aber was macht es für einen Unterschied, wenn ich ihm die Wahrheit sage?

Diese Feen haben mir bereits zugesichert, dass sie mich nach Chicago bringen werden.

Warum nicht zugeben, dass ich meine Schwester dort finden will?

Die alte Alina würde es ihm sagen, denke ich. *Die alte Alina wäre stark und würde offen sagen, was sie vorhat.*

Ich will wieder die alte Alina sein.

Ich will wieder *ich* sein.

Nicht diese … diese schnurrliebende, geruchsbesessene *Omega*.

Ich schiebe die Laken von mir weg, entschlossen, aufzustehen, und das Zimmer zu verlassen.

Doch sobald meine Haut mit der kalten Luft in Berührung kommt, erinnere ich mich daran, dass ich nackt bin und ziehe die Laken umgehend wieder hoch.

Aber dieses Mal wimmere oder ächze ich nicht. Ich *knurre*.

Denn ich bin frustriert.

Schon wieder bin ich *angreifbar* und *verletzlich*.

Ich habe es so satt, nicht in der Lage zu sein, zu tun, wonach mir der Sinn steht.

„Ich wurde jahrelang gezwungen, zu tun, was die Dorfschützer von mir verlangten. Ich war gezwungen, mich an die Regeln des Dorfes zu halten. Aber dann habe ich sie gebrochen. Na ja, zumindest einige von ihnen. Und ich habe es an die Nacht der Monster geschafft, weil ich es *wollte*. Ich bin nicht schwach."

„Omegas sind auch nicht schwach", erwidert Orcus und zieht damit meinen Blick auf seine vollen Lippen. „Omegas sind stark. Sie sind in der Lage, die Kraft eines Alphas auszuhalten und ihn dann in die Knie zu zwingen. Omegas besitzen alle Kraft der Welt. Darum sind wir ohne sie verloren."

„Aber … aber ich bin von *Gerüchen* und deinem *Schnurren* besessen und …" Ich schüttle meinen Kopf. „Ich verstehe das nicht, Orcus. Ich verstehe nicht, was mit mir passiert." Ich verstehe die ganze Sache mit der Omega-Seele, die sich zeigt. Es ist, was das alles mit sich bringt, was mir das Gefühl gibt, völlig verloren zu sein.

Letzteres versuche ich Orcus zu erklären, aber ich habe das Gefühl, bloß sinnloses Zeug zu plappern.

Weil ich nicht ich selbst bin.

Ich bin nicht …

„Du hast ein Nest gebaut", unterbricht er meine wirren Gedanken. „Ein Nest ist ein sicherer Zufluchtsort für eine Omega, um sich mit ihrem Alpha fortzupflanzen. Oder in deinem Fall, mit deinen Gefährten. Denn ich ahne, dass, was immer du und Reaper vorhin gemacht habt, ein Verlangen in dir wachgerüttelt hat. Und du hast auf dieses Verlangen reagiert, indem du dein Nest zu bauen begonnen hast."

Ich blinzle ihn an. „Ein Nest."

„Ja." Ein sanftes Lächeln zupft an seinen

Mundwinkeln. „Sieh es als sicheren Zufluchtsort an. Einer, über den du komplette Kontrolle hast und der ganz allein dir gehört. Du entscheidest, wer eintreten darf, wie sie eintreten dürfen, wo sie liegen … Der Ort gehört ganz allein dir und du kannst ihn nach Herzenslust benutzen."

Ich ziehe die Nase kraus. „Ich weiß nicht, was ich dazu sagen soll."

Er zuckt mit der Schulter. „Du brauchst gar nichts zu sagen. Ich versuche nur, dir zu helfen, den Instinkt zu verstehen. Du hast ein Nest mit den Gerüchen deiner Gefährten gebaut, weil deine innere Omega sich bei uns geborgen fühlt."

Ich stelle mir den wunderschönen Nachmittag in den Bergen erneut vor und bemerke, wie sicher und warm und glücklich mir plötzlich zumute ist.

Das ist, was ihre Gerüche repräsentieren, realisiere ich. *Harmonie. Utopia. Ein Ort der Freude.*

„Und was mein Schnurren angeht … Es gefällt dir, weil Alphas für ihre Gefährten schnurren. Es handelt sich dabei um ein Geräusch, das ich nur für dich machen werde. Und Flame schnurrt auch, auch wenn seines etwas anders ist. Aber für ihn gilt dasselbe." Orcus zieht seine Hand von meiner Wange weg und seine Iriden sind eine hypnotisierende Mischung aus Rot und Schwarz.

Ich mustere seine Augen und die hohen Wangenknochen. Aus nächster Nähe scheint er nicht so riesig. Was merkwürdig ist, weil er kolossal ist. Aber in ihm weilt eine Sanftheit, die seine furchteinflößende Größe in den Hintergrund rücken lässt.

„Ich kann auch knurren", ergänzt er und führt die Fähigkeit vor, indem er seine Worte mit einem leichten Rumpeln unterlegt. „Knurrgeräusche regen Omegas an und haben eine Paarungslust zur Folge." Er sagt den letzten Teil ohne das Knurren. „Es bringt die Omega dazu … Nektar zu produzieren."

Ich sehe auf seinen Mund, während er spricht, und ein Teil von mir wünscht sich, dass er erneut knurren würde. Weil mir das Geräusch gut gefallen hat. „Was ist Nektar?", frage ich aufmerksam, obwohl seine Lippen drohen, mich vom Thema abzulenken.

„Die Feuchte zwischen deinen Beinen."

Ich sehe ihm schlagartig in die Augen. „W…was?"

„Knurrgeräusche machen dich feucht", erklärt er. Nicht, dass die Erklärung nötig war. Meine Frage war rhetorischer Natur, weil ich nicht erwartet hatte, dass er das sagen würde. „*Sehr* feucht, sogar."

Ich erschaudere. „Oh."

Er mustert mich mit belustigtem Ausdruck. „Viele deiner Omega-Instinkte drehen sich um die Paarung, Alina. Das ist nun einmal, was Alphas und Omegas tun. Aber nichts daran ist schwach. Dein Körper ist dazu gemacht, meine brutale Stärke auszuhalten. Und mein Herz wurde geschaffen, um dich für die Ewigkeit zu lieben."

Er legt seine Hand abermals an meine Wange und starrt mich jetzt plötzlich mit eindringlichem Blick an.

Das Starren ist so intensiv, dass es mir fast den Atem verschlägt.

Weil er mich ansieht, als wäre ich der Mittelpunkt seines Universums. Sein Ein und Alles.

„Du bist jetzt mein Lebenszweck, Alina", haucht er. „Meine bessere Hälfte. Und das, meine süße Omega, macht dich zur Stärksten von uns allen."

KAPITEL ZWEIUNDZWANZIG

ALINA

ORCUS' ERKLÄRUNGEN VERFOLGEN mich in den kommenden Tagen. Seine Stimme sitzt in meinem Kopf und hilft mir, meine unbekannten Instinkte besser zu verstehen.

Leider lässt ihren Ursprung zu verstehen sie nicht vergehen.

Ganz im Gegenteil.

Sie werden immer stärker.

Wie der wachsende Berg Klamotten auf dem Bett bestätigt.

Wenn es Reaper stört, sagt er es nicht. Er hat sich mir in den vergangenen paar Nächten angeschlossen und mich jeden Morgen mit Orgasmen geweckt.

Na ja, fast jeden Morgen.

Heute scheint er nicht da zu sein.

Also dusche ich allein, etwas enttäuscht darüber, dass wir von unserer neuen Routine abweichen.

Nicht, dass wir einen fixen Tagesplan haben oder so.

Aber die letzten paar Tage folgten einem gewissen Muster. Morgendliche Orgasmen von Reaper, Cupcakes zum Frühstück, Schulstunden am Nachmittag mit Orcus und ein paar Mahlzeiten als Gruppe, gefolgt von abendlichen Spaziergängen mit Flame.

Es war … nett. Sehr, sogar.

Also, wo ist Reaper?, frage ich mich, während ich ein Handtuch um meinen Körper schlinge. Er ist der Einzige, der im selben Bett mit mir geschlafen hat, vermutlich, weil ich die anderen nicht eingeladen habe.

Aber sie haben auch nicht gefragt.

Wenn sie es täten …, würde ich vielleicht Ja sagen.

Jetzt verstehe ich diese Wärme, die meine Adern flutet, endlich. Es handelt sich dabei um Erregung. Aber eine weitaus intensivere Version davon, die von meiner Omega-Seite rührt, die so lange geschlafen hat und jetzt erweckt wurde.

Gestern hat Orcus mir endlich erklärt, was diese *Läufigkeit* ist, von der Reaper immer wieder spricht.

„Es geht dabei um die Fortpflanzung. Du wirst unersättlich werden und es wird allen dreien von uns bedürfen, um dich zu befriedigen", hat er mir gesagt und sein Akzent war irgendwie stärker geworden, als er die Worte von sich gab. „Und am Ende wirst du vermutlich ein Kind in dir tragen."

Ein Kind, denke ich jetzt und presse meine Hand auf meinen Bauch. *Warum jagt mir das keine Angst ein?*

Das sollte es.

Ich habe nie Kinder gewollt.

Aber das war damals, als ich dachte, ich würde sie mit einem der Männer aus meinem Dorf und in dieser Welt großziehen müssen.

Mit den Feen … Ich … ich weiß nicht. Es hört sich nicht so schlecht an, mit ihnen zusammen zu sein.

„Willst du Kinder?", habe ich Orcus gestern gefragt.

„Ja, tue ich", antwortete er, ohne zu zögern. „Aber noch sehnlicher wünsche ich mir eine Gefährtin."

Das ließ mich die Stirn runzeln. „Was willst du damit sagen?"

„Damit will ich sagen, dass wir uns nicht mit dir *fortpflanzen* werden, wenn du noch nicht bereit für Kinder bist. Wir können dich auf andere Arten befriedigen." Dann lächelte er, als dachte er an die besagten *anderen Arten*.

Aber ich war am Wort *fortpflanzen* hängengeblieben und konnte mich nicht auf diese anderen Arten konzentrieren. Er hatte dieses Wort anlässlich unseres Gesprächs einige Male erwähnt.

Ich will, dass die Feen sich mit mir fortpflanzen, geht mir jetzt durch den Kopf. *Ist das verrückt?*

Ich starre mich im Spiegel an.

Es fühlt sich nicht verrückt an. Tatsächlich kommt es mir vor, wie das Normalste der Welt.

Vielleicht liegt es daran, dass sich in mir zu viel sexuelle Spannung aufgestaut hat, weil meine Session heute Morgen mit Reaper ausgefallen ist. Vielleicht ist es ganz einfach Schicksal.

Vielleicht sollte ich einfach aufhören, so verkopft zu sein und die Todesfee aufspüren, denke ich und kneife meine Augen zusammen.

Warum sollte er immer derjenige sein, der unser morgendliches Spiel anzettelt? Und warum hat er mich noch nicht gebeten, ihn zu befriedigen?

Ich streiche mir mit den Fingern durch die nassen Haare und betrete das Schlafzimmer, entschlossen, den Mann zu suchen, an den ich denke, und ein paar Antworten von ihm zu verlangen.

Aber als ich im Wohnbereich ankomme, sehe ich bloß Flame in seiner Jaguar-Form.

Er liegt auf dem Marmorboden im Foyer und hat

seinen Kopf gehoben, als ich eingetreten bin. Er blinzelt mich mit seinen grünen Augen an und ich blinzle zurück.

„Wo ist Reaper?", frage ich.

Er steht auf und streckt sich, was all die Muskeln an seinem schlanken Körper hervortreten lässt. Dann stolziert er, immer noch in seiner Katzenform, auf mich zu.

Ich sehe ihn an, warte darauf, dass er sich verwandelt, aber er tut es nicht. Stattdessen stellt er sich vor mich hin und schmiegt sich an mein Bein.

Meine Finger streichen wie aus eigenem Antrieb durch sein weiches Fell und meine Mundwinkel zucken.

„Dir auch einen guten Morgen", sage ich, als er mich ins Schlafzimmer zurückschubst. „Wirst du anstelle von Reaper mit mir kuscheln?"

Das ist nicht direkt, wonach ich suche, aber es würde mir nichts ausmachen, mich an Flames Jaguar zu kuscheln. Er ist so weich und warm und stark. Letzteres wird klar, als er mich auf das Bett zuschubst und mich praktisch auf die Matratze *wirft*.

Ich lande nach Luft ringend auf meinem Arsch, bevor er sich mit seinem riesigen Körper über mich beugt.

„Was machst du da?", keuche ich, krabble rückwärts auf dem Bett zurück und lache leise. Denn dem Jaguar ist ganz offensichtlich zum Spielen zumute.

Aber der Ausdruck in seinen Augen, als er auf das Bett klettert, sieht überhaupt nicht verspielt aus.

Vor allem nicht, als er seine Schnauze unter meinem Handtuch und zwischen meinen Beinen verschwinden lässt.

Mir klappt die Kinnlade herunter.

Und ich bin noch überraschter, als der riesige Jaguar sich in einen Mann zu verwandeln beginnt, während er an meinem Körper hochkrabbelt.

Flame.

Als seine Schnauze mein Gesicht berührt hätte, befindet er sich bereits in seiner menschlichen Form.

Und liegt *nackt* auf mir. „Hallo, kleiner Panther", murmelt er mit einem Schnurren, während er seine Nase über meine Wange streifen lässt. „Du riechst heute Morgen besonders gut."

Ich erschaudere und spanne meine Schenkel um seine geschlungen an, als ich das sinnliche Rumpeln vernehme. Es ist anders als Orcus', das mich immer zu beruhigen scheint.

Flames Schnurren kann auch beruhigend sein. Aber wie ich gerade lerne, kann es auch unheimlich sexy sein.

Er lässt seine Lippen kaum merklich über meine Wangen streifen. Seine Bewegungen sind hypnotisch und neu. Er hat mich erst ein paarmal auf die Wange geküsst. Die unschuldige Liebkosung ist nichts im Vergleich zu dem sinnlichen Raubtier, das auf mir liegt.

„Reaper und Orcus sprechen mit dem Botschafter", sagt er leise zu mir. „Wie es scheint, wird Orcus heute endlich die sagenumwobene Königin treffen."

Ich erstarre. „Sie hat sich zu einem Treffen bereiterklärt?"

Flame nickt und lässt seinen Mund an meinen Hals wandern. „Zumindest ist das die Annahme." Er knabbert an meiner Halsschlagader. „Vielleicht werden wir heute ein paar Antworten bekommen. Aber bis dahin … stimme ich dafür, dass wir uns miteinander vergnügen."

„Solltest du nicht mit ihnen dort sein?", frage ich, verwirrt darüber, dass Orcus und Reaper ihn zurückgelassen haben. Es überrascht mich nicht, dass ich nicht auf der Gästeliste stehe. Immerhin bin ich eine Sterbliche.

Oder zumindest so in der Art, denke ich, noch immer

verwirrt über diese Omega-Seele, die mein Leben einzunehmen beginnt.

„Reaper und ich haben Dolche gezogen und ich habe gewonnen", sagt Flame mit stolzem Tonfall und lächelt an meinen Hals gedrückt. „Also habe ich mich entschieden, hier bei dir zu bleiben, während sie sich um den politischen Kram kümmern."

„Dolche gezogen?", wiederhole ich, verstehe nicht ganz, was er damit gemeint hat.

„Das ist ein Spiel von uns. Wer zuerst ein scharfes Spielzeug hervorzieht, gewinnt." Er platziert einen Ellbogen auf je einer Seite meines Kopfes. „Ich habe meine Hand teilweise verwandelt, während ich einen Dolch heraufbeschworen habe. Es wäre fast unentschieden ausgegangen, aber Orcus hat mich zum Sieger erklärt."

Ich starre ihn an. „Das ist ein Spiel?"

Er grinst. „Ja, Miezekätzchen, das ist ein Spiel. Und weil ich gewonnen habe, darf ich mit dir spielen."

Miezekätzchen?, geht mir durch den Kopf. Was ist aus ‚*kleiner Panther*' geworden? Ich runzle die Stirn. „Ich bin kein Kätzchen."

Flame lacht und nickt. „Dann kleiner Panther."

„Madame Panther", sage ich und ziehe dann die Stirn kraus. „Nein. Kleiner Panther ist in Ordnung." *Madame* lässt mich an die älteren Matronen in meinem Dorf denken. *Klein* ist … Na ja, ich *bin* kleiner als diese Fee, also akzeptiere ich das Adjektiv, weil es nett gemeint ist und nicht herablassend.

„Wie du wünschst, kleiner Panther", murmelt er. „Hast du sonst noch irgendwelche Forderungen? Ich unterstehe voll und ganz deinem Befehl."

Ich ziehe eine Augenbraue hoch. „Wirklich?"

„Immer."

Hm. Die Aussage könnte er noch bereuen – vor allem angesichts meiner derzeitigen Stimmung.

Reaper scheint meinen Körper darauf abgerichtet zu haben, jeden Morgen Orgasmen zu erwarten. Ganz offensichtlich hat er mich mit irgendeinem sinnlichen Bann belegt.

Oder vielleicht ist es meine Omega-Seite, die mich nach männlicher Berührung gieren lässt.

Was es auch ist, ich habe eine nackte Formwandlerfee über mir.

Eine sündhaft heiße Formwandlerfee, denke ich und korrigiere mit einem Grinsen in Gedanken: *Eine sündhaft heiße Formwandlerfee, die meinem Befehl untersteht.*

Und hart ist er auch.

Nicht nur all seine Muskeln, sondern auch zwischen seinen Beinen. Ich kann sein warmes Glied durch den dünnen Stoff meines Handtuchs spüren.

Sein Gesicht war gerade in Jaguar-Form da unten, erinnere ich mich und erschaudere. Ich habe keinen Zweifel daran, dass er meine Erregung riechen und erst recht *sehen* konnte.

All unsere Spaziergänge waren schön gewesen und ich habe seine bisherige Geduld sehr geschätzt. Aber ich will mehr als bloß Händchen halten und flüchtige Küsse auf die Wange.

Ich will *ihn.*

Bei den Feen, ich will *sie.*

Ich bin süchtig nach diesen Männern. Es ist … es ist, als fühlte ich mich zum ersten Mal in meinem Leben lebendig. Und ich heiße die erfrischende Erfahrung mit offenen Armen willkommen.

Sie wollen mir nicht wehtun. Sie wollen mich beschützen.

Mich wertschätzen.

Mich zu ihrer *Gefährtin* machen.

Drei Feen, eine Omega – oder so in der Art.

Kein schlechtes Leben. Tatsächlich hört sich das fantastisch an.

„Sollte ich Angst haben?", fragt Flame und mustert mich.

Ich blinzle ihn an. „Was? Warum solltest du Angst haben müssen?"

„Weil du ungeheuer lange brauchst, um deine nächste Forderung zu stellen."

Oh. Ich lecke mir die Lippen. „Stimmt. Ja, das solltest du vermutlich …"

„Wirklich?" Er zieht eine seiner dunklen Augenbrauen hoch und in seinen Augen steht ein verruchter Blick. „Versuch dein Bestes, kleiner Panther. Sag mir, was ich tun soll."

Diese Worte machen mich nur noch feuchter zwischen meinen Schenkeln und meine Gedanken jagen wild umher, versorgen mich mit unbekannten Konzepten und Ideen. Die meisten wurden von *Reaper* inspiriert.

„Bald einmal werde ich dich da unten lecken, Haustier", hat er gestern zu mir gesagt. „Ich werde an dieser kleinen, geschwollenen Klitoris knabbern, während du kommst, und dann werde ich dafür sorgen, dass du noch einmal an meiner Zunge kommst."

Alles in mir spannt sich beim Gedanken daran an und mein Verlangen danach, Reapers Mund da unten zu spüren, macht mich unglaublich an.

Bei den Feen, wie würde sich das anfühlen?

Würde Flame es mir zeigen?

Er sieht mich unter seinen dichten Wimpern an und sein schönes Gesicht ist nur wenige Zentimeter von meinem entfernt. Wie kann ich ihn darum bitten, mich da unten zu küssen, wenn unsere Lippen sich noch nicht einmal berührt haben?

Es mag sich bieder anhören, aber ich will damit anfangen, seinen Mund auf meinem zu spüren. Indem ich seine Zunge spüre. Indem ich seine Leidenschaft erfahre und in Erfahrung bringe, was er mag.

Nicht unbedingt, um ihn mit Reaper zu vergleichen, sondern schlichtweg, um Flame kennenzulernen.

Um meine beiden Feenmänner kennenzulernen.

Oh, allein der Gedanke daran, sie beide in mir aufzunehmen, lässt mich meine Schenkel erneut anspannen. Ich *brauche*. Ich *brenne*. „Du musst mich küssen, Flame. Bitte. Ich …"

Er lässt mich mit seinem Mund verstummen und presst seine Lippen sanft an meine.

Zumindest anfangs.

Aber nach wenigen Sekunden wird diese Sanftheit von etwas Heißerem abgelöst, etwas, das mich *anregt*.

Es ist subtil, aber ich kann trotzdem spüren, wie er mich mit seinen sanften, verlockenden Liebkosungen einnimmt. Wie er mir mittels eines wortlosen Zungenschlags sagt, was er will. Und das Kommando übernimmt, sobald ich meine Lippen öffne.

Bei den Feen … Er ist sinnlich und grazil.

Eine schleppende Verführung.

Eine mit Absicht behaftete Umarmung.

Ein perfekter Kuss.

Das sollte mich nicht überraschen. Alles an Flame ist perfekt – von seinem gut aussehenden Gesicht bis hin zu seinem umwerfenden Jaguar und seinen guten Sitten.

Aber an diesem Kuss ist nichts sittsam.

Er dominiert meine Zunge mit seiner und *schnurrt*.

Oh, dieses Rumpeln. Es ist … so hypnotisch. So dominant.

„Ich liebe dein Schnurren", sage ich an seinen Mund gepresst. „Es … löst ein Kribbeln in meinem Körper aus."

Er grinst. „Das sollte es auch. Das ist der Lockruf meines Jaguars. Er benutzt es, um dich zu beruhigen, aber auch, um dich zu verführen." Er streicht mit seiner Nase über meine Wange zu meinem Ohr. „Funktioniert es, kleiner Panther? Bringt es dich dazu, deine Beine für mich spreizen zu wollen?"

„Meine Beine sind bereits gespreizt", erwidere ich.

„Mh-hm, aber nicht weit genug", entgegnet er und fährt mit seinen Händen an meinem Rumpf hinab. „Und das Handtuch ist auch im Weg."

„Dann solltest du es vielleicht wegziehen", schlage ich vor, bin plötzlich ungewohnt dreist und einiges williger als sonst.

„Ist das noch ein Befehl, meine Panther-Königin?"

Ein angenehmes Schaudern durchfährt mein Wesen. Der neue Spitzname gefällt mir. *Königin* lässt mich mächtig klingen, nicht schwach. Es ist ein angesehener Titel. Obwohl ich mir nicht ganz sicher bin, ob ich ihn mir verdient habe.

Aber wenn er das Gefühl hat, dass ich seine *Panther-Königin* bin, werde ich das annehmen. „Küss mich noch einmal", flehe ich ihn an und habe völlig vergessen, worüber wir gesprochen haben. Ich bin nicht einmal sicher, warum wir überhaupt Worte ausgetauscht haben. Ich will mehr von seiner Zunge, mehr von seinem Mund und mehr von seiner *Leidenschaft*.

Und er gibt es mir.

Oh, und wie er es mir gibt.

Seine Küsse sind sinnlicher als Reapers, aber sie sind beide genauso potent. Süchtig machend. *Tödlich* für meine Hirnzellen.

Denn jetzt weiß ich nicht mehr, wo oben und unten ist, kann links nicht mehr von rechts unterscheiden. Nicht, dass Richtungsangaben jetzt von Wichtigkeit wären.

„Flame", keuche ich.

„Alina", erwidert er, seinen feuchten Mund an meinen gepresst. „Sag mir, dass ich von dir kosten soll. *Bitte*, sag mir, dass ich von dir kosten soll." Er küsst mich erneut, bevor ich etwas darauf erwidern kann, und sein Schnurren wird noch intensiver. „Mein Jaguar wollte deine süße Muschi sehnlichst lecken, aber ich habe ihn zurückgehalten. Ich brauche deine Zustimmung. Ich will, dass du es mir *befiehlst*."

Ich presse meine Schenkel, die um seine geschlungen sind, aneinander und mein Inneres verzehrt sich danach, seiner Bitte nachzukommen, während es einen ganz eigenen Befehl von sich gibt. Es ist eine merkwürdige Mischung, dieses Gefühl der Ermächtigung zu verspüren, tief drinnen aber zu wissen, dass ich mich eigentlich unterwerfe.

Er will mich *lecken*.

Er sagt mir, dass ich es ihm befehlen soll.

Und ich will nichts lieber tun, als diesen Befehl von mir zu geben.

„Koste mich", sage ich zu ihm. „Koste mich überall, Flame."

Seine violetten Augen werden von ebenholzfarbenen Flecken überschattet, was – wie ich gelernt habe – bedeutet, dass sein Tier direkt unter der Oberfläche lauert. Er ist halb Biest, aber durch und durch Mann.

Er will, dass ich einwillige, und das habe ich. Und ich kann die Erleichterung sehen, die ihm meine Zustimmung verschafft hat.

Etwas in ihm beruhigt sich.

Das geschickte Raubtier reißt die Kontrolle an sich.

Und ein lüsterner Ausdruck findet in seine Augen.

Ich erschaudere erwartungsvoll und bin gefasst darauf,

dass er mir das Handtuch vom Körper reißt. Aber das tut er nicht.

Stattdessen küsst er mich erneut.

Dieser Kuss ist weitaus intensiver als der Letzte – *dominanter*. Als hätte ich gerade etwas in ihm freigesetzt. Als hätte ich ihm Erlaubnis erteilt, zu tun, was immer er wirklich tun wollte.

Ich habe seinem Jaguar erlaubt, die Führung zu übernehmen, dämmert mir. Ich bin nicht so sicher, woher ich das weiß, aber ich tue es. Und das verängstigt mich und macht mich zugleich an.

Er knurrt. Schnurrt. Knurrt erneut.

Dann krallt er seine Finger in den Stoff zwischen uns und reißt ihn beiseite.

Er sieht jetzt mit fast komplett schwarzen Augen auf meine freigelegten Brüste und leckt sich über die Unterlippe. „Ich werde dich verschlingen, Alina." Seine Stimme ist tief und mit einem warnenden Tonfall unterlegt. „Du musst dir ein Safeword aussuchen."

Ich runzle die Stirn. „Ein *was?*"

„Ein Safeword", sagt eine andere Stimme, bevor Reaper sich mit aufgestütztem Kopf neben mir auf dem Bett materialisiert. „Ein Wort, das ihm sagen wird – oder besser gesagt *uns* –, wenn wir zu weit gehen."

Ich sehe den gemütlich auf dem Bett liegenden Mann mit offen stehendem Mund an, bin überrascht über sein plötzliches Erscheinen. Und erstaunt über seine Erklärung.

„Kann ich nicht einfach ‚*aufhören*' sagen?"

„Nein", erwidern die beiden gleichzeitig.

„Manchmal kann es sein, dass du uns sagst, dass wir aufhören sollen, obwohl du eigentlich willst, dass wir weitermachen", ergänzt Reaper. „Also brauchen wir ein Wort, das uns unmissverständlich klarmacht, dass wir aufhören sollen. Ein Wort, das uns aus dem Augenblick reißen und uns zwingen wird, uns rückzuversichern, dass es dir gut geht."

„Obwohl wir das die ganze Zeit über tun werden", sagt Flame, dessen Augen jetzt wieder mehrheitlich violett sind. „Es ist nur eine Vorsichtsmaßnahme, falls unsere Biester zu weit gehen."

„Und außerdem soll es zum Ausdruck bringen, wie viel Macht du hast, Alina", sagt Reaper mit einem Lächeln. „Kein dominanter Mann will, dass seine Frau das Safeword benutzen muss. Zu wissen, dass du mit einem Wort alles zu einem Halt bringen kannst, gibt dir vollumfängliche Kontrolle, auch wenn du das Gefühl hast, keine zu haben."

Flame nickt und stimmt Reaper zu.

Wenn es ihn stört, dass sein Freund ihm ins Wort gefallen oder unerwartet aufgekreuzt ist, zeigt er es nicht. Tatsächlich scheint Reapers Anwesenheit ihn zu besänftigen.

Weil sie mich teilen wollen.

Ein Schauer durchfährt mich, als ich ihr Verlangen spüre. *Und ich glaube, ich will auch, dass sie mich teilen.*

„Und, Haustier?", fragt Reaper und auf seinen Lippen taucht ein sündhaft verlockendes Lächeln auf. „Wie lautet dein Safeword?"

KAPITEL DREIUNDZWANZIG

REAPER

FLAME MACHT sich nicht die Mühe, zu fragen, warum ich hier bin und nicht bei Orcus. Wahrscheinlich, weil er davon ausgeht, dass der Alpha mich weggeschickt oder mir gesagt hat, dass er mich nicht länger braucht.

Leider ist nichts von beidem der Fall.

Botschafter Arschloch Jones hat mir gesagt, dass ich nicht am Treffen mit seiner geliebten Queen Miststück teilnehmen darf.

Ich habe darüber nachgedacht, Einwände zu erheben.

Aber ein einziger Blick von Orcus hat genügt, um mich mit den Schultern zucken zu lassen. Er kann auf sich selbst aufpassen.

Und in der Zwischenzeit kann ich mich um Alina kümmern.

Also teleportierte ich mich hierher zurück, um mit meinem Haustier zu spielen, und landete zu meiner großen Freude in einem Dreier.

Jetzt muss sie sich nur noch ein Safeword überlegen, damit wir loslegen können.

Ich habe die letzten Tage damit verbracht, sie

aufzuwärmen, was ich sowohl zu ihrem als auch zu meinem Wohl getan habe.

Orcus mag sich mit Reden begnügen, und Flame mit seinen abendlichen Spaziergängen, aber ich musste unser Haustier berühren. Musste sie kosten. Sie kennenlernen.

Und ich glaube, sie brauchte meine Art des Trainings.

Sie wird ein Freigeist sein im Bett. Sie muss nur ihre Unsicherheiten ablegen und ihre unsichtbaren Flügel ausbreiten.

„Chicago", flüstert sie, was mich die Stirn runzeln lässt.

„Orcus trifft sich bald mit der sagenumwobenen Königin. Sie werden darüber sprechen", verspreche ich ihr.

„N…nein. Ich … ich habe mir mein Safeword ausgesucht. *Chicago.*"

„Oh." Ich lächle. „Chicago soll es sein."

„Chicago", wiederholt Flame und nimmt das Safeword zur Kenntnis. „Wenn du aus irgendeinem Grund nicht sprechen kannst, halte einfach zwei Finger hoch oder tippe mich zweimal an." Er zeigt Alina mit seiner Hand, was er meint, während sie ihn mit geweiteten Augen ansieht.

„Warum sollte ich nicht in der Lage sein, zu sprechen?", fragt sie alarmiert.

„Oh, Schätzchen", sinniere ich und setze mich auf, um mein Oberteil auszuziehen. „Die Dinge, die wir dir zeigen werden …"

Angefangen damit, was ich mit meinen andersweltlichen Strängen tun kann.

„Du wolltest gerade unser Haustier kosten, richtig?", sage ich zu Flame.

„Ja, genau", bestätigt er und sein Blick wandert auf ihre wunderschönen Titten. „Mein Jaguar will jeden Zentimeter von ihr ablecken."

„Das verstehe ich. Sie ist köstlich." Meine

Tätowierungen winden sich auf meiner Haut, als ich das sage, dann treten die rauchigen Schwaden langsam aus meiner Haut und schweben durch die Luft auf unsere Frau zu.

Sie sieht sie, sagt aber nichts und beobachtet mich dabei, wie ich die Stränge um ihre Handgelenke streife. Ich drücke leicht zu, um ihre Hände über ihren Kopf zu heben, woraufhin sie ihren Mund überrascht öffnet. Dann fessle ich ihre Hände aneinander und binde den Strang um das Kopfteil, um sie daran zu befestigen.

„Koste sie", sage ich zu Flame. „Bring unser Mädchen zum Schreien."

Alina öffnet ihre Lippen, als wollte sie Einwände erheben, aber das Einzige, was aus ihrem Mund kommt, ist ein Stöhnen, als Flame einen ihrer rosigen Nippel tief in den Mund nimmt.

Er stöhnt um die süße Knospe herum geschlungen und lässt seine freie Hand an ihre andere Brust wandern, um sie zu drücken. Sie füllt seine Hand perfekt aus und beweist, dass ihr Körper wie für ihn – für *uns* – gemacht ist.

Ich habe diese hübschen Titten auch schon berührt.

Aber ich habe sie noch nicht abgeleckt.

Einer meiner Stränge wandert nach unten, um die Unterseite ihrer Brust zu streicheln, während Flame sich dem anderen Nippel widmet.

Die Laute, die Alina von sich gibt, bestätigen, wie sehr sie das hier genießt, und lassen mich wünschen, dass ich sie während unserer Experimentierphase etwas weiter gedrängt hätte. Denn diese Laute hören sich himmlisch an.

Ich öffne meine Jeans. Mein Schwanz pulsiert hinter dem Reißverschluss, aber ich befreie ihn nicht gänzlich.

Ich werde darauf warten, dass Alina die Ehre übernimmt.

Bis dahin …

Ich lehne mich nach unten und dämpfe ihr Stöhnen mit meiner Zunge. Sie erwidert meinen Kuss umgehend und presst ihre Lippen begierig an meine.

Das hier ist ein Kuss, der mir bekannt vorkommt. Ein Kuss, den ich ihr *beigebracht* habe.

Unser kleines Haustier ist eine ausgezeichnete Schülerin.

Ich belohne sie, indem ich unsere Liebkosung vertiefe, während Flame sich an ihren Brüsten labt, als wäre er völlig ausgehungert. Er treibt sie in den Wahnsinn und bringt sie dazu, ihre Hüften nach vorn zu bewegen und mehr zu verlangen.

Flame reagiert darauf, indem er sie mit seinem Unterleib gegen die Matratze drückt. Sein Knurren hallt durch die Luft.

Alina wimmert an meinen Mund gedrückt, was mich zum Grinsen bringt. „Bist du heute Morgen so begierig, mein Haustier?" Ich lecke über ihre Unterlippe.

„Hast du meine Hände an deinem Körper vermisst?"

„Ja", sagt sie und versucht erneut, ihren Unterleib an Flame zu drücken.

Flame gibt ein weiteres Knurren von sich. „Hetz mich nicht, kleiner Panther. Als ich sagte, dass ich vorhabe, jeden Zentimeter von dir zu kosten, meinte ich es auch so."

Ihre Pupillen weiten sich und sie öffnet ihren Mund keuchend.

Also lenke ich sie noch einmal mit meinem Mund ab, während Flame sich weiter an ihren wunderbaren Titten ergötzt.

Als er anfängt, sich nach unten zu bewegen, hat Alina bereits Tränen in den Augen. Sie ist ganz erregt und willig, und das nur, weil Flame ihre Brustwarzen und Kurven geküsst hat.

Sie wehrt sich krampfhaft gegen die Fesseln und

versucht nach unten zu greifen, um sich zwischen ihren Schenkeln zu berühren.

Ich mache ein tadelndes Geräusch und meine Stränge, die um ihre Handgelenke geschlungen sind, ziehen sich zusammen. „Keine Bewegung, Kleine. Das hier ist für Flame."

Und für sie.

Aber das ist alles Teil der Lektion.

Sie lernt. Wir lehren sie.

Ich nehme ihre Unterlippe in meinen Mund und beiße sanft zu. „Entspann dich einfach und lass es geschehen", sage ich zu ihr. „Du wirst es lieben."

Sie erschaudert und ballt ihre gefesselten Hände zu Fäusten. Ich liebe ihren Kampfgeist. Und ich liebe es, wie sie stöhnt, als Flame an ihrem Körper knabbert und sich dabei tiefer und tiefer begibt.

„Du machst das so gut", flüstere ich, küsse ihre Wange, dann ihr Ohr. „Lass uns dich verehren, Haustier. Lass uns dich befriedigen."

„Reaper", flüstert sie. „*Flame.*"

Er lacht, was meinen Blick nach unten wandern lässt, wo er gerade ihre Klitoris geleckt hat.

Alina wehrt sich gegen die Fesseln, als er es erneut tut, und wieder kommt ihr dieser wunderbare Laut über die wunderschönen Lippen.

Mein Schwanz pulsiert, als Flame seine Zunge zwischen ihre feuchten Venuslippen hinab, dann hoch zu ihrer sensiblen kleinen Knospe wandern lässt. Er zögert seine langsamen Bewegungen absichtlich heraus.

Er leckt sie, als wäre sie eine Schüssel voller Creme.

Erdbeercreme, denke ich und stöhne bei diesem Gedanken. Ich kann es kaum erwarten, sie zu kosten.

„Ooooh", stöhnt Alina und ihr wunderschöner Körper windet sich, während Flame ihre Muschi plündert.

Ich lächle und genieße das leidenschaftliche Spiel. „Er wird dich so hart kommen lassen, Schätzchen. So verdammt hart." Ich ziehe Kreise um ihren feuchten Nippel und liebe, wie sich die rosafarbene Spitze aufgrund Flames Liebkosungen rot verfärbt hat. „Und dann werde ich dir noch einen Höhepunkt verschaffen."

Alina reagiert merklich auf meine Worte und Flames Zunge. Sie bekommt Gänsehaut.

Ich lehne mich nach unten, um ihren harten Nippel abzulecken, dann versenke ich meine Zähne in ihrer Haut.

Nicht fest genug, um sie bluten zu lassen, aber hart genug, um ihr ein Jaulen zu entlocken.

In meinem Schatten formt sich ein Dolch, weil mein Biss einen Blutrausch begünstigt. Ich werde ihr nicht wehtun. Aber ich werde das hier etwas interessanter gestalten.

Ich bewege meine Hand und lasse den Dolch in sie wandern, bevor ich ihn Alina zeige. „Hierbei geht es um Vertrauen", informiere ich sie mit sanfter Stimme. „Darum, dich deinem Verlangen näherzubringen und tief sitzende Bedürfnisse in dir zu entfachen."

Ich stemme mich auf meinen Ellbogen und lege mich neben sie, die Waffe noch immer fest im Griff, ehe ich die Spitze langsam an ihrem Arm hoch und an ihre gefesselten Handgelenke führe.

„Du kennst dein Safeword", erinnere ich sie, während sie ihre Nasenflügel bläht und ihre Brust sich hebt und senkt. Ihre Augen folgen meinen Bewegungen.

Der zwiegespaltene Ausdruck auf ihrem Gesicht lässt meine Leistengegend sich zusammenziehen. Sie fürchtet sich vor dem, was ich tun werde, und doch ist sie völlig verloren in den Empfindungen, die Flame zwischen ihren gespreizten Schenkeln hervorruft.

„Entspann   dich   einfach   und   genieß   die

Empfindungen", sage ich ihr wieder. „Der Hauch von Angst macht das Erlebnis nur noch intensiver. Sie schärft die Sinne, lässt dich jede Sekunde der Lust und des potenziellen Schmerzes voll auskosten."

Sie schluckt hart und ihr Puls rast so schnell, dass ich die pochende Ader in ihrem Hals hervortreten sehe. „Reap ..." Sie schnappt nach Luft und blickt hinunter zu Flame, der sie mit seinen dunklen Augen aufmerksam beobachtet.

„Ich bin es, der zwischen deinen Beinen liegt, Schätzchen", sagt er. „Wenn du kommen willst, dann sagst du meinen Namen. Ansonsten ..." Er knabbert an ihr und entlockt unserem Haustier ein weiteres Keuchen.

„*Flame* ..." Sie keucht laut und bestätigt, dass der Hauch von Angst sie definitiv anheizt.

„Was?", neckt er. „Was soll ich tun, kleiner Panther? Sag es mir."

Ich gebe ein zustimmendes Summen von mir und lasse die Spitze der Klinge an ihrem Arm hoch- und runterwandern, während ich ihr dabei zusehe, wie sie nach Worten ringt.

Sie ist so geil, dass sie aussieht, als wollte sie vor Lust und Frustration am liebsten schreien.

Es ist ein berauschender Anblick.

Ein Zustand, in dem ich sie noch ein kleines bisschen länger behalten will.

Denn sobald sie über die Klippe der Wonne stürzt, wird sie in eine Lust eintauchen, die sie so noch nie erlebt hat.

„Ich ... ich brauche deine Finger ...", schafft sie hervorzubringen. „Bitte, Flame. Deinen Mund. Dein ... *alles*, was du hast."

„Mh, führe mich nicht in Versuchung", erwidert er

leise. „Ich glaube nicht, dass du bereit für meinen Widerhaken bist."

Alinas Pupillen weiten sich. Der Begriff scheint sie neugierig zu machen.

Aber bevor sie sich danach erkundigen kann, wendet sich Flame wieder seiner Aufgabe zu und ihre Augen rollen in den Hinterkopf.

Meine Stränge erhitzen sich, als sie abermals versucht, sich zu bewegen. Meine Fesseln halten sie an Ort und Stelle, damit sie nicht nach Flame greifen oder versehentlich unter meiner Klinge zusammenzucken kann.

Eine Klinge, die ich nach unten wandern lasse.

Runter.

Weiter runter.

An die Stelle, wo ihre Schultern in ihren Hals übergehen.

Dort angelangt, presse ich die Klinge sanft gegen ihre Haut, ehe ich mich zu ihr lehne und sie ein weiteres Mal küsse.

Sie erstarrt unter mir und hadert damit, stillzuhalten, während Flame einen lustvollen Angriff auf sie ausübt.

Die Bedrohung, die von meinem Messer ausgeht, lässt sie erstarren. Sie atmet kaum noch.

Schweißperlen benetzen ihre Stirn, ihre Lippen noch immer an meine gepresst und ihre Augen weit aufgerissen.

Dann muss Flame etwas mit seinen Zähnen oder seiner Zunge tun, denn sie erzittert wie wild, was darauf hindeutet, dass ein Orgasmus über sie kommt.

„*Bei den Feen*", keucht sie. Der Begriff passt zu uns.

Und dann schreit sie.

Meine Klinge verschwindet, vorwiegend, weil ich sie nicht versehentlich verletzen will – was durchaus passieren könnte, weil sie sich so erbittert gegen meine Fesseln wehrt.

Dieser Orgasmus ist nichts im Vergleich dazu, was ich

mit meiner Hand in ihr wachgerüttelt habe, und diese Tatsache erfreut mich ungemein.

Denn *so* sollte sich Lust anfühlen. Man sollte einen intensiven Moment des Wahnsinns durchleben, indem nichts und niemand zählt, nur der Augenblick und die überwältigenden Empfindungen, die durch den Körper kursieren.

Ich lehne mich zurück und genieße die Show. Mein Schwanz fleht darum, Nächster zu sein. Ich habe meinen Höhepunkt schon eine ganze Woche lang hinausgezögert.

Nicht mehr lange.

Heute wird Alina mich berühren.

Und wenn ich den Blick in Flames Augen richtig deute, hat er fest vor, sie dazu zu verführen, ihn zu berühren.

Aber anstatt es zu überstürzen, leckt er sie unablässig.

Treibt sie weiter an.

Zögert ihre Lust hinaus.

Alles, während er sie darauf vorbereitet, das Ganze noch einmal zu durchleben.

Aber dieses Mal werde ich zwischen ihren Schenkeln liegen, und genau das teile ich ihm mit einem Blick mit.

Er kämpft nicht dagegen an.

Er kann teilen.

Wenn es an der Zeit ist, werden wir die Plätze tauschen.

Und dann vielleicht noch einmal.

Werden sie vorbereiten. Sie befriedigen. Und dann werden wir ihr zeigen, wie sie den Gefallen erwidern kann.

„So ein gutes Mädchen", sage ich an ihr Ohr gelehnt. „So schön und sorgenfrei." Ich küsse ihre Halsschlagader, durch die ein donnernder Puls jagt. „Jetzt lass es uns noch einmal tun, Haustier. Aber dieses Mal wirst du an meiner Zunge kommen, während Flame an deinen Titten saugt."

Sie stöhnt. Der Laut hört sich an, als wollte sie

Einwände erheben. An dieser Stelle könnte das Wort *aufhören* ins Spiel kommen. Aber wenn sie nicht *Chicago* sagt, werde ich nicht aufhören.

Und das tut sie auch nicht.

Das Einzige, was sie schreit, ist meinen Namen. Flames Namen. *Bei den Feen.*

Immer und immer wieder.

Während ich zwischen ihren Schenkeln liege und sie genieße. Mich an ihren Brüsten ergötze. Sie mit meiner Zunge ficke. Ihr mit meinen Küssen das verdammte Leben aussauge. Und sie mit meinen Händen verwöhne.

Flame bewegt sich abwechselnd mit mir und bringt unser Haustier dreimal an den Rand des Wahnsinns, ehe er ihr schließlich mit einem zufriedenen Grinsen im Gesicht beim Kommen zusieht.

Es ist magisch.

Es ist hypnotisch.

Es ist geradezu *süchtig machend.*

Ich könnte eine Ewigkeit lang mit ihr spielen und würde nie aufhören wollen.

Denn diese Frau gehört uns.

Sie ist unsere Gefährtin.

Und ich weiß ganz genau, was ich mit ihr anstellen werde.

Ich werde ihr beibringen, wie sie unsere Dunkelheit annehmen kann. Ihr zeigen, wie sie sich verteidigen kann. Nicht nur gegen uns, sondern auch gegen andere. Ich werde sie zu einer sinnlichen Bedrohung machen. Werde sie dazu bringen, ihren Status anzunehmen, der dem einer Göttin gleichkommt.

Und sie trainieren, damit sie ... *unser tödliches Haustier wird.*

KAPITEL VIERUNDZWANZIG

ORCUS

Der Botschafter Jones tritt im fünften Stock mit einem Ausdruck aus dem Aufzug, den ich nicht lesen kann. „Die Königin ist um zwölf Uhr bereit für Euch. Benutzt einfach die Geheimzahl, die wir kommuniziert haben, dann wird der Aufzug Euch in die Penthouse-Suite bringen."

Mit diesen Worten und im Wissen um meine steigende Ungeduld läuft er davon.

Vor allem, weil er angerufen und verlangt hat, dass ich mich ihm in der Lobby anschließe, nur um Reaper umgehend wegzuschicken und dann zu sagen: „Die Königin würde sich gern in zwei Stunden mit Euch treffen."

„Diese Nachricht hätte man mir auch telefonisch übermitteln können", erwiderte ich.

Er zuckte mit den Achseln. „Mag schon sein, aber unsere Königin möchte sichergehen, dass man sich an ihre Regeln hält."

„Was bedeutet, dass wir heute Morgen auf unsere Folgsamkeit getestet wurden", überlieferte ich.

Der Botschafter lächelte. „Unsere Königin möchte

auch, dass ich Euch zum Frühstück einlade." Er deutete auf einen Flur, der in einen der vielen Speisesäle im Turm führte.

„Ist das eine Bitte oder ein Befehl?"

„Was glaubt Ihr?", hat er gefragt.

„Ich glaube nicht, dass Ihr Interesse daran hegt, mit mir zu speisen", erwiderte ich. „Was bedeutet, dass Ihr bloß Befehlen Folge leistet."

„Wie ich schon sagte: Unsere Königin mag ihre Regeln."

„Hm." Oder *Machtspielchen*, ging mir durch den Kopf.

Trotzdem ließ ich ihn gewähren. Ich muss die Königin auf meiner Seite wissen, damit sie mir die Informationen gibt, die ich brauche. Und ich will auch, dass unsere Dimensionen ein gutes Verhältnis zueinander pflegen. Das wird das Reisen zwischen ihnen erleichtern.

Darum bin ich gezwungen, dieses politische Spielchen mitzumachen.

Leider habe ich immer noch zwanzig Minuten zu vertreiben, bevor ich die Geheimzahl eintippen kann, die Jones mir gegeben hat, um ins Penthouse der Königin zu gelangen.

Zuerst habe ich daran gedacht, in meine Suite zurückzukehren, um dort zu warten, aber stattdessen habe ich mich entschieden, eine andere Etage zu besuchen.

Jetzt trete ich auf dieser Etage angelangt aus dem Aufzug und gehe direkt auf die Zimmer der Strigois zu.

Ich klopfe an die Tür und warte.

Und warte.

Und warte.

Ich will gerade ein zweites Mal anklopfen, als Cage mit einem Handtuch bekleidet an die Tür kommt. Seine langen blonden Haare sind feucht, und Wassertropfen rollen über seine nackte Brust. Sabre steht hinter ihm, eine

Robe um seinen Körper geschlungen. Die beiden haben ganz offensichtlich gerade miteinander geduscht.

Ich mustere sie mit zusammengebissenen Zähnen.

Ich habe das vergangene Jahrhundert lang gedacht, dass die beiden einander hassen. Ihre Familien sind rivalisierende Königshäuser, die sich um einen Thron streiten.

Und diese beiden Prinzen sind die Haupterben.

Ich spare mir eine Begrüßung. „Ihr beide legt in der Öffentlichkeit eine unverschämt gute Show hin", sage ich. „Als Reaper mir erzählt hat, dass ihr einander hinter verschlossenen Türen fickt, habe ich ihm fast nicht geglaubt." Aber Flame hatte mir erzählt, dass er die beiden Händchen haltend im Park gesehen hatte.

Und sie sind zusammen in diese Welt gereist, was darauf hindeutet, dass sie befreundet sind.

Oder dass sie etwas am Laufen haben.

Was auch immer es ist, es nervt mich, dass ich nicht aufmerksam genug war, um es zu bemerken. Details sind wichtig. Und wenn ich ein wichtiges Detail übersehen habe, was die Königshäuser in meiner Welt anbelangt, was ist mir sonst noch entgangen?

Zum Glück schnappen Reaper und Flame auf, was mir entgeht.

Bestes Beispiel ist die ausbleibende Überraschung seitens Reapers, dass Cage und Sabre zusammen hier waren. „Maliki hat sie vermutlich durchgelassen. Er und Cage sind alte Freunde." Die Todesfee hatte mit den Achseln gezuckt und war in die Küche gegangen, um nach etwas zu suchen.

Offenbar erachtete er die Beziehung zwischen Cage und Sabre für nicht besonders wichtig. Andernfalls hätte er zuvor schon etwas gesagt.

Im Gegensatz zu ihm mache ich mir Sorgen.

„Ihr beide werdet noch einen Krieg zwischen euren Familien anzetteln", sage ich zu ihnen. „Ich bin nur froh, dass ich mich nicht mit den Konsequenzen befassen muss." Dieses Vergnügen wird Morpheus haben. „Jedenfalls wollte ich euch nur sagen, dass ich mich gleich mit der Königin dieser Stadt treffen werde. Wenn sie mir die Erlaubnis erteilt, ein Portal zu öffnen, schaffe ich eines, mittels dessen ihr ins Morpheus-Reich zurückkehren könnt."

Anfangs hatte ich nicht darum bitten wollen, weil ich mir sicher gewesen war, dass die Königin sich auch mit den Strigoi treffen wollte. Aber als hochrangige Fee aus unserer Welt ergibt es durchaus Sinn, dass ich zum Treffen erscheine und die Bedingungen aushandle.

Sabre räuspert sich. „Und was, wenn wir nicht zurückkehren wollen?"

Ich starre ihn eine lange Zeit an. „Das müsst ihr mit Morpheus besprechen." Mein Job ist, dafür zu sorgen, dass er und Cage in Sicherheit sind. Wenn Morpheus ihnen Erlaubnis erteilt, hierzubleiben – was ich aufgrund ihres Status bezweifle –, dann können sie bleiben. „Ihr müsstet dann auch die Erlaubnis der Königin dieser Stadt einholen."

Die sie ihnen vielleicht, aber auch nur vielleicht, erteilen wird.

Ich habe nicht die geringste Ahnung, was ich von dieser Frau erwarten soll – mal abgesehen davon, dass sie Regeln und Machtspielchen mag.

Sabre sieht etwas blass aus, vermutlich, weil ihm klar wird, dass er mit seinem Gott über seine Zukunft sprechen muss. Von allen Mythenfeen, die sie hätten aufbringen können, war Morpheus ehrlich gesagt die harmloseste Wahl. Vorwiegend, weil er immer in seinem traumähnlichen Zustand versunken ist und sich selten etwas aus jenen in seiner Umgebung macht.

Aber ihm wird nicht gefallen, dass Sabre und Cage ihn dazu zwingen werden, seine Traumwelt zu verlassen.

Also wird er nicht gütig zu ihnen sein – ganz egal, was für eine Strafe er ihnen auferlegen wird.

Es sei denn, er kommt zum Schluss, dass er sich nichts daraus macht.

Mythenfeen sind wankelmütige Wesen. Manchmal wollen sie verurteilen, manchmal wollen sie Chaos stiften und manchmal ist ihnen einfach alles scheißegal.

Letzteres trifft derzeit auf mich zu.

Mir ist egal, dass diese Strigoi hier sind. Das ist nur eine kleine Unannehmlichkeit für mich. Sie können tun und lassen, was immer sie wollen.

Morpheus kann sie verurteilen, sie töten, sie in Ruhe lassen oder ganz einfach Popcorn essen, während er dabei zusieht, wie der königliche Hof der Strigoi zerfällt. Sein Gebiet, seine Regeln.

Vielleicht ist diese Königin eine Göttin, geht mir durch den Kopf. *Ihr Gebiet, ihre Regeln, was?*

Ich atme scharf aus und streiche mir mit der Hand übers Gesicht. „Ich werde eure Bitte an die Königin weiterleiten. Nur damit ihr wisst, ob ihr überhaupt hierbleiben dürft, bevor ihr das Gespräch mit Morpheus sucht."

Aber ich weiß nicht, ob Morpheus für ein Gespräch verfügbar sein wird. Ich habe dieser Tage nicht versucht, meinen Bruder zu erreichen.

„Bleibt … einfach hier. Ich will euch nicht suchen müssen, klar?", sage ich zu den Strigoi.

Sabre sieht blass um die Nase aus, aber das könnte an seinen Vampirgenen liegen. Es ist helllichter Tag, was ihn vielleicht schwächt. Zum Glück hat die Königin ihm eine Suite zugeteilt, die über lichtundurchlässige Vorhänge verfügt. Und im Flur gibt es auch keine Fenster.

„Wir können nirgendwohin gehen", erwidert Cage und seine blauen Augen blitzen. „Aber wir werden nicht in Morpheus' Königreich zurückkehren."

Ich ziehe eine Augenbraue hoch und bin irgendwie beeindruckt über seine Kühnheit. Es gehört schon Mut dazu, sich gegen eine Mythenfee zu erheben, vor allem, weil seine Art meinesgleichen verehrt.

„Wie ich schon sagte: Das müsst ihr mit Morpheus ausfechten", erwidere ich. „Ich werde euch zu gar nichts zwingen – mal abgesehen davon, dass ihr ihm Rede und Antwort steht." Denn ich will nichts mit der Angelegenheit zu tun haben.

Cage scheint nicht vollends zufrieden mit meiner Antwort, aber ich weiß beim besten Willen nicht, was er hören will. Ich kann ihn nicht begnadigen. Die Entscheidung liegt nicht bei mir.

Sabre zuckt zusammen, was mich die Stirn runzeln lässt. „Geht es dir gut?", frage ich. Er sieht immer noch ziemlich blass um die Nase aus und ich bezweifle, dass ich ihn mit meiner Aussage derart verängstigt habe.

„Er braucht nur mehr Blut", sagt Cage und legt seinen Arm um die Schultern seines Liebhabers. „Vielleicht kannst du die Königin auch darum bitten?"

Ich nicke. „Ich werde sehen, was ich tun kann." *Und es auf meine lange Liste von Gesprächsthemen setzen.*

Wann ich zum Botschafter zwischen den Reichen geworden bin, weiß ich nicht, aber ich hoffe, dass es nur vorübergehend ist.

Denn ich bin für diplomatische Angelegenheiten wie diese nicht gemacht. *Scheiß auf Regeln. Scheiß auf Machtspielchen. Scheiß auf Treffen.*

„Ich komme wieder", informiere ich die Strigoi mit einem leisen Knurren. Meine Frustration hat nichts mit ihnen und alles mit der Königin zu tun, die mich in der oberen Etage erwartet.

Ein Blick auf meine Uhr verrät mir, dass ich noch immer ungefähr zehn Minuten übrig habe.

Regeln. Regeln. Regeln.

Weißt du was? Scheiß auf deine Regeln.

Ich stapfe auf den Aufzug zu und beschließe, dieser Königin zu zeigen, mit wem sie es zu tun hat.

Ich drücke auf den Knopf. Als die Aufzugtüren sich öffnen, steht ein Mann in einem frisch gebügelten Anzug dahinter.

Nein. Kein Mann. Etwas weitaus Mächtigeres als ein Mann.

Er mustert mich mit glasähnlichen Augen und lässt seinen Blick über meine Lederjacke und Jeans streifen, ehe er mir wieder ins Gesicht blickt und die Stirn runzelt.

Ich weiche instinktiv zurück – nicht, weil ich mich vor dieser Kreatur verbeugen will, sondern weil ich mehr Platz brauche, um mich zu verteidigen, falls es zu einer physischen Auseinandersetzung kommt.

„Du musst Orcus sein", sagt er und tritt aus dem Aufzug. Er ist gleich groß wie ich, weit über einen Meter fünfundachtzig.

Doch seine Aura ähnelt jener der Strigoi.

Noch ein Traumwandler?, frage ich mich und mustere ihn eingehend. *Aus einem anderen Reich, vielleicht?*

„Wer bist du?", will ich wissen.

„Cain", erwidert er.

„*Was* bist du?", ergänze ich, als ich den Akzent vernehme, der sich ähnlich anhört wie meiner.

Er lächelt. „Stellst du allen, denen du gerade erst begegnet bist, so viele Fragen?"

„Nur potenziellen Bedrohungen."

Ein belustigter Blick steht in seinen blauen Augen. „Das fasse ich als Kompliment auf."

„Das solltest du nicht", entgegne ich. „Ich mag keine Bedrohungen."

„Aha, na dann werdet ihr und Helia euch hervorragend verstehen", flötet er. „Jetzt wünschte ich mir fast, dass ich am Treffen teilgenommen hätte."

„Helia?", wiederhole ich.

„Die Königin der Monsterstadt", ergänzt er und hält seine Hand zwischen die Aufzugtüren, bevor sie sich schließen können. „Sie ist jetzt übrigens bereit für dich."

Ich sehe ihn mit hochgezogener Augenbraue an. „Bist du hier, um mich nach oben zu begleiten?"

Er lacht, doch dem Laut fehlt jeglicher Humor. „Ich mache es mir nicht zur Gewohnheit, jemanden irgendwohin zu begleiten, Orcus. Aber wenn du nicht willst, dass ein Botschafter dich holt, lege ich dir ans Herz, nach oben zu Helia zu fahren. Die Botschafter hier legen großen Wert auf Pünktlichkeit und Regeln."

Er lässt seinen Arm sinken und geht den Flur hinunter.

Dieses Mal halte ich die Türen auf und starre dem Mann hinterher, versucht, zu fragen, wohin er geht. Aber da er meine Frage über seine übernatürliche Art nicht beantwortet hat, bezweifle ich, dass er mit der Information herausrücken wird, nach der ich suche.

Und außerdem geht mich das nichts an.

Alles, was ich tun will, ist, dieses Treffen hinter mich zu bringen.

Ich betrete den Fahrstuhl.

Tippe die Geheimzahl ein.

Und wappne mich auf das Kommende.

Zeit, herauszufinden, was für ein Wesen zu einer Königin der Monster wird.

KAPITEL FÜNFUNDZWANZIG
ALINA

Iᴄʜ ʙʟɪɴᴢʟᴇ ɪɴ ᴅᴇʀ Dᴜɴᴋᴇʟʜᴇɪᴛ. Wonne kursiert durch meine Adern.

Hier lebe ich jetzt.

In dieser deliriösen Welt, die nach Immergrün und Asche riecht – mit einem Hauch frischer Luft. Es ist … es ist … mein sicherer Hafen. Meine Wohlfühlzone.

Jemand schnurrt mir sanft ins Ohr.

Etwas Hartes wird an meinen unteren Bauch gepresst.

Lippen flüstern über die freigelegte Haut an meinem Nacken.

Eine Hand drückt meine Hüfte.

Männliche Stimmen murmeln sich über meinem Kopf etwas zu.

Ja, das hier ist mein Utopia, beschließe ich und kuschle mich an die Quelle des Schnurrens. *Warm. Männlich. Nackte Haut.*

So hart. So muskulös. So *verlockend*.

Ich winde mich, sodass jemandes Schenkel an der wunden Stelle zwischen meinen Beinen reibt. Mir kommt ein Stöhnen über die Lippen, gefolgt von dem Lachen einer der Feen.

„Unersättlich", sagt Reaper, was darauf hindeutet, dass das Lachen von ihm gekommen ist. „Du bist wirklich perfekt, Haustier."

„Ja, wirklich. Perfekt", stimmt Flame zu. Seine Stimme dringt mit einem Surren in mein Ohr. Denn es ist seine Brust, auf der ich liege.

Nein.

Seine Schulter.

Deshalb spüre ich auch, wie sein Schwanz sich in meinen unteren Bauch bohrt.

Hart. Unablässig. Pulsierend.

Ich lasse meine Hand instinktiv nach unten wandern. Mein Verlangen danach, ihn anzufassen, übersteigt meinen Verstand.

Er ist nackt. Er ist erigiert. Und er presst sich an mich.

Das ist doch erlaubt, oder?

Sein Zischen lässt mich wundern, ob es vielleicht … nicht erlaubt ist.

Doch dann schlingt er im nächsten Augenblick seine Hand um meine und führt mich an sein bebendes Glied. Es pulsiert heiß an meine Haut gepresst und es fällt mir schwer, meine Hand um sein Glied zu schließen, weil es so breit ist.

„Bei den Göttern, Alina. Das fühlt sich so gut an", sagt er und presst sein Glied an meine Hand.

„Ich habe keinen Schimmer, was ich tue", gebe ich flüsternd zu. „Das ist alles Neuland für mich."

„Ist schon gut, Haustier." Reapers warmer Atem kitzelt meinen Nacken. „Wir werden dir alles beibringen."

Flame lässt von meiner Hand ab und greift nach meinem Kinn, damit ich zu ihm hochsehe. „Tu einfach das, was deine Instinkte dir sagen, Alina."

Ich schlucke hart und lasse meine Hand nach oben zur Kugel an seinem Schaft wandern. „Hat das wehgetan?"

Er lacht. „Nicht wirklich, nein. Aber wir werden es entfernen müssen, bevor ich dich ficke."

Ich runzle die Stirn. „Warum? Wird es mir wehtun?"

„Nein, es wird mir wehtun", sagt er, woraufhin ich meine Stirn noch krauser ziehe. „Du bist meine Gefährtin, Alina. Ich werde meinen Widerhaken an dir verwenden wollen, und das kann ich nicht mit meinen Piercings."

Piercings, wiederhole ich und lasse meine Finger nach oben wandern, um den Ring zu berühren, der aus seiner Eichel dringt. „Was ist ein Widerhaken?", frage ich, während ich ihn berühre.

„Es ist … etwas, das uns während unserer beider Höhepunkte miteinander verbinden wird." Seine Stimme wird tiefer, als er das sagt. „Ich werde in dir pulsieren und deinen Höhepunkt hinauszögern, während ich dich mit meinem Samen fülle."

„Das ist für die Paarung gedacht", ergänzt Reaper. „Wie bei Orcus' Knoten."

„Er ist auch dazu da, um Lust zu verschaffen", versichert mir Flame. „Mein Widerhaken ist gerippt, sodass er Vibrationen verstärkt."

Ich lasse meine Finger über die Eichel wandern. „Also musst du die Piercings rausnehmen, um ihn zu benutzen?"

Er nickt. „Andernfalls wird der Widerhaken durch sie hindurchschlitzen."

Das hört sich nicht besonders angenehm an. „Warum hast du dein Glied piercen lassen, wenn du … na ja, sie rausnehmen musst?", frage ich, während ich weiter am Metallring herumspiele.

„Weil ich es nie zuvor habe rausnehmen müssen", erwidert er. „Mein Widerhaken ist ganz allein für meine Gefährtin bestimmt."

Ich reiße meine Augen auf und meine lusttrunkenen Gedanken klären sich, als mir dämmert, was er damit sagen will.

„Du wirst seine Erste sein", flüstert Reaper mir ins Ohr, als würde er meine Gedanken lesen. „Er hat zuvor schon gefickt, aber nie so. Dasselbe gilt für Orcus." Er küsst einen Weg an meinem Hals hinab und lässt seine Hand an meiner Seite hinabwandern. „Du veränderst alles für uns, Alina. *Alles*."

Ich erschaudere und drücke mit meiner um Flames breite Eichel geschlungene Hand zu. „Was ist mit dir?", frage ich und lege meinen Kopf in den Nacken, damit ich den Mann hinter mir sehen kann. „Hast du einen Widerhaken?"

Auf seinen Lippen breitet sich ein Lächeln aus. „Nur Katzen haben einen Widerhaken."

Flame knurrt mich an. „*Große* Katzen, verdammt."

„Hauskatzen auch", schießt Reaper zurück, was Flame noch lauter knurren lässt.

Doch dieses Knurren erstirbt, als ich meine Hand an seiner Länge hinabgleiten lasse und nach dem Widerhaken suche. Aber ich kann ihn nirgendwo finden, sodass ich zurück zu ihm hochblicke. „Wo ist er?"

„Er wird während des Sexes rauskommen", sagt er zu mir. „Und es ist nicht dasselbe wie der Widerhaken einer Katze. Er ist …" Er hält inne und scheint nach den richtigen Worten zu suchen. „Echte Jaguare haben Widerhaken, aber die fügen üblicherweise Schmerzen zu. Formwandlerfeen-Jaguare wie ich sind nicht wie normale Tiere. Wir sind, na ja, Feen, eben. Und Feen ficken gern. Daher …"

„Darum beschert der Widerhaken Lust", flötet Reaper. „Das haben wir bereits besprochen. Ich glaube, unser Haustier hat sich eben nach meinem Schwanz erkundigt."

Er hat recht, das habe ich.

Ich drehe meinen Kopf ab, um zu ihm zu blicken. „Du hast also keinen Widerhaken."

„Nein, habe ich nicht."

„Einen Knoten, vielleicht?", rate ich, ahne aber, dass er auch keinen von denen hat. Vorwiegend, weil nur Orcus in Verbindung mit einem *Knoten* erwähnt wurde.

„Auch keinen Knoten."

„Okay." Ich warte darauf, dass er noch etwas sagt, doch das tut er nicht. „Was hast du dann?"

„Warum drehst du dich nicht um und findest es heraus?", neckt er.

Vor einigen Tagen hätte ich mich versteckt.

Aber heute … heute fühle ich mich mutig. Rebellisch. *Stark.*

Wieder wie ich selbst, denke ich staunend und drücke Flames Schaft sanft, bevor ich von ihm ablasse. Dann drehe ich mich zu einem grinsenden Reaper um.

Flame presst sich augenblicklich an meinen Rücken. Sein Schwanz ist hart und fordernd an meinen Arsch gepresst. Er legt seine Hand auf meinen Hüftknochen, um mich an Ort und Stelle zu behalten und führt seine Lippen an meine Schulter, wo er sich an meinem Nacken hoch küsst. „Wenn du mit Reaper fertig bist, würde ich deine Zunge gern an meinen Piercings spüren."

Ich erschaudere. *Oh, bei den Feen …*

Ich will von Flame kosten.

Aber ich will auch endlich Reaper spüren.

Beides ist möglich, wird mir bewusst und mein Blut beginnt zu brodeln, obwohl ich heute Morgen schon so viel Lust erfahren habe. *Ich muss mich nicht entscheiden.*

„Ich habe mich umgedreht", sage ich zu Reaper.

„Ja, hast du", murmelt er. „Jetzt bleibt nur noch das *Herausfinden* übrig."

Ich runzle die Stirn, weil ich nicht recht verstehe, was er damit meint.

Aber dann fällt mir wieder ein, was er eben gesagt hat. Dass ich mich umdrehen und es herausfinden soll.

Mein Blick wandert über seine definierte Brust und an seinem Bauch hinunter zu seiner Jeans, deren Knopf geöffnet ist. Aber der Rest ist zu und verhüllt seine untere Körperhälfte.

Ich greife nach seiner Hose, sehe zu ihm hoch und versuche, seinen Ausdruck zu lesen. Seine silberblauen Augen verraten mir nicht, was in ihm vorgeht. Aber seine Lippen … auf seinen Lippen ruht noch immer ein bezauberndes Lächeln.

Also ziehe ich den Reißverschluss runter.

Daraufhin steht ein heißer Blick in seinen Augen. Seine Pupillen weiten sich.

Er ist erregt. Er will das hier. Aber er hält sich zurück.

Für mich, dämmert mir. Er lässt mich das Tempo bestimmen.

Oh, er wird mich an meine Grenzen treiben. Das hat er vorhin mit seinem Messer gezeigt. Eine Erfahrung, die ich nie vergessen werde.

Obwohl die Klinge mir Angst eingejagt hat, hat mir gefallen, was für ein Gefühl sie mir verschafft hat. Denn obwohl ich wusste, dass Reaper gefährlich ist, so war mir tief drinnen auch klar, dass ich die Kontrolle hatte. Ich hatte keinen Zweifel daran, dass er auf mich gehört hätte, wenn ich mein Safeword benutzt hätte.

Vielleicht war es verrückt, ihm zu vertrauen.

Aber mittlerweile nehme ich mein Schicksal ganz einfach an.

Und im Moment starrt dieses Schicksal erwartungsvoll auf mich hinab. „Wirst du mich berühren, Haustier?", fragt er. „Oder soll ich deine Handgelenke wieder fesseln?"

Seine Tätowierungen bewegen sich, als würden sie sich auf genau das vorbereiten, während sein Blick auf meine Lippen fällt. „Ich brauche deine Hände nicht. Ich kann auch einfach deinen Mund benutzen."

Ermutigt ziehe ich an seiner Hose und versuche sie an seinen muskulösen Beinen hinunterzuziehen. Aber ich liege auf meiner Seite, was es mir erschwert, dies mit einer Hand zu tun.

Er hilft mir nicht.

Sieht mir nur dabei zu, wie ich hadere.

Ich sehe ihn mit zusammengekniffenen Augen an. „Zieh sie aus, Reaper."

Ein belustigter Blick blitzt in seinen Augen auf. „Das war total heiß. Erteile mir noch einen Befehl."

„Befolge meinen ersten Befehl, dann werde ich dir einen zweiten erteilen", kontere ich.

Er belohnt mich mit einem Lächeln. „In Ordnung, Haustier." Er verschwindet aus dem Bett, was mich meine Hand nach ihm ausstrecken lässt.

„*Reaper*", knurre ich. „Das ist nicht …"

Er kehrt – jetzt ohne Hose – an dieselbe Stelle zurück und sieht mich mit hochgezogener Augenbraue an. „Das ist nicht *was*?", fragt er.

Aber jeglicher Gedanke an eine Gegenbemerkung oder Antwort entfällt mir, als ich seinen wunderschönen, nackten Körper erblicke.

Seine Tätowierungen bewegen sich nach wie vor und die dunklen Muster wandern an seinem Oberkörper und an seinen Armen hoch und runter, doch seine Oberschenkel bergen keine Tinte.

Und sein Schwanz … ist auch tätowiert. Aber dabei handelt es sich nicht um irgendwelche Schnörkel, sondern …

„Ist das mein Name?", frage ich erstaunt.

„Jepp."

Es folgt keine Erklärung. Und er hat keine Sekunde gezögert. *Jepp* ist das Einzige, was er sagt. „Was ...? Was hat das zu bedeuten? Und warum ist daneben ein Totenkopf?"

„Du bist die Gefährtin einer Todesfee", sagt er bloß. „Meine Gefährtin. Und weißt du, was eine gute Gefährtin jetzt tun würde?"

Ich blinzle ihn an. „Ich ... nein?"

„Eine gute Gefährtin würde die Tätowierung auf meinem Schaft nachfahren – bevorzugt mit ihrer Zunge."

Flame, der hinter mir liegt, lacht. „Ich glaube, Reaper hätte gern ein Dankeschön für seine Würdigung, kleiner Panther."

„Ein Dankeschön ist nicht nötig, aber ein Blowjob wäre nett", meint Reaper und sein Schwanz scheint sich in meine Richtung zu strecken, während die Fee spricht.

Ich schätze, ein ‚Blowjob' gehört zum Liebesspiel, wenn ich seine physische Reaktion richtig interpretiere. Und da er darum gebeten hat, dass ich seinen Schwanz ablecke, gehe ich davon aus, dass ein ‚Blowjob' meinen Mund involviert.

„Er will, dass du seinen Schwanz lutschst, kleiner Panther", flüstert Flame mir ins Ohr. Seine Worte lassen mein Herz höherschlagen. „Willst du ihn kosten?"

Ich schlucke hart und mein Blick wandert von einem Buchstaben zum anderen. „Ja, tue ich", gebe ich zu und greife nach Reapers Schwanz. „Ja, tue ich."

Denn ich will ihn spüren. Ihn kennenlernen. Ihn *genießen.*

Wie diese Feen es mit mir getan haben.

„Ich will euch beide kosten", sage ich zu ihnen.

„Dann tu das, Haustier", fordert Reaper mich heraus. „Leck mich ab."

KAPITEL SECHSUNDZWANZIG

ALINA

Iᴄʜ ɢᴇʙᴇ Reapers Forderung nicht direkt nach. Stattdessen schlinge ich meine Hand um seine Wurzel und drücke leicht zu.

Er ist nicht so breit wie Flames, aber lang. *Und heiß.*

Flame küsst abermals meine Schulter, dann lässt er seine Zähne zu meiner Halsschlagader streifen, wo er sanft zubeißt.

„Leg ihn auf den Rücken, kleiner Panther", instruiert er mich. „Und dann setz dich rittlings auf ihn, damit er deine süße Mitte an seinem Schwanz spüren kann. Das wird ihn um den Verstand bringen."

Mein Herz setzt einen Schlag aus, als ich daran denke, meine Mitte an Reapers zu pressen. Und doch fällt mir auf, wie natürlich sich das alles anfühlt, als ich Flames Befehl Folge leiste. Meine Schenkel breiten sich wie von Zauberhand über Reapers Hüften aus und meine Mitte heißt seinen Schaft mit einem sündhaften Kuss willkommen. Das … ist der Ort, an dem es mir bestimmt ist, zu sein. Bei ihm. Bei *ihnen*.

Ich lehne mich nach vorn, um meine Lippen auf seine

zu pressen, damit er spürt, was ich spüre. Damit er dieses intensive Gefühl erfährt. Damit er versteht, dass ich *hierher gehöre.*

Er schlingt seine Arme um mich und seine Haut fühlt sich wie ein Brandeisen an meinem unteren Rücken an.

Ich bewege mich auf ihm und benetze ihn mit meinem Lustsaft.

Das … geschieht so intuitiv. Ich will diesen Teil von mir mit ihm teilen, will ihn mit meinem Körper beanspruchen.

Aber ich will ihn nach wie vor kosten.

Also tue ich das, was Flame mit mir gemacht hat. Ich beginne Reapers Körper mit meiner Zunge und meinem Mund zu erforschen. Dann arbeite ich mich nach unten zu seinem Oberkörper und halte inne, um die Muskeln an seinem definierten Unterleib mit meinen Lippen nachzufahren und über seinen harten Körper streifen zu lassen.

Mein kräftiges Aroma ist auf seiner ganzen Haut ausgebreitet und kreiert eine erotische Erfahrung, während ich den Tropfen von seiner Eichel lecke. Dieser Teil ist durch und durch er. Das salzige Aroma vermischt sich mit meiner Essenz und kreiert damit einen berauschenden Geschmack, von dem ich mehr will.

„Verdammt, Haustier", stöhnt Reaper und fährt mir mit den Fingern durchs Haar, während ich seinen Schwanz tiefer in meinen Mund nehme. „Versuch deinen ganzen Namen in dir aufzunehmen. Ja, genau so. *Verdammt.*"

Eine weitere Hand wandert an meinen Hals. Sie ist heißer und gehört zu Flame, der direkt neben mir liegt und auf meiner Halsschlagader kleine Kreise zieht. „Das sieht unglaublich aus, kleiner Panther", sagt er zu mir. „Du hast so viel von ihm in deinem wunderschönen Mund."

Ich entferne mich etwas, um einen Atemzug zu

nehmen, dann senke ich mich wieder auf ihn herab. Das Gefühl, Reaper umgehend tief in meinen Rachen dringen zu spüren, beruhigt mich augenblicklich.

„Schling deine Hand um seine Wurzel", flüstert Flame. „Drück zu und saug dich an ihm fest."

Ich tue, was er sagt.

„So ist es gut, süßer Panther", lobt er mich. „Sieh Reaper an. Siehst du dieses Feuer, das in seinen Augen lodert? Das hast *du* entzündet. Und jetzt schürst du es mit deinem talentierten Mund."

Mir rinnt ein Schauer über den Rücken und auf meinen Lippen zeichnet sich um ein Haar ein Lächeln ab.

Denn er hat recht.

Reaper sieht aus, als würde er förmlich brennen für mich.

Ich stelle das mit ihm an. Ich ganz allein. Ich treibe ihn in den Wahnsinn. Wie er es mit mir getan hat.

Diese Einsicht macht mich nur noch mutiger.

Ich lasse meinen Daumen über seinen pulsierenden Schaft gleiten und fahre eine der dicken Adern nach, während ich seine Eichel mit meiner Zunge foltere.

Dann nehme ich ihn wieder in den Mund.

Er flucht.

Sein Griff wird fester.

Und darum tue ich dasselbe erneut.

Necke ihn. Lecke ihn. Sauge an ihm. Schlinge meinen Mund um seine Eichel.

Ich halte sogar inne, um meinen Namen mit meiner Zunge nachzufahren, wie er es vorhin verlangt hat.

Dann wende ich mich wieder meiner eigentlichen Aufgabe zu, während Flame mir allerhand Lob ins Ohr flüstert. Seine Hand lässt keine Sekunde lang von meinem Hals ab.

Reaper keucht und beißt die Zähne zusammen,

während er meine Haare fester umklammert. Sosehr, dass es fast schon wehtut. Aber es gefällt mir. Es gefällt mir, weil es mir zeigt, wie kurz er davorsteht, die Kontrolle zu verlieren.

„Hör nicht auf", sagt er zu mir. „Hör nicht auf, verdammt."

Ich gehorche ihm, doch es gefällt mir, zu wissen, dass ich das technisch gesehen nicht muss – dass ich mich entfernen und ihn leiden lassen kann, wann immer ich will.

Aber das will ich ihm nicht antun.

Ich will ihn den Verstand verlieren sehen.

Ich will ihm Lust verschaffen, wie er mir Lust verschafft hat.

„Genau so. Fuck, ja. Genau so." Er presst seinen Unterleib nach oben und sein Glied in meinen Mund, zwingt mich, mehr von ihm zu schlucken. „Bei den Göttern, ich hoffe, du kannst schlucken, Haustier …"

„Atme tief ein", murmelt Flame in mein Ohr. „Du wirst den Sauerstoff brauchen."

Ich folge seinem Rat und bin froh darum. Denn im nächsten Augenblick knurrt Reaper und etwas Heißes spritzt in meinen Rachen. Ich schlucke instinktiv und mein Unterleib zieht sich lusterfüllt zusammen.

Nie zuvor habe ich etwas Vergleichbares geschmeckt.

Es ist salzig und rauchig und ihm wohnt der seichteste Hauch einer Süße inne.

Und es ist so, so gut …

Ich schlucke um sein Glied geschlungen und nehme jeden einzelnen Tropfen in mir auf, während ich Reaper tief in meine Seele einlasse. *Er gehört mir. Meine Todesfee. Mein Gefährte.*

Es ist ein mir unbekanntes Konzept.

Ein merkwürdiges Verständnis.

Aber tief drinnen weiß ich, dass er mein Schicksal ist.

Als er fertig ist, fühle ich mich benommen, weil mir die Luft ausgegangen ist. Aber ich kann nicht aufhören, darauf zu hoffen, dass noch mehr von diesem wunderbaren Geschmack folgt. Von diesem *Lebenszweck*.

Reaper sagt meinen Namen.

Flame tut es ihm gleich.

Aber ich höre nicht auf. Nicht sofort. *Noch nicht.*

Ich nehme ihn ein weiteres Mal tief in den Mund und lasse meine Zunge dann um seine Eichel kreisen, bevor ich mich auf Flame werfe. Denn ich muss wissen, ob er auch so ist. Ich will mich auch mit ihm verbunden fühlen. Ich muss seine Seele meine streifen spüren – muss spüren, wie er sich in diesem Augenblick für die Ewigkeit an mich schmiegt.

Er packt mich an der Hüfte und ich krabble auf ihn, woraufhin er mich mit belustigtem Blick anlächelt. „Bist du bereit zu spielen, kleiner Panther?"

„Ja", sage ich und beuge mich zu ihm hinunter, um ihn mit erneutem Elan zu küssen.

Mein Blut brodelt.

Mein Körper ist schweißfeucht.

Meine Mitte *zieht* sich voller Verlangen *zusammen*.

Ich brauche diese Feen. Diese Männer. *Meine Gefährten.*

Alles geschieht so schnell und meine Welt wird vollends eingenommen von Leidenschaft und *Verlangen*.

Ich kann es nicht aufhalten. Ich will es nicht aufhalten. Ich nehme es an.

Flames Körper fühlt sich hart unter meiner Zunge an und seine muskulösen Körperteile sind ähnlich wie Reapers, nur irgendwie noch definierter. Vielleicht liegt es an seiner schlanken Formwandler-Physik oder er ist einfach etwas breiter gebaut als die Todesfee.

Es ist mir egal. Ich begehre die beiden zu gleichen Teilen.

Und sie gehören beide mir, denke ich, jetzt wieder ganz benommen. *Wie bin ich zu zwei Gefährten gekommen?*

Nein.

Nicht zwei.

Drei …

Mir fehlt meine frische Luft. Aber sein Duft verweilt immer noch hier und hüllt mich ein, neckt meine Seele und sagt mir, dass ich auch ihm gehöre.

Meine erfrischende Bergwanderung, denke ich und fühle mich entspannt und willig zugleich.

Flame flucht, als ich meine Zähne über seine bebende Länge gleiten lasse, und legt seine Hand abermals um meinen Hals, um mich da zu behalten, wo ich bin. „Spiel am Ring herum", fleht er mich an. „Erforsche ihn, kleiner Panther. Und, verdammt, benutz deine Zähne noch mal. Ja, Süße, genau so."

Ich sauge am Metall und lasse meinen Mund daraufhin an das Stäbchen gleiten, ehe ich den unteren Teil des Körperschmucks an die Unterseite seines Schafts gepresst ablecke. Ich will gerade mit meinen Zähnen am Piercing ziehen, als ich Reaper hinter mir spüre, der seine Hände an meinen Innenoberschenkeln hochführt, um meine Beine etwas mehr zu spreizen.

„Ich will sehen, wie feucht dich das macht, Haustier", sagt er zu mir, während er meine untere Körperhälfte über seinem Gesicht ausrichtet.

„Sitz."

Der Befehl jagt mir einen lustvollen Schauer über den Rücken und zwingt meinen Körper, zu gehorchen.

Bei den Feen … Ich setze mich auf sein Gesicht.

Meine Mitte ist an seinen Mund gepresst.

Er lässt seine Zunge und seine Finger an meine Öffnung wandern.

Ich werde ihn ersticken, denke ich und versuche mich zu entfernen.

Aber ein Klaps auf meinen Arsch sorgt dafür, dass ich mich fester an sein Gesicht presse.

„Er bekommt Luft", sagt Flame mit angespannter Stimme. „Und wenn nicht, wird er sein Ende nur zu gern zwischen deinen Beinen finden. Und jetzt konzentrier dich darauf, meinen Schwanz zu lutschen, Alina."

Oh, bei den Feen … Flames Forderung und Reapers Zunge bringen mich dazu, am ganzen Leib zu zittern.

Ich bin nicht einmal sicher, ob ich noch einmal kommen kann.

Aber die Hitze, die sich zwischen meinen Beinen bildet, lässt darauf schließen, dass es durchaus möglich ist. Vor allem, wenn Reaper *das* weiterhin tut.

Ich schlucke hart, was Erinnerungen an das Gefühl des Metalls an meinen Lippen hochkommen lässt. Ich bin nicht einmal sicher, wo ich damit anfangen soll, Flame zu befriedigen, aber die Herausforderung regt mich an.

Er will, dass ich seinen Schwanz lutsche? Dann werde ich ihn lutschen. Dann werde ich spielen. Dann werde ich ihn *streicheln*.

Ihm kommt ein Zischen über die Lippen, als ich meinen Mund um seine breite Eichel schlinge und dabei mit meiner Zunge an seinem Ring herumspiele.

Dann nehme ich ihn bis zum Stäbchen-Piercing in mir auf, das durch die Mitte seines Schaftes dringt.

Mein Mund ist so voll, dass ich nicht sicher bin, ob ich noch mehr in mir aufnehmen kann.

Aber plötzlich bin ich entschlossen, es zu versuchen.

Ich schlinge meine Hand um seine Wurzel, wie er es mir bei Reaper aufgetragen hat, und zwinge mich, noch mehr in meinem Rachen aufzunehmen. Es ist gefährlich. Ich kann nicht atmen. Ich … ich könnte ersticken. Und die

Piercings sind eine weitere Ergänzung, von der ich nicht sicher bin, ob ich mit ihr umgehen kann.

Aber ich versuche es dennoch.

Ich tue es für ihn. Für *uns*.

Und werde belohnt, indem er sanft meinen Nacken drückt und sagt: „Du bist so verdammt gut darin, meine Panther-Königin. Du bist eine Göttin, verdammt."

Reaper gibt, an meine Klitoris gedrückt, ein zustimmendes Summen von sich, bevor er seine Zähne in meiner Haut versenkt und mich um Flames Schwanz geschlungen aufjaulen lässt.

„*Verdammt*, tu das noch mal", verlangt Flame.

Zuerst bin ich nicht sicher, mit wem er spricht, aber als der Mann zwischen meinen Beinen erneut zubeißt, wird mir klar, dass er Reaper gemeint hat. Dieses Mal schreie ich, weil es *wehtut*.

Doch dann leckt er den Schmerz mit seiner Zunge weg.

Meine Schenkel zittern und alles in mir brennt mit erneut entfachtem Verlangen.

Ich schwitze. Keuche. Sauge. Ersticke fast. Erforsche mit meiner Zunge. Alles, während ich gegen das Verlangen ankämpfe, auf Reaper sitzend zu kommen.

Es ist der Inbegriff von Wahnsinn.

Die beste Art des Wahnsinns.

Eine Welt, prall gefüllt mit Erotik.

Ich fühle mich ermächtigt. Wertgeschätzt. Und *benutzt*.

Es … es ist unglaublich.

Flame presst seinen Schwanz in meinen Mund, während Reaper seine Zunge in meine Muschi steckt. Sie ficken mich aus verschiedenen Winkeln und der sinnliche Tanz zieht mich in einen euphorischen Zustand.

Wir kreieren etwas Mächtiges und unsere sich

vermischenden Gerüche erinnern mich an ein Feld aus Erdbeeren, das irgendwo auf einem Berg sitzt.

Ich will mich in diesem Moment sonnen und den Rest meines Lebens hier verbringen, mich mit diesen Feen vereinigen.

„Benutz deine Zähne, kleiner Panther." Flames tiefe Stimme durchdringt meine Gedanken und treibt mich an. „Verdammt, Süße. Mach weiter so."

Ich beiße ihn zwar nicht, übe aber mehr Druck aus, während ich meinen Mund an seinem breiten Glied hoch- und runtergleiten lasse. Er ist so hart, dass ich seinen Puls durch die zarte Haut hindurch spüren kann. Er pulsiert an meine Zunge gepresst und verlangt nach mehr. Verlangt, dass ich weitermache. Verlangt, dass ich ihn vollends in mir aufnehme.

Also tue ich das.

Und lasse ihn bis zur Wurzel in mich gleiten.

So tief ich kann.

„*Fuck.*" Er presst seine Hüfte nach oben und drückt seinen Schwanz tiefer in meinen Rachen. „Besorg es ihr, Reaper. *Jetzt.*"

Ich könnte schwören, dass ich die Todesfee zwischen meinen Beinen lächeln spüren kann, aber es bietet sich mir keine Gelegenheit, darüber nachzudenken, weil er im nächsten Augenblick so fest zubeißt, dass ich über die Klippe und in einen durch Schmerz ausgelösten Rausch der Wonne purzle.

Ich verstehe nicht, was er getan hat, aber dieser Biss … dieser Biss … *ist berauschend.*

„Fuck, ja", stöhnt Flame, zieht seinen Schwanz aus meinem Mund und stößt dann wieder hinein. „Ich schließe mich dir gleich an, kleiner Panther. Versuch, für mich zu schlucken, Schätzchen."

Ich weiß nicht, ob ich das kann.

Ich ertrinke in Ekstase.

Und jetzt wird er mich mit seiner Essenz füllen.

Ich versuche, meinen Hals für ihn zu entspannen, aber mein Körper ist zu aufgeputscht vom Orgasmus, um auf mich zu hören. Schwarze Punkte tanzen vor meinen Augen, als er in meinem Mund explodiert. Sein Geschmack ist anders als Reapers. Sein Samen hat auch diesen salzigen Hauch, aber seiner ist berauschender. Dickflüssiger. Dekadenter.

Ich werde augenblicklich von einem weiteren Höhepunkt heimgesucht und bin nicht sicher, ob er von Flames intensivem Geschmack oder von Reapers flinken Mundbewegungen rührt.

Oder von beidem.

Aber ich werde davon überwältigt und presse mich an Reapers Gesicht, während ich Flames Samen schlucke.

Das ist alles so viel. Zu viel. Diese schwarzen Punkte werden immer größer. Ich habe vergessen, wie man atmet und kann nur noch schlucken und mich winden.

Ich nehme nur verschwommen wahr, dass die beiden Männer sich bewegen, und dann werde ich gegen Reapers Brust gelegt. Er hält mich in seinen starken Armen, während Flame mich küsst. Mein Körper zittert noch immer und mein Inneres zieht sich zusammen, lässt Schockwellen der Lust in jedes einzelne Nervenende fließen.

Wie ...?, will ich fragen.

Aber mein Mund ist beschäftigt mit Flames, dessen Zunge meine sanft massiert, während Reaper meinen Hals und meine Schulter mit Küssen übersät. „Du machst das so gut", sagt er an mein Ohr gelehnt. „Reite es ganz einfach aus, Haustier."

Ich wimmere, weiß nicht, was er meint. *Warum zittere ich noch immer?*

Flames Hände ruhen auf meinen Wangen und sein Mund liegt sanft und doch dominant auf meinem.

Reaper streicht mir mit seinen Händen über den Rücken.

Wir sind ein nacktes, heißes, schweißfeuchtes Wirrwarr aus Gliedmaßen.

Der berauschende Duft von Sex liegt in der Luft. Ich rieche süß, potent und reif.

Als ich zu zittern aufhöre, bin ich geradezu eingehüllt in diesem Duft. Er ist überall. In mir. Auf mir. Auf ihnen.

Ich ringe nach Luft, als Reaper seine Zähne gerade fest genug in meiner Schulter versenkt, um sich an mir festzuhalten, ohne die Haut zu durchbrechen.

Dann zieht Flame mich zurück an sich und sieht mir in die Augen. „Du bist unglaublich, Alina."

„Phänomenal, verdammt", bestätigt Reaper.

Ich sehe die Formwandlerfee blinzelnd an, kann keine Worte mehr von mir geben. Mein Rachen schmerzt – nicht nur von seinen Stößen, sondern auch vom *Schreien*.

Obwohl ich mich nicht einmal daran erinnere, ein Geräusch von mir gegeben zu haben.

Ich führe meine Finger an meinen Hals, als würde ich nach Antworten suchen. Doch mein Handgelenk befindet sich fest in Flames Griff und er bringt meine Hand an seinen Mund. „Danke, kleiner Panther."

Reaper prustet. „Du dankst ihr, als wären wir bereits fertig." Er streicht mir weiterhin beruhigend über meinen Rücken, seine Lippen jetzt wieder an meinem Ohr. „Du kannst dich ausruhen, Haustier. Ich weiß, dass Flames Sperma potent sein kann. Aber sobald die Nachbeben nachlassen, werden wir das Ganze noch einmal tun."

„Zuerst muss sie etwas essen", sagt Flame mit leicht dominantem Tonfall zu ihm. „Und ich werde ihr ein Bad einlassen."

„Du willst ihr doch nur die Haare kämmen."

„Selbstverständlich will ich ihr die Haare kämmen. Ich sehne mich schon danach, seit wir sie zum ersten Mal gesehen haben", erwidert Flame, woraufhin ein Lächeln an meinen Mundwinkeln zupft.

„Du willst mir die Haare kämmen?" Die Worte kommen mir mit heiserer Stimme über die Lippen, weil meine Stimmbänder ganz offensichtlich beschädigt sind.

„Sie braucht etwas Suppe", informiert Flame Reaper. „Wie wäre es, wenn du dich darum kümmerst, während ich sie pflege?"

Reaper stößt einen Seufzer aus. „Na gut. Aber sobald wir sie offiziell zu unserer Gefährtin gemacht haben, wird das kein Problem mehr sein. Sie braucht nur einen Schuss Unsterblichkeit, um sich zu erholen."

Flame knurrt, sagt aber nichts und nimmt mich Reaper ab.

Unsterblichkeit?, wiederhole ich in Gedanken. *Ist es das, was geschehen wird, wenn sie mich zu ihrer Gefährtin machen?*

Ich bin mir nicht sicher, was ich davon halten soll.

Sollte mich das glücklich stimmen? Verängstigen? Mich erleichtern?

Denn das bedeutet, dass ich sie wahrhaftig für immer behalten kann.

Für … *für immer* so leben werde.

Das … das hört sich gar nicht mal so schlecht an. Tatsächlich hört es sich sogar ziemlich fantastisch an.

Und Flame mein Haar kämmen lassen auch, beschließe ich und sehe zu ihm hoch, während ich in seinem Schoß liege. „Ich …"

Ein Glas Wasser erscheint und kurz darauf tritt Reapers nackter Körper in Erscheinung. Er steht neben dem Bett. „Trink das, bevor du sprichst, Haustier."

Ich bemühe mich nicht, etwas dagegen einzuwenden, denn ich bin am Verdursten.

Er steht da und sieht mir dabei zu, wie ich jeden einzelnen Tropfen meinen Rachen hinabrieseln lasse und wirft mir am Ende einen zufriedenen Blick zu. „Gutes Mädchen." Er nimmt mir das Glas ab. „Ich werde dir mehr davon ins Badezimmer bringen." Er sieht Flame an. „Geh und pflege unser Haustier. Wenn ihr fertig seid, steht das Mittagessen auf dem Tisch."

KAPITEL SIEBENUNDZWANZIG
ORCUS

Vor mehreren Minuten

„Wie ich höre, hat Eure Intendierte Chicago erwähnt", sagt Königin Helia und lässt ihre langen Fingernägel über den Arm des Chaiselongues wandern.

Sie ist überhaupt nicht so wie ich erwartet habe. Oh, sie ist königlich und ist ganz klar gewohnt, das mächtigste Wesen im Raum zu sein, aber unerwarteterweise wirkt sie auch irgendwie gelassen.

Wie es scheint, ist sie nicht ganz so besessen von Regeln, wie der Botschafter Jones mir weismachen wollte.

„Tut mir leid wegen all der Formalitäten und der Hinhaltetaktiken, Gott Orcus. Meine Botschafter sind mir gegenüber sehr beschützerisch", sagte sie, kurz nach meiner Ankunft.

Ich hatte meine Augenbraue hochgezogen, als sie meinen Titel erwähnt hatte. „Ihr wisst, was ich bin?"

Sie zuckte mit den Achseln. „Ich spüre Wurzeln. Macht. Portale. Ich bin bestens darüber im Bilde, wer und was Ihr seid." Sie machte einen Schritt nach vorn und streckte ihre Hand aus. „Ich bin Helia, Königin der Monsterstadt. Aber bitte macht Euch nichts aus dem Titel. Ich würde einen Gott niemals darum bitten, mich als seine Königin anzusprechen."

Wider aller Erwartungen hasste ich die Frau nicht auf den ersten Blick.

Stattdessen erwiderte ich die Geste und folgte ihr in den opulent geschmückten Wohnbereich ihrer Suite, wo uns eine Art roter, alkoholischer Punsch serviert wurde.

Reaper hätte mich dafür getadelt, es zu probieren, aber es ist ja nicht so, als würde Gift eine Wirkung auf mich haben.

„Es ist wirklich faszinierend", fährt sie jetzt fort und zieht damit meine Aufmerksamkeit zurück auf unsere Unterhaltung. „Sterbliche dieser Zeit kennen alte Städtenamen sonst nicht. Eure Intendierte hat nicht zufällig erwähnt, wie oder woher sie von Chicago gehört hat?"

„Nein, hat sie nicht. Sie hat nur gesagt, dass sie Chicago finden muss." Ich lehne mich im Sessel – einer beigen Monstrosität in Übergröße, die gut zu den goldenen Dekorationen im Zimmer passt – nach vorn und lege meine Unterarme auf meine Oberschenkel. „Was könnt Ihr mir über die Elitestadt sagen?"

Bisher haben wir uns mehrheitlich auf die innerdimensionalen Beziehungen konzentriert. Sie hat den Wesen meiner Welt nicht ausdrücklich Zustimmung erteilt, hier zu verbleiben, und ich habe auch nicht darum ersucht. *Noch nicht.*

Ich ahne, dass wir erst darüber sprechen werden, nachdem sie mich durchleuchtet hat.

Was sie seit meiner Ankunft unaufhörlich getan hat.

Ich kann spüren, wie ihre Energie meine berührt und nach meinen Schwachstellen sucht.

Zu ihrem Unglück wird sie keine finden.

„Um die Elitestadt zu verstehen, müsst Ihr zuerst unsere Geschichte kennen." Sie greift nach ihrem kristallenen Weinglas und bringt den verzierten Rand an ihre vollen Lippen.

Es ist eine sinnliche Geste, die ich als eine Art Test verstehe.

Sie ist eine wunderschöne Frau mit langen, athletischen Beinen und einer modelähnlichen Figur. Wenn sie eine Mythenfee wäre, würde ich sie für eine Alpha wie mich halten. Sie ist zu groß gewachsen für eine Beta oder eine Omega, und sie ist zu dreist, um etwas anderes als eine Alpha zu sein.

Doch ihre Haut lässt darauf schließen, dass sie etwas ganz anderes ist.

Auf den ersten Blick sieht es so aus, als ob sie dunkle Haut hätte. Aber das einfallende Sonnenlicht legt einen violetten Schimmer frei, der ihren ansonsten dunklen Teint einhüllt.

Das Merkmal ist jetzt, wo die Sonne auf ihre Hand fällt, nicht zu übersehen, als sie ihr Glas zurück auf den Tisch stellt.

„Das erste Portal in dieses Reich hat sich vor über tausend Jahren geöffnet. Aber viele Jahrzehnte lang sind die Monster im Geheimen vorbeigekommen. Das hat sich geändert, als uns bewusst wurde, dass einige der Sterblichen kompatible Gefährten waren." Sie streckt ihre langen Beine auf dem Chaiselongue aus und dreht ihren Körper in meine Richtung, ehe sie ihren Kopf auf ihren Ellbogen stützt.

„Ich nehme an, diese Entdeckung hat zur Instandsetzung der Nacht der Monster geführt?", frage ich, nicht interessiert am Spiel der Verführung, das sie mit mir zu spielen versucht.

„In gewisser Hinsicht, ja. Aber es dauerte über zwei Jahrhunderte, bis wir den Dreh raus hatten. Jetzt befinden wir uns im dreihundert und dreizehnten Jahr und haben den Prozess so ziemlich perfektioniert. Aber wir mussten mit den Sterblichen zusammenarbeiten, um an diesen Punkt zu gelangen. An dieser Stelle kommt die Elitestadt ins Spiel."

Helia hält mir einen Vortrag darüber, wie die Monster zuerst auf eine spezifische Gruppe von Sterblichen zugegangen sind.

Sie waren Sterbliche gewisser Blutlinien und Wesen mit viel Einfluss über ihre Untertanen – also sozusagen königliche Familien, Politiker und anderweitige hochrangige Mitglieder der menschlichen Gesellschaft. Die Monster haben ihnen Geschenke angeboten, damit sie ihnen helfen würden, perfekte Monster-Gefährten zu schaffen.

„Orte wie die Elitestadt wurden kreiert, um diesen Familien – und jetzt ihren Erben – einen Platz zum Leben zu geben", fährt sie fort. „Innerhalb der Stadtmauern gibt es Sektoren. Jeder Sektor verfügt über eine gewisse Macht und spezifische Fähigkeiten. Der stärkste Sektor ist der Sektor der Unsterblichkeit."

„Selbstverständlich", erwidere ich, überhaupt nicht überrascht darüber, dass die Sterblichen willens sind, mit Monstern zu verhandeln, um ein so kostbares Geschenk zu erhalten. „Sterbliche wollen immer für die Ewigkeit leben."

„Ganz genau", sagt sie. „Und sie sind willens, alles zu tun, was in ihrer Macht steht, um dieses Ziel zu erreichen. Darunter auch, andere Sterbliche zu opfern."

Mein Bauch verkrampft sich, weil ich mir sicher bin, dass mir die Richtung, die dieses Gespräch einschlagen wird, nicht gefallen wird.

„Wisst Ihr, jede Elite-Familie besitzt ein Sterblichen-

Dorf. Eure Intendierte, zum Beispiel, stammt aus der Nightingale-Siedlung. Herzog von Nightingale, ein Sterblicher, überwacht die Zucht und den Unterhalt des Ernteguts in diesem Dorf. Dann sieht er sich jedes Jahr viele Daten und Statistiken an, um zu entscheiden, wer für die Nacht der Monster auserwählt wird, und wer nicht."

Es verlangt mir viel Kraft ab, mir nichts anmerken zu lassen und nicht darauf zu reagieren, dass man meine Intendierte gerade als *Erntegut* bezeichnet hat, als wäre sie ein Tier und keine Göttin.

Aber Helias Bemerkungen zur *Zucht* interessieren mich.

Denn mir ist klar, dass die Sterblichen in dieser Welt mit gewissen übernatürlichen Fähigkeiten versehen wurden, um sie überhaupt kompatibel mit Monstern zu machen.

Obwohl ihre Worte darauf hindeuten, dass es vielleicht sogar auf natürlichem Wege dazu gekommen ist.

„Was meint Ihr mit *Zucht* und *Unterhalt*? Paart Herzog von Nightingale spezifische Sterbliche miteinander, um die Kompatibilität mit andersartigen Wesen zu erhöhen?", will ich wissen und unterbreche, was immer Helia gerade gesagt hat.

Sie lächelt. „Sozusagen. Was auch das Schöne an unserem Programm vor Ort ist. Die Sterblichen treten gegeneinander an, um die bestmöglichen Monster-Gefährten zu zeugen. Also ja, sie arrangieren Verbindungen auf der Grundlage von genetischen Markern, von denen bekannt ist, dass sie mit Wesen aus anderen Welten kompatibel sind."

Ich ziehe eine Augenbraue hoch. „Das ist alles?" Ich kann mir den ungläubigen Tonfall nicht verkneifen.

Alina ist eine Omega. Dass Menschen mit normalen sterblichen Genen eine Omega gezeugt haben, ist unmöglich.

„Na ja, das sollten sie, jedenfalls. Aber Sterbliche lassen sich zu oft zum Schummeln verführen. Und Betrug hat schlimme Konsequenzen, wie einige Elite-Familien auf die harte Tour gelernt haben."

Sie schürzt ihre Lippen und ein finsterer Ausdruck umspielt ihre Züge. Das lässt mich wundern, was sie mir vorenthält.

Ist Alina ein Ergebnis des erwähnten Betrugs? Oder meint sie damit etwas ganz anderes?

Helia blinzelt und der finstere Ausdruck ist im nächsten Augenblick verschwunden. „Na ja, der Zuchtprozess wird von den Elite-Familien beaufsichtigt. Sie entscheiden, wie sie ihre idealen Gaben kreieren wollen. Wir bieten ihnen nur Hilfestellung, um den Prozess zu ermöglichen."

Helia beginnt von den Zuchtanlagen zu sprechen, die von den Elite-Familien benutzt werden.

Offenbar befindet sich die Nightingale-Anlage direkt außerhalb des vormaligen Chicagos.

„Die idealen Kinder werden dort geboren und dann in passenden Familien im Dorf aufgezogen", erklärt sie. „Natürlich variieren die Praktiken von Elite-Familie zu Elite-Familie. Einige entscheiden sich für den althergebrachten Weg. Wir, die Monster, schreiben ihnen nicht vor, was sie tun und lassen sollen. Wir belohnen sie bloß für gute Arbeit und erinnern sie an ihre Aufgabe, wenn sie unseren Erwartungen nicht gerecht werden."

Sie geht etwas näher darauf ein und erklärt, dass die Höhe der Belohnungen danach ausgelegt ist, wie gut die Gaben des Dorfes während der Nacht der Monster abschneiden. Verbindungen mit hochrangigeren Übernatürlichen bringen höhere Belohnungen ein.

Gaben, die nicht gut abschneiden, fallen in die *Erinnerungs*-Kategorie. Was, wie ich annehme, sich auf ein

Strafsystem bezieht, das die Elite-Familie in der Reihe behalten soll.

„Wenn Alina Everheart sich als ideale Gefährtin für Euch herausstellt, wird Herzog von Nightingale reich belohnt", ergänzt sie. „Ihr seid ein Gott aus einer völlig neuen Dimension. Es gibt niemanden in dieser Stadt, der einen höheren Rang hat. Nicht einmal ich."

„Also geht es bei der ganzen Sache darum, welche Gefährten auserwählt werden und von wem", überliefere ich.

„Ja. Und da Ihr aus einer neuen Dimension seid, ist es lukrativer, wenn ihr eine geeignete Gefährtin findet. Vor allem, weil wir hoffen, eine potenzielle Partnerschaft zwischen unseren Welten aufzubauen."

„Was für eine Partnerschaft?"

„Darauf kommen wir später zurück", sagt sie zu mir und winkt mit ihren scharfen Nägeln ab.

Ja, denke ich. *Werden wir.*

„Was ich zu erklären versuche, ist, dass die Sterblichen gegeneinander antreten, um die besten Gaben zu kreieren. Die Elitestadt, an der Eure Intendierte interessiert ist, beheimatet die Elite-Familien, die unsere Dörfer anführen. Ich kann mir nicht vorstellen, warum sie dorthin gehen will. Sie sollte nicht einmal wissen, dass es eine Elitestadt gibt."

So viel habe ich dem, was sie und der Botschafter gesagt haben, bereits entnommen. „Ich werde mich später bei ihr erkundigen müssen", sage ich und bekräftige damit, dass ich nicht weiß, warum Alina Chicago erwähnt hat.

Und selbst wenn ich es wüsste, würde ich die Information vermutlich nicht mit Helia teilen.

Es geht sie nichts an, was meine Omega in der Elitestadt zu finden hofft.

Aber ich will Alina darüber ausfragen – vorwiegend, damit ich im Bilde über ihre Pläne bin.

„Ist es uns gestattet, in die Elitestadt zu reisen?", will ich wissen, neugierig, zu erfahren, was für Grenzen die Königin uns aufzuerlegen versuchen wird. Und außerdem will ich das Gespräch von meiner Omega ablenken. Sie benutzt Alina immer wieder als *Beispiel*, was mir nicht bekommt.

„Wenn wir zu einer freundschaftlichen Übereinstimmung zwischen Eurer Dimension und meiner kommen, dann ja, könnt Ihr reisen, wohin Ihr wollt. Ich persönlich würde Euch die Monster-Insel oder Monster Isle empfehlen. Die Elitestadt wird vorwiegend von Sterblichen bewohnt. Und da Ihr Eure Gefährtin gefunden zu haben scheint, würdet Ihr Euch vermutlich bloß langweilen."

Ich gehe nicht auf ihre Vorschläge ein. Während ich mittels des Portalfensters in dieses Reich gespäht hatte, habe ich einen Blick auf die erwähnten Orte erhascht. Die Monster-Insel befand sich im Pazifik und Monster Isle war einst als Isle of Man bekannt.

Könnte sein, dass ich später zurückkehren werde, um nach potenziellen Omega-Seelen zu suchen, aber für den Moment werde ich mich auf die Elitestadt konzentrieren. *Für Alina.*

„Wie Ihr Euch sicher vorstellen könnt, haben wir den Prozess der Nacht der Monster auf die gesamte Welt angewendet", fährt Helia fort. „Jeder Standort hat einen Monster-Herrscher, mit Ausnahme der Dörfer. Dörfer verfügen über Viscounts, die den jeweiligen Elite-Familien unterstehen. In den meisten Fällen sind die Viscounts die Einzigen, die von den Elite-Familien wissen."

Sie wird nachdenklich und kneift ihre Augen zusammen.

Aber einen kurzen Augenblick später schüttelt sie ihren Kopf und greift abermals nach ihrem Glas. „Wie dem auch sei …, sobald Euer Reich den Status ‚Gut' erhalten hat, könnt Ihr und Eure Art reisen, wohin Ihr wollt. Ich möchte nur anmerken, dass es zum guten Ton gehört, die örtliche Herrscherin oder den örtlichen Herrscher wissen zu lassen, wenn Ihr vorhabt, ihnen einen Besuch abzustatten."

Ich nicke. „Dann sollten wir besprechen, wie mein Reich diesen Status erhält."

„Oh, die Bedingungen sind äußerst simpel. Wir bitten darum, dass Eure Dimension nur eine Nacht im Jahr vorbeischaut – in der Nacht der Monster. Und zwar nur während des festgelegten Zeitraums. Jeder, der in unserem Reich bleiben will, muss um Erlaubnis bei der Führung des jeweiligen Ortes ersuchen. Würde jemand zum Beispiel in der Monsterstadt bleiben wollen, müsste man mit mir sprechen. Und wir bitten darum, dass Ihr davon absieht, Gewalt anzuwenden, solange Ihr auf unserem Grund und Boden seid."

„Ich gehe davon aus, dass Ihr damit die Menschen meint, die wir getötet haben", flöte ich.

Sie zuckt mit den Schultern. „Wir machen uns mehr Sorgen um Gewalt zwischen Monstern, aber ja, Sterblichen wehzutun, ist verpönt. Aber wie ich verstanden habe, hattet Ihr Anlass dazu?"

„Ja, hatten wir. Und wir wollen Zugriff auf den dritten Sterblichen, damit wir ihm seiner gerechten Strafe zuführen können."

Sie zieht ihre dunkle Augenbraue hoch. „Genügt Euch die mentale Folter Eures Seelenfressers nicht?"

Ich schätze, mit *Seelenfresser* meint sie Reaper.

Natürlich hat er dem Sterblichen einen Besuch abgestattet.

Ich kann ihn fast schon sagen hören: „Sie haben gesagt, dass wir ihn nicht *töten* können. Sie haben nichts davon gesagt, dass wir ihn nicht anderweitig bestrafen dürfen." Er hätte das mit einem Achselzucken erwidert und ergänzt: „Ich halte mich nach wie vor an die Regeln."

Typisch Reaper.

Trotz seiner Mätzchen ... „Alina verdient es, den Mann zu töten, der versucht hat, ihr wehzutun", sage ich zu Helia.

Der Mensch hat unserer intendierten Gefährtin wehgetan.

Der Mensch wird leiden.

„Normalerweise machen wir es nicht so, aber angesichts der Umstände, kann ich ihm Euch als Geschenk anerbieten. Aber im Gegenzug will ich auch etwas von Euch."

Ich ziehe meine Augenbrauen hoch. „Auge um Auge, Zahn um Zahn?"

„So laufen die Dinge hier, und ich habe Euch und Euren Gefährten schon mehrere Gefallen getan."

Reaper und Flame sind technisch gesehen nicht meine Gefährten, aber ich korrigiere sie nicht.

Stattdessen konzentriere ich mich auf die Andeutung, dass ich ihr für ihre *Gefallen* einiges schulde.

„Wir sind aus Höflichkeit hier geblieben, Königin Helia. Wir wissen Eure Gastfreundschaft zu schätzen, aber es handelt sich nicht um einen Gefallen oder ein Geschenk, wenn es mit Bedingungen behaftet ist. Wir haben Euch einen Gefallen getan, indem wir Eurer Bitte um ein Treffen nachgekommen sind. Wir hätten mit Leichtigkeit verschwinden können."

Das stimmt so nicht ganz. Wir mussten hierbleiben.

Aber das weiß sie nicht.

In ihren Augen taucht ein finsterer Blick auf, während

sie mich mustert, und ihre Energie schwirrt gefährlich nahe an meiner Aura. „Ich glaube, wir beide wissen, dass wir beide mehr von einer Zusammenarbeit haben. Es wäre … bedauerlich, wenn wir uns verfeinden würden."

„Da stimme ich Euch zu", sage ich zu ihr. „Aber bitte versteht, dass Euer Verständnis eines Geschenks nicht mit meinem übereinstimmt. Was auch immer Ihr von mir wollt, Ihr müsst mir einen fairen Handel dafür vorschlagen."

Sie senkt ihren Kopf und balanciert das Weinglas zwischen ihren Fingern. „Das hört sich nur gerecht an." Sie stellt das Glas erneut ab und setzt sich auf, woraufhin ihre dünnen Absätze mit einem lauten Klackern auf den Marmorboden treffen. „Ich würde Euch und Eure Gefährten gern zu einem Abendessen einladen."

Ich starre sie an. „Ihr wollt, dass wir zu einem Abendessen erscheinen?"

Sie nickt. „Als Geschenk, ja."

Ich werde auf der Stelle misstrauisch. „Warum?"

„Brauche ich einen Grund?"

„Wenn Ihr wollt, dass ich etwas opfere, dann, ja, tut Ihr."

„Das einzige Opfer, um das ich ersuche, ist Zeit, Gott Orcus." Sie lächelt. „Es wird sich dabei um ein Treffen im kleinen Rahmen zwischen Gefährten handeln."

Ich presse meine Lippen aufeinander. „Wir teilen nicht. Und swingen tun wir auch nicht."

Die Königin wirft ihren Kopf in den Nacken und stößt ein Lachen aus, das durch das Zimmer schallt. Was auch immer für eine Art von Monster sich unter ihrer Haut verbirgt, ist sehr mächtig. Allein dieser Laut bestätigt das.

„Mach dir keine Sorgen, Schätzchen. Orgien sind nicht mehr mein Ding." Sie sieht mich mit verträumtem Blick an und ergänzt: „Ich bin jetzt eine Frau mit zwei Gefährten und diese Positionen sind bereits belegt."

„Wozu dann das Abendessen?"

„Um ein Bündnis zu schmieden und unsere Gefährten zu beruhigen", meint sie kryptisch. „Stimmst du zu oder nicht?"

Reaper und Flame werden mich verdammt noch mal umbringen.

Aber Verbündete sind wichtig.

Und wir müssen gute Beziehungen zu diesem Reich pflegen. *Also ...* „Ich stimme zu."

Sie lächelt. „Hervorragend. Meine Gefährten werden erfreut sein."

In der Zwischenzeit werden meine beiden besten Freunde darüber fantasieren, wie sie dich am besten abschlachten können, denke ich. *Aber das ist ihre Art der Freude, also könnte ich dasselbe sagen.*

Ich spreche die Gedanken nicht laut aus und konzentriere mich stattdessen auf wichtigere Dinge.

Zum Beispiel auf *Regeln.*

„Nur, damit das klar ist: Wenn ich in diesem Reich herumreisen will, darf ich das", sage ich. „Aber wenn ich irgendwo bleiben möchte, muss ich das vorab ankündigen, richtig?"

„Genau. Die Transportmittel variieren je nach Region. Mein Territorium, zum Beispiel, ist auf Züge spezialisiert. Aber wie euch vielleicht bereits aufgefallen ist, beschränkt sich meine Rechtsprechung auf die Elitestadt und die Monsterstadt. Und sie reicht in den Norden, bis fast zum vormaligen Boston, und in den Süden bis ins Nightingale-Dorf, das in der Nähe des vormaligen Asheville liegt."

Sie spricht von ein paar weiteren Orten, wie dem Bootssystem in der Nähe der Monster-Insel und etwas von wegen Fähren auf Monsters Isle.

Ich höre aus Höflichkeit zu, obwohl mir die

Transportmöglichkeiten dieser Welt egal sind. Wir werden sie nicht brauchen.

„Was, wenn ich mittels eines Portals nach Hause reisen will?", falle ich ihr schließlich ins Wort, interessierter daran, potenzielle Beschränkungen in Erfahrung zu bringen, die es mir verbieten, zwischen den Dimensionen zu reisen. „Botschafter Jones hat erwähnt, dass ich einen höheren Rang benötige, um durch Portale zu reisen, wann immer ich will."

Sie nickt. „Portale zwischen Reichen sind außerhalb der Nacht der Monster verpönt. Wir wollen nicht, dass Wesen ohne vorgängige Erlaubnis kommen und gehen. Das könnte das Gleichgewicht stören, das wir erschaffen haben."

„Auch wenn ich das respektiere, kann ich nicht in einem Reich bleiben", sage ich zu ihr.

„Ja, das habe ich mir schon gedacht." Sie tippt an ihr Kinn. „In Ordnung. Während ihr auf meinem Grund und Boden verweilt, dürft ihr mittels Portalen reisen. Aber andere Wesen aus deiner Welt – abgesehen von deinen Gefährten – dürfen dieses Reich nur anlässlich der Nacht der Monster besuchen. Jeglicher Verstoß gegen diese Regel könnte zum Bruch unserer neuen Allianz führen."

„Nur auf deinem Gebiet?", frage ich.

„Ich kann nur in meinem Königreich Erlaubnis erteilen. Solltet ihr universelle Portalrechte wollen, werdet ihr euch mit dem jeweiligen König oder der jeweiligen Königin absprechen müssen."

„In der Elitestadt, also …?" Ich verstumme und ziehe eine Augenbraue hoch.

„Oh, der König der Elitestadt ist ein guter Freund von mir. Wenn ich euch Portalrechte einräume, wird er dasselbe tun. Aber an anderen Orten? Ja, dafür bräuchtet ihr Erlaubnis."

„Verstehe." Obwohl das äußerst unpraktisch ist, ist das nicht die schlimmste Bedingung. „Was meine Feen, die in diesem Reich verbleiben, angeht … Es verweilen zwei Strigoi im Gebäude, die Interesse bekundet haben, zu bleiben. Willst du damit sagen, dass sie in meine Welt zurückkehren müssen?"

Ich stelle die Frage mit neutralem Tonfall. Mir ist egal, wie ihre Entscheidung lautet, aber ich habe Cage und Sabre gesagt, dass ich mich nach ihren Optionen erkundigen würde.

„Redest du von den Traumwandlern?"

„Ja. Wir nennen sie Strigoi." Denn sie sind mehr als nur Traumwandler. Sie sind eng verwandt mit Vampiren, weshalb sie auf Blut angewiesen sind.

„Interessant." Sie denkt einen Augenblick darüber nach, als wäre sie wahrhaftig interessiert. „Hm. Na ja, sie unterstehen nicht mehr meiner Rechtsprechung. Cain hat sie bereits in die Elitestadt gebracht."

„Was?" *Der Kerl im Anzug von vorhin hat meine Strigoi?*

Sie blinzelt mich an. „Als ich Cain von ihnen erzählt habe, hat er mehr über ihre Fähigkeiten erfahren und ich habe gespürt, dass die drei kurz nach Beginn unseres Gesprächs das Gelände verlassen haben. Ich schätze, das bedeutet, dass er vorhat, sie zu behalten."

„Er kann sie nicht *behalten*. Sie stehen unter meinem Schutz."

„Ich fürchte, das wirst du mit Cain besprechen müssen."

Ich kneife meine Nase. „Und lass mich raten … Das bedeutet, dass ich Erlaubnis vom König der Elitestadt einholen muss?" Da ich nach Chicago reisen muss, um dieses Arschloch zu finden.

„Na ja, normalerweise schon, aber in diesem Fall ist

Cain der König der Elitestadt." Sie lächelt. „Ich bin mir sicher, dass er sich über einen Besuch freuen wird."

Ich bin mir sicher, dass er keinen Besuch von mir will.

Denn wenn ich ihn finde, werde ich Reaper auf ihn hetzen.

Versucht unsere Strigoi festzuhalten. Für wen hält der Kerl sich? Und was ist er?

Ich streiche mir mit der Hand übers Gesicht. Dieses Gespräch hat lange genug gedauert. „Ich muss meine Männer über diese Entwicklung informieren."

„Selbstverständlich", murmelt sie. „Ich werde euch zu einem späteren Zeitpunkt eine Einladung zum Abendessen zukommen lassen. Bis dahin dürft ihr die Suite gern behalten."

„Danke", sage ich zu ihr.

Aber wir werden sie nicht mehr lange brauchen, füge ich in Gedanken hinzu. *Denn wir vier werden zusammen zur Elitestadt aufbrechen. Noch heute Nacht.*

KAPITEL ACHTUNDZWANZIG
FLAME

„Deine Haare sind so schön", murmle ich, während ich einen Kamm durch Alinas feuchte Strähnen führe. Sie liegt in der Badewanne in meinem Schoß und ihr Körper summt geradezu vor Glück.

Oder vielleicht ist es nur mein Schnurren, das durch sie hindurchfließt, was ich da spüre.

Es ist kein sexuell aufgeladenes Rumpeln mehr, sondern ein sinnliches, ähnlich wie das, das Orcus in ihrer Anwesenheit von sich gibt.

Der Appetit meines Jaguars ist fürs Erste gestillt.

Aber mein Schwanz ist noch immer hart und an Alinas nackten Arsch gepresst.

Ich bin mir ziemlich sicher, dass ich in ihrer Präsenz für immer erregt sein werde, was mir überhaupt nichts ausmacht.

„Danke, dass du es gekämmt hast", flüstert Alina. „Es hat sich gut angefühlt."

Ich drücke einen Kuss auf ihren Nacken. „Ich werde deine Haare nur zu gern für den Rest unserer Tage kämmen."

Sie erschaudert und presst ihren Körper noch fester an meinen. „Für … für die Ewigkeit, richtig?"

Ich lächle. „Ja, kleiner Panther. Für die Ewigkeit."

„Sobald wir uns miteinander verbunden haben?", will sie wissen, weil sie Reapers Anmerkungen über ihre bevorstehende Unsterblichkeit ganz offensichtlich mitbekommen hat.

„Ja." Ich lege den Kamm beiseite und greife nach ihrem Kinn, um ihren Blick nach oben zu führen. „Wie geht es dir damit?" Ich kann mir gut vorstellen, dass das alles ziemlich überwältigend für sie sein muss.

Obwohl … Sie wurde in eine Welt geboren, in der es normal ist, dass Übernatürliche sich Gefährten nehmen, also ist es vielleicht nicht ganz so unerwartet.

„Ich … ich fühle mich erleichtert", flüstert sie. „Es gefällt mir, hier bei dir zu sein. Bei Reaper. Und bei Orcus auch. Bei euch fühle ich mich sicher und geborgen …" Sie verstummt und zieht die Nase kraus.

„Und?", hake ich nach.

„Willig", gibt sie zu und windet sich ein kleines bisschen.

Ich lache und lege ihr den Arm um den Unterleib, während ich meine andere an ihrem Kinn verweilen lasse. „Feen haben einen sehr starken Sextrieb, meine Panther-Königin. Es ist okay, willig zu sein. Ich glaube, es ist ziemlich offensichtlich, dass es mir nicht anders geht." Um meine Aussage zu bekräftigen, presse ich meinen Schwanz an ihren Arsch.

Sie wird knallrot, was ungeheuer niedlich ist.

„Mythenfeen-Omegas sind sogar noch wollüstiger als andere Feen", ergänze ich. „Zumindest hat Orcus mir das gesagt. Reaper freut sich schon darauf."

Alinas Wangen werden noch röter. „Ich bin mir nicht sicher, was ich dazu sagen soll."

„Du musst überhaupt nichts sagen." Ich lasse von ihrem Kinn ab und lege meine Hand an ihre Wange. „Aber ich wäre nicht traurig, wenn du mich stattdessen noch einmal küssen wolltest."

Ein kleines Lächeln zupft an ihren Mundwinkeln und dann lehnt sie sich an mich, bevor sie sich im Wasser zu mir herumdreht.

Wir liegen in einer Whirlpool-ähnlichen Wanne, die es ihr ermöglicht, sich frei zu bewegen und sich rittlings auf mich zu setzen.

Natürlich führt diese Position bloß dazu, dass ihre heiße Mitte sich an meinen bebenden Schaft presst.

Was mich dazu bringt, sie erneut verschlingen zu wollen.

Aber ich will sie nicht drängen. Stattdessen küsse ich sie also einfach. Es ist eine zärtliche Liebkosung, eine, in der ich sie mit ihrer Zunge führen lasse.

Zunächst zögert sie, aber dann wird sie mutiger und presst ihre Titten an meine Brust. Ich rutsche nach vorn, damit sie ihre Beine um meinen Körper schlingen kann, und unsere Position heizt mein inneres Biest unglaublich an. Er ist ganz wild auf sie.

Ich trage noch immer meine Piercings. Daher kann ich sie noch nicht ficken.

Aber das würde sich rasch beheben lassen.

Sie reibt ihre Muschi an meinen Schwanz und keucht, während sie sich noch fester an meine Brust kuschelt. „Flame", haucht sie.

„Alina", erwidere ich und lasse meine Zähne über ihre Unterlippe gleiten. „Sag mir, was du brauchst, Schätzchen."

Sie erschaudert und schlägt ihre großen, von langen, dunklen Wimpern umrahmten Augen auf. „Ich will einfach nur in deiner Nähe sein."

„Nur zu", sage ich. „Ich werde dir geben, was immer du brauchst, kleiner Panther."

Sie schlingt ihre Arme fester um mich und vergräbt ihr Gesicht an meinem Hals. Ich schlinge meine Arme um sie und vergrabe meine Nase in ihrem frisch gewaschenen Haar. Wir haben geduscht, bevor wir in die Wanne gestiegen sind, vorwiegend, damit wir einfach bloß darin liegen und uns im sprudelnden Wasser entspannen können.

Jetzt bin ich froh über diese Entscheidung, da sie es ganz offensichtlich gebraucht hat.

„Das hier ist so anders als das, was an der Nacht der Monster passieren würde", sagt sie an mein Ohr gelehnt und mit leiser Stimme. „Aber der Herzog hat etwas davon gesagt, dass mein Schicksal bei den Monstern besser wäre als jenes im Dorf. Er sagte, dass mein zukünftiger Gefährte – oder meine zukünftigen *Gefährten* – mich verehren würden."

Ich bin nicht sicher, wer dieser Herzog ist, von dem sie spricht, aber … „Er hatte nicht unrecht."

„Den Teil mit der *Fortpflanzung* hat er aber nicht erwähnt", ergänzt sie und weicht zurück, um mir ins Gesicht zu blicken. „Was … was genau bedeutet das?" Sie zieht die Stirn kraus. „Ich meine, ich weiß, was der Begriff zu bedeuten hat. Aber ich meine … für uns. Willst du Kinder?"

Ich streiche mit dem Daumen über ihre Unterlippe. „Ja, tue ich." Langsam wandert mein Blick zurück zu ihren Augen. „Und du?"

Sie schluckt hart. „Bisher, im Dorf, wollte ich das nicht. Die Männer dort haben mich angewidert. Der Gedanke daran, eine Familie mit ihnen zu gründen …" Sie erblasst und ihr Gesichtsausdruck sagt mir alles, was ich wissen muss.

„Und was ist jetzt?", will ich wissen. „Was hältst du von der Idee, meinen Widerhaken in dir zu haben? Im Wissen, was er vielleicht erschaffen wird?"

Ihre Pupillen weiten sich leicht. „Ich weiß es nicht", gibt sie mit leiser Stimme zu. „Ich …" Sie runzelt die Stirn. „Es ist seltsam. Ich weiß, dass ich mich davor fürchten sollte – vor allem, weil sich alles so schnell verändert hat. Aber ich habe keine Angst davor?" Sie spricht das als Frage aus, als würde es sie verwirren, dass sie keine Angst hat.

„Das ist nicht dasselbe wie ein Kind zu wollen", bemerke ich.

Sie sieht mich lange an. „Ich glaube, es ist noch zu früh, um meine wahren Gefühle zu ermitteln. Ich weiß nur, dass mich der Gedanke nicht mehr so abschreckt wie im Dorf. Wenn ich jetzt so darüber nachdenke … hört es sich angenehm an. Ich könnte es mir vorstellen."

Ich nicke. „Das ist eine große Veränderung", stimme ich zu. „Ich, Orcus und Reaper haben schon so lange nach unserer Gefährtin gesucht, dass sich das hier überhaupt nicht überstürzt oder unerwartet anfühlt. Es gibt schlichtweg keine Alternative für uns. Keine konkurrierenden Verlangen. Nur dich."

„Nur mich", wiederholt sie keuchend.

„Nur dich", bestätige ich. „Ich weiß, dass das ganz schön überwältigend sein muss, aber was du mit mir und Reaper heute erlebt hast …, ist nur eine Kostprobe dessen, was wir dir zu bieten haben."

Obwohl wir im warmen Wasser sitzen, breitet sich Gänsehaut an ihren Armen aus. Ihr Unterleib ist fest an meinen gepresst.

„Nur eine Kostprobe?" Sie schluckt mehrmals, als würde sie an die besagte *Kostprobe* denken. „Ich … ich weiß nicht, ob ich mehr als das aushalte …"

Ich lache. „Das werden wir wohl sehen, hm?"

Denn ich kann ihre nahende Läufigkeit riechen.

Obwohl ich keine Mythenfee bin, so bin ich dennoch eine Formwandlerfee. Und mein Jaguar ist ein Alpha. Er ist im Augenblick guter Dinge, beobachtet die Situation bloß durch meine Augen und wartet geduldig darauf, zuzuschlagen.

Es wird intensiv sein.

Mächtig.

Überwältigend.

Und Alina wird es lieben.

Es gibt nur eine Sache, die mich etwas besorgt: ihre Gedanken über das Kinderkriegen. Obwohl sie es als angenehme Zukunftsperspektive anzusehen scheint, hat der aufgeregte Tonfall gefehlt, der sonst mitschwingt, wenn eine Fee über Feelinge spricht.

Obwohl man bedenken muss, dass sie nicht als Fee, sondern als Mensch geboren wurde.

Was auch der Grund ist, warum sie verstehen muss, was während ihrer Läufigkeit geschehen wird. Orcus hat es ihr schon erklärt, aber ihre Zustimmung – ihre *Bereitschaft* – ist unabdinglich.

Zu schnell voranzuschreiten, könnte sie verängstigen, und ich würde mir nie vergeben, wenn das eintreffen würde.

Sie ist unsere Gefährtin. Unsere Welt. Unser Schicksal.

Sie muss wissen, dass wir sie zu nichts zwingen werden, mit dem sie nicht hundertprozentig einverstanden ist. Ihre Zustimmung vor ihrer Läufigkeit ist das Wichtigste. Denn sobald sie sich im Verlangen, sich fortzupflanzen, verliert, wird sie nicht mehr genug bei Sinnen sein, um Entscheidungen zu treffen.

Es wird an uns – ihren Gefährten – liegen, sicherzustellen, dass ihre Wünsche respektiert werden.

„Wenn du läufig wirst, wird dein Körper dich instinktiv zu gewissen Dingen treiben", sage ich mit sanfter Stimme zu ihr. Obwohl ich keine Mythenfee bin, weiß ich, wie die Läufigkeit von Formwandlerfeen abläuft. Und soweit Orcus gesagt hat, ist der Prozess ziemlich ähnlich für Omegas seiner Art.

„Soll heißen?"

„Soll heißen, dass dein Bewusstsein nicht länger die Kontrolle hat", erkläre ich. „Du wirst vom Verlangen eingenommen sein, zu ficken. Und du wirst uns anflehen, dich mit unserem Samen zu füllen. Uns mit dir fortzupflanzen. Leben zusammmen zu erschaffen."

Es wird ein natürliches Verlangen sein, das sie hoffentlich nicht bereuen wird.

Es sei denn der sterbliche Teil von ihr – der mich jetzt gerade ungläubig ansieht – wird anders reagieren.

„Mir ist bewusst, dass das ganz schön viel ist", flüstere ich und streiche mit den Fingern durch ihre feuchten Strähnen. „Wir versuchen, dich Schritt für Schritt darauf vorzubereiten."

„Ich weiß", sagt sie mit ähnlich sanfter Stimme. „Danke."

Auf meinen Lippen zieht ein Lächeln auf. „Bedanke dich nicht dafür, dass ich das Richtige getan habe. Dein Wohlbefinden steht immer an erster Stelle. Ganz egal, was du brauchst." Ich presse einen Kuss auf ihre Lippen und mein Grinsen wird noch breiter, als ich ihren Magen knurren höre. „Und wo wir gerade von Wohlbefinden sprechen: Das Mittagessen ruft."

Alina beschwert sich nicht, als ich sie aus der Wanne ziehe und sie in ein flauschiges Handtuch wickle. Sie wirkt etwas benommen von unserem Gespräch – oder vielleicht rührt ihr traumähnlicher Zustand von den vielen

Orgasmen, die sie heute erlebt hat. Ganz egal, woran es liegt, sie sieht süß aus.

Ich kämme ihre Haare erneut – weil ich es will.

Dann suche ich nach einer Robe, die sie tragen kann. Sie ist zu groß und reicht ihr bis zu den Waden, aber sie fühlt sich wohl darin und das ist alles, was für mich zählt.

Ich hole auch einen Bademantel für mich. An mir ist das Kleidungsstück nicht einmal annähernd so groß. Ich führe sie in die Suite, wo Orcus und Reaper ins Gespräch vertieft sind.

Sie halten inne, als wir das Zimmer betreten, und Orcus' Blick wandert augenblicklich zu Alina. Sein ernster Gesichtsausdruck vergeht augenblicklich und in seinen Augen flammen rote Funken auf, weil der Alpha in ihm seine auserwählte Omega bewundert.

„Du siehst zufrieden aus", murmelt er mit hingebungsvollem Tonfall. „Wie eine Königin."

„Weil sie verdammt noch mal unglaublich ist", sagt Reaper und zwinkert ihr zu. „Was mich daran erinnert …" Er verschwindet in der Küche und kommt mit einem Tablett zurück. „Sechs Cupcakes für sechs wunderbare Orgasmen." Er drückt ihr einen Kuss auf die Wange. „So ein gutes Haustier."

Sie errötet.

Aber anstatt etwas zu sagen, nimmt sie sich einen Cupcake vom Tablett, zieht die Verpackung ab und fängt an, zu essen.

„Sechs?", sagt Orcus mit beeindrucktem Tonfall.

„Sie hatte vier", korrigiert Reaper. „Wir hatten je einen. Also sechs insgesamt."

Jetzt ist Alina knallrot im Gesicht.

Ich schüttle bloß lachend meinen Kopf und presse einen Kuss auf die andere Wange. „Sag einfach das

Safeword, wenn er anfängt, dich zu nerven", sage ich zu ihr, woraufhin sie ihre Augen aufreißt.

„Sie hat jetzt ein Safeword?", fragt Orcus, ohne auch nur den Hauch von Eifersucht, sondern bloß etwas neugierig. „Wollt ihr mir mehr darüber erzählen?"

„Chicago", erwidert Reaper und stellt das Tablett mit den Cupcakes auf einen Tisch in der Nähe.

Orcus sieht ihn stirnrunzelnd an. „Darauf komme ich noch zu sprechen. Zuerst will ich, dass ihr meine Frage beantwortet."

„Nein, das ist das Safeword", stellt Reaper klar. „Aber ja, wir müssen auch unseren Plan besprechen. Du kannst sie auf den neuesten Stand bringen, während ich das Nest zusammenpacke."

Ich ziehe meine Augenbrauen hoch, als Reaper erneut verschwindet – vermutlich, um zu *packen*. „Was ist los?"

„Wir reisen nach Chicago", sagt Orcus, was Alina mitten im Bissen innehalten lässt. „Der König der Elitestadt hat unsere Strigoi entführt und ich muss herausfinden, warum", sagt er mir spürbarer Verärgerung – einer Emotion, die ich ihm nachfühlen kann.

Ich sehe ihn ungläubig an. „Warum zum Teufel würde jemand unsere Strigoi entführen?"

„Ich habe nicht die leiseste Ahnung, was los ist", gibt Orcus zu. „Und die Königin der Monsterstadt, *Helia*, war auch keine große Hilfe. Aber sie hat mir Erlaubnis erteilt, durch ein Portal zu reisen, also werden wir genau das tun."

„Erlaubnis", wiederhole ich lachend. „Ich wette, das ist ungeheuer gut bei dir angekommen."

Der Blick, den er mir zuwirft, bestätigt meine Vermutung. „Lasst uns zu Mittag essen. Und dann suchen wir uns einen sicheren Ort, an dem wir ein Lager aufschlagen können. Ich habe den Übernatürlichen zuvor schon nicht über den Weg getraut, und jetzt erst recht nicht."

Das ist nur fair. „Okay." Mein Arm liegt noch immer an Alinas unterem Rücken und ich drücke ihre Hüfte. „Sieht aus, als würden wir nach Chicago reisen."

Ihre Augen sind rund wie Untertassen, ihre Lippen mit Erdbeerglasur verschmiert.

Ich lehne mich zu ihr, um etwas davon von ihrem Mund zu lecken, weil ich mal kosten will.

Sie blinzelt. „Chicago."

Mit gerunzelter Stirn weiche ich zurück. „Was habe ich getan?"

„Nein." Sie schüttelt ihren Kopf. „Ich meine … ich habe die Stadt gemeint, nicht das …" Sie knurrt leise und der Laut lässt mein inneres Raubtier interessiert seinen Kopf heben. „Ich brauche ein neues Safeword."

Ich kann Reaper im Nebenzimmer lachen hören.

„Da stimme ich dir zu", sagt Orcus. „Aber das musst du dir nicht sofort aussuchen."

Er hat recht, geht mir durch den Kopf. „Wir können vor unserer nächsten Runde fragen", sage ich.

„Okay." Sie schluckt hart und ihr Blick sagt mir, dass ihr der Gedanke an eine *nächste Runde* gefällt. Aber ihm schwingt auch noch der Hauch von etwas anderem mit. Ein Gefühl, das ich nicht lesen kann.

Hat es etwas mit ihrem Interesse an Chicago zu tun?, frage ich mich. *Wirst du uns endlich sagen, warum du dorthin gehen willst?*

Leider tut sie es nicht.

Sie blinzelt erneut und isst den Rest ihres Cupcakes, bevor sie nach einem zweiten greift.

Orcus räuspert sich. Sein Blick hatte bis eben auf ihrem Mund gelegen. „Lasst uns essen", sagt er mit schroffer Stimme. „Und dann sprechen wir weiter über diese Elitestadt und was ich von Helia sonst noch erfahren habe."

KAPITEL NEUNUNDZWANZIG

ALINA

ICH BIN NICHT SICHER, was mich mehr erstaunt: mein orgastischer Morgen, die Information von Orcus über die Elite-Familien oder die Magie, die sich derzeit vor meinen Augen entfaltet.

Orcus hat nicht nur einen spiegelähnlichen Türdurchgang geschaffen, der in einen anderen Teil der Welt geführt hat, sondern renoviert derzeit auch eine alte Hütte.

Als wir hier angekommen sind, war die Baute nichts weiter als ein Holzhaufen.

Jetzt ... jetzt ist es ... *ein Zuhause.*

Wir befinden uns direkt am Wasser – laut Flame an einem Ort mit Namen Lake Michigan. „Das ist ein guter Standort für uns, während Reaper die Elitestadt auskundschaftet", hatte er ergänzt. „Wir sind nahe genug, damit Orcus schnell dorthin gelangen kann, wenn es die Situation erfordert, aber auch weit genug weg, um nicht entdeckt zu werden."

„Zumindest theoretisch", hatte Orcus ergänzt. „Wir

befinden uns nur rund eine Stunde entfernt von der Stadt und die Magie in diesem Reich ist … einzigartig."

Ich hatte das Gefühl, dass er Letzteres aufgrund der Informationen sagte, die er von Helia erhalten hatte. Soweit ich verstanden habe, hatte sie ihn ziemlich beeindruckt. Und er war sich noch nicht sicher, ob ihm das gefiel.

Vor allem, weil seine Strigoi während dieses Treffens entführt worden waren.

„Sie wusste also offensichtlich, was passiert ist, was mich wundern lässt, ob das Treffen nur eine Ablenkung war", hat er Flame vorhin nach dem Mittagessen gesagt.

„Möglich ist es. Aber warum würde jemand die Strigoi entführen wollen?", fragte Flame. „Mir ist klar, dass sie Adelige sind, aber das wird hierzulande doch kaum von Bedeutung sein."

„Ich weiß es nicht", knurrte Orcus.

„Ich werde es herausfinden", kam von Reaper.

Und so hatten sie den Plan entwickelt, dass Reaper die Stadt auskundschaften würde.

„Er ist buchstäblich ein Schatten", sagte mir Flame im Nachhinein, als er meine Sorge spürte. Obwohl ich weiß, dass diese Feen auf sich selbst aufpassen konnten, gefällt mir die Gefahr nicht, die mit dem Spionageplan für die Elitestadt einhergeht. „Er wird nur kurz verduften, sich umsehen und dann wieder zurückkehren."

Na ja, er ist vor etwa einer Stunde *verduftet*, um vorbeizuschauen, und keiner von uns hat seither etwas von ihm gehört.

Ich blicke hoch zum Mond am Himmel und presse die Lippen aufeinander.

Es ist schön hier. Aber dieser Umstand tut der wachsenden Sorge in meinem Bauch keinen Abbruch.

Reaper sollte mittlerweile zurück sein, denke ich. *Wo ist er?*

Dieses ungute Gefühl vermischt sich mit einer weiteren Empfindung. Einer, die mein Herz höherschlagen lässt. *Hoffnung.*

Vielleicht finde ich bald meine Schwester.

Aber meine Freude ist mit einem Gefühl der Sorge unterlegt. Eines, das aus Reuegefühlen geboren wurde.

Denn diese Feenmänner sind der einzige Grund, aus dem ich hier bin.

Und sie haben nicht die geringste Ahnung, dass ich überhaupt eine Schwester habe.

Sie haben alles getan, um mich zu unterstützen, mich zu beschützen, mich zu *lehren*, und ich habe hinterm Berg gehalten.

Warum?

Warum kann ich es ihnen nicht einfach sagen?

Es kann doch nicht so schwer sein. Es ist nicht mal ein großes Geheimnis, oder?

Sobald Reaper zurück ist, werde ich es ihnen sagen, beschließe ich.

Vielleicht können sie mir helfen, Sera zu finden.

Orcus landet ein paar Meter entfernt von mir. Seine riesigen Flügel sind ausgebreitet und bergen Tausende von seidigen, schwarzen Federn. Seine langen, dunklen Haare sind vom Wind verweht und der Blick in seinen roten Augen liegt voll und ganz auf seinem Projekt.

Er stemmt seine Hände in die schlanken Hüften und spannt seine muskulösen Arme an, was die Adern hervortreten lässt.

Eigentlich … ist alles an ihm muskulös und angespannt.

Und er trägt kein Hemd.

Nur Jeans.

Und Stiefel.

Und seine Flügel, staune ich erneut. Bei den Feen, ich würde ihn am liebsten streicheln.

Er ist wunderschön und sich nicht bewusst, dass ich seinen unglaublichen Körper anstarre. Flame aber bemerkt es, sowie er aus der Tür kommt und mir mit wissendem Blick eine Flasche Wasser in die Hand drückt.

„Gefällt dir, was du siehst?", fragt er.

Ich nehme einen Schluck, bevor ich antworte. „Es ist … es ist beeindruckend."

„Hm", summt er und zwinkert mir zu.

Doch Orcus' Aufmerksamkeit verweilt auf der Hütte.

„Was macht er da?", flüstere ich, weil ich ihn nicht stören will, obwohl er nicht einmal zu bemerken scheint, dass ich hinter ihm stehe.

„Er manifestiert", säuselt Flame.

Ich sehe ihn an. „Okay … Und das heißt …?"

Er grinst. „Hey, Orcus, unser Mädchen will, dass du ihr deine Kräfte erklärst."

Ich gaffe ihn an.

Und er drückt mir einen Kuss auf die Wange. „Wenn du mich suchst, ich bin drinnen und vergnüge mich mit der neuen Küche."

Mir bietet sich keine Gelegenheit, um zu antworten. Er geht einfach.

Und Orcus sieht mit seinen roten Augen zu mir.

Ich schlucke. Sein Körper sieht jetzt, mit den riesigen Flügeln und den hervortretenden Muskeln, noch größer aus. Er ist über das Gebiet geflogen und hat getan, was immer er getan hat.

Manifestiert.

Genau. Ja. Das ergibt total Sinn.

„Ich bin ein Mythenfeen-Alpha." Er sagt das, als würde das alles erklären. „Wir sind auf Schöpfung spezialisiert."

Er kommt auf mich zu und streckt seine Hand nach

meinem Gesicht aus. Mir stockt der Atem, als er eine Haarsträhne hinter mein Ohr klemmt. Dann zieht er seine Hand zurück und präsentiert mir mit einem Lächeln eine schwarze Rose mit goldenen Rändern.

Ich sehe sie nach Atem ringend an, schockiert über ihre unnatürliche Schönheit. „Wie …?"

Er überreicht sie mir und sagt: „Ich habe sie mir vorgestellt und sie damit zum Leben erweckt." Er wirft einen Blick zurück zur Hütte, streckt seinen Flügel aus und macht eine Handbewegung.

Ich reiße meine Augen auf, als drei Büsche aus dem Boden schießen und vor meinen Augen erblühen.

Es vergehen mehrere Minuten, in denen die Knospen sich in Blätter verwandeln und sich an den Stängeln schwarze Rosenblüten bilden.

Schwarze Rosen mit goldenen Rändern.

Er hat gerade Dutzende von ihnen am Busch kreiert.

„Das ist … unglaublich", keuche ich.

Er zuckt mit den Achseln. „Du wirst nicht mehr so beeindruckt davon sein, wenn deine Omega-Fähigkeiten sich erst einmal zeigen. Du wirst in der Lage sein, neue Seelen in die Welt zu setzen − ich kann nur seelenlose Gegenstände erschaffen."

Ich blinzle ihn an. „Ich werde in der Lage sein, zu … *was?*"

Das Rot in seinen Augen wird von einem schwarzen Hauch abgelöst, als er zu mir zurücksieht. „Du wirst Leben erschaffen, Alina. Eine mächtigere Gabe gibt es nicht."

Leben erschaffen.

Meint er … meint er … „Meinst du Kinder?", frage ich mit gerunzelter Stirn.

„Ich meine mächtige Geschöpfe", korrigiert er mich. „Aber ja, sie werden uns in der Form von Kindern erreichen." Er lässt seine Hand an meinen Bauch wandern. „Du wirst sie hier drinnen schaffen. Ich kann mir keine bessere Fähigkeit vorstellen."

Ich verziehe das Gesicht. „Du willst also sagen, dass ein Kind auszutragen, die größere Gabe ist, als eine Hütte mit bloßer Gedankenkraft zu erschaffen?", frage ich ungläubig.

Er erwidert mein enttäuschtes Gesicht mit verzogener Miene.

„Du hast ja keine Ahnung, wie einzigartig und wunderbar die Gabe ist, dass du mehr Mythenfeen in die Welt setzen kannst, Alina. Wir haben seit über zweitausend Jahren keine Geburt eines Feelings mehr erlebt." Er zieht seine Hand von meinem Bauch weg und greift nach meinem Nacken, um mich zu sich zu ziehen. „Es ist ein Wunder."

„Eine Hütte in weniger als einer Stunde zu errichten auch", murmle ich.

Er legt seinen Kopf schief. „Vielleicht habe ich mich nicht klar ausgedrückt." Er sagt das mit belustigtem Tonfall. „Alle Mythenfeen verfügen über Manifestationsmagie. Alphas, Omega, Betas … Sie alle können seelenlose Gegenstände erschaffen. Aber nur eine Omega kann eine neue Seele gebären."

Ich öffne meinen Mund und schließe ihn wortlos wieder, bevor mir die Kinnlade erneut herunterklappt. „Du willst mir also erzählen, dass ich eine Hütte erschaffen kann?"

Er lacht. „Anfangs vielleicht noch nicht, aber eines Tages wirst du deine Fähigkeiten gemeistert haben, ja. Wenn du willst, werde ich es dir beibringen, wenn du so weit bist."

Ich gaffe ihn erneut an.

Vor allem, weil er mir das alles sagt, als wäre es … völlig normal. Als würden Sterbliche jeden Tag zu unsterblichen Kreaturen mit unglaublichen Kräften werden.

Und doch staunt er am meisten darüber, dass ich ein Kind bekommen kann.

Ich lege meine Hand auf meinen Bauch. *Ist das wirklich eine so große Sache?*, frage ich mich.

Dann denke ich darüber nach, was er gesagt hat. Dass es seit über zweitausend Jahren keine Mythenfeen-Feelinge gegeben hat – was, wie ich annehme, Feenbabys sind.

Aber ich könnte in der Lage sein, eines zu erschaffen.

Er starrt mit ehrfurchtsvollem Blick auf meine Hand hinab und seine Federn flattern im Wind. „Was, wenn ich nicht die Omega bin, für die du mich hältst?", frage ich ihn. „Was, wenn …? Was, wenn ich keine …?"

Die Frage wird vom Wind davongetragen und mein Herz schmerzt beim Gedanken daran, kein Kind erschaffen zu können. Es ist ein Schmerz wie kein anderer, den ich jemals erfahren habe. Als würde meine Seele weinen.

Ich könnte meine Feen verlieren, geht mir durch den Kopf. *Ich … ich könnte alles verlieren.*

Aber es ist nicht nur der Gedanke daran, dass meine Feen mich fallen lassen könnten, der mich beunruhigt. Es ist der Gedanke daran, kein Leben zu erschaffen.

Ich … ich will das, dämmert mir erschrocken. Ich *will* das wirklich.

Nicht nur meine Feen, sondern alles, was wir zusammen erleben können.

Eine Zukunft. Ein Kind. Eine *Familie*.

Orcus legt seine Hand an meine Wange und zieht mich zu sich. „Wenn wir keinen Feeling zeugen können, machen wir als Gefährtenzirkel ohne Kinder weiter."

Er sagt das, ohne darüber nachzudenken, aber ich spüre die darunterliegende Sehnsucht in seinem Tonfall.

Vor allem, weil meine eigene Seele bei der Aussicht darauf, dass wir scheitern könnten, zu wimmern beginnt. Es ist ein Gedanke, der nicht annehmbar ist, den ich nicht in Erwägung ziehen will.

Aber das muss ich.

Denn es besteht durchaus die Möglichkeit, dass ich keine Seele erschaffen kann. *Sie könnten sich irren, was meine Herkunft anbelangt.*

„Wenn ich nicht schwanger werden kann, dann bin ich keine echte Omega", flüstere ich ihm zu. „Richtig?"

„Wenn du nicht schwanger werden kannst, dann liegt das nicht daran, was du bist oder nicht bist. Es liegt daran, dass es uns von den Schicksalen nicht bestimmt ist, diesen Weg zu gehen", erklärt er mir.

Wieder dreht sich mir der Magen um, denn ein Teil von mir weigert sich vehement, eine solche Zukunft zu akzeptieren. *Ich will das hier. Ich will sie. Ich will eine Familie.*

„Wenn das unser Schicksal ist, dann akzeptiere ich es, Alina", fährt Orcus fort, ohne auf meinen inneren Aufruhr zu achten. „Mythenfeen mögen keine wahren Schicksalsgefährten haben, aber du gehörst trotzdem zu mir. Ich kann es in meiner Seele spüren. Es ist uns bestimmt, zueinanderzufinden, uns zu paaren und einen mächtigen Gefährtenzirkel zu bilden – zusammen mit Flame und Reaper."

Ich schlucke hart. Plötzlich trüben Tränen meine Sicht. „Du glaubst das wirklich." Es ist keine Frage, sondern eine Feststellung.

„Nein, Alina. Ich *glaube* gar nichts; ich *weiß* es." Er streicht mir mit dem Daumen über die Halsschlagader und schlingt mir seinen anderen Arm um die Taille. „Du bist meine Omega. Du bist Reapers Haustier. Du bist Flames kleiner Panther. Und zusammen bist du *unser*."

Er legt seine Flügel um mich und lehnt sich nach vorn,

um seinen Mund auf meinen zu pressen. Sein Kuss ist so anders als das, was ich erwartet habe.

Er ist sanft.

Zärtlich.

Fast schon *liebevoll.*

Als würde er mit seinem Mund ein Versprechen ablegen und schwören, dass er mich für immer behalten wird, ganz egal, was auch kommen mag.

Ich bin seine Omega. Seine andere Hälfte. Seine *Seelenverwandte.*

In meinem Bauch macht sich ein Flattern bemerkbar und mein Herz pocht wie wild.

Orcus gehört mir.

Ich weiß es tief drinnen und angesichts dieser Einsicht breitet sich in mir ein *Brennen* aus.

Es ist, als würde etwas in meiner Seele erwachen. Etwas Großes. Etwas … Überwältigendes.

Mir schwirrt der Kopf. Alle Emotionen des heutigen Tages vermischen sich miteinander und entfachen ein Inferno der alles einnehmenden Verwirrung. Ich fühle mich benommen. Mir ist heiß. Ich habe das Gefühl, *am Leben* zu sein.

Orcus' Mund, der an meinen gedrückt ist, hält inne, was mich ein Knurren ausstoßen lässt.

Es ist ein unerwarteter Laut, der aus einer Stelle tief in mir kommt. Ich verstehe ihn nicht, nehme ihn aber an.

Und beiße in Orcus' Unterlippe.

Denn ich will mehr. Einen wilderen Kuss. Mehr Leidenschaft. *Dominanz.*

„Alina", flüstert er gefühlvoll.

Ich kneife meine Augen zusammen. *Sprechen ist nicht gleich küssen.*

Ich beiße erneut zu, aber er reagiert nicht so, wie ich

will, was mich zurückweichen und in seine roten Augen starren lässt.

Mein Alpha gibt sich unnahbar.

Das ist ein Spiel, realisiere ich, meine Neugier plötzlich geweckt.

„Fuck", sagt er.

Mmh, das ist der Gewinn, denke ich, jetzt noch neugieriger.

„Wird sie …?" Flames tiefe Stimme füllt mein Ohr aus, was meinen Blick zum Mann in der Tür wandern lässt. Seine violetten Augen sind von einem Schwarz durchzogen und sein Jaguar starrt auf mich hinab.

Ich starre zurück, fordere ihn auf eine Art heraus, die ich nicht ganz verstehe. Aber es fühlt sich natürlich an. *Wird er sich unserem Spiel auch anschließen?,* frage ich mich.

Obwohl ich nicht einmal sicher bin, *was* für ein Spiel wir spielen.

Aber irgendwo tief drinnen, bin ich entschlossen, zu gewinnen.

Zu rennen. Mich zu verstecken. Sie zwingen, mich zu jagen.

Ich blinzle. *Wie bitte?*

Mein Magen spannt sich abermals an. Orcus sagt etwas, doch ich verstehe nicht, was.

Flames Jaguar knurrt, doch anstatt Angst lässt der wilde Laut Erregung in mir aufflammen.

Aber Orcus' Flügel versperren mir die Sicht auf Flame und seine akzentuierte Stimme zieht meinen Fokus auf seine Lippen. „Das hier ist mein Spiel. Ich werde es gewinnen", sagt er zu Flame.

Wenn die Formwandlerfee etwas erwidert, so höre ich es nicht. Ich bin zu konzentriert auf Orcus' kantige Kieferpartie, um mitzubekommen, was gesagt wird.

Spiel. Spiel. Spiel.

Rennen. Rennen. Rennen.

Die Worte gehen mir durch den Kopf und überschatten, was immer Orcus als Nächstes sagt. Ich sehe nur, wie sein Mund sich bewegt. Seine Unterlippe ist geschwollen von meinem Biss, der Anblick geradezu hypnotisch. Ich will ihn ablecken. Aber ich will ihn auch dafür arbeiten lassen.

So ein merkwürdiges Verlangen.

Es wird von dieser seltsamen Stimme in meinem Kopf angetrieben, die sagt: *Renn. Versteck dich. Lass sie dich jagen.*

Ich erschaudere.

Dieser Impuls überkommt mich, fließt *durch* mich, jagt eine heiße Empfindung durch meine Adern und lässt mich einen Schritt zurück machen.

Orcus bläht seine Nasenflügel und sieht mich an. „Ich werde dir einen Vorsprung geben, Kleine", sagt er mit tiefer und sinnlicher Stimme. „Versteck dich gut. Mach es mir schwer. Andernfalls werde ich dich an einen Baum gedrückt nehmen."

Meine Schenkel spannen sich an, als das Bild, das er mit seinen Worten gemalt hat, vor meinem inneren Auge aufzieht. *Orcus, der mich mit ausgebreiteten Flügeln in die Luft hebt und mich mit seinen Hüften gegen den Baum drückt, während er in mich stößt. Wieder und wieder. Mich zum Schreien bringt.* Sich mit *mir* verknotet.

Es ist so lebendig, so spezifisch, dass ich wie erstarrt vor ihm stehe.

Denn ich habe nicht die geringste Ahnung, woher diese Instinkte kommen.

Moment mal … das stimmt nicht. Ich weiß, woher. *Aus meiner Seele. Von meiner inneren Omega.*

Stimmt das? Bin ich wirklich … eine Mythenfee?

Es sollte unmöglich sein. Es hört sich vollkommen verrückt an. Und doch kann ich tief in mir spüren, dass es stimmt. Dieses Wissen, das mir sagt, was ich als

Nächstes tun soll. Diese Stimme, die mir sagt, dass ich *rennen* soll.

Auf intellektueller Ebene verstehe ich, was mit mir geschieht – was mit mir geschehen *wird*, wenn ich gefangen werde.

Orcus wird mich beanspruchen.

Und dann werden Reaper und Flame es ihm gleichtun.

Alle drei meiner Feen.

Und dann wird meine Läufigkeit mich vollends einnehmen.

Ich werde keine wohldurchdachten Entscheidungen mehr fällen können, wie Flame und Orcus mich bereits gewarnt haben. Ich werde mich darauf verlassen müssen, dass sie mich durch diese Phase führen werden. Dass sie sich um mich kümmern werden. Dass sie sicherstellen werden, dass meine Wünsche respektiert und erfüllt werden.

Es ist unmöglich, zu wissen, was ich will. Vor allem, wo doch so ein Chaos in mir wütet. Aber ich weiß, was ich begehre. *Diese Feen. Diese Gefährten. Eine Zukunft mit ihnen.*

Wenn diese Zukunft einen Feeling beinhaltet …, dann will ich das auch.

Ein kleines Wunder, denke ich.

Nein, ich will es nicht nur. Ich *brauche* es.

Warum kämpfe ich immer wieder dagegen an? Wen interessiert es, dass das alles so schnell geht? Das ist der richtige Weg für mich. Der einzige *Weg.*

Diese Männer sind mein Schicksal und ich ihres.

Mein Blick fällt ein weiteres Mal auf Orcus, im Wissen, dass er noch nicht zu zählen begonnen hat. Er gibt mir Zeit, um unser Spiel zu begreifen, um meine Omega in mein Herz zu lassen und endlich anzunehmen, wer zu sein mir bestimmt ist.

Er ist ein guter Alpha.

Die Art von Alpha, der sich immer um mich kümmern wird.

Und ich will seine Omega sein.

Ich *will* Flames kleiner Panther sein.

Ganz so, wie ich Reapers Haustier sein will.

Ich gehöre ihnen und sie mir.

„Wehe, du findest mich nicht, Alpha", sage ich zu Orcus mit einem sinnlichen Tonfall, den ich bisher noch nie angeschlagen habe.

„Oh, ich werde mehr tun, als dich zu finden, Omega", erwidert er und zieht die Flügel ein. „Und jetzt … *Renn.*"

ORCUS

FLAMES JAGUAR SIEHT MICH AN, als stünde er kurz davor, mir den Hals aufzuschlitzen. „Wir müssen sie finden. *Sofort.*"

Ich lache schnaubend. „Ich liebe dich wie meinen eigenen Bruder, aber das hier ist mein Spiel." Das habe ich ihm jetzt schon zweimal gesagt. „Ich werde sie jagen, wenn sie bereit ist, gejagt zu werden."

Und es sollte jeden Moment so weit sein.

Mein innerer Alpha geht auf und ab und bauscht die Federn an meinem Rücken auf.

Ich will suchen.

Zubeißen.

Beanspruchen.

Aber zuerst will ich meiner Omega den Vorsprung geben, den ich ihr versprochen habe.

So will es der Balztanz zwischen Mythenfeen. *Eine Jagd.*

Sie will, dass ich unter Beweis stelle, dass ich sie immer finden kann.

Und ich will, dass sie mir beweist, dass sie weiß, wie man ein anständiges Nest baut.

Dass sie sich in ihre Omega-Rolle eingegeben und den Instinkten erlaubt hat, die Zügel in die Hand zu nehmen, ist nur ein weiterer Beweis dafür, dass sie ist, wer zu sein ihr bestimmt ist. Was *uns* zu sein bestimmt ist.

Flame knurrt ein weiteres Mal, weil ihm nicht gefällt, dass seine intendierte Gefährtin durch einen Wald voller unbekannter Gefahren rennt.

Aber ich habe gerade den Großteil des Abends damit verbracht, überall Schutzschilde anzubringen. Ich konnte riechen, dass Alinas Läufigkeit bevorsteht. Ihre Pheromone hatten es mir entschieden schwierig gemacht, mich zu konzentrieren. Es half nicht, dass sie mich mit nicht zu übersehendem Interesse beäugt und dabei zugesehen hatte, wie meine Flügel sich bewegt hatten, als ich Energie um uns ausgestoßen habe.

Oh, sie dachte, ich wäre zu vertieft in meine Arbeit gewesen, um es zu bemerken.

Aber es ist mir verdammt noch mal aufgefallen.

Der einzige Teil meiner Manifestation, der sich unfertig anfühlt, ist das Nest in der Hütte, aber Alina wird sich bald schon darum kümmern.

Sobald ich sie finde. Sie besteige. Sie beanspruche. Und mich mit ihr verknote.

Mein Schwanz pulsiert bei diesem Gedanken und mein Körper ist mehr als bereit, unsere Omega zu nehmen und sie bis in die Besinnungslosigkeit zu ficken. Aber meine Seele hält mich an, geduldig zu sein.

Bald. Sehr bald, sogar.

Unsere Omega versteckt sich.

Das ist ihre Art, unser Band anzunehmen. Wenn sie mich nicht haben wollte, würde sie nicht spielen. Aber sie will gejagt werden.

Es geschieht instinktiv.

Und ist unverschämt erotisch.

Ich spanne meine Muskeln an und meine Beine *wollen ihr hinterherjagen.*

Flame sieht aus, als wollte er dasselbe tun, aber ein einziger Blick von mir genügt, um ihn an Ort und Stelle innehalten zu lassen. Ich respektiere ihn, weil er auch ein Alpha ist − auch wenn wir von verschiedenen Feenrassen abstammen. Aber ich bin nach wie vor sein Gott.

Was bedeutet, dass ich das Sagen habe, und heute Nacht mache ich Gebrauch von diesem Recht.

Dass er die Zähne so arg zusammenbeißt, sagt mir, dass er nicht erfreut darüber ist, es aber akzeptiert.

Ich werde nicht zulassen, dass unserer Gefährtin etwas zustößt und das weiß er auch. Und ihm ist auch klar, dass ich das hier brauche.

Und Alina auch.

Sie nimmt ihre Omega-Seele an. Ich habe die Akzeptanz in ihr gespürt, als sie mich gebissen hat.

Zustimmung wird nicht immer in Worten ausgedrückt.

Manchmal sagen Taten alles.

„Ich werde sie zurückbringen", verspreche ich Flame. „Aber ich brauche das hier. *Sie* braucht das hier."

Er nickt mir steif zu, weil der Mann in ihm mich versteht. Sein Tier, jedoch, ist ein ganz anderes Thema. Sein Jaguar kann Alinas Erregung riechen, was seine animalische Natur an die Oberfläche bringt.

Aber jetzt bin ich dran, mit unserer Gefährtin zu spielen.

Reaper und Flame haben bereits eine Kostprobe erhalten.

Jetzt ist es an der Zeit, dass sie mit meiner Zunge Bekanntschaft macht.

Und mit meinem Knoten.

„Bring Reaper auf den neuesten Stand, wenn er zurückkommt", ergänze ich. Er ist gerade mal etwas über eine Stunde weg und ich erwarte ihn erst in zwei oder drei Stunden zurück.

Was auch immer er in der Elitestadt findet, wird warten müssen.

Im Moment ist Alina unsere oberste Priorität.

„Sei bereit, Flame. Wenn ich sie zurückbringe, wird sie uns brauchen. Uns *alle*."

Die Formwandlerfee nickt abermals mit zusammengebissenen Zähnen.

Ich lege meinen Kopf in den Nacken und atme tief ein. Dann schließe ich meine Augen und Alinas erdbeerähnlicher Duft neckt die Sinne meines inneren Alpha. *Mmh, sie ist bereit.*

Ihr natürlicher Duft hat sich mit dem Geruch des Waldes vermischt und ein berauschendes Aroma geschaffen, das mich meine Flügel ausbreiten lässt, bevor sie wieder verschwinden.

Ich will sie auf althergebrachte Weise finden.

Ohne Magie.

Nur mittels purem, männlichem *Verlangen*.

Ich mache einen Schritt auf die Bäume zu und folge dem süßen Geruch omegaischer Erregung. *Erdbeeren. Sahne. So verdammt viel Sahne.*

Es ist ihr Nektar. Ihr Verlangen. Ihre Forderung nach meinem Schwanz.

Mein Knoten pulsiert.

Meine Eier spannen sich an.

Und meine Flügel drohen, erneut hervorzutreten.

Ich laufe schneller.

Das hier ist eine wahr gewordene Fantasie. Ein Traum, von dem ich geglaubt habe, ihn nie erleben zu können.

Meine Omega-Gefährtin jagen.

Ich atme ein weiteres Mal tief ein und mein Körper pulsiert entschlossen. *Finden. Besteigen. Sich verknoten.*

Meine Omega ist still, was mir sagt, dass sie sich versteckt – wie ich es ihr aufgetragen habe.

Sie baut ein Nest.

Das ist eine wichtige Fähigkeit, die sie benutzen wird, um sie und unsere Jungen zu beschützen.

Mmh, aber dieser Geruch entgeht mir nicht. Alina Everheart gehört mir. Meine Intendierte. Meine *Gefährtin*.

„Ich bin nicht sicher, ob es eine weise Entscheidung war, sich so nahe bei der Hütte zu verstecken", sinniere ich und drehe mich in die Richtung ihres Verstecks. Sie hat sich hinter ein paar Büschen verkrochen. Das zarte Blau ihrer Jeans ist durch die Blätter hindurch kaum zu sehen.

Ich mache einen Schritt nach vorn und erwarte beinahe, dass sie aus ihrem Versteck hervorspringen und davonrennen wird, doch sie bewegt sich keinen Zentimeter.

Also gehe ich in die Hocke, ziehe sie aus den Büschen und realisiere …, dass sie gar nicht da ist.

Ich stecke meine Hand tiefer in den Busch, greife nach ihrer Jeans und ziehe sie lachend zwischen den Ästen hervor. „Ich muss mich korrigieren", sage ich zu niemand Spezifischem. „Das war clever."

Ich stehe auf und schnüffle in der Luft, versuche, ihre Süße zu wittern.

Die Jeans, die in ihrem Nektar getränkt ist, lässt meine Konzentration schwinden. Zu wissen, dass sie keine Hose trägt, lenkt mich doppelt ab.

Aber auf meinen Lippen breitet sich ein Lächeln aus. Mein Alpha ist beeindruckt vom Einfallsreichtum unserer Omega.

Ich schaffe ein Portal zurück zur Hütte und werfe ihre Jeans durch es hindurch. Flame fängt sie gekonnt ab. „Unsere Omega ist gut in diesem Spiel", sage ich ihm durch die spiegelartige Tür.

Dann schließe ich sie wieder und konzentriere mich auf ihren Duft.

Da läuft mir das Wasser im Mund zusammen, denke ich, liebe ihr dekadentes Parfüm. *Verdammt, die Dinge, die ich mit ihr anstellen werde …*

Ich lege einen Zahn zu, jetzt noch entschlossener als zuvor, meine Omega zu finden und sie mit meiner Zunge zu belohnen.

Diese Entschlossenheit nimmt zu, als ich ihr Tanktop in ein paar anderen Büschen versteckt finde.

Gefolgt von ihrem BH.

Und zuletzt ihr Höschen.

Entweder trägt sie nur noch Schuhe, oder sie hat die auch irgendwo versteckt.

Flame knurrt, als ich ihm das neueste Kleidungsstück – das durchnässte Höschen – übersende und stößt einen fordernden Laut aus, doch ich schließe das Portal erneut.

Ich werde nicht auf seine Forderung eingehen.

Unsere Omega ist *nackt.*

Nicht nur nackt, sondern auch *feucht.*

„Oh, ich werde mich so verdammt hart mit dir verknoten, Kleine", sage ich zu ihr, im Wissen, dass ich ihrem Versteck ganz nahe sein muss. „Du wirst dieses neue Safeword brauchen." Nicht, dass sie es überhaupt anwenden können wird, wenn ihre Läufigkeit einmal eingesetzt hat.

Sie wird so verdammt willig sein, dass es ihr egal sein wird, wie wir sie ficken.

Was es umso wichtiger macht, dass ich ihre Grenzen jetzt beachte.

Denn sie ist ihren Instinkten noch nicht komplett erlegen – was mir angesichts dessen, dass sie sich vor mir zu verstecken weiß, klar ist.

Eine Omega in den Wogen des Östrus würde sich nicht

clever im Wald verstecken. Sie würde mit gespreizten Beinen am Boden liegen und ihren Alpha anflehen, sie zu ficken.

„Meine süße Omega", säusle ich. „Du hast ja keine Ahnung, wie stolz ich auf dich bin."

Ich mache einen Schritt nach vorn und meine Nase führt mich auf einen buschigen Baum zu. Entweder steht Alina dahinter oder sie hat ihre Schuhe dort zurückgelassen.

Angesichts des penetranten Dufts von Erdbeeren bin ich fast sicher, dass es Ersteres ist.

„Hallo, Kleine", sage ich mit sanfter Stimme. „Willst du mir zeigen, was ich gewinne?"

Der Preis ist, sie nackt zu sehen.

Sie erwidert nichts.

„Hm, verstehe." Ich gehe um den Baum herum und grinse, als sie auf einen Weg in der Nähe zurennt. Ihre dunklen Haare wehen im Wind und sie bewegt sich auf ihren langen, wohlgeformten Beinen durch das Unterholz.

Ich lasse ihr ein paar Sekunden Zeit, ehe ich ihr hinterherrenne. Mein innerer Alpha ist mehr als bereit, unsere Gefährtin zu Boden zu bringen.

Sie hat zwar Schuhe an – eine Entscheidung, für die ich sie in Gedanken lobe –, aber der Rest von ihr ist den Elementen ausgesetzt, was eine ziemlich heiße Show hergibt. Sie wiegt ihre Hüften. Ihre Titten hüpfen mit jeder ihrer Bewegungen. Ihr Haar weht in ihrem Rücken.

Meine Omega ist verdammt noch mal *perfekt*.

Und ich kann es kaum erwarten, sie rund werden zu sehen, wenn sie unser Kind in sich trägt.

Mir ist egal, ob es mein, Flames oder Reapers Samen ist, der dafür sorgt. Das Kind wird wegen Alinas Blut eine Mythenfee sein.

Ein Wunder, denke ich. Das Wort habe ich vorhin schon

gesagt. Denn genau das könnten wir miteinander erschaffen. Und auch wenn wir es nicht tun, ist Alina allein schon ein Wunder. Eine Omega-Seele im Körper einer Sterblichen.

Aber sie wird nicht mehr lange sterblich sein, geht mir durch den Kopf, während ich die Distanz zwischen uns schließe. Sobald ich sie beiße, wird sie zu einer Fee werden.

Und dieser Biss wird uns auch für die Ewigkeit aneinanderbinden.

Meine, meine, meine, sagen meine Schritte, als ich den Weg hinabpoltere. *Meine, meine … „Meine."*

Sie schreit, als ich ihr meine Arme um die Taille schlinge und uns beide zu Boden bringe.

Sie kratzt mit ihren Nägeln über meinen Brust- und Schulterbereich, während wir im Dreck ringen und sie ein wildes, fast schon animalisches Knurren von sich gibt.

Ich packe sie an den Handgelenken und ziehe ihre Arme über ihren Kopf, sodass ich ihre Hände mit einer Hand gegen den Erdboden drücken kann.

Sie knurrt und drückt ihre Hüften gegen meine. Doch jetzt kämpft sie nicht mehr gegen mich an. Sie versucht, mich näher zu bringen, indem sie ihre athletischen Schenkel um meine Hüften schlingt und mich zu sich zieht.

Ich gebe ihrer stillen Forderung nach, lasse mich zwischen ihre gespreizten Beine sinken und führe meine Lippen an ihr Ohr. „Du musst mir dein neues Safeword verraten, Kleine."

„Monster", keucht sie und drückt ihre Hüfte wiederholt an meine.

Ich weiche zurück, will ihr in ihre wunderschönen Augen schauen. „Monster."

Sie nickt. „Weil du, Reaper und Flame keine Monster seid. Ihr seid Feen. Ihr würdet etwas tun müssen, das mir großes Unbehagen bereitet, damit ich euch nicht als Feen bezeichnen würde."

Mir läuft ein kalter Schauer über den Rücken. Dass sie sich Gedanken darüber gemacht hat … Das bestätigt nur, wie perfekt sie für uns ist.

Es beweist auch, dass sie noch immer bei klarem Verstand ist, obwohl ihre Läufigkeit zunimmt.

„Monster soll es sein", sage ich, bevor ich meine Flügel erneut ausbreite und einen Kokon um uns herum schaffe.

Sie sieht mich voller Erstaunen an und in ihren schwarzen Augen steht ein neugieriger Ausdruck. „Du wirst mich beanspruchen."

„Ja, ich werde dich beanspruchen", bestätige ich und räume ihr Gelegenheit ein, ihr Safeword zu benutzen, wenn ihr das Angst einjagt.

Aber das tut sie nicht.

Stattdessen sieht sie mich nur mit erwartungsvollem Blick an.

Ich lehne mich zu ihr, um sie sanft zu küssen und den Augenblick für ein paar weitere Sekunden zu genießen. Aber so, wie sie ihren Mund für mich öffnet, sagt mir, dass sie unser Schicksal mehr als nur angenommen hat.

Sie will das hier. Sie will *uns*.

Dieses Wissen treibt mich dazu, meine Zunge in ihren süßen, kleinen Mund zu schieben und mein innerer Alpha verlangt danach, dass wir das hier richtig angehen.

Alina stöhnt und der Lustsaft, der aus ihrer feuchten Mitte trieft, durchnässt meine Jeans, während sie ihre Muschi an meinem harten Schwanz reibt.

Es scheint ihr egal zu sein, dass zwischen uns eine Schranke besteht. Ihr Körper ist so eingenommen von Verlangen, dass sie willens ist, die Rauheit zu ertragen, um ein kleines bisschen Reibung zwischen ihren Beinen zu erzeugen.

Ich küsse sie inniger und drücke ihre Hände zu Boden, während ich mich auch an ihr reibe.

Fuck, ich brauche mehr. So viel mehr.

Meine Flügel bauschen sich auf, als ich mich bewege, um meine Hose aufzuknöpfen. Der Reißverschluss geht praktisch von allein auf und mein harter Schwanz ploppt heraus, als könnte er keinen Augenblick länger in meiner Jeans verweilen.

Alina ringt nach Atem, als mein Glied auf ihre feuchte Mitte trifft. Sie reißt ihre Augen auf und sieht ruckartig nach unten. „Oh, bei den Feen, das ist …"

„Ein Knoten", sage ich an ihrer Stelle und erhebe mich, um meine Jeans und Schuhe auszuziehen. Dann knie ich mich zwischen Alinas Beine und helfe ihr, sich von den Schuhen zu befreien, sodass sie jetzt komplett nackt vor mir liegt.

Ihre tiefschwarzen Iriden sind auf meinen Knoten gerichtet und ihr Mund steht weit offen, als wollte sie mich einladen, ihn zuerst zu ficken.

Aber der Hauch von Angst in ihrem Duft sagt mir, dass diese Lippen aus ganz anderen Gründen offen sind.

Sie ist eingeschüchtert.

Und das mit gutem Grund.

Zwischen uns besteht ein beachtlicher Größenunterschied, der ihr wohl jetzt aufzufallen scheint.

Aber das ist nur ein weiteres Zeichen dafür, dass sie noch nicht einmal annähernd ihren Östrus erreicht hat. Andernfalls würde sie mich anflehen, uns mit meinen Flügeln zu verhüllen, sie zu besteigen und sie um den Verstand zu bringen.

„Denk daran, was ich dir vorhin gesagt habe, Alina. Dein Körper ist dazu gemacht, mit meinem umzugehen. So wie mein Herz geschaffen wurde, um dich zu lieben. Wir sind füreinander bestimmt, aber du musst mir vertrauen, dass ich mich um dich kümmern werde. Kannst du das für mich tun?"

Sie schluckt hart und ihr Blick wandert langsam zu mir. „Das da … soll in mich reingehen?"

Ich grinse. „Ja, Alina. Und du wirst es lieben."

Sie sieht mich mit ungläubigem Blick an.

„Mach dir keine Sorgen, Baby. Ich werde dich zuerst anständig vorbereiten." Ich greife nach ihren Knien, um ihre Beine weiter zu spreizen, damit meine Schultern Platz haben. „Wir werden es langsam angehen. Und ich werde mich immer wieder nach deinem Befinden erkundigen."

Denn das Letzte, was ich tun will, ist, ihr wehzutun.

„Okay", flüstert sie. „Ich vertraue dir."

ALINA

ICH VERTRAUE DIR.

Sera ist die einzig andere Person in der Welt, der ich diese Worte je gesagt habe. Sie ist die Einzige, der ich jemals vertrauen konnte.

Aber als ich Orcus gerade mein Herz ausgeschüttet habe, habe ich es so gemeint. Ich vertraue ihm. Ich vertraue Flame. Und ich vertraue Reaper.

Diese Feen gehören mir, und ich ihnen.

Orcus lächelt auf mich hinab und sein Körper wird vom Mondlicht erleuchtet, das durch die Äste fällt. Er ist unglaublich schön und sein Körper an allen richtigen Stellen mit Muskeln bepackt.

Und seine Flügel.

Bei den Feen, *seine Flügel*.

Er sieht aus wie ein Engel der Nacht. Das Mondlicht spiegelt sich in seinen schwarzen Federn, was ihn in ein furchteinflößendes Glühen hüllt.

Aber ich fürchte mich nicht vor ihm.

Oder vor seinem riesigen Schwanz mit der großen Beule ganz unten.

Bei den Feen, er wird nie in mich reinpassen. Sein Glied ist genauso breit wie Flames, aber Orcus' ist länger. Und seine Eichel ist zudem … breiter.

Ich bezweifle, dass ich überhaupt in der Lage sein werde, meine Hand um seinen Schwanz zu schlingen. Aber bevor ich es versuchen kann, krabbelt er über mich und fängt mich mit seinem kräftigen Körper ein.

Dann küsst er mich.

Innig.

Seine Zunge ringt mit meiner und gibt mir wortlos zu verstehen, dass ich mich unterwerfen soll. Also tue ich genau das. Ich nehme ihn ganz einfach an. Nehme *das hier* an. Und lasse ihn mich in einen sinnlichen Tanz ziehen.

Er ist sanft, auf eine Art, wie ich es nicht erwartet habe, und er streicht mit seiner Hand über meine Seiten, bevor er sie zu meinen Brüsten wandern lässt.

„Bei den Göttern, alles, was ich tun will, ist, dich zu verehren", keucht er und kneift in meine Nippel, bevor er meinen Hals mit Küssen übersät. „Du hast nicht die geringste Ahnung, wie lange ich auf dich gewartet habe, Alina. Ich weigere mich, die Sache zu überstürzen. Ich werde dich langsam nehmen. Gründlich. Werde dich dazu bringen, mich anzuflehen, kommen zu dürfen. Und erst dann werde ich dir meinen Knoten geben."

Ich erzittere. Mein Körper erwacht unter seinen Händen und seinem Mund zum Leben. Er ist so heiß und *dominant*. Ich kann spüren, dass er sich zurückhält und seine Aggression an der kurzen Leine hält. Er ist durch und durch ein Alpha-Mann und ich wurde dazu gemacht, ihn auszuhalten.

Aber wie er versprochen hat, führt er mich langsam an die Sache heran.

Küsst mich. Leckt mich. Knabbert an mir.

Bei den Feen, ich brenne für ihn.

Jeder Zentimeter von mir ist eingenommen von Verlangen, und meine Gliedmaßen zittern, als er sich meinen Brüsten zuwendet. Er versenkt seine Zähne in einer davon, während er die andere mit der Hand umschließt und den Schmerz mit seiner Zunge vergehen lässt. Er hat die Haut nicht durchbrochen, war aber nahe dran.

„Fester", flüstere ich, will seinen Anspruch spüren. Er hat mir gestern erklärt, dass er mich beißen muss, um uns miteinander zu verbinden, aber jetzt neckt er mich, lässt seine Zähne über meine Haut wandern und hinterlässt eine Gänsehaut.

„Ich versuche, mich zu entscheiden, wo ich dich markieren will, Omega", murmelt er, bevor er meinen anderen Nippel in den Mund nimmt.

Ich schlinge meine Beine um seine. Schweiß perlt daran. Er treibt mich absichtlich in den Wahnsinn. Zuerst mit seiner Jagd, dann, indem er am Boden mit mir gerungen hat und jetzt das … Er ist sanft, hat aber zweifelsohne das Kommando. Er legt diese Dominanz an den Tag, die selbst dann noch bestehen bleibt, als er mir zeigt, was ihm gefällt.

„Orcus", zische ich, als er ein weiteres Mal an mir knabbert und dann das Brennen rasch mit seiner Zunge lindert.

Er lacht. Das Geräusch erzeugt eine Vibration, die ich zwischen meinen Schenkeln spüre. Dann realisiere ich, dass das nicht am Lachen lag, sondern am *Knurren*, das als Antwort diente.

„Oooh", stöhne ich und winde mich unter ihm, während das Rumpeln durch meinen überhitzten Körper fließt. Meine Mitte fleht geradezu nach ihm und alles in mir spannt sich lusterfüllt an. „*Was* ist das?", frage ich und atme schwer, weil mich die Vibrationen vor *Lust* in den Wahnsinn treiben.

„Ein Paarungsknurren." Seine Worte werden von diesem rumpelnden Laut unterlegt.

Ich wimmere um ein Haar, weil die Vibrationen fast zu viel sind. Und gleichzeitig sind sie nicht genug. Ich brauche mehr. Ich brauche *ihn*. Ich brauche …

Ich ringe nach Luft, als er seine Zähne abermals in meiner Brust versenkt und dieses Mal die Haut durchbricht. Ich sehe Sterne und alles wird dunkel, als mein Wesen von einer Lust, die ich so noch nie zuvor erlebt habe, eingenommen wird.

Das ist kein Orgasmus.

Sondern etwas ganz anderes.

Ein Erwachen.

Meine Seele, die … *frohlockt.*

Orcus' Zunge ist plötzlich in meinem Mund und mein eigenes Blut zu spüren, wirkt wie ein Aphrodisiakum, bevor er mich innig küsst und mir durch die überwältigenden Wellen hilft, die über meinem Kopf zusammenschlagen.

Ich greife nach seinen Haaren und presse ihn an mich, während ich den Kuss erwidere und meine Zunge sich einen leidenschaftlichen Kampf mit seiner liefert, der von meinem Verlangen rührt, ihn auch zu beanspruchen.

Ich denke nicht, ich mache. Ich beiße zu und sauge Blut aus seiner *Zunge.*

Er knurrt.

Ich knurre zurück.

Und unsere Körper verlieren sich in einem neuen, noch wilderen Tanz, während er uns herumrollt. Er presst seine Flügel flach auf den Boden und erschafft damit ein Federbett, woraufhin ich mich rittlings auf ihn setze. Er ist so hart. So heiß. Ich vergrabe meine Fingernägel in seiner

Brust und richte mich auf, um mich noch doller an ihn zu pressen. Es fühlt sich richtig an. Perfekt. Als ob unsere Körper dafür gemacht wären.

Als wäre ich für ihn gemacht, staune ich. Plötzlich wird mir bewusst, wie richtig Orcus das ausgedrückt hatte.

Ich presse mich an ihn, während Energie um mich schwirrt. Plötzlich schimmert meine Haut in der Dunkelheit.

„Himmelkreuzdonnerwetter", keucht Orcus. Ich bin nicht sicher, ob das ein Befehl sein soll oder es bloß eine Reaktion darauf ist, was mit mir geschieht.

Er legt seine Hände an meine Hüften und drückt so fest zu, dass es fast schon wehtut. Aber das ist mir egal. Denn ich kann das aushalten. Ich fühle mich … unbezwingbar. Unzerbrechlich auf eine Art, die ich nicht einmal zu beschreiben mag. Ich weiß ganz einfach, dass … ich nicht mehr menschlich bin.

Ich bin eine Omega.

Und ich dein Alpha, antwortet eine Stimme in meinem Kopf. Sie ist männlich. Tief. Und hat einen Akzent.

Denn es ist Orcus.

Er ist in meinen Gedanken und ich in seinen. Tausende Jahre der Geschichte stehen mir urplötzlich zur Verfügung und machen mich ganz benommen.

Seine Sehnsucht. Seine Suche. Seine Einsamkeit. Seine Entschlossenheit. Seine Hoffnung. Seine *Liebe*. All das schlägt wie eine Flutwelle der verwirrenden Emotionen über mir zusammen und ertränkt mich in Orcus' Gedanken – mit seinem Wesen.

Ich erschaudere und breche auf ihm zusammen, nur um von seinem Mund aufgefangen zu werden. Seine Hände sind plötzlich an mein Gesicht gelegt.

Er hat uns erneut herumgerollt und mich auf meinen

Rücken gelegt, während ich unser Band, unsere Verbindung und unsere *Zukunft* absorbiere.

Seine Lippen streifen über meine Haut. Meine Brüste. Meinen unteren Bauch. Dann spüre ich seine Zunge zwischen meinen Schenkeln, wie er Kreise um meine Klitoris zieht und Schockwellen durch meine *Seele* sendet.

Er verwöhnt mich. Beherrscht mich. Nimmt von mir Besitz. Aber unter alledem spüre ich, dass er sich zurückhält. Höre, dass er meine Bedürfnisse und Wünsche annimmt und mein Wohlergehen an erste Stelle stellt.

Er ist ein guter Alpha. Ein guter *Mann*.

Mein Gefährte, denke ich staunend und führe meine Hand in seine Haare, während er einen Finger in mich gleiten lässt. *Mein ... Gefährte.*

Deiner, stimmt er zu und nuckelt an meiner Haut. *Und du bist meine.*

Er betont dies, indem er ein weiteres Mal in mich dringt, woraufhin ich mich winde. Seine Hände sind groß, weshalb ich ihn klar und deutlich in mich eindringen spüre, obwohl es sich dabei nur um einen einzigen Finger handelt.

Nein. *Zwei*. Er hat einen hinzugefügt. Bereitet mich vor. Stellt sicher, dass ich gedehnt bin. Ich kann das alles in seinen Gedanken hören, während ich es untenrum spüre.

Es ist berauschend, dieser Wirbelsturm von vermischten Gedanken, Gefühlen und Empfindungen. Denn Orcus' Sehnsüchte schwirren auch in mir herum und seine Absicht, sich mit mir zu verknoten, bringt mich dazu, mich unter ihm zu winden.

Ich will ihn in mir spüren.

Ihn. Komplett. *Voll und ganz.*

Ich weiß nicht, wie es sich anfühlen wird. Ich weiß nicht, ob ich es lieben oder hassen werde. Aber das ist mir egal. Ich will ihn da drinnen. Dass er mich füllt. Dass er in meinen Körper dringt und wieder hinausgleitet und mir dabei Lust beschert.

Seinen Samen.

Oh, bei den Feen ... Das könnte der entscheidende Moment sein. Vielleicht werden wir zusammen Leben erschaffen.

Nur höre ich tief in seinem Inneren, dass ich meine Läufigkeit noch nicht ganz erreicht habe. Will also heißen, dass er mich nur aufwärmt. Dass er mich langsam an das heranführt, was kommen wird.

Bei den Feen, wenn das nur ein Vorgeschmack ist ... Ich erschaudere, meine Beine sind weit gespreizt, bereit, Orcus' Wünsche zu erfüllen.

Er bringt mich um den Verstand. Und zwar auf die beste aller Arten. Ich spüre, wie ich mich meinem Höhepunkt nähere. Meine Muskeln spannen sich an und treiben mich immer weiter an den Abgrund.

So nahe dran, denke ich. *So nahe ...*

Orcus hält inne, lässt seinen Mund zu meinem Hüftknochen wandern und drückt einen sanften Kuss darauf.

Ich knurre ihn an.

Er knurrt zurück, was den Schmerz an meiner Mitte verschlimmert und noch mehr Lustsaft aus mir fließen lässt.

Nektar, höre ich ihn sagen, das Wort ein Stöhnen in seinem Kopf. *Köstlich.*

Ich bin feucht und schluchze voller *Verlangen*. „Orcus", sage ich, weil ich mir den flehenden Tonfall nicht verkneifen kann. „Bitte. Ich ... ich brauche ..."

„Mh, du brauchst einen Knoten", beendet er den Satz für mich. „Ich weiß."

Aber er gibt in mir nicht.

Er *spielt* bloß weiter.

Jetzt sind es drei Finger. Rein und raus. Er dreht sie herum. Dehnt mich. Penetriert mich.

Mit seiner Zunge neckt er meine Klitoris. Lässt sie darüber kreisen. Nuckelt daran. Leckt daran.

Ich keuche. Tränen strömen aus meinen Augen, weil er immer dann *aufhört*, wenn ich kurz davorstehe, meinen Höhepunkt zu erleben.

Sein Name kommt mir als frustrierter Schrei über die Lippen und mein Körper ist auf eine Art angespannt, wie ich es noch nie erlebt habe.

Er hat versprochen, dass er mich darum betteln lassen würde.

Und jetzt bettle ich.

Lauthals und in Gedanken.

Aber er foltert mich nur weiter mit seinen Händen und seinem Mund, zögert meinen Orgasmus hinaus und reduziert mich auf ein wirres Chaos des *Verlangens*.

„Du bist fast so weit", höre ich ihn murmeln, obwohl ich kaum noch in der Lage bin, ihn zu verstehen. „Bei den Göttern, du siehst so schön aus, Alina. Wenn die Empfindungen und Lust durch dich kursieren. Wie eine verdammte Sexgöttin."

Ich glaube, ich knurre. Vielleicht stöhne ich auch. Ich weiß es nicht genau. Aber sein Name kommt mir abermals, jetzt als Flehen, über die Lippen. Er treibt mich in den Wahnsinn. Dieses gleißende Verlangen wird mir gleich das Bewusstsein rauben. Es tut fast schon weh, immer wieder an den Rand des Wahnsinns gebracht zu werden, nur um wieder zurückgezogen zu werden …

Ich …

Ich weiß nicht mehr, wie man atmet. Wie man sich bewegt. Wie man Eindrücke verarbeitet.

Die Welt fühlt sich zu weit weg an und ich bemerke es

kaum, als er zu mir hochkrabbelt, sein Körper genauso feucht wie meiner, und sich auf mich legt.

Als er mich innig küsst, schmecke ich meine Erregung an seiner Zunge und sein Knurren durchfährt jeden einzelnen Zentimeter meines Körpers, beansprucht mich bis tief in meine Seele.

Er schiebt seine Hand zwischen uns und streicht mit seinem Daumen über meine überbeanspruchte Klitoris, was mir einen heiseren Schrei entlockt.

Dann spüre ich die Eichel seines riesigen Schwanzes an meiner Öffnung.

Mir ist egal, ob er mich auseinanderreißen wird. Ich freue mich darauf. Freue mich auf *ihn.*

„Bitte", flüstere ich. „*Bitte*, Alpha."

Das ist die Omega-Seite, die überhandnimmt und ihn anfleht, mich zu beanspruchen. Ich nehme es an. Nehme meine *Seele* an.

Alles fühlt sich … richtig an.

Mal abgesehen von der Leere weiter unten.

Ich brauche. Ich will. Ich *verlange.*

„*Orcus.*" Ich sage seinen Namen mit einem Knurren, dem ich noch mehr Ausdruck verleihe, indem ich mit den Fingernägeln an seinen muskulösen Armen hinab kratze.

Seine Flügel umgeben uns und seine Augen glühen im Dunkeln. „Alina", erwidert er mit ähnlicher Stimme.

Dann presst er seine Hüften nach vorn und entlockt mir einen Schrei der anderen Art. Einer, der sich zum einen Teil gefoltert, zum anderen überrascht und *erfreut* anhört.

Oh … bei den Feen!

Ich … ich kann nicht atmen.

Er ist … Seine Größe … Der … der …

Ich schlucke hart und plötzlich küsst er mich. Er dringt

in mich und neckt mich mit seiner Zunge, beruhigt mich mit seinem Knurren.

Nein. Das ist kein Knurren. Das ist ein Schnurren …

Mir läuft ein kalter Schauer über den Rücken und mein Körper entspannt sich umgehend. Ich lehne mich an ihn, weil mein angeborenes Vertrauen alle anderen Reaktionen überwältigt, die ich hätte haben können.

Keine Schreie mehr. Keine Tränen mehr. Nur … ein wunderbares Gefühl.

Aber meine Klitoris pulsiert immer noch und alles in mir spannt sich an. In meinem Unterleib breitet sich ein *Brennen* aus. Ich sage seinen Namen ein weiteres Mal, dieses Mal aber als Bitte. „Verknote dich mit mir", flüstere ich. „Bitte, verknote dich mit mir."

Er lächelt an meinen Mund gedrückt. „Nichts lieber als das, meine süße Göttin."

Orcus räumt mir keine Gelegenheit ein, um zu antworten. Er breitet seine Flügel ein weiteres Mal aus und beginnt sich zu bewegen.

Wirklich zu bewegen.

Ich schwöre, meine Augen rollen in meinen Hinterkopf und seinen Knoten an meiner Öffnung zu spüren, ist erst ein Vorgeschmack darauf, was noch kommt. Denn er ist an der Wurzel zu breit, um in mich zu dringen, aber ich weiß aus seinen Gedanken, dass genau das geschehen wird, wenn er kommt.

Wenn *wir* kommen.

Das knollige Organ wird in mich schießen und mich zwingen, jeden Zentimeter seines langen Schwanzes in mir aufzunehmen.

Es wird wehtun. Auf die beste aller Arten.

Ich kralle erwartungsvoll meine Fingernägel in seinen Bizeps und meine untere Körperhälfte spannt sich an, als wollte sie damit wortlos eine Forderung stellen. Alles, während er mich küsst.

Mich liebt.

Mich mit seiner Zunge verehrt.

Ich hebe meine Hüfte an, um seinen Stoß zu empfangen, und mein Körper bewegt sich instinktiv. Seine Gedanken leiten mich an. Als ich mich in einem gewissen Winkel positioniere, stöhnt er in Gedanken. Als ich ihn mit meinen Muskeln melke, *knurrt* er. In seinem Kopf zu sein ist ... der beste Weg, um zu lernen. Zu wissen. Zu *verstehen*.

Und er benutzt dieselbe Methode an mir und lässt seine Hand erneut zwischen uns verschwinden, damit er meine Knospe streicheln kann.

Ich bin so angeschwollen, dass seine Berührung fast schon wehtut, aber ich nehme sie an, weil ich weiß, dass er mich dieses Mal kommen lassen wird.

Und nicht nur das. Er wird es anordnen.

Jeder seiner Stöße treibt mich näher an den Abgrund und er erzeugt mit seinem Daumen gerade genug Druck.

Bitte, bitte, bitte, denke ich und hoffe, dass er nicht mehr mit mir spielen und mir die Erlösung geben wird, die ich so begehre.

Er verschnellert sein Tempo und seine Bewegungen sind schroff, fühlen sich aber gut an und dringen tief in mich.

Seine Stöße sind fast schon strafender Natur und diese wilde Seite tritt mit jedem Stoß noch mehr hervor.

Ich kann spüren, wie seine Kontrolle zusehends schwindet und er keinen klaren Gedanken mehr fassen kann.

Aber irgendwo tief drinnen zügelt er sich, weil er mich zuerst befriedigen will. Er hält seine animalischen Instinkte im Zaum und zwingt sich, sich auf das Wichtige zu konzentrieren.

Sie, höre ich ihn zu sich selbst sagen. *Das hier ist für sie.*

Bei den Feen, da bin ich mir nicht so sicher, denke ich zurück. *Fühlt sich so an, als wäre das hier für uns.*

Wenn er meine Worte hört, zeigt er es nicht. Sein Fokus liegt darauf, mich zu verwöhnen.

Er bewegt sich langsam und lässt seinen Schaft fast gänzlich aus mir gleiten, ehe er wieder in mich stößt.

Wieder und wieder.

Ich winde mich, keuche und spüre abermals, wie mir Tränen in die Augen steigen.

Dann kneift er in meine Klitoris …

Und meine Welt …

Explodiert.

Ich kann … ich kann nichts sehen. Oder hören. Oder mich konzentrieren. Da ist nur dieses überwältigende Beben, das mich vollends einnimmt. Es rumpelt. Es pulsiert. Es lässt meine Gliedmaßen zittern.

Dann folgt ein Laut, der meine Blase zerplatzen lässt, und meine Gedanken finden schlagartig zurück in die Gegenwart, während meine Schreie durch den Nebel dringen.

So viel. Zu viel. Bei den Feen … Bei den Feen … Orcus!

In meinem Unterleib breitet sich ein Schmerz aus, gefolgt von einem unglaublichen Wonnegefühl, das durch meine Adern schießt und jeden einzelnen Zentimeter von mir in Flammen steckt.

Ich weine.

Ich schreie.

Ich … ich *ertrinke.*

In einem Strudel der Empfindungen, der mein Inneres mit dem intensivsten Orgasmus meines Lebens überwältigt.

Und er hört nicht auf.

Es. Geht. Immer. Weiter.

Orcus' Schnurren lindert den Schmerz etwas, aber ich bin … ich bin verloren … in diesem … Meer der Glückseligkeit. Vielleicht tauche ich nie wieder auf.

Die überwältigende Flut zieht mich zurück in die dunklen Gewässer der Lust und ertränkt mich erneut.

Dann ankert mich Orcus' Knurren wieder im Hier und Jetzt und erinnert mich daran, wo ich bin.

Er liegt auf mir, steckt immer noch in mir, kommt immer noch. Sein *Knoten* ist tief in mir vergraben und er stößt diesen sanften, beruhigenden Laut aus, während er mit seinen Fingern durch mein Haar streicht und meine Wange küsst. Mein Kinn. Meinen Hals. Ihm kommen zärtliche Worte über die Lippen, die allesamt wie ein Gebet klingen.

Er betet … *zu mir.*

Dankt mir.

Verehrt mich.

Liebt mich.

Ich spüre seine Emotionen, seine Wonne, seine *Lust.*

Bei den Feen, es ist so viel. Zu viel.

Ich bin um ihn herum geschlungen und meine Beine weigern sich, von seinen Hüften abzulassen.

Und ich reite noch immer den Rausch meines Höhepunkts.

Es geht weiter und weiter und weiter, bis ich ein unzusammenhängendes, stöhnendes Durcheinander bin. Worte von mir zu geben, ist unmöglich. Gedanken existieren nicht mehr.

Ich bin ein einziges Nervenbündel.

Winde mich.

Pulsiere.

Bin.

„Ruhe dich aus", höre ich Orcus flüstern. „Wir werden

hier sein, wenn du wieder aufwachst. Und dann wird das Fieber anfangen."

Das Fieber?, denke ich benommen.

Aber plötzlich bin ich zu erschöpft, um nachzufragen.

Also lehne ich mich an ihn.

Und gebe mich dem Verlangen nach Schlaf hin.

REAPER

Orcus' riesigen schwarzen Flügel sind das Erste, was ich sehe, als ich zum See zurückkehre.

Die renovierte Hütte ist das Zweite.

Und Alinas nackter Körper, der an Orcus' Brust gedrückt ist, das Dritte. Es wäre mir als Erstes aufgefallen, wenn Orcus in meine Richtung ausgerichtet gewesen wäre, als ich gelandet bin. Aber er hat sich abgedreht, als er mich gespürt hat, sodass ich die schlafende Schönheit in seinen Armen nicht erblickt hatte.

Ich brauche sie nur einen Atemzug nehmen zu sehen, um zu wissen, dass sie läufig geworden ist.

Ich hätte nicht erwartet, dass ich es so gut spüren würde. Todesfeen haben auch Östrus-Zyklen. Aber ich kann Alinas süße, erdbeerige Duftmarke bis hierhin riechen. Es genügt, um mich dazu zu bewegen, durch die Schatten zu wandeln, anstatt zu ihnen zu laufen, mein Blick unablässig auf ihrem von Wonne gezeichneten Gesicht.

„Ruhe dich aus", flüstert Orcus ihr zu. „Wir werden

hier sein, wenn du aufwachst. Und dann wird das Fieber beginnen."

Fickfest, will ich korrigieren. *Und dann wird das Fickfest beginnen.*

Aber ich halte mich zurück.

Stattdessen lächle ich nur über Alinas darauffolgenden Seufzer und dann erschlafft sie in seinen Armen.

„Du hast dich also mit ihr verknotet", sage ich. Das ist kein Rateversuch, ich weiß es einfach. „Und, wie war es?"

Er sieht mich an. „Eine Privatangelegenheit."

Das lässt mich meine Augenbraue hochziehen. „Sag mir jetzt nicht, dass du darüber nachdenkst, sie für dich allein zu behalten, Alpha. Du magst wie ein Bruder für mich sein, aber ich werde mich definitiv mit dir um sie streiten."

Er lacht schnaubend. „Ich würde nicht einmal im Traum daran denken, sie dir und Flame vorzuenthalten. Sie hat euch auch auserwählt. Aber was Alina und ich haben … wird ganz allein uns gehören. Und ich bin mir sicher, dass es auch Dinge geben wird, die du nur mit ihr teilen willst."

Zum Beispiel Cupcakes, denke ich umgehend. „Das stimmt." Ich strecke meine Hand aus, um eine ihrer schweißnassen Strähnen hinter ihr Ohr zu streichen. „Du hast sie total ausgelaugt."

„Ja", gibt er zu und sagt dann nichts mehr. „Wenn sie aufwacht, wird sie sich im Östrus befinden."

Ich lächle. „Wird auch langsam Zeit."

Er lacht abermals und dreht sich dann zur Tür um, wo Flame bereits mit finsterer Miene wartet. Gemessen an den zusammengekniffenen Augen, mit denen er in Orcus' Richtung starrt, schätze ich, dass er zur Verknotungs-Show nicht eingeladen war.

Ich kann seine Enttäuschung verstehen.

Aber ich bin mir sicher, dass sich irgendwann eine Gelegenheit ergeben wird, um zuzusehen.

Ich lehne mich nach vorn und presse einen Kuss auf die Stirn unseres Mädchens. „Mh, du riechst nach Erdbeeren und Sex, Haustier. Wie ein vorzüglicher Nachtisch." Einen, den ich fest vorhabe, zu verspeisen, nachdem ich zum Abendessen dunkle Seelen gefressen habe.

„Sie sollte es bequem haben, wenn sie aufwacht", sagt Flame und läuft auf uns zu. „Ich werde mich um sie kümmern."

„Du willst sie nur wieder pflegen", säusle ich. Typisch für eine Katze.

Er streitet es nicht ab, zieht sie bloß aus Orcus' Armen und trägt sie nach drinnen. Flames Schultern entspannen sich umgehend, was andeutet, dass ihre Nähe sein Biest beruhigt. Aber ich ahne, dass er seiner wilden Seite freien Lauf lassen wird, wenn sie läufig ist.

Unserem wunderschönen Haustier steht eine wilde Fahrt bevor.

„Wann wird sie aufwachen?", frage ich, ganz begierig darauf, anzufangen.

„Bald." Orcus verschränkt seine Arme vor der Brust und breitet seine Flügel aus, als ich einen Schritt nach vorn mache – in der festen Absicht, Flame zu folgen.

Ich sehe den nackten Alpha mit hochgezogener Augenbraue an. „Ja?"

„Sag mir, was du in Erfahrung gebracht hast."

Ich knirsche mit den Zähnen. Natürlich will der Anführer einen Bericht darüber haben, was ich gesehen habe. „Wenn sie aufwacht, während ich spreche, werde ich mich dort reinzaubern", sage ich zu ihm. Denn was ich ihm mitzuteilen habe, ist nicht annähernd so wichtig wie die willige Muschi unseres Haustiers.

„Dann schlage ich vor, dass du schnell sprichst", sagt er, die Arme noch immer vor der Brust verschränkt.

Ich atme scharf aus und lege eine Hand an den Nacken. Mein Körper will lieber mit Alina spielen, als ein ernstes Gespräch über die Strigoi-Adeligen mit Orcus zu führen. „Sie sind wohlauf", informiere ich ihn. „Cain hat sie nicht entführt. Sie sind aus freiem Willen mitgegangen."

Orcus zieht eine Augenbraue hoch. „Du hast mit ihnen gesprochen?"

„Ja. Na ja, ich habe mit Cage gesprochen. Sabre war, ähm, anderweitig beschäftigt." Das Bild von Blut und Zerstörung taucht vor meinem inneren Auge auf, was ein Lächeln auf meinen Lippen aufziehen lässt. „Sie hatten eine höllische Sause. Es kommt nicht oft vor, dass ich Spionage genieße, aber in diesem Fall war es köstlich." Mein Blick wandert zur Tür der Hütte. „Aber nicht so köstlich wie Erdbeeren mit Sahne."

„Eine Sause?", wiederholt er.

„Ein Massaker, eine Sause ...", ich zucke mit den Achseln, „Ist doch fast dasselbe. Viele böse Seelen, die man verschlingen kann." Ich lege meinen Kopf schief. „Aber es ist schon seltsam. Die Dunkelheit fühlt sich gar nicht so ... dunkel an? Ich meine, die Stimmen sind still. Ich kann sie spüren, ihre Erinnerungen hervorholen, aber sie wüten nicht in meinem Kopf."

Für gewöhnlich habe ich nach dem Verzehr von dunklen Seelen Kopfschmerzen.

Aber diese Seelen geistern leise in meinem Kopf herum. Sie hören sich beinahe kleinlaut an.

„Es sind aber trotzdem niederträchtige Seelen. Die Dinge, die sie getan haben ..." Ich pfeife. „Wie dem auch sei. Vielleicht liegt es an diesem Reich. Vielleicht liegt es an Alina. Was es auch ist, ich bin dankbar für die

Atempause. Ich kann endlich einmal meine eigenen Gedanken hören."

Und diese Gedanken kreisen um eine ganz bestimmte Person: unser Haustier.

„Was willst du damit sagen, verdammt? Was hast du gesehen?", will Orcus wissen.

Ich stoße einen Seufzer aus.

Dann erzähle ich ihm von der Feier, die ich besucht habe.

Wie ich Cage und Sabre blutüberströmt angetroffen habe.

Warum ich geblieben bin, um mir ein paar vorzügliche Seelen zu gönnen.

Dass ich mit meiner Sense gespielt habe.

Und schildere ihm kurz und knapp, worum es bei meinem Gespräch mit Cage ging.

Als ich fertig bin, gafft mich Orcus ungläubig an.

„Ich schätze, dieses Reich ist wirklich voller einzigartiger, menschlicher Gefährten", schließe ich mit einem weiteren Achselzucken.

Denn wie es schien, hatten Cage und Sabre eine gefunden, die sie teilen wollten. *Mit Cain.*

„Lange Rede, kurzer Sinn: die Strigoi-Prinzen werden nicht in unser Reich zurückkehren." Morpheus wird das Chaos entweder amüsieren oder aber er wird fuchsteufelswild darüber sein.

Was es auch ist, Orcus wird sich darum kümmern.

Wieder beginne ich auf die Hütte zuzugehen, doch Orcus hält mich, wie vorhin, mit seinem Flügel auf.

„Helia hat mir von deinen Besuchen bei Timothy erzählt."

Ich blinzle. Das war das Letzte, was ich zu hören erwartet habe. Und außerdem passt das überhaupt nicht zum Thema. „Ich habe ihn nicht umgebracht."

„Ich weiß."

„Was gibt es dann zu bereden?"

„Nichts." Er lächelt. „Ich wollte dir nur sagen, dass ich deinem Vorgehen zustimme."

Ich nicke. „Hat sie uns Erlaubnis erteilt, ihn zu töten?"

„Sie hat uns Erlaubnis erteilt, ihn seiner gerechten Strafe zuzuführen."

Ach, wirklich?, denke ich aufgeregt. „Heißt das, dass ich Alina seinen Kopf bringen darf? Oder räumen wir ihr immer noch das Recht ein, ihn selbst zu töten?"

„Ich weiß es nicht." Er blickt über seine Schulter zur Hütte. „Wir werden das Thema später besprechen müssen. Ich kann spüren, dass sie aufwacht."

Die Eifersucht treibt ihre Krallen in mein Herz. *Er kann unser Haustier spüren.* Weil sie miteinander verbunden sind.

Ich will dasselbe.

Ich will Alina innerlich und äußerlich spüren. Sie Meine machen. Mich zu Ihrem machen. Mich ihr auf der Todesebene anschließen und unsere Seelen für immer aneinanderbinden.

Wir sind schon fast so weit. Unsere Seelen waren von Anfang an kompatibel. Ich muss den Prozess nur noch mit einem Blutschwur besiegeln.

Ein Versprechen, dass ich im Tod und im Leben ehren werde.

Orcus dreht sich um und sein Flügel löst sich in Luft auf.

Während ich ihm folge, ziehe ich mein T-Shirt über den Kopf und lasse den Stoff hinter mir zu Boden flattern.

Meine Hände sind bereits an meiner Jeans, als wir eintreten, doch dann halte ich im Türrahmen inne. „Heilige Hölle, Orcus, du hast diese Müllhalde in einen götterverdammten Palast verwandelt."

Das könnte eine leichte Übertreibung sein, aber die

Hütte besteht aus edlem Holz, geschnitzten Pfählen und polierten Böden.

Es gibt eine Küche.

Ein Esszimmer.

Ein Wohnzimmer.

Und eine riesige Matratze, die auf einem hölzernen Bettgestell liegt.

Unser Haustier ruht in der Mitte dieser Matratze, ihr Körper in ein flauschiges Handtuch gehüllt. Ihre Haare sind feucht, ganz wie Flames, was mir sagt, dass er sie in der Dusche sauber gemacht hat.

„Hast du diesen Ort mit einem magischen Generator ausgestattet?", frage ich Orcus.

„So in der Art." Er geht nicht weiter darauf ein. Als Gott, schätze ich, muss er das auch nicht.

Flame schnurrt, während er seine Finger durch Alinas feuchtes Haar gleiten lässt und sie sich neben ihm streckt. Wir drei sehen sie an und warten. Verehren sie. *Schmieden Pläne.*

Oder vielleicht bin das nur ich.

Ich habe von dieser berühmten *Läufigkeit* gehört, und zwar jener der Formwandler- und den Mythenfeen-Art, und ich freue mich sehr auf das Kommende.

Aber als Alina ihre Augen aufschlägt, blinzelt sie bloß.

Dann lächelt sie. „Hi." Die Begrüßung ist an Flame gerichtet.

„Hi", erwidert er und sieht sie mit suchendem Blick an. „Wie geht es dir, kleiner Panther?"

„Gut", erwidert sie. „Ich fühle mich erfrischt." Sie streckt sich abermals. „Ich fühle mich *göttlich.*"

Orcus, der neben mir steht, grinst und ist ganz offensichtlich erfreut über das Adjektiv, das sie verwendet hat.

Ich hingegen bin … verwirrt. „Ich dachte, sie würde aufwachen und wäre bereit zu ficken." Es macht mir nichts aus, dass sie bei klarem Verstand und glücklich ist. Ganz im Gegenteil. Aber ich hatte den Eindruck, dass eine Omega während ihrer Läufigkeit ihren Sinnen vollends unterworfen ist, was sie in eine sexbesessene Göttin verwandeln sollte.

Alinas Blick landet auf mir und ihre Pupillen weiten sich. „*Reaper.*" Sie wirft sich auf mich und schlingt ihre Arme um meinen Hals, bevor sie mich fest drückt.

„Hm", summe ich und erwidere ihre Umarmung. Das ist nicht direkt das, was ich erwartet habe, aber das geht auch.

Also küsse ich ihren Hals, bin bereit, zu spielen.

Aber dann weicht sie zurück und legt ihre Hände an mein Gesicht, bevor sie mich mit suchendem Blick ansieht. „Es geht dir gut." Sie umarmt mich abermals und ich presse meine Lippen aufeinander, während ich Flame und Orcus ansehe.

Sie sehen genauso perplex aus, wie mir zumute ist. „Ja, es geht mir gut. Warum auch nicht?"

„Du warst weg", flüstert sie. „Ich … ich habe mir Sorgen um dich gemacht."

Ich blinzle. „Sorgen? Warum?"

„Weil du allein in die Elitestadt gegangen bist", erwidert sie mit leicht ungläubigem Tonfall, während sie mich erneut ansieht. „Ich … Kann sein, dass sich das jetzt albern anhört, aber ich habe mir Sorgen gemacht."

Ich blinzle abermals. „Du hast dir Sorgen gemacht?" Das ist … ein interessantes Konzept. „Ich glaube, es hat sich noch nie zuvor jemand Sorgen um mich gemacht."

Das … fühlt sich irgendwie nett an.

Mag sein, dass Flame und Orcus manchmal wissen

wollen, wo ich bin, oder mich sogar dazu anhalten, mich umzusehen, aber ich bezweifle, dass sie sich jemals wirklich Sorgen um mich gemacht haben. Oder vielleicht haben sie das und haben es mir nur nie gesagt.

Aber Alina ... Ich kann ihre Erleichterung spüren. Sie ist ihr anzusehen. Wie sie ihren Körper an meinen presst. Als hätte sie befürchtet, sie würde mich nie wiedersehen.

Ich lasse meine Hand an ihrem Rücken hinabwandern, während ich meine andere an ihren Hals führe „Es geht mir gut, Haustier", sage ich erneut. „Danke, dass du dir Sorgen um mich gemacht hast."

Ihre Pupillen weiten sich, als sie mich ansieht. „Ist es albern von mir, mir Sorgen zu machen?"

Ich lächle. „Nein. Es ist ... erfrischend." Ich lasse meinen Daumen an ihrem Hals hoch- und runterstreifen. „Es gibt mir das Gefühl ..., jemandem am Herzen zu liegen." Was eine wirklich schöne Empfindung ist, die mich aus ganz anderen Gründen als noch gerade eben dazu antreibt, sie zu küssen.

Also tue ich genau das.

Ich lehne mich zu ihr und ... küsse sie.

Nicht leidenschaftlich. Nicht begierig. Sanft. Angenehm. *Liebevoll.*

Es ist ein einzigartiges Konzept, an das ich bisher noch nie gedacht habe. Küsse führen für gewöhnlich zu Sex. Aber dieser Kuss ... dieser Kuss ist mit Emotionen verbunden.

Emotionen, die ich nicht ganz verstehe.

Aber ich hege starke Gefühle für diese Frau.

Weil sie mir auch am Herzen liegt, dämmert mir. Natürlich ist das nichts Neues, aber ich war so beschäftigt mit meiner Lust, dass ich gar nicht an Mitgefühl oder tiefere Emotionen gedacht habe.

Zusammen ... Diese beiden Gefühlsregungen zusammen ... *hauen mich aus den Socken.*

Sie sind entflammbar.

Geradezu überwältigend.

Die Stimmen in meinem Kopf sind jetzt still, sodass ich allein mit meinen Gedanken bin – die allesamt um Alina kreisen.

Meine Intendierte.

Meine zukünftige Gefährtin.

Mein Haustier.

Sie öffnet ihre Lippen und ich lasse meine Zunge in ihren Mund gleiten, um ihn zu erforschen und ihr auf meine Art zu danken. Für dieses Geschenk. Dafür, mein Herz auf eine Art geöffnet zu haben, die ich nicht für möglich gehalten habe. Dafür, dass sie mir vorübergehend etwas Erleichterung im Kopf verschafft. Dafür, dass sie sich *Sorgen gemacht* hat.

Sie ist alles.

Das hier bedeutet mir alles.

Wir sind alles.

Ihr Griff verstärkt sich, was mich meine Hand, die um ihren Hals geschlungen ist, fester zudrücken lässt. Ich will sie. *Oh*, wie sehr ich sie *will*, verdammt.

Es ist so götterverdammt intensiv. Und es liegt an etwas anderem als der Vorfreude darauf, mich während ihrer Läufigkeit mit ihr zu vergnügen.

Ich will sie beanspruchen. Will die Gelübde sprechen, die sie Meine machen werden.

Sie lässt sich von mir aufs Bett legen und mich ihre Beine spreizen. Ich führe mein mit Jeans bekleidetes Gemächt an ihre Mitte. Ich habe keine Ahnung, was aus ihrem Handtuch geworden ist. Vermutlich ist es runtergefallen, als ich sie rückwärts auf die Matratze gelegt habe. Es spielt keine Rolle. Ich will sie sowieso nackt unter mir haben.

„Alina", hauche ich gegen ihren Mund.

„Reaper", erwidert sie, bevor sie an meiner Unterlippe knabbert. „Küss mich fester."

Das ist eine Bitte, die ich ihr nicht abschlagen kann. Ein Wunsch, den ich ihr nur zu gern erfülle.

Sie schmeckt so gut. Diese süße Frische, die sie verströmt, benebelt meine Sinne.

Ich weiß, dass die anderen zusehen. Dass die anderen sich nach ihr verzehren. Dass sie sich wünschen, ich zu sein. Dass sie begierig darauf warten, bis sie an der Reihe sind. Aber das ist mir egal. Ich ziehe jede Sekunde, die ich mit unserem Haustier habe, in die Länge und beanspruche ihren Mund mit meiner Zunge, während ich meine Hände an ihrem sinnlichen Körper hoch- und wieder runtergleiten lasse.

„Ich will mich mit dir verbinden", sage ich zu ihr. „Ich will dich beanspruchen."

„Dann beanspruche mich", sagt sie und drückt ihre Hüften an meine.

Ein Lächeln breitet sich auf meinen Lippen aus. „Oh, das will ich auch. Aber Todesfeenbänder werden mittels eines Blutschwurs geschmiedet."

Sie sieht mir mit ihren tiefschwarzen Augen in meine. „Okay. Mach mir zu deiner Gefährtin."

Sie zögert keine Sekunde.

Stellt keine Fragen.

Sie … akzeptiert ganz einfach, was ist.

Ich kann ihre Reaktion gut nachvollziehen, denn es geht mir mit ihr genauso. Ich wusste, dass etwas an ihr einzigartig ist, als ich sie zum ersten Mal erblickt habe.

Dieses Gefühl war nur noch stärker geworden, als meine Seele ihre in diesem Flur gestreift hat.

Und meine Entscheidung war bereits gefallen, als ich diese schwarzen Seelen verschlungen habe.

Es bestand eine augenblickliche Verbindung zwischen uns. Ich wusste einfach, dass es *Klick* gemacht hat. Meine Todesfeen-Seele hatte ihren Anker in der Welt gefunden, was es mir erlaubt, mich lebendiger zu fühlen. Mehr … *bei Verstand.*

Die Dunkelheit, die in den Ecken meines Geistes herumschwirrt, hat abgenommen, weil Alina mir einen neuen Lebenszweck gegeben hat.

Sie repräsentiert die Schöpfung und das Leben, während meine Seele sich an Tod und Zerstörung labt.

Sie ist ein Engel der Lebenskraft und zieht mich aus den Tiefen der Dunkelheit, belebt meine Seele wieder.

Schafft ein Gleichgewicht.

Kreiert unser ganz eigenes Utopia.

In den Schatten formt sich eine Klinge. Der scharfe Gegenstand sieht jenem ähnlich, den ich während meines Lustspiels mit Flame und ihr verwendet habe.

Aber dieses Mal ist er für uns beide bestimmt.

Für diesen Augenblick.

Für unseren Schwur.

Ihre Pupillen weiten sich, als sie die glänzende Spitze erblickt, ehe sie lusterfüllt errötet.

Darauf kommen wir später zurück, sage ich ihr mit einem Blick. *Aber zuerst …*

Ich drehe die Klinge an meine Fingerspitze gelehnt herum und suche nach einer passenden Stelle, um sie zu markieren. Mein Blick wandert nach oben auf ihre Brust, an die Stelle, wo Orcus sie gebissen hat.

Was mich auf eine Idee bringt.

Ich streiche mit meinen Lippen über ihre. „Halt still für mich, Haustier", sage ich, bevor ich mich an ihrem Körper hinab begebe und auf den süßesten Teil ihres Körpers zusteuere.

Ihre Atmung geht mit jeder Sekunde flacher und sie reißt ihre Augen auf, sagt aber nichts.

„Sag ihm, wie dein Safeword lautet, Alina", unterbricht Orcus mit sanfter Stimme. „Sag es, damit Reaper und Flame das neue Wort kennen."

Ich sehe um ein Haar zu ihm. *Aber nur fast.* Meine Aufmerksamkeit liegt voll und ganz auf unserem Haustier. Ich sehe sie mit neugierigem Blick und hochgezogener Augenbraue an. „Du hast dir ein neues Safeword überlegt?"

Sie schluckt hart und nickt. „Chicago geht nicht mehr."

„Okay." Ich lasse die Klinge an ihrer Hüfte verweilen. „Wie lautet das neue Safeword?"

Alina räuspert sich und dann findet ein mutiger Ausdruck in ihr Gesicht. „Monster."

Ich reiße meine Augen auf.

„Weil ihr Feen seid, keine Monster. Und ich weiß, dass ihr nichts tun werdet, was meine Meinung ändern wird." Sie zuckt mit den Schultern. „Ich brauche kein Safeword. Ihr werdet mir nicht wehtun. Aber wenn ich mir eines aussuchen muss, dann dieses, weil ich weiß, dass ich es nie benutzen werde, wenn ich an euch denke."

Verdammt. Zu hören, dass sie uns *vertraut,* auf uns baut, bringt mich dazu, sie plündern zu wollen. Sie beanspruchen zu wollen. Sie … sie zu … *verschlingen.*

„Du bist so götterverdammt perfekt, Haustier", sage ich zu ihr mit gefühlsgeladener Stimme. „Ich werde dich reich belohnen. Aber zuerst muss ich dich beanspruchen. Ich muss mich dir verpflichten. Dir meine Seele schenken. Alles, was ich bin."

Und um das zu tun, muss ich sie markieren.

Ich ziehe die Spitze des Messers über ihren Hüftknochen zu ihrem Hügel. Dort finde ich die perfekte Stelle. Eine intime Stelle, die sich direkt über der Bikinilinie unter ihrem Bauch entlang zieht. „Atme tief ein für mich."

Alina tut es, während sie mich die ganze Zeit über anstarrt und ich die scharfe Spitze gegen ihre Haut presse.

Sie zischt schmerzerfüllt, was nur deswegen ein Aphrodisiakum ist, weil ich weiß, dass ich die Pein erzeuge. Und weil ich weiß, was sie zu bedeuten hat.

Und bald wird sie das auch.

Sie krallt ihre Finger in die Laken, dann lässt sie davon ab, um nach Flames Hand zu greifen, die er ihr anbietet.

Verdammt, das macht mich nur noch steifer. Dass sie sich instinktiv an ihn wendet, während ich in ihre Haut ritze, macht mich unglaublich an. Diese Reaktion ist ein weiterer Beweis dafür, dass sie für uns bestimmt ist. Sie weiß einfach, was sie tun muss, ganz so, wie Flame weiß, wie er sie durch dieses Erlebnis begleiten kann.

Als ich fertig bin, ist ihre Haut von einem leichten Schweißfilm benetzt.

Aber kein einziges Mal hat sie mich gebeten, aufzuhören.

Denn unsere Gefährtin ist eine Kämpferin in Menschengestalt. *Unser tödliches Haustier.*

Ich küsse die Wunde, die ich geschaffen habe. Blut benetzt meine Lippen.

Dann richte ich die Klinge gegen mich selbst und ritze ein Symbol in meine Handfläche. Es wird für immer dort bleiben, genau wie die Tätowierung auf meinem Schwanz.

Für immer Alinas.

Weshalb ich mir ein *A* in die Hand kerbe.

Und ganz in der Nähe ihres Hügels ein *R* hinterlasse.

Als ich fertig bin, lecke ich das Metall sauber und lasse

es dann in meinen dunklen Strängen verschwinden. „Bist du so weit, Haustier?"

Sie nickt keuchend. „Ja."

„Gut." Denn jetzt gibt es kein Zurück mehr.

Diese Frau gehört mir.

Ich muss nur noch das Gelübde sprechen …

FLAME

REAPER DIESES R in Alinas Haut ritzen zu sehen, lässt meinen Jaguar innerlich auf und ab gehen. Nicht etwa, weil er aufgebracht ist; er ist erregt.

Denn mein Tier weiß, dass ich als Nächster dran bin.

Der wunderschöne, nackte Körper vor mir ist mein Spielplatz.

Ich kann sie beißen, wo immer ich will, und sie für die Ewigkeit markieren.

Orcus hat sich für ihre Brust entschieden.

Reaper hat sich ihre Muschi ausgesucht – oder zumindest die Stelle direkt darüber.

Und ich ... ich werde mich auch für eine entscheiden ... Bald.

„Alina Everheart", sagt Reaper, sein Blick unablässig auf unsere Gefährtin gerichtet. „Ich, Reaper, von den Todesfeen, erwähle dich als die Gefährtin meiner Seele. Ich verspreche, deinen Geist und deinen Körper zu ehren, dein Herz und deine Seele zu beschützen und meine Seele für immer mit deiner zu verbinden. Du gehörst mir und ich dir. Bis dass der Tod uns erblühen lässt."

Er presst seine blutige Handfläche auf ihre Hüfte, was ein Schaudern durch die beiden jagt.

Alina braucht während der Zeremonie nichts zu sagen. Ihre Seele muss Reapers Gelübde nur annehmen. Und soweit ich sehen kann, hat der Prozess bereits begonnen.

Sie drückt meine Hand und greift dann mit der anderen nach Reaper. Im nächsten Augenblick ist er bei ihr und presst seine Lippen auf ihre, während sich Energie um sie herum ausbreitet.

Orcus knurrt. Der Laut hört sich an, als würde er der Vereinigung zustimmen.

Mein Jaguar reagiert ähnlich.

Ich will sie. *Wir* wollen sie. Sie ist der Schlüssel. Unser Herzstück. Der Mittelpunkt des Zirkels, den wir vor langer Zeit geschaffen haben.

Sie stöhnt, als Reaper sich an sie presst. Seine Jeans ist jetzt die letzte Schranke zwischen den beiden. Alina hat sich noch nicht in ihrer Läufigkeit verloren, nachdem sie aufgewacht ist – was mich überrascht hat –, aber ich kann riechen, dass sie kurz davorsteht.

Unser Mädchen versucht so lange durchzuhalten wie möglich, weil sie sich an diesen Augenblick erinnern will. Weil sie uns erfahren will. Weil sie in der Lage sein will, allem zuzustimmen, was wir mit ihr anstellen wollen, bevor sie ihren Geist an ihre Lust verliert.

Mein süßer, wunderschöner Panther, staune ich und liebe es, dass sie so eine Kämpfernatur ist.

Sie zeigt diesen Kampfwillen jetzt, indem sie von mir ablässt, um an Reapers Jeans herumzufummeln. Er hilft ihr nicht. Der Sadist will, dass sie es sich verdient. Erst, als sie ihn anknurrt, wirft er ihr ein Grinsen zu und erhebt seinen Körper, um ihr zu helfen.

Dann greift er nach ihren Schenkeln, breitet sie aus und stößt direkt in ihre feuchte Mitte.

Kein Vorspiel. Keine Vorwarnung. Nur eine wilde Beanspruchung.

Meine Eier spannen sich beim Anblick, der sich mir bietet, an und mein Tier brüllt voller Verlangen danach, dasselbe zu tun. Zu nehmen, zu ficken, zu *verwöhnen*.

Alina kratzt mit ihren Fingernägeln an Reapers Rücken hinunter. Ihr kommt ein Schrei über die Lippen, der Reaper mit seinem Mund verstummen lässt.

Es ist ein genüsslicher Anblick.

Rau. Wütend. *Leidenschaftlich.*

Sie sind in den Köpfen des anderen, spüren die Gefühle des anderen und reiten das Hoch ihrer Verbindung.

Orcus lehnt sich gegen das Kopfteil und beobachtet ihre Paarung mit hungrigem Blick, während ich neben ihnen liege und darauf warte, dass ich sie besteigen darf.

Es ist ein unglaublicher Anblick, der mich meine Hand nach unten führen lässt, um mich zu massieren. Mit meinem Daumen fahre ich über den Ring an meiner Eichel. Ein Ring, von dem ich will, dass Alina ihn abmacht.

Teufel, ich will, dass sie auch das Stäbchen rausnimmt.

So wird sie mir vermitteln können, dass sie bereit für meinen Widerhaken ist.

Andernfalls werde ich ihn zurückhalten. Was überhaupt nicht angenehm sein wird. Aber für sie werde ich es tun.

„Reaper", keucht sie und schlingt ihre Beine um seine Taille, während sie ihren Körper vom Bett hebt, um sich seinen Bewegungen anzupassen.

So verdammt schön, staune ich. Ich weiß nicht, was seine – oder Orcus' – Gedanken ihr beibringen, aber sie ist eine Musterschülerin. *Eine Wildkatze.*

Ich umschlinge meinen Schaft etwas fester und

massiere einmal kräftig meinen Schwanz, was ein Knurren durch meine Brust jagt. Es muss lauter sein als gedacht, denn Reaper und Alina sehen mich beide mit lusterfülltem Ausdruck an.

„Verdammt, Haustier. Ich glaube, dein Jaguar will auch mal kosten", sagt Reaper mit tiefer und mit Absicht behafteter Stimme. „Soll ich zuerst in dir kommen und ihn dann alles auflecken lassen? Oder willst du uns gleichzeitig in dir spüren?"

Alina erzittert merklich und sie scheint ihre Beine fester um Reaper zu schlingen.

„Oh, tu das noch einmal", ächzt er und legt seine Stirn an ihre. „Ja, genau so, Haustier. *Fuck*, das fühlt sich unglaublich an."

Sie treibt ihre Fingernägel in seine Schultern, doch ihr Blick wandert zu mir, dann zurück zu Reaper. „Ich …" Sie schluckt. „Wenn du sagst … beide …?"

„Damit meine ich, dass einer von uns in deiner Muschi und der andere in deinem Arsch ist", sagt er, direkt, wie immer.

Aber Alina scheint seine unverblümte Herangehensweise zu schätzen, denn der kleine Panther leckt sich die Lippen. „Beide."

Reaper grinst. „Eine hervorragende Wahl, Haustier." Er beginnt aus ihr zu gleiten, doch sie versenkt ihre Fingernägel abermals in seiner Schulter und plötzlich glänzen ihre tiefschwarzen Augen wie die Sterne in einer dunklen Nacht.

„*Beide*", wiederholt sie, was Orcus ein Knurren entlockt.

„Da ist ja meine Göttin", lobt er. „Reaper hat dir eine Wahl gegeben, aber du willst *beide* Optionen."

Reaper zieht seine Augenbrauen hoch.

Und ich stöhne. Denn, *verdammt*, das ist echt unverschämt heiß.

„Benutze ihren Nektar, um sie vorzubereiten, Flame", sagt Orcus mir. „Benutz deine Finger an ihr, während Reaper sie fickt."

Scheiße, ich komme beinahe allein beim Gedanken daran, was er mir da aufträgt.

Es spielt keine Rolle, dass Alina mir heute Morgen einen geblasen hat. Es fühlt sich an, als läge das bereits Tage zurück.

Mein Verlangen nach dieser Frau ist so groß, dass ich kurz davorstehe, zu entflammen, wenn ich nur daran denke, sie *vorzubereiten*.

Aber Reaper hat sich bereits in Bewegung gesetzt und die beiden rollen sich herum, bevor er sich auf den Rücken legt und sie zwingt, sich rittlings auf ihn zu setzen. „Reite mich, Haustier", sagt er zu ihr. „Reite mich, während Flame mit deinem Arsch spielt."

Ihre Titten beginnen zu hüpfen, als sie seinem Befehl Folge leistet und ihre Hände auf seine Brust stemmt. Ich setze mich auf, greife nach ihren Haaren und küsse sie leidenschaftlich.

Orcus hat mir aufgetragen, sie vorzubereiten.

Das hier ist meine Art, sie *vorzubereiten*.

Sie keucht an meinen Mund gedrückt, bewegt sich und nähert sich ihrem Höhepunkt, während ich sie mit meiner Zunge dominiere.

Mein Jaguar *schnurrt*. Der Laut nimmt sie als sinnliches Beben ein, das sie nach Luft schnappen lässt.

Ja, ich werde das hier ungemein genießen.

Ich knabbere an Alinas Unterlippe, dann führe ich sie mit meiner Hand, die in ihren Haaren versenkt ist, an Reapers wartenden Mund.

Er küsst sie mit einer Wildheit, die ich fast schon

spüren kann, und mein Gemächt spannt sich voller Vorfreude an.

So. Verdammt. Bald.

Aber zuerst muss ich unsere Gefährtin vorbereiten.

Ich lasse meine Fingerspitzen an ihrem Rücken hinunter über ihren verlockenden Hintern und auf die Stelle zu gleiten, an der sie mit Reaper verbunden ist.

Sie ist so feucht, dass sie meine Hand geradezu in ihrem Nektar tränkt. „Du hast nicht übertrieben mit dem Omega-Nektar", sage ich zu Orcus.

„Ich habe euch nur erzählt, was mir von anderen Alphas gesagt wurde, die sich mit einer Omega verbunden haben. Alles davon … *alles* stimmt." Er hört sich zufrieden über diesen Umstand an und ich weiß, ohne hinzusehen, dass er Alina liebevoll anlächelt.

Sie erschaudert, was andeutet, dass er ihr gerade in Gedanken etwas gesagt hat.

Und stöhnt, als Reaper seine Schatten in schleifenartigen Fesseln um sie hüllt, die sie festhalten, damit er ihren Mund plündern kann.

Ich lasse Reaper seine Bondage-Spielchen und konzentriere mich auf Alinas voluminösen Arsch. Sie bekommt Gänsehaut, als ich ihre Backen spreize und damit ihren kleinen, engen Eingang freilege.

Sie wird eine Menge Vorbereitung brauchen, um uns alle aufnehmen zu können.

Denn genau das wird geschehen. Wir werden jede ihrer Öffnungen beanspruchen.

Immer und immer wieder.

Sobald sie sich in ihrer Läufigkeit verloren hat, wird sie es nicht einmal mehr bemerken.

Aber bis das geschieht, wird sie jeden Zentimeter spüren, den wir in sie dringen.

Genauso wie sie es jetzt spürt, als ich einen Finger in

sie stecke. Sie zieht sich um mich herum zusammen und ihr Körper reagiert auf das unbekannte Eindringen.

„Entspann dich, Omega", sagt Orcus zu ihr. Entweder hat er ihre Gedanken gehört oder ihm ist die Reaktion ihres Körpers aufgefallen.

Ich benutze ihren Nektar, um meinen Finger in sie und wieder aus ihr gleiten zu lassen. Langsam und mit Absicht behaftet. Sie leistet Orcus' Befehl Folge und ihre Muskeln entspannen sich zusehends, bis ich einen zweiten Finger in sie schieben kann.

Reaper flucht, als sie sich ruckartig nach vorn bewegt und ihre Hüften an seine presst.

„Lass sie noch nicht kommen", sagt Orcus.

Alina will sich beschweren, aber Reaper lässt sie mit seiner Zunge verstummen, während seine dunklen Schwaden sie mit seinen Händen zu tätscheln scheinen, was ihr vermutlich das Gefühl gibt, dass mehrere Hände über ihren Körper streichen.

Und wie es scheint, befinden sich einige dieser Stränge zwischen ihnen, um ihre Titten und Klitoris zu stimulieren.

Sie windet sich lusterfüllt.

Ihrer Kehle entringen sich Laute, die dann von Reaper geschluckt werden.

Sie keucht.

Schwitzt.

Steht kurz davor, zu kommen.

Und Reaper stößt von unten in sie.

Er ist seinem Höhepunkt genauso nahe. Ich kann es seinen Bewegungen ansehen. Wie er hart in sie stößt und sich an sie klammert, während ich einen dritten Finger in ihren Arsch gleiten lasse.

„*Jetzt*", verlangt Orcus von Reaper. Oder vielleicht von Alina. Oder vielleicht sogar von mir.

Was es auch ist, es ist seine Art, unserer Omega Lust zu verschaffen. *Unserer Gefährtin.*

Mag sein, dass ich sie noch nicht beansprucht habe, aber sie gehört dennoch mir.

Reaper knurrt.

Und Alina schreit, drückt ihren Rücken durch und ihre inneren Muskeln *ziehen sich zusammen.*

Verdammt, ich kann sie kommen spüren, weil meine Finger in ihrem Arsch stecken. Ihr Orgasmus löst ein Beben aus, das mich an mein Schnurren erinnert. Es ist so verlockend. So süchtig machend. So *wunderbar.*

Ich will diese Frau für die Ewigkeit verehren. Ihr diese Geräusche jeden Tag entlocken. Sie wiederholt kommen lassen, bis sie mich anfleht, aufzuhören.

Orcus' zustimmendes Knurren lässt Alina erneut erzittern. Ihre Omega-Seele antwortet so auf natürliche Weise ihrem auserwählten Alpha.

Ich kann es kaum erwarten, unsere Verbindung zu entfachen und sie meinen Jaguar *spüren* zu lassen. Es wird explosiv werden. Emotional. Und ein bisschen verrückt.

„Verdammt, Haustier", stöhnt Reaper, als er ihr über die Klippe folgt und ins Tal der Wonne stürzt. Ihre inneren Muskeln spannen sich um meine Finger herum an und ich kann mir nur vorstellen, wie fest sie ihn mit ihrer Muschi umschlingt.

Es muss sich gut anfühlen, denn er erzittert und kommt lange, hart und bringt sie zum Stöhnen.

Sie ist unersättlich. Ganz so, wie es Feen sein sollten.

Was bedeutet, dass sie nicht viel Zeit brauchen wird, um sich zu erholen.

Orcus war etwas anderes. Seine gottesähnliche Kraft hat ihr das Bewusstsein geraubt.

Oh, Reaper und ich könnten das auch. Und das werden wir auch.

Aber noch nicht.

Das hier soll dem Verlangen nur die Schärfe nehmen.

Denn unsere Gefährtin wollte *beide* Optionen.

Was bedeutet, dass es fast schon an der Zeit ist, dass ich sie *lecke*.

Mein Jaguar knurrt aufgeregt und ist ganz begierig darauf, sie zu kosten. Sie zu beanspruchen. Sie zu *ficken*.

Aber ich halte ihn zurück und dehne sie sanft mit meinen Fingern, während sie und Reaper sich von ihrem Hoch erholen.

Das Beben ihres Körpers vergeht zusehends und sie erschlafft auf Reaper. Seine Stränge huschen sanft über ihren Körper und er küsst sie, genießt ihr neu geschaffenes Band.

„Bereit, dass Flame dich sauber macht, Haustier?", fragt er mit sanfter Stimme. „Denn ich glaube, er ist ganz begierig darauf, dich mit seiner Zunge zu ficken."

Das stimmt.

Vorsichtig ziehe ich meine Finger aus ihr und lasse Reaper sie in Position bringen. Dann krabble ich zwischen ihre Beine, um mich an ihrer feuchten Mitte zu laben.

Dort finde ich ein einzigartiges rauchiges und süßes Aroma vor, das mein inneres Tier knurrend nach mehr verlangen lässt. Ich lasse Alina den hungrigen Laut hören, weil ich will, dass sie weiß, was ihr bevorsteht. Denn ich werde als Nächster in sie dringen. Und mein Jaguar wird sie nicht schonen.

Ich lasse meine Hand hinter sie gleiten, um ihren Arsch weiter vorzubereiten, während ich jeden Zentimeter ihrer Muschi lecke, wie Reaper es gesagt hat.

Als ich fertig bin, windet sich Alina wieder in den Laken.

Orcus braucht mir nicht zu sagen, dass ich das hier in die Länge ziehen und ihr ihren Orgasmus verwehren soll.

Das tue ich aus eigenem Antrieb. Denn ich will, dass unsere Gefährtin feucht und willig ist und bettelt.

Sie greift nach meinen Haaren und versucht, meine Zunge von ihrer Knospe zu entfernen.

Ich widersetze mich ihr und küsse einen Pfad an ihrem Körper herunter und halte erst inne, als meine Lippen auf ihren Oberschenkel treffen.

Ihr kommt ein protestierender Laut über die Lippen, als ich meine Hände und meinen Mund entferne. Ihr Blick wandert schlagartig nach unten. „*Flame.*"

Ich lächle.

Dann verwandle ich mich in meinen Jaguar, was sie schockiert nach Atem ringen lässt.

Reaper lacht. „Der Gedanke an Sex mit dem Panther macht dich doch nicht etwa an, oder?"

Sie reißt ihre Augen auf. Ihr Ausdruck verrät mir, dass sie kein Interesse an diesem Konzept hat. Kein Problem. Mein Jaguar ist mehr als zufrieden damit, sie in menschlicher Form zu ficken. Das funktioniert sowieso besser.

Aber mein Panther muss sie zuerst beanspruchen, damit das Band sich bilden kann.

Was Orcus ihr jetzt an meiner Stelle erklärt und mit ruhiger Stimme sagt: „Keine Sorge, Kleine. Flame wird dich nicht in dieser Gestalt ficken. Aber er wird dich beißen."

Zur Hölle ja, ich werde sie beißen.

Und ich werde auch nicht länger warten.

Denn ich muss in dieser Frau sein. Nicht nur körperlich, sondern auch in Gedanken.

Mein Jaguar versenkt seine Zähne in ihren Innenschenkel und beansprucht sie auf intime Weise für uns.

Das Band fällt umgehend an seinen Platz und die

Energie wärmt mein Blut, bevor ich mich in meine menschliche Form zurückverwandle.

Alinas Augen sind immer noch weit aufgerissen, als ich über sie krabble. Meine *Gefährtin* scheint alarmiert und beeindruckt darüber, wie schnell ich meinen Anspruch kundgetan habe.

Ich … ich kann dich spüren, flüstert sie in meine Gedanken. *Bei den Feen, ich kann euch alle drei hören.*

Ich lächle. *Warts nur ab, bis wir drei dich gleichzeitig ficken. Du wirst so verdammt voll sein, dass du nicht mehr klar denken kannst.*

Sie erschaudert und ihre Iriden werden beinahe vollends von ihren Pupillen eingenommen. *Ich … ich glaube, das wird mir gefallen.*

Ich presse meine Lippen auf ihre, bevor ich flüstere: „Du wirst es verdammt noch mal lieben, kleiner Panther.“

Aber es gibt da noch etwas, worüber wir reden müssen, bevor wir weitermachen.

Meinen Widerhaken.

ALINA

Mᴇɪɴ Kᴏ̈ʀᴘᴇʀ sᴛᴇʜᴛ ɪɴ Fʟᴀᴍᴍᴇɴ.

Alles zieht verschwommen an mir vorbei.

Und mein Herz … Mein Herz fühlt sich *voll* an.

Drei Männer. Drei Feen. Drei perfekte *Gefährten*.

Ich kann sie alle auf einzigartige Weise in mir spüren. Unsere Bänder sind alle anders und doch irgendwie gleich. Es ist … *unglaublich*.

Meine Seele ist glücklich, fühlt sich wie zu Hause und verspürt Frieden. Alles, während ich von meinen Lieblingsgerüchen umgarnt werde.

Asche. Tannenbäume. Frische Luft.

Reaper. Flame. Orcus.

Ich erschaudere und alles in mir brennt voller erneutem Verlangen. Orcus' Gedanken helfen mir, die Empfindung nachzuvollziehen. Seine Alpha-Instinkte sagen ihm, dass ich mich immer schneller meiner Läufigkeit nähere.

Ein Teil von mir verliert seinen Verstand bereits an die Lust. Aber meine Gefährten erden mich und helfen mir dabei, eine aktive Rolle einzunehmen und *einzuwilligen*.

Dieses Wort geht mir durch den Kopf, während ich ihre höre. Sie wollen, dass ich das hier will. Dass ich sie will. Dass ich *mehr* will.

Vor allem Flame.

Er starrt mit seinen violetten Augen auf mich hinab und sein Panther verbirgt sich gerade so in Form von einem Hauch Schwarz, das seine farbigen Iriden umgibt. Seine Gedanken sind auf seinen Widerhaken gerichtet. Nicht, weil er es kaum erwarten kann, in mir zu sein, sondern weil er wissen will, ob ich ihn vollumfänglich annehmen werde.

Sein inneres Tier will sich mit mir fortpflanzen.

Ganz, wie Orcus' Alpha.

Reaper ist der Einzige, der beglückt ist. Obwohl er dem Gedanken nicht abgeneigt ist, mich schwanger zu sehen.

Alle drei Männer wollen ein richtiges Nest bauen und eine Familie haben. Und mein Östrus wird es uns erlauben, das zu tun.

Ich habe keinen Zweifel mehr daran, wer und was ich bin. Ich bin eine Omega. Meine Seele scheint sich meinen Gedanken angeschlossen zu haben und meine Instinkte flammen erneut auf, erfrischt vom Mythenfeen-Gen.

Ich habe nicht die geringste Ahnung, wie das möglich ist. Orcus war genauso erstaunt. Aber wir beide akzeptieren das Wunder. Mehr noch, wir haben fest vor, es anzunehmen.

Und zu einem Teil rührt das vom natürlichen Verlangen danach, Leben zu schaffen.

Flame streift meine Nase mit seiner. „Wenn du das hier willst, muss ich meinen Widerhaken befreien", flüstert er.

Seine Piercings sind das Letzte, was noch zwischen uns steht, und er gibt mir die Kontrolle über die Situation, um sicherzugehen, dass ich auch wirklich bereit bin. Er will, dass ich verstehe, was er vorhat, und will, dass ich dem Kommenden körperlich und geistig zustimmen kann.

Ich liebe es, dass er sich so sehr sorgt. Dass sie sich *alle* so sehr sorgen.

Sie wollten mich nie zu unserer Verbindung zwingen. Und doch spüre ich, wie sie alle tief im Inneren wussten, dass es unvermeidlich war, wie ihre Seelen die meine sofort erkannt hatten. Es hat ihnen viel abverlangt, geduldig zu bleiben, während mein menschlicher Verstand Zeit brauchte, um das Unvermeidbare anzunehmen.

Aber jetzt sind wir hier.

Und ich bin bereit.

So was von.

Flame lächelt, weil er meine Entschlossenheit ganz offensichtlich meinen Gedanken entnehmen kann. „Beweise es", fordert er mich heraus. „Zeig uns, dass du bereit bist, meine Panther-Königin."

Ich presse meine Hände auf seine Schultern, um ihn von mir zu schieben. Er rollt auf seinen Rücken, lässt seine Hand aber an meiner Hüfte verweilen, damit er mitziehen kann. Ich setze mich instinktiv rittlings auf ihn und bringe meine Mitte an sein bebendes Gemächt.

Und an die Piercings, die darin stecken.

Mir läuft ein Schauer über den Rücken und ich zittere vor Verlangen. Ich reibe mich an ihm, begierig darauf, das Metall zu spüren. Seine Gedanken sagen mir, was er von mir will, aber ich kontere dieses Verlangen mit meinem eigenen.

Ich erhebe mich und greife nach seiner Wurzel, will die Textur an meiner heißen Mitte spüren.

Flame stöhnt auf, als ich ihn an meinem Eingang platziere und langsam nach unten gleite, um ihn gänzlich in mir aufzunehmen. „Verdammt, kleiner Panther ... Das fühlt sich ... unglaublich an."

Er sagt das mit einem leisen Knurren.

Aber es wird unterstrichen vom Hauch eines Flehens in seinem Geist. Sein inneres Tier fleht mich an, ihn freizulassen. Ihn zum ersten Mal in seinem Leben zu befreien.

Denn Flame hat noch niemandem zuvor seinen Widerhaken gegeben. Er hat auf seine Gefährtin gewartet. *Auf mich.*

Ich will diesen Teil von ihm spüren und die Erfahrung genießen, voll und ganz Seine sein.

Es wird sich anders anfühlen als Orcus' Knoten – das haben mir die Feen bereits gesagt –, aber ich kann den Unterschied in Flames Gedanken spüren.

Jetzt muss ich ihn nur noch erleben.

Ich rutsche schrittweise an seinem breiten Schwanz hoch und küsse mich an seinem unteren Bauch entlang. Die Bewegungen kommen ganz natürlich, obwohl sie mir mehrheitlich neu sind.

Alles fühlt sich an, als würde es instinktiv geschehen. Als wäre ich hierfür gemacht worden. Als wären diese Feen für mich gemacht worden.

Flames Unterleib zieht sich zusammen, als ich bei seinem Gemächt angelange. Sein Tier nimmt ihn jetzt fast gänzlich ein. Ich kann den Kampf in seinen Gedanken hören und ihn ihm seiner steifen Körperhaltung ansehen.

Er versucht, seine tierischen Bedürfnisse zurückzuhalten. Nur ein kleines Stückchen länger.

Aber sobald ich diese Piercings entferne, wird er zuschlagen.

Und dann werde ich auf die Fahrt meines Lebens mitgenommen.

Denn Reaper wird sich ihm anschließen.

Ich kann die Absicht von meinem Todesfeen-Gefährten spüren, als er sich hinter mir auf die Knie begibt und seine Wärme auf meinen Rücken trifft, während er sich nach vorn lehnt, um meine Schulter zu küssen.

„Befreie seinen Widerhaken, Haustier", sagt er mit einem leicht dominanten Tonfall. „Und dann will ich, dass du ihn in dieser süßen Muschi aufnimmst, während ich dich in den Arsch ficke."

Ich erschaudere und presse meine Schenkel aneinander.

Konzentrier dich auf Flame, Kleine, flüstert Orcus in meine Gedanken. *Ich will, dass du dich an das erste Mal erinnerst, an dem du ihn fickst.*

Ich schlucke hart und blicke zu ihm herum. Er steht noch immer neben dem Bett, fast so, als würde er uns bewachen, während wir uns amüsieren. *Du hältst meine Läufigkeit zurück.*

Nicht direkt, sagt er und ein roter Blitz durchfährt seine Augen. *Es liegt vielmehr daran, dass ich meinen Paarungsschrei noch nicht ausgestoßen habe. Sobald ich das tue, wirst du dich in deinem Östrus verlieren.*

Und wenn du es nicht tust?

Dann wird das, was jetzt geschieht, weiter andauern, bis dein Körper deinen Geist einnimmt, antwortet er. *Was sehr bald der Fall sein wird, Alina. Also konzentrier dich auf Flames Schwanz. Du musst seinen Widerhaken spüren. Er braucht das. Er will, dass du ihn spürst.*

Bei den Feen, er hat recht.

Dieser Augenblick, diese Verbindung, dieser letzte Schritt bedeutet mir alles. Es geht nicht nur um uns, sondern auch um seinen Jaguar. All die aufgestaute animalische Aggression braucht ein Ventil.

Und ich bin dieses Ventil.

Ich setze mich rittlings auf seine breiten Schenkel und schlinge meine Hand wieder um seine Wurzel. Flame sieht mir mit schweren Lidern zu, während ich mich nach vorn beuge und seinen bebenden Schwanz küsse. Seine Erregung vermischt sich mit meiner und verlockt mich dazu, zu lecken, was dann dazu führt, dass ich meinen Mund öffne.

Ihm kommt knurrend ein Fluchen über die Lippen, während er seine Finger in die Laken krallt.

Aber es ist Reaper, der meine Haare in die Hand nimmt und mich nach unten drückt, sodass ich Flames Glied in meinem Rachen spüre. Als ich versuche, meinen Kopf hochzuziehen, presst er mich nach unten und flüstert mir ins Ohr: „Du lässt ihn immer wieder warten. Jetzt musst du warten, bis du den nächsten Atemzug nehmen kannst."

Ich winde mich, denn etwas an dieser Bemerkung erweckt dieses verkommene Verlangen in mir.

„Es tut weh, nicht wahr?", fährt er fort. „Etwas von ganzem Herzen zu wollen und es nicht zu bekommen. Genauso geht es Flame im Moment. So geht es ihm schon, seit er dich zum ersten Mal gesehen hat. Wie es uns allen ergangen ist."

Langsam führt er mich nach oben, bis ich nach Luft schnappen kann, dann presst er mich wieder barsch nach unten.

In Gedanken sagt er mir, dass er nicht versucht, mir wehzutun, sondern meine Grenzen testet. Dass er abzuwägen versucht, was ich mag und was nicht.

Und offenbar gefallen mir *Atemspiele* – ein Begriff, den ich seinen Gedanken entnehme –, denn seine grobe Behandlung lässt alles in mir noch heißer brennen.

Sanft zieht er mich von Flame weg und lässt ihn dieses Mal komplett aus meinem Mund gleiten. Dann küsst er mich begierig und legt seine Hand an meine Wange.

„Keine Spielchen mehr, Haustier. Befreie seinen Widerhaken", sagt er erneut. *„Sofort."*

Reaper führt meinen Blick zurück zu Flame, bevor er seine Hand von meinem Gesicht entfernt, sie an meinen Hals gleiten und sie schließlich an meine Hüfte wandern lässt, während er hinter mir stehen bleibt.

Die ganze Interaktion bringt mich zum Keuchen und Flames pulsierenden Schwanz zu sehen, lässt *Nektar* an meinen Schenkeln hinabströmen.

Es ist intensiv.

Überwältigend.

Etwas in mir schlägt um und macht mich ungeduldig.

Aber ich zwinge mich dazu, mich mit ebenen Händen den Piercings zuzuwenden.

„Greif nach der metallenen Kugel und drehe sie herum", instruiert Flame mit einem Schnurren.

Einem Schnurren, das mich noch feuchter zwischen den Beinen werden lässt.

Bei den Feen, ich … ich werde kommen, sobald er in mir ist, dämmert mir.

Aufgrund seines Schnurrens und Reapers mentalen Bemerkungen – die allesamt verrucht sind –, stehe ich kurz davor, zu kommen, ohne dass einer von ihnen mich wirklich berührt hat.

Und das *nach* all den vergangenen Orgasmen, die ich schon hatte.

Das ist doch verrückt, geht mir durch den Kopf, während ich die Kugel von Flames Stäbchen löse.

Das ist, was es heißt, eine Omega zu sein, korrigiert Orcus. *Und jetzt hör auf, zu denken, und widme Flame die Aufmerksamkeit, die er verdient.*

Bei den Feen, diese Forderung bringt mich dazu, mich vornüber zu beugen und Flames Schwanz erneut zu lutschen.

Aber ich weiß, dass Orcus nicht das gemeint hat.

Also tue ich, was er mir befohlen hat, und entferne das erste Piercing.

„Hilf ihr mit dem anderen", sagt Flame mit Blick zu Reaper.

Mein Todesfeen-Gefährte greift nach meiner Hand und führt meine Finger an den Ring. Du musst die Kugel hier in der Mitte ausfädeln." Er führt meinen Daumen darüber, bevor er nach meiner anderen Hand greift und den metallenen Ring zwischen meinen Fingern zusammenpresst. „Halt das hier so, während du das tust, dann kannst du es abmachen."

Das ist wohl die technischste Aussage, die ich je von ihm gehört habe.

„Gutes Mädchen", sagt er, als ich seinen Anweisungen folge. „Jetzt krabble hoch und besteige ihn."

Aber bevor ich mich auch nur das kleinste bisschen bewegen kann, packt Flame mich schon mit festem Griff und presst mich an seinen Unterleib. „Ich muss in dir sein", sagt er zu mir. Die Worte sind mit einem animalischen Knurren unterlegt.

Er räumt mir keine Gelegenheit ein, zu antworten. Er stellt sich einfach hin und dringt mit einem harten Stoß in mich, der mir den Atem raubt.

„Fuck, ja", sagt Reaper. Seine Stimme ist angesichts des aggressiven Knurrens von Flame kaum zu hören.

Ich will mich an den Schultern meiner Formwandlerfee festklammern, doch plötzlich werde ich auf dem Bett herumgedreht, bevor er seine Brust an meinen Rücken presst und von hinten in mich dringt.

Ich öffne meinen Mund und drücke meinen Rücken durch.

Flames Hand ist um meine Kehle geschlungen und er führt seine Lippen an mein Ohr, während er meine Beine mit seinem Knie aufspreizt. „So werde ich dich nehmen. Und dann ficke ich dich in den Arsch. Reaper kann zusehen."

Meine Todesfee grinst und lässt sich neben uns auf das Bett sinken, während er seinen Schwanz streichelt. „Fick dich ruhig aus", sagt er. „Wir machen die nächste Runde zusammen."

„Die nächste Runde übernehme ich", unterbricht Orcus, während er seine Flügel in Erscheinung treten lässt und sie ausbreitet. Die Dominanz in seiner Stimme und in seiner Haltung weckt ein Verlangen tief in meiner Seele, das befriedigt werden muss.

Dann dringt Flame erneut in mich. *Ich bin jetzt in dir, kleiner Panther*, knurrt er in meine Gedanken. *Konzentrier dich auf mich. Auf meinen Widerhaken. Auf uns.*

Bei den Feen, keuche ich.

Flame droht, mich mit seinen barschen Bewegungen zu zerstören, während sein Jaguar in seinem Kopf brüllt.

„Halt dich am Kopfteil fest", verlangt er.

Ich tue, was er mir sagt.

Und dann beginnt er, mich zu ficken, und zwar aus einem ganz anderen Winkel als die anderen. Irgendwie dringt er tiefer in mich und es ist viel intensiver.

Und sein Tempo ist auch brutal. Seine Bewegungen werden nicht schrittweise schneller, um mich auf ihn vorzubereiten. Keine sanften Berührungen, nur hemmungslose *Stöße*.

Ich kralle meine Fingernägel in das Holz und mein Kopf fällt nach vorn. Jetzt ist es Flames innerer Jaguar, der mich nimmt und uns in eine *Brunft* bringt.

Das Wort höre ich in Orcus' Gedanken.

Er hat fest vor, mich auch so zu nehmen.

Sie alle wollen das.

Wollen sich mit mir fortpflanzen.

Mich mit ihrem Samen füllen.

Mich in die Untiefen der Wonne bugsieren und mich in ihrer Leidenschaft ertränken.

Bei den Feen, ich … ich bin verloren. Schwebe in der Dunkelheit. Sonne mich im Verlangen dreier Männer. Und liege in meiner Pfütze des Verlangens.

Sie werden mich auf so viele verschiedene Arten nehmen. Meine Sinne zerstören. Mich wieder zum Atmen bringen, nur um mir den Sauerstoff abzuschneiden.

Es wird … ein erotischer Sturm sein.

Meine inneren Muskeln ziehen sich um Flame zusammen und mein Verstand unterwirft sich zusehends meiner Läufigkeit. Das ist die Quelle dieses Feuers in mir – von diesen Flammen, die durch meine Adern rauschen und dem Inferno, das in meinem Unterleib wütet.

Ich verliere mich um ein Haar in den Empfindungen.

Bin voll und ganz eingenommen von einer sinnlichen Hitze.

Flame legt seine Hände auf meine, die noch immer gegen das Kopfteil gepresst sind, und führt seine Lippen an meinen Hals. „Du machst das so gut, Schätzchen", sagt er. „Wie du alles nimmst, was mein Jaguar zu geben hat. *Verdammt*, kleiner Panther. Du fühlst dich so verdammt gut an. So verdammt gut."

Ich lehne mich an ihn und lasse meinen Hinterkopf an seine Schulter sinken, während er meinen Hals küsst.

Jetzt dringt er nicht mehr mit derselben Wucht in mich. Er stößt tiefer, ausgiebiger in mich und es tut fast schon weh, weil er so tief in mich gleitet.

Und doch fühlt es sich auch so unheimlich gut an.

Ich kann spüren, dass auch seine Erregung stetig zunimmt und seine Wärme fließt mit meiner zusammen, um mein inneres Feuer zu schüren und umso heißer brennen zu lassen.

„Berühre ihre Klitoris", sagt Orcus.

Aber es ist nicht Flame, der diesem Befehl Folge leistet, sondern Reaper. Und es ist nicht seine Hand, die ich spüre, sondern seine *Zunge.*

Bei den Feen, ich weiß nicht einmal, wie er das macht, aber er ist jetzt zu einem Teil unter mir, während Flame mich von hinten nimmt und nur seine Hände mich noch mit dem Kopfteil verbinden.

Meine Knie zittern und mein Körper erliegt dem nahenden Höhepunkt zusehends.

Flame muss es sehen kommen, denn er presst meine beiden Hände mit seiner Hand gegen das Holz und schlingt seinen Arm um mich, um mich an sich zu drücken, während er mich fickt.

Hart.

Fest.

Perfekt.

Sein Name kommt mir mit einem Keuchen über die Lippen und meine Gedanken werden unter einer Flutwelle der Lust und des Verlangens begraben. Ich will läufig werden, aber ich *muss* seinen Widerhaken spüren.

„Bitte", flüstere ich. „Bitte, Flame."

Er versenkt seine Zähne in meinem Hals. Fest genug, um Blut fließen zu lassen – und ich frage mich, ob eine Wunde zurückbleiben wird. Ich weiß, dass der Biss an meinem Schenkel ein Mal für die Ewigkeit sein wird, aber das … das hier fühlt sich nur an, als versuchte sein Jaguar mittels eines Liebesbisses seine Gefährtin zu unterwerfen.

Ich presse mich an ihn, brauche seinen Widerhaken. Damit wir vollständig sind. Damit wir echte Gefährten sind. Damit wir zusammen verbunden sind. „*Flame.*"

Er knurrt.

Und ich knurre zurück.

Dann, als Reaper in meine Klitoris beißt, schreie ich.

Mein Orgasmus ergreift mich unmittelbar. Der Schmerz führt zu noch größerer Lust, was mich um Flames in mich dringenden Schwanz zusammenzucken lässt.

Plötzlich sind seine Finger in meinem Haar und er zieht meinen Kopf zurück, um seinen Mund auf meinen zu pressen. Ich stürze beinahe nach vorn, doch er hält mich mit seinem Arm aufrecht, als meine Hände vom hölzernen Bettgestell rutschen. Er setzt sich zurück und lässt mich die Wellen meiner Lust reiten, während sein Schwanz in mir mit nicht zurückgehaltener Lust pulsiert.

„Das fühlt sich so verdammt gut an, Schätzchen", sagt er an meinen Mund gepresst.

Ich zittere.

Stöhne.

Verliere immer wieder das Bewusstsein und finde dann wieder zurück.

Bis ich mich auf dem Rücken liegend unter ihm wiederfinde und nicht weiß, wann und wie wir uns bewegt haben. Doch im nächsten Augenblick ist da Flame, der mich fickt, mich führt und mich in einen Rhythmus zieht, an den ich mich zusehends gewöhne.

Ich lege ihm die Arme um den Hals und er lehnt sich zu mir, um mich zu küssen. Es ist eine beruhigende Geste, während er sein Glied in mir versenkt.

So tief. So gut. So intensiv.

Ich habe das Gefühl, dass ich gleich noch einmal kommen werde.

Aber es bin nicht ich, die kurz davorsteht, zu kommen, sondern Flame.

Gleißende Empfindungen rauschen durch mich hindurch, als er von seinem Höhepunkt erfasst wird. Die Wucht seines Orgasmus raubt mir den Verstand.

Ich spüre nur Hitze.

Vibrationen.

Beben.

Oooooh, Letzteres ist … ist … unendlich. Wie ein Vulkan, der über meinem Körper ausbricht. Aber anstatt meine Haut zu verbrennen, lässt er angenehme Schauer zurück.

Flames Widerhaken, dämmert mir. *O meine Feen.*

Er ist … *Wow.*

Ich … ich weiß nicht … Ich kann nicht … Ich finde keine passenden Worte. Keine Gedanken. Nur … *Lust.*

Er flüstert mir irgendein Lob ins Ohr, aber ich verstehe es angesichts des Nebels der Lust nicht, der meine Gedanken trübt.

Ich existiere nicht mehr.

Ich bin … menschgewordene Ekstase.

Irgendwo lacht Reaper.

Und dann *knurrt* Orcus. Es ist anders als andere Knurrgeräusche, die ich zuvor schon von ihm gehört habe. Dieses hier ist tiefer, als käme es ganz tief aus ihm, und intensiver, und es erschüttert mich bis in den Kern.

Der Brunftschrei.

Ein Teil tief in mir erkennt ihn und mein Körper ergibt sich umgehend dem Verlangen, das in mir brennt.

Eine Wärme rauscht durch mein Wesen und mein Unterleib fleht nach mehr.

Mehr Sex. Mehr Samen. Mehr Lust.

„Fuck", keucht Flame, als er aus mir dringt. „Ihre *Duftmarke.*"

„Sie ist unglaublich", sagt Orcus und plötzlich krabbelt der riesige Mann über mich. „Ich will dich auf allen vieren, Omega."

Ich höre ihn.

Ich verstehe ihn.

Aber ich kann mich nicht bewegen.

Moment ... doch, kann ich. Ich bewege mich, als wäre ich irgendwo in einem Nebel gefangen und mein Körper seinem Befehl unterstellt. Er ist dazu da, von ihm *gefickt* zu werden.

Und das tut er auch.

Hart.

Ich kralle meine Finger in die Laken und mein Körper krümmt sich, als er mich dominiert und mich mit seinen Flügeln umhüllt.

Mehr, mehr, mehr, denke ich, unfähig, das laut zu sagen.

Aber ... nein. Ich *sage* die Worte. Es ist ... Ich bin ...

Bei den Feen, ist das verwirrend.

Es ist erotisch. Es ist perfekt. Es ist ... himmlisch.

Alle drei Männer sind bei mir. Füllen mich. Küssen mich. Lieben mich. Sie verehren meinen Körper auf eine Weise, die ich mir nie hätte vorstellen können.

Orcus verknotet sich mit mir, während Reaper mich küsst. Flame konzentriert sich auf meine Brüste.

Und dann befinde ich mich plötzlich zwischen Reaper und Flame.

Als die beiden mich gemeinsam nehmen, entringt sich meiner Kehle ein Schrei. Reaper vergräbt sich in meinem Arsch, während Flames Widerhaken droht, meine Vorderseite erneut zu überwältigen.

Ich bin nicht mehr bei klarem Verstand. Ich bin meiner Lust verfallen. Bin ihnen schutzlos ausgeliefert.

Aber ich vertraue ihnen.

Sie werden sich um mich kümmern.

Sie werden mich beschützen.

Und sie werden mich verwöhnen.

Denn sie sind meine Zukunft. Mein Zirkel. Meine Gefährten. *Meine Feen.*

KAPITEL FÜNFUNDDREISSIG
ORCUS

BEI DEN GÖTTERN, Alina ist einfach unglaublich.

Ich sitze auf einem Sessel in der Nähe von ihr und sehe meiner kleinen nackten Göttin dabei zu, wie sie übers Bett rollt und fieberhaft die Kissen und Decken neu anordnet.

Flame und Reaper stehen mit Kleidungsstücken und Bettwäsche zu ihren Füßen in ihrer Nähe und warten darauf, von unserer Gefährtin herbeigerufen zu werden.

Sie hat den ganzen Morgen hieran gearbeitet und ihr Knurren hatte direkt in mein Gemächt gefunden.

Ich bin steif, und war es die vergangenen fünf Tage ununterbrochen.

Reaper und Flame geht es nicht anders.

Es spielt keine Rolle, dass wir Alina so ziemlich ununterbrochen und tagelang gefickt haben. Unsere kleine Sexgöttin sorgt dafür, dass wir rund um die Uhr hart sind.

Ich bin in jedes ihrer Löcher gedrungen und habe sie auf die intimste aller Arten genommen, und trotzdem will ich jeden Zentimeter von ihr erneut beanspruchen. Will in ihre süßen Titten beißen und diese wunderschönen Nippel kneifen, bis sie gerötet sind.

Mein Blick fällt auf das halbmondförmige Mal auf ihrer Brust, und ich ziehe meine Lippe zurück. *Meine.*

Reaper scheint mit ähnlichem Gesichtsausdruck auf das *R* über ihrem Venushügel zu starren.

Flame, hingegen, sieht sie bloß mit Herzchen in den Augen an. Er und sein inneres Biest sind bezaubert.

Unsere Gefährtin sieht im Moment wirklich herzallerliebst aus, obwohl sie knurrt und mit den Laken ringt, während sie ihre Hände auf das Bett schlägt. „Bleibt", keift sie, was mich auf die Unterlippe beißen lässt, um mir ein Lachen zu verkneifen.

Ich weiß, dass man eine Omega bei der Arbeit nicht aufbringen soll.

Sie versucht, ein Nest zu bauen. Eines, das uns *und* das Leben, das in ihr heranwächst, beherbergen soll. Es hat noch keinen Herzschlag, nur den Funken einer Seele. Ich habe es heute Morgen gespürt, und Alina offensichtlich auch. Daher rührt auch ihr dringliches Verlangen danach, ihren sicheren Hafen zu vollenden.

Zum Glück haben wir vorsorglich die meisten Gegenstände aus unserem Zimmer in der Monsterstadt mitgebracht, sodass sie eine Basis für ihr Nest hat.

Sie knurrt abermals. Der Laut lässt mir das Lachen vergehen. An seine Stelle rückt *Verlangen.*

Ich greife nach meinem Schaft und lasse meine Hand daran hinabgleiten. Sobald meine Omega mit ihrer Arbeit fertig ist, kann ich sie ficken. Hoffentlich *in* ihrem Nest.

Sie kommt langsam aus ihrer Läufigkeit und ihr Fokus scheint derzeit auf anderen Bedürfnissen zu liegen, aber sie ist noch nicht ganz fertig mit unserer Brunft.

Sobald sie dieses Nest vollendet hat, wird sie es mit der Duftmarke ihres Gefährtenzirkels schmücken wollen.

Und das geht am besten, wenn wir sie darin ficken.

Sie sieht Flame mit zusammengekniffenen Augen und zuckender Nase an.

Er bleibt wie angewachsen stehen, während sie auf ihn zugeht und an seiner Brust schnüffelt. Ihrer Kehle entweicht ein leises, zustimmendes Stöhnen. *„Mehr"*, verlangt sie.

Nachdem er ein paarmal gescheitert ist, weiß er jetzt, was das zu bedeuten hat. Er wühlt durch den Stoffberg zu seinen Füßen und zieht eines seiner Oberteile hervor, bevor er es ihr aushändigt.

„Danke", sagt sie und drückt ihm einen Kuss auf die Wange, ehe sie zurück aufs Bett krabbelt.

Flame strahlt nur so vor Stolz.

In der Zwischenzeit kneift Reaper seine Augen zusammen, weil er ganz offensichtlich auch will, dass sie sich bei ihm *bedankt*.

Als Alina zu ihm herumwirbelt, verwandelt sich sein Funkeln in einen hoffnungsvollen Ausdruck. Dieser Ausdruck weicht einem stolzen Lächeln, als sie an ihm schnüffelt und auch nach mehr verlangt.

Aber er reicht ihr kein Oberteil. Stattdessen zieht er die Boxershorts aus, die er trägt. Boxershorts, die er nur für sie angezogen hat, weil er − wie ich weiß − sonst keine trägt. Er reicht sie ihr.

Sie atmet tief ein und ihre Pupillen weiten sich, bevor sie ihm einen Kuss auf den Mund drückt. Dieses Mal bedankt sie sich nicht mit Worten, aber der Kuss scheint mehr als genug Ausdruck des Dankes zu sein, denn jetzt strahlt auch Reaper.

Als Alina auf mich zukommt, lege ich meinen Kopf schief und warte. Sie hat mir bereits alle Kleidungsstücke genommen, die ich ihr anzubieten hatte. Es gibt nur noch eines, was ich ihr geben kann, und das ist mein Schwanz.

Oder spezifischer gesagt, meinen Samen.

Denn sie hat gesagt, dass sie genau den in ihrem Nest will. Eine sinnliche Note, um andere zu verjagen.

Meine Gefährten sind angsteinflößend, wird diese Duftmarke sagen. *Meine Gefährten sind gefährlich. Meine Gefährten würden alles in ihrer Macht Stehende tun, um mich zu beschützen.*

Sie mustert mich eingehend und ihr Blick wandert auf die Hand an meinem Schwanz, während ich sie langsam daran hinabstreifen lasse.

„Gefällt dir, was du siehst, kleine Gefährtin?", frage ich sie.

Sie summt und befeuchtet ihre Unterlippe mit ihrer Zunge. „Bald."

Ihre Aufmerksamkeit wandert zurück zu Flame, ehe sie sich vornüber beugt und eigenhändig durch den Kleiderberg wühlt. Sie zieht ein Handtuch hervor, das sie ihrem Nest hinzufügt, dann ein weiteres Oberteil. Diesen Prozess wiederholt sie mit Reapers Kleiderberg und zieht einen Bademantel und eine Jeans daraus.

Alles davon webt sie in die Schichten ihrer Kreation ein und lässt in der Mitte davon eine große, kreisrunde Stelle offen.

Sie sucht ein paar weitere Male durch die Kleider und Bettwäsche, bevor sie sich wieder Flame zuwendet und ihre Hand ausstreckt.

Er greift zufrieden danach und lässt sich von ihr in ihr Nest führen.

Reaper ist als Nächster dran.

Dann dreht sie sich zu mir um. „Alpha."

„Omega", erwidere ich mit verehrendem Tonfall. „Bist du bereit, in deinem Nest zu spielen?"

Sie schluckt schwer und nickt. „Ja. Das Nest beduften und dann meine Schwester finden."

Ich runzle die Stirn. „Was?"

„Serapina", murmelt sie und ihr verträumter Ausdruck wird von einem verwirrten abgelöst. „Sera …"

Wie es scheint, will sich ein Gedanke seinen Weg durch den Omega-Nebel bahnen, der wichtig genug ist, um ihre Läufigkeit zu unterbrechen.

Reaper setzt sich auf und Flame tut es ihm gleich. Wir alle sehen unsere Gefährtin eingehend an.

„Erzähl mir von deiner Schwester", sage ich. Alle Gedanken ans Ficken in ihrem Nest verblassen angesichts ihrer Offenbarung.

„Sie … sie hat mir eine Notiz hinterlassen." Sie scheint zu versuchen, sich daran zu erinnern, doch der Östrus vernebelt ihre Gedanken. Wenn Omegas läufig werden, haben sie nur eines im Kopf: sich fortpflanzen.

Das haben wir getan.

Weshalb sie als Nächstes einen sicheren Zufluchtsort bauen musste.

Aber wie es scheint, steht ihre Schwester fast genauso hoch in der Rangordnung.

Nein. Nicht nur ihre Schwester, sondern ihre Schwester zu *finden*.

„Was für eine Notiz, Alina?", will Reaper wissen, der jetzt wieder ganz ernst aussieht.

Auf ihrer Nase machen sich ein paar Fältchen bemerkbar. „Ich …" Sie schluckt hart und schüttelt ihren Kopf, fast so, als versuchte sie, ihn zu klären.

„Komm her", sage ich zu ihr und strecke meine Hand aus.

Sie gehorcht mir, weil sie zu einem Teil noch immer in ihrem Östrus ist. Ihr Körper bewegt sich, bevor ihr Geist sie davon abhalten kann.

Sobald sie nahe genug ist, ziehe ich sie in meine Arme und schnurre, weil ich sie ein bisschen beruhigen will, damit sie nachdenken kann.

So kann ich wenigstens ihren Gedanken lauschen, wenn sie es nicht schafft, in Worte zu fassen, was sie sagen will.

Sie legt ihren Kopf an meine Brust und entspannt sich umgehend in meinen Armen, während Flame und Reaper uns gespannt beobachten.

Ganz offensichtlich versuchen sie dieselbe Information zu beschaffen wie ich.

„Erzähl uns von Serapina", sage ich mit sanfter Stimme. „Was für eine Notiz hat sie dir geschickt?"

Alina ist für einen langen Augenblick still und ihre Augen sind geschlossen. Aber sie schläft nicht. Sie sucht in ihren Gedanken nach der Antwort und arbeitet sich durch die Erinnerungen der vergangenen Tage, um zu sich selbst zu finden.

Das wird sie aus ihrer Läufigkeit ziehen, aber das ist in Ordnung. Ganz offensichtlich handelt es sich um eine wichtige Angelegenheit.

Warum hat sie ihre Schwester bisher nie erwähnt?, frage ich mich. *Hat sie uns nicht vertraut?*

Sie muss die Frage hören, denn daraufhin meldet sich eine Erinnerung in ihrem Kopf – eine Erinnerung daran, wie sie beschlossen hatte, uns um Hilfe zu bitten, damit sie ihre Schwester finden könnte.

Sobald Reaper zurück ist, werde ich es ihnen sagen, dachte sie damals.

Das war, nachdem sie sich schuldig dafür fühlte, uns noch nichts von ihrer Schwester erzählt zu haben. Und dann hat sie realisiert, dass nur sie sich davon abgehalten hatte.

Deswegen beschloss sie, nicht länger ein Geheimnis daraus zu machen und es uns zu sagen.

Direkt, bevor die erste Phase ihrer Läufigkeit eingesetzt hat.

„Chicago", sagt sie jetzt keuchend.

Es gibt eine Elitestadt, erinnert sie sich. Die Stimme in ihrem Kopf gehört nicht ihr, sondern vermutlich ihrer Schwester. Allem Anschein nach erinnert sie sich daran, was auf der Notiz stand. *Finde eine alte Karte, Lina. Such nach Chicago. Ich werde auf dich warten.*

„*Sera*", keucht Alina und blickt mich unter ihren Wimpern an. „Meine Schwester ist in der Elitestadt."

„Deswegen weißt du also von Chicago." Das ist keine Frage, sondern eine Aussage.

Aber sie nickt dennoch.

„Wo hast du diese Notiz gefunden?", frage ich misstrauisch. Denn soweit Helia gesagt hat, kennen nicht einmal die Menschen in der Elitestadt den vormaligen Namen ihrer Heimat.

Woher, also, weiß ihre Schwester von Chicago?

Und wo würde Alina ihrer Meinung nach eine alte Karte finden?

New York City gibt es nicht mehr. Die Gebäude in der Monsterstadt sind völlig neu in dieser Dimension und die Technologie und Architektur unmenschlich. Ich bezweifle stark, dass eine alte Karte existiert.

Und doch stand in der Notiz, dass Alina eine finden sollte.

„In meinem Zimmer, nach dem letztjährigen Tag der Auswahl. Jemand hat sie unter der Tür durchgeschoben." Sie schluckt hart. „Ich weiß nicht, wie, aber ich kenne die Handschrift meiner Schwester und diese Notiz wurde ganz sicher von ihr verfasst."

Ich nicke. „Ich glaube dir, Alina."

Sie weitet ihre Augen leicht. „Wirklich?"

„Natürlich." Wenn sie sagt, dass ihre Schwester die Notiz geschrieben hat, dann ist es auch so. Die Fragen, die übrig bleiben, sind, wie sie die Notiz in Alinas

Zimmer gebracht hat und woher Serapina von Chicago weiß.

„Du hast gesagt, dass sie dir die Notiz unter der Tür durchgeschoben hat und du nicht sicher bist, wie das möglich war, also schätze ich, bedeutet das, dass deine Schwester nicht mehr im Dorf lebt", sagt Flame mit Blick zu unserer Gefährtin.

„Sie wurde vor zwei Jahren als Gabe auserwählt", erwidert Alina. Ihr Blick wandert in die Ferne und in ihren Gedanken erblüht die Erinnerung an die Zeremonie.

Ihr Schmerz wird zu meinem, während sie ihrer Schwester dabei zusieht, wie sie den Gang hinab auf ihr Schicksal zuschreitet – im Wissen, dass sie sie nie wiedersehen wird.

„Vielleicht hat ihr Gefährte oder ihre Gefährten ihr geholfen, diese Notiz Alina zuzuspielen", schlägt Reaper vor, dessen Blick auf Flame ruht und dann zu mir wandert. „Das würde erklären, warum Chicago erwähnt wurde."

„Und dann würde die Bemerkung, dass sie nach einer Karte suchen soll, auch Sinn ergeben", sage ich und denke darüber nach. „Vielleicht weiß ihr Gefährte oder ihre *Gefährten*, dass es in der Monsterstadt einige gibt?"

„Möglich ist es", erwidert Flame. „Aber ich habe während unseres Aufenthalts dort keine gesehen."

„Ich auch nicht", erwidert Reaper. „Aber wenn Serapina und ihr Gefährte oder Gefährten in der Elitestadt leben, kann ich mir gut vorstellen, dass dieser Cain darüber im Bilde ist. Er hat das Massaker angeführt."

Alina hält inne. „Massaker?"

„Hat etwas mit den Strigoi und ihrer Gefährtin zu tun", erkläre ich mit sanfter Stimme. „Reaper ist nicht näher darauf eingegangen."

Die Todesfee zuckt mit den Achseln. „Es liegt nicht an mir, die Geschichte zu erzählen. Und überhaupt … glaube ich nicht, dass sie relevant ist. Mal abgesehen von der Tatsache, dass Cain uns vermutlich sagen kann, wo Serapina ist und mit wem sie ihre Zeit verbringt, wenn sie in der Elitestadt ist."

Ich denke lange darüber nach. „Glaubst du, wir können ihm vertrauen?"

Reaper schnaubt abschätzig. „Vertrauen? Nein. Aber er hat zwei unserer Strigoi und obwohl sie aus freiem Willen dort sein mögen und sich gern dort aufhalten, bist du eine Mythenfee aus ihrem Heimatreich. Das heißt, du bist ihnen in dieser Situation aus politischer Sicht überstellt. Will heißen, dass du vielleicht einen Gefallen einfordern kannst, wenn du ein Auge zudrückst."

„Ich bin mir nicht sicher, ob das Morpheus gefallen wird", murmle ich.

Aber Reaper hat ein gutes Argument.

Ich könnte mich dominant zeigen, nach einem Treffen verlangen und Serapinas Aufenthaltsort im Zuge eines Gefallens erfragen. Im Austausch dafür würde ich anbieten, mich nicht in die Entscheidung der Strigoi einzumischen, in dieser Dimension zu verbleiben.

Was Morpheus angeht … Ich werde keine Versprechen in seinem Namen machen können.

Ich kann mich höchstens gänzlich aus der Angelegenheit raushalten, was heißen würde, dass ich die Strigoi-Prinzen nicht zurück in Morpheus' Königreich schleppen würde.

„Ich schätze, du hast recht", fahre ich fort und sehe zu Reaper. „Ich könnte anbieten, wegzuschauen, um an Informationen über Alinas Schwester heranzukommen."

„Das würdest du tun?", fragt meine Omega und sieht mich an.

„Selbstverständlich", erwidere ich. „Für dich tue ich alles."

Ihre schönen Augen beginnen zu glänzen und die Tränen darin ziehen an meinem Herzen. „Danke", flüstert sie.

„Nichts zu danken, Alina. Du bist jetzt eine Göttin." Ich lege meine Hand an ihre Wange. „Es ist meine Pflicht, dir in jeglicher Hinsicht zu dienen."

Und das meine ich auch so.

Sie ist mein Ein und Alles.

Mein Lebenssinn.

Meine *Zukunft.*

„Wir werden deine Schwester finden", verspreche ich ihr und streiche mit meinen Lippen über ihre. Dann konzentriere ich mich auf Reaper. „Weißt du, wie wir Cain aufspüren können?"

Er denkt einen Augenblick nach und nickt dann. „Ich weiß, wo wir damit anfangen können."

„Das reicht mir." Ich sehe Alina an und ihr nüchterner Ausdruck sagt mir, dass ihr Bedürfnis danach, ihre Schwester zu finden, offiziell ihr Verlangen danach, ihr Nest zu vollenden, überkommen hat. „Würdest du gern heute noch in die Elitestadt reisen?"

Sie gafft mich an. „Ich komme auch mit?"

„Ich gehe davon aus, dass du mitgehen willst. Würdest du lieber hierbleiben?", frage ich sie und streiche mit meinem Daumen über ihren Wangenknochen.

„Nein, nein. Ich will mitgehen."

„Dann reisen wir zusammen", sage ich zu ihr. „Und zwar noch heute Abend."

Denn ich spüre dieses Bedürfnis in meiner Gefährtin. Ein Bedürfnis, das sie nicht befriedigen konnte, seit sie diese Notiz gefunden hat.

Heute Abend werden wir damit anfangen, dieses Bedürfnis zu befriedigen. Indem wir Serapina Everheart finden.

KAPITEL SECHSUNDDREISSIG
ALINA

DIE ELITESTADT IST ÜBERHAUPT NICHT SO wie die Monsterstadt. Hier ragen keine riesigen Bäume oder metallene Äste oder Dschungelwälder in die Luft. Sie besteht mehrheitlich aus Gebäuden. Einige sind hoch, andere tief. Und offensichtlich gibt es hier auch verschiedene Stadtteile. Oder zumindest gehe ich aus meiner derzeitigen Perspektive davon aus.

Wir stehen hoch oben auf einem der Türme der Elitestadt. Ein Turm, der augenscheinlich der größte in der Stadt ist, weil er alles andere überblickt.

Die Lichter zu unseren Füßen erzeugen die Illusion von Stadtteilen. Ihre Anordnung scheint bewusst gewählt zu sein, um die Stadt mithilfe der Farben und deren Anordnung in verschiedene Bereiche zu unterteilen.

„Nicht schlecht, oder?", sagt Reaper, der hinter mir steht. „Nicht die geringste Spur des alten Chicagos. Es wurde alles neu gebaut. Weißt du, was das Schlimmste daran ist? Es gibt keine Chicago Pizza." Er hört sich an, als würde ihn Letzteres sehr aufbringen. „Wann immer wir in unsere Dimension zurückkehren, werde ich dich in unser

Reich der Sterblichen ausführen, um dieses Versäumnis zu berichtigen."

Flame, der zu meiner Linken steht, schnaubt. Seine Finger sind um ein Kristallglas geschlungen, in dem ein sprudelndes Getränk schwappt. Ich kann mich nicht daran erinnern, wie Prinz Cage es genannt hat, aber seinen Aussagen zufolge, schmeckt es ähnlich wie ein sterbliches Getränk aus ihrer Dimension.

Ich habe mich stattdessen für Wasser entschieden. Mehrheitlich, wegen des Lebens, das in mir heranwächst. Aber auch, weil mein Magen krampft, seit wir hier angekommen sind und mir nicht nach einem Sprudelgetränk zumute war.

Dieses Übelkeitsgefühl hat noch immer nicht nachgelassen. Wenn überhaupt, ist es nur noch schlimmer geworden, seit wir in König Cains Penthouse geführt wurden. Und hier zu stehen und aus den wandhohen Fenstern hinauszustarren ..., macht mich nur noch nervöser.

Vermutlich hängt es damit zusammen, was ich über meine Schwester in Erfahrung bringen könnte.

Oder vielleicht weil in den vergangenen – wissen die Götter wie vielen – Tagen um den Verstand gefickt wurde.

Oh, oder es könnte mit der Schwangerschaft zusammenhängen.

Es scheint mir etwas zu früh dafür, aber es ist nicht direkt ein sterbliches Baby, das in meinem Bauch heranwächst, darum spüre ich auch viel eher die Seele des Kindes als einen physischen Körper.

Ich lege die Hand auf meinen Bauch und beim Gedanken daran, dass ein Leben darin heranwächst, wird mir warm ums Herz. Es übertrifft um ein Haar das ungute Gefühl, das sich in meinem Inneren zusammenbraut.

„Gentlemen", sagt eine tiefe Stimme, als ein großer,

elegant angezogener Mann das Zimmer betritt. „Und die Dame", ergänzt er mit einem leichten Nicken in meine Richtung. „Entschuldigt die Verspätung. Ich habe keine Gesellschaft erwartet, da ich für heute Abend keine Termine in meinem Kalender hatte, als ich zuletzt einen Blick darauf geworfen habe."

Er wirft Orcus einen eindringlichen Blick zu.

„Wir sind neu in diesem Reich und nicht mit euren Gepflogenheiten bekannt", erwidert Orcus in unnachgiebigem Tonfall. „Und außerdem ist mir als Mythenfee das Konzept von *Terminplanung* gänzlich unbekannt."

Prinz Sabre lehnt sich zum Neuankömmling und flüstert ihm etwas ins Ohr, dann richtet er sich auf und nimmt einen Schluck von seinem Glas. Die tiefrote Flüssigkeit erinnert mich an Blut, weshalb ich nicht nachfragen will, was er da trinkt.

Der Mann, der eben eingetroffen ist, räuspert sich. Ich bin nicht sicher, was Prinz Sabre ihm gesagt hat, aber er gibt sich augenblicklich ungerührt und legt einen höflichen Gesichtsausdruck auf.

„Nun gut. Also, ich bin Cain", verkündet der Neuankömmling in ähnlichem Akzent wie Orcus'. „Ganz offensichtlich kennt ihr meine Gefährten bereits." Er deutet auf die beiden Strigoi-Prinzen, die beide ein Glas mit roter Flüssigkeit in der Hand halten.

„Da sie aus meiner Welt stammen, ja", erwidert Orcus mit diesem Hauch Alpha-Dominanz, die er gern an den Tag legt.

Und zudem erinnert er ihn damit bewusst daran, dass er ein Gott ist und er ihm Respekt entgegenbringen sollte.

„Natürlich", erwidert König Cain. „Und ich kenne dich und Reaper – auch wenn man uns aneinander nicht offiziell vorgestellt hat. Cage hat mir letzte Woche nach der Hochzeit von dir erzählt."

Reaper legt seinen Kopf schief. „Enden alle Hochzeiten in diesem Reich in Massakern?"

König Cain grinst, doch der freudige Ausdruck schafft es nicht bis in seine Augen. „Nur die unterhaltsamen."

„Verstehe", flötet mein Todesfee-Gefährte.

Wie endet eine Hochzeit in einem Massaker?, frage ich mich und erschaudere. Ich habe schon ein paar Hochzeiten in unserem Dorf erlebt. Es handelte sich dabei um langweilige Angelegenheiten, die vom Viscount durchgeführt wurden, um seinen Segen zu geben. Keine davon hatten in Blutvergießen oder Gewalt geendet.

„Hm, ja, wie ich schon sagte, ich bin Orcus und Reaper bereits begegnet. Aber ich hatte noch nicht das Vergnügen, *dich* offiziell kennenzulernen." Sein Blick wandert zu Flame, dann zurück zu Orcus. „Oder eure wunderschöne Gefährtin."

„Ich bin Flame", sagt mein Formwandlerfee-Gefährte unbeeindruckt. „Und *unsere* wunderschöne Gefährtin heißt Alina Everheart."

König Cain nickt. „Vergebt mir. Ich habe nur mit Orcus gesprochen, weil er ganz begierig darauf zu sein scheint, heute die Gotteskarte auszuspielen." Seine Aufmerksamkeit wandert zurück zu meinem Alpha. „Das ist doch der Grund für den Spontanbesuch, oder? Um deine Dominanz zur Schau zu tragen?"

Orcus mustert ihn eingehend. „Eigentlich nicht. Wir sind hier, um Informationen über Alinas Schwester zu beschaffen."

Der König der Elitestadt blinzelt und sein Blick wandert zu den Strigoi-Prinzen. Sie scheinen genauso überrascht wie König Cain.

„Aber wenn ich die *Gotteskarte* spielen soll, kann ich das gern tun", fährt Orcus fort. „Obwohl mir scheint, dass meine Strigoi jetzt *deine* Strigoi sind – und das aus freiem Willen. Soweit ich weiß, ist ihre Sicherheit meine Angelegenheit. Aber wenn du willst, dass ich in mein Reich zurückkehre und ihre Schicksale mit meinem Cousin Morpheus bespreche, werde ich das gern tun."

Meine Verbindung mit Orcus' Gedanken sagt mir, dass die Worte eine Drohung sein sollen, aber das habe ich auch seinem Tonfall entnehmen können.

Er ist im Alpha-Modus.

„Ich glaube, das wird nicht nötig sein", sagt König Cain bedächtig und kneift seine Augen zusammen, was darauf hindeutet, dass Orcus einen Nerv getroffen hat.

Flame stellt sein Glas ab und legt eine Hand auf meinen unteren Rücken, als wollte er mich beschützen. Reaper stellt sich auf meine andere Seite.

„Oh, ich wusste, dass das hier ein Riesenspaß werden würde", unterbricht eine Frauenstimme, bevor ein Bildschirm an der Wand neben den Fenstern erscheint. „Ich will wissen, wer den Größeren ..." Sie verstummt und verzieht ihre Miene. „Eigentlich ... ist es mir egal. Was eine merkwürdige, aber erfrischende Einsicht ist."

Die dunkelhaarige Frau wendet ihren Blick ab, und ein Lächeln breitet sich auf ihren geschminkten Lippen aus, als sie etwas erblickt, das auf dem Bildschirm nicht zu sehen ist.

„Helia", sagt König Cain mit tieferer Stimme als noch eben. „Wie nett von dir, uns zu stören."

Helia, wiederhole ich. *Die ... Königin der Monsterstadt.*

Ja, erwidert Orcus. Nicht, dass die Bestätigung nötig gewesen wäre. Ich erinnere mich aus früheren Gesprächen an ihren Namen. Aber ich hatte nicht die leiseste Ahnung, dass sie so gut aussieht.

Wunderschön.

Dunkle Gesichtsmerkmale.

Lange Beine.

Und sie trägt nichts weiter als eine Seidenrobe.

Und einer von meinen Gefährten hat sich letzte Woche mit ihr getroffen.

Ich verziehe das Gesicht. Der Gedanke gefällt mir überhaupt nicht.

Ich stehe nicht auf sie, Alina, sagt Orcus zu mir und seine Gedanken bestätigen, wovon ich weiß, dass es die Wahrheit ist. Aber das beruhigt mich nur ein winzig kleines bisschen, weil sie meine Gefährten jetzt mit interessiertem Blick zu beäugen scheint.

„Es ist keine Störung, wenn man eingeladen ist, Schätzchen", sagt sie schließlich, ihr wunderschönes Gesicht ist von Schadenfreude durchzogen. „Oder zumindest hat Bernhard mir das so gesagt. Etwas von wegen, dass man mich vielleicht brauchen würde?"

König Cain sieht mit zusammengekniffenen Augen zu einer Tür. „Verstehe."

„Und dein Assistent auch", erwidert sie. Die Worte ergeben keinen Sinn für mich. „Raben eignen sich sehr gut dafür, wie ich höre."

„Ihr beide lästert zu viel", murmelt König Cain.

„Bist du eifersüchtig, dass er vor dir von meinen neuen Gefährten erfahren hat?", fragt sie und klimpert kokett mit den Wimpern.

„Nicht wirklich, nein. Ich war zu beschäftigt mit meiner eigenen Gefährtin."

Königin Helia schmunzelt und um ihre Augen herum bilden sich Lachfältchen. „Die ganze Zeit über war sie direkt vor deiner Nase."

„Fang gar nicht erst damit an", erwidert er.

Sie hält ihre Hände hoch. „Ich würde nicht einmal im

Traum daran denken." Ihrem Tonfall wohnt eine humorvolle Note inne, die König Cain einen Seufzer ausstoßen lässt.

Er murmelt etwas Unverständliches, aber irgendwie scheint es ihr zu gelingen, zu vernehmen, was er sagt, denn sie lacht.

Dann sagt er, etwas lauter: „Wie es scheint, würde Orcus gern mehr über Alinas Schwester erfahren. Im Gegenzug, glaube ich, bietet er an, meine Strigoi in Ruhe zu lassen." Er sieht meinen Alpha an. „Habe ich das richtig zusammengefasst?"

„Ja."

„Hervorragend. Helia?", fragt König Cain und sieht sie mit hochgezogener Augenbraue an.

„Wozu siehst du mich an? Hört sich nach einem Übereinkommen zwischen euch beiden an", meint sie.

„Und trotzdem hast du dich aus irgendeinem Grund dazugeschaltet", entgegnet er.

Sie grinst. „Ja, und ich habe sogar Popcorn bereitstehen." Sie streckt ihre langen, dunkelhäutigen Beine über ihrem Chaiselongue aus, sodass die Robe, die sie trägt, an ihren athletischen Beinen hochrutscht.

Der König der Elitestadt wirft ihr einen bewussten Blick zu. „Ich glaube, du wirst unsere Unterhaltung ziemlich langweilig finden, Helia." Sein Blick wandert zu Orcus. „Ich gehe davon aus, dass der Mensch aus demselben Dorf stammt wie Alina, richtig?"

„Ja", bestätigt Orcus. „Aus der Nightingale-Siedlung."

„Dessen bin ich mir bewusst."

Wirklich?, denke ich überrascht. Ich bin davon ausgegangen, dass er nicht die geringste Ahnung hat, wer ich bin, aber seine Aussage lässt darauf schließen, dass er mehr wissen könnte, als mir bewusst war.

König Cain lässt seine Hände in die Taschen seiner

gebügelten Anzughose gleiten und lässt sich nicht anmerken, was ihm durch den Kopf geht. Er fragt nur: „Wie lautet der Name der Schwester?"

„Serapina Everheart", erwidert Orcus, was meinen Magen sich unangenehm verkrampfen lässt.

Ich hatte erwartet, dass meine Befangenheit etwas vergehen würde, weil ich jetzt weiß, dass der König der Elitestadt eingewilligt hat, uns zu helfen, Sera aufzuspüren. Aber aus irgendeinem Grund geht es mir jetzt noch schlechter. Als würde meine Energie mit jeder Sekunde schwinden.

Geht es dir gut?, fragt Flame in meinen Gedanken. *Du siehst ziemlich blass um die Nase aus.*

Ich glaube … ich glaube, ich bin nur überfordert. Ich … ich habe meine Schwester schon über zwei Jahre nicht mehr gesehen und dachte, ich würde sie nie wiedersehen. Aber jetzt … Ich schlucke schwer. *Jetzt gibt es Hoffnung.*

Aber sollte mir das nicht ein gutes Gefühl geben?

„Einen Moment, bitte. Ich werde nach ihrer Akte suchen", sagt König Cain und verlässt das Zimmer.

Prinz Cage räuspert sich. „Hast du das so gemeint, was du gesagt hast?", fragt er mit Blick zu Orcus. „Dass du dich nicht dagegen sperren wirst, dass wir hierbleiben?"

„Ich würde mich sowieso nicht dagegen sperren", erwidert mein Alpha. „Aber was die Sache mit dem Hierbleiben angeht … Solange ihr aus freiem Willen hier seid und euch sicher fühlt, habe ich keinen Anlass, einzugreifen."

„Was ist mit Morpheus?", will Prinz Sabre wissen.

„Ich kann nicht für ihn sprechen", erwidert Orcus. „Aber ich kann versuchen, mit ihm zu reden, wenn ich in unser Reich zurückkehre. Trotzdem will ich, dass ihr wisst, dass ich keinen Einfluss auf seine Entscheidung habe. Ich kann nur ein gutes Wort für euch einlegen."

Prinz Cage legt seinen Kopf schief. „Das wüssten wir sehr zu schätzen, Gott Orcus."

„Und wir wissen es zu schätzen, dass du uns geholfen hast, dieses Treffen so schnell zu arrangieren, Prinz Cage", erwidert Orcus. Mythenfeen müssen sich bei niemandem für etwas bedanken, aber Orcus bringt ihm Respekt entgegen, indem er seine Dankbarkeit kundtut.

Mit seinen Gedanken verbunden zu sein, verschafft mir so viel mehr Einsicht in seine Taten und erklärt mir vieles über die Mentalität von Feen.

Es ist … eine verwirrende Welt.

Aber ich freue mich darauf, mehr über sie zu erfahren.

„Du hast uns keine andere Wahl gelassen", bemerkt Prinz Sabre mit einem fahlen Lächeln. „Reaper hat uns gesagt, dass wir das Treffen arrangieren sollen, ansonsten würden wir zurück ins Jenseits geschippt."

„Ich glaube, ich habe irgendwo in diesem Satz das Wort ‚könnte' benutzt", flötet Reaper, der neben mir steht. Seine Belustigung wärmt unser Band. „Es ist nicht meine Schuld, dass ihr meine Bitte als Forderung interpretiert habt."

Prinz Cage schnaubt verächtlich. „Deine ersten Worte waren, dass es so einfach ist, sich in unsere Zimmer zu schleichen, ohne bemerkt zu werden."

Reaper zuckt mit den Schultern. „Ich habe damit nur auf die mangelnden Sicherheitsvorkehrungen in diesem Turm hingewiesen."

„Und dann hast du gesagt, dass es für Orcus auch kein Problem wäre, sich in unsere Gemächer zu teleportieren", fährt Prinz Cage fort.

„Na ja, stimmt doch. Ich habe mir nur Gedanken darüber gemacht, wie wir das Treffen arrangieren könnten." Reaper legt ein zahniges Grinsen auf. „Ich jage dir doch nicht etwa Angst ein, oder, Cage?" Seine

Tätowierungen schlängeln sich über seine freigelegten Arme und die Drohung bildet einen starken Kontrast zum unschuldigen Tonfall, mit dem er die Frage gestellt hat.

„Hör auf, mit den Strigoi zu flirten", unterbricht Flame. „Du bist jetzt eine gebundene Fee." Er umschlingt meine Taille fester, was mich zum Kichern bringt. Es ist eine willkommene Ablenkung zur Übelkeit, die mich plagt.

„Zum Glück hat Alina drei Gefährten", erwidert Reaper trocken. „Denn wenn du das für Flirten hältst, werden ich und Orcus ihr die Bedeutung dieses Begriffs näherbringen müssen."

Flame gibt ein Knurren von sich. „Ich bin mehr als fähig, unsere Gefährtin zu befriedigen."

„Befriedigen und flirten sind zwei völlig verschiedene D…"

„Da hätten wir sie", unterbricht König Cain, als er mit einem Taschengerät ins Zimmer tritt. „Helia, ich werde den Bildschirm teilen."

Die Frau auf dem Bildschirm setzt sich in ihrem Chaiselongue auf, sodass das Licht ein einzigartiges violettes Schimmern auf ihrer dunklen Haut kreiert. *Oder ist das ihre Hautfarbe?*, frage ich mich und bewundere den violetten Schein.

Doch das Glimmen verblasst, als ihr Bildschirm zur einen Seite geschoben wird. Das Bild von ihr ist jetzt kleiner und hinter ihr poppt ein Dokument auf.

„Serapina Everheart", sagt König Cain. „Sie wurde vor zwei Jahren als Gabe auserwählt, ist aber zum Nightingale-Areal gebracht worden, nicht an die Nacht der Monster."

Zum Nightingale-Areal?, wiederhole ich in meinem Kopf. *Was ist das?*

„Das Zuchtareal", sagt Orcus. Es ist eine Aussage, keine Frage.

Zucht. Mein Magen verkrampft sich. *Was …? Was hat das zu bedeuten? Wurde sie von Monstern gezüchtet?*

Sie wurde für *Monster gezüchtet*, erwidert Orcus in Gedanken. Seiner mentalen Stimme wohnt eine düstere Note inne. *Das Nightingale-Areal ist der Ort, an den Sterbliche gehen, um sich zu vermehren.*

ALINA

„JA, DAS ZUCHTAREAL", sagt König Cain und bestätigt damit Orcus' Aussage. „Es gab in jenem Jahr zwölf Gaben aus dem Nightingale-Dorf. Nur zwei haben an der Nacht der Monster teilgenommen. Die anderen wurden zum Zuchtareal geschickt, um mehr ideale Gefährten zu schaffen."

König Cain drückt auf sein kleines Gerät, woraufhin noch mehr Informationen angezeigt werden. Aber ich bin zu verloren in dem, was er gerade gesagt hat – und Orcus' mentalen Anmerkungen –, um die Worte zu lesen, die auf dem Bildschirm auftauchen.

Meine Schwester ist zu einem Zuchtareal gebracht worden? Um … um mehr … potenzielle Gaben zu kreieren. Ist das … ist das so schlimm, wie es sich anhört?, frage ich mich und mir ist plötzlich speiübel.

Flame schlingt seinen Arm fester um mich und plötzlich kann ich seine Stimme in meinem Kopf vernehmen. Er sagt mir, dass alles gut werden wird.

Aber nichts an dem hier ist gut.

Meine Schwester …

Aber, wie …? Wie ist sie …?

Ich verstehe nicht.

Das ergibt keinen Sinn.

Ich … ich …

„Ja, dort wurden Alina und ihre Schwester auch geschaffen", sagt König Cain. Die Erwähnung meines Namens zieht meine Aufmerksamkeit auf das Gespräch zurück. „Sie wurden mit Sterblichen ins Dorf gebracht, um mit größerer Vorsicht aufgezogen zu werden, weil ihre Gene sie zu idealen Gaben gemacht haben."

„Genau das habe ich dir letzte Woche gesagt, als wir vom Vermittlungsprogramm gesprochen haben. Ideale Gaben werden an ausgewählte Sterbliche gegeben, um die Kinder aufzuziehen", ergänzt Königin Helia. „Einige dieser Sterblichen werden später für ihre Bemühungen belohnt, indem man ihnen Zutritt zur Elitestadt verschafft."

„Ja, wie es scheint, ist genau das mit Alinas Vormündern geschehen." Ein weiterer Bildschirm taucht auf. Auf ihm sind meine Eltern abgebildet.

Aber … aber sie haben eben gesagt, dass das gar nicht meine leiblichen Eltern sind. Sondern meine *Vormünder.*

„Ihr Todestag im Dorf ist etwas über zehn Jahre her. Jetzt leben sie hier in der Stadt." Auf dem Bild, das er mir von ihnen zeigt, stehen sie auf einer Veranda und tragen ähnliche Sachen wie andere an der Nacht der Monster.

„Verstehe." Orcus verrät nicht, was in ihm vorgeht, aber ich spüre, wie er meine Gedanken durchgeht und meinen emotionalen Zustand ermittelt.

Ich habe nicht die geringste Ahnung, was er in mir findet, denn ich weiß nicht so recht, wie … oder *was* ich fühle.

Benommenheit? Ja.

Übelkeit? Ebenfalls ja.

Verwirrung? Absolut.

Wut? Ein kleines bisschen. Oder vielleicht ... vielleicht sogar *sehr viel*.

Meine Eltern haben ihren Tod vorgetäuscht? Ich war noch nicht einmal zehn Jahre alt, als sie gestorben sind, Serapina gerade mal acht.

„Wie ich schon sagte, wir regieren die Dörfer nicht. Das ist die Aufgabe der Elite-Familien", murmelt Königin Helia. „Ob wir mit der Praxis einverstanden sind oder nicht, ist irrelevant. Aber ich kann sagen, dass es gut funktioniert hat, wie eure Verbindung mit Alina Everheart beweist."

Orcus erwidert nichts. Aber ich kann ihn in Gedanken zustimmen hören, auch wenn er diesen Umstand verabscheut. Denn nichts an dieser Praxis fühlt sich seiner Meinung nach richtig an.

Und nicht nur, weil ich in meinem eigenen Kopf brülle, wie ungerecht und wahnsinnig das alles ist.

Ich wurde auf einem Areal gezeugt.

Meine Eltern leben ... und sie sind nicht meine echten Eltern.

Sera ist jetzt auf demselben Areal.

Wird gezüchtet.

Und kreiert ...

Noch mehr ideale Gefährten.

Bei den Feen, mir wird gleich schlecht. Das ist mir alles zu viel. Es ist zu überwältigend.

„Wenn sie auf dem Areal ist, wie ist es ihr dann gelungen, Alina eine Notiz zu schicken?", will Reaper wissen. Seine Frage lässt mich erstarren. „Ich bin davon ausgegangen, dass sie Gefährten hat, die das Stück Papier auf magische Art und Weise in Alinas Zimmer platzieren konnten. Aber es hört sich ganz so an, als wäre das überhaupt nicht der Fall."

„Was für eine Notiz?", fragt Königin Helia, was meinen Magen sich noch mehr verkrampfen lässt.

Flame zieht mich fest an sich. *Ist schon gut, kleiner Panther. Wir brauchen diese Informationen, um deine Schwester zu finden. Etwas stimmt hier nicht.*

Obwohl ich ihm zustimme, habe ich immer noch ein flaues Gefühl im Magen. Alles um mich herum beginnt sich zu drehen. Alles steht kopf. *Ich …*

Reapers Stimme unterbricht meine Gedanken. Er wiederholt, was auf der Notiz gestanden hat. Doch das Einzige, was ich registriere, sind die Worte meiner Schwester in meinem Kopf, gesprochen von ihrer Stimme.

Es gibt eine Elitestadt. Finde eine alte Karte, Lina. Such nach Chicago. Ich werde auf dich warten.

„Darum wusste eure Gefährtin von Chicago", meint Königin Helia.

„Ja", erwidert Orcus knapp.

„Aber das ergibt keinen Sinn." Gefühlt geht mir das, was Königin Helia da gerade gesagt hat, schon Stunden im Kopf herum, obwohl es in Wirklichkeit vermutlich erst wenige Minuten sind.

Und es sind auch nicht dieselben Gedanken.

Denn sie spricht von der Notiz und ich denke dabei an die vorliegende Situation.

„Es ist durchaus möglich, dass Serapina diesen Brief geschickt hat, aber ich verstehe nicht, warum sie das tun würde", fährt Königin Helia fort. „Alina wäre nicht in der Lage gewesen, in die Elitestadt zu gelangen, auch wenn sie eine Karte gefunden hätte, auf welcher der alte Name von Chicago zu sehen gewesen wäre."

„Wenn so eine Karte überhaupt noch existiert", murmelt König Cain. „Ich habe diesen Namen schon über dreihundert Jahre lang nicht mehr gehört."

„Ganz genau", pflichtet Königin Helia ihm bei. „Also, was für einen Sinn hatte diese Notiz?"

„Anfangs haben wir angenommen, dass sie Alina dazu bringen sollte, sich aufzulehnen und sich mehr Einträge einzuhandeln, die in den Kelch für Gaben gegeben werden", sagt Orcus. „Aber langsam dämmert mir, dass das nicht der Grund gewesen sein kann. Es hört sich ganz so an, als würden die Sterblichen aufgrund ihrer Gene ausgesucht und nicht rein zufällig."

„Ganz recht. Herzog von Nightingale sucht die Gaben immer vor der Zeremonie aus", antwortet Königin Helia. Ihre Worte treffen mich wie ein Schlag.

Denn das bedeutet, dass ich nicht zufällig auserwählt wurde, sondern bewusst.

Und meine Schwester auch.

„Der Tag der Auswahl ist nur dazu da, dass der Dorf-Viscount seine Autorität ausüben und Angst schüren kann", ergänzt König Cain. „Einer der vormaligen Nightingale-Herzöge fand, dass Angst ein exzellenter Motivator ist, um sicherzustellen, dass die Dorfbewohner kooperieren und brav sind."

„Und auch das zeigt Wirkung", ergänzt Königin Helia. „Ob wir der Praxis nun zustimmen oder nicht …"

„Ist irrelevant", beendet Orcus den Satz an ihrer Stelle. „Ja, ich habe verstanden, dass euch egal ist, wie die Menschen in diesem Reich einander behandeln. Ein wirklich cleverer Weg, um euch der Verantwortung zu entziehen, die euch als höhere Spezies zufällt."

Königin Helia runzelt die Stirn. „Wir haben uns entschieden, uns nicht ins Schicksal einzumischen."

„Aber ihr schlagt Profit aus diesem Schicksal und belohnt die Sterblichen dafür, das erwähnte Schicksal herbeizuführen", flötet Orcus. „Aber ich bin nicht hier, um euch eine Standpauke zu halten. Wir sind hier wegen unserer Gefährtin und ihrer Schwester. Ihr habt erwähnt, dass Serapina sich auf dem Nightingale-Areal aufhält. Ich weiß, dass sich das ganz in der Nähe befindet. Wo genau ist es?"

König Cain und Königin Helia antworten nicht.

„Wenn ihr mir jetzt sagt, dass wir nicht in den Zuchtprozess der Nightingales eingreifen können, schätze ich, werden wir ein Gespräch über Moral und Ethik führen müssen", sagt Orcus. „Und als Gott werde ich diese Diskussion gewinnen."

Seine Gedanken verraten mir, dass er mit *Gespräch* und *Diskussion* nicht *Reden* meint. Er meint *das Einsetzen von Kraft.* Er wird um die Freiheit meiner Schwester kämpfen, weil es das Richtige ist.

Und er wird viel Infrastruktur zerstören, um Platz für diesen Kampf zu schaffen.

Für mich, staune ich. *Er will damit sagen, dass er diese Welt zerstören wird … für mich.*

Diese … Einsicht ist berauschend und mein Herz setzt mehrere Schläge lang aus. Denn Orcus könnte diese Drohung wahrmachen, und das wird er, wenn Königin Helia und König Cain nicht bald mit der Sprache rausrücken.

Reapers Gedanken sagen mir, dass er es kaum erwarten kann, Orcus in Aktion treten zu sehen und ist bereit, an seiner Seite zu kämpfen

Während Flame schon längst beschlossen hat, dass er sich verwandeln wird, um mich zu beschützen, während die anderen beiden sich um die Angelegenheit kümmern werden.

Diese Feen … bedeuten mir alles. Sie sind mein Ein und Alles.

König Cains Kiefermuskeln zucken und er sieht Königin Helia in die Augen. Dann öffnet er ein weiteres

Bild, auf dem der Name meiner Schwester obenauf steht.

Serapina Everheart.

Nightingale-Areal.

Zweite Etage.

Zimmer 37.

Genetische Merkmale …

Mein Blick streift über die wahllosen Zahlen und Buchstaben. Nichts davon ergibt irgendeinen Sinn. Irgendwann schaue ich auf das Foto darunter.

Und blinzle.

Dann sehe ich den Rotschopf mit haselnussbraunen Augen, der auf dem Bildschirm aufgetaucht ist, mit gerunzelter Stirn an.

„Das ist nicht meine Schwester", platze ich heraus und falle damit König Cain ins Wort. Etwas von wegen, dass er mit Orcus gehen müsste, um mehr über die Notiz in Erfahrung zu bringen.

Aber mir ist egal, was das bedeutet oder worauf er damit hinaus will.

Und mir ist auch egal, was sich bei Gesprächen gehört.

Denn diese Frau ist nicht meine Schwester. „Ihr Name steht sehr wohl auf der Akte, aber wenn das ein Foto von ihr sein soll, dann ist das nicht Seras Akte. Denn das da ist nicht meine Schwester."

Ich rufe mir meine Schwester ins Gedächtnis, um meinen Gefährten zu zeigen, wie sie aussieht. Sie müssen mir zuhören und verstehen, dass das da nicht Serapina ist.

„Sie … sie ist nicht meine Schwester", sage ich abermals und fühle mich noch benommener als zuvor.

Die Welt scheint vor meinen Augen zu verschwimmen, als ich mir Sera vorstelle. Ihr blondes Haar. Ihre strahlend blauen Augen. Ihr warmes Lächeln. Ihre zierliche Statur, die meiner ähnlich sieht.

Ich schließe meine Augen und versuche, sie vor meinem inneren Auge heraufzubeschwören.

„Alina", höre ich sie sagen.

Es fühlt sich so echt an.

Als würde sie direkt neben mir stehen.

Ich seufze, frustriert darüber, dass meine Gefährten mir nicht geantwortet haben. Und wütend darüber, dass auf dem Bildschirm eine andere Frau zu sehen ist.

Tatsächlich, nein. Ich bin geradezu fuchsteufelswild deswegen.

All diese Informationen ... All die Lügen über den Tag der Auswahl, der unnötige Stress der Zeremonie und die Tatsache, dass meine Eltern nicht wirklich meine Eltern sind ... Dass sie ihren Tod vorgetäuscht und mich und Sera um sie trauern haben lassen.

Um Monster-Gefährten zu schaffen.

Alles ... *alles* nur für die Nacht der Monster.

Diese Welt ... ist ein schrecklicher Ort. Ich will hier weg. Ich will, dass meine Gefährten mich hier weg und in ihr Heimatreich bringen, wo Sterbliche keine schrecklichen Schicksale widerfahren.

Aber zuerst muss ich meine Schwester finden.

Und um dieses Ziel zu erreichen, muss ich meine Augen öffnen und mich wieder am Gespräch beteiligen. Muss von diesem *König Cain* verlangen, mir zu sagen, wo ich Serapina finden kann.

Ich richte mich kerzengerade auf und mache den Mund auf, um einen Befehl von mir zu geben.

Doch dieser bleibt mir im Hals stecken, als ich die Augen öffne und in die mir wohlbekannten Augen meiner Schwester starre.

Sie gafft mich an.

Ich starre zurück.

„Bist du echt?", flüstert sie.

„Wie bitte?", frage ich und sehe mich im Garten um, in dem wir uns zu befinden scheinen. *Bin ich gestürzt und habe mir den Kopf gestoßen?*, frage ich mich. *Wie …?*

„Alina", sagt sie und erst jetzt dämmert mir, dass ich sie tatsächlich meinen Namen habe sagen hören. Weil sie wahrhaftig neben mir stand, als sie ihn gesagt hat. „Bist du echt?"

„Ja", erwidere ich. „Glaube ich, zumindest."

Es sei denn, das hier ist ein Traum.

Ein sehr realistischer, seltsamer Traum.

Sera macht zögerlich einen Schritt nach vorn und hebt ihre Hand, um über meinen Arm zu streicheln. Als ihre Handfläche auf meine Haut trifft, reißt sie die Augen auf. „Ach du grünes Monster", keucht sie und zieht mich zu sich. „Du bist hier. Du bist wirklich hier!"

Plötzlich umarmt sie mich und ihr Körper umgibt mich auf eine Art, wie es in einem Traum nicht möglich wäre. Ich kann sie *spüren*.

„Sera …", flüstere ich und schließe meine Augen.

„Lina", haucht sie zurück und umarmt mich fester.

Ich erwidere ihre Umarmung, bin überglücklich darüber, sie wieder in meinen Armen zu halten.

Meine Schwester.

Meine Familie.

Meine *Sera*.

Aber etwas … etwas stimmt nicht.

Es ist ein von meinem Instinkt geleiteter Gedanke in meinem Kopf, der mich davon abhält, den Augenblick vollends zu genießen. Etwas fehlt.

Nein. Nicht etwas.

Jemand. Mehrere Jemande.

Meine Gefährten. Ich schlage meine Augen auf und das

helle Haar meiner Schwester verschwimmt zusammen mit dem Garten, der uns umgibt. *Ich kann meine Gefährten nicht spüren …*

REAPER

Was. Zum. Teufel?

Alina stand eben noch direkt neben mir. Meine Hand hat auf ihrem unteren Rücken gelegen. Und jetzt … jetzt ist sie weg. Verschwunden. Sie ist nirgendwo zu sehen oder zu *spüren.*

Ich drehe mich im Kreis und suche nach ihr, während Orcus' Knurren den gesamten Turm erzittern lässt. Sein Schmerz trifft mich mitten ins Herz, was ich jetzt echt nicht gebrauchen kann. Nicht, wo Alina es doch gerade mit ihrem Verschwindeakt gebrochen hat.

Wo bist du, Haustier?, will ich wissen und meine Seele droht, alles und jeden in diesem Reich zu töten, um sie zu finden.

Flame, der neben mir steht – nur von der Leere, die unsere Gefährtin zurückgelassen hat, von mir getrennt –, ist genauso aufgebracht. Sein Biest tobt wie wild.

Ich nehme das Plärren der Alarme nur vage wahr. Und mir ist kaum aufgefallen, dass die Königin der Monsterstadt praktisch aus dem Bildschirm gestiegen und das Zimmer betreten hat.

Es herrscht Chaos.

Alle schreien.

Orcus' Lederjacke und T-Shirt liegen in Fetzen gerissen auf dem Boden und seine Flügel sind praktisch aus seinem Rücken geschossen.

Flame steht kurz davor, sich seine Kleidung vom Leib zu reißen und seine Bestie freizulassen.

Und ich ... drehe eine Klinge in meiner Hand herum.

Alles, während ich auf unsere Gefährtin fokussiert bin. Auf ihre Essenz. Ich kann sie noch immer riechen. *Diese köstlichen Erdbeeren ...* Es ist, als würde sich daraus ein Faden spinnen, dem ich mit meiner Seele folge, bis ich meine physische Gestalt ablege und die Ebene zwischen Leben und Tod betrete.

Wo bist du, Haustier?, frage ich sie abermals.

Also befindet sie sich noch immer in dieser Dimension. In dieser *Welt*.

Das Messer noch immer fest in der Hand schwebe ich durch das Zimmer und verstecke mich in den Schatten, eingenommen von der verweilenden Präsenz meiner Gefährtin.

Sie ist nicht in diesem Turm. Und auch nicht in der Stadt. Aber sie hat einen Teil von sich zurückgelassen. Einen Teil, der an einem Strang befestigt ist, der in einzigartige Magie getaucht ist.

Ich lege meinen Kopf schief und knie mich hin, um mir die seltsamen, seilartigen Zauber genauer anzusehen. Ganz wie ich, ist er nicht greifbar, stammt aber definitiv nicht von einer Todesfee.

Mythenfeen-Magie, dämmert mir, als ich den Hauch eines Manifestationszaubers darin erkenne. Sie ähnelt Orcus' Portalmagie, obwohl sie sehr spezifisch ist. Zugeschnitten darauf, spezifische Seelen zu erreichen. *Omega-Seelen, zum Beispiel.*

Ich kneife meine Augen zusammen. *Was bist du?* Ich greife nach dem Seil, um daran zu ziehen, doch als ich das tue, rauscht ein Stromschlag durch mein Wesen, der mich gegen die nahegelegene Wand klatscht.

Es folgt ein Knacken.

Nein. Das ist keine Wand. Das ist ein Fenster.

Und jetzt befinde ich mich wieder in greifbarer Form.

Flame knurrt. Seine Jeans und sein T-Shirt zerreißen, als er seine Jaguar-Form annimmt. Der Strigoi neben mir – Cage – wird von Flames riesigen Klauen zu Boden gedrückt.

Sabre schnellt nach vorn, bereit, die Formwandlerfee von seinem Liebhaber zu reißen, doch ich stelle mich zwischen die beiden und halte ihn davon ab, einen fatalen Fehler zu begehen.

„*Aufhören!*", schreie ich und meine tödlichen Stränge schießen aus meiner Haut und schlingen sich um alle in nächster Nähe, darunter auch Flame.

Knurrgeräusche erfüllen den Raum.

Knurrgeräusche, auf die ich mit meinem eigenen tödlichen Laut antworte, ehe ich *zudrücke*.

„*Hört. Auf.* Verdammt. Ihr alle."

Einige folgen meinem Befehl.

Aber Orcus … sein Blick ist auf Helia und Cain gerichtet. Seine Augen sind rot und seine ausgebreiteten Flügel sagen mir, dass er kurz davorsteht, großen Schaden anzurichten.

Es ist ihm egal, dass sie mächtige Adelige sind. Er ist ein Gott und er wird ihnen zeigen, was das bedeutet.

Also tue ich das Einzige, was mir in den Sinn kommt, und schreie: „*Monster.*"

Er erstarrt. Das Safeword ist wegen unserer Gefährtin tief in seiner Psyche verankert. Seine Alpha-Seite weiß, was das bedeutet. Weiß, dass er es nicht hören will. Weiß, dass es *wichtig* ist. Und es reicht geradeso, um ihn dazu zu bewegen, innezuhalten und mich anzusehen.

„Die Magie stammt von einer Mythenfee", sage ich zu ihm. „Ich kann sie in der Zwischenebene sehen. Und sie hat gerade versucht, mich aus dem Fenster zu werfen, verdammt."

Er dreht sich zu mir um. „Erklär mir das."

„Ich wünschte, das könnte ich", sage ich. „Aber Alina ist irgendwo hier. In dieser Welt. Ich kann sie spüren."

„Ich nicht", erwidert er zähneknirschend. „Es ist wie damals, als die Omegas verschwunden sind."

„Weil, was auch immer das hier ist, mit den Mythenfeen zusammenhängt." Dessen bin ich mir jetzt sicher. „Beruhigt euch, damit ich mich konzentrieren kann."

Ich warte nicht auf ihre Zustimmung, löse mich bloß in Luft auf und begebe mich auf die Jagd.

Es ist erst zwei oder drei Minuten her, seit Alina verschwunden ist, obwohl es sich wegen der Gefühlswallungen aller schon viel länger her anfühlt. Aber meine Seele versteht Zeitstrahle besser als die meisten.

Die Uhr tickt stetig.

Das Leben. Der Tod. Das Jenseits. Die Wiedergeburt.

Es ist ein Kreislauf. Einer, an den ich *sehr* gut gewöhnt bin.

Seelen sind mein Lebensinhalt und das mache ich mir jetzt zunutze, um Alinas Essenz erneut aufzuspüren. Sie ist fast schon gänzlich verschwunden, aber diese merkwürdige Magie wabert noch immer in der Zwischenebene.

Verweilt. Wartet. *Beobachtet.*

Es ist ein bizarrer Zauber. Einer der schon sehr lange hier ist.

Zweifelsohne Manifestationsmagie, beschließe ich und bewege mich vorsichtig auf das sanfte Schimmern zu.

Es wäre mir nicht aufgefallen, wenn es nicht die Überbleibsel von Alinas Seele umgeben hätte. Aber jetzt, wo ich es gespürt habe, kann ich das Summen der unbekannten Energie im ganzen Zimmer vernehmen.

Nein, denke ich und schwebe die Straße hinab. *In der ganzen Stadt.*

Stirnrunzelnd reise ich zur Hütte, die Orcus gebaut hat, und mustere die Zwischenebene dort.

Nichts.

Hier habe ich nicht das Gefühl, beobachtet zu werden.

Hier fühlt es sich nicht so an, als würde etwas verweilen.

Nur ... frische Luft und der Geruch unseres Nests.

Orcus' Essenz verweilt auch hier, weil seine Schöpfung viel Manifestationsmagie erfordert hat. Aber die fühlt sich frisch an. Potent. *Männlich.*

Ich kehre zurück zum Turm und meine Nase zuckt, als ich den uralten Zauber einatme, der die Zwischenebene beschmutzt.

Es ist kein überwältigender Geruch. Nicht neu. Und ganz bestimmt nicht männlich.

Wer, also, hat ihn hierher gebracht?, geht mir staunend durch den Kopf. *Und wann?*

Denn unsere Welten haben sich noch nie überschnitten, aber die Manifestationselemente sind ganz klar in den Bewegungen des Zaubers zu erkennen. Nur sehr wenige Wesen sind in der Lage, eine derartige Macht zu erzeugen.

Es sei denn, es gibt jemanden oder etwas in diesem Reich, das mächtiger ist als eine Mythenfee.

Ich begebe mich zurück in greifbare Form und will den König und die Königin über andere Wesen ausfragen, halte jedoch inne, als ich sie alle auf den Bildschirm starren sehe.

Wie es scheint, sehen sie sich Videoaufnahmen an. Orcus steht ganz nahe am Bildschirm, seine Flügel wieder zusammengefaltet und seine Arme vor der Brust verschränkt. Flame steht neben ihm, ein Handtuch um die Hüften geschlungen. Ich schätze, man hat es ihm gebracht, nachdem er sich zurückverwandelt hat.

Sabre, Cage und Cain stehen alle auf der anderen Seite des Zimmers und Cain hält eine Fernbedienung in der Hand.

Helia steht zwischen ihnen und mustert mit ihren dunklen Augen den Bildschirm.

„Die Aufnahmen stammen von dem Tag, an dem Serapina Everheart auf dem Areal angekommen ist", informiert Helia mich. Offenbar hat sie gespürt, dass ich zurückgekommen bin.

Ich bin nicht sicher, was sie ist. Obwohl sie vor Kraft nur so strotzt, ist ihre Aura nicht so mächtig wie Orcus'. Also kann sie nicht verantwortlich für den Manifestationszauber sein. Aber vielleicht ist sie in der Lage, uns dabei zu helfen, herauszufinden, wer dahintersteckt.

Denn ich ahne, dass dieser verweilende Zauber etwas mit dem Verschwinden unseres Mädchens zu tun hat.

„Alle Areale werden überwacht", fährt sie fort. „Und die Züge auch."

„Warum spielt das eine Rolle?", frage ich. Ich verstehe nicht, warum wir uns etwas ansehen, das vor zwei Jahren geschehen ist.

„Weil ich sehen will, welche Version von Serapina auf dem Areal angekommen ist", erwidert Orcus, ohne mich anzusehen. „Alina hat gesagt, dass die Frau auf dem Foto in der Akte nicht ihre Schwester ist. Wann, also, wurde sie ausgetauscht? Und hängt es damit zusammen, was wir gerade bezeugt haben?"

Ich war nur fünf Minuten weg, und schon hat der Alpha wieder seine Fassung gefunden. Das ist angesichts der derzeitigen Umstände beeindruckend, zugleich aber auch typisch für Orcus.

Er ist fuchsteufelswild und gleichzeitig am Boden zerstört. Diese beiden Gefühle führen dazu, dass er entschlossen ist, zu handeln.

Ich kann diese Reaktion verstehen, weil es mir genauso geht, und Flame sicherlich auch.

„Das da auf dem Bahnsteig ist der Sohn des Herzogs von Nightingale", sagt Cain zähneknirschend, seine Abneigung gegenüber dem Mann nicht zu überhören. „Er hatte früher die Verantwortung über das Nightingale-Areal."

„Früher?"

„Er wurde vor Kurzem von diesem Posten abgezogen." Die Aussage lässt mich meine Augenbraue hochziehen.

„Will heißen, dass er nicht für ein Gespräch zu haben sein wird, falls wir ihm ein paar Fragen stellen müssen?", will ich wissen.

„So in der Art", murmelt Cage, seine Abscheu für den Mann genauso spürbar wie Cains.

Es gibt nur einen Grund, aus dem die beiden Männer, die einander kaum kennen, *diesen Sohn eines Herzogs* als Feind ansehen würden: Er hat ihrer Gefährtin wehgetan.

Ich bemühe mich nicht, nach Details zu fragen. Ganz offensichtlich haben sie sich mit der Angelegenheit befasst.

Und ich habe jetzt wichtigere Dinge zu tun – zum Beispiel, Alina zu finden.

Aber ich stimme Orcus zu. Diese Information könnte hilfreich sein, wenn die beiden Vorfälle miteinander zusammenhängen.

Ist diese mysteriöse Energie auch dort?, frage ich mich, während ich zusehe, wie die Zugtüren sich vor den Toren des Areals öffnen. *Hat der magische Strang auch etwas mit Serapina zu tun? Hat er sie kurz nach ihrer Ankunft verschwinden lassen?*

Ich will gerade um die Aufnahmen vom Areal bitten – Alina ist nicht direkt verschwunden, was darauf schließen lässt, dass Serapina auch nicht umgehend verschwinden wird –, doch dann steigt eine Männergruppe aus dem Zug.

Keiner von ihnen ist die Frau, die ich in Alinas Gedanken gesehen habe, aber die Frau von den Fotos erkenne ich umgehend wieder.

„Sie wurde vor ihrer Ankunft ausgewechselt", spricht Orcus meine Gedanken laut aus. „Wer hätte das an Bord des Zuges in die Wege leiten können?"

Cain antwortet nicht umgehend, sein Blick auf den Bildschirm gerichtet, während er alte Zug-Akten und Routen aufruft.

„Alle Sterblichen, die am Tag der Auswahl im Nightingale-Dorf auserkoren werden, nehmen den Zug in die Monsterstadt, aber sie werden schon früh aussortiert, damit die offiziellen Gaben ausreichend gepflegt werden können."

Flame schnaubt, als er den Begriff hört. Denn sein Verständnis von *pflegen* weicht zweifellos von Cains ab.

Doch der König der Elitestadt erwidert nichts darauf. Stattdessen geht er die Akten weiter durch, während er erklärt, wie die Hochgeschwindigkeitszüge in dieser Region verkehren.

Mir ist herzlich egal, wie viele Halte sie einlegen oder dass es über ein Dutzend Gleise gibt, die über Haltestellen in mehreren Dörfern zwischen hier und der Monsterstadt verfügen.

„Es gibt nur ein Gleis, das keinen Halt zwischen den beiden Städten einlegt", sagt er. „Was bedeutet, dass alle anderen denselben Weg zurücklegen müssen, den sie gekommen sind: durch die jeweiligen Dörfer, wo sie ihre Reise angetreten haben."

„Also ist Serapina zurück in die Monsterstadt gefahren, hat aber nicht an der Nacht der Monster teilgenommen. Dann ist sie in ihr Dorf zurückgekehrt und dann weiter nach Chicago gereist", fasst Orcus Cains Erklärung zusammen.

„Ist es möglich, dass ein Übernatürlicher sie in der Monsterstadt abgegriffen hat?", will Flame wissen.

Ich verschränke meine Arme und warte auf die Antwort.

„Nein." Die Antwort kommt von Helia. „Das hätte ich gespürt."

Ich mustere die Frau interessiert. „Wie?"

Sie zuckt mit den Schultern. „Das ist ein Gesprächsthema für ein andermal. Ich will lieber die Aufnahmen vom Tag der Auswahl sehen. Ist sie überhaupt in den Zug gestiegen?"

Cain benutzt sein Gerät, um die Zugrouten wegzuschieben und beginnt durch ein Archiv zu scrollen, in dem sich die Aufzeichnungen der Auswahl-Zeremonien befinden.

Mein Blick fällt augenblicklich auf Alina, die in der Menge steht. Es spielt keine Rolle, dass ihr Gesicht von einem Schleier verborgen ist, ich erkenne sie trotzdem auf den ersten Blick. Und es sind nicht nur ihre Kurven, die ich wiedererkenne, sondern sie.

Sie steht stockstill da, während eine Frau in einem ähnlichen Hochzeitskleid auf die Bühne zugeht. Ihr blondes Haar sieht dem Rotschopf auf dem Foto nicht einmal annähernd ähnlich.

Wir alle schauen zu, wie sie zum Zug eskortiert wird, wie es bei Alina vor ein paar Wochen der Fall gewesen sein muss.

Ein aristokratischer Mann, den ich von letzter Woche wiedererkenne, wartet im Zug und wählt zwei Gaben aus. Offenbar verkehren sie mit Menschen, denn ein paar Typen in weißer Militärausrüstung machen einen Schritt nach vorn, um die beiden in einen anderen Zugteil zu bringen. Dann werden die übrigen Menschen in ein Abteil geschickt, das über nicht viel mehr als eine Gemeinschaftsdusche verfügt.

Cain spult etwas vor, an die Stelle, an der Serapina endlich ihren Schleier entfernt und darunter das Gesicht hervorkommt, das ich in Alinas Gedanken gesehen habe. Er pausiert die Aufnahme und sieht Orcus an.

„Das ist ihre Schwester", sagt er. „Was passiert danach?"

„Sie wird duschen und dann wird sie zum Laderaum geführt. Leider wird dieser Abschnitt für gewöhnlich nicht von Videokameras überwacht. Wir verlassen uns auf die Dorfschützer, um die Sicherheit der Fracht zu gewährleisten."

„Du meinst, ihr verlasst euch darauf, dass Sterbliche sich menschlich verhalten, wenn man ihnen Macht über andere ihrer Art gibt", korrigiert Orcus ihn. „Weil sich das in der Vergangenheit ja so gut bewährt hat."

„Wir mischen uns ni…"

„Ich bin nicht interessiert daran, darüber zu diskutieren, was moralisch korrekt ist oder mir eure Ausreden anzuhören, Helia", unterbricht Orcus. „Ich will nur wissen, wer Zugriff auf diese *Fracht* hatte, damit ich herausfinden kann, wann Serapina ausgetauscht wurde. Das wird uns dabei helfen, ihren derzeitigen Aufenthaltsort zu bestimmen. Denn wer auch immer sie hat, hat vielleicht auch Alina."

Ich stimme seinem Plan zu. Aber … „Bevor wir darauf eingehen, wer an Bord dieses Zuges war, will ich ganz genau wissen, wo dieser Zug hält", sage ich. „Und ich will wissen, wo sich das Nightingale-Areal befindet."

Denn ich will herausfinden, ob noch andere Areale von dieser magischen Essenz heimgesucht werden. Wenn ja, dann ist es durchaus möglich, dass es nicht jemand im Zug war, der Serapina ausgewechselt hat, sondern ein Wesen, das über ähnlich viel Macht wie eine Mythenfee verfügt.

Und dieses Wesen hält vermutlich auch unser Haustier gefangen. Oder zumindest haben wir jetzt eine heiße Spur. Orcus runzelt die Stirn, als er meine Forderung hört, sagt jedoch: „Gebt ihm, was er braucht. Aber ich will trotzdem eine Liste mit den Namen."

„Es würde schneller gehen, wenn ihr einfach mit dem Viscount von Nightingale sprechen würdet", sagt Helia mit ausdruckslosem Tonfall zu ihm. „Er heuert alle Dorfschützer an. Er wird wissen, wer an Bord dieses Zuges war. Teufel, vielleicht hat sogar er den Wechsel veranlasst. Er ist es, der Timothy auf Alina angesetzt hat, oder etwa nicht?"

Ich richte mich kerzengerade auf, als die dunkle Seele erwähnt wird, die ich in der Monsterstadt zurückgelassen habe. „Ich werde Timothy vernehmen", sage ich. „Ich muss sowieso im Turm vorbeischauen."

Weil ich überprüfen will, ob dieser mysteriöse Strang sich auch in der Monsterstadt finden lässt.

Orcus nickt. „Wenn sie dir gegeben haben, was du brauchst, geh und tu das, was du am besten kannst. Wenn der Sterbliche uns keine Hilfe ist, töte ihn." Er richtet seinen Blick auf Helia, dann auf Cain. „Also, wer von euch beiden kann mich diesem *Viscount* vorstellen?"

ALINA

Wo sind wir?, frage ich und sehe mich im Garten um. *Warum kann ich meine Gefährten nicht hören?*

Es ist, als befände ich mich in einer Blase.

In einer sehr farbenfrohen, lebensprühenden Blase voller Blumen.

Die Sonne über unseren Köpfen sendet warme Strahlen hinab, was mich noch mehr verwirrt, weil es in der Elitestadt durchwegs Nacht war.

„Ich kann nicht glauben, dass du hier bist", sagt meine Schwester und löst sich aus unserer Umarmung. „*Wie* bist du hierhergekommen?"

„Wo ist hier?", frage ich sie.

Sie legt die Stirn in Falten. „Wir sind in den Gärten von Demeter."

Ich blinzle sie an. „Wessen Gärten?"

„In meinen", spricht eine Frauenstimme zu meiner Linken, ehe eine Frau mit weißblondem Haar und weißem Kleid auf uns zu schwebt.

Buchstäblich zu *schwebt*.

Durch die Luft.

Sie läuft nicht. Ihre Füße schweben wenige Zentimeter über dem Boden und ihre Beine bewegen sich nicht.

„Hallo, Alina", grüßt die Frau und breitet ihre Arme aus. „Wie nett von dir, dass du dich uns endlich anschließt."

Ich starre zu ihr hoch. Denn sie ist groß – fast so groß wie Orcus. „Tut mir leid … Hast du mich erwartet?"

„Ja, schon eine ganze Weile. Aber der Herzog und diese idiotischen Dorfschützer haben alle versagt." Sie rollt ihre Augen. „Männer sind – wie nicht anders erwartet – eine echte Enttäuschung."

Ihre Füße berühren den Boden vor uns und sie streichelt eine Blume ganz in ihrer Nähe.

„Aber am Ende ist alles gut ausgegangen." Sie lächelt. „Ich wusste, dass du der Notiz folgen würdest. Du brauchtest nur einen kleinen Anstoß, um die Aufmerksamkeit des Herzogs zu erregen. Natürlich warst du etwas zu gut darin, da er dich an die Nacht der Monster geschickt hat. Aber das ist in Ordnung. Denn jetzt … bist du hier."

„Du hast mir die Notiz geschickt?", frage ich verwirrt. „Ich dachte, Serapina hätte sie geschrieben."

„Hat sie auch", erwidert Demeter. „Aber ich war es, die sie in dein Zimmer gelegt hat."

„Oh." Ich schlucke schwer. „Und du hast das alles getan, damit der Herzog mich als Gabe auserwählen würde." Ich formuliere das nicht als Frage, weil sie das bereits erklärt hat, aber ich muss die Worte laut aussprechen, um sie fassen zu können. „Weil du wolltest, dass ich hierherkomme", ergänze ich bedächtig. „Warum?"

„Um dich zu verstecken, natürlich." Sie legt ihren Kopf in den Nacken und stößt einen Seufzer aus. Die Sonne erhellt ihre andersweltlichen Züge. „Es ist wirklich frustrierend. Eure menschlichen Hüllen, meine ich. Ihr alle sterbt so früh, dass ich die Jagd immer wieder von Neuem beginnen muss. Und dann muss ich immer unangenehme Hüllen annehmen, um euch wiederzufinden."

Ich sehe meine Schwester an, will herausfinden, ob sie irgendeine Ahnung hat, wovon diese Frau spricht. Aber in ihrem Gesicht steht ein verträumter Ausdruck, als würde sie gar nicht zuhören. Ihre Aufmerksamkeit liegt voll und ganz auf den Blumen zu unserer Rechten.

Ich runzle die Stirn, als sie sich hinkniet und nach einer dahinwelkenden Blüte greift, bevor sie sie zu Boden legt und sie unter der Erde vergräbt.

„Ich bin mir sicher, dass Persephone dich gern in dein neues Leben hier einführen wird", sagt die Frau mit dem Piep. „Oder etwa nicht, Süße?"

„Ja, Mutter", sagt meine Schwester, was mich meine Stirn noch krauser ziehen lässt.

Persephone?

Mutter?

Was zum Teufel ist hier los?

„Hervorragend", sagt Demeter und legt die Hände ineinander. „Und zeig ihr auch gleich, wie man ein Bett aus Blumen macht. Ich bin mir sicher, dass sie sich etwas ausruhen möchte." Sie sieht mir mit ihren blauen Augen in meine und zwinkert mir zu. „Willkommen zu Hause, mein Schatz. Möge deine Seele wieder Frieden finden."

Sie greift nach meinem Arm und drückt zu, was mich um ein Haar zurückweichen lässt. Doch dann saust eine Schockwelle durch uns beide, die sie alarmiert einen Schritt zurück machen und die Augen aufreißen lässt.

„Das ist unmöglich", sagt sie keuchend und sieht auf ihre Hand, dann zurück zu mir. *„Das ist unmöglich."* Sie schnellt nach vorn und versucht, wiederholt nach mir zu greifen, doch es passiert dasselbe wie vorhin, was sie ein wütendes Kreischen ausstoßen lässt.

Serapina kommt umgehend auf die Beine. Der verträumte Ausdruck von eben ist ihrem Gesicht gewichen.

„Nein", sagt Demeter, ihr Blick auf meinem Bauch verweilend. „*Nein!*"

Sie hechtet auf mich zu, doch meine Schwester stellt sich zwischen uns.

Demeter kreischt abermals und der Boden beginnt zu beben.

Was zum …?!

Ein lauter Knall erfüllt die Luft, bevor der Himmel sich über unseren Köpfen öffnet.

Ich sehe mit offen stehendem Mund nach oben und springe weg, als, was nach einer Glasscherbe aussieht, vom Himmel fällt.

„Alina!", schreit Serapina.

Sie rennt in die entgegengesetzte Richtung und erhebt ihren Arm, um ihren Kopf zu schützen, während noch mehr Scherben vom Himmel auf uns niederprasseln.

Ich ducke mich hinter einen Busch und renne auf sie zu, bevor ich sie hinter einen Baum in der Nähe ziehe, während Demeter ein kreischendes Echo ausstößt. Sie ist verschwunden, aber ich kann sie *spüren* und hören.

„Was zur Hölle ist hier los?", will ich wissen.

„Ich weiß es nicht!", schreit meine Schwester zurück. „Ich …"

Auf dem Weg, auf dem wir eben noch standen, tut sich ein Riss auf, was uns beide einen Schritt zurückweichen lässt. Die Welt um uns herum bebt.

Blumen verwelken.

Der Himmel stürzt ein.

Die Bäume … wechseln ihre Farben und Formen.

Ist das hier ein Albtraum?, frage ich mich und drehe mich verwirrt im Kreis. *Alles fühlt sich so echt an.*

Aber nichts davon sollte möglich sein.

Dunkelheit kommt über uns. Die Sonne wird vom dunklen Himmel überschattet. Die Pflanzen verfärben sich schwarz. Serapina klammert sich an mich, während aus der Ferne Schreie zu vernehmen sind. Ich weiß nicht, zu wem sie gehören oder wo die betreffenden Personen sind, aber ihre Angst bricht mir das Herz.

Wo bin ich? Was passiert hier?

Alina? Orcus' Stimme in meinem Kopf zu hören, lässt mich blinzeln. *Alina, wo zum Teufel bist du?*

Alina!, schreien Reaper und Flame im Chor. *Wo bist du, Haustier?*, will Reaper wissen, während Flame fragt: *Geht es dir gut, kleiner Panther?*

Ich … ich weiß es nicht, erwidere ich und hoffe, dass sie mich hören können. *Es ist zappenduster hier.*

Aber meine Schwester ist immer noch bei mir. Ihre Arme sind um mich geschlungen, während die Welt weiter von Beben heimgesucht wird.

Ich kann sie spüren … und meine Gefährten auch.

Das ist kein Traum, geht mir durch den Kopf. *Es sei denn …*

Das ist kein Traum, Alina. Und jetzt konzentrier dich und sag mir, was passiert ist, verlangt Orcus.

Ich war in einem Garten, flüstere ich ihm zu. *Da war eine Frau. Oder etwas in der Art. Sie hatte blonde Haare und blaue Augen. Sie sagte, ihr Name sei Demeter, aber meine Schwester hat sie* Mutter *genannt. Dann hat sie mich berührt und …*

Und ich weiß auch nicht.

Ich kann nicht sagen, was gerade passiert ist.

Also zeige ich es ihm stattdessen.

Sein Knurren in meinem Kopf hört sich so wütend an, dass meine Beine zu zittern beginnen und ich damit hadere, aufrecht stehenzubleiben.

Wir kommen, verspricht er mir. *Ganz egal, was du auch tust, lass nicht zu, dass sie dich noch einmal anfasst. Es könnte sein, dass sie versucht, dem Baby Schaden zuzufügen.*

Ich reiße meine Augen auf. *Wie bitte?!*

Vertrau mir, sagt er. *Wo auch immer du bist, ich will, dass du dich versteckst. Hast du verstanden, Alina? Du musst dich* verstecken.

Seine Worte jagen mir einen eiskalten Schauer über den Rücken und mein Rachen fühlt sich plötzlich staubtrocken an.

Denn seinem Tonfall schwingt aufrichtige Angst mit.

Und seine Warnung, dass Demeter unserem Kind etwas antun könnte … hört sich ernst an.

Okay, erwidere ich. *Ich … ich werde mich verstecken.*

Aber … ich habe keine Ahnung, wohin ich gehen soll, weil ich nichts sehen kann.

„Alina", haucht meine Schwester.

„Schhh", sage ich, weil ich meine anderen Sinne schärfen muss.

Wo soll ich mich verstecken?, denke ich und schließe meine Augen, um meinen Geist zu beruhigen.

Wir sind an einem dunklen Ort.

An einem alten Ort.

An einem *warmen* Ort.

Ich atme ein und ziehe umgehend die Nase kraus, als mir ein bekannter, verbrannter Geruch in die Nase steigt. Aber darin erhasche ich auch den Hauch von Tannenbäumen. Der Duft stammt nicht von Flame, sondern von etwas anderem.

Von zu Hause, dämmert mir und ich verziehe das Gesicht. Es riecht nach Berglandschaft.

Der Duft erinnert mich aber eher an meine Hütte als daran, draußen an der frischen Luft zu sein.

Ich fühle mit den Füßen nach dem Grund. Meine

Tennisschuhe helfen mir, die Textur zu bestimmen. Würden wir auf dem Erdboden oder einem Teppich stehen, würden sie leicht einsinken. Auf Holzböden oder Fliesen aber nicht.

Hier ist Letzteres der Fall.

Wir sind in einem Gebäude, sage ich zu Orcus. *Vielleicht in der Nähe des Dorfes. Aber ich bin mir nicht sicher.*

Ich schlucke hart und öffne meine Augen wieder.

Jetzt kann ich ein paar Silhouetten erkennen. Es ist immer noch dunkel, aber nicht so finster wie noch gerade eben.

Die Bäume … sind Holzsäulen gewichen. Oder vielleicht sollte ich sie besser als *Stützpfeiler* beschreiben. Was es auch ist, wir scheinen uns in einem riesigen Saal zu befinden.

Die eine Wand besteht gänzlich aus Fenstern, durch die das Mondlicht einfällt, wenn auch nur ein kleines bisschen. Und deswegen ist der Großteil des Raumes auch in Schatten gehüllt.

„Oh, Alina", sagt eine Stimme mit tadelndem Tonfall. Dieses Mal ist es eine Männerstimme. „Ich wusste, dass dieses Mal etwas anders war, aber ich konnte nicht ganz bestimmen, was. Jetzt … jetzt habe ich es *berührt*. Ein Band. Ein verdammtes Alpha-Band."

Gänsehaut breitet sich an meinem ganzen Körper aus, als ich den wütenden Tonfall vernehme.

Jetzt hört sich die Stimme irgendwie bekannt an.

Es ist eine Stimme, die mich in meinen Albträumen heimgesucht hat, bevor ich meinen Feen über den Weg gelaufen bin.

Der Viscount.

Ich habe keine Ahnung, was er hier zu suchen oder was er mit der Sache zu tun hat, aber ich will nicht hierbleiben und es herausfinden.

Wir müssen uns verstecken. Wie Orcus es mir aufgetragen hat.

„Ich habe nicht die geringste Idee, wie er dich gefunden hat oder wer er ist, aber ich werde mich mit ihm befassen, wenn er hier ankommt" fährt der Viscount fort. „Und dann werde ich dich auch wieder heil machen."

Mir dreht sich der Magen, wenn ich daran denke, *heil gemacht* zu werden.

Aber ich weiß auch nicht, wie der Viscount glaubt, sich mit Orcus *befassen* zu können.

Der Viscount ist sterblich.

Es sei denn … Ich runzle die Stirn. *Ich war sterblich … und habe eine Omega-Seele.*

Und jetzt bin ich nicht mehr sterblich, sondern eine Mythenfee.

Eine *verpaarte* Mythenfee, in deren Bauch Leben heranwächst.

Nichts davon hätte möglich sein sollen, aber dennoch stehe ich jetzt hier.

Ist der Viscount auch ein Omega?, frage ich mich.

Das ist Demeter in der Gestalt des Viscounts, sagt Orcus zu mir, der meinen Gedanken offensichtlich gelauscht und vielleicht sogar vernommen hat, was der Viscount zu mir gesagt hat.

Aber Demeter war eine Frau, sage ich und ziehe die Stirn kraus.

Entweder tarnt sie sich als Viscount oder hat Kontrolle über ihn genommen. Was es auch ist, du musst dich verstecken, Alina. Lass nicht zu, dass Demeter dich findet. Da ist wieder dieser drängende Tonfall, der mich dazu bringt, mich in Bewegung setzen zu wollen.

Aber das tue ich nicht.

Weil ich fürchte, ein Geräusch zu machen.

„Zweitausend Jahre lang gab es keine Zwischenfälle.

Aber jetzt …" Der Viscount hört sich enttäuscht an. „Hast du irgendeine Ahnung, was das zu bedeuten hat, Alina?"

Sera, die neben mir steht, drückt meine Hand und erinnert mich damit daran, dass sie an meiner Seite ist.

Sie hat kein Wort von sich gegeben, aber ich kann ihre Anspannung spüren. Ich habe nicht die geringste Ahnung, was sie durchgemacht hat. Vielleicht hat Demeter sie die ganze Zeit über in diesem Garten festgehalten. Aber sie hat sie *Mutter* genannt.

Was hat das zu bedeuten?, frage ich mich erneut.

Doch es bleibt keine Zeit, um darüber nachzudenken.

Ich muss mich auf den Viscount und seine Stimme konzentrieren.

Er spricht mit merklicher Verärgerung davon, dass er jetzt noch einmal von vorn anfangen muss.

„Wenn die Alphas diese Dimension gefunden haben, ist sie nicht mehr sicher", sagt er. „Aber ich werde Zeit brauchen, um einen besseren Ort zu finden, um neu anzufangen. Ganz zu schweigen von all der Arbeit, die es erfordern wird, all die Seelen zusammenzutragen, die in dieser Dimension verstreut sind."

Ich bewege mich etwas zu einer Seite und mittlerweile haben sich meine Augen fast vollständig an die Dunkelheit gewöhnt.

Der Viscount scheint überhaupt nicht in diesem Zimmer zu sein. Seine Stimme kommt aus allen Richtungen. *Aus einer Sprechanlage, vielleicht?*

Ganz egal, *wo* wir sind, Sera und ich können nicht einfach mitten in einem Raum sitzen bleiben.

Wir müssen hier raus, denke ich und mustere die Fenster. *In den Wald.*

Denn vermutlich befinden wir uns auf dem Landgut des Viscounts, das sich hoch oben in den Bergen, mehrere Meilen entfernt vom Dorf, befindet. Sera und ich sind in diesem Wald aufgewachsen. Wenn wir es hier rausschaffen, können wir wegrennen.

Vorsichtig mache ich einen Schritt nach vorn und halte die Luft an. Als der Boden kein Knarzen von sich gibt, atme ich leise aus und mache einen weiteren Schritt.

Sera schleicht neben mir her und folgt mir.

Das erinnert mich daran, wie wir Sage früher durch das Dorf geführt haben, um sich mit dem Dorfschützer zu treffen, um an Medizin zu kommen. Sie hat immer meine Bewegungen nachgeahmt und war darum bemüht gewesen, leise zu sein. Dann, als wir mit dem Mann verhandelt haben, hat sie sich etwas von meinem Selbstbewusstsein abgeschaut.

„Dich werde ich als Letzte töten", informiert der Viscount mich mit unberührtem Tonfall. „So wirst du als Letzte wiedergeboren werden. Es ist nicht so, als wollte ich dich bestrafen, Schätzchen, aber ich muss sicherstellen, dass dein Band gebrochen wird. Ganz wie die anderen. Nur so können wir uns verstecken."

Dass der Viscount mich *Schätzchen* nennt, lässt mich erschaudern. Und seine übrigen Worte lassen mich die Stirn runzeln. *Verstecken? Wovor verstecken?*

„Hat dein Alpha dir unsere Geschichte erzählt?", fragt er mit beiläufigem Tonfall. „Wie die Alphas versucht haben, unsere Art zu Sklaven zu machen, um ihre niederen Bedürfnisse zu befriedigen? Um uns dazu zu zwingen, uns gegen unseren Willen fortzupflanzen?"

Ich verlangsame und blinzle. *Die Alphas haben Omegas versklavt?*

Hör nicht auf sie, sagt Orcus zu mir. *Demeter lügt wie gedruckt.*

Wovon redet sie da?, frage ich ihn. *Warum würde sie so etwas sagen?*

Weil sie die Dynamik zwischen Alphas und Omegas verabscheut.

„Es gab mehr Alphas als Omegas. Also haben sie sich ein System überlegt, das einer Manufaktur ähnelt. Eines, in dem Alphas Zirkel – oder *Rudel* – bildeten und jedes Rudel eine Omega-Sklavin erhielt."

Sie lügt, sagt Orcus eindringlich. *Du kennst mich, Alina. Du kannst meine Gedanken hören. Meine Erinnerungen sehen. Benutze mich, um ihre Lügen zu durchschauen.*

„Sie wollten mehr Omegas schaffen, indem sie sie züchteten. Aber es werden viel öfter Alphas geboren. Also haben sie damit nur noch mehr Monster geschaffen." Der Viscount spricht das zweitletzte Wort mit einem Zischen und voller Abscheu aus.

Sera und ich haben es mittlerweile zu den Fenstern geschafft, aber ich sehe keines, durch das wir hindurchklettern könnten.

Und außerdem ... horche ich.

Ich *spüre*, wie Orcus mir versichert, dass Demeter lügt, und ich glaube ihm.

Aber der Viscount – *Demeter* – scheint an ihre Wahrheit zu glauben.

Beinahe, als ob ... es geschehen wäre.

Orcus ...

Versteck dich, Alina, verlangt er. *Ich weiß, dass sie überzeugend wirkt. Du ... du musst dich verstecken, Kleine. Bitte. Wir sind auf dem Weg.*

Es erscheint mir seltsam, dass er noch nicht hier ist.

Er kann doch Portale heraufbeschwören.

Warum ist er noch nicht hier?

Ich frage um ein Haar, aber die kalte Hand auf meiner Schulter lässt mich herumwirbeln. Direkt hinter mir steht der Viscount, der mich mit seinen dunklen Augen und eindringlichem Blick ansieht. „Hallo, Alina. Lass uns deinem Alpha eine Lektion erteilen, hm?"

KAPITEL VIERZIG

ORCUS

„*VERDAMMT.*" Ich kann Demeter jetzt in Alinas direkter Nähe spüren, was mir sagt, dass sie nicht nur meine Omega berührt, sondern auch etwas mit ihr anstellt.

Etwas Tödliches.

„Wer ist dieses Miststück?", fragt Reaper, seine Sense in der einen, ein Schwert in der anderen Hand. „Sag uns, worauf wir uns einstellen sollen, Alpha."

„Sie ist ein Alpha", murmle ich. „Eine sehr besitzergreifende, wütende, übergeschnappte *Alpha*. Eine, die sich für die Mutter aller Omegas hält. Darum führt sie sich so auf, als wäre sie selbst eine, obwohl sie das ganz klar nicht ist. Sie sieht es als ihre Pflicht an, alle Omegas zu beschützen."

„Also … wird sie Alina nichts anhaben?", fragt Flame.

„Wenn Alina einen Alpha in sich trägt? Doch, wird sie. Und sie wird auch versuchen, mich zu verletzen", sage ich den beiden. „Sie hasst Konkurrenz und spielt nicht gern mit anderen Alphas."

Wie die Tatsache, dass sie offensichtlich alle Omegas in diese Dimension überführt hat, beweist. *Und sie versteckt hat.*

Diesen Teil ihres Gesprächs mit Alina habe ich mitbekommen.

Verdammt, ich habe *alles* mitbekommen.

Denn Alina hat die Unterhaltung praktisch in meinen Kopf übertragen, während sie darüber nachdachte, was Demeter ihr sagte.

„Sie war einst Teil eines Alpha-Rudels", sage ich zu Reaper und Flame. „Sie hatten einen männlichen Omega, der es geschafft hat, sie zu schwängern. Eine Omega namens Persephone war ihr Kind. Demeter hat … eine ungesunde Obsession gegenüber ihrer Tochter entwickelt."

Und soweit ich dem Gespräch entnehmen konnte, könnte es sein, dass Serapina vielleicht Persephones Seele in sich trägt.

Was die Angelegenheit noch schwieriger macht.

Wenn wir mehr Zeit hätten, würde ich meinen Bruder rufen, aber ich muss Alina sofort zurückbringen, bevor Demeter zu Ende bringt, was auch immer sie mit meiner Omega macht.

„Ihr Fokus wird auf mir liegen", denke ich laut und versuche einen Plan zusammenzustellen. „Ihr Hauptziel wird sein, mich zu überwältigen." Denn mich zu töten, ist keine Option. Genauso, wie ich sie nicht töten kann.

Mythenfeen können nicht sterben.

Aber wir können kampfunfähig gemacht werden. *Und gefangen.*

„Sie ist bereits geschwächt", fahre ich fort. „Was auch immer passiert ist, als sie Alina berührt hat, hat das Omega-Gefängnis zerstört, das sie hier, in dieser Dimension geschaffen hat."

Mit hier meine ich den Gutshof des Viscounts.

Reaper und ich waren beschäftigt damit, unseren jeweiligen Fährten nachzugehen, als wir das Band erneut an seinen Platz haben fallen spüren.

Er ist umgehend in die Elitestadt zurückgekehrt, wo Flame und ich uns über den Viscount schlaugemacht haben. Cain hat mit dem Herzog von Nightingale gesprochen, um ein Treffen zu arrangieren.

Offenbar hatte er die Kontaktdaten des Viscounts nicht, weil er außerhalb der Elitestadt wohnt und als Nicht-Elite-Sterblicher klassifiziert war. Wie es scheint, hat dieser Titel in der Elitestadt sehr wenig Gewicht.

Wie dem auch sei … der Viscount spielt jetzt eine wichtige Rolle.

Denn in ihm versteckt sich eine wütende Mythenfeen-Alpha.

Zum Teufel, es könnte gut sein, dass der Viscount schon immer Demeter war. Wer weiß das schon?

„Hast du irgendwelche Hinweise darauf gefunden, dass Timothy kontrolliert wurde?", frage ich Reaper und wundere mich, ob Demeter auch auf ihn Kontrolle ausgeübt hat.

Wenn es die Todesfee stört, dass ich das Thema wechsle, zeigt er es nicht. Er sagt nur: „Nein. Er bräuchte nicht manipuliert oder besessen zu werden; er ist von Haus aus eine dunkle Seele."

„Lebt er noch?", fragt Flame.

„Nicht mehr lange", sagt Reaper. „Ich war gerade dabei, seinen Geist zu durchforsten, als ich Alina spürte. Ich habe ihn zurückgelassen, um zu verrotten."

Das heißt, dass er nicht mehr lange leben wird.

„Wenn Timothy nicht besessen war, dann besteht die Möglichkeit, dass Demeter auf niemanden sonst Kontrolle ausgeübt hat. Das heißt, wir haben es nur mit ihr zu tun, und vielleicht mit ein paar fehlgeleiteten Sterblichen."

Aber den letzten Teil mit den Sterblichen bezweifle ich.

Demeter hält sich bestimmt für etwas Besseres als die Sterblichen und würde sie nur für niedrige Aufgaben benutzen. Zum Beispiel, eine Sterbliche wie Alina zu entführen. Aber ganz bestimmt nicht, um einen Gott zu bekämpfen.

„Wie willst du die Sache angehen?", fragt Flame, die Arme vor der Brust verschränkt, während er den Wald vor uns mustert. Wir sind weniger als eine Meile vom Landgut entfernt. Wir sind zu dritt gekommen, da wir den Standort unserer Gefährtin gespürt haben.

Aber ich habe kein Portal heraufbeschworen, das uns direkt zu ihr bringen würde. Stattdessen habe ich uns hierher bugsiert.

Wir brauchen einen Plan.

Und zwar einen guten.

Denn wir haben nur einen Versuch.

Ich habe gehört, was Demeter Alina in Bezug auf den Dimensionenwechsel gesagt hat. Anscheinend ist sie es, die für das Verschwinden aller Omegas vor zweitausend Jahren verantwortlich war. Wenn sie es einmal konnte, kann sie es auch ein zweites Mal tun.

„Okay", sage ich. „Ich habe mir gedacht …"

Ich offenbare ihnen meine Idee, die ein Überraschungselement beinhaltet.

Demeter ist auf mich fokussiert.

Sie weiß nichts von Reaper und Flame. Mag sein, dass sie allein nicht in der Lage sind, sie in die Knie zu zwingen, aber wenn wir als Gefährtenzirkel zusammenarbeiten, sollten wir in der Lage sein, die Oberhand zu gewinnen.

„Du dachtest anfangs, dass sie hinter Schloss und Riegel ist", sagt Flame, nachdem ich ihnen meinen Plan erklärt hatte – darin inbegriffen, wie man eine Mythenfeen-Seele einfängt.

Denn genau das werden wir tun müssen und sie dann in mein Heimatreich bringen, um sie in der Büchse der Pandora zu verwahren.

„Wie ist es ihr gelungen, zu entkommen?", hakt er nach.

„Ich weiß es nicht", gebe ich zu. „Aber ich schätze, es hat etwas mit der Auflösung ihres Gefährtenzirkels zu tun."

Es gibt viele Alpha-Rudel, die in der Büchse der Pandora gefangen sind. Jene Rudel, die Demeter gegenüber Alina erwähnt hat.

Sie hat meine Omega nicht komplett angelogen, aber sie hat die wahre Geschichte sehr stark ausgeschmückt.

Die Alphas haben nicht beschlossen, die Omegas zu versklaven. Ein paar uralte, übergeschnappte Alphas haben *versucht*, sie zu versklaven.

Zwölf Alphas, um genau zu sein.

Eine davon war Demeter. Aber Persephones Geburt hat sie verändert. Sie wurde mitfühlend und später besessen von ihrer Tochter.

Während diese Rudel ihre Omega-Gefährtinnen wieder und wieder benutzt und missbraucht haben. Aber bald schon reichte eine Omega nicht mehr. Sie wollten mehr. Doch all ihre Kinder waren Alphas.

Bis auf Persephone.

Sie war eine heiß begehrte Omega.

Als eines dieser Rudel Persephone ins Visier genommen hat, hat Demeter reagiert und ihnen gesagt, dass sie ihre Tochter nicht haben konnten. Aber sie akzeptierten das nicht.

Weil sie keine andere Wahl hatte, hat sich Demeter an ein anderes Rudel gewandt – eines, das ihre Omega verehrte und liebte – und flehte sie an, Persephone zu verstecken.

Bei diesem Rudel handelte es sich um jenes meiner Mutter.

Und meine Mutter war die Omega in ihrem Nest.

Sie erhörte Demeters Bitte.

Und so hat mein Bruder seine Persephone getroffen.

Aber bald darauf ging alles schief, denn die vier räuberischen Rudel haben Krieg über die anderen Alphas gebracht, um zu versuchen, ihnen ihre Gefährtinnen zu rauben.

Und dann verschwanden die Omegas.

Und die vernünftigen Alphas gingen davon aus, dass die Schicksale eingegriffen und ihnen die Omegas weggenommen hatten, weil sie schlecht behandelt worden waren.

Die Büchse der Pandora wurde kreiert, um die fehlbaren Alphas einzusperren – in der Hoffnung, dass die Schicksale dem Rest der Mythenfeen vergeben und die Omegas zurückbringen würden.

Leider ist das nie geschehen.

Und jetzt weiß ich auch, warum.

Demeter hat sie entführt.

Entweder wurde sie nie mit den anderen in die Büchse der Pandora geschlossen oder sie ist entkommen.

Letzteres besorgt mich, weil das bedeutet, dass sie uns auch jetzt wieder entfliehen könnte. Oder vielleicht sogar eine Gabe besitzt, die sie gegen uns verwenden könnte.

Genau darum fragt Flame und macht sich Sorgen. Er will damit sagen: *Wenn sie zuvor entkommen ist, könnte ihr die Flucht ein weiteres Mal gelingen?*

Und meine Antwort bleibt dieselbe: *Ich weiß es nicht.*

Aber wir werden es gleich herausfinden.

„Sobald sie überwältigt ist, werden wir …"

Die Härchen an meinem Nacken stellen sich auf und machen mich auf eine nahende Präsenz aufmerksam. Reaper richtet sich auf, erhebt seine Sense und Flame nimmt das Schwert in seine andere Hand. Beide sind zum Kampf bereit.

Aber der Glasspiegel, der sich vor uns auftut,

entstammt nicht Mythenfeenmagie, sondern einer anderen Kraft.

Kurz darauf erscheint Helias Gesicht darin und sie mustert unsere aggressive Haltung mit hochgezogener Augenbraue.

Dann schreitet sie gelassen durch das Glas. Cain folgt ihr.

„Ihr habt doch nicht geglaubt, dass wir euch ohne ein wenig Hilfe eine Schlacht auf unserem Gebiet austragen lassen, oder?", fragt sie in beiläufigem Tonfall. „Also, bringt uns auf den neuesten Stand, was diese *Göttin* angeht. Und verratet uns den Plan."

KAPITEL EINUNDVIERZIG

ALINA

„WAS MACHST du da mit meiner Schwester?", will Sera wissen. „Du tust ihr weh."

„Ich rette sie", zischt der Viscount. „Du hast nicht die geringste Ahnung, was ich durchgemacht habe, um dich und die anderen zu beschützen. Nicht den leisesten Schimmer. Also sitz schön brav da und lass mich meine Arbeit tun."

„Uns beschützen?" Sera lacht schnaubend. „Du ziehst unsere Namen einmal im Jahr aus einem Kelch am Tag der Auswahl und schickst uns an die Nacht der Monster. Inwiefern soll uns das *beschützen*?"

Der Viscount spöttelt: „Es gibt so vieles, was du nicht verstehst, Persephone. So vieles, was ich dir beibringen würde, wenn du nicht binnen einiger Jahrzehnte sterben würdest. Oder binnen einiger Jahre, dank deiner *Schwester*."

„Mein Name ist nicht Persephone", sagt meine Schwester zu ihr, und das verträumte Mädchen, das ich im Garten gesehen habe, ist längst fort.

„Das haben wir doch schon beredet, Schätzchen. Du …"

„Ich stehe nicht mehr unter deinem Bann", unterbricht meine Schwester. „Wer zum Teufel bist du wirklich?"

„Deine Mutter", knurrt der Viscount.

Meine Schwester schnaubt höhnisch. „Meine Mutter ist vor mehr als zehn Jahren gestorben."

Ich zucke zusammen, als ich das höre, weil mich das daran erinnert, was ich heute über die Zuchtareale erfahren habe.

„Deine sterbliche Mutter ist zwei Tage nach deiner Geburt gestorben", informiert der Viscount sie mit gefühlskaltem Tonfall. „Und dein Vater war ein Samenspender." Er setzt sich auf die Fersen und starrt zu meiner Schwester hoch. „Und wo wir schon davon sprechen ... deine *Schwester* ist nicht deine echte Schwester. Sie ist nur eine weitere Omega. Und eine undankbare dazu."

Sein Blick wandert zurück zu mir. Ich kann die Göttin, die in den Tiefen seiner dunklen Iriden lauert, fast schon erkennen. Ihre Kraft brodelt direkt unter der Oberfläche.

Ist das die intensive Kraft, die ich am Tag der Auswahl gespürt habe?, frage ich mich und sehe den Viscount jetzt in einem ganz anderen Licht.

Und dann wieder, als ich mit dem Herzog gesprochen habe?

„Du musstest dich einfach dem Alphaknoten hingeben, was?", sagt der Viscount kopfschüttelnd zu mir. Dann seufzt er und legt seine Hand an meine Wange. „Ist schon gut, Kleine. Ich vergebe dir. Ich weiß, wie willensschwach und töricht deine Art sein kann."

Willensschwach und töricht?, wiederhole ich in Gedanken. *Ich bin weder willensschwach noch töricht.*

Zugegeben, im Moment kann ich mich nicht bewegen, weil der Viscount ein unsichtbares Seil um mich geschlungen und an diesen Stuhl gebunden hat.

Aber das gibt mir nicht das Gefühl, *schwach* zu sein, sondern *gefangen*.

Etwas, das meine Seele dazu bringt, tief drinnen wuterfüllt zu knurren.

Der Viscount hat etwas mit mir gemacht, als er mich berührt hat. Etwas, das mich zu seiner Marionette gemacht hat.

Er hat mir gesagt, dass ich ihm folgen soll, und das bin ich.

Er hat mir gesagt, dass ich mich hinsetzen soll, und ich habe gehorcht.

Er hat mir gesagt, dass ich stillhalten soll, und ich habe nicht einmal daran gedacht, mich zu bewegen.

Aber jetzt, wo er mich *willensschwach* genannt hat, bin ich nicht mehr so sicher, ob ich stillhalten oder gehorchen oder mir das hier *gefallen lassen* will.

Ich bin nicht einmal sicher, warum ich es bis jetzt überhaupt getan habe.

Es ist, als hätte ich kurz mein Urteilsvermögen verloren, und als hätten mein Körper und mein Geist dem Wesen vor mir instinktiv vertraut. Ähnlich wie ich mich in jener Nacht in Orcus' Nähe gefühlt habe, als wir uns begegnet sind und er mich in den Armen gehalten und für mich geschnurrt hat.

Aber der Viscount schnurrte nicht.

Der Viscount hat mich nur … mit Worten zu sich gelockt. Und Berührungen.

Und dann hat er mein Band zu meinen Gefährten noch einmal angerührt, was die Stimmen in meinem Kopf hat verstummen lassen. Aber anders als vorhin im Garten, kann ich sie jetzt noch spüren.

Sie sind ganz in der Nähe, realisiere ich. Der Hauch ihrer vereinten Düfte kitzelt meine Nase. *Ein wunderschöner Sommertag.*

Ich schließe meine Augen und atme tief ein, lasse mich erneut von ihren Düften einnehmen. *Meine*, denke ich. *Meine Feen.*

Der Funken Leben in mir pulsiert daraufhin, zufrieden über ihre Anwesenheit.

Sie sind gekommen, um mich nach Hause zu bringen.

Ich kann ihre Absichten spüren, und ihre Wut auch.

Der Viscount hat sich etwas genommen, das ihm nicht gehört. Oder eher, die Göttin in ihm hat das.

Und sie sind gekommen, um diese Göttin für ihre Taten bezahlen zu lassen.

Ich kann den Plan in ihren Gedanken fast schon hören, doch das Kreischen meiner Schwester zieht mich aus der Verbindung und zwingt mich, mich wieder darauf zu konzentrieren, was in diesem Zimmer vor sich geht.

„Lass meine Schwester gehen!", verlangt Serapina.

Mir ist ihr Gespräch vollends entgangen und jetzt presst der Viscount meine Schwester gegen die Wand.

„Hör auf", verlangt er. „Ich muss mich konzentrieren. Und du kannst keinen Wutanfall haben, während ich versuche, einen Alpha zu fangen."

„Du tust ihr weh!", schreit Serapina, was mich die Stirn runzeln lässt.

Denn es geht mir gut.

Aber ... als ich nach unten blicke, wird mir bewusst, dass die unsichtbaren Fesseln sich in etwas anderes verwandelt haben. Elektrische Blitze flitzen über meine Haut und ich bin von Energie eingehüllt, die beunruhigende, weiße Schwaden in die Luft steigen lässt.

Mein Magen verkrampft sich und das Leben in mir flackert panisch.

Das Baby, denke ich. Die Einsicht trifft mich wie ein Schlag. *Sie ... Was auch immer das hier ist, sie versucht, dem Baby wehzutun!*

Serapina geht schreiend zu Boden. Der Viscount ragt über ihr und knurrt Worte, die ich nicht recht verstehe.

Alles dreht sich.

Meine Sicht trübt sich immer wieder.

In meinem Kopf macht sich ein drängendes Geräusch breit. Männerstimmen. Noch mehr Knurrgeräusche. Ich … ich kann nicht.

Ich schlucke hart.

Mein Bauch tut weh.

Mein Herz … es *schmerzt*.

Und meine Seele … meine Seele stößt ein *Knurren* aus.

Oder vielleicht sind das die Männer in meinem Kopf?

Es ist schwierig zu sagen, woher es kommt, aber ich spüre das Knurren an meinen Gliedmaßen hoch- und runterwandern. Spüre die Wut tief in mir. *Rieche* die Aggression.

Die daraus rührende Kraft umgibt mich. Ist in mir. Um mich herum verteilt. In der Luft. In meinem Herzen. Findet in meiner Seele Widerhall.

Ein Instinkt, der aus Besessenheit und Schutz rührt, nimmt mein Wesen ein und führt dazu, dass ich mich gegen die Fesseln wehre. Dass ich nicht aufgebe. Dass ich nach Freiheit verlange.

Mein Kind. Meine Schöpfung. Meine Zukunft.

Mich derart zu bedrohen, ist inakzeptabel. Die Kraft ist unbekannt und aufdringlich. Die Energie muss mich verdammt noch mal in Ruhe lassen.

Ich schiebe die Präsenz von mir weg. Kämpfe gegen die Seile an, die um mich geschlungen sind. Und verlange von dem Wesen, dass es mich *freilässt*.

Jemand brüllt. Es ist ein lautes, männliches Brüllen, das sich dann in ein weibliches Kreischen verwandelt.

Ich weiß nicht, was geschieht. Ich kann nichts sehen.

Alles ist weiß. Alles brennt und fühlt sich beengt an. Und ich habe das Gefühl, nicht atmen zu können.

Ich zwinge mich, einen Atemzug zu nehmen, und der Hauch von frischer Luft hilft mir, mich von diesem Nebel zu befreien, der mich ganz benommen macht.

Mach weiter, sage ich mir selbst. *Kämpfe dagegen an!*

Das Leben in mir erzittert und fleht mich an, es zu beschützen.

Ich darf nicht aufgeben.

Ich darf nicht zulassen, dass diese intensive Magie gewinnt.

Ich bin dazu gemacht, Leben zu erschaffen. Leben zu beschützen. In einer Welt zu erblühen, in der neue Schöpfungen entstehen.

Meine Füße treffen mit einem unerwarteten Dröhnen auf den Boden und ich richte mich kerzengerade auf, als die Welt um mich herum wieder klar in Sicht tritt.

Der Viscount – oder was noch von ihm übrig ist – liegt vor mir auf dem Boden.

Serapina sieht die Überreste mit geweiteten Augen an.

Dann, als sie nach oben blickt, reißt sie sie noch weiter auf. Ich folge ihrem Blick und mein Magen verkrampft sich, als die Göttin aus dem Garten mit tödlichem Blick einen Schritt auf uns zumacht.

Ihr Blick liegt auf mir.

Es ist klar, was sie vorhat.

Ich drehe mich um und renne davon. Mein Fluchtinstinkt überwiegt alles andere.

Gerade, als ich die Tür zum Zimmer erreiche, wird sie von meinen Feen aufgeschlagen. Orcus steht mit ausgebreiteten Flügeln vor den anderen beiden. Er sieht mich erleichtert an, bevor er zu realisieren scheint, dass ich verfolgt werde.

Mit einem Brüllen hechtet er auf Demeter zu und wirft

sie zu Boden. Reaper ist direkt hinter ihm und hält eine Sense in den Händen.

Flame kommt auf mich zu.

Er sagt nichts, hebt mich bloß in seine Arme und trägt mich davon.

„Nein!", schreie ich. „Ich muss sehen, was geschieht. Ich muss … Flame!"

Er hört nicht auf mich.

Ein schmerzerfüllter Schrei lässt ihn innehalten. Der Laut kam von Orcus.

Flame sieht auf mich hinab und ich starre zu ihm hoch. Seine Gedanken verraten mir, dass er versucht, eine Entscheidung zu fällen.

„Geh", verlange ich. *„Geh zu Orcus."*

Er knurrt.

Ich knurre zurück.

Dann stellt er mich ab und rennt zurück ins Zimmer.

Ich folge ihm. Mit rasenden Gedanken suche ich nach Orcus. Aber es ist meine Schwester, auf der mein Blick landet. Sie steht am Rand des Zimmers und verfolgt den Kampf mit zusammengekniffenen Augen.

Orcus hat einen Flügel verloren. Der Körperteil liegt am Boden, ganz in der Nähe von den Füßen meiner Schwester.

Er blutet.

Ich sehe nur eine verschwommene Mischung aus Blut, schwarzen Federn und einem gleißenden Licht, während er und Demeter versuchen, einander auszuschalten.

Reaper ist nirgendwo zu sehen.

Flame befindet sich in seiner Jaguar-Form und knurrt, während er abzuschätzen versucht, wie er in diesem Kampf am nützlichsten sein kann.

Bei den Feen, das ist nicht gut, denke ich, weiß nicht, wie ich helfen soll. Ich habe mich von den Fesseln befreit und etwas mit dem Viscount angerichtet, aber ich … ich weiß nicht, wie mir das gelungen ist. Oder *ob* das überhaupt mein Verdienst war.

„Das muss sofort aufhören, *Mutter*", sagt meine Schwester mit eiskaltem Tonfall und in ihrer Hand materialisiert sich eine Klinge.

Ich starre blinzelnd darauf, verstehe nicht, woher oder wie der Gegenstand sich in ihrer Hand materialisiert hat, aber er ist dennoch da.

Und sie hält die Klinge an ihren Hals.

„Wenn ich sterbe, wird meine Seele in dieser Dimension verbleiben", fährt sie mit gespenstig ebener Stimme fort. „Und du weißt, was das bedeutet."

Der Kampf endet abrupt. Demeter reißt sich von Orcus los und ihr Blick wandert zu meiner Schwester. „Persephone …"

„Er wird wissen, dass ich hier bin, Mutter. Er wird mich finden. Das tut er immer. Und das *wird* er auch immer."

„Persephone", sagt Demeter abermals, jetzt mit beruhigendem Tonfall, während sie ihre Arme ausbreitet und die Hände erhebt. „Tu das nicht."

„Warum nicht?", fragt meine Schwester und lässt die Klinge oberflächlich in ihre Haut dringen, um etwas Blut fließen zu lassen. „Vielleicht bin ich bereit, endlich nach Hause zurückzukehren."

„Das meinst du nicht so", sagt Demeter mit niedergeschlagenem Gesicht. „Du … du weißt, was er tun wird …"

„Tue ich das?" Serapina zieht selbstbewusst eine Augenbraue hoch. Diese Seite meiner kleinen Schwester habe ich schon ein paarmal gesehen. Sie ist nicht das Fräulein in Not, für das viele sie fälschlicherweise halten.

Sie mag zierlich sein, aber unter ihrer Fassade brodelt wilde Entschlossenheit.

Genau wie bei mir, denke ich.

„Vielleicht will ich, dass er diese Dinge tut", fährt meine Schwester fort.

„Persephone, *nein*", sagt Demeter, während Orcus sich lautlos hinter sie stellt. „Er wird dir wehtun. Das ist nun einmal, was Alphas tun. Sie nehmen immer nur. Es kann nicht sein, dass du das willst. Du willst das ganz bestimmt *nicht*."

„Soweit ich gesehen habe, bist es du, Mutter, die immer wieder *nimmt*. Du hast mich entführt. Hast mich hierher gebracht. Hast mich gezwungen, wieder und wieder zu leben und zu sterben, und wofür? Damit ich für immer bei dir bleibe? Um mich vor ihm zu verstecken? *Vor meinem Seelenverwandten?*"

Ich blinzle, weiß nicht recht, wovon sie da redet. Aber ich kann meiner Schwester ihre Wut ansehen – sehe das Inferno, das in ihren blauen Augen wütet.

Alles, während Orcus hinter Demeter eine Hand bewegt, um eine seiner Portaltüren zu schaffen.

Demeter bemerkt es nicht.

Ihre Aufmerksamkeit weilt voll und ganz auf meiner Schwester. Sie macht ein niedergeschlagenes Gesicht.

„Ich habe alles für dich aufgegeben", flüstert sie. „Alles. Siehst du das denn nicht?"

Meine Schwester neigt ihren Kopf zur Seite. „Was ich sehe, ist eine selbstsüchtige Göttin, die ihrer Tochter nicht zutraut, ihre eigenen Entscheidungen zu treffen."

Demeter öffnet ihre Lippen. *„Persephone."*

„Serapina", korrigiert meine Schwester und macht einen Schritt nach vorn, die Klinge noch immer an ihren Hals gedrückt. „Deine *Persephone* ist vor langer Zeit gestorben. Nur weil ihre Seele noch in mir steckt, heißt das nicht, dass ich noch sie bin. Ich bin eine eigenständige Person. Ich treffe meine eigenen Entscheidungen. Und im Moment entscheide ich mich dafür, *das* hier zu tun."

Ich renne um ein Haar auf sie zu, beunruhigt, dass meine Schwester sich vielleicht wirklich den Hals aufschlitzen könnte.

Aber stattdessen erhebt sie die Klinge.

Und sticht der Göttin ins Herz.

Demeter ringt nach Atem und stolpert rückwärts, bevor eine Sense aus dem Nichts erscheint und sich in ihrem Unterleib versenkt.

Dann schnellt Flame mit ausgestreckten Klauen hervor und schubst sie durch Orcus' Portaltür.

Mein Alpha folgt ihr, dann zerbricht der Spiegel hinter ihm.

Ich lege meine Hand auf meinen Mund und blinzle.

Gerade, als die Knie meiner Schwester nachgeben, erscheint Reaper und fängt sie mit seinen starken Armen auf, bevor sie zu Boden stürzt. In der nächsten Sekunde stehen sie neben mir. Er hat sie mittels seiner Schatten zu mir gebracht.

Sera bricht schluchzend zusammen und lehnt sich an mich. Ihre Angst und Verwirrung überkommen mich schlagartig. Sie war so stark, so *mutig*. Aber jetzt … jetzt holen sie ihre Emotionen ein.

„Was habe ich da gerade getan?", flüstert sie mir zu. „Was zum Teufel habe ich da getan?"

„Du hast eine verrückte Göttin in ihre Büchse zurückgesteckt", erwidert Reaper.

„Meine … meine Mutter?", fragt sie zitternd.

„Für die hält sie sich zumindest", sagt Reaper zu ihr. „Und du hast uns geholfen, dieses Gedankengut zu unserem Vorteil zu nutzen."

Ich blinzle und plötzlich verstehe ich. *Ihr habt ihr eingeflüstert, was sie sagen soll,* meine ich zu Reaper.

Ja. Demeter hält deine Schwester für ihre wiedergeborene Tochter. Es war Orcus' Idee, diesen Umstand gegen Demeter zu verwenden, um sie genug zu schwächen, damit wir sie zurück ins Mythenfeen-Reich bringen können.

Ich schlucke hart, meine Hand an den Kopf meiner Schwester gelegt. *I...ist sie Demeters Tochter? Diese ... Persephone?*

Schwierig zu sagen. Orcus meint, dass es durchaus möglich ist. Aber er hat auch gesagt, dass er deiner Seele noch nie begegnet ist. Es ist also gut möglich, dass die Omega-Seele nicht identifizierbar ist und jedes Mal ... in jemand anderem wiedergeboren wird. Er sieht zu Flame zurück, der in seiner menschlichen Gestalt auf uns zukommt. Er trägt kein Hemd, scheint aber irgendwo eine Jeans gefunden zu haben.

„Du hattest eine einzige Aufgabe", sagt Reaper zu ihm. „Und die war, unser Mädchen zu beschützen."

„Meine Aufgabe wird immer sein, zu tun, was Alina mir aufträgt. Und sie hat mir gesagt, zu Orcus zurückzugehen und ihm zu helfen." Er zuckt mit den Schultern. „Ich finde, ich habe gute Arbeit geleistet."

Ja, hast du, murmle ich in seine Gedanken, dankbar, dass ich all meine Gefährten wieder problemlos hören und fühlen kann. Und das ist nicht alles, was ich spüre.

Das kleine Leben in mir pulsiert zufrieden und weilt sicher und wohlbehalten in meinem Unterleib.

Denn wir haben überlebt.

Und meine Schwester ist auch hier, denke ich, während ich sie an mich drücke.

Sie hat aufgehört zu weinen und zittert jetzt nur noch ein kleines bisschen, als könnte sie nicht recht glauben, was passiert ist.

„Du bist jetzt in Sicherheit", verspreche ich ihr. „Und ich werde dafür sorgen, dass ich dich nie wieder verliere."

Sie schlingt ihre Arme fester um mich, sagt aber nichts. Sie hält mich nur in ihren Armen. Also umarme ich sie zurück.

Alles wird gut, denke ich in ihre Richtung und zum Baby in mir. Und jetzt wird mir tief drinnen klar, dass ich nicht nur daran glaube, sondern dass ich *weiß*, dass dem so ist.

Denn diese Feen sind jetzt mein Lebensinhalt.

Und sie werden immer tun, was nötig ist, um mich, unser Kind und unsere Familie zu beschützen.

Zu der auch meine Schwester gehört.

Es ist mir egal, was die Göttin über unsere Eltern gesagt hat, und dass wir vielleicht nicht einmal wirklich miteinander verwandt sind. Was zählt, ist unser Schwesternband.

Und das kann uns niemand nehmen.

Nicht jetzt oder jemals wieder. Wir sitzen im selben Boot. *Bis ans Ende unserer Tage.*

KAPITEL ZWEIUNDVIERZIG
ORCUS

ÜBER EINE STUNDE SPÄTER ...

„DAS HAT SPAß GEMACHT", sagt Helia, während Reaper und ich an die frische Luft treten.

Flame ist immer noch bei Alina und ihrer Schwester. Die beiden Frauen sind tief ins Gespräch darüber vertieft, was passiert ist.

„Ich habe dir gesagt, dass wir eure Hilfe nicht brauchen werden", flötet Reaper.

„Wer, glaubst du, hat Kontrolle über die Dorfschützer genommen und dafür gesorgt, dass sie keinen Wind vom Kampf bekommen?", fragt sie mit hochgezogener Augenbraue.

„Ich dachte, du würdest dich nicht in menschliche Angelegenheiten einmischen", schieße ich zurück.

Sie zuckt mit den Schultern. „Jemand hat vorgeschlagen, dass übernatürliche Wesen die moralische Verpflichtung haben, unter gewissen Umständen in einige Situationen einzugreifen. Ich habe beschlossen, dass diese Situation eine von diesen ist."

„Helia wollte einigen der Nightingale-Dorfschützer nur eine Lektion erteilen, nachdem sie erfahren hat, was sie einem ihrer Gefährten angetan haben", unterbricht Cain, der mit den Händen in den Taschen seiner Anzughose einen Schritt nach vorn macht. „Ich habe ihr nur bei der Arbeit zugesehen."

„Er wollte sein kostspieliges Outfit nicht schmutzig machen", erwidert Helia.

Aber ich hänge immer noch daran, was Cain gerade über ihre *Gefährten* gesagt hat. „Deine Gefährten stammen aus demselben Dorf wie Alina?"

„Sie sind nicht nur aus demselben Dorf, sondern wurden auch für dieselbe Nacht der Monster auserwählt", erwidert sie. „Vielleicht verstehst du jetzt, warum ich unser Treffen verschieben musste."

Ja, tue ich, denke ich.

„Und vielleicht erklärt das auch, warum ich zum Abendessen eingeladen habe", ergänzt sie mit einem Lächeln auf den Lippen. „Bartholomew und Miranda haben sich Sorgen um Alina gemacht. Ich wollte ihnen die Sorgen nehmen, indem ich ihnen zeige, dass sie sicher und geborgen ist."

Bartholomew und Miranda?, fragt Alina in meinen Gedanken. *Habe ich das richtig gehört?*

Ich muss die Namen in Gedanken wiederholt und Alina diesen Teil der Unterhaltung offenbart haben. *Königin Helia hat sie gerade erwähnt. Anscheinend sind sie ihre neuen Gefährten.*

Ein überraschtes Kribbeln saust durch unser Band. *Wirklich?*

Willst du Beweise?, frage ich neugierig. *Denn ich kann gern welche verlangen.*

Ihre Belustigung kommt mit einem Hauch Erschöpfung durch. *Wenn ich ehrlich bin, will ich einfach nur ein*

Schläfchen machen.

Hm. In unserer Hütte? Im Turm? Oder ... würdest du gern nach Hause reisen?

Sie antwortet nicht umgehend, geht zuerst die Möglichkeiten durch. Dann entscheidet sie sich für die, die mir das Herz am meisten wärmt. *Nach Hause, bitte.*

„Ich fürchte, wir werden dieses Abendessen auf ein andermal verschieben müssen", sage ich zu Helia. „Unsere Gefährtin sagt, dass sie nach Hause will."

Reaper lächelt. „Endlich. Diese Dimension lässt echt zu wünschen übrig."

Helia und Cain sehen ihn wortlos an.

„Was?", fragt er. „Keine Chicago Pizza. New York City sieht aus wie ein Dschungel aus Metall. Eure Sterblichen benutzen das Wort *Monster* in Verbindung mit Übernatürlichen in diesem Reich ... Was verdammt unhöflich ist, übrigens. Und ihr habt all diese Regeln, die keinen Sinn ergeben. *Die dunklen Seelen weiterleben lassen. Keine Cupcakes stehlen. Sich nicht ins Verlies zaubern, um Menschen zu foltern. Bla. Bla. Bla.*"

Reapers miserable Nachahmung der Stimme von Helia lässt ein Lächeln an meinen Mundwinkeln zupfen. Ganz offensichtlich versucht er, sie nachzuäffen.

„Sag, was du willst, über unsere Dimension, aber du hast deine Gefährtin hier gefunden", erinnert Helia ihn. Ihr Blick ist auf mich gerichtet, während sie das sagt. „Und alle diese Omegas waren auch hier. Vorausgesetzt, ich habe dieses Gespräch richtig interpretiert."

Offensichtlich hat sie uns belauscht, als ich Reaper und Flame auf den neuesten Stand gebracht habe, nachdem ich in diese Dimension zurückgekehrt war.

„Und?", hatte Reaper gesagt, sobald ich erschienen war.

„Wie erwartet, hat Ares meine Ankunft gespürt",

sagte ich. „Er hat Demeter in Gewahrsam genommen und wird ihre Seele verwahren." Das ist seine Hauptaufgabe als Wärter des Mythenfeen-Verlieses. „Ich glaube, er hat sich darauf gefreut, etwas zu tun zu haben."

Natürlich hatte der Geruch von Omega an mir und Demeter sein Interesse geweckt, was wiederum zu einer Unterhaltung über die neue Dimension geführt hat.

Ich informierte Reaper und Flame über die neuesten Erkenntnisse und beendete meinen Bericht mit: „Es wird ein Vermittler vonnöten sein. Die Alphas werden die verschwundenen Omegas jagen wollen."

„Was ist mit jenen, die sich hier, in Demeters Garten, aufhalten?", hat Flame gefragt und sich damit auf die wenigen verängstigten Sterblichen bezogen, die er in einem Nebenzimmer zusammengeschart in der Ecke kauernd vorgefunden hatte.

„Die ernannte Kontaktperson wird sich darum kümmern." Es werden einige sehr feinfühlige Gespräche nötig sein, ähnlich wie jene, die ich mit Alina geführt habe. Aber diese Omegas werden vermutlich ins Reich der Mythenfeen überführt, um aufgeklärt zu werden."

„Eine Mythenfee wird sich bei euch melden", sage ich jetzt zu Helia. „Ich weiß nicht, wer es sein wird, aber ich kann mir gut vorstellen, dass die neue Kontaktperson schon sehr bald auserwählt wird."

„Und er oder sie wird hierherkommen?"

Ich nicke. „Ich habe jemandem ein paar Anweisungen gegeben." Dieser *Jemand* ist Ares. Er wäre mit mir zurückgekommen, aber er kann das Verlies nicht verlassen.

„Dann, schätze ich, werde ich hierbleiben und den Neuankömmling willkommen heißen", erwidert Helia.

Ich will gerade sagen, dass ich mich auf unserem Rückweg mit Ares kurzschließen werde – da wir durch das

Verlies reisen werden –, doch dann werde ich von der Ankunft einer weiteren Mythenfee unterbrochen.

Helia scheint es auch zu spüren, denn sie zieht ihre Augenbraue abermals hoch. „Das ging ja schnell."

In der Tat, denke ich und kneife meine Augen zusammen. *Zu schnell.*

Reaper, der neben mir steht, erstarrt und wirkt plötzlich alarmiert. Vermutlich, weil er mein steigendes Unbehagen spüren kann.

Ich kenne diese Aura. Ich drehe mich um, um reinzugehen. Die Energiespur verweilt ganz in der Nähe meiner Omega.

Aber Alina scheint nicht verängstigt.

Viel eher scheint sie … gelassen. *Zu* gelassen.

Alina?, hauche ich in ihre Gedanken.

Es geht mir gut, versichert sie mir.

Dennoch kann ich nicht umhin, meine Alpha-Form anzunehmen, während ich mich auf sie zubewege. Meine Flügel, die beide wieder voll funktionsfähig sind, finden zurück in ihren astralen Zustand, ähnlich wie bei meiner Ankunft in diesem Reich. Normalerweise ziehe ich es vor, sie freizulassen – was bedeutet, dass ich mein Hemd ausziehen muss. Aber etwas an dieser Aura … nimmt mir die Nervosität. Sie scheint mich zu besänftigen.

Es gibt nur ein einziges Wesen in der Welt, das mir dieses Gefühl je gegeben hat.

„Mutter", keuche ich und gehe um die Ecke. Da steht sie, direkt neben meiner Gefährtin.

Es ist nicht ihre menschgewordene Seele, sondern sie. *Rhea.* Die Omega-Göttin, die mich und Hades geboren hat.

Sie dreht sich zu mir um, ihr langes braunes Haar mit goldenen Bändern über den Rücken geflochten. „Mein

Sohn", sagt sie mit Tränen in den Augen. „Du hast sie gefunden. Du hast die Omegas gefunden."

Ich eile auf sie zu, um sie in meine zitternden Arme zu schließen, und sie umarmt mich zurück.

Sie lebt. Meine Mutter lebt.

Ich kann Alinas Emotionen vernehmen. Ihr Herz klopft wie wild, als sie bezeugt, wie ich meine Mutter zum ersten Mal seit über zweitausend Jahren wieder in die Arme schließe. Sie kann spüren, was in mir vorgeht und meine Gedanken hören. Und ich weiß auch, dass sie die Erinnerungen in meinem Kopf sehen kann. Darunter auch jene an den Tag, an dem ich meine Mutter verloren habe.

Eine Verzweiflung wie keine andere, hatte meine Seele ergriffen. Es war ein Gefühl, das ich nie wieder empfinden wollte.

Aber das habe ich.

Gestern Nacht – da es mittlerweile frühmorgens ist –, als ich meine Gefährtin für verloren geglaubt hatte.

Aber es ist nicht nur Alina, die wohlauf ist, sondern auch meine Mutter. „Wo warst du?"

„Ich habe mich versteckt", flüstert sie. „Und gewartet."

„Warum?", frage ich entrüstet. „Warum bist du nicht zu uns gekommen? Warum hast du uns nichts *gesagt*?"

„Ich habe es versucht", erwidert sie. „Aber diese Dimension ist so anders als unsere. Und ich konnte nicht riskieren, zurückzukehren, ohne dass Demeter Wind davon bekommen würde. Also bin ich geblieben, habe mich versteckt und mein Bestes getan, um sie alle auf meine Art zu beschützen."

„Also warst du hier", realisiere ich. „In diesem Reich."

Sie schwenkt ihren Kopf hin und her. „So in der Art. Ich war … überall." Es ist eine kryptische Antwort. „Aber vor Kurzem habe ich deinen Bruder gespürt und wusste, dass einer von euch beiden hierherkommen würde. Und jetzt, wo du hier bist, kann die wahre Jagd beginnen."

„Was?"

„Es gibt noch mehr Omegas hier", sagt sie. „Tausende von ihnen, mein Sohn." Sie dreht sich um und ihr Blick wandert zu jemandem hinter mir. „Hallo, Königin Helia."

„Rhea", erwidert sie, als würde sie die Frau kennen. „Ich hätte wissen sollen, dass du deine Finger im Spiel hattest."

Meine Mutter lächelt bloß. „Ich nehme an, dass du nichts dagegen hast, wenn ich die Kontaktperson zwischen den beiden Dimensionen bin?"

„Als könnte ich dich davon abhalten, zu kommen und zu gehen, wie dir beliebt, selbst wenn ich das wollte", flötet Helia.

„Genau das habe ich auch gedacht", meint meine Mutter mit Schalk in den Augen. „Na dann, ich habe eine Menge Arbeit vor mir. Und du auch." Der letzte Satz ist an mich gerichtet, denn jetzt sieht sie wieder mich an. „Deine Omega ist schwanger, Orcus. Sie braucht ein Nest. Was macht ihr noch hier?"

Es sieht meiner Mutter ähnlich, zweitausend Jahre lang von der Bildfläche zu verschwinden, nur um dann aus heiterem Himmel aufzutauchen und in den ersten paar Minuten nach unserem Wiedersehen Forderungen zu stellen.

Natürlich ist es eine Forderung, der ich nur zu gern nachkomme.

Ich werde zu einem späteren Zeitpunkt in Erfahrung bringen, was für eine Geschichte sie und Helia verbindet.

Fürs Erste habe ich eine Gefährtin zu beschützen und zu ehren.

Und einen Bruder, den ich auf den neuesten Stand bringen muss, denke ich, bereits beim Gedanken daran erschöpft.

Ich werde mich bei ihm melden, nachdem ich Alina in ein neues Nest gebracht habe.

„Kann Sera mitkommen?", fragt Alina mit hoffnungsvollem Blick.

Die Frage ist nicht an mich gerichtet, sondern an meine Mutter.

„Selbstverständlich, Schätzchen. Wenn Serapina das will?" Ihre dunklen Augen – dieselbe Farbe wie meine – wandern zur zierlichen blonden Frau, die sich an Alinas Seite kuschelt. „Würdest du gern mit deiner Schwester mitgehen?"

Serapina nickt. „Ja, bitte."

Meine Mutter lächelt abermals. „Eine gute Wahl." Sie richtet ihren Blick wieder auf mich. „Steh nicht nur so rum, Orcus. Deine Gefährtin hat sich gerade aus einem sehr starken Fesselungszauber befreit und Demeter gezwungen, ihre menschliche Hülle abzulegen. Erschaffe ein Portal und bring sie nach Hause."

Cain prustet hinter mir.

Was umgehend die Aufmerksamkeit meiner Mutter erhascht. „Mit dir will ich gar nicht erst anfangen, Traumfresser. Du hast eine neue Gefährtin zu Hause. Was hast du hier zu suchen? Sinnst du darüber nach, wer als neuer Dorf-Viscount übernehmen soll?"

Er macht einen Schritt zurück, als meine Mutter auf ihn zugeht, und sieht sie mit bestürztem Ausdruck an.

Ja, meine Omega-Mutter hat dieselbe Wirkung auf Alphas, denke ich in seine Richtung. Nicht, dass er mich hören könnte. Und außerdem ist er zu beschäftigt damit, den Fingern meiner Mutter zu entgehen, die sie jetzt in seine Richtung streckt.

„Nimm einfach einen deiner Freunde – keinen Sterblichen, sondern ein *Monster* –, der die Hierarchie stürzen wird", fährt sie fort. „Demeter hat sich für einen

491

Mann entschieden, weil nur Männer in diesem Reich über Macht zu verfügen scheinen. Denk nur mal darüber nach, wie anders unsere Welt wäre, wenn Frauen an der Macht wären, hm?"

Er blinzelt und räuspert sich. „Ich … werde diesen Umstand berücksichtigen."

Helia schnaubt. „Die Göttin hat ein gutes Argument, Cain. Vielleicht solltest du das an Scarletts Vater weiterleiten."

Er stimmt nicht hörbar zu, nickt aber – vermutlich, damit die beiden Frauen ihn in Ruhe lassen.

„So unterhaltsam es auch war, ich bin bereit, einen Abflug zu machen", sagt Reaper und hebt unsere Gefährtin in seine Arme. „Kreiere das Portal, Orcus. Unser Haustier braucht Orgasmen, Cupcakes und Ruhe."

Flame grinst.

Serapina sieht etwas alarmiert aus, steht aber langsam auf.

Alina starrt Reaper an und wirft ihm ein fahles Lächeln zu. „Ein Cupcake hört sich großartig an."

„Ich weiß", murmelt er.

Dieser Tonfall lässt vermuten, dass es nicht der Cupcake ist, sondern der Prozess, sich den Cupcake zu *verdienen*, der ihm zu gefallen scheint. Da er sie ihr immer zum Dank zu geben scheint, nachdem er ihr sie verwöhnt hat.

Flame schließt sich ihnen an und streicht mit seinen Fingern durch Alinas Haare. „Und wie wäre es mit einem heißen Bad?", bietet er an. „Und danach werde ich dir die Haare kämmen."

Ihre Wangen röten sich. „Okay."

Er lehnt sich zu ihr, um seine Nase über ihre Wange streifen zu lassen und flüstert ihr dann etwas ins Ohr, das sie noch röter werden lässt.

Die fürsorgliche Art der beiden zaubert mir ein Lächeln aufs Gesicht und mein innerer Alpha ist zufrieden.

Unsere Gefährtin lebt.

Unserem zukünftigen Kind geht es gut.

Und bald werden wir alle in Sicherheit sein.

„Viel Glück", sage ich zu Helia und Cain. Denn mit meiner Mutter als neue Kontaktperson zwischen den Dimensionen werden sie es brauchen.

Anstatt auf eine Antwort zu warten, öffne ich eine spiegelähnliche Tür und gehe durch sie hindurch. Sobald ich mich vergewissert habe, dass es sicher ist, bedeute ich den anderen, mir zu folgen.

Dann führe ich unsere Gefährtin ins Königreich des Jenseits.

Wo sie ein neues Nest bauen kann.

In unserem Zuhause.

EPILOG
ALINA

„BIST DU SICHER, dass es dir gut geht?", frage ich meine Schwester.

Sie liegt in ihrem neuen Bett und bestaunt die Aussicht, die sich ihr durch die offenen Balkontüren bietet, während ich neben ihr sitze.

Wir befinden uns in Orcus' Palast im Königreich des Jenseits. Es ist nicht so, wie ich es mir vorgestellt habe, als Reaper und Flame mir von ihrem Zuhause erzählt haben. Ich habe Gruften und Friedhöfe erwartet. Dunkelheit. Eine dunkle Stimmung.

Doch stattdessen befinden wir uns hoch oben auf einem Berg, von wo aus man Aussicht auf die Stadt im gotischen Stil hat.

Sie verfügt über schwarze Gebäude, tiefdunkle Teiche, blätterlose Bäume und Schluchten, aus denen Rauch dringt, aber über unseren Köpfen leuchten die drei Monde hell und werfen ihren Schein auf die unglaubliche Aussicht.

Also könnte man sagen, dass hier und da wirklich etwas dunkle Stimmung herrscht, da alles mehrheitlich obsidianschwarz ist, aber es ist nichtsdestotrotz wunderschön.

Jedenfalls in meinen Augen.

Aber ich bin nicht sicher, was meine Schwester davon hält. Sie war seit unserer Ankunft heute Morgen still. Ich habe den ganzen Tag mit ihr verbracht, obwohl Reaper um Orgasmen und Cupcakes gebeten hat. Ich wollte ganz einfach sicherstellen, dass es ihr gut geht.

Sie hat wortlos dabei zugesehen, wie mehrere Feen ins Zimmer gekommen und wieder gegangen sind, nachdem sie neue Möbel gebracht und ihren Kleiderschrank mit Klamotten ausgestattet und sogar ein paar verzauberte Geräte aufgestellt haben, die jedes Essen erzeugen können, das ihr Herz begehrt.

Ich habe das Gerät getestet und ihr einen Erdbeer-Cupcake gemacht.

Sie schien nicht so beeindruckt davon wie ich.

Dasselbe habe ich mit einem Cappuccino versucht, der mir geschmeckt hat und ihr … nicht.

Jetzt starrt sie bloß wehmütig aus dem Fenster, als würde sie übers Fliegen nachdenken.

„Sera?", frage ich.

„Hm?", erwidert sie mit verträumter Stimme, die mich an den Augenblick erinnert, in dem wir in Demeters Garten waren.

„Ich habe gefragt, ob es dir gut geht."

Sie lächelt. „Das hast du mich heute schon sieben Mal gefragt. Das war jetzt das achte Mal. Oder vielleicht sogar das *neunte* Mal, da du dich wiederholen musstest."

„Mag schon sein, aber du schuldest mir immer noch eine Antwort."

„Ja, ich schätze, das tue ich", erwidert sie noch immer lächelnd. „Es geht mir gut, Lina. Ich bin nur müde. Es waren … einzigartige zwei Jahre."

„Willst du darüber reden?", frage ich sie.

„Nicht jetzt", murmelt sie. „Aber irgendwann bestimmt. Und wenn es so weit ist, werde ich es dich wissen lassen."

Ich schlucke schwer und wünschte mir, dass ich mehr für sie tun könnte.

Aber wenn meine Schwester nicht über das Erlebte und was sich in diesem Garten zugetragen hat, reden will, dann ist das ihr gutes Recht. Ich muss ihre Entscheidung respektieren.

„Du solltest jetzt wirklich zurück zu deinen Gefährten", fährt sie fort. „Reaper wartet schon ganz ungeduldig."

Ich runzle die Stirn. „Woher weißt du das?" Sie hat nicht unrecht. Ich kann ihn in meinem Kopf spüren, wie er geduldig darauf wartet, dass ich mein Gespräch mit meiner Schwester beende.

Flame und Orcus zeigen sich ähnlich geduldig. Aber alle drei Feen wollen mir mein neues Zimmer zeigen – unser zukünftiges *Nest*. Zuerst wollte ich aber sichergehen, dass meine Schwester sich wohlfühlt.

„Er geht da drüben auf und ab", sagt sie und deutet mit ihrer Schulter auf die gegenüberliegende Seite ihres Bettes, jenseits der Balkontüren.

„Er tut … was?" Ich mustere das leere Zimmer, in dem wir stehen. „Außer uns ist niemand hier."

„Technisch gesehen, stimmt das so nicht", erwidert Reaper und materialisiert sich neben dem Nachttisch. „Es ist seltsam, dass deine Schwester mich in der Zwischenebene sehen kann, du aber nicht."

„In der Zwischenebene?", wiederhole ich mit gerunzelter Stirn. „Was …?"

„Der Bereich zwischen Leben und Tod", flüstert meine Schwester. „So hat mir Reaper auch eingeflüstert, was ich zu Demeter sagen soll."

„Als mir klarwurde, dass sie mich sehen und hören konnte, hat das die Umsetzung unseres Plans um ein Vielfaches erleichtert", sagt meine Todesfee mit beiläufigem Tonfall.

„Du kannst also … die Zwischenebene sehen?", frage ich meine Schwester, unsicher, ob ich beeindruckt oder beunruhigt sein soll.

Sie zuckt mit den Achseln. „Anscheinend."

Ich sehe Reaper an. „Und du betrittst die Zwischenebene ab und an?"

„Ja, sehr oft, sogar", erwidert er. „Tatsächlich habe ich so den Zauber gefunden, den Demeter benutzt hat, um dich in ihr Omega-Gefängnis zu zerren. Sie hat die gesamte Elitestadt damit belegt, was ziemlich beeindruckend ist. Darum hat sie dir auch die Notiz geschickt, auf der stand, dass du dorthin gehen sollst. Sie wusste, dass die Magie dich irgendwann einfangen würde."

Ja, darauf bin ich gekommen, als Demeter die Notiz erwähnt hat.

Trotzdem kommt es mir seltsam vor, dass meine Schwester die Zwischenebene sehen kann. *Hat das etwas damit zu tun, was Demeter ihr angetan hat?*, frage ich mich.

Leider ist jetzt nicht der richtige Zeitpunkt, um zu fragen.

Genau das bestätigt meine Schwester, als sie meint: „Wie ich schon sagte: Es geht mir gut. Geh zu deinen Gefährten, Lina. Ich werde auch morgen noch hier sein. Und übermorgen. Und überübermorgen. Wir können uns dann unterhalten, okay?"

Das letzte Mal, als ich Sera gesehen habe, war sie acht und zehn und hatte irgendwie Angst vor ihrem ersten Tag der Auswahl als qualifizierte Gabe. Ich werde nie vergessen, wie sie ihre Schultern gekrümmt hat, als der Viscount ihren Namen ausrief, oder wie mein Herz gebrochen ist, als ich sie auf die Treppe zur Bühne zustolpern sah.

Aber jetzt, wo ich sie ansehe, realisiere ich, dass es die Schwester, die ich einst kannte, nicht mehr gibt. Das hier ist Serapina, die Überlebende. Die Frau, die einer Göttin ein Messer ins Herz gerammt hat.

Eine Göttin, die vielleicht, vielleicht aber auch nicht, ihre Mutter gewesen ist.

Ich schlucke bei diesem Gedanken hart, entschlossen, mir an einem anderen Tag den Kopf darüber zu zerbrechen.

Fürs Erste muss ich meiner Schwester den Raum geben, um den sie gebeten hat.

Und mich anständig bei meinen Gefährten bedanken.

Denn sie haben mir alles gegeben – darunter auch, dieses wunderbare Zimmer für meine Schwester.

Ganz zu schweigen davon, dass sie mich an der Nacht der Monster gerettet haben, mich Schritt für Schritt an ihr Leben und ihre Vorlieben herangeführt und mich sozusagen erneut aus den Fängen einer verrückten Göttin befreit haben.

Sie sind die Art von „Monstern", von denen man träumen will. Diejenigen, die unbesungene Helden sind. Engel, wenn man welche braucht. Und wild … *im Bett.*

Mein Herz macht bei diesem Gedanken einen Satz.

„Okay", sage ich und stehe auf, bevor ich mich räuspere. „Wir sehen uns morgen", verspreche ich meiner Schwester.

Sie nickt und greift nach meiner Hand, um sie zu drücken. „Danke, dass du mich gefunden hast, Lina."

„Es tut mir nur leid, dass es so lange gedauert hat", gebe ich zu.

„Mir nicht", erwidert sie. „Du hast mich gefunden. Das ist alles, was zählt." Sie lässt meine Hand los und schließt ihre Augen. „Wir sehen uns morgen, Schwesterherz."

„Bis morgen", erwidere ich.

Reaper führt mich, ohne ein weiteres Wort, in den Flur, während seine Tätowierungen an seinen Armen hoch- und runterschlängeln. Sobald wir ungefähr zehn Schritte gegangen sind, frage ich: „Macht sie auf dich den Eindruck, als ginge es ihr gut?"

Er schnaubt. „Nein. Sie scheint aufgebracht darüber, dass du ihr immer wieder dieselbe Frage stellst."

Ich funkle ihn an. „Sie ist meine kleine Schwester. Es ist mir gestattet, mir Sorgen um sie zu machen."

„Sie ist zwanzig Jahre alt, Alina. Alles, worum sie bittet, ist, etwas Zeit, um ihre Wunden zu lecken." Er legt seine Hand an meine Wange und zieht mich näher zu sich. „Und Erdbeer-Cupcakes sind *unser* Ding, Haustier. Such dir für sie in Zukunft eine andere Leckerei aus."

„Wie lange hast du uns beobachtet?", frage ich ihn, eher belustigt als genervt.

Er zuckt mit den Schultern. „Eine Weile." Jetzt sieht er etwas verlegen aus. „Ich … Es geht mir besser, wenn ich in deiner Nähe bin. Bei dir kann ich mich konzentrieren und meine eigenen Gedanken hören." Er legt seinen Kopf leicht schief, beinahe, als versuchte er, die richtigen Worte zu finden. „Deine Anwesenheit lässt die dunklen Seelen in mir verstummen."

„Oh." Das … war irgendwie süß. Vor allem von Reaper.

In unserem Band kann ich spüren, wie verletzlich er ist. Diese Worte laut auszusprechen, ist für ihn dasselbe wie seine tiefen Gefühle zu offenbaren.

Er ist nicht der gefühlsduselige Typ, der romantische Liebeserklärungen macht.

Aber er ist auf seine ganz eigene Weise einfühlsam.

Ganz wie Flame und Orcus. Sie alle zeigen ihre Emotionen auf ihre eigene Art.

Flame drückt seine Zuneigung mittels Pflege aus.

Orcus stellt seine Hingabe unter Beweis, indem er mir Schutz bietet.

Und Reaper verleiht seiner Verehrung und Dankbarkeit Ausdruck, indem er ehrlich ist.

Ich presse meine Lippen auf seine und verspüre plötzlich den Drang, ihm meine Art der Treue zu zeigen, indem ich Körperkontakt mittels meiner Zunge aufnehme.

Sonst verführt er immer mich.

Jetzt bin ich dran.

Er stößt ein zustimmendes Knurren aus und legt mir seine Arme um die Taille, woraufhin die Welt um uns herum verschwindet. *Buchstäblich.* Ich kann spüren, wie seine Rauchschwaden mich in die Schatten ziehen und er uns an einen anderen Ort bringt. Ich küsse ihn noch immer, als meine Füße den Boden berühren und mein Herz wie wild gegen meine Rippen schlägt, weil ich mehr will.

Doch dann zieht ein bekannter Geruch meine Aufmerksamkeit auf sich.

Mein perfekter Tag, denke ich, überrascht darüber, ihn in diesem neuen Zimmer anzutreffen.

Ich öffne meine Augen und mein Blick wandert auf ein riesiges Bett. Eines, das mir bestens bekannt ist.

Es ist das Bett aus der Hütte.

Das Bett, auf dem mein Nest liegt.

Ich ringe nach Luft und gehe darauf zu, schockiert zu sehen, dass bereits fast alles schon am richtigen Platz ist. „Wie …?"

„Orcus und ich haben den ganzen Tag lang daran gearbeitet", sagt Flame mit sanfter Stimme. „Tut mir leid, wenn es nicht perfekt ist. Wir haben versucht, alles da hinzulegen, wo es war, aber ..."

„Wir sind keine Omegas", beendet Orcus den Satz an seiner Stelle. „Wir brauchen deine magische Note, süße Göttin."

„Mehr als du je wissen wirst", ergänzt Reaper, als er sich das Oberteil über den Kopf zieht und es mir hinstreckt.

Ich nehme es ihm instinktiv ab. Meine Seele weiß ganz genau, wo es hin soll.

Dieses intrinsische Verlangen fühlt sich zusehends normaler an, da mein Verstand sich entschieden hat, dem Nestbauwunsch nachzugeben, anstatt dagegen anzukämpfen.

Ich bin eine Omega, denke ich. *Und das hier sind meine Feen.*

Mit einen Lächeln auf den Lippen presse ich die Hand auf meinen Bauch und spüre das Leben, das wir geschaffen haben, in mir. Ich kann mir kein besseres Schicksal vorstellen.

Wer hätte gedacht, dass die Nacht der Monster so ausgehen würde?, denke ich staunend. *Gabe Nummer neun. Beansprucht und verpaart mit drei wunderbaren Feenmännern.*

Wenn das mal kein Happy End ist.

BONUS-EPILOG
BRAUT DES TODES

SERAPINA

„Du hast gerade deine Schwester angelogen", sagt eine tiefe Stimme aus dem Schatten, was meine Nackenhärchen zu Berge stehen lässt. „Dir geht es überhaupt nicht gut, *Persephone*."

Ich erschaudere. Dieser Name verfolgt mich in meinen Träumen. Und es ist auch immer *seine* Stimme, die ihn flüstert.

Die Stimme, die ich jetzt höre.

Aber das hier ist kein Traum.

Das hier ist real. *Verdammt echt.*

„Zweitausend Jahre", fährt er mit leicht ermahnendem Tonfall fort. „So lange habe ich nach dir gesucht, meine geliebte Seelenverwandte. Zweitausend Jahre, und mit jeder Sekunde werde ich wütender."

Ich schlucke hart. Seine Wut wäscht wie eine heiße Welle über meine entblößte Haut.

„Das ist viel Zeit, um Rachepläne zu schmieden", fährt er fort. „Um sich allerhand Möglichkeiten zu überlegen, wie man seinen Verräter foltern kann." Er seufzt, sein Gesicht noch immer von den Schatten verborgen. „Ich habe dieses Königreich für dich gewählt, mein Schatz. Oder sollte ich sagen, *deinetwegen*? Ich brauchte einen Ort, an dem ich meine Fähigkeiten schärfen, die Kunst des Todes meistern konnte. Denn ich will ja nicht, dass du zu schnell stirbst, oder?"

Erst jetzt bewegt er sich. Seine schwarze Robe vermischt sich mit der Dunkelheit, die im Raum herrscht, bevor er ins Mondlicht tritt. Seine kantigen Wangenknochen sind das Erste, was ich erkennen kann, und die harten Züge seines Gesichts verleihen ihm eine tödliche Aura, die mir das Blut in den Adern gefrieren lässt.

Und dann, als ich in seine dunklen Augen blicke, rutscht mir das Herz in die Hose. Die Farbe passt zu seinem Haar. Die Strähnen umrahmen sein gut aussehendes Gesicht und liegen auf seinen breiten Schultern auf.

Er sieht sündhaft gut aus. Fast zu perfekt.

Und er funkelt mich mit hasserfülltem Blick an.

„Ich werde dich leiden lassen, meine kleine Blüte. Werde jeden Stiel in dir brechen. Deine Blüten beschmutzen. Und dich im Erdboden vergraben, damit ich dich wiederbeleben und es erneut tun kann."

Ich schlucke hart und mein Herz setzt mehrere Schläge aus.

Er bedroht mich.

Er sagt *schreckliche* Dinge zu mir.

Und doch … fürchte ich mich nicht vor ihm. Viel eher … *ist mein Interesse* geweckt.

Es ist die berauschendste, idiotischste Reaktion, und ich verstehe sie überhaupt nicht.

Aber ich kann mir nicht verkneifen, zu fragen: „Wer

bist du?" Denn ich muss seinen Namen erfahren. Muss *herausfinden*, wer er ist.

Er ist anziehend. Imposant. *Dominant.*

Und etwas in mir glaubt, dass er mir gehören könnte.

„Willst du dich etwa unschuldig geben und so tun, als würdest du dich nicht an mich erinnern?" Er lacht, doch der Laut ist viel eher tödlicher als belustigter Natur. „Wie niedlich." Er schlendert auf mich zu und setzt sich auf die Kante meines Betts, direkt an jene Stelle, wo Alina vor wenigen Minuten noch gesessen hat.

„Ich erinnere mich nicht an dich", versichere ich ihm und meine es auch so. „Aber manchmal kann ich dich in meinen Träumen hören."

Er zieht eine Augenbraue hoch. „Ach, wirklich? Und was tun wir in diesen Träumen, hm?"

Ich beiße auf meine Unterlippe, will die Frage nicht beantworten.

Denn nachdem er diesen Namen – *Persephone* – flüstert, widmen wir uns … sinnlichen Spielen. Tun verruchte Dinge. Aber bevor ich die Erfahrung genießen kann, wache ich immer auf. Und trotzdem erfahre ich nie seinen Namen.

„Wirst du mir jetzt bitte sagen, wie du heißt?", frage ich erneut.

Er mustert mich einen langen Augenblick und zieht seinen Mund dann zur Seite. „Ein Spiel soll es also sein, kleine Verräterin?", fragt er und hört sich trotz seines düsteren Blicks irgendwie nachsichtig an. „In Ordnung, meine liebste, kaputte Blume. Ich werde mitspielen." Er lehnt sich nach vorn und bringt sein Gesicht nahe an meines. „Aber du solltest wissen, dass es Konsequenzen haben wird, wenn ich gewinne."

Ich schlucke abermals hart, weil ich nicht weiß, was er mit *einem Spiel* und *gewinnen* meint. Und doch spüre ich, wie ich nicke. Offenbar scheint mein Körper zu tun, wie immer ihm beliebt, wenn dieser Mann hier ist.

Oder vielleicht tut er ganz einfach, was *er* will.

Er weicht leicht zurück und sieht mit suchendem Blick in meine Augen.

Dann lächelt er erneut.

„Mein Name ist Hades", sagt er und sein Name rüttelt eine Erinnerung tief in mir wach. „Und ich bin gerade zu deinem schlimmsten Albtraum geworden."

Hades

„Das war aber nicht besonders nett, werter Cousin", murmelt eine bekannte Stimme, als ich durch die Schatten in meine Gemächer zurückkreise.

„Omegas soll man hegen und lieben, nicht bestrafen. Selbst fehlgeleitete."

Mit einem Seufzer sehe ich in Morpheus' strahlenden blaugrünen Augen und ziehe eine Augenbraue hoch. „Hast du nicht dein eigenes Reich zu ruinieren?"

„Ich glaube, du wolltest sagen, *regieren*." Er legt seine Füße auf meinen Schreibtisch und macht es sich in seinem Stuhl gemütlich. „Aber nein, ich verbringe meine Zeit lieber hier. In der Nähe unserer Persephone."

Meine Nackenhärchen sträuben sich und seine anstachelnden Worte sausen wie tödliche Schlangen über meine Haut. „*Meine* Persephone."

Ein Lächeln zieht auf seinen Lippen auf. „Du warst noch nie gut im Teilen."

„Es gibt nichts zu teilen. Sie gehört *mir*."

„Und was ist mit Maliki?", neckt er. „Wirst du sie mit ihm teilen?"

Mein Kiefer krampft. „Das geht dich nichts an."

„Ganz im Gegenteil. Es geht mich sehr wohl etwas an, da du ihn benutzt hast, um Luzifer von diesem verdammten Portal abzulenken. Jetzt bezahlen dein und mein Königreich den Preis für diesen kleinen Stunt."

„Und du machst dir ja so viel daraus, was mit deinen Feen geschieht", säusle ich, während ich mich gegen die Kante meines Schreibtisches lehne und ihn anstarre.

„Wechsle jetzt nicht das Thema, Hades. Ich weiß, dass du vorhast, sie mit Maliki zu teilen. Das ist seine Belohnung dafür, dass er ein gutes Haustier ist, nicht wahr?"

Ich habe kein Interesse daran, meine Absichten mit dem Gott der Träume zu diskutieren. Erst recht nicht, wenn es um Maliki oder Persephone geht. „Warum bist du wirklich hier, Morpheus?"

„Das habe ich dir bereits gesagt."

„Sie gehört dir nicht", bekräftige ich. *Sie gehört mir. Mir ganz allein. Wie es immer schon war.*

Ich gebe einen feuchten Dreck darauf, was die Schicksale über ihre Seele sagen.

Persephone ist mein Schatz. Meine Omega. Meine *Gefährtin.*

Zumindest war sie das, bis sie mich verraten hat.

Jetzt krampft mein Kiefer aus einem ganz anderen Grund und die Erinnerungen an diesen schrecklichen Tag finden zu mir zurück.

Der Tag, an dem ich sie für immer verloren habe.

Aber jetzt habe ich sie wieder. Hier. In meinem Königreich. Auf meinem Grund und Boden. In meiner *Welt.* Und ihre Mutter wird dank meines kleinen Bruders nicht länger ein Hindernis sein.

Jetzt muss ich mir nur noch überlegen, was ich mit meiner hinterlistigen kleinen Gefährtin anstellen soll.

„Unsere geliebte Omega wird nicht mehr lange dir gehören, wenn du zu ihrem *Albtraum* wirst", meint Morpheus und erinnert mich daran, dass er noch immer hier ist. „Nicht, wenn ich sie in ihren Träumen besuchen werde."

Ich balle meine Hände zu Fäusten und mein Verlangen danach, ihm ins Gesicht zu schlagen, steigt mit jeder Sekunde. „Halt dich raus aus ihrem Kopf!"

„Das ist unmöglich, Cousin", erwidert er mit einem Lächeln. „Ihre Seele gehört auch mir. Unsere Geister sind auf natürliche Art und Weise miteinander verbunden. Und im Moment hat sie ziemlich große Angst vor dir."

Mein Herz schmerzt, als ich das höre. Weil ich ihre Angst auch spüren kann.

Was das Ziel meines Besuchs gewesen war.

Aber jetzt fühlt es sich irgendwie falsch an.

Diese Version meiner Gefährtin weiß nichts von unserer Vergangenheit – etwas, das sich als Problem herausstellen wird, weil ich die Erinnerungen in ihrer Seele brauche, um alle Omegas zurückzubringen.

Irgendwo tief drinnen weiß sie, wie unsere Welt wieder ins Lot gebracht werden kann.

Und dieser Ort tief in mir weiß auch, wie sehr sie mir in den Rücken gefallen ist.

Dieser Teil von ihr muss bezahlen. Und zwar *bitter*.

Aber ich bin nicht sicher, wie ich sie bestrafen soll. Denn mein Cousin hat recht. Omegas werden von unserer Art verehrt, selbst die irregeleiteten.

„Siehst du?", hakt Morpheus nach und ein Lächeln zupft an seinen Mundwinkeln. „Du solltest zu ihr zurückgehen und dich entschuldigen. Tatsächlich sollten wir beide zu ihr gehen. Denk nur einmal daran, wie wir sie lieben könnten …"

„Es ist nicht an dir, sie zu lieben."

„Das hast du vor zweitausend Jahren auch gesagt, und jetzt sieh nur, wohin das geführt hat, Hades. Wir haben sie beide verloren."

„Das ist nicht der Grund, aus dem wir sie verloren haben", murmle ich und stoße mich vom Tisch ab. Ich brauche einen Drink. Bevorzugt einen mit Höllenfeuer. „Ich wollte damals nicht teilen und das werde ich auch jetzt nicht, also verzieh dich."

„Nein." Die erbitterte Antwort lässt mich zu meinem Cousin zurückblicken. Er hat sich jetzt erhoben und seine langen, silberfarbenen Haare scheinen in einer magischen Brise zu wehen. „Ich werde sie nicht noch einmal verlieren, Hades."

„Man kann niemanden verlieren, den man nie wirklich hatte", sage ich. „Und außerdem hast du sie nicht gefunden. Sie gehört mir. Ende der Diskussion."

„Du glaubst doch nicht im Ernst, dass ich diesen beiden Strigoi-Prinzen ohne Grund erlaubt habe, eine andere Dimension zu betreten, oder?" Er legt seinen Kopf schief. „Wer, glaubst du, hat mit dem Reich der Träume gespielt, um ihnen zu helfen, ihre wahre Gefährtin zu finden?"

Ich schüttle meinen Kopf und schütte die lodernde Flüssigkeit in ein Glas. „Du treibst immer irgendein Spielchen, werter Cousin."

„Als ob du besser wärst."

Das bin ich nicht, aber das ist nicht der Punkt. „Du wirst sie nicht bekommen, Morpheus."

Er lächelt mich an und ein herausfordernder Ausdruck verdunkelt seine ansonsten engelhaften Züge. „Es ist zu spät, Hades."

Mit diesen Worten löst er sich in Luft auf, seine Absichten klar.

Verdammt. Ich stelle das Getränk mit Gusto auf die Bar und das Glas zerbricht aufgrund der Wucht in tausend Stücke. Ich hätte wissen sollen, dass Morpheus Persephone spüren würde, sobald sie in unsere Welt zurückkehrt.

Ihr süßer Duft war wie ein Leuchtfeuer, das mich an mein Zuhause erinnert hatte. *An einen Garten voller Blumen, der vor Leben nur so strotzt.*

Ich wandle durch die Schatten zurück in ihr Zimmer, entschlossen, sie zu hassen. Sie hat alles kaputtgemacht. Sie hat *uns* kaputtgemacht.

Aber sie zu einer Kugel zusammengerollt, allein und verängstigt auf dem Bett liegen zu sehen, stellt etwas mit mir an. Beschwört etwas Verzweifeltes herauf. Etwas *Mächtiges.*

Sie zittert in der eisigen Brise des Todes.

Ich mache einen Schritt nach vorn und streiche mit meinen Fingern über ihre porzellanartige Wange. Sie lehnt sich instinktiv an meine Hand, obwohl sie schläft.

Meine hübsche, kleine Braut.

Meine Omega.

Meine Seelenverwandte.

Oh, ich werde dein Albtraum sein, Schätzchen, denke ich in ihre Richtung. *Aber nur, weil ich das sein muss. Deine Erinnerungen sind der Schlüssel zu unserem Überleben.*

Und der einzige Weg, sie wachzurütteln, ist, die Albträume aus der Vergangenheit hochzuholen.

Ihren Verrat erneut zu erleben. Alle Fehler zu bekehren, die folgten. Und die Mythenfeen wieder zusammenzuführen.

Wir werden unser Happy End bekommen. Irgendwann, schwöre ich ihr und lasse meinen Daumen ganz in der Nähe ihrer Lippe verweilen.

Ich habe ihr einmal die Ewigkeit versprochen.

Bald wird sie feststellen, dass ich es so gemeint habe.

In Glück und Gesundheit.

In Dunkelheit und Tod.

Unsere Seelen sind für immer miteinander verbunden.

Es ist mir bestimmt, dich zu lieben. Dich zu verehren. Und dich zu brechen.

Wenn sie doch nur wüsste, wie schwer mir der letzte Teil fallen wird. Aber es ist eine Bürde, die ich willentlich auf mich nehme. Für sie. Für uns. Für alle Mythenfeen.

Träum von mir, flüstere ich in ihre Gedanken und streiche mit meinen Fingern durch ihre Haare. *Träum von dem, den du kennst, Kleine. Vom Alpha, der seine Omega wertschätzt. Denn morgen werde ich jemand anderes sein müssen.*

Ich lehne mich zu ihr und drücke ihr einen Kuss auf die Stirn. *Ich liebe dich, meine Persephone. Und ich vergebe dir. Ich hoffe nur, dass du mir auch vergeben können wirst …*

Serapinas Geschichte geht weiter in *Braut des Todes* …

VERLORENE OMEGA

BONUSSZENE

USA Today Bestsellerautorin
LEXI C. FOSS

FLAME

Ich gehe im Schlafzimmer auf und ab. Mein Jaguar ist rastlos und ungeduldig.

Alina küsst Reaper. Ich kann es in unserem Band spüren. Ihre Freude ist wie Balsam für meine Seele. Aber die Hitze ihrer Liebkosung schürt ein Feuer in meinem Jaguar und beschwört ein wildes Verlangen tief in mir hoch, das den emotionalen Teil von mir wegwäscht und die Bestie in mir hervortreten lässt.

Es ist schon viel zu lange her, seit ich in meiner Königin war.

Ich brauche sie.

Will sie.

Verzehre mich nach ihr.

Ich hatte vorhin fest vor, ihr Haar zu kämmen, aber ich habe erkannt, dass sie Zeit mit ihrer Schwester verbringen musste. Also habe ich Orcus und Reaper beiseite gezogen und vorgeschlagen, dass wir währenddessen Alinas Nest neu aufbauen könnten.

Sie haben nicht umgehend zugestimmt, vor allem, weil

wir unsere Gefährtin allein im Königreich des Jenseits lassen mussten, um das zu tun.

Doch dann diskutierten wir mehrere Minuten lang und arbeiteten einen Plan aus.

Einen Plan, dem Orcus und ich erst vor zehn Minuten den letzten Schliff verpasst haben.

Meine Füße huschen über den Boden und ich gehe immer schneller auf und ab.

Alina wird bald hier sein. Ich kann hören, dass sie beabsichtigt …

Die Luft flimmert, was meine Jaguar-Instinkte in höchste Alarmbereitschaft versetzt. Und dann taucht Reaper mit unserer Gefährtin in den Armen auf.

Sie hält inne, dann entfernt sie sich langsam von ihm, um sich im Zimmer umzusehen. Ihr Blick wandert fast augenblicklich zum Nest.

Ich schlucke schwer und mein Herz klopft mir bis zum Hals. Orcus und ich haben den Großteil des Nachmittags und fast den ganzen Abend lang am Nest gearbeitet und versucht, alles bis ins kleinste Detail nachzuahmen, wie es in der anderen Dimension ausgesehen hat. Reaper hatte ein Auge auf Alina und fest vor, sie abzulenken, falls es nötig würde.

Aber wie es scheint, war sie den ganzen Tag mit ihrer Schwester beschäftigt. Das überrascht mich nicht, wenn man bedenkt, dass sie sie über zwei Jahre lang nicht gesehen hatte.

Alina macht einen Schritt nach vorn, was meinen Blick auf ihre langen Beine zieht. Sie sind in eine enganliegende Jeans gehüllt, die ich ihr am liebsten mit meinen Zähnen vom Leib reißen will.

Aber ich bin genauso fasziniert von ihrem überraschten Gesichtsausdruck.

Gefällt es ihr?, frage ich mich. *Haben wir es richtig gemacht?*

„Wie …?", fragt sie und mustert das Nest staunend.

„Orcus und ich haben den ganzen Tag lang daran gearbeitet", sage ich mit sanfter Stimme zu ihr. „Tut mir leid, wenn es nicht perfekt ist. Wir haben versucht, alles dahin zu legen, wo es war, aber …"

„Wir sind keine Omegas", beendet Orcus den Satz an meiner Stelle. „Wir brauchen deine magische Note, süße Göttin."

„Mehr, als du je wissen wirst", ergänzt Reaper, als er sich das Oberteil über den Kopf zieht und es Alina hinstreckt.

Sie nimmt das Oberteil entgegen und ergänzt ihr Nest umgehend damit, bevor sie uns mit sanfter werdendem Gesichtsausdruck ansieht.

Ich bin eine Omega, höre ich sie denken. *Und das hier sind meine Feen.*

Sie presst ihre Hand auf ihren Bauch und lächelt.

Wer hätte gedacht, dass die Nacht der Monster so ausgehen würde?, geht ihr staunend durch den Kopf. *Gabe Nummer neun. Beansprucht und verpaart mit drei wunderbaren Feenmännern.*

Orcus knurrt zustimmend.

Reaper grinst.

Und ich stolziere auf sie zu, verzehre mich nach einem Kuss.

Sie bläht ihre Nasenflügel und sieht mich mit eindringlichem Blick an.

Sie sollte sich vermutlich ausruhen, erst recht nach allem, was geschehen ist. Aber sie scheint überhaupt nicht müde zu sein. Tatsächlich scheint sie *hellwach.*

Trotzdem frage ich sie: „Willst du dich hinlegen, kleiner Panther?" Ich greife nach ihrem Hals und ziehe sie zu mir. „Denn wir können uns gern zuerst ausruhen und das Nest später beduften."

„Sie hat den ganzen Tag damit verbracht, ihrer

Schwester dabei zu helfen, sich einzuleben", wirft Reaper ein. „Wenn ihr mich fragt, sieht Erholung anders aus."

„Hm", knurrt Orcus und macht einen Schritt nach vorn, um seine Brust an ihren Rücken zu pressen. „Wie fühlst du dich, süße Göttin?" Er drückt ihr einen Kuss auf den Hals und sein Kinn streift meine Finger, die an ihrem Hals liegen. „Meinst du, du bist bereit, im Nest zu spielen? Oder möchtest du lieber erst einmal schlafen?"

„Ja, kleiner Panther", murmle ich. „Sag uns, was wir tun sollen. Sag uns, wie wir dich befriedigen können."

Sie schluckt und sieht mich mit schläfrigem Blick an. „Ich … ich will euch alle. Aber ich bin mir nicht sicher … ob ich euch jetzt alle nehmen kann."

Orcus drückt einen weiteren Kuss auf ihren Nacken. „Danke, dass du ehrlich zu uns warst, Liebste. Wir würden dir nie wehtun oder dich drängen wollen."

„Das stimmt nicht immer", wendet Reaper ein. „Grenzen auszutesten, kann Spaß machen."

„Dein Wohlbefinden geht immer vor", sage ich und blende Reaper aus. Er könnte recht haben. Aber heute ist nicht der richtige Tag, um die Grenzen unserer Gefährtin auszutesten.

Sie muss verstehen, dass wir uns immer um sie kümmern werden – in jeglicher Hinsicht.

Vor allem in dieser.

„Wo willst du uns haben?", frage ich sie. „Im Nest, oder …?" Ich verstumme, bin mir dank Orcus bewusst, dass das Nest der heilige Grund einer Omega ist. Sie muss uns in das Nest einladen, andernfalls dringen wir in ihren sicheren Hafen ein.

Aber sobald das Nest beduftet wurde, werden wir permanenten Zutritt dazu haben.

„Bist du dir sicher?", flüstert sie und sieht zu mir, dann

zu Reaper und schließlich über ihre Schulter zu Orcus. „Ihr …? Ihr braucht es n…?"

Reaper schnaubt lachend. „Wir *brauchen* es immer, Haustier. Aber etwas Schlaf hört sich gut an. Das wird dich aufzuwecken nur umso witziger machen."

Ihre Wangen werden rot und sie sieht ihn an.

Orcus meldet sich zu Wort, bevor sie darauf antworten kann. „Mh, das ist ein gutes Argument", murmelt er und lässt seine Hand an ihrer Seite entlang hochwandern, während er seinen Mund an ihr Ohr führt. „Wie würde es dir gefallen, wenn ich mich mit dir verknote, während du schläfst?"

Alinas Augen weiten sich. „Was?"

„Er will wissen, was du davon hältst, mittels eines Orgasmus aufgeweckt zu werden", erkläre ich mit sanfter Stimme und streiche mit dem Daumen über ihre pochende Halsschlagader. „Zustimmung ist wichtig. Und Somnophilie ist praktisch Nichtzustimmung. Es sei denn …, es macht dir nichts aus, wenn wir dich nachher aufwecken, indem wir dir Lust verschaffen."

„Indem wir dich wach ficken", ergänzt Reaper.

„Ich … verstehe." Alina mustert Reaper, dann Orcus und schließlich sieht sie mit ihren wunderschönen Augen zurück zu mir. „Das … das hört sich an, als könnte es mir gefallen."

„Es wird dir nicht nur gefallen; du wirst es lieben", sagt Reaper zu ihr. „Und danach werde ich dir frische Erdbeeren und geschmolzene Schokolade zum Frühstück bringen."

Auf ihren Lippen breitet sich ein Lächeln aus. „Hört sich nach einem perfekten Morgen an."

„Mehr als perfekt", flüstere ich, bevor ich meinen Mund auf ihren presse und sie mit Absicht behaftet küsse.

Ich will, dass du dir meinen Widerhaken vorstellst, sage ich in ihre Gedanken. *Denk daran, wie gut es sich anfühlen wird, aufzuwachen und mich tief in dir zu spüren. Wie ich in dir pulsiere. Während ich dich mit meinem Samen fülle und dich dazu bringe, dich um mich herum zusammenzuziehen. Wieder und wieder.*

Sie erschaudert. *Wenn du so weitermachst, werde ich nicht schlafen wollen.*

Ich lächle. „Ich versuche nur, dafür zu sorgen, dass du etwas Schönes träumst."

„Oh, hört sich nach einem echt witzigen Spiel an", sagt Reaper und drängelt sich vor mich.

Er küsst sie, wie ich es getan habe, mit dem Unterschied, dass er seine Handfläche an ihrem Oberkörper hochgleiten lässt, um sanft über ihre Brust zu streicheln. Die Gänsehaut, die sich auf ihren Armen ausbreitet, verrät mir, dass er ihr anzügliche Dinge ins Ohr flüstert. Und wie sich ihre Pupillen weiten, als sie ihre Augen öffnet, bestätigt meine Vermutung. *„Reaper."*

Ein Lächeln zupft an seinen Mundwinkeln. „Eher ein Albtraum als ein Traum, Haustier?"

Sie leckt sich über die Lippen. „Ich weiß es nicht."

„Dann werden wir es herausfinden." Er knabbert an ihrer Unterlippe, dann dreht er sie in Orcus' Richtung.

Die Mythenfee packt sie umgehend an den Hüften, während er mit purpurroten Augen auf sie herabstarrt. „Sag uns, wo du uns haben willst, Alina. Im Nest oder anderswo?"

„Was denn, keine heißen Traumideen von dir?", neckt sie ihn.

Ein sinnlicher Ausdruck breitet sich auf seinem Gesicht aus, als er antwortet: „Lade mich in dein Nest ein, und ich werde deinen Kopf gern mit meinen Ideen füllen, Gefährtin."

Alina sagt einen Moment lang nichts. Vermutlich ist sie seiner tiefen Stimme und dem, was seine Worte andeuten wollen, erlegen. Oder vielleicht gibt er ihr einen Vorgeschmack auf seine *Ideen*.

Dass sie schwer ausatmet, deutet darauf hin, dass es Letzteres ist. „Oh", haucht sie. „Okay."

Der süße Duft ihrer Erregung betört meine Sinne, was die Frage aufwirft, ob sie sich gleich auf einen von uns stürzen wird. Aber stattdessen macht sie einen Schritt von Orcus weg und auf das Bett zu.

Nach einem kurzen Augenblick stellt sie sich davor und fängt an, mit einigen der Kissen und anderen Gegenständen zu hantieren und alles nach Herzenslust umzustellen.

Als sie sich zu mir herumdreht, kann ich sehen, dass ihre Omega-Seele die volle Kontrolle übernommen hat. „Oberteil." Das ist keine Bitte, sondern ein Befehl.

Und ich reagiere darauf, indem ich mein langärmliges schwarzes Oberteil ausziehe und es ihr reiche.

Sie schnüffelt daran und lächelt, ehe sie es in ihr Nest mitnimmt.

Orcus ist der Nächste. Zunächst verlangt sie nur nach seiner Jogginghose. Er kommt ihrem Wunsch nach. Dann greift sie nach Reapers Jeans, sodass er jetzt nackt vor uns steht, weil er nichts darunter trägt. Meine graue Jogginghose folgt als Nächstes, dann meine Boxershorts.

Daraufhin nimmt sie Orcus den Rest seiner Kleidung ab und legt sie neben das Kopfteil.

Nach einer langen Pause, in der sie ihr Meisterwerk betrachtet, zieht sie ihr eigenes Oberteil aus und legt es auf den Stapel. Doch anstatt ihre Jeans dazuzulegen, faltet sie sie und legt sie zusammen mit ihren Schuhen, Socken und ihrer Unterwäsche beiseite.

„Ein wunderbarer Anblick", murmelt Reaper und bestaunt unsere nackte Gefährtin.

Sie scheint ihn nicht zu hören, weil sie zu

eingenommen von ihren Instinkten ist. Aber sie geht als Erstes auf ihn zu, um ihn zum Nest zu führen, und stellt ihn auf die rechte Seite des Betts.

Orcus ist der Nächste. Alina führt ihn auf die andere Seite.

Als Letztes dreht sie sich zu mir um. „Kannst du dich verwandeln?", fragt sie, was mich eine Augenbraue hochziehen lässt.

„Du willst meinen Jaguar?"

Sie nickt. „Gern."

Mein inneres Tier freut sich über ihre Bitte. Es strotzt geradezu vor Stolz. Um seiner Freude Ausdruck zu verleihen, schnurre ich, ein Geräusch, das eher beruhigen als erregen soll.

Ich drücke ihr einen Kuss auf die Wange und murmle: „Geht in Ordnung."

Und rufe meine andere Hälfte herbei, um unsere tierische Gestalt anzunehmen.

In meinen Armen und Beinen breitet sich ein Kribbeln aus und mein Herz klopft erwartungsfroh. Die Verwandlung löst immer einen Rausch aus. Die Restenergie summt durch meinen Körper und lässt mir das Fell zu Berge stehen.

Als ich fertig bin, schüttelt mein Jaguar sein Fell aus.

Und setzt sich hin.

Er wartet.

Sieht zu.

Hofft.

Alina wirft ihm ein sanftes Lächeln zu, bevor sie ins neue Nest zwischen Reaper und Orcus krabbelt.

Eine schmerzhafte Sekunde lang glaube ich, dass sie mich auf dem Boden schlafen lassen wird. Es ist ein alberner Gedanke, aber ich kann mir die Sehnsucht nach ihr nicht verkneifen, die ich in diesem Moment verspüre.

Ich will ins Nest eingeladen werden. Mehr als alles andere.

Aber ich ringe darum, geduldig zu bleiben, und lasse Alina führen.

„Hier", sagt sie. Das einsilbige Wort setzt meinem Leiden ein Ende. Sie lässt dem Befehl ein Tätscheln zwischen ihre Beine folgen und bedeutet mir damit, wo ich schlafen soll.

Ich liebe es, dass sie mich so nahe bei sich haben will.

Als ich mich dazu kuschle, bietet sie mir ihren Innenschenkel als Kissen an.

Es ist perfekt.

So. Verdammt. Perfekt.

Aber der morgige Tag ... wird noch besser werden.

Denn morgen werden wir sie mit unseren Schwänzen aufwecken und unsere Gefährtin in ihrem Nest beanspruchen.

REAPER

Mehrere Stunden später

UNSER HAUSTIER RIECHT KÖSTLICH, wie reife Erdbeeren, die in Sahne getaucht sind.

Scheiße. Ich bin so verdammt hart, dass es wehtut.

Sie schmiegt sich an Orcus' Brust, ihre Nase gegen seine Brustmuskeln gedrückt. Es ist fast so, als würde sie ihn anflehen, zu schnurren.

Aber der Blick, den er mir über ihren Kopf hinweg zuwirft, sagt mir, dass er nicht in Stimmung ist, sie mit seinem Alphaknurren zu beruhigen. Er ist in Stimmung, sie mit seinem Knoten zu zerstören.

Flame hat wieder seine menschliche Gestalt angenommen, aber er liegt immer noch zwischen ihren Beinen – genau wie vorhin, als wir alle eingeschlafen sind.

Orcus blickt auf ihn herab und nickt der Formwandlerfee leicht zu.

Auf meinen Lippen zeichnet sich ein Lächeln ab. *Es ist so weit.*

Unser Haustier hat stundenlang geschlafen, ihr Körper

und ihr Geist haben sich erholt. Jetzt können wir sie auf die schönste aller Arten wecken – indem wir ihr Lust verschaffen.

Flame küsst die Innenseite von Alinas Oberschenkel und bahnt sich dann mit einer klaren Absicht langsam einen Weg nach oben.

Sie bewegt sich nicht und reagiert nicht, schlummert immer noch tief und fest.

Und wir stehen kurz davor, all ihre Träume in die Realität zu überführen.

Oder vielleicht sind das auch unsere Träume.

Wie auch immer, sie wird jede Minute davon genießen. Sobald sie aufwacht.

Ich drücke ihr einen Kuss auf die Schulter und lasse meine Lippen an ihren Nacken wandern, während Orcus zu schnurren beginnt. Ich drehe mich um und blicke in seine roten Augen, in denen ein aufmerksamer Blick steht.

Er versucht, sie in einen tieferen Schlaf zu wiegen, stelle ich fasziniert fest. *Er will, dass sie mit uns in ihr aufwacht.*

Mein Schwanz zuckt bei dem Gedanken daran und ist mit diesem Plan mehr als nur einverstanden.

„Bereite sie vor", sagt er zu mir.

Er spricht von ihrem Arsch, denn Flame kümmert sich bereits um ihre Vorderseite.

Ich lächle. „Es wäre mir ein Vergnügen", erwidere ich leise, weil sich meine Lippen so nahe an ihrem Ohr befinden.

Ich will sie nicht aufwecken.

Aber dieses Schnurren scheint meine Stimme zu überlagern und dafür zu sorgen, dass sie tief und fest schläft.

Ich lasse meine Finger an ihrer Seite hinunter und an ihre Hüfte wandern, dann über ihren Arsch, bevor ich sie zwischen ihre Beine schiebe.

Flame bewegt sich, damit ich zwei Finger in ihren Arsch gleiten lassen kann. Er ist in ihre Öffnung eingedrungen, anstatt ihre Knospe zu lecken.

Unser Mädchen darf nicht zu früh aufwachen, denke ich und grinse.

Aber sie ist so verdammt feucht.

Klatschnass.

Scheiße, das macht mich noch härter. Ich will mich in ihr versenken und in ihren Hals beißen. Sie in die Matratze drücken und nageln. Damit sie mit meinem Namen auf den Lippen aufwacht.

Aber heute Morgen wird es ein wenig anders ablaufen. Es geht um *uns*. Um unser Nest. Um unsere Zukunft.

Morgen, beschließe ich. *Morgen werde ich derjenige sein, der sie weckt.*

Wir drei müssen einen Zeitplan ausarbeiten. Ich bin zwar für Gruppenspiele zu haben, aber ich möchte auch etwas Zeit allein mit meinem Haustier verbringen.

Das werden wir später besprechen, sage ich mir, während ich meine Finger wieder an ihren Arsch führe.

Nach einer fast einwöchigen Läufigkeit verstehe ich mich darauf, unsere Gefährtin vorzubereiten. Ich weiß, wie viel sie ertragen kann, wo ihre Grenzen liegen und welche Grenzen sie mit der Zeit vielleicht bereit ist, zu verhandeln.

Eine dieser Grenzen ist, dass wir uns zu zweit ihre Muschi teilen.

Das würde ich gern eines Tages tun. Vielleicht mit Flame. Ich frage mich, was sein Widerhaken anrichten wird, wenn ich zeitgleich mit ihm in ihr bin.

Leider wird das heute Morgen nicht passieren.

Aber bald, hoffe ich. *Sehr bald.*

Ich versuche, Alina in Gedanken Bilder davon zu senden, und möchte, dass sie davon träumt.

Stell dir vor, wie gut es sich anfühlen würde, zwei Schwänze in deiner engen kleinen Muschi zu haben, flüstere ich ihr zu. *Du bist jetzt eine Fee, Haustier. Du könntest es aushalten. Ich glaube sogar, es würde dir gefallen.*

Sie erwidert nichts. Sie schläft zu tief, um mich zu hören.

Also fantasiere ich weiter darüber, während ich meine Finger in ihr bewege. Ich füge einen dritten hinzu, weil ich will, dass sie gut gedehnt und bereit ist. Flame setzt sich auf seine Fersen und kniet am Fußende des Betts, seine feuchte Hand um seinen Schaft geschlungen. Er streichelt ihn genüsslich und sieht mich an, als führe er etwas im Schilde.

Sein lusterfüllter Blick wandert zu Orcus. „Verknote dich mit ihr."

Der Alpha starrt ihn an und die beiden dominanten Auren ringen um Kontrolle. Orcus ist es gewohnt, das Sagen zu haben, aber Flames Jaguar beugt sich niemandem.

Ich ziehe meine Finger aus Alina und greife nach ihrem Schenkel, um ihn über Orcus' Hüfte zu führen.

Seine Aufmerksamkeit wandert augenblicklich zu ihrer heißen Mitte, die ich gegen ihn drücke, indem ich mich an Alinas Hinterteil presse.

Er flucht, sein Kiefer krampft und ich schwöre, er spricht meinen Namen mit einem leisen Knurren aus.

Aber das ist mir egal.

Ich will auch, dass er sich mit ihr verknotet. *Während ich ihren Arsch nehme.*

Und ich werde verdammt noch mal ohne ihn anfangen, wenn er nicht bald in Aktion tritt. Weil ich unser Haustier will. Verdammt, ich wollte sie schon, als ich sie das erste Mal sah. Ich denke, ich werde sie immer wollen. Jeden Tag. Jede Minute. Jede Sekunde.

Und ich darf sie haben.

Weil sie uns gehört. Was sie zu *meiner* macht.

Ich drücke meine Nase in ihr Haar und atme ihren süßen Duft ein. *Erdbeeren.* Ich bin besessen von ihrem Geruch. Ich will jeden Zentimeter von ihr ablecken. Aber zuerst muss ich meinem Verlangen etwas die Schärfe nehmen.

Ich lasse meine Hand an ihre Hüfte wandern und strecke meine Finger aus, um das Mal zu finden, das ich eingeritzt habe. Das *R* ist gut verheilt, meine Initialen sind für immer in ihre blasse Haut eingraviert.

Ich liebe es.

Ich liebe sie.

Ich liebe *das* hier.

So perfekt, flüstere ich ihr zu. *Du bist so verdammt perfekt.*

Ich weiß, dass Flame und Orcus dasselbe denken. Alles, was wir wollen, ist, sie bis in alle Ewigkeit zu verehren. Unser Leben damit verbringen, sie zu beglücken. Sie zu beschützen. Zusammen eine Familie gründen. In diesem glückseligen Zustand verweilen, solange das Universum existiert.

Orcus stöhnt, als er in ihre bebende Mitte stößt. Ich spüre seine Bewegungen mehr, als dass ich sie sehe, denn mein Gesicht ist immer noch in Alinas Haar vergraben.

Ich gebe ihm einen Moment Zeit, sich in ihr zu positionieren und seine Stöße sind zunächst sanft, weil er noch nicht bereit ist, sie aufzuwecken. Doch sein Schnurren geht langsam in ein leises Knurren über.

Das bedeutet, dass mir nicht viel Zeit bleibt, bevor Alina bemerkt, was mit ihr geschieht.

Bei den Göttern, ich kann es kaum erwarten, ihre Reaktion zu spüren, wenn wir sie im Schlaf ausfüllen. Sie wird schreiend aufwachen, sich vielleicht sogar wehren, und dann werden diese Instinkte den Weg für Erotik und Ekstase freigeben.

Allein der Gedanke daran lässt etwas Lustsaft an meiner Schwanzspitze perlen. Ich lasse von Alina ab und massiere mich mit der Flüssigkeit, um meinen Schaft in Vorbereitung auf das, was kommen wird, ein wenig zu schmieren.

„Jetzt, Reaper", knurrt Orcus mich an.

Doch seine Befehle sind nicht nötig.

Ich greife meinen Schwanz bereits an der Wurzel und widme mich Alinas Hintern.

Flame greift nach einer ihrer Pobacken, um sie für mich zu spreizen. Sein Jaguar beobachtet mich eingehend und ermutigt mich, mich verdammt noch mal zu beeilen. Er will sie begatten.

Zum Teufel, wir alle wollen sie begatten.

Und das werden wir auch.

Sobald ich in ihr drin bin.

Scheiße, ist sie vielleicht eng hier hinten. Sie umschließt mich perfekt, genau wie ihre Muschi. Ich gleite vor und zurück, vor und zurück, vor und zurück. Dehne sie. Fülle sie aus. Ohne sie zu verletzen. Denn das Letzte, was ich will, ist, dass sie mit Schmerzen aufwacht.

Nein. Ich will, dass unser Liebling mit lauter Schwänzen *gefüllt* ist, wenn sie zu sich kommt.

Voll von *uns*.

Und dann werden wir sie mit unserem Samen füllen.

Und danach werden wir sie mit unseren Händen lieben. Mit unseren Mündern. Mit unseren *Herzen*.

Diese Frau gehört uns. Sie ist unser Haustier. Unsere Gefährtin. Unser Ein und Alles.

Zeit zu ficken, Haustier, flüstere ich in ihre Gedanken. *Es ist höchste Zeit, dieses Nest zu beduften …*

ORCUS

Fuck, Alina fühlt sich fantastisch an.

Bei den Göttern, wann war ich das letzte Mal in ihr? Erst gestern? Vorgestern? Ich kann mich nicht erinnern. Aber es fühlt sich an, als wäre es ewig her.

Wenn ich so leben könnte – mit meinem Schwanz in ihrer süßen Hitze vergraben –, würde ich es tun. Scheiße, ich würde mich jede Minute jedes verdammten Tages bis in alle Ewigkeit mit ihr verknoten.

Und zu wissen, dass sie noch schläft … das macht etwas mit mir. Es macht mich wild. Es gibt mir das Gefühl, dass sie mir gehört. Als *gehöre* sie wirklich mir, weil ich sie auf diese Art nehmen darf. Sie hat uns Erlaubnis erteilt. Sie sagte, wir könnten sie mit einem Orgasmus aufwecken.

Das heißt, ich kann sie benutzen.

Mich an ihrer Süße laben und sie nach Herzenslust genießen.

Und mich dann fest mit ihr verknoten, und sie zwingen, mittels eines Orgasmus aufzuwachen.

Allein der Gedanke daran lässt meine Hüften nach

vorn schnellen, was Reaper, der sich hinter ihr befindet, ein Keuchen entlockt. Denn wir können uns durch ihre dünnen Wände hindurch *spüren*. Unsere Schwänze stecken so tief in ihr, dass wir praktisch zu einer Einheit verschmolzen sind.

Sie beginnt sich zu regen, was mich dazu anhält, noch lauter zu schnurren, denn mein Bedürfnis, sie noch ein wenig länger schlafen zu lassen, nimmt mich ein. Ich will, dass sie schreiend aufwacht, und zwar auf die beste Art und Weise: Mit meinem pulsierenden Knoten in ihr, während ich meinen Samen in sie spritze.

Ich lege meine Hand auf ihren Oberschenkel und ziehe ihr Bein mit fast etwas zu dollem Griff höher. Dann stoße ich hart in sie, weil mein wildes Verlangen, sie zu *beanspruchen*, mich überkommt.

Ihr entweicht ein leises Stöhnen, doch ihre Augen bleiben geschlossen. Sie schläft immer noch tief und fest.

Aber jetzt träumt sie.

Und zwar *lebendig*.

Ich kann die sinnlichen Gedanken sehen, die ihr durch den Kopf gehen. Ihre Lust, die in einen euphorischen Rausch mündet.

Reaper und Flame teilen sich ihre Muschi, während ich ihren Mund ficke.

Flame leckt sie, während sie ihm einen bläst.

Ich verknote mich mit ihr, während Flame mit ihrem Arsch spielt.

Reaper fesselt sie mit seinen Strängen und neckt jeden Zentimeter von ihr mit sinnlichen Zungenschlägen.

Ich kann nicht sagen, welche dieser Fantasien ihre sind und welche unsere. Vielleicht ist es eine Mischung aus allem.

Es gibt so viele Dinge, die ich mit ihr anstellen möchte. So viele Arten, auf die ich sie nehmen möchte. Aber fürs

Erste konzentriere ich mich darauf, in ihre süchtig machende, heiße Mitte zu dringen und wieder aus ihr zu gleiten.

Bis zur Eichel aus ihr.

Und dann wieder tief in sie.

Wieder ganz an den Rand hinaus.

Und wieder in sie stoßen.

Es fühlt sich so verdammt gut an.

Reaper lässt es langsam angehen. Sein Mund ist an ihren Nacken gedrückt und er lässt seine Zähne über ihre Haut streifen. Er knurrt mit jedem meiner Stöße ein wenig, weil seine eigene Erregung mit jeder Bewegung zunimmt.

Jetzt beginnt sich unsere Omega zu regen und ihre Träume vermischen sich mit der Realität. Als ich ihre aufrüttelnden Gedanken höre, möchte ich sie noch härter nehmen. Schneller. Sie und Reaper auf den Rücken drücken, damit ich richtig in sie dringen kann.

Aber ich will, dass es sich gut für sie anfühlt.

Also fange ich wieder an zu schnurren, entschlossen, dafür zu sorgen, dass sie ruhig bleibt.

Schlaf, Kleine, flüstere ich in ihre Gedanken. *Ich brauche noch mehr Zeit in dir, bevor du aufwachst.*

Daraufhin stöhnt sie – nicht laut, sondern in unserem Band.

Vertraue darauf, dass ich mich um dich kümmern werde, Omega, füge ich hinzu, während ich mit meiner Hand ihre Kurven nachzeichne und über ihre Seite und Brüste bis zu ihrem Nacken streiche. Dann lasse ich meine Finger in ihre Haare wandern und fahre durch die voluminösen dunklen Strähnen.

Sie ist so weich und zierlich.

Und doch so stark und zu allem fähig.

Durch und durch eine Göttin.

Du fühlst dich fantastisch an, sage ich ihr, und mein Knoten schmerzt mit jedem Stoß mehr.

Reaper bewegt sich in meinem Tempo, seine Lippen noch immer an ihren Hals gepresst, während er an ihrer Halsschlagader knabbert. Seine Hand wandert wieder an ihre Hüfte und er dringt tief von hinten in sie.

Flame durchlöchert uns praktisch mit seinem Blick, während er am Ende des Betts kniet, gemächlich seinen Schwanz massiert und wartet. Er ist geduldig – etwas, das Alina braucht. Reaper ist der impulsive Typ. Und ich bin ziemlich anspruchsvoll.

Obwohl Flames Jaguar manchmal gern meinen Alpha-Status anficht. Vor allem, weil er selbst ein Alpha ist.

Zum Glück weiß unsere Gefährtin mit uns allen umzugehen.

Wie sie jetzt beweist, indem sie zwei von uns auf einmal in sich aufnimmt.

Du bist so gut, lobe ich sie. *So. Verdammt. Gut.*

Sie seufzt in Gedanken, weil ihr meine Worte gefallen. Irgendein Teil von ihr scheint zu wissen, was ich mit ihr anstelle. Meine Bewegungen scheinen sie allmählich aus ihren Träumen zu holen.

Kannst du spüren, wie wir dich nehmen?, frage ich sie. *Spürst du, wie gern wir es hier, in deinem Nest, mit dir tun?*

Mein Knoten pulsiert bei dem Gedanken an *ihr* Nest. Denn es steht kurz davor, zu *unserem* Nest zu werden. Unser sicherer Hafen. Unser Zuhause. Der Ort, an dem wir *ficken*, *schlafen* und uns *fortpflanzen*.

Ich verliebe mich mit jeder verdammten Sekunde mehr in dich, sage ich ihr, und mein Herz fühlt sich an, als würde es gleich explodieren. *Du bist mein Ein und Alles, Alina. Meine Omega. Mein Leben. Mein Sinn und Lebenszweck.*

Ich hoffe, sie kann spüren, dass ich das auch so meine – wie viel ich für sie empfinde. Unsere Beziehung mag neu für sie sein, aber für mich besteht diese Verbindung schon lange. Ich habe sie geliebt, bevor ich überhaupt wusste, dass sie existiert hat, denn sie ist die bessere Hälfte meiner Seele.

Und ich zeige ihr diese Liebe, weil ich will, dass sie meine Gefühle für sie aus erster Hand *erlebt*, damit sie weiß, was das hier für mich bedeutet. Für *uns*.

Reaper könnte dasselbe tun, ich weiß es nicht. Wahrscheinlich überhäuft er sie mit schmutzigen Gedanken, sodass sie angesichts meiner Liebe und seiner Lust den Verstand verliert.

Aber das wird die Erfahrung nur noch intensiver machen.

Und Flame wird da sein, um sie von ihrem Hoch herunterzuholen, seine Geduld das Gegenmittel, das sie braucht, um die Intensität zu überleben, die sich jetzt in uns zusammenbraut.

Meine Bewegungen werden unregelmäßiger und meine Eier spannen sich erwartungsvoll an.

Reaper geht es nicht anders. Wir dringen abwechselnd in sie, wodurch sich ihr Körper anspannt. Ich stöhne, als sie meinen Schwanz mit ihren Muskeln massiert. Reapers Knurren folgt kurz darauf. Sie spannt sich zweifellos auch um ihn herum an.

„Du bist so götterverdammt eng", sagt Reaper. „Du bringst mich zum Explodieren, Alina."

Als sie seine Stimme vernimmt, schlägt sie ihre Augen auf und blickt mich umgehend mit geweiteten Pupillen an, als ich in sie eindringe.

„Oh!", ruft sie aus und zieht ihre Hüften ruckartig zurück, nur um sie dann wieder nach vorn zu bewegen, als sie merkt, dass Reaper direkt hinter ihr liegt.

Jetzt zeigt sie ihren Kampfgeist, indem sie einen Schrei von sich gibt.

Flame bringt sie zum Schweigen.

Ich schnurre.

Und Reaper sagt: „Genau so, Alina. Versuch, uns zu entkommen."

Sie tut das genaue Gegenteil. Sie lehnt sich an ihn und er drückt ihr einen Kuss auf den Hals. „*Reaper*."

„Alina", murmelt er ihr zu. „Guten Morgen, Haustier."

Sie versucht, zu antworten, aber ich bringe sie mit meiner Zunge zum Schweigen, während ich sie und Reaper zwinge, sich herumzurollen. Er klammert sich mit den Händen an ihre Hüften, während ich mich auf den Rücken lege und sie sich rittlings auf mich setzt. Reaper geht hinter ihr auf die Knie. Er weiß, was ich will.

Meine Hand um ihre Haare geschlungen, setze ich mich auf und zwinge sie, sich mit mir zu bewegen. „Fick sie", sage ich zu Reaper.

„Mit dem größten Vergnügen", erwidert er und dringt in sie.

Ich kann jeden Stoß gegen meinen pochenden Schwanz spüren und mein Knoten bettelt um Erlösung. Ich hatte zwar vor, sie wach zu knoten, aber das hier ist so viel besser.

Denn jetzt kann sie auch Flame in sich aufnehmen.

Ich halte sie an den Haaren fest und neige ihr Gesicht zu ihm. „Bitte ihn, dich zu küssen."

Zitternd und mit lusterfülltem Blick sieht sie in Flames Augen, in denen ein brennender Ausdruck steht. „Küss mich, bitte."

Mit einem Lächeln auf den Lippen krabbelt er auf uns zu, während Reaper Alinas Arsch mit voller Wucht nimmt. Es tut ihr nicht weh.

Nein. Es tut ihr überhaupt nicht weh.

Ich kann sehen, wie gut es ihr gefällt, wahrscheinlich,

weil sie sein Verlangen spürt – seine Lust, die wie ein stromführender Draht durch ihre Verbindung pulsiert.

Diese Lust gewinnt an Kraft, als Flame ihren Mund nimmt, und zumindest ihr Unterbewusstsein erwacht angesichts der Erkenntnis, dass er nach ihr schmeckt. Eine Mischung aus Überraschung und Sehnsucht strömt durch ihr Wesen. Beides davon macht sich bemerkbar, indem sie sich um meinen Schaft herum anspannt.

„Weißt du, warum er nach dir schmeckt?", frage ich sie, meine Lippen an ihr Ohr gepresst, während Flame weiter ihren Mund plündert. „Weil er deine süße Muschi geleckt hat, um dich auf mich vorzubereiten. War das nicht nett von ihm?"

Sie stöhnt, was Flame dazu bringt, sie noch inniger zu küssen.

„Und Reaper hat deinen Arsch vorbereitet", fahre ich fort. „Jetzt holt er sich seine Belohnung, indem er dich fickt. Aber der arme Flame hat uns mehrere Minuten lang dabei zugesehen, wie wir mit dir gespielt haben, während er darauf gewartet hat, dass sein kostbarer kleiner Panther aufwacht."

Sie erschaudert, denn in Gedanken sagt sie mir, dass es ihr gefällt, zu hören, was wir mit ihr gemacht haben, während sie geschlafen hat. Das heißt, sie genießt Somnophilie.

Wir werden es auf jeden Fall wieder tun, beschließe ich und lasse sie den Gedanken hören.

Ja, flüstert sie mir erneut zu. *Ja, bitte. Jeden Tag.*

Ich grinse. *Reaper wird sich freuen, das zu hören.*

Sie scheint es ihm durch ihr Band zu übermitteln, denn er sagt laut: „So ein kleines, bedürftiges Haustier. Du bist heute Morgen noch nicht einmal gekommen und planst schon für morgen."

Daraufhin schnurrt Flame und das Geräusch lässt Alina um meinen Schwanz herum zusammenzucken.

„*Verdammt,* tu das noch mal", sagt Reaper, der dasselbe wie ich gespürt haben muss.

Flame wiederholt die Vibration, und Alina spannt ihren Körper erneut an.

So verdammt gut, denke ich in ihre Richtung.

Aber ich fahre laut mit dem fort, was ich ihr vorhin zu sagen begonnen habe. „Konzentriere dich auf heute, Kleine", murmle ich. „Konzentriere dich auf Reaper und mich, wie wir deine feuchten Öffnungen ficken. Und denk an Flame. Er hat heute Morgen so hart für dich gearbeitet und sich um diese hübsche kleine Muschi gekümmert."

Ich stoße meine Hüften nach oben, um meinem Standpunkt Nachdruck zu verleihen.

„Du bist feucht und bereit wegen Flame. Wegen Reaper. Und du belohnst im Moment nur einen von ihnen, Baby. Findest du nicht, du solltest beide belohnen? Willst du uns nicht alle gleichzeitig nehmen?"

Sie stöhnt erneut und ihr strammer kleiner Körper zieht sich auf meine Worte und die Bilder, die ihr durch den Kopf gehen, hin zusammen. *Ja,* sagt sie zu mir. „Ja", wiederholt sie laut an Flames Mund gelehnt.

Sein Schnurren wird intensiver und lässt das Bedürfnis unserer Gefährtin ins Unermessliche steigen. „Sag mir, was ich tun soll", sagt er zu ihr. „Und sei spezifisch."

„Ich will, dass du meinen Mund fickst", sagt sie. Die Worte kommen ihr keuchend über die Lippen. „*Bitte.*"

„Du bist immer so brav", lobt er sie. „Immer so verdammt brav."

„Weil sie perfekt ist", antwortet Reaper, der sein Tempo in der vergangenen Minute verlangsamt hat. „Jetzt lutsch seinen Schwanz, Haustier. Lass uns dich mit unserem Samen füllen."

„Und dieses Nest mit unserem Anspruch tränken", füge ich hinzu.

„Und das alles, während wir dir Lust verschaffen", schließt Flame, während er sich hinkniet. „Komm her, Alina." Ich greife mit der Hand in ihr Haar und beuge sie zu ihm hinunter. „Und öffne diese hübschen Lippen für mich …"

ALINA

MEIN KÖRPER STEHT IN FLAMMEN.

Mein Herz ist so unglaublich voll.

Und mein Inneres … mein Inneres steht kurz davor, zu *explodieren*.

Flame, Reaper und Orcus zerstören mich auf die beste Weise. Sie füllen mich aus. Sie dringen in mich hinein und gleiten aus mir heraus, bescheren uns allen einen Höhepunkt, der unsere Zukunft verändern wird.

Indem wir mein Nest beduften.

Es ist im Begriff, zu *unserem Nest* zu werden.

Bei den Feen, ich bekomme kaum noch Luft. Mein Herz hämmert wie wild und ich ziehe meine um Orcus geschlungenen Beine an, während er in mich stößt. Meine Hände liegen auf seinen Schultern, damit ich das Gleichgewicht halten kann, während ich Flames Schwanz in meinen Mund nehme. Und das alles, während Reaper mich in den Arsch fickt.

Es ist intensiv. Es ist erotisch. Es ist die personifizierte Leidenschaft.

Ich ertrinke in ihren Gefühlen und ihrem Verlangen und ich spüre ihre dunkle Lust überall in mir.

Das hier sind meine Feen.

Und ich bin ihre Göttin.

Zusammen … sind wir alles.

„*Du* bist unser Ein und Alles", knurrt Orcus. Seine heißen Lippen liegen an meinem Hals, während er mich festhält, damit Flame mich verwöhnen kann.

Rein und raus.

Er stößt in mich.

Reibt sich an mir.

Fickt mich und bringt mich dabei fast um den Verstand.

Während er mich antreibt … weiter und weiter …

Ich keuche. Schreie. Schlucke und sauge.

„Bist du bereit, Haustier?", knurrt Reaper.

„Ich werde gleich deinen Arsch füllen."

„Und ich gleich in deinem schönen Hals kommen", fügt Flame hinzu.

„Öffne deinen Mund für ihn und schlucke jeden verdammten Tropfen", sagt Orcus. „Denn ich werde mich gleich mit dir verknoten, Baby. Und dich um den Verstand bringen."

Bei den Feen, jetzt brenne ich noch heißer und habe das Gefühl, gleich explodieren zu müssen.

Ich zittere am ganzen Leib.

Alles in mir spannt sich an.

In meinem Unterleib macht sich ein Flattern breit.

Und mein Herz … mein Herz *klopft*.

Es klopft für meine Gefährten. Es klopft wegen dem, was sie mit mir anstellen. Es klopft wegen all dem, was sie fühlen und was sie mich fühlen lassen.

Sie stehen alle so kurz davor.

Sind alle so *heiß*.

Ihr Knurren hallt durch unser Nest … durch meinen Kopf, und ihre Erregung steigert sich mit jeder Sekunde.

Bis Flame in meinen Rachen kommt.

Daraufhin schließt sich Reaper an und kommt in meinem Arsch.

Und dann …

Dann …

Orcus …

Oh, bei den Feen …

Sein …

Mir kommt ein ekstatischer Schrei über die Lippen, als Orcus' Knoten sich in meinem Inneren festsetzt und Feuer durch meine Adern schießt.

Ich verliere die Kontrolle.

Mir stockt der Atem.

Doch irgendwie schlucke ich weiter, vielleicht weil Orcus über meinen Hals streichelt und mich daran erinnert, was ich tun soll. Ich weiß es nicht. Es ist mir auch egal.

Meine Gefährten werden sich um mich kümmern.

Das tun sie immer. Und sie werden es immer tun.

Bis in alle Ewigkeit.

Ich vertraue ihnen. Ich liebe sie. Ich werde für immer mit ihnen zusammen sein.

Vor langer Zeit fürchtete ich mich vor der Nacht der Monster.

Ich dachte, ich würde als unwillige Braut entführt werden.

Aber diese Feen haben mir die Wahrheit gezeigt.

Bei der Nacht der Monster geht es darum, Seelenverwandte zu finden. Wesen, die sich für immer um ihre andere Hälfte kümmern, sie lieben und ehren und ihre Gefährten zu Königinnen machen.

Oder, in meinem Fall, zu einer *Göttin.*

„Danke für dieses Geschenk", flüstert Orcus mir zu, als Flame sein Glied aus meinem Mund zieht. „Danke, dass du uns gehörst."

Danke, dass ihr mich gefunden habt, denke ich zu ihm, zu erschöpft, um die Worte laut auszusprechen. *Und danke …, dass ihr alles seid, von dem ich nicht wusste, dass ich es brauche.*

Er küsst meine Wange und bringt uns in eine bequemere Position, während sein Knoten immer noch in mir pulsiert. Flame liegt mir gegenüber, während Reaper hinter ihm liegend seinen Kopf auf dem Ellbogen abstützt.

Alle drei beobachten mich mit unterschiedlichen Emotionen.

Orcus' Blick strotzt nur so vor Hingabe.

Flame sieht mich fürsorglich an.

Und Reaper … Reaper sieht aus, als wäre er bereit für die nächste Runde.

Aber all diese Ausdrücke haben einen gemeinsamen Nenner. Ein Gefühl, das von Liebe geprägt ist. Ein Gefühl, das ich auch für sie empfinde.

Ich küsse alle drei in Gedanken und schließe dann meine Augen. *Weckt mich in einer Stunde wieder*, verlange ich. Den Gedanken sende ich in die Köpfe aller drei meiner Gefährten. *Vorzugsweise … auf genau dieselbe Weise.*

Wie du wünschst, erwidert Orcus.

Du verlangst mehr, obwohl du dich noch nicht einmal von deinem letzten Höhepunkt erholt hast?, sagt Reaper amüsiert. *Du bist perfekt, Liebling.*

Ich werde dich sauber lecken, während du dich ausruhst, verspricht mir Flame. *Süße Träume, kleiner Panther.*

Schlaf gut, Kleine, fügt Orcus hinzu.

Vergiss nicht, was ich mit meinen Strängen vorhabe, murmelt Reaper. *Und jetzt schlaf ein. Dein einstündiger Countdown … beginnt jetzt.*

**Eine Neuerzählung von Persephone und Hades
mit einem „Warum-wählen"-Twist**

Der Gott des Todes meint, dass ich seine längst verloren
geglaubte Braut bin.
Seine Seelenverwandte.
Eine Omega, die ihn vor zweitausend Jahren hintergangen
hat.

Er glaubt, dass meine Erinnerungen der Schlüssel für
unser Überleben sind.
Aber die erwähnten Erinnerungen besitze ich nicht mehr.
Denn ich bin nicht die, für die er mich hält.

Ich bin Serapina, nicht Persephone.
Eine Sterbliche, keine Omega.
Und dieser Knoten, von dem er immer wieder spricht?
Jepp, den behält er besser bei sich.

Aber Hades ist nicht der Einzige, der droht, mich mit seinem Knoten zu beanspruchen. Morpheus, der Gott der Träume, sagt, dass ich auch ihm gehöre.

Und von Maliki – dem heißen Feenwächter, der mich gefangen hält – will ich gar nicht erst anfangen. Die tödliche Fee hat einen sündhaft schönen Körper und ein Grinsen, das mich um den Verstand zu bringen droht.

Alle drei Männer wollen in mein Nest. In mein Herz. In meinen Kopf.

Es ist Letzteres, wovor ich mich am meisten fürchte. Denn wenn ich wirklich die Omega bin, die mein eigenes Volk verraten hat, dann bin ich nicht würdig, eine Göttin zu sein. Ganz zu schweigen davon, *ihre* Göttin zu sein. Und was passiert dann?

Anmerkung der Autorin: *Braut des Todes* ist das erste Buch der Feen des Jenseits-Trilogie und endet mit einem Cliffhanger. Es handelt sich um eine dunkle Neuerzählung von Persephones und Hades' Geschichte mit einer Warumwählen-Wendung.

LEXI C FOSS

USA Today Bestsellerautorin Lexi C. Foss ist eine Schriftstellerin, verloren in der Welt der Computer. Sie lebt mit ihrem Mann und ihren pelzigen Freunden in North Carolina. Wenn sie nicht gerade schreibt, ist sie mit Sicherheit auf Reisen. Viele der Orte, die sie schon besucht hat, lassen sich in ihren Büchern wiederfinden, einschließlich der mystischen Welt von Hydria, die auf der griechischen Insel Hydra basiert.

Lexi ist ein bisschen verschroben, trinkt viel zu viel Kaffee und schwimmt gern. Tschüss!

Würden Sie gern über Neuerscheinungen informiert werden? Dann tragen Sie sich für ihren Newsletter ein:
https://www.lexicfoss.com/deutschen-newsletter

Besuchen Sie Lexi im Netz!
https://www.lexicfoss.com/aktuell

E-Mail: lexicfoss@gmail.com